代前言
——我的新时期文学理论研究之旅

1936年12月，我出生于福建省连城县莒溪村。1952年毕业于连城一中初中部。1955年毕业于福建龙岩师范学校。1958年提前一年毕业于北京师范大学中文系本科，留校任教。现为北京师范大学资深教授，文学院教授委员会主席，文艺学博士生导师，国家级重点学科北师大文艺学学科点学术带头人，教育部文科基地北师大文艺学研究中心学术顾问。

自1958年大学毕业留校任教，即分配到北京师范大学中文系文艺理论教研室，师从黄药眠教授。经黄药眠先生精心指导，逐渐形成自己的文学理论研究路数。1963年纪念曹雪芹逝世200周年，我在《北京师范大学学报》发表的长篇论文《高鹗续红楼梦的功过》，是我发表的第一篇正式的论文。这篇受到好评并被收入《红学三十论文选编》等多种集子的论文，激发了我的学术研究的自信心，但同时也令我列入“走白专道路”的名单中，而遭受到政治整肃。1963～1965 年在越南河内师范大学中文系任教期间，我讲授过中国古代文学发展史及作品选读、古代汉语、写作等课程。我在每周讲授 24 节课的情况下，利用一切时间，编写了《中国古代文学发展简史》，在炮火连天的河内油印出版，还注释了几十万字的中国古代文学作品。1967～1970 年在阿尔巴尼亚地拉那任教期间，除讲授“中国文学”课程外，我用大量的闲暇时间研读“十三经”、“二十四史”、《资治通鉴》和中外名家的大量作品。仅巴尔扎克的长篇小说我就阅读了二十多部。这为我日后的研究打下了比较坚实的基础。我是幸运的。当我的同事下乡“四清”之时，我在炎热的河内静静地读书备课；当我的同事不得不为“文化大革命”“文攻武卫”浪费时间之际，我则在地拉那宁静的城市里研读中外各类书籍。从 1958～1976 年，这可以说是我学术研究的一个准备时期。

> 出于对长期以来的文论的政治化和哲学化的不满，我开始了“审美诗学”的建构。“审美”文学的特征，这是我新时期最初的理论观点，许多文学理论问题都要在“审美”的视野下加以具体的解释。

1978 年进入新时期以后，整个国家处在一种社会转型中，如何建立中国自己的新的形态的文艺学的课题被现实生活鲜明地提出来了。我的文艺学的教学和研究也随之开始新的阶段。我和文艺学界的同行们此时面对的主要问题是如何清理统治中国长达几十年的苏联教条主义文艺理论的僵化模式，以及在苏联模式基础上发展起来的更为教条化机械化的东西。从新中国成立初直到“文化大革命”结束的二十多年的时间里，中国的文艺学始终受到苏联 20 世纪 50 年代极“左”的文艺学的深刻影响。苏联 50 年代的文论基本上是 20 年代“拉普”派的庸俗社会学和机械论文论的翻版。把一切文学问题政治化和哲学化是其突出的特点。苏联文论的核心是“社会主义现实主义创作方法”，这个理论一半是政治，另一半才是文学，而“创作方法”则是少数人拼凑出来的概念，并非创作实践的总结。在“苏共”十九大上，苏共中央书记马林科夫竟然荒谬地在政治报告中大谈特谈文学典型问题，认为典型问题是“党性在现实主义艺术中表现的基本范围”，“典型问题任何时候都是政治问题”。50年代初、中期，正是中国文艺学的起步时期，但在“全面学习苏联”口号的指导下，我们在苏联文艺学面前完全失去起码的创造精神，亦步亦趋地跟在苏联文论后面。更为严重的是在60年代初和“文化大革命”时期，中国变本加厉地把一切文学问题政治化，把“写真实论”“题材广阔论”“中间人物论”“人道主义论”等，都当作“修正主义”加以批判，连文艺学的一般常识也被完全堵塞。由此可知，新时期开始，文艺学学术研究的起步是十分艰难的。

在这种历史语境中，我清醒地认识到在文学问题上僵硬的政治化和大而化之的哲学化，是阻碍中国文艺学发展的最重要的问题，而如何突破此前的“反映论”的单一的视角，寻找到文学自身的特征是当务之急。这一时期我的研究主要就围绕这个问题展开。我加入了有关文学创作的“形象思维”的讨论，发表了《略论形象思维的基本特征》《再论形象思维的基本特征》和《评当前文学批评中的“席勒化”倾向》三篇论文，力图摆脱文学研究中的政治化、哲学化模式，揭示文学自身的特征。但是在此期间我最重要的研究成果是向俄国大批评家别林斯基发起“挑战”，发表了受到当时文论界广泛重视的《关于文学特征问题的思考》一文(发表于《北京师范大学学报》1981年第6期，1982年中国社科院编写的《文学年鉴》详细介绍，并选入《中国新文艺大系·理论一集》)。这篇论文怀疑苏联和我国50年代到80年代流行的“文学形象特征论”的正确性。这种理论认为：文学与科学的不同不在内容，而在形式。科学家用逻辑说话，文学家则用形象和图画说话，可它们说的是同一件事，所以文学的根本特征就是用形象来反映生活。我的文章认为区别事物之间的不同特征首先要追寻它们的不同内容，然后才是形式。文章写道："形式，这是事物的外部联系、外部标志，它不可能从根本上确定事物的特征；内容，这是事物的内部联系，内部规律性，只有它才能从根本上确定事物的特征。""我丝毫没有否定'文学用形象的形式反映生活'这一命题的意思。问题在于'文学用形象的形式反映生活'这一特点难道不是由文学的独特对象、内容派生出来的吗?"由此，我认为上述文学特征定义是有问题的。我由这篇文章追根溯源，进而发现这一说法最早是由俄国大批评家别林斯基提出来的。别林斯基曾强调指出："人们只看到，艺术和科学不是同一件东西，却不知道它们之间的差别根本不在内容，而在处理一定内容时所用的方法。哲学家用三段论法。诗人则用图画和形象说话，然而他们所说的是同一件事。"我认为别林斯基的观点是受黑格尔的"美是理念的感性显现"的影响所致。在黑格尔的哲学体系里，"理念"是万事万物的根本，是它派生出一切事物，因此只能从不同的形式来区分此一事物与彼一事物的不同特征。别林斯基的文学特征论显然是黑格尔"理念"论在文学问题上的翻版。把这样一个黑格尔式的文学特征论长期奉为圭臬，不但是错误的，而且会使中国的文学理论裹足不前。在清理了别林斯基的文学特征论后，我在文章中提出了关于文学特征的理论假设：文学特征问题应分层次、分主次地进行探讨：甲，文学的独特内容——整体的、审美的、个性化的生活；乙，作家的独特的思维方式——以形象思维为主，以逻辑思维为辅；丙，文学的独特的反映形式——艺术形象和艺术形象体系；丁，文学的独特功能——艺术感染力，以情动人。我认为文学和科学的具体的对象与内容是不同的。文学反映的生活是人的整体的生活，即现象与本质、个别与一般具体地、有机地融合为整个生活。整体不是指包罗万象，而是"从一粒沙里看一个世界”。“一首短诗可能只抒发诗人瞬间的一点感受，一篇小说可能只写两三个人之间一点纠葛，但都是活生生的一个完整的世界，那里面闪烁着生活的全部色彩。”进一步，这种整体的生活能不能进入文学作品中，还要看这种生活是否与审美发生联系。“文学是美的领域。文学的对象和内容必须具有审美价值，或是描写之后具有审美意义。”更进一步，还要看这种生活是否经过作家的思想感情的灌注，留下作家精神个性的印记。可以说我的这篇文章是新时期国内最早揭示“文学形象特征论”的缺陷，并提出“文学审美特征论”的文章之一。此后我又吸收马克思主义关于对事物的“艺术掌握”以及“诗意的裁判”的观念，认真学习了马克思的《1844年经济学—哲学手稿》中涉及美学的论述。此外，苏联80年代文论界的审美学派的理论资源，也进一步丰富、完善了我的理论。我将上述理论最早吸收进高校的“文学概论”教材中，特别是我自著的由红旗出版社出版的教材《文学概论》(上、下)，以“文学审美特征论”贯穿全书，使教材面貌焕然一新。由于全国各地高校纷纷采用此教材，发行量达到了27万册。从而使我的“文学审美特征论”产生了广泛的影响。“文学审美特征论”摆脱了文学理论依附政治的状况，改变了文学理论简单套用政治理论的模式，推动了中国现代文论的发展，具有重要的学术价值。

另外我还把“文学审美特征论”运用于文学理论的重要问题——文学典型——的研究中，于1994年发表了论文《特征原则与作家的发现》，提出了与以前的哲学化的典型定义——典型是个性与共性的统一，或典型是偶然性与必然性的统一——完全不同的典型定义。文章认为，过去的典型理论缺少“中介”，因此只是把典型的塑造过程看成是对生活的“综合”或“拼凑”。文章借用德国古典艺术鉴赏家希尔特的“特征”理论，把典型创造理解为对特征的生发、强化，把典型理解为经过特征化的、能够唤起人们美感的形象。我的文章认为：“就外延而言，‘特征’可以是一句话、一个细节、一个场景、一个事件、一个人物、一种人物关系等；就内涵而言，‘特征’具有两种属性，其一，它的外在形象是极其具体的、生动的、独特的；其二，它通过外在形象所表现的内在本质又是极其深刻丰富的。‘特征’是生活的一个凝聚点，现象和本质在这里相连，个别和一般在这里重合，形与神在这里聚首，情与理在这里交融。特征化就是指作家对他所抓取的生活凝聚点的加强、扩大和生发的过程。”所以典型创造是否成功，不在积累的生活材料的量的多少，而在于质的高低。我的关于典型问题的“特征”说，是国内典型理论的一种新说。这一理论由于它深入到文学的审美层次，具有一定的启发性，也被学术界不断地引用。我还发表文章试图用“审美”的观点来解释艺术真实性问题，文学结构问题，以及文学的内容与形式的关系等问题。

我的文学审美特性论研究，获得了文学理论界的理解与支持。随后，我的“审美”论就进入各类教材。中国社会科学院文学所的《文学年鉴》转载了我的论文；许觉民先生主编的《新文学大系》“理论卷”收入了我的论文；多年后，王蒙和王元化主编的另一本《新文学大系》“理论卷”也收入了我的论文。值得一提的是越南重要的期刊《文学》，专门翻译了我的评论苏联文论的文章。我自编的以审美为核心观念的教材《文学概论》，1984 年第一版印刷了 27 万册之多，它在大江南北、黄河两岸学习文学理论课程的师生手中流传。1982 年我还是讲师，1986 年，我成为了教授，我还是 1984 年北京市的“劳动模范”。我自己把新时期这一时段的文学审美特征论研究，称为“审美诗学”研究时期。

80 年代中期文学理论界提出的文学主体性是一个重要问题，为深化文学主体性研究，“心理诗学”的探索耗费了我多年的时间。“体验”成为我们阐释的核心观念，而把“矛盾上升为原理”则是我的一种研究思路。

本世纪(20世纪)80年代中期，文艺学“拨乱反正”的任务基本完成后，“实现文学观念的转变，以适应变化了的文学现实”的问题被鲜明地提了出来。1985年刘再复发表了《论文学主体性》的重要论文，引起了学界的轩然大波，立刻引起了激烈的论争。一些人完全否定这篇论文，甚至给扣上“反党反社会主义”的罪名。但我是赞成刘再复的观点的，我认为应该延伸他的研究。刘再复的“文学主体性”研究，我觉得仍然囿于哲学的范畴，难于在文艺学范围内进行深入的探讨。我意识到“文学主体性”问题的重要意义，同时感到“文学主体性”问题可以转到“文艺心理学”领域加以研究。1986年我申请到了国家“七五”社科重点项目——文艺心理学(心理学美学)研究。从1985年起到1992年，经过七年的时光，我和我指导的研究生终于获得了令人欣慰的成果，出版了“心理美学丛书”(十五种)，论文集《艺术与人类心理》，以及由我任主编的，达56万字之多的学术专著《现代心理美学》。我自己的学术专著《艺术创作与审美心理》一书也列在“丛书”中。我和我的学生的“心理学美学”研究与一般的“文艺心理学”有些不同，我们不把“心理学美学”看成是心理学的一个分支，因此不同意用普通心理学的概念生硬地宰割文学艺术的事实。相反，我们主张从文学艺术的事实出发，来寻求心理学视角的解释，因此“心理学美学”完全是属于美学、文艺学的一个分支。

在我所撰写的《艺术创作与审美心理》这部著作中，我所选择的研究范畴并不是新鲜的，仍然是审美知觉、审美情感、审美想象等。但是我在前人研究的基础上，运用辩证思维的方法，使我的研究获得了新的成果。我的研究方法完全是朴实的、富于启发性的，我说过：“我在研究艺术家的创作心理机制的运动、变化和相互作用时，发现了一个普遍的现象，即艺术家诸种创作心理活动往往是矛盾的、相互冲突的：审美知觉既是无关功利的，又是有关功利的，既是对现实的超越，又要受现实的制约；艺术情感既是艺术家自我的情感，又是人类的情感，既是内容的情感，又是与之相对的形式的情感；审美想象既具有主观的意向性，又具有客观的逻辑性……这一对对的矛盾、冲突，起初使我困惑。”在困惑中，海森堡的“将矛盾提升为原理”给了我以极大的启发，为我的创作心理研究开辟了一个崭新的路数。如对审美知觉的研究，在前人那里，或是认为审美知觉是超越功利的，或是认为审美知觉是功利的。这种分歧成为美学理论的一个“死结”。我正是在这个“死结”起步，否定了那种静态的调和功利说与非功利说的尝试，即把审美知觉分成知觉效果与心理状态两个方面，认为从知觉效果上讲，审美知觉是无关功利的，而从心理状态上讲，审美知觉是有关功利的。我认为这种理论离解开“死结”还很远，因为“审美知觉是一种流动的并充满心理冲突的过程”。“最能体现审美知觉深层特征”的，恰好是它“从日常实际态度向审美态度的转变”。而这种过渡与转变能否实现，关键在于两种心理力——功利的、实用的心理力，与超功利的、审美的心理力——反复较量的结果。“换句话说，在这过渡与转变的瞬间，知觉主体处于一个被争夺的临界点上。一方面，审美对象的特质所构成的审美世界召唤他，使他对经验世界处于一种‘假遗忘’状态；可另一方面，他所熟悉的由强大的功利、欲望所构成的经验世界，又挽留他，像一个情人那样拽抱着他，尽量不使他超越临界点，阻止他顺利进入审美世界。”两种心理力的斗争决定着审美知觉能否实现。我的研究的独到之处是在于：把“斗争”“较量”的概念引入知觉过程的研究，从而获得同行的好评。我探索的最后的结论是：“审美知觉作为一个动态过程，不能简单地说成是‘无关欲望’、‘无关功利’的，只能说它从欲望、功利的束缚中解放出来，达到无关功利欲望的境界。有欲是无欲的对立面，但是有欲是无欲的超越条件，甚至可以说，欲望、功利的拖累越是沉重，对此欲望、功利的超越后审美愉悦也越是痛快淋漓。”关于“审美知觉”研究我所提出的新说可以叫作“解放”说。这是我把书本知识、创作经验和生活体验三者关联贯通起来所获得的成果。

我对审美情感的研究也采取融通的态度。我认为"自我表现"论和"人类情感表现"论，都有片面性，都不能完全揭示审美情感的本质。我认为审美情感应该是"自我情感"和"人类情感"的交合、重合和结合。但是这种结合是如何实现的呢？我又一次引进"冲突""搏斗""征服"等概念。我认为，艺术家的自我情感与对象所体现的人类情感之间的冲突是通过相互征服而实现双向流通，从而达到"神秘的统一"。艺术家必须有伟大的人格，超常的智慧，巨大的搏击力量，以及主观战斗精神，把对象所体现的人类情感吸纳、同化到自己心中，成为自我情感的有机组成部分，这样方能克服自我情感与人类情感之间的紧张，方能"在搏击之后结为一体"。我的这一观点在审美情感的研究中被同行专家认为是深刻而独到的。

我用同样的方法研究审美想象，认为审美想象是认识性与意向性两个因素相互征服、相互渗透的结果。

我的"心理学美学"研究力图揭示艺术创作心理机制的复杂性、辩证矛盾性，把"矛盾上升为原理"，学界同好认为这一研究思路颇具独特性。另外一点，也许是更重要的一点，我们朴素地认为作为文学创作的主体，"体验"是最为重要的，我把"体验"与一般的"经验"区别开来，成为我们集体研究的最重要的成果。在由我任主编、我的朋友程正民任副主编的56万字的《现代心理美学》一书中，我们用了最多的篇幅来研究"艺术与体验"，我们罗列了"童年体验""缺失性体验""丰富性体验""崇高体验""愧疚体验""孤独体验""神秘体验""皈依体验"等来阐明艺术主体问题。我们的研究成果不但深化了文学主体性问题的研究，而且把朱光潜30年代的古典的文艺心理学研究提到现代的水平。我们的作品获得了教育部的奖励，还被列为国庆五十周年的"献礼"著作。对我而言，我与我的学生——丁宁、陶东风、李春青、蒋原伦、黄卓越、李珺平、陶水平、唐晓敏、周帆、曹凤、陈向红、金依锂、黄子兴等——的激烈的学术争论，使我们收获了弥足珍贵的友谊。

当作家苦苦摸索“怎么写”的时候，我知道文学理论界应该干什么。我选择了“文体诗学”研究，提出了“文体非文类”说，“文体是一个系统”说，为新时期的文体研究探了探路。

90年代初期，我的研究方向又一次转换。此时我已经清楚地意识到，作家们遇到的问题不仅仅是写什么的问题，还有一个更重要的怎么写的问题，他们正苦苦摸索这个问题。对于文学理论来说，这就是文体问题了。文学是语言的艺术，语言是文学的第一要素，如果不把研究沉落到语言层面，那么怎么写的问题，以及文学的特征和相关的一系列文学问题，还是不可能解决的。经过三年的努力，我的研究又一次获得了成果。1993年我主编了一套“文体学丛书”，我自己撰写的专著《文体与文体的创造》也正式出版。“文体学”的研究在中国文艺学界几乎是一个新开辟的领域，因为我并非把“文体”单纯理解为过去人们所说的“文类”或“文学体裁”。在系统而详尽地梳理了中国和西方关于文体理论的基础上，我提出了对文体的新见解：“文体是指一定的话语秩序所形成的文本体式，它折射出作家、批评家独特的精神结构、体验方式、思维方式和其他社会历史、文化精神。”这一“文体”定义实际上可分为两层，从表层看，文体是作品的语言秩序、语言体式；从里层看，文体负载着社会的文化精神和作家、批评家的个体的人格内涵。进一步我把文体作为一个“系统”，认为从呈现层面看可以分为相互联系的三层：体裁——语体——风格。我认为一定的体裁要求一定的语体，一定的语体经作家个性的过滤，达到稳定和成熟的极致，就形成风格。文体是体裁、语体和风格的结合体。这部书最富创造性的部分是它提出的文体创造问题的新发现。我在评述了"美在内容""美在形式"和"美在内容形式的统一"的观点的局限之后，提出了"美在内容与形式的交涉部"和"内容与形式的相互征服"的新观点。长期以来，内容与形式一直是文艺学中一个最重要的二项对立模式。但这二项对立模式中的内部关系并不是平等的。在"内容决定形式，形式反作用于内容"的理论表述中，内容决定形式，几乎就等于"文艺为政治服务"。所以我想拆解这个二项对立模式，但又认为照搬本世纪(20世纪)在西方流行的完全排斥内容的各种形式主义的模式是不可取的。

经过研究，我把文学的内容与形式的关系理解为辩证矛盾运动，并在内容与形式之间找到了一个中介概念，这就是"题材"。我认为文学作品的内容是无法意释的，但题材则是可以意释的。把题材从艺术内容中剥离出来，其目的是强调从题材(材料)向内容的转化过程中，形式所起的关键作用。我提出："作品的内容是经过深度艺术加工的独特方式，以语言体式为中心的形式则是对题材进行艺术加工的独特方式，一定的题材经过某种独特方式的深度的艺术加工就转化为艺术作品的内容。"值得一提的是，我在提升艺术形式的作用时，与各种形式主义的美学，其中包括西方的所谓"语言论转向"，仍保持着一条清晰的界限。这不但表现在我仍然使用被形式主义文论弃置不用的"内容"这个概念，更重要地是表现在对内容形式关系的含有辩证矛盾思想的处理。我强调的是，作品的形式无论如何总是一定内容的形式，一定的形式只有在题材的吁求下才会出现。如果题材不发出吁求，形式是不会出现的。而且我进一步指出，题材吁求形式，其中就包含形式的创造要受到题材的生活逻辑和情感逻辑的制约，形式必须这样或那样与题材相匹配。但又强调，这种"制约"不是"决定"。在内容决定形式的理论中，内容是"主人"，形式是"仆人"，"仆人"永远是被动的。在我所理解的题材吁求形式的关系中，题材与形式是“主人”与“客人”的平等关系。把“客人”请到“家”，“客人”就往往“造起反”来，“客人”征服“主人”，重新组合，建立一个新的“家”。所以我认为，题材与形式是相互征服的关系，一方面是题材吁求形式，征服形式；另一方面则是形式改造题材、征服题材。我在书中写道：“我们的基本观点是，创造最终达到内容与形式的和谐统一，不是形式消极地适应题材的结果，恰恰相反，是形式与题材的对立、冲突，最终形式征服（也可以说克服）题材的结果。”我举了俄国作家蒲宁的短篇小说《轻轻的呼吸》，认为是形式征服题材的典范。就这篇小说的题材而言，其意义指向是沉重的、哀伤的、令人叹惜的。小说描写了年轻漂亮的女中学生奥丽雅，她先与一个哥萨克士兵谈恋爱，后又与一个老地主乱搞，最终奥丽雅被哥萨克士兵在火车站站台上开枪打死。这样一个故事就其本事而言是“生活的溃疡”“生活的腐败”。但是作家在结构这个故事的时候，把“开枪打死”这四个字，隐含在对乱糟糟的站台和来往人群的描写的长句子中，如果你不认真读，就可能被忽略过去。小说的艺术描写的重点被转到奥丽雅和羡慕她的女生的一次关于女性美的谈话上面。奥丽雅家的藏书中有一本《古代笑林》，其中的一个故事把“轻轻的呼吸”列为女性美的标准要点之一。奥丽雅绘声绘色地对女友们说：“轻轻的呼吸！我就这样的——你听到我怎样喘气——真是这样吧？”此外，奥丽雅的班主任——一个老处女——对奥丽雅的美貌和风度的羡慕，也得到了大肆地渲染。艺术形式的诗情画意使题材的意义指向发生逆转，整部小说流露出一种乍暖犹寒的春的气息。形式征服了题材，转化出一种新的内容。我的书中通过大量的资料分析证明，这种形式对题材的征服，乃是文体创造的基本规律。作家之所以喜爱描写苦难、伤痛、哀愁、苦闷、死亡，甚至丑恶、病态等，就是因为形式可以征服题材，使题材的意义指向发生逆转，并创造出新的艺术世界来。我在内容与形式关系上的理论突破，被认为使文体学研究进入文艺学研究的前沿，是值得重视的。王蒙给我们的丛书写了“序言”。值得庆幸的是，我们的书再版时，季羡林先生也称赞这套丛书，给丛书写了三段评语。其中第一段说：“‘文体学丛书’是一套质量高、选题新、创见多、富有开拓性、前沿性的好书。以前我们对文体问题、对中国古代文论中的有关文体的思想遗产研究、总结得很不够，因而这套丛书的出版对文艺学的学科建设具有填补空白的意义。”季先生的评价让我受宠若惊。而我的学生莫言在听了我的“创作美学”课程后，所记住的就是那个用来说明文体创造的“轻轻的呼吸”的故事，这也让我感到些微的安慰。

> 文学理论作为学科建设，我一直觉得应在中、西、古、今四个主体间进行平等的对话，互通有无，互相补充，互构互动，互相发明，既借鉴西方的有益的观点，又不失中国民族之地位。当文学理论能利用历史留给我们的全部资源的时候，文学理论的学科建设就可以获得成功。这就是我在“比较诗学”上下了较大工夫的原因。

新时期三十余年来，我一直把文艺学当成一个学科来建设。就整个文艺学的学科建设而言，我认为要走古今对话、中西对话的路。我深深体会到文艺学的真理不在一家一派手里，而在各家各派手里。因此古今对话、中西对话，是关系到开发文艺学建设的资源问题。我把“古”“今”“中”“西”理解为四个“对话”的主体，通过这种对话，我们才能把包括古今中外一切含有真理性的东西吸收过来，才可能进行综合，并建立起具有新质的中国的现代的文学理论。20世纪90年代我提出了古代文论研究的学术策略是：第一，历史原则。把古代文论的资料置放到产生它的历史文化语境中考察，尽可能恢复其本来面貌。只有这样才可能激活历史资料的生命。尽管这不可能完全做到，但一定要尽力去做。脱离开原有的历史文化语境的研究是不可取的。第二，对话原则。把“古”“今”“中”“西”理解为四个平等的“对话”的主体。通过古今对话和中西对话，互相补充，互相发明，互相贯通。把古今中外一切具有生命力的观点和方法置于我们的视野之内。对话不是相互简单的比附。第三，自洽原则。对话的目的是把古今中外的真理性的成分交融在一起，这种交融不是机械相加，要能自圆其说，而且在对话中寻找新质，创造出属于中国现代的文论形态来。我和黄药眠先生主编了《中西比较诗学体系》(上、下)一书，1991 年出版，内容包括中西文论的背景比较、范畴比较和影响研究，至今仍是国内最完整的一部比较诗学的著作。我于 90 年代发表在《文史知识》杂志上的两组文章，或是以西释中，或是以中释西，受到读者的欢迎，尔后中华书局结集出版，台湾的万卷楼图书有限公司也出版了这部题为《中国古代心理诗学与美学》的书。2000 年，我完成了国家“九五”社科规划项目“中国古代文论的现代意义”，成果由北京师范大学出版社出版。2000 年，我在新加坡南洋理工大学中华语言文化研究中心担任研究员，完成了“现代学术视野中的中华古代文论”书稿，此书由北京出版社出版。我自 1994 年起给博士生上的“《文心雕龙》研究”的课程讲稿，即将汇集成《〈文心雕龙〉三十说》一书出版。我的“比较诗学”的研究得到国内研究古文论的朋友的鼓励，我的研讨《文心雕龙》论文的观点，被收入张少康等人编著的《文心雕龙研究史》中。已故资深古代文论研究专家陈良运在评价我的《中国古代文论的现代意义》一书时，认为这部书是“找到古代文论现代阐释的一把钥匙”。他说：“值得我们这些长期研究古代文论的学人特别感兴趣的是，他将现代心理科学知识引进了古代文论研究领域，从人的心理层次观照、诠释某些观念范畴的生成、扩散、延伸与发展，往往令人耳目一新。”他特别称赞我把李贽的“童心”说与马斯洛的“第二次天真”说的比较研究，说“听到他以美国人本主义心理学家马斯洛的'第二次天真'说诠释明代李贽的'童心'说，感到十分新鲜且心胸豁然开朗，一缕古代文论现代阐释的新曙光，启开了笔者原来比较狭窄的视界"。对于我对孔子的"乐而不淫，哀而不伤"的新解，对刘勰的"蓄愤""郁陶"说的新解等，也赞赏有加。我觉得我找到了知音。

> 自韦勒克的《文学理论》一书被翻译过来之后，文论界对他提出的所谓"内部研究"和"外部研究"的划分趋之若鹜。90年代"文化研究"被引入后，文学理论的"文化转向"又变为"日常生活审美化"的话题。"文学理论往何处去"又成为一个问题。这个时候，我提出了把"内部研究"与"外部研究"综合起来的"文化诗学"的新思路。

我于1998年扬州会议上提出建立"文化诗学"的初步构想。1999年我又发表了两篇论文《文化诗学是可能的》《文化诗学的学术空间》。2001年再次发表了论文《文化诗学刍议》，并于当年11月7日到中央电视台"百家讲坛"做了题为《走向文化诗学》的讲演。不幸的是我的这个讲题被美国学者斯蒂芬·格林布拉特于1986年在西澳大利亚大学讲过。这样，就有人认为我的理论是从格林布拉特那里搬来的。的确，此前我读过格氏有关"新历史主义"批评的论文，他那种把文学文本解读放回到原有的历史语境中去的方法对我有启发。但我当时不认为这是什么新鲜的东西，因为孟子的"知人论世"的方法早就倡导这样做了。我在90年代末提出"文化诗学"是基于这样三点：第一，文学理论界过分的"内部研究"，特别是一些琐碎的文本语言研究，忽视了文学的内容，即所谓文学"外部"的东西，我觉得过分的"内部研究"是片面的，文学理论应该追求全面性，那就是把"内部研究"和"外部研究"综合起来，既要关注文学文本的言语技巧、抒情技巧、叙事技巧，也要关注文学文本的文化、社会和政治内容，进行跨学科的研究。第二，90年代后期，随着西方的“文化研究”被引进，一时间又成为文论界追逐的目标。我认为从英国威廉斯等人那里引进的“文化研究”基本上不属于文学理论，它是文化社会学，甚至就是政治社会学。虽然，它有时也举某些文学作品为例来说明某个问题，但它并不看重文学文本的诗情画意，不看重文学文本的审美品质，甚至提出“反诗意”。如果我们搞文学理论的人，都钻进这个“文化研究”中去，那么就必然会脱离文学和文学理论本身，这不利于文艺学这个学科的建设。后来主张引进文化研究的学者又转而提倡什么“日常生活的审美化”研究，实际上常常与商业主义“同流合污”，这就更引起我的反感，我觉得他们这样走下去，必然要撇开我所钟爱的文学。而我所提出的“文化诗学”，就是要坚守文学理论的阵地，与搞文化研究的人保持距离。第三，面对诸种社会问题，我们研究文学理论的学者不能置身局外，要通过文学批评发出我们的制衡的声音。这样文学理论中缺乏文化的元素和视野显然是不行的。我觉得“文化诗学”恰好能使我们研究文学理论的人“介入”现实，与现实保持紧密的、生动的联系。我发表一系列的文章来界说我提出的“文化诗学”。最终，我用“一个中心，两个基本点”来说明我的“文化诗学”的结构。一个中心，就是要以审美为中心，文学与审美不可分离，审美不是小事，是关系到人的自由的大事。两个基本点，文学研究既要伸向微观的文学文本的细部，文本的分析不可或缺；又要伸向宏观的文化历史的观照，把文学文本或问题置放回原有的历史语境中去把握，揭示文学文本中的文化意涵。但是，我认为重要的不是“文化诗学”这个提法本身，重要的是要在文学理论和文学批评中进行实践。我先后主编了两套丛书，一套是北京师范大学出版社出版的“文化与诗学丛书”(10本)，一套是由湖南人民出版社出版的“文化诗学丛书”(5本)，这些著作研究的问题是不同的，但方法则是

“文化诗学”的。我为这两套丛书都写了“序言”，申明我的“文化诗学”的主张。我主持完成的教育部重大攻关课题“历史题材文学创作中的重大问题研究”，最终形成71万字的专著，和一套五本的丛书，也可看成是对“文化诗学”实践的作品。

新时期过去了三十余年，转瞬之间，我已从中年迈入晚年。我从审美诗学起步，经过了心理诗学、文体诗学和比较诗学的跋涉，最后一站来到文化诗学。这就是我的新时期的文学理论之旅。回顾所走过的路，总觉得所做的太少，留下的遗憾太多，论文和著作的质量不能令人满意。我清楚知道，我离我的学术研究目标还有很大的距离，未能像某些大家那样达到那种令人神往的境界。但生命的火焰即将黯淡，我可能再做不了什么来补救了。遗憾将陪伴上天留给我的日子。我只能告诫我的学生：努力吧，勤奋地、不倦地在文学理论这块园地里耕耘。要读万卷书，行万里路，永远和现实生活保持密切的、生动的联系，把书本知识、创作实践和生命体验贯通起来，也许你们能在这块园地获得丰收。我从来不嫉妒学生。我希望你们成家立派。当你们像我这样年老的时候，回首往事，觉得自己的生命没有虚度，你们已经成功，达到了你们的老师没有达到的境界。那对我来说，就是最好的安慰了。

（2012年5月10日，时年76岁）

目　录

导言：延伸与超越

今天我们首先讲“导言”，叫“延伸与超越”。北京师范大学文艺学研究中心近10年来一直致力于提倡“文化诗学”这种方法论。我在1994年出版的《文体与文体的创造》这本书里，就把文体和历史文化的互动关系揭示得很清楚，就是说把它们联系起来做考虑。1998年我在厦门开会期间给《东南学术》杂志提供了一篇论文，叫《文化诗学是可能的》。紧接着我们北京师范大学文艺理论教研室的六位教授共同给当时的硕士研究生开设了“文化诗学专题”课程，其中有我，有程正民老师、李壮鹰老师、王一川老师、罗钢老师和李春青老师，每个人讲两三讲，那个时候我们就觉得应该走“文化诗学”这条路。随后2001年11月7日我在中央电视台的“百家讲坛”做了“走向文化诗学”的讲演。我的讲演非常不幸的跟美国加州大学伯克莱分校英文系教授斯蒂芬·格林布拉特教授的一次讲演重名了。他是1986年9月在澳大利亚西部大学做的演讲，而我是在北京中央电视台，就是现在于丹讲课的那个电视台讲这个题目。我本以为他的理论叫作“新历史主义”，我不知道他后来把他的理论改名为“文化诗学”。所以有人觉得我们北京师范大学文艺学研究中心的“文化诗学”是不是搬用了格林布拉特的一些观点，实际上真的不是。我在以后讲课的适当地方，都会讲清楚北京师范大学“文化诗学”的研究思想和美国学者提倡的“文化诗学”的思想和方法有哪些联系，又有哪些根本的区别。

随后我们又承担了北京市的教改项目“文艺学教学与研究的双向拓展”。什么是“双向拓展”呢？就是说文艺学过去的研究太狭窄了，我们要向双方面拓展：一方面是宏观的历史文化的视野；另一方面是微观的文本、语言的视野，把文学作为一个包含这几个基本维度的整体来加以把握。这个项目过了不久就完成了，并且获得了北京市的教学成果奖。2001 年到 2002 年，我们出版了 10 卷本的“文化与诗学丛书”，这 10 本书的内容涉及古今中外，研究对象是不一样的，但在方法上互相靠拢，都用“文化诗学”这样一种基本方法。“文化诗学”的方法论在我们博士论文的写作实践中也获得了成功，产生了一些优秀的博士论文。例如，郭宝亮教授的《王蒙小说问题研究》，用文体学的方法研究王蒙。还有一些博士研究汪曾祺、铁凝，也有研究古典的、理论的，只要这个方法用得好的，都取得了成功。

“文化诗学”的要点是什么。总体来说，“文化诗学”是新时期文艺学 30 年以来的延伸与超越。它受到文化研究的启发，也与美国格兰布拉特的“新历史主义”(后又叫“文化诗学”)有关联。但它的确是从中国的文学理论的实际出发，具有中国的内容和形式。它包含以下六个要点。

第一点，“文化诗学”是在对新时期文艺学 30 年反思的基础上，实现的一次延伸与超越。

第二点，实现了文学观念的更新。过去对文学观念有多种多样的理解，但它们都是单维的，而“文化诗学”把文学看成有三个基本维度，它们是语言、审美和历史文化，认为文学是这三个维度的互动、互构的产物。

第三点，实现了文学研究对象的位移。文学研究的对象在“文化诗学”的视野下，主要是在语言、审美和文化的结合、穿越、往来中。

第四点，认为文学的基本价值在历史、人文与审美的张力上面。对于文学价值的判断是植根于现实，又回应现实的。

第五点，在“文化诗学”的视野中，文学批评的途径是一个中心，双向拓展。“一个中心”是以审美为中心，这是我 30 年来一直坚持的东西，“双向拓展”前面已经说过了，不再重复。

第六点，“文化诗学”将形成自己的一套概念和范畴。

上面就是我对“文化诗学专题”这个课题的简单导言。

第一章　为诗辩护

——文化诗学存在的前提

文化诗学是北京师范大学文艺学研究中心在20世纪90年代作为一种新的文艺学方法论提出来的。文化诗学的研究对象仍然是文学，古今的文学，中外的文学。但是近几年来出现了一种声音，那就是认为在所谓“电信技术王国”的冲击下，文学和文学批评，甚至连同情书、哲学和精神分析也“在劫难逃”，都要向“图像”“臣服”，文学和文学批评将走向终结。意思是“皮之不存，毛将焉附”，如果文学终结了，那么文学理论和批评就失去了研究的对象，人们还提出各种文学理论和批评的新说，自然也是无的放矢。现在人们还继续絮絮叨叨讲文学理论和批评的方法论，有何意义？所以这第一讲，我们必须首先要“为诗辩护”，阐述文学的独特的审美场域，证明文学现在存在着、发展着，将来也会存在着、发展着，文学的生命是不会衰竭的。

第一节　西方历史上五次“为诗辩护”

在中国悠久的历史上，包括诗歌在内的文学一直处于崇高的地位，曹丕在《典论·论文》中说：“盖文章，经国之大业，不朽之盛事。年寿有时而尽，荣辱止乎其身，未若文章之无穷。”说明人会死去，而文学是不朽的，是永远不会衰亡的。就是到了明清章回小说的时代，文学也被众多的普通读者所喜欢，从来没有人预言文学将消亡，将终结，所以中国从来就不存在“为诗辩护”的问题。

西方则不然。从柏拉图到现在先后有五次“为诗辩护”。就是说，他们一再预言文学将终结。

西方文论史上从古到今始终存在一个“为诗辩护”的论题。为什么像“诗”这样如此美好的东西，如此令人感动的东西，如此有魅力的东西，西方人非但不能像中国古人那样去珍爱它，反而认为它似乎是有罪的，还要替它辩护呢？问题究竟在哪里呢？总的说，在西方的古希腊理性传统和后来的科学传统中，文学往往被认为不具有价值，或不具有真理性，“诗”遭到责难，所以热爱文学的人们要一再起来为诗辩护。

一、西方文论史上第一次“为诗辩护”

第一次“为诗辩护”发生在世界古代文明开篇的所谓的“轴心”时期。当孔子(公元前552—前479年)在东方的泰山脚下那样热情地赞美西周时代古老诗篇，并精心地整理和挑选诗篇，终于整理出“诗三百”的时候，当孔子教导他的学生“小子何莫学乎诗？诗，可以兴，可以观，可以群，可以怨。迩之事父，远之事君，多识于鸟兽草木之名”的时候，当孔子语重心长地认为“兴于诗，立于礼，成于乐”的时候，在西方，比孔子稍晚一些，在地中海边的希腊，西方的圣人柏拉图(公元前427—前347年)在他所设计的“理想国”里则控诉诗人的罪状，并准备把诗人从“理想国”里驱逐出去。柏拉图借苏格拉底的话，说诗人有罪，因为诗人把“模仿性的诗”带进“理想国”来。其理由是，诗歌违反真理。他举出了三种床为例：“第一种是在自然中本有的，我想无妨说是神制造的，因为没有旁人能制造它；第二种是木匠制造的；第三种是画家制造的。”柏拉图认为唯有第一种床，即床之所以为床的“理式”才是真实体，才具有真理性，而画家笔下的床是模仿的模仿，“和真理隔着三层”。“我们现在理应抓住诗人，把他和画家摆在一个队伍里，因为他们有两点类似画家：第一点是他的作品对于真理没有价值；第二点是他逢迎人性的低劣部分，摧残理性的部分。”所以他决定“除掉颂神和赞美好人的诗歌以外，不准一切诗歌闯入国境。”①从这里我们不难看出，西方文论最初的价值根据，是柏拉图所说的“理式”，是“神”，而不是素朴的人、人的情感与自然的契合。

柏拉图的学生亚里士多德(公元前384—前322年)不同意他的老师柏拉图对诗人的态度，起来为诗人辩护，这是历史上第一次“为诗辩护”。亚里士多德为诗辩护的理由是大家都知道的，认为诗人模仿现实，“写诗这种活动比写历史更富于哲学意味”，他认为诗歌能够“按照可然律或必然律可能发生的事”，诗人拥有真理。② 但是，亚里士多德也不是彻底的唯物主义者，所模仿的现实还有“最后之因”或“最先的动因”。所以亚里士多德虽然为诗做了辩护，可诗的价值根据并未完全站立在确定的大地上面。“希腊人是靠‘理性’来追溯价值之源的，而人的理性并不能充分地完成这个任务。希伯来的宗教

---

① 柏拉图：《理想国》，《柏拉图文艺对话集》，朱光潜，译，人民文学出版社1959年版，第63～83页。

② 亚里士多德：《诗学》，《诗学·诗艺》，罗念生，译，人民文学出版社1962年版，第29页。

信仰恰好填补了此一空缺。西方文化之接受基督教，决不全出于历史的偶然。无所不知、无所不在的上帝正为西方人提供了他们所需要的存有的根据。”[①]西方文学和文论在中世纪沦为神权的“婢女”也就可想而知了。

二、西方文论史上第二次“为诗辩护”

第二次“为诗辩护”发生在文艺复兴之后。这是在神权的面前为诗辩护。“文艺复兴”这个译词很容易引起人的误解，以为是文艺得到了解放。实际上“文艺复兴”在西文中正确的解释是“古典学术的再生”。文艺复兴在精神方面的表现，主要是恢复古希腊时期开始的“自然科学”。[②] 当时，中世纪残留下来的教会的力量还很大，神学仍然压制着文学艺术。针对着教会对文艺的摧残，具有人道主义思想的学者起来“为诗辩护”。在意大利，但丁(1265—1321 年)最早起来为诗辩护。我们要知道，但丁生活的年代，大约相当于中国的元代中期，当时的中国文学已经跨越了汉赋、六朝诗歌、骈体文、唐诗、宋词、唐宋古文、唐宋传奇、元曲等辉煌的金色时期，产生了屈原、陶渊明、李白、杜甫、白居易、韩愈、柳宗元、李商隐、杜牧、苏轼、李清照、柳永、陆游等一大批伟大不朽的诗人和作家，而古老的诗篇早于汉代就被尊称为《诗经》，但生活在西方的被恩格斯称为“中世纪最初一位诗人，同时又是新时代最初一位诗人”的但丁，在文艺复兴运动的鼓励下，才开始羞答答地为诗辩护。但丁提出文学的“寓言”说，“从宗教的观点为诗辩护”。其后，还有薄伽丘、帕屈拉克等在重复了但丁的“寓言”说的同时，提出文学的虚构不是

① 余英时：《从价值系统看中国文化的价值意义》，《中国思想传统的现代诠释》，江苏人民出版社 1989 年版，第 8 页。

② 朱光潜：《西方美学史》，人民文学出版社 1999 年版，第 143 页。

说谎，“真理埋藏在虚构这幅帐面纱后面”“诗和神学可以说是一回事”“神学实在就是诗，关于上帝的诗。”[①]还是怕神权，不得不如此为诗辩护。比但丁稍晚 200 年左右的英国文学家菲利普·锡德尼（1554—1586 年）针对当时仍然有人认为诗人、演员和剧作家欺骗公众、败坏道德，才写出了第一篇以《为诗辩护》的论文，在这篇论文中作者说：自然的“世界是铜的，而只有诗人才给予我们金的”[②]，这才给出了一个像样的理由。

三、西方文论史上第三次“为诗辩护”

第三次为诗辩护发生在英国工业革命之后。这是在科学的面前为诗辩护。随着英国工业革命的兴起，工厂遍地林立，烟囱冒着黑烟，童工超时打工，城市挤压乡村，田园逐渐丧失。科学技术成为统治世界的力量。科学主义甚嚣尘上。似乎只有科学才发现真理，文学艺术与真理根本不相匹配。科学不但发现真理，而且有用，有用的才是可以存在的，文学艺术受到科学的挤压而再次经历危机。很少人重视现代的工业给环境带来污染，并使人性变得残缺。这个时候产生了英国浪漫派，出现了湖畔诗人华兹华斯（1770—1850 年）和柯勒律治（1772—1834 年）等，他们出来为诗辩护。他们对工业革命非但不感兴趣，而且呼唤回归自然。“大自然啊！大自然！”这是华兹华斯的口号。他的著作《〈抒情歌谣集〉序言》以丰富而独特的思想反对工业化和城市化：“许多的原因，从前是没有的，现在则联合在一起，把人们的分辨能力弄得迟钝起来，使人的头脑不能运用自如，蜕化到野蛮人的麻木状态。这些原因中间影响最大的，就是日常发

---

① 朱光潜：《西方美学史》，人民文学出版社 1999 年版，第 152 页。

② 锡德尼：《为诗辩护》，钱学熙，译，《为诗辩护·试论独创性作品》，人民文学出版社 1998 年版，第 10 页。

生的国家事件，以及城市里人口的增加。”①所谓“国家事件”，所谓“人口的增加”，就是当时现代工业的崛起，科学技术的发展，给人类带来的种种灾难。他呼唤失去的田园生活，他说：“我通常都选择微贱的田园生活作题材，因为在这种生活里，人们心中主要的热情找着了更好的土壤，能够达到成熟境地，少受一些拘束，……因为田园生活的各种习俗是从这些基本情感萌芽的，并且由于田园工作的必要性，这些习俗更容易为人了解，更能持久；最后，因为在这些生活里，人们的热情是与自然的美而永久的形式合而为一的。”②华兹华斯为了反驳那些只有科学才发现真理，诗歌不能发现真理的说法，他强调：“我记得亚里士多德曾经说过，诗是一切文章中最富有哲学意味的。的确是这样。诗的目的是在真理，不是个别的和局部的真理，而是普遍的和有效的真理；这种真理不是以外在的证据作依靠，而是凭借热情深入人心；这种真理就是它自身的证据，给予它所呈诉的法庭以承认和信赖，而又从这个法庭得到承认和信赖。”③华兹华斯进一步把自然科学与文学艺术作对比，说：“科学家追求真理，仿佛是一个遥远的不知名的慈善家；他在孤独寂寞中珍惜真理，爱护真理。诗人唱的歌全人类都跟他合唱，他在真理面前感觉高兴，仿佛真理是我们看得见的朋友，是我们时刻不离的伴侣。诗是一切知识的菁华，它是整个科学面部上的强烈的表情。”④华兹华斯对于现代工业的批判，对于古老田园生活的神往，对于回归自然的呼喊，这都能给我们以启发，令我们感动，甚至到今天仍然有

---

① 华兹华斯：《〈抒情歌谣集〉序言》，刘若端：《十九世纪英国诗人论诗》，人民文学出版社 1984 年版，第 8 页。

② 华兹华斯：《〈抒情歌谣集〉序言》，刘若端：《十九世纪英国诗人论诗》，人民文学出版社 1984 年版，第 5 页。

③ 华兹华斯：《〈抒情歌谣集〉序言》，刘若端：《十九世纪英国诗人论诗》，人民文学出版社 1984 年版，第 15 页。

④ 华兹华斯：《〈抒情歌谣集〉序言》，刘若端：《十九世纪英国诗人论诗》，人民文学出版社 1984 年版，第 17 页。

它的意义。但是他为什么要站到“科学家”的立场上为诗辩护呢？他辩护的逻辑是，诗歌不是不能发现真理，它的真理比之于科学所发现的真理更能为更多的人所了解，全人类都跟着合唱。就是说，华兹华斯为诗辩护诚然让人佩服，但他对文学价值的理解，仍然脱离不开“科学”和“真理”。文学艺术为什么一定要和科学去比真理性呢？

比华兹华斯晚一点出生却早去世的雪莱（1792—1822 年）在题为《为诗辩护》一文中，也许比华兹华斯说得更好。雪莱认为科学与诗是不同的。科学重在“推理”，而诗则重在“想象”。“诗可以解作‘想象的表现’。”[①]而且他提出了文学艺术的“美与真”的问题，不但把语言艺术的创造与人的天性联系起来，而且考虑到语言的本性，他说：

> 狭义的诗却表示语言的、尤其是具有韵律的语言的特殊配合，这些配合是无上威力所创造，这威力的宝座却深藏在不可见的人类天性之中。而这种力量是从语言的特性本身产生的，因为语言更能直接表现我们内心生活的活动和激情，比颜色、形象、动作更能作多样而细致的配合，更宜于塑造形象，更能服从创造的威力的支配。[②]

雪莱同样也说诗人是“法律的制定者”，是“文明社会的创立者”，是“人生百艺的发明者”，但同时他不是一味说大话，而是从语言的特性出发，具体地论述了文学作为语言的艺术对于阐发人的内心生活和人的情感的独特长处。这样的辩护比什么都有力量。后来，欧洲文学从 18 世纪的启蒙主义文学到 19 世纪的浪漫主义文学和批判现实主义文学的发展，产生了一大批伟大的诗人作家，他们的作品，

---

① 华兹华斯：《〈抒情歌谣集〉序言》，刘若端：《十九世纪英国诗人论诗》，人民文学出版社 1984 年版，第 119 页。

② 华兹华斯：《〈抒情歌谣集〉序言》，刘若端：《十九世纪英国诗人论诗》，人民文学出版社 1984 年版，第 123 页。

无论是思想与艺术都达到了前所未有的高度，有力地证实了英国浪漫主义诗人的“诗辩”。

四、西方文论史上第四次“为诗辩护”

随着19世纪德国哲学的繁荣，德国古典哲学成为人类的精神发展的表征。康德、费希特、席勒、谢林、黑格尔等都热爱包括文学在内的艺术。黑格尔与华兹华斯同生于1770年，1831年死于当时德国流行的霍乱。大家知道，黑格尔前后讲过五遍美学课，1817年、1819年在海德堡大学讲过两次，1820—1821年、1823年、1826年在柏林大学讲了三次，我们现在看到的《美学讲演录》(朱光潜先生译名为《美学》)就是他的学生霍托根据1823年、1826年的听课人的课堂笔记对照黑格尔历次讲课的提纲整理而成的。但随着黑格尔的哲学体系的完成，“艺术终结论”也提出来了。

华兹华斯的《〈抒情歌谣集〉序言》最早版本是1815年，后来不断有修改。大体而言，黑格尔讲美学的时间比华兹华斯发表《序言》的时间稍晚一些。黑格尔的哲学体系，是客观唯心主义体系。这个体系的核心和灵魂就是“绝对精神”。他认为世界的本原不是物质而是精神，精神第一性，物质第二性。但他的“绝对精神”又不是属于人的主观的精神，而是独立于个人之外的，在自然界和人类出现以前就已经存在并将永恒地存在下去的“客观的思想”。他把这个派生出整个世界的“客观的思想”又称为“绝对理念”。这个“绝对理念”不是孤立地、静止地、僵死地存在着，它包含一种永无止境的矛盾运动。那么，文学艺术是什么呢？它们如何运动呢？在黑格尔看来，“美是理念的感性显现”，理念在显现为各种艺术的时候，是按照象征型艺术开始一跨进了古典型的造型艺术一最后终止于浪漫型艺术。从诗的运动角度说，则从史诗一抒情诗一戏剧体诗的过程发展的，在戏剧体诗经过悲剧和喜剧之后，终于走完理念在艺术领域的全部行程，或者说得到了完全的实现，这样，理念就要越出艺术的感性形式向更高的阶段——宗教、哲学——发展。所以黑格尔说："到了喜剧的发展成熟阶段，我们现在也就达到了美学这门科学研究的终点。"① 又说："到了这个顶峰，喜剧就马上导致一般艺术的解体。"②这时候，绝对精神将走向更高阶段的宗教和哲学。需要说明的是，黑格尔的思想是矛盾的，按照他的"绝对理念"的逻辑，艺术终结论是必然的。但按照他的历史发展的观点，艺术是无止境的。黑格尔有一个"扬弃"的观点，对于艺术来说"扬弃"就是既保留又抛弃。总有一些东西被保留，但不利于"理念"运动的东西不被保留，最终是要被抛弃的。

在当时，稍小黑格尔几岁的谢林，他是一位明确地用"先验唯心论"这个名称的哲学家。谢林的观点是，艺术是至高无上的，艺术紧紧把握住理念与现实的统一。哲学似乎是可以企及的最高事物，但仅能让少数人达到这一点，艺术则是按照人的本来面貌引导全部人达到这一目标。所以他的观点与黑格尔是不同的。100 多年来，人们对于黑格尔的"艺术终结论"谈论的很多，但真正赞成他的人很少。根本原因在于黑格尔的"绝对理念"不过是披着外衣的神性而已，因此他的哲学逻辑或者说神性如何能干预人类的现实文学艺术的终止呢?

五、21 世纪全球化时代的"为诗辩护"

当前，我们又一次不得不为诗辩护，这是第五次"为诗辩护"，这是在电子技术面前为诗辩护，在高科技图像面前为诗辩护。这一

---

① 黑格尔：《美学》第 3 卷(下)，朱光潜，译，商务印书馆 1981 年版，第 334 页。
② 黑格尔：《美学》第 3 卷(下)，朱光潜，译，商务印书馆 1981 年版，第 334 页。

次，是解构主义理论家德里达挑起的。他认为文学和情书将随着电子图像的流行而走向终结。中国当代一些年轻的或不太年轻的学者也跟着喊。这次“为诗辩护”在中国引起了广泛的回响。笔者也在此次争论中[①]。

“文学终结”近几年成为一个热门话题，从《文学评论》2001 年第 1 期发表了美国知名学者希利斯·米勒的文章《全球化时代的文学研究还会存在吗?》以后，这种讨论在中国就开始了。米勒先生在这篇文章中说：

> 新的电信时代无可挽回地成为了多媒体的综合应用。男人、女人和孩子个人的、排他的“一书在手，浑然忘忧”的读书行为，让位于“环视”和“环绕音响”这些现代化视听设备。而后者用一大堆既不是现在也不是非现在、既不是具体化的也不是抽象化的、既不在这儿也不在那儿、不死不活的东西冲击着眼膜和耳鼓。这些幽灵一样的东西拥有巨大的力量，可以侵扰那些手持遥控器开启这些设备的人们的心理、感受和想象，并且还可以把他们的心理和情感打造成它们所喜欢的样子。因为许多这样的幽灵都是极端的暴力形象，它们出现在今天的电影和电视的屏幕上，就如同旧日里潜伏在人们意识深处的恐惧现在被公开展示出来了，不管这样做是好是坏，我们可以跟它们面对面、看到、听到它们，而不仅是在书页上读到……我想，这正是德里达所谓的新的电信时代正在导致精神分析的终结。[②]

米勒相信：这是电信时代的电子传播媒介的“幽灵”“将会导致感

① 童庆炳：《文学独特审美场域与文学人口——与文学终结论者对话》，《文学争鸣》2005 年第 3 期。

② J. 希利斯·米勒：《全球化时代文学研究还会继续存在吗?》，《文学评论》2001 年第 1 期。以下所引米勒文字都出自这篇文章，不另注。

知经验变异的全新的人类感受”，并认为“正是这些变异将会造成全新的网络人类，他们远离甚至拒绝文学、精神分析、哲学的情书”，从而导致文学的终结。文学终结了，“那么，文学研究又会怎样呢？文学研究时代已经过去了。再也不会出现这样一个时代——为了文学自身的目的，撇开理论的政治的思考而单纯去研究文学。那样做不合时宜”。

中国的年轻或不太年轻的学者对于米勒的关于文学的终结论深信不疑，以至于产生一种恐慌，有人相信文学在电子图像时代必然终结，而文学研究的合法性也受到根本的威胁，所谓“皮之不存，毛将焉附”？有的学者就提出，文艺学的边界如果不越界不扩容，文艺学岂不要自取灭亡吗？趁现在的“文学性”还在那里“蔓延”，在日常生活的审美化中蔓延，在城市规划、购物中心、街心花园、超级市场、流行歌曲、广告、时装、环境设计、居室装修、健身房、咖啡厅中蔓延，赶快抓住这些“文学性”的电信的海啸中的稻草，苟延残喘，实现所谓的“文化转向”，去研究城市规划、购物中心、街心花园、超级市场、流行歌曲、广告、时装、环境设计、居室装修、健身房、咖啡厅吧！文学已经在电信王国的海啸中濒临灭亡了。

米勒先生笃信德里达的解构主义，他的文学和文学研究终结论，并不是他自己的独创，也是从德里达那里贩买来的。雅克·德里达在《明信片》一书中说：在这个电信技术王国中，“整个的所谓文学的时代(即使不是全部)将不复存在”“电信时代的变化不仅仅是改变，而且会确定无疑地导致文学、哲学、精神分析学，甚至情书的终结”①。

我读了米勒先生的文章，他的文章给我的感觉是：也许他提出了一个问题，但过分夸大电子图像的影响，文学的终结根本是不可

① J. 希利斯·米勒：《全球化时代文学研究还会继续存在吗?》，《文学评论》2001年第1期。

能发生的事情。2001年8月我们北京师范大学文艺学研究中心召开了题为“全球化语境中文化、文学与人”的国际学术研讨会议。米勒也应邀来参加这次会议。在会上我做了题为《全球化时代的文学和文学批评会消失吗——与米勒先生对话》的发言。米勒就坐在我的面前静静地听了我的发言，他在答辩中并没有跟我辩论，且认为我的看法也许是有道理的。荷兰学者佛克马则完全赞同我的意见，认为“文学终结论”是一个奇怪的问题。米勒在这次会上做了《全球区域化的文学研究》的发言，他的主要论点是文学研究既包含全球性因素，也包含地域性因素。他认为来自一个地域文化的文学多大程度上可以被处于另一个地域文化的人们所接受呢？这里有许多问题值得研究。他不是在否定文学和文学研究的存在，而是在探讨处于不同地域文化之间的文学如何实现相互理解的问题。他似乎把他发表在中国那篇文章的主要论点忘记了。顺便说一句，2004年米勒又一次来中国，他在接受《文艺报》编审周玉宁的采访时说：文学是安全的。意思是文学不会终结。米勒改口了，可是他的“文学终结论”的中国支持者却拒绝改口。

我在那次国际会议上的文章发表后，被好几个刊物一再转载。在那篇文章里，一方面我承认电信媒体的迅猛发展必然会引起文学的变化。另一方面我说明人类情感只要还存在，作为人类情感表现形式的文学，就将继续存在。我说：“的确，旧的印刷技术和新的媒体都不完全是工具而已，它们在某种程度上具有影响人类生活面貌的力量，旧的印刷术促进了文学哲学的发展，而新的媒体的发展则可能改变文学、哲学的存在方式。”①再一方面我认为无论媒体如何变化，文学是不会消亡的，我提出“文学和文学批评存在的理由究竟在什么地方呢？是存在于媒体的变化，还是人类情感表现的需要？

① 童庆炳：《全球化时代的文学和文学批评会消失吗?》，《社会科学辑刊》2002年第1期。

如果我们把文学界定为人类情感的表现形式的话，那么我认为，文学现在存在和将来存在的理由在后者，而不在前者。诚然，文学是永远变化发展的，一个时代有一个时代的文学，没有固定不变的文学。但文学变化的根据主要还在于——人类的情感生活是随着时代的变化而变化的，而主要不决定于媒体的变化。”①并认为米勒的“文学终结论”很难说服人。后来的发展是，我的文章遭到一些为米勒的“文学终结论”所倾倒的学者的嘲讽，说我提出的观点根本不在米勒的层次上，言外之意是我的层次低，米勒的层次高。反正你同意米勒的看法层次就高，你不同意米勒的看法层次就低。

现在让我们来检讨一下米勒先生提出的几个关于文学要终结的论点是否站得住脚。米勒先生发表在《文学评论》2001 年第 1 期上面的文章并不好读，其中一些逻辑令人费解。但是大体地意思是可以读懂的。米勒先生自己也是研究文学并热爱文学的，因此当他读到德里达的作品《明信片》那段话后，他也觉得“骇人听闻”，也“激起了强烈的恐惧、焦虑、反感、疑惑”，但立刻就认为是德里达所言“已经是不言自明的事实”。即认为传播媒介的表面的、机械的、偶然的变化，就导致了文学、哲学、精神分析学、情书的终结。那么，理由在哪里呢？他回答说：“新的电信时代正在通过改变文学存在的前提和共生因素。”他所谓的文学存在的前提和共生因素，其实很简单，那就是以数码文化为代表的新的电信文化取代了印刷文化。他认为新的电信王国包括“照相机、电报、打印机、电话、留声机、电影放映机、无线电收音机、卡式录音机、电视机，还有现在的激光唱盘、VCD(影音光碟)、DVD(数字多功能光盘)、移动电话、电脑、通信卫星和国际互联网”，这些新的电信力量造成了“新的电信时代的三个后果”。这三个“后果”就是造成文学终结的原因。

---

① 童庆炳：《全球化时代的文学和文学批评会消失吗?》，《社会科学辑刊》2002 年第 1 期。

第一点，米勒所说的第一个“后果”就是“全球化”，即所谓“民族独立国家自治权力的衰落或者说减弱”。当然，如果说全球化经济的发展，新的电子媒介的发展，造成了经济的、文化的、信息的交流越来越频繁，边界逐渐被拆除，世界多少成为麦克卢汉所说的“地球村”，某些审美的时尚在许多地区迅速流行起来，这或多或少是一个事实。但说“民族独立国家自治权力的衰落或者减弱”则不完全是事实。别的不说，美国的民族与国家的自治权利衰落了吗？减弱了吗？不但没有，而且更强了。布什在白宫里面激动、拍桌子、挥拳头，会对文学造成什么影响吗？全球化要说有什么影响，就是现在某些人所主张的“日常生活审美化”。在他们看来“日常生活审美化”，抹平了文学与模特走步的“边界”，抹平了文学与街心花园的边界，抹平了文学与咖啡馆的边界。但是在我看来，且不说“日常生活审美化”是少数人的事情，就是有一天“日常生活审美化”真的普及了，文学的基本边界还是存在着。对“全球化”作简单的理解是无益的。“全球化”是一把双刃剑，对于文学也是如此，一方面，它可能用某些文化垃圾充斥世界的市场，吸引观众，挤压文学的生存与发展；但另一方面，它又有利于各民族各国家文学的交流、沟通与理解。所以“全球化”不能成为“文学终结论”的一个理由。

第二点，米勒所说的第二个“后果”，就是“电子社区”的出现。“电子社区”就是各国各地区的互联网的形成。米勒没有说“电子社区”的出现和发展如何会让文学走向终结。但是他的中国“敬佩”者替他做出了解释。“敬佩”者说“文学即距离”，因为“文学更本质上关切距离，因为简单而毋庸置疑的是，距离创造美”①。现在的“电子社区”则使“距离”消失，甚至是什么“趋零距离”。这样一来，作为有“距离”才有的“文学”的消亡也就是必然的了。这位中国崇拜者在这

---

① 金惠敏：《媒介的后果——文学终结点上的批判理论》，人民出版社 2005 年版，第 13 页。

里起码犯了三重错误。第一，大家知道，“距离”说是英国学者布洛的理论，20 世纪 30 年代朱光潜先生的《文艺心理学》一书将它介绍进中国，朱先生认为美的确与“距离”有关，但从未笼统肯定“距离创造美”。朱光潜先生认为“‘距离’含有消极的和积极的两方面”。对于美来说，“距离”既不能太远，也不能太近，合理的距离是“若即若离”。第二，“敬佩”者认为文学的模仿、比喻、修辞、想象都是“距离”的“另一种说法”，这种看法有何学理的根据？难道能够把布洛的“心理距离”等同于这些概念吗？第三，任何事物之间的“趋零距离”和“零距离”是否有可能？我们当然清楚由于通信技术的发达，相距甚远的人也可以在片刻之间取得联系，与过去的单纯的书信来往需要很长的时间不可同日而语，但难道这就是所谓的“趋零距离”或“零距离”吗？一个电话从美国的华盛顿打到北京，要经过铃响，接电话人走到电话机旁，也需要时间，这是“零距离”吗？更重要的是现今人们通过“网络社区”(另外还有“现场直播”“可视电话”之类)使时空距离大大缩短，可以使信息(包括审美信息)迅速流通。但这与布洛所阐明的审美活动需要与功利拉开一段适当的“心理距离”是一回事吗？此“距离”非彼“距离”。我们只要了解布洛所举的著名的“雾海航行”的例子就可以知道了。对于艺术创作与欣赏中的适当的心理距离，无论是对印刷的小说、散文、诗歌，还是对电视、网络上流行的审美文化的创作与欣赏，都是重要的，为什么单单说“距离”的消失就威胁到文学的生存与发展呢？所以“电子社区”的出现，并不是文学终结的理由。

第三点，米勒说的第三个“后果”就是新的电信力量的出现，改变了人类感知事物的方式。用他的话来说，电子媒介将“导致感知经验变异的全新的人类感受(正是这些变异，将会造就全新的网络人类，他们远离甚至拒绝文学、精神分析、哲学和情书)”。这里提出的问题才是电子媒介在时空距离拉近后对人的感知的某些影响。我们承认，电视上、网络上的现场直播，可视电话的两端相隔万里而可以顷刻沟通，电子游戏让部分孩子所迷恋等，对于部分人类感知方式的部分改变，当然影响是很大的，这是一个事实。电视播出的新闻，特别是现场新闻，由于时空距离小，确有现场之感，给人的感受冲击更感性、更直接、更巨大。报纸的新闻则经过时间上对人的心理的缓冲，所以同样的新闻感觉起来就有差别。这是一个事实问题，我们无须回避，也不能回避。但是对此影响的估计，则应该实事求是，要从实际的情况出发。应该承认的是，人类的感觉器官不单是对电子媒介敞开，更多的时间还是对周围的真实世界敞开，你在家里吃饭睡觉，你读报，你下地耕田，你到工厂做工，你欣赏春天的桃花和秋天的红叶，你出外旅游欣赏文化景观和自然景观，你不可能整体都在虚拟的电子图像世界里。你的感觉方式可能因为有了电子媒介而延伸，但基本的感觉方式并没有多大变化。因此，文学对大家来说并非陌生之物，大家仍旧读小说、散文、诗歌，只是因为时间关系，读得少一些而已。所谓因人的感觉的变异，人类将拒绝文学的说法，文学走向终结，最多只是一种假设和推论，没有充分的现实依据，不太切合现在和可以预见的未来的实际。

可见，米勒和他的中国支持者的几点关于文学终结的立论，差不多都是似是而非的，经不起分析的，根本问题缺乏现实感，缺乏事实的支持。

六、“文学边沿化”不等于“文学终结”

米勒和他的支持者的意见长篇大论，不是三言两语可以说清的，但他们的观念可以归结为一点，那就是认为现在的社会已经处于电子高科技时代，在文化领域图像的霸权已经势不可挡，视觉图像统治一切、覆盖一切、吸引一切，哪里还会有文学这种非图像文字的立足之地呢？文学该到消亡的时候了。（顺便说一句，这些人是由文学的乳汁喂养长大成人的，为何现在那么急切地希望文学消亡？这岂非怪事？）

更有的论者把目前文学的边沿化与“文学终结论”混为一谈。认为边沿化就是文学的终结或者是文学终结的预兆。其实，关于文学边沿化问题，多年前我就反复说过，文学的确已经边沿化，并认为这种“边沿化”与中国20世纪的50年代至80年代相比，恰好是一种常态，那种把文学看成“时代的风雨表”，把文学放到社会中心的时代是一种“异态”。把文学政治化，把文学放在社会的中心，究竟给文学带来什么呢？经历过“文化大革命”的人们，应该都还记得，那时候，几部“革命样板戏”统治一切，结果把其他的文学都说成“封资修黑货”，8亿人只能看8个样板戏，这就是文学“中心化”的结果。1975年毛泽东对邓小平说现在大家“怕写文章，怕写戏。没有小说，没有诗歌”①。文学“中心化”的结果是没有文学，这难道是正常的吗？这难道不是文学“中心化”的悲剧吗？就是20世纪80年代初文学创作动不动就引起“轰动效应”的盛况，也是一种“异态”。那是因为由于思想解放运动，人们的思想感情空前活跃，文学更多作为一种思想解放的产物而存在，“文学为政治服务”的阴影并没有散去，这还是反常的，是不能长久维持下去的。果然，到了80年代中后期，文学就失去了“轰动效应”，也即逐渐“边沿化”，也可以说，这是一种常态，当时我就说这是一件值得高兴的事情。为什么要把作为文学常态的文学“边沿化”理解为文学的终结呢？其实文学“边沿化”是文学发展的常态。一个社会常态应该是以经济发展为中心，只有经济目标和经济的实践真正成为中心的时候，才能满足人的吃喝住穿这第一位的物质需要，这个社会的运转才处于常态。当然，我

---

① 逄先知、金冲及：《毛泽东传1949—1976》，中央文献出版社2003年版，第1742页。

并不是认为经济发展就是一切，以经济文明为中心，同时也要配合文化的、政治的文明的发展才是可行的。不难看出，文学的边沿化与文学的终结是两个完全不同的问题，为什么要把它们混淆起来呢？

第二节 文学的独特审美场域

随着电视、电影、互联网络和其他新媒体的流行，文学受到挑战，文学也在改变自己，以适应新的境况，这些很多人说过了，也许无须再多说了，为了回答米勒的文学终结的问题，为了说明文学生存的理由，似乎要从三个层面来加以阐述。

一、人类情感与文学表现

如前所述，文学是人类情感的表现形式，那么只要人类的情感还需要表现、舒泄，那么文学这种艺术形式就仍然能够生存下去。

这一点在我发表的《全球化时代的文学和文学批评会消失吗?》的短文中已作了表述，我说："的确，旧的印刷技术和新的媒体都不完全是工具而已，它们在某种程度上具有影响人类生活面貌的力量，旧的印刷术促进了文学哲学的发展，而新的媒体的发展则可能改变文学、哲学的存在方式。"①然而，我认为无论媒体如何变化，文学是不会消亡的。我提出"文学和文学批评存在的理由究竟在什么地方呢？是存在于媒体的变化，还是人类情感表现的需要？如果我们把文学界定为人类情感的表现形式的话，那么我认为，文学现在存在和将来存在的理由在后者，而不在前者。诚然，文学是永远变化发展的，一个时代有一个时代的文学，没有固定不变的文学。但文学

① 童庆炳：《全球化时代的文学和文学批评会消失吗?》，《社会科学辑刊》2002 年第 1 期。

变化的根据主要还在于——人类的情感生活是随着时代的变化而变化的，而主要不决定于媒体的变化。”[①]我认为米勒的“文学终结论”很难说服人。关于这一点，杜书瀛先生也有精辟的论述，他也同样认为，“既然文学是语言艺术，所以我认为文学存在的理由还应该从这样一种角度去思考、去挖掘。因为文学不只是文字，还离不开语言——文字之前还有许多口传的文学。……语言不会消亡，那么文学就有它存在的基础”[②]。钱中文先生则认为，在当前全球化的语境中，这种中西方之间不同的论调正好显示了中外文论之间的差异所在，“中国学者主要是从现代性的诉求出发，而外国学者的着眼点则是后现代性”，“以何者为主，则要看那个国家的文化发展的具体情况”，所以米勒才会站在电信时代的所谓文学“生不逢时”的语境中指出“文学研究的时代已经过去了。再也不会出现一个时代——为了文学自身的目的撇开理论的或者政治方面的思考而单纯地去研究文学。那样做不合时宜”。钱中文教授还认为：“中国文论滞后，其原因在于一个相当长的时期里，政治限制了文学艺术的本质特性，即最根本的审美特征，进而完全遏制了文学艺术的审美的自由想象。……但是一个民族，它所赖以生存的地域的特殊性，它所特有的政治文化制度以及文化传统的悠久性，在新的文化的建设中，起着极为重大的作用。所以要想更新、要想前进，就必须以现代性而不是后现代性来观照传统，既尊重传统，又批判传统，融会传统。”[③]正如杜书瀛、钱中文两位先生所言，我们的文学不仅有着自身赖以生存的特殊性及其博大精深的民族传统，它还传递人类的情感，抒发民族的精神，具有无限的被阐释和重释的空间，它又怎么会消亡呢？

---

① 童庆炳：《全球化时代的文学和文学批评会消失吗?》，《社会科学辑刊》2002年第1期。

② 杜书瀛：《文学会消亡吗——学术前沿沉思录》，中山大学出版社2006年版，第26页。

③ 钱中文：《钱中文文集》，上海辞书出版社2005年版，第515～520页。

二、文学语言与文学的审美场域

我们仅仅说“人类情感的表现需要文学”还不够，也不足以说服那些文学终结论者。不论德里达还是米勒还是国内的某些年轻或不太年轻的学者，他们认定的文学终结的理由，是由于电子媒体的高度发展，图像(而不是文字)已经统治一切，占领一切，人们对电子图像的喜欢必然超过对文字语言的喜欢，文学作为一种文字语言的艺术必然要终结，而完全让位于电子媒介所宠爱的电影、电视和互联网的日子迟早要到来。如果文学不愿灭亡，那就必须“臣服”图像的统治。人类的情感表现不需要通过文学这种语言文字形式来表现，完全可以通过人们更为喜欢的电子图像来表现。这样一来，我们必须给出第二层面的理由，一个文学不会终结的独一无二的理由。

文学始终不衰的这个独一无二的理由在哪里？我在《文学评论》2004 年第 6 期发表了一篇题为《文艺学边界三题》的文章，在这篇文章里，我认为文学不会终结的理由就在文学自身中，特别在文学所独有的语言文字中。在审美文化中文学有属于自己的独特审美场域。这种审美场域是别的审美文化无法取代的。这种见解我想可以从生活于 5 世纪至 6 世纪的刘勰的《文心雕龙》中受到启发：文学作为语言的艺术有属于自己的“心象”，而不是面对面的直接的形象。刘勰在《文心雕龙・神思》篇中说：“独照之匠，窥意象而运斤。”这里是说文学创作的时候，作家的想象和情感凌空翻飞，并且窥视着由想象和情感凝聚在自己心中的“意象”来动笔。这里的“意象”不是外在的直接的形象，是隐含了思想情感的内心的仿佛可以窥见的形象，是内视形象。“内视”形象是文学创作的特点之一。就是说，作家创作出来的形象，在创作前、创作中和创作后，都是内心视象，而不是如现在的电影或电视剧创作那样，要根据演员这个直接形体形象去创作，或开始于内心视象，而最终要落实于直接的实体性的形象。

值得注意的是，刘勰又在《隐秀》篇说："隐之为体，义生文外，秘响旁通，伏采潜发，譬爻象之变互体，川渎之韫珠玉也。""隐"作为文学的体制，意义生于文字语言之外，好像秘密的音响从旁边传过来，潜伏的文彩在暗中闪烁，又好像爻卦的变化在互体里，珠玉埋藏在川流里，因此能"使玩之者无穷，味之者无极"。这里说的是读者阅读欣赏的时候，所领会到的不是文字内所表达的意义，而是文字之外所流露出来的无穷无尽的意味。进一步说，读者所面对的不是如电影、电视中的演员所表演的直接形象，而是文字语言之外的意义、气氛、情调、声律、色泽等。我觉得刘勰所论的正是文学那种由于文字的艺术魅力持久绵延于作者和读者内心视像的审美场域，唯有在文学所独具的这个审美场域中，文学的意义、意味的丰富性和再生性是其他的审美文化无法比拟和超越的。后来唐代王昌龄也说："搜求于象，心入于境，神会于物，因心而得。"[①]在这里，王昌龄力图说明，文学虽然也要写物，但这物必须与人的心、神相互交融，是因心而得之物，可见这物也是内宇宙之物，不是外宇宙之物，或者说这就是内心视象。这可以说也是对文学的独特审美场域的很好的解释。

还有中国古人谈到文学的时候，总是强调"文约辞微""言近旨远""清空骚雅""一唱三叹""兴象玲珑""虚实相生""不言言之""不写写之""不著一字，尽得风流"等，中华古代文论优点之一，就是把文学审美场域的独特性，说得比较细微和透彻。举例来说，李白的《春思》："燕草如碧丝，秦桑低绿枝。当君怀归日，是妾断肠时。春风不相识，何事入罗帏。"在这里，写春天到来了，少妇思念外出的丈夫更加殷切了，盼丈夫能尽快归来。最后两句，"春风不相识，何事

① 王昌龄：《诗格》，王大鹏，等：《中国历代诗话选》一，岳麓书社 1985 年版，第39 页。

入罗帷”，完全是少妇的内心视点的表现，我盼的是丈夫速归，可我不认识你春风啊，你春风为什么进入我的罗帷之中呢？这一切在诗里是完全可能的，而且是诗意盎然，但在影视图像中如何可能呢？影视如何能把少妇这种心事如此有诗意地表现出来呢？

值得体会的是德国文论家莱辛在《拉奥孔》中提出的文学的“心眼”和“无明”这两个概念。莱辛在比较诗与画的不同的时候，替弥尔顿辩护。在弥尔顿与荷马之间最大的类似点就在失明。弥尔顿固然没有为整个画廊的绘画作品提供题材，但是如果我在享用肉眼时的视野必然也就是我的心眼的视野，而失明就意味着消除了这种局限，我反而要把失明看作具有很大的价值了。莱辛是在反驳克路斯的意见时说这段话的。按照克路斯的意见，一篇诗提供的意象和动作愈多，它的诗的价值就愈高。反之，诗的价值就处于“失明”状态，诗的价值就要遭到质疑了。莱辛不同意这种看法，他认为诗人抒发的感情可能不能提供图画，可能是朦胧的、意向性的，是“肉眼”看不见的，即所谓“失明”，它不能转化为明晰的图画，更构不成画廊，但这并不等于诗人什么也看不见，实际上诗人是用“心眼”在“看”，能够看出浓郁的诗情画意来，这不但不是诗的局限，而是诗的价值所在。莱辛的所谓“心眼”显然是说诗人不是以物观物，而是以心观物，以神观物，最终是一种“内视”之物，从这里看到的比之于图画那里所看到的更空灵更绵长更持久更有滋味。我们是否可以说，早在18世纪莱辛就在历史的转弯处在等待着德里达和米勒了。

按照我的理解，对于文学独特审美场域的奥秘，还可以做进一步申说。在文学创作过程中，思想感情在未经语言文字处理之前，并不等于通过语言文字艺术处理以后的审美体验。在真正的作家那里，他的语言与他的体验是完全不能分开的。不要以为语言文字只是把作家在生活中感触到的体验原原本本地再现于作品中。语言是工具媒介，但语言又超越工具媒介。当一个作家在运用语言文字处理自己的思想感情的时候，实际上已悄悄地在生长、变化，这时候的语言文字已经变成了一种“气势”、一种“氛围”，一种“情调”，一种“气韵”，一种“声律”，一种“节奏”，一种“色泽”，属于作家体验过的一切都不自觉地投入其中，经历、思想、感觉、感情、联想、人格、技巧等都融化于语言中，语言已经浑化而成一种整体的东西，而不再是单纯的只表达意义的语言媒介。因此，文学语言所构成的丰富的整体体验，不是其他的媒介可以轻易地翻译的。歌德谈到把文学故事改编为供演出的剧本的时候说，“每个人都认为一种有趣的情节搬上舞台也还一样有趣，可是没有这么回事！读起来很好乃至思考起来也很好的东西，一旦搬上舞台，效果就很不一样，写在书上使我们着迷的东西，搬上舞台可能就枯燥无味”①。同样，一部让我们着迷的文学作品，要是把它改编为电影或电视剧，也可能让人感到索然无味。我们不能想象有什么电影和电视剧可以翻译屈原的《离骚》给予我们中国人对于历史、君王和人生的沉思；我们不能想象有什么电影和电视剧可以翻译陶渊明的那种“羁鸟恋旧林，池鱼思故渊”的归隐的感情。同样的道理，对于唐诗、宋词的意味、意境、气韵，对于有鉴赏力的读者来说，难道有什么图像可以翻译吗？像王维的诗的那种清新、隽永，像李白的诗的那种雄奇、豪放，像苏轼诗词的那种旷达、潇洒，任是什么图像也是无法翻译的。对于以古典小说为题材的电视剧和电影，如果我们已经精细地读过原著、玩味过原著，那么你可能对哪一部影像作品感到满意呢？不但如此，就是现代文学中那些看似具有情节的作品，也是难以改编为电子图像作品的。你不觉得这些导演、演员、摄影师费尽九牛二虎之力，也无法接近文学经典吗？并不是他们无能，而是文学经典本身的那种“言外之旨”“韵外之致”，那种内视形象，那种丰富性和多重意义，

① 爱克曼：《歌德谈话录》，朱光潜，译，人民文学出版社 1978 年版，第 178 页。

那种独特的审美场域，依靠图像是永远无法完全接近的。例如，像臧克家的《送军麦》中的几句：

牛，咀嚼着草香，
颈下的铃铛
摇得黄昏响。

香气如何能被牛咀嚼？黄昏又怎么会响？我们从这里立刻会感受到那诗意。但这诗意来自何方？来自内视形象和内在感觉。这种内在的形象和感觉，看不见，摸不着，只能体会和感悟，这些东西如何能变成图像呢？或者在图像中我们怎能领悟这种诗意呢？不但诗歌的内视形象很难变成图像，就是散文作品中，尽管可能有外视点的形象，可能改编为某种图像，然而散文作品仍然要有诗意。列夫·托尔斯泰是一位伟大的小说家，但他不认为写小说就只要描写图画，就可以不要诗意。他在谈到《战争与和平》的创作的时候说："写作的主弦之一便是感受到诗意跟感受不到诗意之间的对照。"①

还有，图像(电影、电视剧等)对于被改编文学名著犹如一种过滤器，总把其中无法言传的无法图解的最可宝贵的文学意味、氛围、情调、声律、色泽过滤掉，把最细微最值得让我们流连忘返的东西过滤掉，在多数情况下所留下的只是一个粗疏的故事而已。而意味、氛围、情调、声律、色泽几乎等于文学的全部。我们已经拍了电影《红楼梦》，随后又拍了电视剧《红楼梦》，据传还要以人物为单元拍摄电视剧《红楼梦》，但对于真正领会到小说《红楼梦》意味的读者，看了这些"图像"《红楼梦》，不是都有上当之感吗？我们宁愿珍藏自己对于小说《红楼梦》那种永恒的鲜活的理解和领悟，宁愿珍视《红楼

① 列夫·托尔斯泰：《列夫·托尔斯泰论创作》，董启，译，漓江出版社 1982 年版，第 161 页。

梦》的文学独特场域，也不愿把它定格于某个演员面孔、身段、言辞、动作和画面上面。也许有人会说，你所讲的都是古典作品，要是现代的情节性比较强的作品，改变成电子图像作品是完全可以的。可以是可以，问题在于改编者还能不能把被改编的现代作品的原汁原味保存下来。我认为这是基本不可能的，你没有听到吗，多少作家指责电影或电视剧编导把他的作品韵味改编掉了。图像就是图像，图像艺术的直观是语言文字不可及的；但语言文字就是语言文字，作为语言文字艺术的文学，它的思想、意味、意境、氛围、情调、声律、色泽等也是图像艺术不可及的。例如，现在有不少人说，鲁迅的《野草》才是鲁迅最优秀最具有哲学意味的作品，可至今还没有任何人敢把《野草》中的篇章改编为电影或电视剧，为什么？因为电子图像无法接近《野草》所描写、抒发的一切。

三、文学语言功能——黏住一切

文学语言不但有内视性特点，而且也具有其他媒介所不及的独特的强大的功能，这就是文学语言能更多方面、更细致、更深刻的展现人与人的生活。语言的功能之大是难以想象的，世界上所有的事情、所有的动作、所有的情感，所有深刻的哲理，都可以用语言传达出来。高尔基说："民间有一个最聪明的谜语确定了语言的意义，谜语说：'不是蜜，但是可以粘东西。'因此可以肯定说：世界上没有一件东西是叫不出名字来的。语言是一切事实和思想的外衣。"①由于文学语言有如此巨大的功能，所以它可以冲破时间与空间的限制、冲破事实与现实的限制，更多方面、更细致、更深刻的展现人外部的生活和内心生活。电影、电视节目不论如何自由也还

① 高尔基：《论文学》，人民文学出版社 1983 年版，第 332 页。

是有限制的。受时间、空间的限制，一部电影最长三小时，一部电视连续剧最长也不过几十集上百集，但文学作为语言的艺术就完全没有限制，想写什么，想写多长，都由作家做主。就以写人物而论，文学既可以写人物生活的外部表现，肖像，对话，动作，表情等，也可以直接写人的内心世界，心理活动，梦境，无意识，没有一个地方是语言无法达到的。更重要的是文学语言这种写法，是图像无法表现的。例如，《红楼梦》第三回写贾宝玉与林黛玉相见，从贾宝玉眼中看到的林黛玉是这样的：

> 两弯似蹙非蹙笼烟眉，一双似喜非喜含情目。态生两靥之愁，娇袭一身之病。泪光点点，娇喘微微。娴静似娇花照水，行动似弱柳扶风。心较比干多一窍，病如西子胜三分。

这是贾宝玉眼中的林黛玉的"肖像"。林黛玉的美在语言文字中就是这样一种美。她的眉是"笼烟眉"(即"涵烟眉"。唐明皇曾令画工画十眉图，一曰涵烟眉。形容眉毛像一抹疏淡的清烟)，她的目是含情目，她的情态在脸颊的酒窝与愁的结合部，她的美与她的病相关，她的眼睛闪动的时候泪光点点，她开始说话之际则是娇喘微微，她闲静时如何如何，她行动时如何如何，她的聪明如比干，她的美如西施皱眉捧心，有文化内涵……像这样的美是只可意会不可言传的，曹雪芹把她的美用语言写出来了，我们体会都不易，怎么能把她落实为图像，某个演员的图像呢？

又如，鲁迅的小说《一件小事》，当写到车夫扶着那个老女人，向巡警分驻所大门走去时，小说这样写：

> 我这时突然感到一种异样的感觉，觉得他满身灰尘的后影，刹时高大了，而且愈走愈大，须仰视才见。而且他对于我，渐

渐的又几乎变成一种威压，甚而至于榨出皮袍下面藏着的“小”来。

鲁迅小说中“我”的这种复杂的微妙的感觉，是图像难于表现，只有文学才能如此淋漓尽致地表现出来。鲁迅小说中的这种心理描写还是简单的，文学作品中还有更复杂的心理描写，如何能用图像来表现呢?

更重要的是作为语言艺术的文学常能写出一种感性的画面却又能寓含深刻的哲理来。当然，文学需要不需要与哲理相结合，还是一个见仁见智的问题。如宋代严羽在《沧浪诗话》中反对“以议论为诗”，但同样是宋代提出了“理趣”的文论范畴，认为诗歌应该而且可以包含深刻的哲理。可有一点可以肯定的是，语言文字的感性描写可以达到哲理的境界。如宋代的苏轼的诗《题西林壁》：

横看成岭侧成峰，远近高低各不同。
不识庐山真面目，只缘身在此山中。

这是大家都熟悉的诗，其中的哲理则很深刻。它指明了身在事物中反而不能识物的全貌。但苏轼还有一首《初入庐山三首》其一：

青山若无素，偃蹇不相亲。
要识庐山面，他年是故人。

这里所强调的是要认识事物必须熟悉事物、亲近事物。两首诗的意味不同，置身事物之中、置身事物之外都不行，认识事物必须既在外又在内。这个道理在苏轼的诗中不是讲出来的，是用语言所描写的画面展示出来的。表现这种理趣与语言文字的强大功能密切相关，只有语言才能曲尽其理致，图像如何能有此理趣。

朱熹也是一位有代表性的哲理诗人。除其《观书有感》脍炙人口外，佳句佳篇甚多。绝句《泛舟》也大有深意，其云：

> 昨夜江边春水生，艨艟巨舰一毛轻。
> 向来枉费推移力，此日中流自在行。

这首诗写出了一种体验。一个人得意还是不得意，常常不是依靠自己的勤奋和努力，机遇也许更重要。只要有机遇，就是那艨艟巨舰，也会被水浪轻轻托起，快速地航行中流。诗人也许是表达成功者的得意之情，也许是劝那些未遇之士，要等待时机，做好准备，机会永远给有准备的人。在这里深刻的道理不是说出来的，作者用了一个语言画面就说到位了。不论什么电子图像很难达到这样的理趣的境界。这说明了不但哲学家可以用语言说理，文学家也可以用语言描写的景物来说理。这是文学语言的功能所致。语言的确可以黏住一切。

艾略特(1888—1965 年)作为一位现代主义理论家，他旗帜鲜明地提倡文学的哲理性。他说：

> 最真的哲学是最伟大的诗人之最好的素材，诗人最后的地位必须由他诗中所表现的哲学以及表现的程度如何来评定。

整个 20 世纪的现代主义文学追求的都是文学与哲理的结合。卡夫卡和他的《甲壳虫》《城堡》，海明威的《老人与海》，这些都是不可改编的。它们只有作为语言艺术存留于世。

对于文学的哲理性，我们这里所关心的是它的语言媒介。用西方文论话语说，就是“有意味的形式”，形式是语言，意味则是通过语言形式传达出来的。“意味”不脱离语言，但“意味”又超越语言。这种意味不仅仅作用于你的视觉、感觉，或者情欲，而是作用于你的整个心灵，在你的心灵中刻下了深深的印痕，也因此语言所传达的“意味”具有可品味的持久性。为什么有的影视作品和没有语言意识的文学作品轰动一时、传诵一时，而时过境迁，就被人遗忘，为什么一些名作，如《楚辞》、李白的诗、杜甫的诗、《红楼梦》、莎士比亚的作品、《安娜·卡列尼娜》等，能够玩味无穷，就是因为它们作用于你整个心灵。感觉甚至情欲是一时的，满足了就过去了，唯有“意味”永恒，它像那人对春天的那种欢欣的感觉永远会再次回来。这就是真正语言艺术的魅力所在。

第三节　文学世纪、文学人口与文学生命

我们已经把文学生存的理由从语言本身的特性作了阐述，但是这还不够。我们还必须问，文学的时代是否已经过去？文学的人口还有没有？

一、文学世纪不会结束

我相信宇宙的一切都在运动与变化，世界的一切都在运动与变化，但是这运动与变化是不是会结束呢？这是一个哲学问题，一个人类学问题，一个宇宙学问题，我这里不能给出回答，应该由哲学家、人类学家、宇宙学家来回答。但我相信的是，只要宇宙还存在，人类还存在，时间还存在，那么文学也永远还会存在。古人说“大乐与天地同和”“文者，天地之心哉”，天地在，大乐在；天地在，文学在。文学艺术与天地万物是同构对应的。刘勰《文心雕龙·原道》对此有非常深刻的阐述。

当然，这里我们要追问文学(当然也包括其他艺术)是干什么的，或者说文学存在的意义何在，这是我们研究文学的人必须要弄明白的事情。我的理解，文学艺术存在的最根本的理由，就因为文学是人的本质力量的对象化，是人的生命力的感性的展开，文学告诉人，人活着是有价值有意义的。这就是文学存在的意义。李泽厚在《美学四讲》中有一段话，谈到包括文学的整个艺术的意义。

> 人们在这物态化的对象中，直观到自己的生存和变化而获得培养、增添自我生命的力量。因此，所谓生命力就不只是生物性的原始力量，而是积淀了社会历史的情感，这也就是人类的心理本体的情感部分。它是“人是值得活着的”的强有力的确证。艺术的最高价值便不过如此，不可能有比这更高的价值了，无论是科学或道德都没有也不可能达到这个有关生命意义的价值。①

如果我们把这个论点说得更具体更通俗一些，那就是这样的。

第一，揭示人的生存境遇和状况。人的生存是偏于动物性还是人性，这是文化首先关心的事情。奴隶社会、封建社会和资本主义社会，那是一个人剥削人、人压迫人的社会，这就必然出现马克思所说的人的“异化”。所谓人的“异化”，即人的本性的丧失，人成为非人。奴隶社会、封建社会和资本主义社会人的“异化”，即一部分人因其受压迫的地位而变成被宰割的“羔羊”，而另一部分人因其压迫人的地位，而被动物性的贪欲所控制而变成“豺狼”，这种状况就是由那种社会的文化所造成的。文学若能揭示人的现实生存状况，那么就有了文化意义。因为它是在揭露这种文化的非人性和反人性

① 李泽厚：《美学四讲》，生活·读书·新知三联书店2004年版，第204页。

的性质，这里就具有了对人的精神关怀的价值了。批判现实的假、恶、丑的作品一般而言就在这方面具备了文化意义。例如，鲁迅的小说《祝福》这是大家都熟悉的作品。作品的主人公祥林嫂本来是一位平凡、善良和淳朴的劳动妇女，她正派、俭朴、老实、寡言、安分，但也顽强。她的身上充满了人性。但封建文化及其权力形式摧毁了她的一生。她生活在封建文化弥漫的社会中，她的悲剧可以说是必然的文化悲剧。她一生有几个转折点，先是夫死，她自身受封建文化中"守节"的毒害，不愿出嫁。但她的家族不给她"守节"的权力，她被当作货品那样强制地出卖了。接着出现第二个转折点，她再嫁的丈夫又病逝，心爱的儿子被狼吃掉了。"出嫁从夫，夫死从子"，这是封建文化的规定。她无法在这里生活下去了。她面临第三次命运的转折。她再次到鲁四老爷家当佣人。但这次她因她的遭遇被视为有"罪"的人，连祭祀时候的祭品都不让她动，她在精神上遭到前所未有的打击。再接着她又面对着第四次转折，这次是普通人给她的信息，凡是嫁过两个男人的人，到了阴间将被阎罗大王锯成两半分给两个死鬼。她虽然反抗过，但她终于冲不出封建文化设下的罗网，悲惨地倒下了。《祝福》的文化意义是揭露了在腐朽的封建文化不适宜于中国普通人民的生存，从而呼唤一种适宜于普通中国人生存的新的文化。再如，西方的19世纪的批判现实主义作品，一般都认为是对资本主义的吃人文化的揭露。

第二，叩问人的生存意义。人为什么活着？什么是幸福？什么是不幸？什么是爱情？什么是亲情？什么是友情？什么是乡情？什么是爱国之情？什么是民族之情？什么是人的责任和人的同情？等等，对这些问题的回答，体现了人的生存意义，也是精神文化中一些基本的观念。文学艺术把人的生物性的欲望变成一种美学的哲学的精神活动。例如，文化使求偶要求变成为心心相印的爱情活动，文化使衣食的温饱变成为一种精神的享受，文化使求生变成一种回归家园的精神过程……作家在其作品中也必然要艺术地探索这些问题，以其语言所塑造的形象表达什么样的生活是值得过的，什么样的生活是不值得过的。这样，文学的文化意义就在叩问人的生存意义的问题上凸显出来。例如，杜甫的诗《茅屋为秋风所破歌》是大家都熟悉的。杜甫在描写了大风卷去屋上三重茅之后，描写了“床头屋漏无干处，雨脚如麻未断绝”之后，呼喊道“安得广厦千万间，大庇天下寒士俱欢颜，风雨不动安如山。呜呼！何时眼前突兀见此屋，吾庐独破受冻死亦足。”这里表达出儒家的“仁义”之心，即那种“先天下之忧而忧，后天下之乐而乐”的精神。儒家文化积极的生活意义在于：先人后己，先忧后乐。杜甫诗中“忧”天下人的精神就是儒家文化积极人生态度的表现。

第三，沟通人与人、人与自然之间的联系。文化的群体性是十分突出的。文化在一定意义上就是一个群体、一个民族、一个国家、一个共同体、一个人在长期的历史中形成的共同遵守的思想和行为准则。真正的文化都是以爱护人为目标的。所以文化可以使人与人变成兄弟姐妹，文化可以变野蛮的抢夺为和平的竞赛，文化可以使弱肉强食变成互相支援与帮助，文化可以使对抗变成友谊，文化可以使陌生甚至敌对的自然变成亲和之物。文学中的交往对话关系，以诗情画意延伸了文化对人与人之间、人与自然之间的和谐，从而显示出文学的文化意义。例如，男人与女人之间的恋爱，就是一种人的爱的感情的沟通。但是在这种沟通中，不是没有困难和问题，文学从情感这个领域出发关心这种沟通。例如，中国现代诗人汪静之有一首题为《恋爱的甜蜜》的诗：

琴声恋着红叶，
亲了永久甜蜜的嘴，
吻得红叶脸红羞怯，

他俩心心相许，
情愿做终身的伴侣。
老树枝不肯让伊自由嫁给琴声。
幸亏伊不受教训，
终于脱离了树枝，
随着琴声的调子，
和琴声互相拥抱，
翩跹地乘着秋风，
飘上了青天去。
新郎和新娘，
高兴得合唱起来，
韵调无限和谐；
啊！祝福我们，
甜蜜的恋爱，
愉快的结婚啊！

这首诗歌所歌唱的就是青年男女之间恋爱的关系，经过追求，遭遇困境，走上反抗，终于实现爱的沟通的理想。这里充满了追求爱的自由这种文化理想。当然爱的沟通除了要有这种作为人的文化精神的勇气之外，也许还要有更多的东西。

第四，憧憬人类的未来。人与动物的根本区别之一，就是动物总是浑浑噩噩地活着，它们没有理想，不能预测未来。尽管蜜蜂构造的蜂房，它的精密灵巧可能使许多建筑师感到惭愧不如，但蜜蜂不如人的地方在于它只是凭本能在构造，不可能事先有筹划，而人则可以有意识地构造未来。例如，人构造一座房子，哪怕再简陋，也总会在事前拟定一个蓝图。人是一种具有理想的动物。人每天都怀着对未来的筹划、希望生活着。人之有理想、幻想，乃根源于他们的文化。或者说，人的愿望、理想和幻想，如果没有文化的升华，那么人类就要倒退回原始状态中去。人类因为有了文化，人真正地成了人。同时文化使未来有现实之根，未来因文化之助变得美好起来。文学诗意地表现人的愿望、理想和幻想，展现了一个充满人性的未来，而获得文化意义。例如，宋代文学家苏轼的《水调歌头》：

明月几时有？把酒问青天。
不知天上宫阙，今夕是何年？
我欲乘风归去，又恐琼楼玉宇，高处不胜寒。
起舞弄清影，何似在人间。

转朱阁，低绮户，照无眠。
不应有恨，何事长向别时圆？
人有悲欢离合，月有阴晴圆缺，此事古难全。
但愿人长久，千里共婵娟。

这是苏轼在中秋之夜，在月下畅饮怀念弟弟苏辙时写下的名篇。这首词最大的特点是：一方面抒发了现实的苦闷，亲人离别，无法相见等；另一方面则是展开了幻想，把酒问天，“欲乘风归去”，抒发对天上宫阙的向往。但又觉得天上宫阙，虽是“琼楼玉宇”，却“高处不胜寒”。现实与理想都并非圆满，人间有“悲欢离合”，天上有“阴晴圆缺”，难于十全十美。词人真诚地祝愿“人长久”，虽彼此在千里之外，却能“共婵娟”。这首词的突出特点就是人能展开广阔无限的幻想，向往美好的未来，表现了人的特性，从而获得文化意义。

当然，人类的艺术，包括文学，也许在人类的散文时代成为一种装饰与娱乐。有的学者说，现在是“四星高照，七情飞扬”，以快感为宗旨的视觉艺术可能成为主流，挤压真正的文学艺术的发展。

但是可以肯定地说，历史没有终结，资本社会的全球化的压迫、剥削、灾难、战争仍在发展、漫延，因此寻找人生意义的、鼓舞人生的、抚慰人生的、非装饰性的真正文学艺术，仍然还是人的需要。人类还需要英雄，或者说还是英雄时代，不要英雄的所谓的“散文时代”还没有到来，看来也不一定到来，因此非装饰性、非单一娱乐性的真的文学仍将长期存在。

二、文学人口还远未消亡

我始终认为文学和其他艺术，都各有自己独特的“指纹”，就像我们每个人的指纹都是不同的一样。生活中有不少人更喜欢电影、电视指纹，但仍然有不少人更喜欢“文学指纹”，也因此“文学人口”总保留在一定的水平上。既然有喜欢，就有了需要。既然有了需要，那么文学人口就永远不会消失。

而且“文学人口”还由于语文教育永远要保持在一定的水平上。中小学的语文课本、大学的语文课本，绝大多数都是经过时间筛选的文质兼美的文学作品，语文教师要教这些文学作品，学生要学习这些文学作品。还有，社会上总有那么一群热爱文学读者，他们宁可不看那些或者是吵吵嚷嚷的或者是千部一腔的或者是粗糙无味的电影、电视剧，而更喜欢手捧文学书籍，消磨自己的闲暇时光。就是在年轻人中，这类人也是不少的。前几年《中华读书报》曾有一篇文章专门统计当前文学作品的发行量，很多文学作品印到几十万到上百万部。恰好，几年前我读到了《参考消息》转载了法国《费加罗报》网站 2005 年 1 月 19 日的一篇题为《法国十大畅销小说家》的文章，作者列了 2004 年文学作品的销售情况，评选出十大畅销小说家。我这里不想全文照抄，只抄其中发行量最大和最小的两位作家。“1. 马克·李维(Marc Levy)：作品销量 152.1 万册。第一部小说《假如这是真的》2000 年一经出版便引起巨大反响，作品被好莱坞看中，买走改编权，将由影业巨头梦工厂影片公司搬上银幕。去年 3 月出版的小说《下一次》是他的第四部作品，同样在书店热销。李维擅长写充满悬疑气氛、亦真亦幻的爱情故事，其作品充满想象力。……10. 朱丽叶·本佐尼(Juliette Benzoni)：作品销售 42 万册。朱丽叶 1963 年开始写作，83 岁高龄仍然笔耕不辍，他擅长写历史题材作品，会利用历史文献资料，以细腻温婉的笔触，写出扣人心弦的故事，拥有一批忠实的读者。去年她出版了两部小说《女巫的珍宝》和《艳情玛丽》。”其他作家小说的销售量介于这两人之间，有 131 万的，有 123.7 万的，有 111.8 万的不等。可以试想一想，在一个老牌的发达国家，影视图像绝不比中国发展得差，况且还有如此多的文学人口，那么在影视图像还不那么发达的国家，文学的销售量必然更大，文学人口也会更多。这就是说，无论中国还是外国，文学人口就永远不会消失。既然文学人口不会消失，那么，文学研究就是必需的，文学和文学研究也就不会在电影、电视和网络等媒体面前终结。

德里达和米勒的文学终结论，与他们主张的解构主义相关。解构主义力图打破西方传统的“逻格斯中心主义”，力图冲击形形色色的教条主义，但是他们对此也只是“擦抹”一下，逻格斯中心主义依然存在，结构主义依然存在。看来，他们现在也要这种消解的态度对待文学和文学研究，但我觉得他们也只是“擦抹”一下，“擦抹”过后，文学依然存在。然而他们遇到的困难是，他们在冲击逻格斯中心主义和教条主义的时候，还是要用逻格斯中心主义甚至教条主义所濡染过的概念和范畴。同样，他们试图消解文学和文学研究，但困难的是他们这样做的时候，仍然举文学作品做例子，仍然要用文学研究的术语说明问题。这就像鲁迅讽刺过的那样，他们站在地球上，却要拔着自己的头发离开地球一样，他们离不开，他们苦恼着，但是最终仍然站在地球上面。

小结：文学虽然边沿化了，但文学不会终结。因为文学有自己独特的审美场域，文学的世纪没有过去，文学人口依然存在。文学可能会在发展中改变自己，但文学不会终结。文学既然不会终结，研究文学仍然十分必要。因此，革新文学研究的途径，提出“文化诗学”的新的文艺学方法论来，仍然是必要的明智之举。“文化诗学”存在的前提就在文学不死中。

第二章　走向综合

——文化诗学的学术背景

从1949年中华人民共和国成立以来，已经走过了半个多世纪。半个多世纪以来，中国文学理论与文学批评，与共和国同命运，经历过艰难与曲折。我们今天提出的“文化诗学”的构想，并不是我们心血来潮，突发奇想，而是半个多世纪文学理论与批评合乎逻辑的发展，它有自身的学术背景。我们必须把这个学术背景弄清楚，文化诗学的新构想才是可以理解的、可以被接受的。这样，我们就不能不用今天的视野，来考察中国文学理论走过的曲折的路程。

为了寻找到一个叙述的视角，我们借鉴韦勒克、沃伦在《文学理论》一书中提出来的一对概念，这就是文学理论研究的所谓“内部研究”与“外部研究”，我们还借用新中国17年(1949—1966)学术研究提出的“自律”与“他律”这一对概念。什么是“外部研究”？韦勒克和沃伦说：“流传极广的、盛行各处的种种文学研究的方法都关系到文学的背景、文学的环境、文学的外因。”[①]他们因为是“新批评派”，对于“外部研究”持批评的态度。他们说“这种研究就成为‘因果式’的研究，只是从作品产生的原因去评价与诠释作品，终至于把它完全归结于它的起因。(此即‘起因谬说’)”[②]他们把文学研究中的传记研究、心理学研究、社会学研究、文学思想研究、文学的艺术学研究，笼统都看成“外部研究”。他们主张“内部研究”，什么是“内部研究”，他们说，“文学研究的合情合理的出发点是解释和分析作品本身”。[③] 例如，“文学作品的存在方式”；“谐音，节奏和格律”；“文体和文体学”；“意象，隐喻，象征，神话”及小说的叙述模式、文学的类型等的研究，才是“内部研究”。不过中国100多年的文学理论的发展，很难寻找到这种严格的“外部研究”与“内部研究”。中国的研究者可能更多地讲“自律”与“他律”。凡研究文学自身规律的叫作“自律”研究；凡研究文学与政治、社会、历史、文化、民俗、心理、环境等关系的，叫作“他律”研究。“自律”的概念比“外部研究”的概念要宽一些，如作家传记、创作心理、审美接受在韦勒克、沃伦眼里都还是“外部研究”，但在17年的学术视野里，已经不是“他律”而被称为“自律”研究了。我们在下面的叙述中，会考虑到这种区别。

第一节　十七年(1949—1966)：“他律”作为权力话语

1949年中华人民共和国成立到1966年“文化大革命”启动，共经

---

① 韦勒克、沃伦：《文学理论》，刘象愚，等，译，生活·读书·新知三联书店1984年版，第65页。

② 韦勒克、沃伦：《文学理论》，刘象愚，等，译，生活·读书·新知三联书店1984年版，第65页。

③ 韦勒克、沃伦：《文学理论》，刘象愚，等，译，生活·读书·新知三联书店1984年版，第145页。

过了17年。本节所概说的就是这一时期中国文学思想的演变，重点在对于马克思主义文学理论、特别是对毛泽东的《在延安文艺座谈会上的讲话》的教条化理解和某些新的发展。从这里可以看到“他律”话语作为权力话语对“自律”话语的排斥。

毛泽东早在1949年9月21日发表的《中国人民站起来了》一文中明确指出：“全国规模的经济建设工作业已摆在我们的面前。”“随着经济建设的高潮的到来，不可避免地将要出现一个文化建设的高潮。”事实上，新中国成立以来中国开始了大规模的经济建设，取得了巨大的成果。中国的文学思想在曲折中发展着、艰难地前进着，成绩与错误并存，两种倾向同在，并使人从一个侧面，来瞭望中华人民共和国在思想文化方面所走过的富于理想而又充满失误的艰难的历程。

一、主导话语——文艺从属于政治

20世纪50年代文艺思想是在“五四”以来文学思想斗争经验的基础上，带着历史的惯性发展而来的。从21世纪的视点看，它是一个以马克思列宁主义为指导，在全国范围内传播政治化文学思想的时代。1942年毛泽东发表的《在延安文艺座谈会上的讲话》(以下简称《讲话》)，正确地指导了当时的文艺运动，推动了革命文艺的创作。其中一些带有普遍性的内容，如文艺为工农群众服务的问题，普及与提高的问题，继承与革新的问题，生活源泉的问题，艺术高于生活的问题，中国作风和中国气派问题等，在五六十年代成为全国指导性的文艺思想，所取得的成绩是应该采取实事求是的态度。至今，它们仍然是中国现代文艺思想中的重要成果。毛泽东1942年《讲话》中的一些提法，从当时看，的确是站在政治高度，从文艺从属于政治的角度，对以往文艺斗争的总结和发挥。我们应该从20世纪的整体高度，从我们民族在20世纪所经历的民族解放战争和人民解放战争的需要的角度，充分加以肯定。

实际上新中国马克思主义文学理论的起步就是毛泽东的《讲话》以及后来毛泽东的一些补充论述。客观地看，《讲话》以及毛泽东在新中国成立后的文艺问题论述的内容包含两种思想因素，其大体框架是这样。

文艺方向——工农兵方向；

文艺性质——从属于党在一定历史时期的政治路线；

文艺源泉——社会生活，文艺反映社会生活；

文艺资源——古为今用，洋为中用；

创作过程——观察、体验、研究、分析；

文艺加工——典型化，即“六个更”；

文学作品——内容与形式的统一，政治性与艺术性的统一；

文艺思维——形象思维；

文艺方法——社会主义现实主义或革命浪漫主义与革命现实主义相结合；

文艺家道路——与工农群众相结合、改造世界观；

文艺功能——团结人民、教育人民、打击敌人、消灭敌人；

文艺批评——政治标准第一，艺术标准第二；

文艺方针——百花齐放、百家争鸣；

文论参照对象——苏联文论；

文论价值取向——民族的、大众的、科学的。

以上十五点，包含两种元素、两种倾向。一种是强调文艺从属政治，强调文艺的方向必须是政治性的，如说文艺是“团结人民、教育人民，打击敌人、消灭敌人的有力武器”。“在现在世界上，一切文化或文学艺术都是属于一定的阶级，属于一定的政治路线的”。“党的文艺工作，在党的整个革命工作中的位置，是确定了的，摆好了的；是服从党在一定革命时期内所规定的革命任务的”。“文艺是从属于政治的，但又反转过来给予伟大的影响于政治”。“文艺服从政治”[①]……在这些理论前提下来强调文艺为人民服务，实际上就是强调文艺为政治服务。我们可以把对这些问题的研究，称为“他律”研究，或“外部研究”。

另一种元素和倾向就是承认文艺和生活都是美，但“文艺作品中反映出来的生活却可以而且应该比普通的实际生活更高，更强烈，更有集中性，更典型，更理想，因此就更带普遍性”，承认“继承与借鉴决不可以变成替代自己的创造”，“文学艺术中对于古人和外国人的毫无批判的硬搬和模仿，乃是最没有出息的最害人的文学教条主义和艺术教条主义”，提出文艺创作要“观察、体验、研究、分析”的过程，提出革命文艺要求达到“政治与艺术的统一，内容与形式的统一，革命政治内容和尽可能的完美的艺术形式的统一”，提出“缺乏艺术性的作品，无论政治上怎样进步，也是没有政治力量的”[②]，提出反对“标语口号式”的倾向，后来还讲百花齐放、诗要用形象思维，等等。这些提法与文学创作、文学作品和文学接受的规律相关，因此是属于“自律”研究了。

不难看出，前一种元素和倾向是重视政治的统领文艺的作用，重点要强调的是文艺的方向，文艺与群众的关系，文艺与社会生活的关系，文艺与党派的关系，文艺与时代的关系等，大体上属于文艺的“他律”研究，“外部研究”的问题；后一种元素和倾向则重视文艺的特殊性，重点承认文艺的艺术性，内容与形式的统一，形象思

---

① 毛泽东：《在延安文艺座谈会上的讲话》，《毛泽东文艺论集》，中央文献出版社2002年版，第49、69、70页。

② 毛泽东：《在延安文艺座谈会上的讲话》，《毛泽东文艺论集》，中央文献出版社2002年版，第64、73、74页。

维，文艺的主体精神，反对文艺上面的教条主义，大都涉及文艺“自律”或“内部研究”问题。

新中国成立后，文艺理论界面临一种对毛泽东《讲话》以及后来的文艺问题论述的解读和选择。由于新中国成立不久，当时又面临内部敌人的反对和外部敌人的挑衅，如国民党残余势力的破坏，不得不进行“肃反”运动；美国挑起的朝鲜战争，不得不进行抗美援朝，等等。就是说，虽然建立了新的国家，但“战争”在内部和外部并未结束。这种情势下，当时文艺界领导和主流理论家出于对政治的热情都选择了毛泽东文艺思想的前一种元素和倾向，同时忽略了后一种元素和倾向，这样，毛泽东文艺思想的后一种元素和倾向，不但受到压抑，其部分探讨者也遭受了无情的批判与斗争。“他律”研究成为当时的“权力”话语。

从今天的观点看，中华人民共和国成立标志着新时代的开始。不论当时还遭遇到多少内外挑战，以经济建设为主题的新时代开始了。这一点毛泽东早在 1948 年 3 月的新中国成立之前的《在中国共产党第七次中央委员会第二次会议上的报告》说过：“我们不但善于破坏一个旧世界，我们还将建设一个新世界。”而且指出各项工作都要“围绕着生产建设这一中心工作并为这一中心工作服务的”，他强调“如果我们在生产工作上无知，不能很快地学会生产工作，不能使生产事业尽可能迅速地恢复与发展，……我们就会站不住脚，我们就要失败。”新中国成立后，也明确了把恢复和发展生产作为一切工作的中心。

在这样的背景下，国家的文化和艺术事业，在思想上是否也要立足于建设，在文学思想上，是否应该发展毛泽东文艺思想中后一种元素和倾向，是否应该有新的视野和思考，就成为一个很迫切地需要解决的问题。应该说，毛泽东是看到了这一点的。例如，1956 年提出文艺领域的“百花齐放、百家争鸣”的方针，1958 年冲破“社会主义现实主义”的文论“宪法”提出“革命现实主义和革命浪漫主义相结合”问题，1965 年提出“诗要用形象思维”的问题，此外还提出“共同美”的问题等，都力图挣脱苏联文学思想的束缚，从文艺的实际重新加以思考。但是，毛泽东本人思想的复杂性，即他一方面坚持文学从属于政治的思想，丝毫不愿在这个问题上有所改变；可另一方面他又提出“百花齐放、推陈出新”“百花齐放、百家争鸣”的主张，似乎又想开辟新的思考和新的方向。这就使人们不能明确地判断他的思想走向，加上当时他的崇高威望和人们的绝对推崇，再加上抗日战争、解放战争政治热情的持续发酵，在整个 20 世纪 50 年代至 70 年代的历史惯性和思维定势是如此强大，主流的理论家不允许人们从其他视点来解释文学，仍然固定不变地把文学看成从属于政治的。终于，文学从属政治的观念，从 1949—1956 年的文艺倾向，演变为 1957—1962 年的文艺思潮，演变为 1962—1966 年的文艺路线。

当然，就是在上述“文艺从属于政治”为主导文学观念的时期，也已经显露出难以为继的状况。这就出现了 1956—1957 年上半年的文艺思想“早春天气”的活跃和 1960—1961 年文学思想的“调整”时期。虽然这两段时间很短暂，但提出了许多新问题、新思想，这些新问题和新思想是结合中国当时的实际，对于马克思主义文学思想的补充与推进。

文艺从属于政治文艺观念的另一个推动力就是新中国成立初期苏联文论在中国的传播。在新中国成立后的 50 年代，在文艺理论方面全面学习苏联成为一种潮流。苏联的任何文艺理论小册子都当作马克思主义经典，得到广泛传播。苏联 20 世纪 50 年代初期的文论也是政治化的。例如，典型问题就提到苏联共产党的代表会上去，并认为是政治问题。从理论专著、论文、教材到理论教员的全面引进和学习，使得我们在相当一个时期内，完全亦步亦趋地跟在苏联文论的后面。50 年代流行的苏联的文艺思想，当然有其历史的原因，也自有其不可替代的作用。但总体看来，这些文论体系对文学的性质、特征和功能的阐述，普遍存在着教条主义、烦琐哲学和庸俗社会学的弊端。我们在下面的章节中将详细讨论这一点。

过分政治化的文艺倾向与苏联的文艺理论一拍即合，成为一种主流的话语，时续时断统治了新中国成立初期到“新时期”开始近 30 年的时间。在这期间，文艺思想往往成了阶级斗争的主战场，文艺被看成政治斗争的晴雨表。1951 年发动批判电影《武训传》的运动；1954 年发动了对《红楼梦》研究思想批判运动；1955 年掀起了对胡风文艺思想的大规模的批判运动，最后演变为全国性肃清“胡风反革命集团”运动；1957 年“反右派斗争”中，丁玲、陈企霞、冯雪峰等一批著名的作家、理论家被错划为右派；1960 年又发动了对“修正主义”文艺思潮的批判，其中受批判观点主要是“人情”论、“人性”论、“人道主义”等。连“文化大革命”也是从批判吴晗的历史剧《海瑞罢官》作为开篇。文艺思想成为一次次政治运动的入手处和策源地，文学问题家喻户晓，成为全民注目、关切、学习和谈论的问题。政治化、阶级斗争化使文艺思想视野狭窄化，使思想自身的品格丧失，文艺思想的尴尬与失态也因此显露无遗。这终于酿成了 1966 年开始的“文化大革命”的极“左”文艺路线对新文艺事业的严重破坏的后果。

因此，1949—1966 年的文学思想，从主导的倾向上看，马克思主义文艺理论家的领导者，并没有结合中国的实际去认真学习马克思主义的文学理论，他们并没有把握住马克思、恩格斯所提出的重要的具有指导意义的文学思想和方法论，如“美学的历史的”文学观念和方法论，并没有进入他们的视野，我们只需阅读作为文学界的领导者或理论家的一些重要著作，如 1957 年为反对文艺界所谓右派“反党”集团而发表的周扬的《文艺战线上的一场大辩论》，1966 年发表的《林彪委托江青在部队文艺座谈会上的讲话》，就会立刻感到他们违背了马克思主义的“实事求是”的基本路线，因此还根本谈不到他们如何推进马克思主义的文学思想，相反倒让人们想到苏联的“拉普”派，想到机械唯物论，想到庸俗社会学。

二、非主导话语——对人与人性的呼唤，对艺术规律的探求

1949—1966年的历史并非没有起伏，历史的发展并非是笔直的而是曲折的。1956—1957年上半年，1960—1961年，对于研究新中国文学思想发展史的人来说，是两个非常重要的时段。正是在这两个时段，当时中国的部分领导人和一些学者，接续了马克思主义文学思想的血脉，结合中国当时的实际，提出了并部分回答了马克思主义文学理论在中国遇到的新课题，似乎是要推进中式的“自律”研究或“内部研究”，可惜持续的时间都不长，而且很快就被占主导的思想和势力压制下去。

1956—1957年上半年，这是一个重要的时段。在这个时段可以用毛泽东的话说是“春天来了”。毛泽东的“春天来了”是一种象征的说法，它所反映的是当时中国的实际，即经过几年的努力，社会主义改造已经提前完成，社会主义的经济建设全面开始。“一九五六年，对中国来说，是一个非常重要的年份，国内国外都发生了重大变化。在国际上，整个形势趋向缓和，在可以预见的时期内，比如十年或者更长的时间，战争打不起来。在国内，三大改造接近基本完成，作为中国最后一个剥削阶级——资产阶级将不再存在，中国正在进入一个新的历史阶段，建立起社会主义制度，党和国家的工作重心正在向着大规模的社会主义建设转变。”①毛泽东在这一年发表他的《论十大关系》，所论述就是这种转变。中国共产党的第八次

① 逄先知、金冲及:《毛泽东传1949—1976》，中央文献出版社2003年版，第484页。

代表大会也在这一年召开。大会的政治报告的决议中，明确了当时社会的矛盾"已经是人民对于建立先进的工业国的要求同落后的农业国的现实之间的矛盾，已经是人民对于经济文化迅速发展的需要同当前经济文化不能满足人民需要的状况之间的矛盾"，因此提出党和国家的主要任务是"保护和发展社会生产力"。其实，毛泽东早在1956年1月25日就说"社会主义革命的目的是为了解放生产力"①。就是说，在1956年，建设的主题凸显出来了，阶级斗争被认为"解决"了。这种巨大的转变不能不反映到文学艺术及其理论方面。

1956年5月2日，毛泽东在最高国务会议上的讲话中说："我们在中共中央召集的省、市、区委书记会议上还谈到这一点，就是百花齐放、百家争鸣。在艺术方面的百花齐放的方针，学术方面的百家争鸣的方针，是有必要的。这个问题曾经谈过。百花齐放是文艺界提出的，后来有人要我写几个字，我就写了'百花齐放，推陈出新'。现在春天来了嘛，一百种花都让它开放，不要只让几朵花开放，还有几种花不让它开放，这就叫百花齐放。百家争鸣，是说春秋战国时代，二千年以前那个时候，有许多学派，诸子百家，大家自由争论。现在我们也需要这个。……在中华人民共和国宪法范围之内，各种学术思想，正确的、错误的，让他们去说，不去干涉他们。李森科、非李森科，我们也搞不清楚，有那么多的学说，那么多的自然科学学派。就是社会科学，也有这一派、那一派，让他们去谈。在刊物上、报纸上可以说各种意见。"②毛泽东的讲话精神通过各种渠道传达下来。如当时中央宣传部部长陆定一向科学家、文学家、艺术家做了题为《百花齐放，百家争鸣》的讲话，讲话传达了毛泽东的精华精神，并更为系统和具体："提倡在文学艺术工作和科

---

① 毛泽东：《毛泽东文集》，人民出版社1999年版，第1页。

② 逄先知、金冲及：《毛泽东传1949—1976》，中央文献出版社2003年版，第491～492页。

学研究工作中有独立思考的自由，有辩论的自由，有创作和批评的自由，有发表自己意见、坚持自己意见和保留意见的自由”。“提倡建立在科学基础上的尖锐的学术论争。批评和讨论应当以研究工作为基础，反对采取简单、粗暴的态度。应当采取自由讨论的方法，反对采取行政命令的方法。应当容许被批评者进行反批评，而不是压制这种反批评。应当容许持有不同意见的少数人保留自己的意见，而不是实行少数服从多数的原则。对于在学术问题上犯了错误的人，经过批评和讨论后，如果不愿意发表文章检讨自己的错误，不一定要写检讨的文章。在学术界，对于某一学术问题已经作了结论之后，如果又发生不同意见，仍然容许讨论。”关于文艺工作陆定一说：“党只有一个要求，就是‘为工农兵服务’，今天来说，也就是为包括知识分子在内的一切劳动人民服务。社会主义现实主义，我们认为是最好的创作方法，但并不是唯一的创作方法；在为工农兵服务的前提下，任何作家可以用任何自己认为最好的方法来创作，互相竞赛。题材问题，党从未加以限制，只许写工农兵题材，只许写新社会，只许写新人物等，这种限制是不对的。”“清规戒律，只会把文艺工作窒息，使公式主义和低级趣味发展起来，是有害无益的。”①

这不能不给包括文学家、文学理论家的知识分子极大鼓舞。文学家更是敏锐，认为这是“早春天气”，于是开始针对文学和文学理论多年的禁锢而开始“鸣”与“放”。

1956年到1957年上半年，发表一些具有新感情、新思想、新格调的作品，如王蒙的《组织部新来的青年人》、刘宾雁的《在桥梁工地上》、陆文夫的《小巷深处》、宗璞的《红豆》等作品，这些作品或者是对于社会的消极现象有所批判，或者写爱情而摆脱了教条主义的模式，给人以耳目一新之感。这是前所未有的。虽然当时有争论，但属于正

① 陆定一：《百花齐放，百家争鸣》，《人民日报》1956年6月16日。

常现象。毛泽东还多次对王蒙的《组织部新来的青年人》表示支持。

在文学理论方面，1956年到1957年上半年，批评教条主义成为引人注目的现象，何直(秦兆阳)的《现实主义——广阔的道路》、周勃的《论现实主义及其在社会主义时代的发展》、钟惦棐的《电影的锣鼓》、钱谷融的《论"文学是人学"》、巴人的《论人情》、陈涌的《关于社会主义的现实主义》等文章，对于当时流行的导致文学创作公式化的教条主义倾向，进行了具有学理性的讨论。这里的突破，集中在两个问题上。

第一是对苏联的"社会主义现实主义""创作方法"的质疑。其中又以秦兆阳的《现实主义——广阔的道路》所提出的论点最为尖锐。文章批评了苏联作家协会章程对社会主义现实主义的规定。苏联的定义强调"艺术描写的真实性和历史具体性必须与用社会主义精神从思想上改造和教育劳动人民的任务结合起来"，秦兆阳批评说，似乎"社会主义精神"只是作家的一种主观的观念，并存在于生活的真实之中，不是有机地存在于艺术描写的真实性和历史具体性之中，而必须外在地加以结合。这样一来，岂不是用世界观取代创作方法了吗？岂不是以政治性取代真实性了吗？秦兆阳在这里实际上提出了"文艺从属于政治"这种观念是否合理的问题。秦兆阳对社会主义现实主义的质疑，十分重要，我们将辟专章加以讨论。

第二是巴人、钱谷融、王淑明提出的文学与人、文学与人情、人性关系问题。如果说秦兆阳立足于破除非马克思主义的文艺观念的话，那么巴人、钱谷融的文章重在建设，即要建设文学的人的基础、人性的基础，而这是马克思《1844年经济学—哲学手稿》所讨论的许多问题中的一个重要问题。

巴人的"人情"论在这时期具有特殊的意义。巴人(王任叔)(1901—1972年)早年曾参加文学研究会，后来参加中国共产党和左翼作家联盟，曾编辑过《鲁迅全集》，其思想受鲁迅的影响。1939年出版《文学读本》，1949 年更名为《文学初步》出版，新中国成立后，巴人一直在文化部门从事领导工作，并曾任人民文学出版社副社长和总编辑。他于 1952—1953 年把《文学初步》改写为 58 万字的《文学论稿》，1954 年由新文艺出版社正式出版，成为新中国成立后最早用马克思主义观点撰写的系统的文学理论的一部书。巴人对于新中国成立后的文学创作缺少人情味、没有艺术魅力十分不满。他 1957 年 1 月于《新港》杂志发表了《论人情》。巴人在这前后，发表的短论还有《给〈新港〉编辑部的信》《以简代文》《真的人的世界》《唯动机论者》《略论要爱人》等，这些文章的主题差不多都在呼唤文学创作少一点政治味，多一点人情味。巴人说，他遇到许多长期参加革命的老战士，喜欢看旧戏，不喜欢看新的戏剧，原因就是新的戏剧中“政治气味太浓，人情味太少”。因此巴人提出“人情、情理，看来是文艺作品‘引人入胜’的主要东西”。他认为“能‘通情’，才能‘达理’。通的是‘人情’，达的是‘无产阶级的道理’。”然后他提出什么是人情呢？他回答说：“我认为，人情是人与人之间共同相通的东西，饮食男女，这是人所共同要求的。花香、鸟语，这是人所共同喜爱的东西。一要生存，二要温饱，三要发展，这是普通人的共同的希望。”① 巴人还认为“我们有些作者，为要使作品为阶级斗争服务，表现出无产阶级的‘道理’，就是不想通过普通人的‘人情’。或者，竟至于认为作品中太多人情味，也就失掉了阶级立场了。但这是‘矫情’。天下的事情是人做的，不通人情而能贯彻立场，实行自己理想的事是不会有的。”② 值得注意的是，巴人的论述已经与马克思的“异化”理论联系起来，看得出他的观点是对于马克思主义的人道主义的活的运用。巴人说，“说这是‘人性论’吗？那么还是让我们来看一看马克思和恩

---

① 巴人：《论人情》，《新港》1957 年第 1 期。又见巴人：《点滴集》，浙江人民出版社 1982 年版，第 2～3 页。

② 巴人：《论人情》，《新港》1957 年第 1 期。又见巴人：《点滴集》，浙江人民出版社 1982 年版，第 2～3 页。

格斯说的话吧。在这里，我就不能不‘教条’一番了。列宁在《马克思和恩格斯的“神圣的家族”一书摘要》中有下面一段‘摘要’：‘有产阶级和无产阶级同样是人的自我异化。但有产阶级感到自己在这种自我异化中是满足的和稳固的，它把这种自我异化看做自己的强大的证明，并在异化中获得人的生活的外观。而无产阶级则感到自己在这种异化中是被毁灭的，并在其中感到自己的无力和非人生活的现实。这个阶级，用黑格尔的话来说，就是在被唾弃的状况下对这种状况的愤恨，这种愤恨是由这个阶级的人类本性和它的生活状况之间的矛盾必然地引起的，这个阶级的生活状况是对它的人类本性的公开的、断然的、全面的否定。’那么，无产阶级要求解放还不是要回复它的人类本性，并且使它的人类本性的日趋丰富和发展吗？而我们的文艺上的阶级论者似乎还不理解这个关键。”①巴人的文学人情论，从对文艺与生活的感受切入，然后提升到马克思的“人的异化”理论的视野，得出了无产阶级的文艺写人情，就是要摆脱自我异化，回复人类的本性，因此无产阶级的文艺展现人类的本性，写人情、写人性是理所当然的。此前我们还没有看到在中国有人从马克思的这一理论出发，对文学的人性基础做出这样明确无误的论述，这不能不说正是巴人接续马克思主义文学理论的血脉，是“十七年”时期马克思主义文艺思想的一大收获。后来关于文学与人性的许多讨论，包括周扬在新时期论述文学与人道主义的关系，就立论的核心点看，并没有超越巴人。

与巴人相呼应的还有王淑明，他在《新港》1957 年第 4 期发表了题为《论人性与人情》一文。他在肯定人具有阶级性的同时，认为这“并不排斥人类在一些基本感情上，仍然具有‘共同的相通的东西’”。“如果不承认人性也具有普遍性的一面，也会低估这无产阶级在为恢复人性的本来面目斗争的实际伟大的意义。”王淑明论述的精彩之处

---

① 巴人：《论人情》，《新港》1957 年第 1 期。又见巴人：《点滴集》，浙江人民出版社 1982 年版，第 2～3 页。

是把人性的存在与无产阶级的斗争联系起来，认为无产阶级斗争的最终目标就是“恢复人性的本来面目”。他的这一论述与马克思《1844年经济学—哲学手稿》关于共产主义就是为了自然主义和人道主义的“复归”的观点不谋而合的。

与巴人相呼应的是华东师范大学青年教师钱谷融，1957年5月他在上海的《文学月刊》发表论文《论“文学是人学”》，“想为高尔基的这一意见作一些必要的阐释；并根据这一意见，来观察目前文艺界所争论的一些问题”，对季莫菲耶夫《文学原理》中的“人的描写是艺术家反映整体现实所使用的工具”的观点，提出商榷。他把人的问题引入对文学问题的解释之中。钱谷融提出了人在现实生活中和文学中究竟处于什么地位的问题。他回答说：“人和人的生活，本来是无法加以割裂的，但是这中间有主从之分。人是生活的主人，是社会现实的主人，抓住了人，也就抓住了生活，抓住了社会现实。反过来，你假如把反映社会现实，揭示生活本质，作为你创作的目标，那么你不但写不出真正的人来，所反映的现实也将是零碎的，不完整的，而所谓生活本质也很难揭示出来了。所以，文学要达到教育人、改善人的目的，固然必须从人出发，必须以人为注意的中心；就是要达到反映生活、揭示现实本质的目的，也还必须从人出发，必须以人为注意的中心。”①在教条主义弥漫文坛的时候，钱谷融的以“人”为中心的文学观念，是十分难得的。马克思《1844年经济学—哲学手稿》中心命题就是“人”。人的异化，人的劳动的异化，都是把人变成非人。因此，马克思呼唤人、人性、人道主义的复归，提出人以全面的方式占有自己的全面本质。当时尽管何思敬的译本《经济学—哲学手稿》已由人民出版社发行②，可是流通影响并不广泛，几

① 钱谷融：《论“文学是人学”》，人民文学出版社1981年版，第7页。

② 1956年9月，由何思敬译、宗白华校的《经济学—哲学手稿》首次由人民出版社出版在大陆发行，但在当时基本无人注意。

乎很少引起人的注意。但钱谷融先生从生活和文学中感悟到的要“抓住人”，以及“人是生活的主人”的思想，与《1844年经济学—哲学手稿》中的思想不正相似吗！

但是，1956年和1957年的上半年的“早春天气”只是短暂的、非主导的插曲，秦兆阳、巴人、王淑明、钱谷融的论点，不但受到批判，而且很快就遭到1957年6月开始的“反右派斗争”运动沉重的打击，秦兆阳、钱谷融、巴人等无一例外地遭到清算，有的被错划为右派分子，有的其后被划为右倾分子。“文艺从属于政治”的主导倾向，演变为更强大的思潮。这就是当时的文学思想的现实。

为什么1956年和1957年上半年的“百花齐放，百家争鸣”局面，仅仅经过一年半的短暂时间就出现了回到“文艺从属于政治”的巨大反复，为什么到1957年5月初还开门整风，要创造“生动活泼”的局面，而却在短短几周之后，就风云突变，被“反右派斗争”“扩大化”这种更“左”的思潮所主导呢？这当然要详细考察国内外在此前后所发生的事件，以及毛泽东本人的思想的变化。但这不是本文的任务。这里只能很概括地作一点说明。这段时间，国际上发生的最大事件，就是苏联共产党总书记赫鲁晓夫于1956年2月24日的深夜至凌晨作了长达四个半小时的《关于个人崇拜及其效果》的秘密报告，无情地揭露斯大林执政期间所犯的各种错误，这在国际共产主义运动中是石破天惊的大事。毛泽东对此的反应是：赫鲁晓夫的秘密报告一是揭了盖子，一是捅了漏子。说它揭了盖子，就是讲，这个秘密报告表明，苏联、苏共、斯大林并不是一切正确的，这就破除了迷信；说它捅了漏子，就是讲，赫鲁晓夫做的这个秘密报告，无论在内容上或方法上，都有严重错误。[①] 因此毛泽东对于苏共二十大对斯大林的批评，一则以喜，一则以忧。喜的是揭开了对斯大林神化的盖

---

① 逄先知、金冲及：《毛泽东传1949—1976》，中央文献出版社2003年版，第496页。

子，破除了迷信，解放了思想，使大家敢于讲真话，敢于想问题；忧的是对斯大林全盘否定，一棍子打死，由此会带来一系列严重后果。[①] 后来发生了波兰事件、匈牙利事件，使毛泽东的忧多于喜，警惕多于反思。除了国际共产主义运动发生的巨变外，对于毛泽东来说，1957 年上半年的整风运动则是先喜后忧。所谓先喜，是说毛泽东原来想吸取苏共的经验教训，并通过整风，克服主观主义、教条主义和官僚主义，建立起生动活泼的政治局面，更快地推进中国的社会主义建设事业；所谓后忧，则是各地整风开始后，并不像他想象的"和风细雨"，纯粹给党提点意见和建议，其中也夹杂一些反对的声音。他对这些声音十分忧虑，认为"事情正在起变化"，决心打退资产阶级右派的进攻。终于发动了"反右派斗争"。国内外的事变使毛泽东的思想走向对于阶级斗争的形势做出了过于严重的错误判断，重新确定无产阶级与资产阶级的矛盾为社会的主要矛盾，推翻了中共"八大"对国内矛盾的基本判断，在短短的一年多里发生了如此重大的改变。这样，所谓"百花齐放，百家争鸣"也只能变成口号，并不能真正实行，所谓的"生动活泼"的政治局面非但没有建立起来，反而更加僵硬了。毛泽东思想的"欲进还退""欲活还僵"的变化，是对于当时国际、国内发展形势错误判断的综合体现。这种"欲进还退""欲活还僵"的思想取向反映到文学观念上面就是更加强调"文艺从属于政治"的观念，从他对周扬的《文艺战线的一场大辩论》的修改意见中，对文艺界反右斗争的指示中，也充分透露出了这种信息。

1958 年搞"大跃进""全民炼钢"和"人民公社"所谓"三面红旗"。1959 年庐山会议本来应该展开纠正"左"的冒进错误，可又突然展开反右倾的斗争。这些"左"的思潮和错误严重破坏了社会的政治和经济的发展。在"天灾人祸"的影响下，中国进入了 1960—1962"三年困

① 逄先知、金冲及：《毛泽东传 1949—1976》，中央文献出版社 2003 年版，第 500 页。

难”时期。1961 年中央在严峻的现实面前，确定了“调整、巩固、充实、提高”的方针。毛泽东处于被动地位，他把这“八字方针”理解为“就地踏步，休养生息”。文学艺术和文学理论也进行调整。这就迎来了处于非主导的倾向的文艺思想再度活跃的 1961 年和 1962 年。

“八字”方针对于当时社会生活的影响是全面的。文艺界由于一直生硬地强调“文艺从属于政治”，公式化、概念化、庸俗化的问题越来越严重，文艺创作和文学理论批评的路越走越窄，因此正如周恩来所说的那样：“三年来（指 1958—1960）的工作中出了一些毛病，需要调整、巩固、充实、提高，精神生产方面也不例外，所以同样要规划一下。”①

1961—1962 年，召开了一系列的会议。1961 年中共中央宣传部在北京新桥饭店召开文艺工作座谈会，文化部召开故事片创作会议，简称新桥会议；1962 年 3 月，中国戏剧家协会在广州召开全国话剧、歌剧、儿童剧创作座谈会，简称广州会议；1962 年 8 月，中国作家协会在大连召开农村题材短篇创作座谈会，简称大连会议。以上三个会议，都是针对三年来文艺界的“左”的倾向、同时也针对新中国成立以来“文艺从属于政治”的主导倾向，导致文艺创作中存在的问题，展开了讨论，提出了一些马克思主义文艺新思想。周恩来在这几个会议上作了三次讲话，以实事求是的精神探索文艺的规律，力图纠正此前错误的说法和做法。同时中宣部经中央同意也出台“文艺八条”，意在总结经验教训。

1961 年到 1962 年提出的具有马克思主义品格的文艺思想有如下三点。

第一，文艺自身的特征的强调。艺术形象的创造问题当作艺术的特征问题得以凸显出来。如周恩来说：“文艺为政治服务，要通过

---

① 周恩来：《在文艺工作座谈会和故事片创作会议上的讲话》，《周恩来论文艺》，人民文学出版社 1979 年版，第 86 页。

形象，通过形象思维才能把思想表现出来。无论音乐语言，还是绘画语言，都要通过形象、典型来表现，文艺本身就不存在，本身都没有了，还谈什么为政治服务呢？标语口号不是文艺。”[①]周恩来不是理论家，他不可能从学理的角度论述文艺的特征，但从他的直感上觉得文学的特征是艺术形象，1961—1962 年的观念看，还是很难得的，形象特征论在那个时段还是对于文艺特征的最好的理解，因为当时的文艺创作重在宣传政治观念，配合政治的需要，完全不顾及文艺本身的形象的真实创造。强调文艺的形象特征、形象思维的特征，与马克思主义反对席勒化，反对把文艺变成时代精神的话筒，完全是一致的。

第二，题材多样化的呼唤。长期以来，反复强调要歌颂英雄人物，歌颂新社会，歌颂党的方针政策，批判和批评的维度完全缺失，在题材问题上有很多禁区，束缚了作家、艺术家的手脚。特别是批判了胡风的“到处有生活”的观点后，许多作家、艺术家熟悉的生活不能写，而不熟悉的生活则又写不好，“写什么”成为作家、艺术家面临一个困难的选择。题材狭隘化也是产生公式化、概念化的一个原因，因为许多作家并不熟悉新英雄人物，硬要去写，结果当然写不好，只能用某些观念去套。《文艺报》1963 年第 3 期发表了专论《题材问题》，这篇文章当时未署名，现在已知道是张光年写的，后来收入了张光年的《风雨文谈》集子里面。这篇文章认为鉴于长期以来题材问题是设置了许多禁区，“文学创作的题材，有进一步扩大之必要，题材问题上的清规戒律，有彻底破除之必要”。文章认为，无产阶级是世界上最先进的阶级，因此无产阶级的社会主义的文艺，就应该在题材问题上，开辟出前人所未曾开辟的新的天地。无产阶级的文艺当然要表现自己，但“无产阶级在表现自己的同时，还要以革

---

① 周恩来：《在文艺工作座谈会和故事片创作会议上的讲话》，《周恩来论文艺》，人民文学出版社 1979 年版，第 91 页。

命的眼光，以批判的态度描写历史，以领导者的地位来关心社会上各个阶级、各种人物的动态和心理，以主人公的心情来欣赏自然界的一切美好事物。不但前人未曾见过的新时代的一切新鲜事物……就是前人曾经写过的旧社会的许多题材，只要符合今天的需要，也都可以进入社会主义文学艺术领域”。生活有多么广阔多样，题材就可以有多么丰富多彩。这种题材广阔多样的观点，被当时文艺工作者所一致接受。实际上题材狭隘化问题是“文艺从属于政治”的必然反映。反过来说，要求题材多样化，就是要求松动“文艺从属于政治”观念的一种呼唤。

在张光年呼唤题材多样化不久，1962 年 8 月在大连会议上，邵荃麟提出了“中间人物”论，实际上也还是题材问题。他当时作为作家协会副主席和作协党组书记，提出了文艺要反映人民内部矛盾问题，尤其是提出了写“中间人物”问题，主张要扩大和丰富社会主义文学的人物画廊。他说：“强调写先进人物是应该的。英雄人物是反映我们时代的精神的。但整个来说，反映中间状态的人物比较少。两头小，中间大；好的、坏的人都比较少，广大的各阶层是中间的，描写他们是很重要的。矛盾点往往集中在这些人身上。我觉得梁三老汉比梁生宝写得好……”[①]他的理论是从中国实际情况出发的，实事求是的，也探索了文学创作的一个规律，是很有意义的。

第三，现实主义文学要深化。如何深化文学现实主义，是一个比题材多样化更为深刻的问题。如果说题材多样化涉及的是“写什么”的问题，那么“现实主义深化”则是涉及“怎么写”的问题。“文艺从属于政治”最大的问题就是对“怎么写”的一种制约。政治胜利了，就看不到矛盾，就一味歌颂，这种歌颂有时候就变成了“无冲突论”。邵荃麟在 1958 年“大跃进”失败后说：“一九五八年有人说，两年零

① 邵荃麟：《在大连“农村题材短篇小说创作座谈会”上的讲话》，《邵荃麟评论选集》，人民文学出版社 1981 年版，第 393 页。

八十天就可以进入共产主义，现在看来是可笑的。”[①]他提出了“现实主义深化”论，他的意思是我们从事的革命和建设事业，既要肯定方向，但更应看到“道路是长期的、复杂的和曲折的”。他说：“搞创作，必须看到这两点：方向不能动摇，同时要看到长期性、复杂性、艰苦性。没有后者，现实主义没有基础，落空了；没有前者，会迷失方向，产生动摇。”[②]他认为当时创作的一些作品，“革命性都很强”，但反映现实的深度不够，反映革命斗争的长期性、复杂性、艰苦性不够。所以他提出“我们的创作应该向现实生活突进一步，扎扎实实地反映现实”[③]。那么怎样才能达到“现实主义的深化”呢？他说：“现实主义是创作的基础，生活是现实主义的基础。写出好作品的作家，必然是深入生活的；但只是深入生活，不一定写得出好作品。创作有它自己的规律。……作家应该有观察力、感受力、理解力。光感受还不行，还应有理解力——通过形象及逻辑思维进行的，要有概括力。没有概括力，写不出好作品。……不体察入微，对现实的分析、理解就不深。没有强大的理解力、感受力、观察力，就不可能有高度的概括力。……作品中能给人以新的思想，这和作家对生活的理解有关。”[④]邵荃麟的论述并不多，却很精要和深刻。可以这样说，毛泽东《在延安文艺座谈会上的讲话》，对于创作的对象和客体讲得比较清楚，因此强调作家深入生活。邵荃麟的讲话则认为光深入生活是不够的，作家必须经过多方的修养、锻炼，充分发展作家的主体观察力、感受力和理解力，没有创作主体的感性的和

---

① 邵荃麟：《在大连“农村题材短篇小说创作座谈会”上的讲话》，《邵荃麟评论选集》，人民文学出版社1981年版，第397页。

② 邵荃麟：《在大连“农村题材短篇小说创作座谈会”上的讲话》，《邵荃麟评论选集》，人民文学出版社1981年版，第397页。

③ 邵荃麟：《在大连“农村题材短篇小说创作座谈会”上的讲话》，《邵荃麟评论选集》，人民文学出版社1981年版，第399页。

④ 邵荃麟：《在大连“农村题材短篇小说创作座谈会”上的讲话》，《邵荃麟评论选集》，人民文学出版社1981年版，第400～401页。

理性的力量的调动，创作仍然是不能成功的。邵荃麟是少数几位用马克思主义来探索文学创作规律的一位重要理论家。应该说，邵荃麟的“现实主义深化”论，是击中了“左”的创作思潮的要害，同时也站在历史唯物主义的高度，为中国的文学创作指出了一条健康发展的路，一条充满荆棘又充满成功的路。

从中央领导层说，在此期间，周恩来总理有三次关于文艺问题的讲话，批评“左”的文艺政策，总结新中国成立以来文学艺术方面的经验教训，同时对艺术的规律问题提出了一些很好的意见，如“没有形象，文艺本身不能存在”“寓教育于娱乐之中”“艺术作品的好坏，要由群众回答”“所谓时代精神，不等于把党的决议搬上舞台”“革命者是有人情的”“以政治代替文化，就成为没有文化”“没有个性的艺术是要消亡的”等。这些似乎是常识，但周恩来引导大家不要过分热衷于“文艺从属于政治”的观念，而要进入对文艺规律的探索，这对新中国成立以来“左”的东西进行清理大有益处。

应该说，1961—1962 年，周恩来和巴人、邵荃麟等文艺理论家的努力是可贵的，然而也是悲壮的。20 世纪现代中国文学思想的主流是政治化的，或者说，是泛政治化的。他们提出讨论的学术观点，在政治一体化的文学思想整合大潮中，在“文艺从属于政治”的思潮和路线下，被视作“反动”，被一次次地批判和攻击。但整个“十七年”仍然有学者重视艺术规律，一再发表意见，表现出政治上的清醒和学术上的勇气。如黄药眠 50 年代初中期的“生活实践”论、朱光潜的“美学实践”论、以群、蔡仪主编的文学理论教材等，尽管不是主导的思想，但今天我们回顾这段马克思主义文艺思想史的时候，仍具有意义。总之，“十七年”中那些合乎文艺规律的理论探索，是马克思主义的新思想的播种，它迟早会开花、结果。

第二节 新时期(1978—2007)："向内转"与"向外转"

从1978年起，在实事求是、解放思想这面旗帜下，文艺学界与别的学术界一样，开始反思过去，拨乱反正，接续"五四"的传统，立意建设文学理论与批评现代形态，至今已有30年的历程。这30年文艺学界发生的事情，发表的文章和著作，提出的各种各样的观点，掀起的波浪，可谓纷繁复杂、百态纷呈。我这里想用删繁就简的方法，不论其间发生的各种枝节，仅就其大的脉络做一次梳理，最后看看我们现在走到哪里了，该如何迈出新的步伐。

我认为，新时期文艺学30年走过了由外而内、由内而外两个阶段之后，正在实现某种延伸与超越。

一、"向内转"——中国式"内部研究"的兴起

1978年之初，我们的文学理论可以用"文艺为政治服务"这一句话来概括。虽然那时候还有"反映""典型化""现实主义"等几个词，但"反映"也好，"典型化"也好，"现实主义"也好，都是必须为政治路线服务的，所以说到底文艺是政治的工具、附庸和婢女。文学艺术是要继续做工具、附庸和婢女，还是要摆脱这种依附的地位，这在20世纪80年代初爆发了一场论争。

随着思想解放、拨乱反正的进行，反思的深入，"实践是检验真理的唯一标准"的讨论，《上海文学》编辑部于1979年第4期以评论员的署名，发表了《为文艺正名——驳"文艺是阶级斗争的工具"说》一文，文章认为，"文艺是阶级斗争的工具"说，是造成文艺公式化概念化的原因之一，是"四人帮"提出的"三突出""从路线出发"和"主题先行"等一整套唯心主义创作原则的"理论基础"。"如果我们把'文

艺是阶级斗争的工具'作为文艺的基本定义，那就会抹煞生活是文艺的源泉，就会忽视文艺的多样性和丰富性，就会仅仅根据'阶级斗争'的需要对创作的题材与文艺的样式作出不适当的限制与规定，就会不利于题材、体裁的多样化和百花齐放。”①文章的作者意识到，“文艺是阶级斗争的工具”说，与文艺从属于政治的提法有关，因此提出，“工具说”离开了文艺的特点，离开了真善美的统一，从而把文艺变成政治的传声筒。虽然还不敢说文艺从属于政治的提法不科学，但强调毛泽东的“政治不等于艺术”。《上海文学》这篇文章触及到了文艺从属政治、文艺为政治服务的根本问题，引起了一场大讨论。从《上海文学》的文章开始，从20世纪70年代末年到80年代初，文艺与政治的关系问题，进行了讨论，维护文艺从属于政治的学者和认为文艺不从属于政治的学者，进行了针锋相对的争辩。双方都从马克思、恩格斯的著作里面找根据，从文学发展的历史找根据，但由于大家都只找对自己的观点有利的方面，所以当时的讨论真如“盲人摸象”，交集点很少，当然不能得出一致的结论。

这个问题的解决是从1979年召开的第四届中国文学艺术工作者第四次代表大会文代会为转机的。邓小平在这个大会的《祝词》(1979年10月30日)中说：“党对文艺工作的领导，不是发号施令，不是要求文学艺术从属于临时的、具体的、直接的政治任务”，“写什么和怎么写，只能由文艺家在艺术实践中去探索和逐步求得解决。在这方面，不要横加干涉。”②随后不久，邓小平又在《目前的形势与任务》(1980年1月16日)中说：“不继续提文艺从属于政治这样的口号，因为这个口号容易成为对文艺横加干涉的理论根据，长期的实践证明它对文艺的发展利少害多。但是，这当然不是说文艺可以脱

---

① 《为文艺正名——驳“文艺是阶级斗争的工具”说》，《上海文学》1979年第4期。

② 邓小平：《邓小平论文艺》，人民文学出版社1989年版，第9、10页。

离政治。文艺是不可能脱离政治的。”[①]胡乔木在《当前思想战线的若干问题》(1981年8月8日)中，对此作了进一步阐释：“我们的一切政治归根结底都是为大多数人谋利益的手段，政治本身并不是目的”，“我们不能为政治而政治，所以也不能为政治而文艺等”。文学和文学理论终于摆脱了禁锢的枷锁，由政治转向学术，由单一的外在的政治干预转向文艺内部自身问题的研讨。

应该说明的是，中国文艺学界所理解的所谓“外部研究”与“内部研究”，与“新批评”派的韦勒克、沃伦所著的《文学理论》所说的同样命题的意涵是不同的。中国当时文艺学界只把“政治”和“泛政治”化的那些“工具”论、“从属”论当“外”，而把文学艺术自身问题的研究都当成“内”。从20世纪80年代到90年代，所讨论和研究问题很多，成果也很可观。举其大者，就有形象思维问题讨论、共同美问题讨论、社会主义时期悲剧问题讨论、文学与人性关系问题讨论、文学审美特征问题讨论、文艺学方法论问题讨论、文学主体性问题讨论、文艺心理学问题研究、文学文体问题研究、文学的“语言论转向”的研究、文学叙事学研究等，我们这里不可能把这些问题都一一进行叙述。这里仅就比较重要的几个问题作些评述。

(一)文学的人性基础问题

从1978年到1984年这段时间，讨论人性、人道主义的文章达到三四百篇，形成了理论界的一个热点问题。老一代的文艺理论家如朱光潜、周扬、黄药眠、王元化、汝信、钱谷融等都发表了论文，参与这一重要的讨论。

就文学理论界提出的问题主要有：人性、人道主义是什么？人性、人道主义与文学的关系是什么？人性、人道主义是否是马克思主义理论的一部分？下面就这三个问题简单评述前边提到的几位大

---

① 邓小平：《邓小平论文艺》，人民文学出版社1989年版，第108页。

家的观点。

朱光潜的观点。首先，“人性就是人的自然本性。”“人的肉体和精神两方面的力量”就是人性。“据说是相信人性论，就要否定阶级观点，仿佛是自从人有了阶级性，就失去了人性，或者说，人性就不再起作用。显而易见，这对马克思主义者所强调的阶级观点是一种歪曲。人性与阶级性的关系是共性与特殊性或全体与部分的关系。部分并不能代表或取消全体，肯定阶级性并不是否定人性。”[①]其次，朱光潜说，“人情”是人性中的一个重要因素。“在文艺作品中的人情味就是人民所喜闻乐见的东西。有谁爱好文艺而不要求其中有一点人情味呢?”[②]同时朱光潜认为只有肯定人性、人情的存在才能保证“共同美感”的存在，而历代作家创作的许多悲剧、喜剧等都是具有共同美感的。最后，朱光潜认为“马克思《经济学—哲学手稿》整部书的论述，都是从人性论出发，他证明人的本质力量应该尽量发挥，他强调的‘人的肉体和精神两方面的本质力量’便是人性。马克思正是从人性论出发来论证无产阶级革命的必要性和必然性……”[③]就是说，朱光潜认为人性作为人的自然属性是天然的存在，文艺作品要有人情味、写出共同美，才是人民喜闻乐见的。而人性论是马克思所强调过的，甚至是他论证无产阶级革命的必要性和必然性的一个出发点。这就冲破了长久以来的一个学术禁区。

黄药眠的观点。黄药眠的观点与朱光潜不一样。首先，他不同意人性是人的自然属性，他认为是所有人类共同的特质，是人类有别于动物的所没有的东西。他在承认有自然人性存在的前提下，认为“马克思主义者并不首先强调生物的本性，好像这个本性因为受外界事物的刺激，于是形成了感觉。不，马克思主义者认为，人并不

① 朱光潜:《关于人性、人道主义、人情味和共同美问题》,《文艺研究》1979 年第 3 期。
② 朱光潜:《关于人性、人道主义、人情味和共同美问题》,《文艺研究》1979 年第 3 期。
③ 朱光潜:《关于人性、人道主义、人情味和共同美问题》,《文艺研究》1979 年第 3 期。

是被动地去感受外在的刺激，而首先是在劳动实践中，改造世界的过程中，主动地去感觉和认识世界，同时并在感觉和认识世界的历史过程中积累了许多经验，因此人的感觉，有别于动物的感觉，它是社会文化历史所造成的结果。人一生下来，就在社会历史环境中生活、劳动，人们所闻所见以及其他一切感觉所及，几乎全都是人化了的事物。人们就是在和这些事物接触中养成了人化的感觉，因此人的感觉也只能是社会化了的感觉”①。总起来看，黄药眠认为人的感觉，这是人区别于动物的感觉，也就是人性，人性是人在社会实践中形成的，人性的本质是它的社会性。其次，他用上述观点来理解人性与文学的关系。他肯定文学作品是要写人性的。但不是写动物性，是写具有社会性的人性。“古往今来的文学艺术作品，就可以看出它们并不表现自然人的赤裸裸的本能。同样是写恋爱，在‘五四’前后，我们对于描写男女青年的恋爱小说，是把它当作为提倡民主反对封建礼教的进步运动的一部分来看的。至于到了后来没完没了的卿卿我我的恋爱小说，那就被当作左翼文艺的对立物而加以批判了。《金瓶梅》对性行为方面的赤裸裸的描写是比较多的，但我认为这本书的好处恰恰不是在这个地方，而是在作者把小城市的恶霸生涯以及人情世态写得栩栩如生。”②最后，马克思主义是阶级论者不是人性论者。应该说，黄药眠的看法，特别是他对人性的社会性的看法，是符合马克思主义的社会实践理论的，他对文学与人性描写的见解也较切合文学作品的实际。

周扬的观点。周扬在1983年3月16日的《人民日报》上发表了《关于马克思主义的几个问题的探讨》一文，最后一个问题是“马克思主义与人道主义的关系”。他提出现在要“恢复人的尊严，提高人的价值”。周扬关于人道主义的主要论点是：第一，马克思主义包含人

① 黄药眠：《关于文学中的人性、阶级性等问题试探》，《文艺研究》1980年第1期。

② 黄药眠：《关于文学中的人性、阶级性等问题试探》，《文艺研究》1980年第1期。

道主义。他说："我不赞成把马克思主义纳入人道主义的体系中，不赞成把马克思主义归结为人道主义；但是，我们应该承认，马克思主义是包含着人道主义的。当然，这是马克思主义的人道主义。"①"马克思主义确实是现实的人道主义。"②第二，马克思改造唯心主义的人道主义，提出无产阶级的人道主义，这一转变过程中，与"异化"问题有密切关系。他提出社会主义社会仍然存在异化。"彻底的唯物主义者应当不害怕承认现实。承认有异化，才能克服异化。"③在舆论的压力下，周扬于1983年11月对社会主义异化论做了检讨。1984年1月胡乔木发表了《关于人道主义和异化》的长篇论文，对周扬的社会主义异化论提出批评。非常遗憾的是周扬没有谈到人性、人道主义与文学的关系。在五六十年代，周扬是批判人性论、人道主义的主将之一，他在新时期的这一转变是具有解放思想的意义的。

20世纪五六十年代仍有一些追求真理的人发表了这方面的文章，如巴人在《新港》1957年1月号发表了《论人情》，钱谷融在《文艺月刊》1957年5月号发表了《论"文学是人学"》，王淑明在《文学评论》1963年第3期发表了《关于人性问题笔记》，然而都遭到了无情的批判。1978年以来的这次人性、人道主义和文学问题的讨论，的确是冲破了禁区。尽管对人性问题、人道主义问题存在着不同的意见，但总的发展趋向是肯定人性、人道主义是存在的，而且认为马克思主义的一个命题，如认为虽然不能说人道主义是马克思主义的历史主义，却可以说是马克思主义的伦理原则，人学成为新兴起的一门学科。人性、人道主义的正面探讨，大大促进了人们对文学的理论。如认为文学实际上是人、人性的全部展开，是人的本质理论的对象化等论点已经被普遍接受。这种认识表明了在新时期开始之际，在

---

① 周扬：《周扬集》，中国社会科学出版社2000年版，第386页。
② 周扬：《周扬集》，中国社会科学出版社2000年版，第388页。
③ 周扬：《周扬集》，中国社会科学出版社2000年版，第389页。

文学理论领域，人和人性的觉醒成为一个明显而重要的表征。

人性和人道主义问题的深入讨论的一个结果，就是“文学是人学”命题的重新确立。“文学是人学”是高尔基提出的命题。1957年钱谷融发表了《论“文学是人学”》一文，他发挥了高尔基的“文学是人学”的思想，阐明了文学与人性、人道主义的内在联系，认为“文学的对象，文学的题材，应该是人，应该是时时在行动中的人，应该是处在各种各样复杂的社会关系中的人”。在文学创作中，“一切都以人来对待人，以心来接触心”。“人”是文学的中心、核心，“文学是人学”。在这个命题中“伟大的人道主义精神”还得到特别强调。[①] 该文发表后长期受到批判。1978年后，钱谷融再次强调，“文学既然以人为对象，当然非以人性为基础不可，离开人性，不但很难引起人的兴趣，而且也是人所无法理解的。不同时代、不同民族、不同阶级所产生的伟大作品之所以能为全人类所爱好，其原因就是由于有普遍人性作为共同基础。”“作家的美学理想和人道主义精神，就应该是其世界观中对创作起决定作用的部分。”在文学领域，“一切都是为了人，一切都是从人出发的”，“一切都决定于作家怎样描写人、对待人”。[②] 王蒙指出，人性具有多样性和可塑性，“文学作品是写人的，一篇作品的思想力量和道德力量和它们具有的人道主义精神是不可分的”，“三中全会以来的文学作品中，人道主义精神的发扬，对于人性和人情的诸多方面的关注、刻画或者美化，对于人的尊严的维护和召唤，成为一个重要的特点”，但“作品的内容决不限于人道和人性等”，马克思从未反对也不拒绝真正的人性和人道主义，不敢描写具体的活生生的人性就不可避免的导致创作的模式化、概念化而走向反艺术的道路。[③] 钱中文认为人性共同形态是人物性格、

---

① 钱谷融：《论“文学是人学”》，《文艺月报》1957年5月。

② 钱谷融：《〈论“文学是人学”〉一文的自我批判提纲》，《文艺研究》1980年第3期。

③ 王蒙：《“人性”断想》，《文学评论》1982年第4期。

典型的构成要素，可从真实性、历史性与道德要求等三方面评价人性共同形态的描写。他认为以往把人性片面理解为阶级性，并将阶级性进一步狭隘化为人为的斗争，这在文学作品中表现为对人的血肉之躯的恐惧，反映于文艺理论中表现为对于人性的恐惧。经过讨论，大家大体上确认除了阶级性，还有共同人性，这“乃是这场人性问题讨论的重要收获。”而共同人性，与阶级性一样是现实的人的根本特征，是社会现实关系的组成部分。问题不是文学中有无共同人性，而是如何认识和描写人性。文学中人性描写具有抽象性与具体性两重性，因此不能把对于人性的共同形态的反映笼统的称为抽象的人性描写，也不能把文艺人性描写统称为人性论宣传。唯物史观反对人性论，但不排斥人性。“只有那些具体、生动地描写了健康的、符合生活逻辑的人性共同形态的作品，才能给人以审美享受。”人性的共同形态是人物性格、典型的构成要素，有时人物性格的刻画直接通过人性的共同形态来表现，人性论的典型和庸俗社会学的典型论都离开了现实的人。对于人性共同形态的描写可以从真实性、历史性与道德要求等三方面进行评价。“这三个方面大致可以用来区别文学创作中的资产阶级人性论和无产阶级文学中的人性形态描写之间的不同，也可以用以区别无产阶级文学和优秀的古典文学中人性共同形态描写的同异。”①

钱谷融、王蒙和钱中文的论述获得文论界多数人的认同，可以视为“文学是人学”命题的重新确立。从 20 世纪 30 年代以来，由于社会斗争和其他各种原因，人性论、人道主义一直遭受批判。在新时期开始之际，人性、人道主义这个与文学创作和评论密切相关的问题，被肯定为马克思主义的命题，这是一个根本的转折，是文学理论界的重大收获，也从更深的层次否定了“文艺从属于政治”的口

① 钱中文：《论人性共同形态描写及其评价问题》，《文学评论》1982 年第 6 期。

号。应该说，从1978年到1984年文学理论界讨论的问题很多，但以文学与政治的关系问题，人性、人道主义与文学的关系这两个问题最为重要。可以说，新时期的文学理论由于反思了上述两大问题，真正获得了发展的新起点。

（二）文学审美特征论的发现

长期以来，我们在谈到文学的特征的时候，总是与科学作对比，认为文学与科学都反映生活，文学用形象反映生活，科学用逻辑和推论反映生活。因此文学的特征就是形象性。这种文学形象特征论是导致文学创作的公式化、概念化的原因之一。新时期之际，文艺学界的学者意识到这个问题，因此他们开始重新来探索文学的特征问题。

第一，美是艺术的基本属性。新时期文学审美特征论最初的思考是把文学艺术与美联系起来思考，认定美是文学艺术的基本属性。美学家蒋孔阳教授于1980年发表了《美和美的创造》一文，其中说：

> 美是艺术的基本属性。不美的“艺术”不能称为真正的艺术。①

他还补充说：

> 艺术的美不美，并不在于它所反映的是生活中美的东西，而在于它是怎样反映的，在于艺术家是不是塑造了美的艺术形象。生活中美的东西，固然可以塑造成为美的艺术形象，就是生活中不美甚至丑的东西，也同样可以塑造成为美的艺术形象。②

---

① 蒋孔阳：《美和美的创造》，江苏人民出版社1981年版，第52页。
② 蒋孔阳：《美和美的创造》，江苏人民出版社1981年版，第52页。

很显然，蒋孔阳先生对于文学艺术的本质思考，已经转移到“美”这个十分关键的概念上面。他提出的“美是艺术的基本属性。不美的‘艺术’不能成为真正的艺术”论点十分精辟，他把文学艺术的性质归结为美，而不是此前所认为的是形象化的认识，这是很重要的。更重要的是他认为文学艺术的美的问题不仅是反映对象问题，更是怎么写的问题，丑的事物，经过艺术加工也可以塑造为美的形象。写什么并不具有决定性作用，更重要的是怎样写。这种理解是很有意义的。

第二，文学的特征是情感性。这里我们还必须提到另一位美学家李泽厚对文学艺术的理解。早在 1979 年，李泽厚在讨论“形象思维”的演说中，就强调文学艺术不仅仅是“认识”，“把艺术简单地看作是认识，是我们现在很多公式化概念化作品的根本原因。”①他同时又认为，文学艺术的特征也不是形象性，仅有形象性的东西也不是艺术。他强调指出：

> 艺术包含有认识的成分，认识的作用。但是把它归结于或等同于认识，我是不同意的。我觉得这一点恰恰抹杀了艺术的特点和它所应该起的特殊作用。艺术是通过情感来感染它的欣赏者的，它让你慢慢地、潜移默化地、不知不觉地受到它的影响，不是像读本理论书，明确地认识到了什么。②
>
> 我认为要说文学的特征，还不如说是情感性。韩愈《原道》这篇文章之所以写得好，能够作为文学作品来读，是因为这篇

① 李泽厚：《谈谈形象思维问题》，《李泽厚哲学美学文选》，湖南人民出版社 1985 年版，第 340 页。

② 李泽厚：《谈谈形象思维问题》，《李泽厚哲学美学文选》，湖南人民出版社 1985 年版，第 341～342 页。

文章有一股气势，句子是排比的，音调非常有气魄，读起来，感觉有股力量，有股气势。所以以前有的人说韩愈的文章有一种“阳刚之美”或者叫壮美。①

李泽厚在这里批评了流行了多年的文学艺术是认识、文学艺术的特征是形象的观点，应该说是很深刻的。“认识”这是所有的科学和哲学社会科学中都有的，这的确不足以说明文学艺术的特点。“文学形象特征”说流行了多年，其实有形象的不一定是文学，动植物挂图都有形象，但不是文学。像韩愈的文章没有形象，倒是文学。把文学仅仅看成通过形象表现认识，的确为公式化、概念化开了方便之门。由此他认为文学的特征是情感性，也即审美。后来他又在《形象思维再续谈》(1979)中直接说文学是“一种强大的审美感染力量。审美包含认识——理解成分或因素，但决不能归结于等同于认识。”②李泽厚上述理解连同蒋孔阳的论述不能不说是新时期文学观念转向文学审美特征论的先声。

第三，文学“审美反映”论的提出。笔者于1981年发表了《关于文学特征问题的思考》一文，明确提出了文学的审美特征，其中说：“文学反映的生活是人的美的生活。人的整体的生活能不能成为文学的对象、内容，还得看这种生活是否跟美发生联系。如果这种生活不能跟美发生任何联系，那么它还不能成为文学的对象。文学，是美的领域。文学的对象和内容必须具有审美的意义，或是在描写之后具有审美的意义。”③1983年又撰写了《文学与审美》一文，阐述了文学审美特征论。笔者认为：

---

① 李泽厚：《谈谈形象思维问题》，《李泽厚哲学美学文选》，湖南人民出版社1985年版，第344页。

② 李泽厚：《形象思维再续谈》，《美学论集》，上海文艺出版社1980年版，第559页。

③ 童庆炳：《关于文学特征问题的思考》(1982)，《中国新文学大系1976—1982·理论一集》，中国文联出版公司1988年版，第658～659页。

文学反映的生活是人的美的生活。人的整体的生活能不能成为文学的对象、内容，还得看这种生活是否跟美发生联系。如果这种生活不能跟美发生任何联系，那么它还不能成为文学的对象。文学，是美的领域。文学的对象和内容必须具有审美价值，或是在描写之后具有审美的意义。美并不单纯是客观事物的属性，它跟审美主体的主观作用有密切关系。什么是美的生活，什么是不美的生活，什么生活可以进入作品，什么生活不能进入作品，是一个极其复杂的问题。但文学创造的是艺术美，艺术美来源于生活美，因此只有美的生活才能成为文学的对象的道理，却是容易理解的。诗人们歌咏太阳、月亮、星星，因为太阳、月亮、星星能跟人们的诗意感情建立联系，具有美的价值；没有听说哪一首诗歌吟咏原子内部的构造，因为原子内部的构造暂时还不能跟人们的诗意感情建立联系，还不具有美的价值。诗人吟咏鸟语花香、草绿鱼肥，因为诗人从这些对象中发现了美；暂时还没有听说哪个诗人吟咏粪便、毛毛虫、土鳖、跳蚤，因为这些对象不美或者说诗人们暂时还没有发现它们与美的某种联系。①

笔者的论述显然从苏联文论界的“审美学派”吸收了“审美”和“审美价值”这个概念。苏联在20世纪50年代的“解冻时期”，就对文学艺术的本质和特征展开了如何克服教条化的讨论。但是当时由于中国自身的情况所限，并没有认真从那次讨论中吸收营养。例如，苏联著名的文学理论家和美学家布洛夫在1956年就提出：“艺术是审美意

① 童庆炳：《关于文学特征问题的思考》(1982)，《中国新文学大系1976—1982·理论一集》，中国文联出版公司1988年版，第658～659页。

识的最高的、最集中的表现。”[①]他说：“美学的方法论不是一般的哲学方法论。”“把典型看成是通过具体的和单一的事物来表现‘一定现象的实质’，这个定义早已不能令人满意了。从一般哲学意义上来看，这个定义仍旧是对的，但从美学上来看，则丝毫不能说明什么。这里指的是什么样的‘实质’呢？大家知道，任何一种意识形态都力求揭示‘一定现象的实质’。但有各种各样的实质。雷雨的真正实质在于：这是一种大气中的电的现象。是否可以说，诗人在描写雷雨的时候给自己提出的任务是揭示这种物理实质呢？显然，不能这样说，因为诗人在描写雷雨的时候所揭示的实质是另一种东西。请想一想‘我喜爱五月初的雷雨……’这句诗。这里不仅没有表明雷雨的物理实质，而且从严格的科学观点来看，这种实质似乎被‘遮蔽’起来，假如愿意的话，还可以说是被歪曲了。”[②]如果说，以前的文学理论总是从哲学的社会学来看待文学艺术的本质特征的话，那么布洛夫这些论述真正从美学的角度接触到了文学艺术问题，因此他得出的是关于文学艺术的审美特性的结论，对于苦苦想摆脱“文艺从属政治”羁绊的新时期的中国学者来说，显然具有很大的启示意义。笔者由此受到启发，提出了“文学的对象和内容必须具有审美价值，或是在描写之后具有审美的意义”。在这个表述中起码有三点是值得注意的：其一，提出了审美价值的观念。价值就是对人所具有的意义。审美价值就是对人所具有的诗意的意义。从这样一个观点来考察文学，显然更接近文学自身。其二，提出了文学的特征在于文学的对象和形式中。过去的理论受别林斯基论述的影响，认为文学与科学的区别仅仅在于反映方式的不同，文学和科学都揭示真理，科学用三段论法的理论方式揭示真理，文学则用形象的方式揭示真理。笔

---

① 阿·布洛夫：《美学应该是美学》，《美学与文艺问题论文集》，学习杂志出版社1957年版，第39页。

② 阿·布洛夫：《美学应该是美学》，《美学与文艺问题论文集》，学习杂志出版社1957年版，第40页。

者不同意别林斯基的论点，认为文学与科学的区别首先是反映的对象的不同。其三，文学反映的对象可以有两个层面，一是本身就具有审美价值的生活，如优美、壮美、崇高等；一是经过描写后会具有审美价值的生活，如悲、丑、卑下等。这样笔者就从文学反映的客体和主体两个维度揭示了文学的审美特征。

在当时学界多数人都同意文学的审美特性的情况下，就不再是漫无边际地重复文学的审美特征的说法，而是要进一步的工作，提出严谨的关于文学审美特征的学说。这时已经到了 20 世纪 80 年代的中期。所谓“方法”年、“观念”年的出现，使那些主张文学审美特征者获得了更好的研究环境和更宽阔的视野。

文学“审美反映”论的构建，基于对“认识反映”论的不满。他们认识到，仅仅把文学看成社会生活的认识是不够的，这种看法只是在认识论的层面给文学定位，不能说明文学的特殊性。1984 年出版的《文学概论》(上下卷)第一章第三个标题是“文学是社会生活的审美反映”，笔者认为：“社会生活是文学的唯一源泉。文学是社会生活的反映。其实，包括文学在内的全部意识形态(政治、法律、道德、哲学、艺术、宗教等)和一切社会科学，都是客观的社会生活的反映，都以客观的社会生活为源泉，所以文学是社会生活的论断只是阐明了文学和其他意识形态以及一切社会科学的共同的本质，只是回答了‘文学是什么’的第一个层次的问题。然而，我们仅仅认识文学和其他社会意识形态以及一切社会科学的共同本质是不够的。……我们还必须阐明文学区别于其他社会意识形态以及社会科学的特征。弄清楚文学本身特殊的本质，即回答第二层次的问题。那么，文学反映生活的特殊性是什么呢？我们认为文学对社会生活的反映是审美的反映。审美是文学的特质。……文学之所以是文学就在于它是对社会生活的审美反映，文学的崇高目的是要按照一定的社会审美理想来改造人的生活，使人的生活变得更美好。”①笔者随后按照审美反映的“独特的对象、内容和形式”展开对文学“审美反映”论的论证。

当时另一位学者王元骧教授也对文学审美论展开了研究，他对文学的“审美反映”做出了很具体深入的解说。他在为1987年全国高校第二届文艺学研讨会写作的《反映论原理与文学本质问题》一文中就指出：“从反映论的观点来考察文学，我们就应该同时顾及到文学作品的客观内容(作品反映的对象)和主观内容(作家的思想、情感、倾向)两个方面。应该看到流露在作品之中的作家的主观思想、情感，与作品所描写的对象一样，同样都来自生活，同样都包括在我们所说的文学是生活的反映这个命题的内涵之中。”②据此，他进一步认为“从审美反映的选择性的角度来看，文学作品的丰富性决不仅仅取决于客观现实本身的多样性，同时更取决于作家本人审美感受的独特性。作家的创作个性愈鲜明，他面对现实所产生的审美情感愈具有个人特色，那么，他的作品就愈能摆脱那种似曾相识的面目而显示出自己独特的个性风貌；惟其这样，我们的文学园地才会显得绚丽多彩，光辉夺目。”③他在1988年发表的另一篇论文中又从不同层面对“文学审美反映”进行了论证。首先，从反映的对象看，与认识对象不同，“在审美者看来，它们的地位价值就大不一样。这就是因为审美情感作为审美主体面对审美对象的一种态度和体验，总是以对象能否契合和满足主体自身的审美需要为转移的：凡是契合和满足主体审美需要的，哪怕是在别人看来微不足道的东西，也会成为主体爱慕倾倒、心醉神迷的对象；否则，不论事物本身的客观意义多么重大，人们也照样无动于衷、漠然置之”④。其次，就审美

① 童庆炳：《文学概论》，红旗出版社1984年版，第46～48页。

② 王元骧：《探寻综合创造之路》，陕西师范大学出版社2000年版，第6～7页。

③ 王元骧：《探寻综合创造之路》，陕西师范大学出版社2000年版，第23页。

④ 王元骧：《艺术的认识性和审美性》(1988)，《审美反映与艺术创造》，杭州大学出版社1992年版，第52页。

的目的看，与认识目的以知识为依归不同，“由于审美的对象是事物的价值属性，是现实生活中的美的正负价值(即事物美或丑的性质)，而美是对人而存在的，是以对象能否满足主体的审美需要从对象中获得某种满足而引起的。所以，从审美愉快中所反映出来的总是主体对对象的一种直接或间接的(即通过对丑的否定来肯定美)肯定的态度，亦即‘应如何’的问题。这就决定了审美反映不是不可能以陈述判断，而只能是以评价判断来加以表达”①。最后，一般认识的反映形式是逻辑的，而审美反映是“以崇敬、赞美、爱悦、同情、哀怜、忧愤、鄙薄等情感体验的形式来反映对象的”②。王元骧教授的文学“审美反映”理论从反映的对象、反映的目的和反映的形式三个方面来阐述“审美反映”论的要点，很完整也很深刻，大大深化了对文学“审美反映”论的理解。

第四，文学审美意识形态论。与文学审美反映论相映成趣的是，钱中文教授于 1984 年又提出了文学“审美意识形态”论，他说：“文学艺术固然是一种意识形态；但我以为这是一种审美的意识形态；文学艺术不仅是认识，而且也表现人们的情感、思想；审美的本性才是文学的根本特性，缺乏这种审美的本性，也就不足以言文学艺术。看来文学艺术的本性是两重性的。”③很显然，这是运用马克思主义的社会结构学说，即社会基础与上层建筑理论对于文学艺术观念问题的一次解决。1987 年钱中文教授又发表了题为《文学是审美意识形态》的论文，正式确认“文学是审美意识形态”，并展开了论证，其结论说：“文学作为审美的意识形态，以情感为中心，但它是感情

① 王元骧：《艺术的认识性和审美性》(1988)，《审美反映与艺术创造》，杭州大学出版社 1992 年版，第 53 页。

② 王元骧：《艺术的认识性和审美性》(1988)，《审美反映与艺术创造》，杭州大学出版社 1992 年版，第 54 页。

③ 钱中文：《文学艺术中的“意识形态本性论”》(1984 年)，《文学理论：走向交往与对话的时代》，北京大学出版社 1999 年版，第 86 页。

和思想认识的结合；它是一种自由想象的虚构，但又具有特殊形态的多样的真实性；它是有目的的，但又具有不以实利为目的的无目的性；它具有社会性，但又是一种具有广泛的全人类性的审美意识的形态。”[①]钱中文提出的“文学审美意识形态论”具有辽阔的阐释空间，从哲学的观点看，文学却是一种意识类型，与哲学、伦理等具有意识形态的共同特性，但是文学之所以是文学，是因为文学的一种具体的意识类型，即审美意识形态。它使审美的方法和哲学的方法融合一起，提出文学是以感情为中心，但又是感情与思想的结合；它是一种虚构，但又是特殊形态的真实性；它具有阶级性，但又是一种具有广泛社会性以及全人类性的审美意识形态。

（三）文学主体性问题的论争

1986年被称为“文学观念年”。文艺学方法的讨论首先要落实到文学观念的革新上面。特别是“文学是人学”这个命题的重新确立，很自然地要从文学之“根”的人的角度去思考文学观念的革新。政治功利主义、庸俗社会学和机械反映论的思想相结合，从根本上说，就是忽视人和人性。例如，在文学活动中忽视主体的人的问题变得十分严重；创作问题上，一味强调写重大题材，而忽略了作家作为实践主体的感受与体验；对文学作品中人物命运的轨迹和性格逻辑的破坏，被人物当作傀儡来调动；作品写出来，不论读者喜欢不喜欢，硬塞给读者，忽视读者在文学活动中的能动作用等。这些情况都在呼唤文学主体性的出场。

《文学评论》1985年第6期和1986年第1期，刘再复发表了长篇论文《论文学的主体性》。刘再复的论文的主旨是：“构筑一个以人为思维中心的文学理论与文学史研究系统”，“我们的文学研究应当把

---

① 钱中文：《文学是审美意识形态》，《新理性精神文学论》，华中师范大学出版社2000年版，第136页。

人作为主人翁来思考”，“把人的主体性作为中心来思考”①。论文的这个主旨有明确的针对性。那就是苏联的“社会主义现实主义”的庸俗社会学和机械认识论倾向及其对中国当代文学的影响。在批判“极左”思潮和教条主义中，主体性问题的提出可以说恰逢其时。刘再复《论文学的主体性》主要论点是“文学中的主体性原则，就是要求在文学活动中不能仅仅把人(包括作家、描写对象和读者)看作客体，而更要尊重人的主体价值，发挥人的主体地位，以人为中心、为目的。具体说来就是：作家的创作应当充分发挥自己的主体力量，实现主体价值，而不是从某种外加的概念出发，这就是创作主体的概念内涵；文学作品要以人为中心，赋予人物以主体形象，而不是把人当成玩物与偶像，这是对象主体的概念内涵；文学创作要尊重读者的审美个性和创造性，把人(读者)还原为充分的人，而不是简单地把人降低为消极受训的被动物，这是接受主体的概念内涵。”②刘再复就上述观点展开了洋洋洒洒的论述。刘再复论文的意义不在于具体论述一个问题，而在于文学观念的转变。即从过去的机械的反映论文学观念，转变为价值论的文学观念。因为再强调文学的主体性的时候，刘再复核心的思想要论证人、主体的人、人的经验、人的尊严、人的思想感情、人的性格、人的命运、人的活动等才是最具有意义和价值的。一切离开“人”这个主题的文学是没有意义和价值的。

刘再复的“文学主体性”论受到多方面的肯定。例如，孙绍振认为，“刘再复主体性论的提出，标志着在文艺理论上被动的、自卑的、消极反映论统治的结束，一个审美主体觉醒的历史阶段已经开始。这不是低层次经验的复苏，而是理论上的自觉。在新的逻辑起点上，刘再复提出新的范畴：实践主体性和精神主体性，创作主体性和欣赏主体性。”这些范畴对于认识实践真理、对于从反映论向认

① 刘再复：《论文学的主体性》，《文学评论》1985年第6期。

② 刘再复：《论文学的主体性》，《文学评论》1985年第6期。

识结构的本体深化、对于突出个体的主体性有重要意义。[①] 有的学者认为，艺术家在社会生活中不仅是实践、认识和创造新生活的主体，而且是审美的主体。在艺术家和社会生活之间横亘着的不是镜子，而是具体的活生生的人。文艺对社会生活反映势必带有个人色彩，打上人的烙印，因此反映的过程就是主体积极活动的过程。社会生活是艺术的源泉，首先在于它造就了艺术创造的主体。写心灵是体现创作深度和创作广度的艺术原则，作家就是用自己的心灵浇铸自己的艺术形象，从而在其文艺产品中自然的显示出自己的心灵和人格。[②]

但刘再复的理论也遭到了一些人的质疑。比较有代表性的是陈涌对刘再复的主体性文学论提出严厉批评，认为刘再复主体性理论否定了马克思主义观点、方法和指导思想，歪曲了中国革命文艺以来的文学发展的实际，对马克思主义文艺原理进行了错误的概括，这是“直接关系到如何对待马克思主义基本原理的问题，是关系到社会主义文艺的命运的问题”[③]。姚雪垠认为刘再复主体性理论把作家和作品中人物的主观能动性“作了无限夸张”“违背了历史科学”“包含着主观唯心主义的实质”“基本上背离了马克思主义”。[④] 当然对这种批评也有反批评。例如，针对陈涌的批评，孙绍振就进行了反批评，于 1986 年 9 月在《文论报》上发表了《陈涌同志在理论上陷入迷误的三个原因》，文章从“有没有内部规律”“艺术家主体和科学家主体的区别”“主体认知图式：平面的还是多层次的”“忽视艺术形式的积累和规范作用的必然结果”几个层面对陈涌的理论观点逐一进行了犀利的反驳，批评了陈涌“老是在文学艺术与其他意识形态的共同性中兜圈子的第一个原因——他不能在理论上区分作家主体和科学家主体

---

① 孙绍振：《论实践主体性、精神主体性、和审美主体性》，《文学评论》1987 年第 1 期。
② 鲁枢元：《审美主体与艺术创造》，《文艺报》1983 年第 5 期。
③ 陈涌：《文艺学方法论问题》，《红旗》1986 年第 8 期。
④ 姚雪垠：《创作实践和创作理论》，《红旗》1986 年第 12 期。

在情感和理性、审美与认识方面的不同"，"他的思维定势使他只能在形象与生活统一中进行片面的思辨，他的辩证法是怯弱的，他把审美反映看成是单层次的，因而在审美主体特殊主动功能面前两眼一抹黑，他无法看到审美反映的表层与深层的矛盾，因而找不到文艺反映生活的特殊规律"，并且由于陈涌看不到"形象之外的社会生活与形象之内的社会生活是不等同的"，所以"面对一切文学现象，就只能把外部社会生活与文学形象的发展作简单的表面的比照，以抓住某种同一性为满足"①。

那么，刘再复的文学主体性理论究竟是反马克思主义，还是合乎马克思主义的呢？刘再复在论文中引了马克思《1844 年经济学—哲学手稿》中的论述。马克思曾说："人是一个特殊的个体，并且正是他的特殊性使他成为一个个体，成为一个现实的、单个的社会存在物。同样地他也是总体，观念的总体，被思考被感知的社会主体的自为存在，正如他在现实中既作为社会存在的直观和现实享受而存在，又作为人的生命表现而存在一样。"刘再复还引了马克思关于人的生命活动与动物的生命活动的区别的论述。然后他指出：对于被作家描写着的对象的人来说，他是被描写的客体；但对于生活环境来说，他又是主体。所以要把人当成人。作品中的人物是有自主意识和自身价值的活生生的人，按照自己的灵魂和逻辑行动着、实践着的人。而在后来的论争过程中，更多的学者引用马克思的《关于费尔巴哈的提纲》中的一段话："从前的一切唯物主义——包括费尔巴哈的唯物主义——的主要缺点是：对事物、现实、感性，只是从客体的或直观的形式去理解，而不是把它们当作感性活动，当作实践去理解，不是从主体方面去理解。"②由此看来，主体性问题是马克

① 孙绍振：《评陈涌同志的〈文艺学方法论问题〉》，《审美价值结构与情感逻辑》，华中师范大学出版社 2000 年版，第 192～208 页。

② 马克思：《关于费尔巴哈的提纲》，《马克思恩格斯选集》第 1 卷，人民出版社 1972 年版，第 16 页。

思主义之义，文学主体性的见解大体上也合乎是马克思主义的，是马克思主义在文学活动问题上的具体运用。

总的看来，刘再复从1985年到1986年提出“文学主体性”，不是没有逻辑的概念的缺陷，可作为一种与“社会主义现实主义”不同的文学观念，即主体性文学观念还是让人们充分意识到，文学主体性理论对单纯认识论文艺学的批评有某种程度的合理性，标志着不同于认识论文艺学的主体性文艺思想的出现，这对于中国文艺学的变革与发展是有重要意义的。

(四)文学语言的研究

文学文体、文学语言的研究从20世纪80年代后期就开始了。但真正成气候是在90年代以后。

从古典到现代，人们都非常重视语言在文学中的地位。但他们对语言在文学中究竟占有什么地位、具有什么功能的看法是各异其趣的。中外古典文论所持的是“载体”说，语言只是一种“形式”“工具”“媒介”“载体”，它的功能在于表达生活的和情感的内容，内容有“优先权”，形式则处于被内容决定的地位。20世纪西方科学主义文论则持“本体”说，认为语言是文学的“本体”，文学就是语言的建构，语言是文学存在的家园。古代文论与20世纪西方文论的文学语言观就这样分道扬镳。

那么在文学语言观念从古典到现代的转变是怎样发生的呢?

20世纪西方哲学和人文科学领域发生的一个重大事件就是所谓的“语言论转向”。在西方，在19世纪以前，占主导地位的是理性主义，理性制约一切，所以理性作为文学的内容也自然处于“统治”地位，语言只被看成传达理性内容的工具。20世纪初以来，由于资本主义危机不断发生，人的生存境遇恶化，人性的残缺化越来越严重，人们觉得过去崇拜的理性不灵了，反理性的思潮应运而生。这就导致了所谓的“语言学转向”。人们不再追问语言背后的理性，而认为

"语言是存在的家"(海德格尔),"想象一种语言意味着想象一种生活方式"(维特根斯坦)。语言不是单纯的媒介、手段、载体,它是存在本身。人是语言的动物。语言观上的这种变化,很自然引起文学观念的变化。20世纪形成的科学主义的文论流派在文学语言观上一脉相承。他们认为作品中的语言就是文学的本体。俄国学者什克洛夫斯基在其重要论文《艺术作为手法》中在反复强调文学语言的特异性之后说:"这样,我们就可以给诗歌下个定义,这是一种困难的、扭曲的话语。"①法国结构主义大师罗兰·巴尔特走得更远,他强调"语言和文学之间的一致性",认为"从结构的角度来看,叙事作品具有句子的性质","叙事作品是一个大句子",②超过语言层就是文学的"外界"。

20世纪90年代以来中国的"语言论转向"研究成果,除了介绍西方的相关理论之外,主要是突破了对文学语言表层的研究,深入到文学深层特征的研究。第一,强调语言是人的最重要的一种符号,语言是人与动物区别的根本标志。第二,强调人的语言与人的感觉、知觉、想象、理解等心理机能是同一的。语言不是外在于人的感觉的,是内在于人的感觉的。第三,强调语言又是一种文化,从而它能够规定人们思考的不同方式。过去说语言是文化的载体,这个说法还不够。应该说,语言本身就是一种文化。因为人是必须用语言来思考问题的,语言不同,思考的方式自然不同,作为思考的产物的文化也就不同。操英语的人和操汉语的人,不仅仅是用不同的语言工具,实际上是拥有不同的文化和对事物的不同理解。第四,强调文学语言与普通语言的不同。认为日常生活的信息语言,一旦纳入作品中,被作品的背景、特别是其中的语境所框定,就变成文学

① 托多罗夫:《俄苏形式主义文论选》,蔡鸿滨,译,中国社会科学出版社1989年版,第77页。

② 罗兰·巴尔特:《叙事作品结构分析导论》,《美学文艺学方法论》,文化艺术出版社1985年版,第535~536页。

话语，那么它就不再是单纯的传达信息的“载体”，而获得了丰富的审美的附加意义。这附加意义是指，作品中的全部话语处在同一大语境中，因此任何一个词、词语、句子、段落的意义，不但从它本身获得，同时还从前于它或后于它，即从本作品的全部话语语境中获得意义。话语意义不仅从本身确定，还从其后左右的话语联系中重新确定。我们似乎可以把这种现象称为“大语境”性。强调文学语言的深层特征，如“内指性”“本初性”和“陌生化”等。

对于上述各个问题，大家的意见常有分歧。可以说，争论始终不断，不同意见的对峙经常发生，但“青山遮不住，毕竟东流去”，所谓的“自律”或“内部研究”已经成为学术“气候”。我还记得 1987 年《文艺报》展开关于文学“向内转”的讨论，有人激烈反对这种“向内转”的看法，但中国式的内部研究“向内转”的观点得到了大多数人的同意，逐渐形成共识。反对的声音越来越小，最后归于沉寂。这一事件可能是中国文艺学在 20 世纪 80 年代末中国式的“内部研究”趋于成熟的标志。告别“外部研究”，转向“内部研究”(尽管此时西方文论的“内部研究”式微，新一轮的“外部研究”，即文化研究勃兴)，中国的文论家做出了符合中国国情的明智的选择，推动文学理论与批评研究的转型。90 年代的“语言论转向”，叙事理论的研究，文学本体论的研究，不过是更标准的、更严格的“内部研究”而已。所不同的是，80 年代的“向内转”明显带有知识分子对于社会转型的热情参与，90 年代后的“语言论转向”则失去了这种参与的热情。如果我的感觉没有错的话，在中国式的“内部研究”中，“审美”“主体性”“语言”这三个词被特别的“放大”，所以有所谓的“审美转向”“主体性转向”和“语言转向”的说法，文学自律的趋势，成为一种研究潮流，从这潮流中涌现的成果，虽然参差不齐，但不能不说它已经成为自“五四”以来文艺学研究的独特景观。

我想说的是，20 世纪的 80 年代和 90 年代，中国式的“内部研究”涉及对文学艺术自身规律的研究，是文艺学的一次转型。这“转型”可以概括为三个“转变”：从一家“专政”式的独语，转变为“百家争鸣”式的对话；从政治话语转变为学科的学术话语；从非常态的中心话语转变为自主发展的常态话语。这三种变化也可称为对话化、学术化和常态化。其所获得的成果虽然不能说“辉煌”，但可以说是“耀眼”的。

二、“向外转”——“外部研究”的勃兴

与20世纪90年代“语言论转向”差不多同时，一种新的“外部研究”在中国文艺学界悄然而兴。这就是“文化研究”在中国的出现。

文化研究本身虽然与文学研究有关，但英国文化研究把文化看成一种整体的生活方式，“文化分析就是阐明一种特殊的生活方式、一种特殊文化隐含或外显的意义和价值。”[①]而文学只是生活方式的一种而已。英国文化研究的关键词是：“阶级”“性别”“种族”。批判精神是其灵魂。这与英国社会20世纪五六十年代的学生运动、70年代的女权主义运动和反种族歧视运动密切相关。随着大众文化的勃兴，“大众文化”问题也进入到他们的研究视野。文化研究后来在美国有很大的发展，增加了诸如东方学、后殖民主义学等方面的分析与研究。他们也谈到文学作品，但仅作为一种例证，并不是什么“诗学”。但到了90年代，英、美的文化研究已逐渐沉寂。而中国的学者则如同发现“新大陆”一样发现了西方的“文化研究”，很快地加以引进。

中国在20世纪90年代后，经济迅速发展，商业迅速发展，物质财富涌现，人民的生活水平有很大提高，改革取得的成果超出了

---

① 罗钢、刘象愚：《文化研究读本》，中国社会科学出版社2000年版，第125～126页。

人们的预料。但社会问题不断涌现。贪污腐败、环境污染、城乡差别巨大、贫富差距悬殊、矿难事故不断则是其中几个最为严重的问题。从精神上说，就是拜物主义、拜金主义的流行。这种负面的情况也超出人们的预料。也正是在这种背景下，文化研究、文化批评被引进中国，而且恰好是被一些文艺学的学者引进中国。应该说，他们的工作不是无的放矢的，是有针对性的。文化研究或文化批评对于中国文艺学研究是具有启示意义的。这主要是它为文学研究提供了新鲜的视角。对于文学作品的解读，若是能从文化视角去解读，可能会读出新鲜的文化意义来，这对于充满中国的拜物主义和拜金主义的正在漫延的现实，也可以起到针砭、批判的作用，这无疑是有益的。中国的文化研究的确在关注和分析新兴起的大众文化，对广告文化、网络文化、“超女”文化和“80 年后”文化等，有不少新鲜的分析和见解。正如他们所指出的：“当今的文学研究已不满足于从文化角度看待文学，而有向多领域和多学科蔓延的趋势。很多文学批评家把触角伸向了广告、电视肥皂剧、MTV、流行歌曲、麦当劳和酒吧，对文学的文化研究演变为文化批评。传统的文学研究方法已经不够使用，不少人尝试用心理分析、问卷调查、定量统计等进行研究。”①

但是，随着 20 世纪 70 年代以来西方文化研究到 20 世纪末和 21 世纪初的逐渐消退，它对于文学研究的负面作用也慢慢显示出来。中国学者文化研究的问题也凸显出来：第一，引进的痕迹太重，而自己的问题意识却不十分清楚；第二，随后又从英国的学者费瑟斯通那里搬过“日常生活审美化”的话题，“新的美学原则崛起”的话题，鼓吹文艺学的所谓“越界”“扩容”，一味迎合中国新兴的中产阶级的需要和企业主、老板的需要。但无论如何我们还是要肯定文学的文

① 陶东风：《文学理论基本问题》，北京大学出版社 2005 年版，第 302 页。

化研究，其的确把研究的对象从“内”位移到“外”，开拓了我们的视野，并引导一些学者去研究文学与社会关系问题。有的学者似乎把这一回的“由内而外”的研究看成新的文艺社会学的复兴，这种看法也不是没有根据的。其后，人们从文化研究角度，开始关注日常消费文化的艺术现象，电子媒介所产生的图像现象等。“日常生活审美化”的提出和观点引起争论；文艺学的边界“扩容”引起争论；强调“眼睛美学”和“新的美学原则的崛起”引起争论；“文学终结论”引起争论，等等。我感到，这次“由内而外”的所提出的诸种问题并没有解决，各说各话的情况比较严重，对于文艺学来说，所取得成果还有待评估。在这新世纪开始之际，我们仍然面临的问题是：文学理论为何？文学理论向何处去？

三、走向综合——文化诗学是可能的

30 年的时间，从大体脉络上说，文学理论先是“由外而内”，接着是“由内而外”。现在我们应该思考我们面临的新问题了：文学是不是会走向消亡？如果文学走向消亡的话，那么文艺学就失去了对象，文艺学还能存在下去吗？假如文学和文学批评能够生存下去，那么文艺学是否应该将 20 世纪八九十年代的“内部研究”延续下去？把 20 世纪 90 年代和 21 世纪初的“外部研究”延续下去？如果认为这样的延续会把“内部研究”与“外部研究”相隔离，并不利于文艺学的整体发展的话，那么我们是不是应该超越“内部研究”和“外部研究”的人为的划分，让他们“内”与“外”“两翼齐飞”，内部研究中应该结合外部研究，外部研究应该结合内部研究？还有，我们以前研究的成果，审美转向的成果，主体性转向的成果，语言论转向的成果，文化论转向的成果，应该如何对待？是抛弃还是扬弃？如果选择扬弃，那么该如何扬弃？这些“转向”的成果都是我们的生命投入，我们怎么能完全抛弃呢？扬弃有所清除，也有所保存。问题是我们在保存这些成果的精华之后，该如何在“内部”与“外部”的困惑中做出选择？是“单选”，还是“全选”？单选不过是重复，似不合理，那么我们就“全选”吧！问题又来了，这种“全选”会不会成为一种大杂烩？

于是我们探索方法应该是形成一种能实现新的综合的研究视野或方法论。这新的视野和方法论应该基于文艺学研究学术的承继，又基于对旧有成果的超越。我感到，“内部”穿越“外部”，“外部”穿越“内部”势在必行。在文学文体与历史文化之间实现互动与互构，在艺术结构与历史文化之间实现互动与互构，在故事形态与历史文化之间实现互动与互构，在艺术叙事与历史文化之间实现互动与互构……应该成为研究的课题，方法也要相应革新，这样我们就可能实现文艺学的又一次“位移”。20 世纪 80 年代初中期“由内而外”，我们把研究对象“位移”到文学自身的规律上面，90 年代以来的“由内而外”我们把研究对象由语言“位移”到社会文化上面，那么这一次的综合应该把研究对象“位移”到艺术文本与历史文化互动与互构上面，这就是我和一些学人这些年以来一直呼唤和提倡的“双向拓展”，一直提倡的“文化诗学”了。刘庆璋教授指出：

> “文化诗学”之所以要在诗学之前冠以“文化”，除了强调这一理论命题的人文精神和人文关怀之外，还由于它对文化与文学关系的特别关注和特有认识。它表现在：
>
> 首先，“文化诗学”视整个文化系统为文学与社会联系的纽带，从而正确揭示了文学与客观世界的连接关系。……
>
> 第二，“文化诗学”从广阔的文化视野出发来审视文学，运用丰富多彩、卓有建树的各个文化扇面的新理论、新方法来研究文学。……
>
> 第三，文化诗学的落脚点是诗学——文学学，是一种文学

理论，而不是泛文化理论。①

刘庆璋教授对文化诗学的这种理解与我的构想是基本吻合的，正是在回应现实与文学理论自身问题的吁求中，我们提出了“文化诗学”的理论构想。我们所主张的“文化诗学”就是要坚持文学与其他文化扇面之间互构、互动的理念，就是要将艺术文本放到与历史文化互涵互动的层面上去进行多维度的观照。

刘庆璋教授在发表的另一篇文章中更加全面地阐释了“文化诗学”这种辩证、互动的综合性研究方法：“文化诗学作为一种富于创意的文学新论，还由于它对文化、文学及其相互关系有了更为全面、更为深刻的认识，并能从文学理论的角度汇集各种文化理论的新成果。它视整个文化系统为文学与社会联系的纽带，从而正确揭示了文学与客观世界的连接关系。它更充分地估量了文学与经济基础之间存在着的这一包容复杂、空间广袤的宏大中介——文化的重要地位，更清楚地看到了文化的历史承传性、中外交融性、相对稳定性和构成复杂性。它坚持文学与其他文化扇面互构、互动的理念……这些不同扇面的文化理论自然就成为文化诗学这种文学新论的丰富的理论资源……正是由于文化诗学坚持文化与文学互动、互融、互构的理念，在对文学规律的认识上，它就能看到，作为子系统的文学既具有自身的特殊规律，同时又蕴含着母系统——文化的某些共同规律，从而就能既充分重视文化各扇面的基本区别，又看到各扇面间的互文性，既不因个性否定共性和互文性，也不因共性和互文性否定个性，而是从个性、共性既区别又联系的辩证观点出发去界说文学，从而对文学的理性认识，包括对文学特殊规律的认识，就

① 刘庆璋：《文化诗学学理特色初探——兼及我国第一次文化诗学学术研讨会》，《文史哲》2001年第3期。

可能更全面、更深化。”[①]如刘庆璋教授所言，我们之所以提倡一种“文化诗学”，就是要用“文化诗学”的新的实践方法来重新观照文学文本。而这种方法不仅“打通”了文本内外的关联，还能很好的针对现实文论面对的各种问题提出新的解决策略。

另一位倡导“文化诗学”的学者蒋述卓教授在《走文化诗学之路》一文中，也提出了自己的看法。他从文论现实问题出发，认为文坛面临的“失语症”“绝不仅仅是一个语言的问题、方法的问题，而是一个思想与价值的丧失问题。1989 年以后，文学也好，批评也好，都在逃避，都在隐退。它们逃避现实，逃避崇高，逃避理想，也逃避文化(有的虽写文化却是猎奇)”，“于是，建立一种新的阐释系统就刻不容缓地成为我们当下重要的任务。这种新的阐释系统就是文化诗学”。[②] 他还进一步对“文化诗学”进行了学理层面的阐释，他认为：

> 文化诗学，顾名思义就是从文化角度对文学进行批评。这种文化批评既不同于过去传统的文艺社会学中那种简单的历史批评或意识形态批评，又不简单袭用西方后现代主义文化或西方人所建立的第三世界文化理论的文化批评理论。它应该是一个立足于中国本土文化语境、具有新世纪特征、有一定价值作为基点并且有一定阐释系统的文化批评。[③]

正如刘庆璋与蒋述卓两位先生所言，中国文化诗学并非对西方话语的简单搬用，而有着自身出场的现实与理论背景。在导言中，我也已经提前申说过，我们的“文化诗学”是植根于现实土壤的，是一种不同于西方跟林布拉特提出的“新历史主义”的文学新论。我们尽管

---

① 刘庆璋：《文化诗学：富于创意的理论工程》，《漳州师范学院学报》2004 年第 2 期。
② 蒋述卓：《走文化诗学之路——关于第三种批评的构想》，《当代人》1995 年第 4 期。
③ 蒋述卓：《走文化诗学之路——关于第三种批评的构想》，《当代人》1995 年第 4 期。

仍然借用了西方“术语”，但是我们应该而且必须是立足于中国本土的文化语境，我们的“文化诗学”的历史出场有着我们自身的本民族的诗学传统和现实语境。关于这一点，李春青教授在《中国文化诗学的源流与走向》中也有清晰的说明：

> “中国文化诗学”是一种具有本土性质的文学研究方法，是伴随着中国古代文学的产生与发展而形成的中国式的文学阐释学。然而，由于现代以来我们久已习惯了借用别人的观念与方法并标榜之，而不善于或不屑于对中国文化传统中固有的观念与方法进行总结、提升，故而好像中国传统文化中压根儿就没有什么研究方法似的。这或许正是当下中国学术研究很少能发出自己独到声音的重要原因。当然，我们并不否认，随着马克思主义的意识形态批评、哲学阐释学、巴赫金的社会学诗学、美国的新历史主义批评的传入，中国文化诗学传统获得了新的资源与营养，从而更加成熟与完善。换言之，中国文化诗学是一种既有着悠久的传统，又具有现代精神的文学阐释路向。①

与李春青教授从民族传统文论出发，主张文化诗学的“本土化”与“中国文化诗学”建构旨趣相似的是，文化诗学在国内的另一位实践者，林继中教授也同样倡导“文化诗学”的本土化。作为古典文学界的杜诗研究专家，他主张从传统诗学中去挖掘中国文化诗学话语的理论资源，认为文化诗学的首要环节即在实践，并主张跨学科的研究方法，以此完成传统文论话语的激活。在《文化诗学刍议》一文中，他指出：

---

① 李春青：《中国文化诗学的源流与走向》，《河北学刊》2011年第1期。

> 整体性研究是文化诗学生命之所在。所谓整体性研究，体现在以宏阔的文化视野对文学进行全方位的审视，采用跨学科的方法，从人类学、美学、心理学、社会学、宗教学、民俗学、经济学等诸多学科的视角观照文学。然而更重要的还不在“跨”，而在打通，即必须将这些不同学科视为一个彼此联系的整体，以多种视角观照文学的目的，还在于尽量全面地对产生该文学文本的历史文化母体进行修复，探索其生命的奥秘。①

除倡导跨学科的整体性思维方法外，林继中教授还认为文化诗学的基本方法就在于“双向建构”②，其要义有三：“其一，要阐释文本与外部世界的互动关系；其二，要关注不同文化间的沟通，寻找中西文化间的契合点与生长点；其三，要文史互动、古今互动，使文学文本具有历史与当代的双重意义。”③在《在双向建构中激活传统——从“文化诗学”说开去》一文中，林继中教授还详细阐述了用“文化诗学”方法激活传统文论的实践路径。他认为“只有那些尚能参与古今对话的东西，才是激活的对象，也是传统继续延伸的生长点”。“激活”关键在于重建语境，再现诗意的自觉追求。“有没有重建语境，再现诗意自觉追求是新方法与旧方法的分水岭”，“是传统与现代学术能否接上轨的立足点”。“激活”还在于让古与今、继承与创新形成张力，促成“通变”。中国古典文论中诸如“望今制奇，参古定法”就是将古今正变视为一体两面，相互制约和转化。

林继中教授还指出：“‘参古’不是‘效古’，而是‘趋时必果’‘望今制奇’，强调矛盾积极的一方——‘变’。传统的内涵经新变做出调整，新变被整合于传统，形成新传统，这就叫‘望今制奇，参古定

---

① 林继中：《文化诗学刍议》，《文史哲》2001年第3期。
② 林继中：《文化诗学刍议》，《文史哲》2001年第3期。
③ 林继中：《文化诗学刍议》，《文史哲》2001年第3期。

法’”。他认为，“激活”还意味着“参与”。我们的文化诗学研究就是要打破“非我族类，其心必异”的传统思想，打破中学、西学的壁垒，积极主动参与到世界多元文化中去，需求对话，在碰撞中检验，在实践中融合。在对待中西文化诗学的态度立场上，他认为走向综合的整体性的互文视角是必须确立的，他打了一个有趣的比喻说：“批判与否定是必需的。问题是知识结构是个活体，它不像剜烂苹果，可以明确地区分其精华与糟粕而弃取之；它更像是人的肌肉，你能从活人身上挖一磅肉而不含血与水吗？所以它只能通过对客观现象进行阐述的实践，中学、西学互为参照系，互相发明，互相检验其普适性，进而互相渗透。所谓‘借鉴’尚不能尽其义，它应当是嫁接式的互渗互动，是双向建构，在双向建构中催生一个更为优化的、更为合理的新生命。这应当是一个长期反复实验的过程，是一个不断实践、反思、调整、超越的前仆后继的无穷系列。”①林继中教授认为中西、古今的双向建构，总体趋势是指向未来，“立足现实，双向建构，才是文化自觉”，中国文化诗学只有主动参与到世界文化多元共存与重组的新格局中，“才能在双向建构中长入全人类共同的文化诗学”。②

以上所谈刘庆璋教授、蒋述卓教授、李春青教授、林继中教授，他们都是近年来国内致力于“文化诗学”研究的早期耕耘者，他们或在学理上试图建构一套话语理论，或是在实践操作中运行一种新的研究方法，但无论是理论建构还是实践操作，都对“中国文化诗学”的形成发展起着非常重要的推动作用。

“文化诗学”仍然是“诗学”，一方面，审美仍然是中心，语言分析不能放弃，但它不把文学封闭于审美、语言之内；另一方面，也

---

① 林继中：《在双向建构中激活传统——从文化诗学说开去》，《文艺理论研究》2009年第4期。

② 林继中：《在双向建构中激活传统——从文化诗学说开去》，《文艺理论研究》2009年第4期。

不是又让外部政治来钳制文学，文学的某种“自治”的程度必须保持，“写什么和怎样写，只能由文艺家在艺术实践中去探索和逐步求得解决”。“文化诗学”作为一种实践方法在我国的提倡，有着十分重要的意义，它不仅担负着解决现实文论的各种难题，担负着民族传统诗学的钩沉激活，更重要的是它给我们提供了一种走向综合的整体性的研究方法，提供了一种融通对话的态度立场。作为一种“审美诗学”与“文化研究”的双重整合，“文化诗学”具有非常广阔的学术空间。

小结：我们的主张是，让艺术文学与社会文化在新的基础上实现互动与互构。学术要多样，各种不同的研究要延续，但也要着重考虑超越。因此，我觉得具有包容性的、关注文学整体的“文化诗学”是一个新的起点。

第三章　回应呼唤

——文化诗学的现实依据

第一节　现实文化存在状态与深度文化精神的寻求

在中国进入 20 世纪 90 年代的时候，提出“文化诗学”这个命题并不是哪个理论家的百无聊赖或心血来潮。中国社会转型的现实向理论提出了问题。理论之所以是理论，就在于它能在实践中回答问题、解决问题。因此任何一种真正理论的提出都应具有现实的根据。

一、中国社会转型时期文化存在状况的悖论

我们生活在中国，我们必须对中国的现实有一种清醒的理性的理解。应该说，自 20 世纪 90

年代中国社会出现了转型之后，中国现实的文化存在状态，既让我们感到欣慰，又让我们感到深深的不安。欣慰的是中国人在20多年前开始了一场思想改革运动，对“实践是检验真理的唯一标准”展开了大讨论，终于实现了改革开放。这种改革开放经过30年的实践，特别是20世纪90年代以来的实践，获得了成功，让我们摆脱了贫困的日子，解决了吃喝住穿的问题，人民生活的品质有了很大的提高，国家的综合实力也大为增强，世界开始来拥抱中国，中国也开始走向世界，这是很好的事情。可不安的是我们必须面对现代工业文明和市场化给我们带来的种种文化失范的困扰。无可否认的事实是，在人们生活得到改善和提高的同时，在综合国力提高的同时，拜金主义、拜物主义、享乐主义、消费主义以及这些“主义”的具体表现，如环境污染、贫富悬殊、贪污受贿、假冒伪劣、嫖娼宿妓、赌博吸毒、暴力抢劫等社会文化负面现象又沉渣泛起。这样我们就面临一个悖论：现实让我们满意；现实让我们不满意。那么，现实中那些让我们不满意的社会文化问题是怎样产生的呢？或者说产生的根源在哪里？应该看到，文化是一个完整的系统。物质文化、制度文化、精神文化作为文化的三个子系统，缺一不可。文化中的这几个子系统要是发展不平衡，出现畸形状态，将导致现实社会文化失范。

历史的经验是不能忘记的。历史永远是最好的老师。

鸦片战争前后，中国遭到帝国主义前所未有的欺凌，中国人认识到国家落后了，发动“洋务运动”，然而仅从物质的层面吸收西方的船坚炮利、声光化电，于西方的共和制度和民主思想，则完全不予理睬，结果“洋务运动”以失败告终。

戊戌变法吸收了洋务运动失败的教训，企图从制度上吸收西方进步的东西，但是对于精神文化则关注得十分不够，或者说某种新的文化形态没有深入群众的心坎，结果变法运动只是少数人参与，没有得到全国多数人的拥护，结果还是失败了。

虽然辛亥革命取得了成功，但同样的问题是精神文化没有起色，国民的文化灵魂没有得到刷新，人民团结不起来，结果是陷入长期的军阀混战。

“五四”新文化运动可谓痛定思痛，发动了思想文化革新运动，从精神文化入手力图革新人的精神面貌，力图摆脱封建主义文化的精神枷锁，力图获得思想的自由和个性的解放，这方向无疑是正确的，所以获得了巨大的成功，推进了中国革命的进程。但“五四”的民主、科学的精神没有深入亿万人们的心里，与科学、民主相匹配的制度没有建立起来。所以仍然存在着不平衡。这一点只要看看鲁迅的《呐喊》与《彷徨》就可以了解得很清楚了。

“五四”新文化运动是成功的，然而，有些人要全盘否定它。这是不对的，是一种缺乏历史感的做法。目前对于“五四”新文化运动仍有争论，这里就此问题展开论述。20世纪90年代以来，出现了一种呼唤中华古老传统文明的热潮。从先秦诸子学派、汉代儒学、魏晋玄学、隋唐达到高峰的佛学、宋明理学、明代心学、乾嘉小学等，都被重新拿出来研究，形成了所谓的“国学热”。传统的文学艺术及相关理论的研究热潮也有增无减。对中华传统文化评价之高，可以说是空前的。更不用说唐诗、宋词、元曲、明清小说的大量印刷和广泛流传。《唐诗鉴赏辞典》《宋词鉴赏辞典》等的发行，可能创造了书籍发行之最。我手边有一本上海辞书出版社1985年出版的《唐诗鉴赏辞典》就发行了80万部，到90年代早期就超过百万部。目前一切所谓的畅销书都在它的面前“相形见绌”了。我有一个亲戚，长期在美国学习与工作，他前年回国，要买一些中文书籍带回美国去，列在他书单的第一、第二本就是《唐诗鉴赏辞典》和《宋词鉴赏辞典》。孔子在经历了“五四”新文化运动近70年后，又被尊为伟大的思想家、伟大的教育家，古代文明的先驱和圣人。我的一位朋友送我一部由中国书店 1994 年出版的其规模达 280 万字的《孔子文化大典》的皇皇巨著，这是为“隆重纪念孔子诞辰 2545 年”而作的。在题为《孔子——永远的人类伟人》的“代序”中赞美说：“孔子作为一位伟大的理想主义者，儒家哲学的开山鼻祖，首创儒家学说体系。他的学说、思想成为中华民族精神的重要组成部分。孔子在哲学、社会学、伦理学、教育学、政治学等诸多人文科学领域内均有独创与建树，其博大思想，符合中华民族的需求，适应了当时的中国国情，形成了传之久远的时代精神。”甚至说，“孔子站在中华民族的前列。‘背着因袭的重担，肩着黑暗的闸门’，使中国奔向新的未来”。耐人寻味的是用当年反孔先锋鲁迅的话来赞美孔子，其美化孔子之“用心”可谓“良苦”。所谓“新儒学”更是不胫而走，成为学术的时髦。老子和庄子开创的道家哲学，也成为香饽饽，受到众多学者的青睐。一时间，“国学”又成为显学。连“五四”时期为革命开路的“反传统主义”也受到各种质疑和诘难。林毓生教授那本广为人知的《中国意识的危机》，集中批判了“五四”时期陈独秀、胡适和鲁迅的“反传统主义”。书中说，“这三人在性格、政治和思想倾向方面的差异影响了他们反传统主义的特质。但他们却共同得出了一个相同的基本结论：以全盘否定中国过去为基础的思想革命和文化革命，是现代社会改革和政治改革的根本前提。因此，对‘五四’反传统主义所以激烈到主张中国传统应该予以摒弃的问题，是无法从心理的、政治的或社会学的概念来加以解释的。”这本书于 20 世纪 80 年代中期翻译进中国，引起广泛注意，不少学者沿着这条思路对“五四”的“反传统”进行这样那样的批评，似乎“五四”“反传统”精神不行了。当然，也有一些人不能理解对传统文化的鼓吹和对“五四”反传统的否定，认为这些人又要躲到“故纸”堆里去讨生活，对现实生活采取隔离的态度。争论甚为激烈。这个新的学术景观是怎样出现的呢？是传统文化变了呢，还是人们的观念变了呢？

就中国古代传统文化的“境遇”来说，在经过了20世纪六七十年代的冷遇后，在80年代“改革开放”后就逐渐引起人们的重视。90年代，传统文化似乎迎来又一届“青春”。

应该说传统文化还是传统文化，传统没有变。变化了的是现实生活。在经过了改革开放后的市场经济的初步洗礼之后，现实生活中出现了一个不容忽视的事实，那就是拜物主义、拜金主义成为我们生活中的一面“旗帜”。“物”和“金”都不是坏东西，甚至是我们追求的东西，但是一旦“物”和“金”成为崇拜的“主义”，社会问题就来了。金钱的威力渗入到生活的各个角落，连我们的精神文化生活也无法抗拒市场化力量。金钱的“魔鬼”几乎无所不在。打开电视，不管你愿意不愿意，你得接受那铺天盖地的各色各样的商品广告。不但在电视广告中，而且在你阅读报纸的时候，在你在大街上散步的时候，在你打开电脑的时候，在一切时候，你都无法拒绝这些东西。现实生活的许多方面都变得俗不可耐，人的浅薄与庸俗也达到前所未有的程度。

这样，一些有思想的人，就不愿拥挤在这条充满俗气、浅薄和庸俗的道路上。他们扭过头看自己祖先所创造的文明，并从那“仁义爱人”的伦理中，从“己所不欲，勿施于人”的道德中，从“小人喻于利”“君子喻于义”的教导中，从“天地之性，人为贵”的人文理想中，从“四海之内皆兄弟”的亲和中，从“民贵君轻”的政治理想中，从“无为无不为”的辩证思想中，从“与天地万物相往来”的自然观中，从风、雅、颂、赋、比、兴的诗性智慧中，看到儒雅而纯正的背影，或看到顺应自然的境界，他们连忙往回走，试图看到背影的正面，去领略那阔大恢宏的中华古典文化的气象、精神。于是我们重新发现孔子入世之道，重新发现庄子出世之道，重新发现汉学的古朴之道，重新发现玄学的思辨之道，重新发现盛唐之音，重新发现宋明之理……神往古代传统是人们试图摆脱现代社会俗气所做的一种努力。

现代中国人完全是在新的历史条件下产生对传统的“眷念”，与“五四”新文化时期对古老传统的批判看似完全不同，实则有相通之处。因为“五四”时期人们看到的是中华古老传统的惰性、封闭性所产生的俗气和浅薄的一面。中国现代伟大思想家文学家鲁迅终其一生就是在与传统文化中那些麻木、庸俗、虚伪、落后、俗气、教条等做殊死的斗争。我们不会忘记他的《狂人日记》，不会忘记其中几乎都熟悉的一段话：“凡事总需研究，才会明白。古来时常吃人，我也还记得，可是不甚清楚。我翻开历史一查，这历史没有年代，歪歪斜斜的每页上都写着‘仁义道德’几个字，我横竖睡不着，仔细看了半夜，才从字缝里看出来，满本都写着两个字‘吃人’!”鲁迅对旧文化的批判的确是十分彻底的和全面的。他当年力主对外国的东西采取“拿来主义”，就是要用西方的现代文明来对抗中华古代传统的封闭、落后、虚伪、平庸、俗气等，以使中国人获得生存、发展的机会。

这就是说，“五四”的“反传统主义”和当代的“传统主义”都以反对平庸、虚伪、俗气、浅薄为旨归，都以人的精神现代化为旨归，“五四”的“反传统”是要以西方的科学与民主，来摆脱古代传统文化那种无生气的麻木的僵死的东西，以实现人的精神的现代化；今天我们承继文化传统，是要以传统文化中的人文伦理精神来摆脱现今流行的拜金主义、拜物主义和极端个人主义等，其目的也是促进人的精神的现代化。因此，在建设人的精神的现代性上，它们似乎是相同的。

由此不难想到，中华古代文化有两面，有人文、儒雅、智慧、淳朴、自然、超脱的一面，同时又有残忍、愚昧、虚伪、庸俗、封闭、停滞的一面。可以说是精华与糟粕并存。这就要看我们所处的历史文化语境的状况。“五四”新文化运动时期，传统文化的残忍、愚昧、虚伪、庸俗、封闭、停滞妨碍了我们的生存与发展，“反传统主义”占了上风，就不足为奇。现在，当社会转型时期的拜金主义、拜物主义和极端个人主义等，让平庸、俗气、粗鄙的市民主义“污染”了我们的生活，人们想到并推崇中华传统文化的人文、儒雅、智慧、淳朴、自然和超脱，不也是很自然的吗？

我还想说的一点是，中国是一个有着几千年传统文化的国家，在历史的每一个重要的关头，都不能不面对这个悠久的传统，说它是“负担”也好，说它是“资源”也好，不面对是不可能的。历史的经验已经反复告诉了我们这一点。更重要的是，传统是活着的，它就在我们的身旁。我们“不但要理解过去的过去性，而且还要理解过去的现存性”，传统文化对于我们是一个“同时的存在”，“组成一个同时的局面”（T. S. 艾略特）。屈原、陶渊明、李白、杜甫、苏轼这些大诗人就在当代诗人的身边，他们的精神生命没有过去。如何接过他们燃烧了一二千年的诗歌火炬是我们今人的责任。因此处理好“古”与“今”的关系，无论对于过去还是现在，都绝不是可有可无的小事。古代优秀的文化传统必须继承，“五四”新文化运动的科学与民主的传统也必须继承。古代的传统是一个文本，“五四”新文化运动也是一个文本，我们都必须用历史主义的观点去对待它。

从以上我们对历史的回顾中，我们可以看到，文化作为一个整体，是很难切割开来的，物质文化、制度文化和精神文化要平衡地前进，才能推进社会持久地进步。畸形的文化，必然造成畸形的社会问题。这对社会发展来说，绝对是不利的。

今天中国和平发展论不能变成经济决定论。经济的发展要有精神文化的引导。历史唯物主义没有过时，马克思关于经济基础与上层建筑的作用反作用的观点没有过时。社会的经济基础归根结底决定着意识形态和精神文化，精神文化意识形态和精神文化也绝不是可有可无的东西，他必然在很大程度上作用于社会的经济发展。没有社会的经济发展是不行的，但没有健康的精神文化发展也是万万不行的。关键的问题是人的需要是多层面的，除了物质的需要之外，人的道德伦理秩序，人的思想言论的自由，人的个性的发展，人的精神生活的丰富，也是属人的需要。在物质得到基本满足的条件下，这种需要就会凸显出来。没有钱是不行的，但仅有钱也是万万不行的。在物质文化发展的同时，体制文化的改变、精神文化的关怀，就成为重要的方面。像许多发达国家的经济繁荣诚然是世界领先的，但在他们那里种种关系到人的生存与精神生活等层出不穷的社会文化问题，并没有随着经济的发展而解决。

二、社会转型期中国当代学者对深度文化精神的寻求

要知道，世界上最重要的是人，人的物质的富裕还不够，还要有文化精神生活的富裕。因此，今天中国的现代工业经济的发展和市场经济也需要深度文化精神的引导。经济的发展要体现以人为本。如果经济的发展、市场化的结果不利于人的建设，不利于人性的完善，反而让人感到机器的压迫、电子的干扰、环境的污染、文物的破坏、信仰的失落、欲望的膨胀……那么这种经济的发展对人的生存又有什么意义呢？应该看到，现代经济的发展与精神文化的发展，并非总是统一的，相反，往往是相悖的。在人类的历史上，工业文明所代表的经济发展与精神文化常常出现二元对立现象，在激烈的社会转型时期就尤其如此。这体现出历史发展的“悲剧性”，体现出经济发展维度与精神文化维度的“错位”。

西方的伟大思想界都深刻地看到了现代化和技术进步过程在文化、精神、价值、信仰方面造成的巨大负面效应。自英国工业革命开始 ，西方的作家和思想家就开始了对工业文明所带来的负面文化的批判。从狄尔泰到席勒再到马克思，都是从批判工业文明和资本

主义逻辑开始自己的理论活动的。这些都成为众所周知的事情。

有人可能会问在工业文明发展到高科技的今天，新的工业文明是不是对人具有了一种亲和力呢？事实的发展告诉我们，新的高科技工业文明可能给我们带来更大的社会文化问题。西方马克思主义的代表人物美国学者赫伯特·马尔库塞说："进步的加速似乎与不自由的加剧联系在一起。在整个工业文明世界，人对人的统治，无论是在规模上还是在效率上，都日益加强。这种现象不仅是进步道路上偶然的、暂时的倒退。集中营、大屠杀、世界大战和原子弹这些东西都不是向'野蛮状态的倒退'，而是现代科学技术和统治成就的自然结果。况且，人对人的最有效的征服和摧残恰恰发生在文明之巅，恰恰发生在人类的物质和精神成就仿佛可以使人建立一个真正自由的时刻。"马尔库塞并没有夸大事实，他只是揭露事实而已。20世纪的科学技术突飞猛进，人类的经济文明似乎进入一个新时代，正是在这个看起来是经济大发展的时代，人类也遭到了空前的战争灾难和其他种种威胁人类生存的问题。美国"9·11"悲剧事件证明了这一点。伊拉克战争也证明了这一点。

现代经济的进步有它自身的铁一般的规律，它不会总是照顾人的情感世界美好的发展。恩格斯认为黑格尔的思想比费尔巴哈要深刻得多，他在《费尔巴哈与德国古典哲学的终结》一书借鉴黑格尔的说法，认为自由阶级以来的社会，恶(包括贪欲、权欲等)是历史发展的杠杆(大意)。这是不错的。不但原始资本主义的经济发展是这样，如残酷地使用廉价的童工，延长工人的工作时间等；就是现代资本主义的经济的发展逻辑也是如此，电子等高科技的发展，表面上是解放人，实际上那高度精密的数码化的技术，把人的神经捆绑得更紧。因为稍不注意，就可能会酿成核电站泄漏的事件，还有中国近几年频繁的矿难。大大小小的因现代技术造成的灾难事件不计其数。这样，人们在工作时候，就不能不把神经绷得更紧。至于把高科技运用于现代战争武器装备的发展上面，给人类带来了原子弹、氢弹、核子弹等，且不必在战争中使用，就已经给人类带来心理上的严重阴影。人们感觉，人类的存亡似乎就握在几个大国首脑随身带的小箱子上面。但是我们并不会因此就放松经济的发展，不会因此就放松高科技的发展，因为经济的发展、科技的发展又能给人类带来极大的方便、舒适、快乐和幸福。这样就出现了悖论：现代经济的发展、科技的发展给人类带来前所未有的幸福；现代经济的发展、科技的发展给人类带来前所未有的灾难。在这个悖论的面前，我们认为，重要的制衡力量就是深度精神文化。有了深度健康的精神文化的制衡，那么现代经济和科技才有可能沿着属人的方向发展。

在现代工业文明所造成的种种社会问题面前，西方的学者看到了，并且他们一直寻求着深度的文化精神。从狄尔泰到华兹华斯，从席勒到马克思，从霍克海默到马尔库塞，他们都在寻找如何摆脱现代资本和现代工业文明给人类带来灾难的文化精神。马克思早期提出"人性的复归"，提出"消灭私有制"，实现共产主义的理想，就是突出的代表。

中国学人在20世纪90年代市场化和世俗化的社会转型时期，深切地感受到了现代工业文明和市场化、世俗化所带来的种种社会问题之后，也在寻找摆脱这种困境的文化精神。就文学研究界来说，从80年代末启蒙话语中断之后，1992年后市场经济迅速发展起来之后，社会开始转型，文人"下海"，"特区"终于成为"特区"。在市场化和世俗化中，文学艺术界的知识分子被边沿化，似乎找不到自己的位置，精神陷入危机，要寻找身份认同、价值立场和独特话语。在这种背景下，中国学人先后提出各种深度的文化精神。

1993年由上海王晓明等提出了"人文精神"的讨论。王晓明在《上海文学》1993年第6期发表了《旷野上的废墟——文学与人文精神的危机》，发动文学研究界一次影响比较大的讨论。这次讨论涉及的主要问题有以下几点。

第一，文学的危机与精神的危机。王晓明在他的文章中认为："今天，文学的危机已经非常明显，文学杂志纷纷转向，新作品的质量普遍下降，有鉴赏力的读者日益减少，作家和批评家当中发现自己选错了行当……"[①]大家知道当时流行的是王朔的"痞子文学"和张艺谋的电影《菊豆》和《大红灯笼高高挂》，文学与艺术失去了精神的血液，或一味调侃，或热衷于刺激欲望，媚俗、自娱成为时髦。所以，他认为："今天的文学危机是一个触目的标志，不但标志了公众文化素养的普遍下降，更标志了几代人精神素养的持续恶化。文学的危机实际上暴露了当代中国人人文精神的危机，整个社会对文学的冷淡，正从一个侧面证实了，我们已经对发展自己的精神生活丧失了兴趣。"[②]我在 1994 年也发表了文章《隐忧与人文关怀》，提出了问题："当代中国的审美文化在哪些方面出了问题？它可能引起的后果是什么？从文化意义上看我们处在怎样一个时代？从这样一个特定的时代出发，我们的审美文化应该有什么样的品味？审美文化的创造者能不能逃避历史的责任？"[③]我的回答是：一，创作态度的游戏化。……1986 年前后涌现出一些作者，创作态度为之一变，神圣的使命感消失，代替它的是纯粹的"游戏"和"玩"。……二，作品的平面化。追求对生活的表面的描写，拒绝深度。放弃选材要严的原则，琐碎的无意义的生活小事，不搭界的事物和色彩，皆可拼凑成篇。展览生活的原生态，作逼真的描写，不作解释，不作评价，当然也不揭示意义。……三，传播的商业化。无论是"美女图"，还是千部一腔的武侠片、武侠小说，或者是琼瑶式的言情片、言情小说，都完全商品化，编造，模仿，复制，刺激，赚钱，这就是一切。人文意

① 王晓明：《旷野上的废墟》，《上海文学》1993 年第 6 期。
② 王晓明：《旷野上的废墟》，《上海文学》1993 年第 6 期。
③ 童庆炳：《隐忧与人文关怀》，《文艺研究》1994 年第 1 期。

义已被淡化。还有借裸体艺术之名，展示性的构造，这就不只是消解人文意义，而是反人文意义。以“炒”股票的办法“炒”审美文化作品，某些平庸的无意义的作品，在一夜之间，被“炒”成畅销书。……当代审美文化人文意义的消解，不能不引起人们的担忧。因为这将产生严重的后果：其一，现实的失落。由于这些作品平面化，没有深度，只有形象，这就意味着形象把现实抽空了，终日浸泡其中的人，他自己也变成“空壳人”，他先是不想理解现实，然后是不会理解现实，现实的真实感的丧失使他们难于担当好自己的社会角色。其二，精神的失落。由于这些作品缺少精神产品的素质，其消费过量者就从精神家园里被放逐出去，成为精神上无家可归的游子，被剥夺对精神故乡的回忆和对乐土的热望，想象力也随之萎缩。其三，人的失落。由于这些作品缺少人文价值，一味刺激人的生物欲望，人的本性就在无意义的文化消费中失落，使人不能真正具有人的本质，人被物和欲所异化就成为不可避免的事。一种不敢正视人和现实的文化，虽然不同于当年鲁迅所说的“瞒和骗”的文化，却是鲁迅所说的“媚俗”的文化，是无聊的、庸俗的、培养小市民习气的文化，对此，人们不能不感到隐忧。①

第二，当时提出来的问题就是在市场经济的条件下，在整个社会趋于世俗化的条件下，在这社会真的实现转型时期，人文知识分子如何来认同自己的身份和价值立场？陈思和说：“我和王晓明一样，关心的是自己的问题，即作为一个现代知识分子，我们的安身立命之处在哪里？”人文知识分子要给自己定位，不能随市场经济之波，逐拜物主义、拜金主义之流，要有自己的话语，自己的价值立场。人文精神是知识分子的自救之道和再生之道。

第三，陈思和提出了与人文精神相关的“民间”概念，即认同市

---

① 童庆炳：《隐忧与人文关怀》，《文艺研究》1994年第1期。

场之外的“民间”立场，反映下层民间的情绪，体现“民间”的原始生命力。

第四，警惕市场化导致人的精神萎缩，这是这次人文精神讨论的一个重要之点。市场经济重实利、重技术、重工具理性，当商品的价值被视为一切产品价值的标准，甚至也视为精神产品的标准的时候，那么文学必然要媚俗，拜物主义、拜金主义等功利主义就不能不入侵文学，真善美被消解，也就是自然的了。也正是在这个意义上，马克思曾经说过，资本生产与诗歌发展是敌对的。

当然值得指出的是，讨论中有不同的声音。有人认为中国从未有过什么人文精神，哪里能谈到什么“恢复”呢？有的学者则指出，“与西方的‘人文主义’相比，20 世纪 90 年代中国的‘人文精神’就有了完全相反的出场语境、批判对象和价值诉求：西方人文主义是针对神权社会与神权文化而提出的，其核心是从天国走向人间，从神权走向人权，世俗化正是其核心的诉求；而中国 90 年代提出的‘人文精神’则恰好是针对世俗化的趋势而提出的，其核心是从‘人间’回到‘天国’，以终极关怀、宗教精神拒斥世俗诉求，用道德理想主义与为艺术而艺术的审美主义拒斥文艺的市场化、实用化与商品化。也就是说，在中国的特殊语境中，‘人文精神’与世俗精神被当成了对立的两极。”①从今天的观点看，后面这种说法虽然是大体符合实际的，分析也是深刻的，但问题是难道商业性的世俗精神就真的值得肯定吗？时间又过去了 10 余年，回过头看，今天的许多社会问题不正是与商业社会的世俗化有密切的关系吗？

1995 年，钱中文提出了“新理性主义精神”。“新理性主义精神”大体上包含了如下四点：第一，“新理性精神将从大视野的历史唯物

---

① 陶东风：《“人文精神”遮蔽了什么？》，《二十一世纪》1995 年 12 月。

主义出发，首先来审视人的生存的意义。”[①]物的挤压使人的生存意义丧失，对于文学艺术来说，它的功能就是必须找回人的生存的意义。第二，“在大视野的历史唯物主义的观照下，弘扬人文精神，以新的人文精神充实人的精神。”[②]所谓新的人文精神的建立，就是要“发扬我国原有的人文精神的优秀传统，在此基础上，适度地汲取西方人文精神中的合理因素，融合成既有利于个人自由进取，又使人际关系获得融洽发展的、两者相辅相成的互为依存的新的精神”[③]。他推崇海明威《老人与海》中的精神：“……一个人并不是生来要给打败的”，“你可以把他消灭掉，可就是打不败他”。他推崇福克纳的精神：“我不想接受人类到了末日的说法……人是不朽的”，作家的“特殊光荣就是振奋人心，提醒人们记住勇气、荣誉、希望、同情、怜悯之心和牺牲精神，这就是人类昔日的荣耀”。[④] 这是一种现代性精神的体现。第三，“新理性精神将站在审美的、历史社会的观点上，着重借助与运用语言科学，融合其他理论与方法，重新探讨审美的内涵，阐释文学艺术的意义、价值。”[⑤]第四，“新理性主义在文化交流中力图贯彻对话精神，文化交流应在文化的对话中进行。”[⑥]不难看出，“新理性精神”是在更新了旧理性精神的基础上，呼唤人文精神的回归，以对话的方法，揭示文学艺术的意义和价值，以回应当前社会精神的萎缩、贫乏和堕落。这是很可贵的。但人们对于钱中

---

① 钱中文：《文学艺术价值、精神的重建：新理性精神》，《文学理论：走向交往对话的时代》，北京大学出版社1999年版，第339页。

② 钱中文：《文学艺术价值、精神的重建：新理性精神》，《文学理论：走向交往对话的时代》，北京大学出版社1999年版，第344页。

③ 钱中文：《文学艺术价值、精神的重建：新理性精神》，《文学理论：走向交往对话的时代》，北京大学出版社1999年版，第345页。

④ 钱中文：《文学艺术价值、精神的重建：新理性精神》，《文学理论：走向交往对话的时代》，北京大学出版社1999年版，第347～348页。

⑤ 钱中文：《文学艺术价值、精神的重建：新理性精神》，《文学理论：走向交往对话的时代》，北京大学出版社1999年版，第352页。

⑥ 钱中文：《文学艺术价值、精神的重建：新理性精神》，《文学理论：走向交往对话的时代》，北京大学出版社1999年版，第358页。

文的“新理性主义”也有批评，主要是认为它不能形成一种“追求纯文学性上面的文学理论”，有“拼凑”的痕迹。但复旦大学教授朱立元的研究认为，钱中文的“新理性主义”的内在结构包括三部分：以“新人文精神”为精神内涵和价值核心，以“现代性”阐述为理论基点和中心话题，以“交往对话”的综合思维方式为思考理路和逻辑方法。① 朱立元的理解深得钱中文理论的精髓。

1996 年我提出了“人文——历史张力”观点，对文学精神价值取向提出了自己的意见。一方面，我认为：“应该看到，从‘以阶级斗争为纲’到经济的改革开放，从一味搞政治，转移到以经济建设为中心，这是社会的进步，而且是非同小可的进步。因此对社会转型期出现的道德失范问题，除了从道德的角度去加以考量之外，还必须以历史的角度加以把握。换言之，在社会转型期，出现道德的失范，是经济发展的伴生物，是难以避免的，切不可对此做出过分的反应，转而又以政治运动为主去治理社会。我们面临的主要问题还是贫穷和‘极左’的威胁，因此我们所主张的人文主义必须有历史的维度，也就是说是在总结历史的经验教训，保证社会进步、促进经济发展的前提下，去提倡人文主义。这样，人文主义就必须和历史主义相结合，是否可以把这种人文主义叫作‘开放的人文主义’呢？我看是可以的。开放的人文主义是历史的、宽容的、民主的和诗意的，不是独裁的、专制的、僵死的和教条的。”②另一方面，我又认为“历史主义论者的失误在于没有清醒看到，如果对今天社会出现的拜金主义、极端个人主义、社会的腐败现象等这些道德失范的现象，不以人文主义的理想与之对抗，多元化将演变为社会的混乱，经济的发展将演变为物质至上主义，人也就可能在没有精神的支撑下沦为只

---

① 朱立元：《钱中文“新理性精神”文论的内在结构》，《河北学刊》2003 年第 5 期。

② 童庆炳：《人文主义的历史维度和历史主义的人文维度》，《文学自由谈》1996 年第 2 期。

有生物欲望的动物。换言之，一个社会缺少精神的治理和制约也是不行的。因此，历史主义也必须具有人文的维度，也就是要清醒看到今天社会存在问题的严重性，呼唤人文主义的理想也是必要的，甚至是刻不容缓的。这样，历史主义就必须而且可以与人文主义相结合。历史主义应该是有理想的、有精神的、有限制的，不是无边的、无精神内涵的、无限制的"[①]。这样我的结论是人文主义要有历史主义的维度，历史主义要有人文主义的维度，这实际上就是说，经济发展是重要的，市场化也是必然的，是社会历史的要求；但同时精神文化的追求也是重要的，人文关怀的呼唤也是必然的，这是人的发展的要求。这两者之间，要保持某种张力的状态。我们评价文学，也要有这样的精神价值取向。

深度精神文化不是后现代文化。后现代文化恰好是拼凑的无深度的消费文化。深度精神文化应该是本民族的优秀的传统文化与世界的优秀文化的交融的产物。这种深度精神文化的主要特性，是它的人文的品格。以人为本，尊重人，关心人，保证人的心理健全，关怀人的情感世界，促进人的感性、知性和理性的全面发展，就是这种深度精神文化的基本特性。这里特别要值得指出的是，深度精神文化不是抹杀民族传统文化，恰好相反，一定要本民族传统文化的深度介入。全球化不应该是对民族文化的消灭，应该是对各民族文化中最优秀文化的发展。因为一切具有世界性的东西，最初都是属于某一个民族的东西，是对这个民族的优秀东西的吸收和改造。没有民族的东西作基础，凭空创造出一种世界性的文化，这是不太可能的。

在这样一个现实面前，作为人文工作者的作家和理论家能做什么呢？或者说他们能用他们的作品去鼓励还是去批判什么呢？难道

---

① 童庆炳：《人文主义的历史维度和历史主义的人文维度》，《文学自由谈》1996 年第 2 期。

是一味地加入到推销消费主义、享乐主义、拜金主义、拜物主义等行列中去吗？当然不是。我们只能用我们的作品去制约经济发展给我们带来负面的影响。这样我们认为“文化诗学”是对现实生活的一个恰当的回应。

与此同时，刘庆璋教授也开始了对“文化诗学”研究的思考。面对社会急功近利的浮躁形势，在《文化诗学：富于创意的理论工程》一文中她也提出了关于“文化诗学”的构想，她结合当前文论与现实的状况指出：

> 在中国的城市，文学艺术进入了交易市场，它与娱乐消遣、市场营销、日常生活的美化需求等相结合，形成一种红红火火、参与者众多的大众文化。在这种市场需要的大众文化之中，文学与其他文化活动的严格界限模糊了，而相互渗透、相互流通、相互构成的现象明显了。如此等等的新的文化风尚，使中国学人不可能闭门于文学审美研究的象牙塔之中，并且开始思考：作为文学理论的纯粹的文学审美论，似乎也再难于适应已经出现的更为复杂的文学现实了。这时，受西方有关理论的启发，中国学人开始了作为自己学术话语的“文化诗学”的研讨。①

刘庆璋教授同时还认为，“文化诗学”的提出，除了是对时代社会的现实回应外，还在于文论自身发展及人文精神品格的需求。在《文化诗学学理特色初探——兼及我国第一次文化诗学学术研讨会》一文中，她就提出：“‘文化诗学’在‘诗学’前冠之以‘文化’，首先在于突出这一理论的人文内核，或者说，在于表明：人文精神是文化诗学之魂。……‘文化诗学’从广阔的文化视野出发来审视文学，运用丰富多

① 刘庆璋：《文化诗学：富于创意的理论工程》，《漳州师范学院学报》2004年第2期。

彩、卓有建树的各个文化扇面的新理论、新方法来研究文学。……具有视野的开放性、方法学上的包容性和鲜明的当今时代的时代性。”①

“文化诗学”的基本诉求是通过对文学文本和文学现象的解析和批判，提倡深度的精神文化，特别提倡诗意的追求，提倡人文关怀，批判社会文化中一切浅薄的俗气的不顾廉耻的丑恶的和反文化的东西。这就是我们提倡“文化诗学”的现实根由，也可以说是“文化诗学”的首要的旨趣。

第二节　文化诗学的精神诉求

也许我们谈到文化诗学，马上会有人联想到文化研究或文化批评。文化研究或文化批评是从西方引进的。西方的文化研究有他们自身的问题意识，这一点我在第二章就谈到了。问题是中国的文化研究或文化批评的出场是否有自己的问题意识呢？如果有的话，这属不属于中国文学理论范围内？是不是一种文学研究或文学批评呢？

一、中国的“文化研究”问题意识的缺失

我们首先要承认，文化研究或文化批评的引进，对于文学研究是具有启示意义的。这主要是它为文学研究提供了新鲜的视角。对于文学作品的解读，若是能有像“文化研究”等文化视角去解读，可能会读出新鲜的文化意义来，这无疑是有益的。这一点我们前面也谈到过了。但是，随着 20 世纪 70 年代以来西方文化研究到 20 世纪末和 21 世纪初的逐渐消退，它对于文学研究的负面作用也慢慢显示出来。中国的文化研究与文化批评也是如此。

---

① 刘庆璋：《文化诗学学理特色初探——兼及我国第一次文化诗学学术研讨会》，《文史哲》2001 年第 3 期。

首先，中国的文化研究缺乏中国自己的问题意识。英国20世纪50年代开始于雷蒙·威廉斯的“文化分析”(后来称为“文化研究”或“文化批评”)，只要我们阅读他的《文化分析》这篇论文，我们就知道威廉斯非常重视“经验”，甚至可以说“经验”是文化研究的中心范畴。所谓经验就是亲身经历过感受过而形成的某种“感觉结构”。① 如果我们不在50年代的英国，我们不是英国当时的“新左派”，不是英国共产党员，也许我们可以知道1956年英法入侵苏伊士运河，知道1956年苏联入侵匈牙利，大多数前英国共产党员反对苏联的入侵，要求英国共产党领导撤销对苏联的支持等，我们通过阅读大量资料，可以理解这一切。但由于你没有经历过，亲自感受过，因此不能形成那些亲自经验过的人的“感觉结构”。这种情况，就像你们没有“经验”过“文化大革命”，你通过阅读相关的资料可以知道“文化大革命”的某些情况，但你无法像我这样因亲身经历过“文化大革命”而形成关于“文化大革命”的“感觉结构”。所以西方的“文化研究”的问题意识是很清楚的，他们提出的几个重要的范畴“阶级”“性别”“种族”，后来美国赛义德提出的“东方主义”，都是有的放矢的，有现实根据的。但是中国的热衷于文化研究的学者，仍然是借用西方人的这些范畴来分析问题。如用“女权主义”或“女性主义”的概念来分析中国当代的作品，就不免隔靴搔痒了。问题意识的缺失，使得中国的文化研究虽然热闹一时，却收获很小。

其次，文化研究对于文学理论与批评不但没有起到正面作用，反而是显露出了负面作用。其一，文化研究并不总是以文学为研究对象，甚至完全不以文学为研究对象。在更多的情况下，文化研究或文化批评往往是一种社会学的、政治学的批评，其对象与文学无关，纯粹在那里讲解阶级斗争、性别冲突和种族矛盾；其方法又往

---

① 威廉斯：《文化分析》，《文化研究读本》，中国社会科学出版社2000年版，第132页。

往是“反诗意”(这是文化研究论者自己的话)的。如果把这些仅仅出于某个具有文学批评家身份的人的社会学批评、政治学批评著作，硬说是文学研究岂不令人费解吗？至于它的读者很多，得到很高的评价，那是作为社会学、政治学著作所得到的礼遇，与文学批评又有何关系？其二，文化研究或文化批评理论本身具有公式化的局限性。无论是文化研究中的重要的女权主义、东方主义、后殖民主义，作为一种理论模式，与我们十分熟悉的阶级斗争理论的公式是十分相像的，革命阶级/反革命阶级，男性/女性，西方/东方，文化殖民/反文化殖民等，推导的方法也十分相似，结论也产生于解读作品之前，总之都是同一种二元对立的理论模式。如果我们用这种文化理论去解读题材相关的作品，那么无论作品本身的优劣(难道文学批评不是要把优秀的作品和低劣的作品区分开来吗)，所解读出来的东西是一样的(难道文学批评不是要把不同作品解读出来吗)，这种视角先行的模式单一的文学批评，不但使解读作品的内容和意义趋同化，失去了作品的思想和艺术个性，使文学批评非思想化、非艺术化，而且那解读必然是平面的，缺少深度的。因为文化研究关注的只是理论本身，对文学文本的解读只是一种例证。更进一步说，这种由于理论公式化导致文学批评刻板化的倾向，也必然远离文化研究人文关怀的初衷。人文关怀有三要素：尊重人的不同经验，捍卫人的尊严，尊重人的不同思想，但文化批评理论本身的缺失，恰好把不同的经验、个性、思想都趋同化模式化刻板化了，这不能不说与人文关怀是背道而驰的。也许正是基于这个原因，西方文化批评大家赛义德在他逝世前几年，就意识到这个问题的严重性，他认为理论走入歧途，影响了人们对文学的热爱，他痛心疾首地感叹：“如今文学已经从……课程设置中消失”，取而代之的都是那些“残缺破碎、充满行话俚语的科目”。回到文学文本，回到艺术，才是理论发展的正途。从一定意义上说，文学可以说是被一波又一波的高调理论喊衰的。①

正是基于上面这种认识，我认为不要把文化批评与文学批评简单等同起来。文化批评不等于文学批评。试图用文化批评取代文学批评，一味在文艺学界喊"文化转向"是不可取的。本来，文学的内容是千差万别的，文学的风貌是仪态万千的，文学的情感是多姿多彩的，文学的形象是栩栩如生的，文学的境界是余味无穷的，文学的语言更是千姿百态的，文学本身就是一个无比丰富的世界，好，现在遇到了文化批评固有的模式的"大刀"，不容分说，一下子把你砍成几大块，还说这是最新潮的文学批评。这样的文学批评究竟是能让作家感到欣慰呢，还是能让读者感到满意？

如果文化研究或文化批评有上面这些问题，那么单纯用文化研究或文化批评的标准来勘探文艺学的边界，一味叫喊文艺学的"越界"和"扩容"是合理的吗？

更令人不安的是，中国当代文化研究的进一步的发展，使那些提倡者对那些"主义"的理性和"本质主义"感到厌烦，于是他们不但不去思考现代资本和现代工业给我们社会带来什么问题，应该如何应对，反而又借用英国诺丁汉特伦特大学社会学与传播学教授费瑟斯通《消费文化与后现代主义》的"日常生活审美化"，开始迎合正在兴起的"消费主义"的浪潮，转而提倡所谓的"我们时代日常生活美学现实"，研究专门作用于人的感官刺激和欲望享乐相关的城市规划、购物中心、街心花园、超级市场、流行歌曲、广告、时装、美容美发、环境设计、居室装修、健身房、咖啡厅、美人图片等，他们想以此取代对文学的研究。研究对象改变了，那么研究的原则是否要改变呢？他们中的一些人认为抛弃旧的康德式的"审美无功利"的理性的"美学原则"，建立物质性的以视像为中心的"眼睛的美学"原则

---

① 盛宁：《对"理论热"消退后美国文学研究的思考》，《文艺研究》2002年第6期。

势在必行。他们认为，“物”是中心，“物”中之“物”又指向了对于身体的满足和关注。这样他们就认为当下的审美活动已经跨过了高高的精神栅栏，化为日常生活的视像，心灵沉醉的美感转移为身体的快意的享受。为此他们兴奋地呼唤“新的美学原则”的崛起。

毋庸讳言，今天的中国大的较大的城市已经发展到这一步：你无论到哪里，都少不了商品。商品几乎充满你的一切空间和时间。在你吃饭的时候，你来到饭店、餐馆，各种菜肴，不但好吃，而且色香味俱全，耳边还有软软的音乐；在你想穿新衣的时候，你来到服装店，那衣服不但能遮身蔽体，能御寒，而且那款式、那颜色、那包装，让你感觉美丽无比；你想买小车代步，你来到卖车场或车展会，那更不用说，各种颜色、各种装置，依靠在车旁的美丽推销小姐，热情到不能再热情的态度，让你的眼睛为之一亮。哪怕你是在办公室办公，哪怕你是在家里休息，那办公室的桌椅设备，那家里的装修和装饰，只要你看一看摸一摸，都让你感到赏心悦目或美不可言。某个朋友给你送了一件礼物，包装得又大气又漂亮，你觉得里面不知是什么贵重礼物，你终于把它一层层打开，原来不过是一条手绢或一条领带。你觉得有些失望，但还是觉得那包装漂亮。甚至于你上卫生间，你闻到的气味，不再是 20 世纪 80 年代的气味，而是 21 世纪的淡淡的香气。只要你在生活，你就离不开商品，既然离不开商品，那么那附着在商品上面的亮丽、清香，就不能不吸引你的感觉。基于以上的新的变化，有人说“审美已经日常生活化”，或者说“日常生活审美化”。

但是，我的问题也随之而来，这一切新的变化能称为“日常生活的审美化”吗？第一，这种“日常生活的审美化”是对谁而言的？是对绝大多数的仍然在为摆脱贫困的下层人民来说的，还是对少数的新贵和富翁来说的？费瑟斯通提出问题的语境与中国学者提出问题的语境完全不同。我们毕竟还是发展中国家。人口压力的沉重是全世界所没有的。这个问题不言自明，不必多说。第二，我们对“审美”应做何理解，审美是视觉的快适呢？还是心灵的震动？审美当然是人类的一种活动。但它究竟是怎样一种活动呢？我们大家都知道，我们在读一本悲剧性的小说的时候流下了眼泪，我们在观看一出喜剧的时候禁不住笑了起来，我们在朗读一首英雄史诗的时候感到肃然起敬，我们把这种活动称为审美。在这种活动中，观看者作为主体的感情在评价对象，由于对象本身具有打动人心的价值性，观看者在看在听的时候，作为主体的欣赏者又主动投入感情，对于对象做出感情的肯定评价或感情的否定评价。就是说，你在观看悲剧或喜剧的瞬间，似乎那悲剧呈现的悲哀是你自己的悲哀，你的亲人的悲哀，你的朋友的悲哀，你的团队的悲哀，你的国家的悲哀，你的民族的悲哀，或者似乎那喜剧是你对对手的丑态嘲笑，你对仇人的丑态嘲笑，你对敌人的丑态评价，于是你的感情终于被深深地触动，自然而然地哭起来或笑起来。如果我们这样来理解“审美”，那么前面所说的“日常生活的审美化”或“审美化的日常生活”并不能引起你的感情的震动，并不能引起会心的笑与真情的泪，那么所谓的“日常生活审美化”的命题还能不能成立呢？

是否审美问题有不同的层次？是的。我认为审美问题的确有不同的层次。当我说香山的红叶是美的、杭州的西湖是美的、桂林的山水是美的、敦煌的壁画是美的时候，是指审美的对象而言的，这是审美问题的第一层次。当我们说美在节奏中、在韵律中、在和谐中、在对称中、在错落有致中、在多样统一中、在黄金切割中的时候，我们是指审美活动构成的形式要素而言的，这是审美问题的第二层次。当我们说美好、丑陋、悲剧、喜剧、崇高、卑下等也可以评价，可以欣赏，那么我们是指审美的范畴而言的，这是审美问题的第三层次。当我们抽象地说，美是关系，美是无功利的判断，美是理念的感性显现，美是客观的，美是主观的，美是主客观的统一，美是评价，美是自由的象征等的时候，我们是在回答对于审美的哲学追问，这是审美问题的第四层次。只有在对于审美问题这种分层次或分方面的理解的前提下，我们才可能进一步来考察日常生活的审美究竟是什么。

很显然，我们今天考察的“日常生活的审美”问题，只是就审美活动构成的形式要素而言的。日常生活中漂亮、美丽、动听、光滑等的确是一种审美，但必须明确这种审美只作用于人的感觉，一般不会作用于人的心灵，它是审美的最浅层次，而不是深层次。这种浅层次的审美是由于节奏、韵律、和谐、对称、错落有致、多样统一、黄金切割等构成的，它不触及或很少触及人的感情与心灵，仅仅触及人的感觉，是人的感觉对于对象物的评价而已。因此，这种审美是不可与观看悲剧、喜剧时候的感情的评价同日而语的。我们必须区别感觉的评价与感情的评价的不同，必须区别浅、深两种不同层次的审美。

为什么在今天所流行的更多是作为感觉的评价的浅层次审美。原因很简单，那就是我们进入了新的技术所支撑的现代商业社会。现代商业的特点之一，就是更多地调动人的感觉，而不是调动人的感情。因为现代商业虽然给我们带来诸多便利，但也给我们带来无穷的深层的社会问题和风险。现代商业就是要让人掏钱买货物，并让人在购物中获得快感，而忘掉那些深层的属于感情领域的种种问题(如贫富悬殊、东西部发展不平衡、城市农村的巨大差异、环境污染、贪污受贿、分配不公等)。现代商业以营利为最高目标，商家制造的东西，让购物者有好的感觉美的感觉，产生了购物的欲望，并乐于从口袋里掏出钱来买这种东西。这几乎就是它的全部追求。基于这样理解，我们诚然要给现代日常生活的“审美”一定的正面的评价，难道我们不愿看到美的东西，而情愿看到丑的东西吗？但是我们一定要了解我们中国自己的国情，我们毕竟还是发展中国家，对于一个还有几千万贫困人口的国家来说，对于一个还有许许多多人在温饱线上挣扎的国家来说，感觉上的悦目、悦耳的审美，对于多数人来说还不是第一位的。试想一想吧，那些处境仍然艰难的工人、农民、普通的知识分子，离那些所谓的“日常生活的审美”现实还有多远，他们能消费这些属于白领阶层和所谓的中产阶级的文化产品吗？那些处于下层的百姓，他们的经济收入很低，他们想买的东西首先要结实耐用。如果制造商对他的产品的包装十分豪华、讲究，审美是审美了，可就是物品的价格太高，他们也只好望洋兴叹了。所以当我们在这里谈论所谓的日常生活的审美化的时候，我们是否要一味地为那些少数的企业主和大商家作理论广告？企业主要做商业广告，那是他们的事情，我们作为人文知识分子，为什么一味地替他们制造美学舆论呢？难道我们不应该更多地为那些普通的还享受不了“日常生活的审美”的人们着想？难道我们不应该更多地体认那些下层百姓的生活处境？这种一味为白领阶层的消费主义唱赞歌是合理的吗？

对于文艺学这个学科而言，我们的文学批评是需要那种触动人的心灵的审美呢，还是仅仅只需要“眼睛的美学”，这是不言而喻的。因为用“眼睛的美学”如何切入非图像的文学作品的艺术世界呢？文学是情感的世界，是想象的世界，是心灵的世界，是内视的世界，与热衷于看图像，特别是看美女的图像的“眼睛的美学”有何相干？看来我们在这里又遇到了文艺学的边界问题，因为他们早就高举“新的美学原则”从文学领域“越界”到购物中心、街心花园、超级市场、健身房、咖啡厅、电视屏幕前等地方去了。

二、文化诗学精神诉求三个向度

1999 年我在《江海学刊》发表了《文化诗学是可能的》，同年在《东南学术》发表了《文化诗学的学术空间》，正式提出“文化诗学”的命题。显然，文化诗学出场的现实语境与前面讲到的1993年开始的“人文精神”的讨论是一样的。不过，我们提出的“文化诗学”的内在结构是，以审美为中心的“双向拓展”。因此文化诗学作为一种文艺学方法论其精神诉求有三个维度：第一是审美精神，这是中心，文学作品首先要具备这种品质和精神；第二是人文意义，文学是语言的艺术，艺术文学必须要有人文意义，要关切人的生存的意义；第三是历史文化精神，文学是历史文化的产物，又构成了历史文化扇面的一部分，必须进入历史文化语境，才能揭示出文学作品的含义。

为什么文化诗学提出这样的精神诉求，这要从文学与人性的关系谈起。我们认为文学是人性的全面展开。

在好几个共产主义的定义中，我最喜欢马克思在《1844年经济学—哲学手稿》中给共产主义下的定义：“共产主义是私有财产即人的自我异化的积极的扬弃，因而是通过人并且为了人而对人的本质的真正的占有；因此，它是人向自身、向社会的(即人的)人的复归，这种复归是完全的、自觉的而且保存了以往发展的全部财富的。”在这个定义中，马克思提出了“人的复归”这个重要问题。在我看来，文学主要不是摆脱生活扰攘的憩息，不是酒足饭饱之后坐在柔软沙发上的甜蜜的打盹儿，而是实现“人的复归”过程的一种力量，是人性建构的一个重要方面，是人的精神生活之鼎的必不可少的一足。

那么什么是“人的复归”?

人在长期的劳动中创造了自己，从一般动物中分离出来，成为一种有知、情、意的心理功能的社会动物。在人类的童年，人开始了对自身的本质力量的占有，从蒙昧状态中苏醒过来。德国伟大的作家席勒曾这样赞美古希腊人：“希腊人的本性把艺术的一切魅力和智慧的全部尊严结合在一起”，“他们既有丰满的形式，又有丰富的内容；既能从事哲学思考，又能创作艺术；既温柔又充满力量。在他们身上，我们看到了想象的青年性和理性的成年性结合成的一种完美的人性”[①]。的确，希腊人是发育得最好的人类孩童，他们创造了无比辉煌的古代文化，在他们身上有一种混沌状态下的“完美”。但是，无论如何不能说他们已获得高层次的“完美的人性”，充分发挥了人的一切潜能。这是因为人的全面的本质，不是自然的产物，而是漫长历史的产物。在人类历史刚刚开篇的时候，在生产力的发展还极其低下的情况下，人的感性和理性的潜能是不可能充分发挥出来的，人也就不可能占有自己的全部本质。因此，无论是过去还是今天，讴歌那种原始的丰富，鼓吹原始的美，引导人们把眼光转向遥远的过去，都是可笑的。而马克思所说的“人的复归”绝不是要把人“复归”到原始人那里去。

“人的复归”是马克思针对人类的严重的“自我异化”提出来的。私有制虽然对原始的公有制来说是伟大的历史进步，但是带来了三大差别，人不但不能全面地展开自己的本质力量，让知、情、意和谐发展，而且人的本性严重地“自我异化”。“由于劳动被分成几部分，人自己也随着被分成几部分。为了训练某种单一的活动，其他一切肉体的和精神的能力都成了牺牲品。人的这种畸形发展和分工齐头并进”[②]，工人成了机器的单纯的附属品，农民则被捆绑在土地上，成为土地的一部分，而资产者则为他们自己的利欲所奴役。所有的人都向非人转化，人寻找不到自己。人的知、情、意都受到压抑或完全丧失。对于劳动者来说，由于他不占有生产资料，他们的“自我异化”就更为严重。他们生产的东西愈美好，他们自己就变得愈丑陋；他们的对象愈文明，他们自己就变得愈野蛮；劳动愈精巧，劳动者就变得愈呆笨。所以结果是：人除掉吃、喝，生殖乃至住和

---

① 席勒：《美育书简》，徐恒醇，译，中国文联出版公司1984年版，第48～49页。

② 恩格斯：《反杜林论》，《马克思恩格斯选集》第3卷，人民出版社1972年版，第330页。

穿之类动物性功能方面，他感觉不到自己和动物有任何差别。“动物的东西成为人的东西，人的东西成为动物的东西。”[①]在大地直立起来的人，经过层层异化，丧失了人的本质，终于沦陷到了一般动物的地位。人类在劳动中创造了自己，人类又在劳动中摧残了自己。这是人类的悲剧。

就个体而言，人的“自我异化”表现为个人的知、情、意心理结构的残缺和片面化。私有制总是把人捆绑在单一的对象上，并使人的感觉也单一化。当一个人只为一种感觉所控制的时候，那么他的这种感觉就畸形发展，而其他一切感觉、情感、欲望和理智就被扼杀。一个一贫如洗的穷人，时时刻刻被贫困感所控制，他作为人的其他心理潜能全部消失了，所以马克思说：“忧心忡忡的穷人甚至对最美的景色都无动于衷。”一个一心想赚大钱的商人，他的全身心都被利欲所占有，他作为人的全部潜能也全部丧失了，所以马克思说：“贩买矿物的商人只看到矿物的商业价值，而看不到矿物的美和特性；他没有矿物学的感觉。”我认为人性的这种残缺和片面化，就是人的精神危机的表现。而危机的根源在私有制，实现共产主义，才能彻底消除人的“自我异化”，弥补人生的残缺，才能在最高层次上实现人的复归，使人的肉体的精神、感性和理性的一切潜能都以应有的丰富性发挥出来。

文化诗学的精神诉求是立足于马克思的“人的复归”和人性的复归的基础上的。文学完全可以为人的知、情、意的心理功能建构提供养料，也是控制社会精神失范的一种力量。

文化诗学的精神诉求为什么主要是三个向度？而不是二向度，四个向度？这就是我们前面说的，文学是人性的全面展开，知、情、意是人的心理功能的基本结构。文学的审美精神首先与“情”相对应、

---

① 马克思：《1844年经济学—哲学手稿》，《马克思恩格斯全集》第42卷，人民出版社1979年版，第48页。

人文意义可以与语言所传达的“意”相对应，历史文化精神则可与“知”相对应。所以文化诗学精神诉求的三向度与人性、与人的心理功能密切相关。

首先，我们来谈“审美精神”。我们是文学艺术的理论批评工作者，我们不是政治家，不是社会学家，不是经济学家，不是企业家，文学批评不能整天高喊这个“主义”那个“主义”。文学理论与批评面对文学作品离不开“诗情画意”的揭示，我们必须是在“诗情画意”的前提下来关怀现实。我曾反复讲过，文学批评的第一要务是确定对象美学上的优点，如果对象经不住美学的检验的话，就不值得进行历史文化批评了。难道我们要面对那些极为拙劣的文学作品去“挖掘”其中的什么文化精神吗？这是完全不可想象的事情。那么我们所讲的“诗情画意”的前提是指什么呢？这就是文本中流动着的鲜活的情感。我们通过阅读文本把握审美情感流动的脉络，看看它在什么地方感动或打动了我们，让我们的心震颤起来，而不仅仅是视觉上的娱乐。有人把“审美”看成一种可有可无的东西，似乎只是一些作品技巧的美学上的细枝末节，这种看法不能苟同。“审美”关系到全面发展的人的实现和人性的丰富性的全部展开。那种把“文学审美特性”看成一种过时的论点的看法，是不对的。在社会转型的情况下，唯有审美、诗意可以与商业交换的功利主义保持一定的距离，也只有审美和诗意可以抗拒人的“自我异化”，同时也是控制社会精神失范的一种力量(举例，杜甫的《茅屋为秋风所破歌》，海明威的《老人与海》)。所以，在社会转型期，审美与诗意并不是可有可无的东西，它是人复归为人的必不可少的精神元素，也是社会维持正常运转的一种精神元素。

令人遗憾的是，目前中国某些学者所热衷的“文化研究”，其对象已经从大众文化批评、女权主义批评、后殖民主义批评、东方主义批评等进一步蔓延到去解读城市规划，去解读广告制作、去解读模特表演、去解读街心花园、去解读时尚杂志、去解读互联网络、去解读居室装修，等等，解读的文本似乎越来越离开文学文本，越来越成为一种无诗意或反诗意的社会学批评，像这样发展下去文化研究岂不是要与文学和文学理论“脱钩”？文学艺术文本岂不要在文化批评的视野中消失？所以，我最大的担心是当前某些新锐教授所呼喊的文艺学的“文化转型”，将使文学理论和批评的对象完全转移，而失去文学理论和批评的起码学科品格。正是基于这种担心我们才提出“文化诗学”的构想。

其次，我们来谈谈人文意义。我们面对文学文本，文化诗学的诉求就是要通过对文本语言的细读，读出其中的积极意义来，特别是读出其中的人文意义来。当我们这样说的时候，不是要回到以前那种悬空谈感受的庸俗社会学批评，那不是我们所要的批评。文本中一个词、一个句子在运用中的变化，都隐含意义和意味。所以回到文本，回到语言，在细读中，我们才能挖掘出其中的人文意义。说到人文意义，必然要了解什么是人文主义。人文主义在欧洲是文艺复兴时期的产物。可以说文艺复兴运动的全部精神成果，就是肯定了“人”在宇宙的中心地位。“一般说来，西方思想分三种不同模式看待人与宇宙。第一种模式是超越自然的，即超越宇宙的模式。集焦点于上帝，把人看成是神的创造的一部分。第二种模式是自然的，即科学的模式，集焦点于自然，把人看成是自然秩序的一部分，像其他有机体一样。第三种模式是人文主义的模式，集焦点于人，以人的经验作为人对自己，对上帝，对自然了解的出发点。”①英国学者阿伦·布洛克对西方思维模式的概括对我们是有启发的。根据他的研究，他认为人文主义有三个特点：第一，人文主义集中的焦点在人身上，一切从人的经验开始。人可以作为根据的唯一的东西就

① 阿伦·布洛克：《西方人文主义传统》，董东山，译，生活·读书·新知三联书店1997年版，第12页。

是人的经验。第二，人的价值就是人的尊严。一切价值的根源和人权的根源都是人的尊严。人之尊严的基础就是人具有潜在的能力以及创造和交往的能力。第三，对于人的思想的重视，人能够通过对历史文化背景和周围环境的理解形成一定的思想。思想既不完全是独立的，也不完全是派生的。与人文主义发生最为密切关系的就是艺术。“艺术与人文主义有着一种特殊的血缘关系，这除了适用于文学与戏剧以外也适用于音乐、舞蹈以及其他非口头艺术如绘画、雕塑、陶瓷，因为它们有着越过不同语言障碍进行交往的力量。”①由此不难看出：第一，人文主义的主题是人的尊严、人的潜能和人的创造力。第二，人文主义与文学艺术有血缘关系。人文主义作为文学的一个批评尺度，是历史赋予的，不是人为制造出来的。中国古代有没有人文主义？我们的看法是，作为一种思潮的确没有，但作为一种精神是自古就有的。古人讲“仁”，讲“礼乐”，实际是以人为中心，是讲对人的尊重。“仁者爱人”“己所不欲，勿施于人”都是强调对人的尊重。所以古人说人“为五行之秀，实天地之心”(刘勰)。中国的“人文”与文学艺术的关系也是极为密切的。当然，中西人文精神在具体内容上又有很大差异，这是不应混淆的，我们在运用中要区别对待。然而西方的人文主义和中国的“人文”精神都以人为中心，认为人的良知、道德、尊严是所有价值中最具有价值的，这些基本点上是相同的。

对于我们来说，在这社会转型时期，从文学文本中提炼出人文意义、人文精神，就是为了对抗商业化、市场化所带来的人的平庸、俗气、

最后，我们来谈谈历史文化精神。文学是历史文化的产物，又是历史文化的构成部分。文学理论和批评完全可以从“文化研究”中

① 阿伦·布洛克：《西方人文主义传统》，董东山，译，生活·读书·新知三联书店1997年版，第237页。

吸取其采用文化视角的优点，在充分重视文学的语言、审美向度的同时，开放文化的向度。一段时间以来，语言的向度是重要的，这无须多说。审美的向度也是重要的。当然，文学理论和批评也不能局限于语言和审美，必须向历史和文化的向度开放，不能对文本的丰富历史精神和文化蕴含置之不理。文学自外于现实的这种情况应该改变。文学是诗情画意的，但我们又肯定文学是文化的。诗情画意的文学本身包含了神话、宗教、历史、科学、伦理、道德、政治、哲学等文化含蕴。在优秀的文学作品中，诗情画意与文化含蕴是融为一体的，不能分离的。“文化诗学”应该而且可以放开视野，从文学的诗情画意和文化含蕴的结合部来开拓文学理论和批评的园地。当一个批评家能够从作家的作品的诗情画意中发掘出某种文化精神来，而这种文化精神又能弥补现实文化的缺失，或批判现实文化中丑恶的、堕落的、消极的和缺乏诗意倾向，那么这种文学理论和批评不就实现了内部批评和外部批评的统一，不就凸显出时代精神了吗？

小结：“文化诗学”植根于现实、拥抱现实、回应现实，用文化精神回应现实的呼唤：现实生活有太多的丑恶、污浊，文化诗学用诗情画意去对抗它。现实生活有太多的平庸、俗气，文化诗学用人文精神去对抗它。现实生活有太多的人眼光短浅、短期行为，文化诗学用历史文化精神对抗它。文化诗学的现实根据是接受现实文化的挑战，弥补现实文化精神的缺失，纠正现实文化的失范。

第四章 双向拓展

——文化诗学的基本构想

通过对半个世纪中国文艺学研究的发展，所存在的最大问题就是所谓“内部研究”与“外部研究”的分离，“自律”研究与“他律”研究的对立，虽然也取得不少成就，但我们不能不承认，继续这样“分离”和“对立”下去，是文艺学所面临的最大危机。如何来解除这个危机，使文艺学的研究走上广阔的道路呢？我们认为这就是“文化诗学”肩负的使命。文化诗学作为一种文艺学的方法论，就是通往综合创新的必经途径。那么，我们对文化诗学的基本构想是怎样的呢？这就是本章要回答的问题。

第一节 以审美评价活动为中心

从1999年正式提出“文化诗学”的构想之后，我们一直认为新的文化诗学的内在结构是这样的：文化诗学研究的对象主要是文学，那么就必须以审美为中心，同时向微观的语言分析与宏观的文化批评发展。

一、文化诗学的对象是文学

“文化诗学”成立的一个前提就是文学不会走向终结。文学的世纪没有过去。中国古代的光辉灿烂的经典文学作品将继续流传下去，外国翻译过来的具有艺术魅力的经典文学作品将继续为人们所喜爱，中国现代以鲁迅为代表的充满思想与艺术力量的经典文学作品将继续为人们所研究，当代正在发展着的变化多端的文学创作，则需要人们的关注，还有对这些作品批评所形成的文学理论也需要不断加以推进，这些文学、文学思潮、文学流派和文学理论仍然是鲜活的，仍然潜移默化地影响人们的精神世界。通过对上面所说的种种文学研究，挖掘出现实所召唤的所需要的审美精神、人文精神和历史精神，是我们不可推卸的责任。余秋雨谈文学创造时说：“艺术，固然不能与世隔绝，固然熔铸着大量社会历史内容，但它的立身之本却是超功利的。大量的社会历史内容一旦进入艺术的领域，便凝聚成审美的语言来呼唤人的精神世界，而不是要解决什么具体的社会问题。在特殊的社会历史条件下有的艺术作品也会正面参与某些社会问题，但是，如果这些作品出自大艺术家之手，它们的内在骨干一定是远比社会问题深远的课题，那就是艺术之所以是艺术的本题。”①总而言之，与文化研究相区别，文学理论不孤立地去研究英国诺丁汉特伦特大学社会学与传播教授费瑟斯通在《消费文化与后现代主义》一书中提出所谓的“日常生活审美化”，不去研究城市规划、购物中心、街心花园、超级市场、流行歌曲、广告、时装、美容美

---

① 余秋雨：《艺术创造论》，上海教育出版社2005年版，第209页。

发、环境设计、居室装修、健身房、咖啡厅、美人图片等，“文化诗学”的本位研究是文学和文学理论。我们不认为文化诗学研究空间是封闭的、狭窄的，文学是广延性极强的人类实践活动，它形成了一个“文学场”，涉及的面很宽，历史、社会、自然、人生、心灵、语言、艺术、民俗的方方面面及其关系都在这个“场”内。

“文学场”的概念是法国学者布迪厄提出来的，其意思也是从文学生产的空间结构、关系结构来考察文学。布迪厄认为要实现对作品与社会现实的科学理解需要三个步骤：“第一，分析权力场内部的文学场(等)位置及其时间进展；第二，分析文学场(等)的内部结构，文学场就是一个遵循自身的运行和变化规律的空间，内部结构就是个体或集团占据的位置之间的客观关系结构，这些个体或集团处于为合法性而竞争的形势下；最后，分析这些位置的占据者的习性的产生，也就是支配权系统，这些系统是文学场(等)内部的社会轨迹和位置的产物，在这个位置上找到一个多多少少有利于现实化的机会(场的建设是社会轨迹建设的逻辑先决条件，社会轨迹的建设是在场中连续占据的位置系列)。”①布迪厄同时认为“艺术品科学自身的对象是两个结构之间的关系，即生产场的位置之间(及占据位置的生产者之间)的客观关系结构和作品空间的占位之间的客观关系结构……作品的变化原则存在于文化生产场中，更确切地说，存在于因素和制度的斗争之中”②。

与布迪厄所谓的“文学场”类似，“文化诗学”研究对象向“文学场”位移，实际上是向文学所涉及的“外宇宙”和“内宇宙”开放。如果文学作品描写了自然、社会的各种情景，那么我们也可以从文学的角度去研究这种描写的情境与意义。如果街心花园是诗歌、小说、

---

① 皮埃尔·布迪厄：《艺术的法则：文学场的生成和结构》，刘晖，译，中央编译出版社 2001 年版，第 262 页。

② 皮埃尔·布迪厄：《艺术的法则：文学场的生成和结构》，刘晖，译，中央编译出版社 2001 年版，第 281 页。

散文的描写对象，那么我们也可能从文学描写的角度来探索它。

二、文化诗学“以审美为中心”

文化诗学为什么要以“审美为中心”，道理很简单，就因为我们不是去研究别的东西，我们研究的唯一对象就是文学。为什么研究文学要以审美为中心呢？人在社会中有各种活动，其中比较重要的有生产活动、政治活动、科学活动、伦理活动、宗教活动和审美活动等。马克思说：“人也按照美的规律来塑造”，人的一切活动中都含有“审美”的因素，但只有文学艺术活动才把“审美”作为基本的功能。审美在文学艺术中的实现反映了文学艺术的特征。这就是我们为什么要以审美为中心的理由。就是说，是否把审美作为基本功能这一点把艺术与非艺术区别开来，也把文学与非文学区别开来。王元骧教授指出：“把艺术的性质界定为是审美的这应该是确定无疑的，这是艺术自身目的之所在；要是艺术也像科学那样只是向人提供知识、帮助人们认识现实，那它就失去了自身存在的意义和价值，充其量也只不过是科学的附属品。”①

文学主要有三个向度：语言的向度，审美的向度和文化的向度。因此文学不能不是这三个向度同时展开。而审美的向度体现出文学的特征和基本功能。这样，我们面对一部作品的时候，不能不首先检验它的审美品质。正如布罗夫所说：“如果一个人很冷漠，缺乏同情心，他就无法同艺术对象打交道，他不可能揭示出对象的真实”。② 这也正好比美学家克罗齐所说“动物学家和植物学家认不出美的动物和花卉”③一样。我曾反复讲过，文学批评的第一要务是确

① 王元骧：《探寻综合创造之路》，陕西师范大学出版社2000年版，第33页。

② 布罗夫：《艺术的审美实质》，高叔眉、冯申，译，上海译文出版社1985年版，第179页。

③ 克罗齐：《美学原理》，朱光潜，译，作家出版社1958年版，第91页。

定对象美学上的优点，如果对象(作品)经不住审美的检验的话，就不值得进行批评了。文学首先是艺术，然后才是别的。这一点与那种政治第一，艺术第二的批评准则是不同的。文学首先是艺术，具有审美特性，然后才是别的。恩格斯在1859年《致拉萨尔》的信中，提出了这样的批评原则：

> 我是从美学的和历史的观点，以非常高的、即最高的标准来衡量您的作品的……①

恩格斯把“美学的观点”放在批评的第一位绝不是偶然的，他知道自己是在评论拉萨尔的剧本，而不是理论著作，所以他不是把“历史的”尺度放在前面，而是把“美学的”尺度放在前面。他和马克思一起，充分看到了文学批评首先必须是要看作品的审美品质，如果某部作品只是“时代精神的单纯的传声筒”(马克思语)，那么就不值得我们去批评了。歌德也说：“一种好的文艺作品固然能够和会有道德上的效果，但是要求作家抱着道德上的目的来创作，那就等于把他的事业破坏了。”②鲁迅在谈到宋代一些小说的时候，也说：“宋时理学极盛一时，因之把小说也多理学化了，以为小说非含有教训，便不足道。但文艺之所以为文艺，并不贵在教训，若把小说变成修身教科书，还说什么文艺。”③恩格斯、马克思、歌德、鲁迅的话的意思是相似相近的，都在说明文学艺术的基本功能和价值主要不在政治、道德等，而在文艺的审美性上。所以“文化诗学”把“审美”作为中心，就是基于上面所说的理由。刘庆璋教授在阐释文化诗学的诗

---

① 恩格斯：《致拉萨尔》，《马克思恩格斯论文学艺术》，人民文学出版社1982年版，第182页。

② 歌德：《歌德自传——诗与真》，刘思慕，译，人民文学出版社1983年版，第569页。

③ 鲁迅：《中国小说历史的变迁》，《鲁迅全集》第8卷，人民文学出版社1958年版，第331页。

学新意时，也认为：“对于文学来说，无论是创作、鉴赏或理论批评，都直接受制于作者的文化心态，特别是作为文化心态内涵之一的审美观念。社会物质生活首先作用于人的精神旨趣、情感意向、美学取舍，然后才能作用于文学创作、欣赏与理论批评。”[①]

三、审美评价活动

那么大家要问，什么是“审美”？什么是文学作品中的“审美”？这两个问题都很大，本身就可以写几部书。我这里只是简明扼要地来谈一谈。

我们先来谈谈“审美”这个不断被重复的概念。

审美的概念最早是由德国哲学家康德提出来的。在《判断力批判》中，康德根据他的《纯粹理性批判》，按照知性形式判断中思维的质、量、关系、方式这四个契机，从质的契机把“审美”鉴赏规定为是人“凭借完全无利害观念的快感与不快感对某一对象或其表现方法的一种判断力”。[②] 在这个概念中，“无利害观念”“快感”“表现方法”和“判断力”几个词最为重要。后人对于康德思想的理解不同、解释不同、强调的方面不同，因此对于康德的审美理论可谓言人人殊，有叔本华的理解，有戈蒂耶的理解，当前突出的还有后现代主义的理解。后现代完全排除审美的精神超越性质，把“审美”理解成单纯的“欲望的满足”，从而视审美为“眼睛的美学”。这与康德的审美原意相距甚远。我这里是从马克思的价值理论来解释审美。这是我的老师黄药眠先生在1957年提出的理论，20世纪80年代苏联的美学理论家斯托洛维奇终于在《审美价值的本质》一书中形成新的美学体系。黄药眠的美论与朱光潜的“主观与客观的统一”的美论不一样。

---

① 刘庆璋：《文化诗学的诗学新意》，《文艺理论研究》2000年第2期。

② 康德：《判断力批判》，宗白华，译，商务印书馆1964年版，第47页。

关键在黄药眠不是谈哲学上的“统一”，而始终认为美是主体对于客体对象的“评价”。在《不能不说的话》的讲演录中，“评价”一词出现了12次之多，而且语境都差不多，即认为审美是对客观事物的评价。这就是说，黄药眠先生对哲学上的这个“统一”，那个“统一”不感兴趣，他在讲演开始时就说：“将哲学上的认识论的存在先于认识的理论套在美学上，是不适当的。”又说：“我以为只抓着哲学上的教条，对美学上的问题是不能解决的。”①他转而从马克思思想武器中寻找新的理论支持，这就是价值论。在“美是一种评价”的命题中，客体要有审美价值性，主体要有审美愿望和审美能力，而主体以自己的审美能力评价客体的审美价值性是一个过程，而评价过程是人的一种活动。这样，黄药眠先生就在很大程度上摆脱了简单揭示“美的本质”的命题，而把这个问题转化为“人的审美活动是什么”的问题。这一提问的转变，以及阐述视角从哲学转向价值学，把美和美感联系起来考察，大大推进了当时的讨论。如果当时有人沿着他的思路研究下去，那么20世纪80年代苏联学者斯托洛维奇的专门从价值论来论述审美的著作《审美价值的本质》，也许就不那么新鲜了。

下面就是我对“审美”的一些思考。审美是人的心理处于活跃状态的主体，在一定的中介作用条件下，对于客体的美的观照、感悟、判断。简言之审美是对事物的情感评价。我们感觉到花很美，是我们的视觉对于花这一对象的评价。我们感觉某首乐曲很好听，是我们的听觉对这一乐曲的评价。我们感到某部小说很动人，这是我们的心灵对这一小说的评价。这些都是情感的评价。审美也可以理解为评价者与被评价的价值性所构成的关系。

(一)评价者——审美主体

审美的“审”，即评价者的观照—感悟—判断，是作为评价者的

---

① 康德：《判断力批判》，宗白华，译，商务印书馆1964年版，第28页。

人的信息的接受、储存与加工。即以评价者的心理器官去审察、感悟、领悟、判断周围现实的事物或文学所呈现的事物。在这观照—感悟—判断过程中，人作为评价者的一切心理机制，包括注意、感知、回忆、表象、联想、情感、想象、理解等一切心理机制处在高度活跃的状态。这样被“审”的对象，即被评价的对象，包括人、事、景、物以及它们的表现形式，才能作为一个整体，化为评价者的可体验的对象。而且评价者的心灵在这瞬间要处在不涉旁骛的无障碍的自由的状态，真正的心理体验才可能实现。评价者的愿望、动作是审美的动力。主体如果没有“审”的愿望、要求和必要的能力，以及主体心理功能的活跃，审美是不能实现的。但值得特别说明的是，审美主体的愿望、要求和能力，并不是赤条条的生理性的感觉器官，其实我们的心理感觉器官，是社会历史文化的积淀的产物，就是说审美主体的人的愿望、要求与能力是社会文化结晶的产物，在其身上具有不同程度和性质的社会关系和历史文化遗传的影响。一个刚刚来到中国的游人，很难欣赏秦代的兵马俑的美。对于长城的壮美景色的欣赏力也是有限的。一个农村的没有欣赏过芭蕾舞的农妇，是看不懂芭蕾舞的，也读不懂一些具有哲理性的诗词的。例如，我们欣赏唐代柳宗元的《江雪》：

千山鸟飞绝，万径人踪灭。
孤舟蓑笠翁，独钓寒江雪。

欣赏者必须是受过中国传统文化的影响，深知儒家和道家的为人处世之道。同时又有欣赏的愿望、要求，能全身心投入，把自己的感觉、感情、想象、记忆、联想、理解等都调动起来，专注于这首诗歌所提供的画面与诗意，我们才能进入《江雪》所吟用的那种与天地融为一体的孤寂的诗的世界，并从中感受到一种独特的难言的美，实现了审美评价。

当然，就评价者层面说，美的呈现与主体的审美能力有密切关系。欣赏音乐要有音乐的耳朵，如果没有音乐的耳朵再美的音乐也对他没有意义。这是马克思说过的道理。评价者的愿望、趣味、审美能力也是审美评价的条件之一。评价者的审美能力是怎样形成的？难道仅仅是人的原始本能吗？这当然不是。实际上，评价主体有两种因素：第一种，作为具有正常生理机能的有机体的人（包括群体与个体）；第二种，作为具有受过历史社会文化熏染过的社会的人（包括群体与个体）。审美愿望、审美趣味和审美能力就是在历史社会文化实践的过程中形成的。单纯的生物性的人不会具有审美愿望、审美趣味和审美能力。所以我们必须把一般主体与审美主体这两个概念区别开来。

（二）被评价者——客体的审美价值

审美的“美”是指客观事物或文艺作品中所呈现的事物，这是“审”的对象。对象很复杂，不但有美，而且有丑，还有崇高、卑下、悲、喜等。因此，审美既包括“审美”（美丽的美），也包括“审丑”“审崇高”“审卑下”“审悲”“审喜”等，这些可以统称为“审美”。当“审”现实和文学艺术中的这一切时，就会引起人的心理的回响性的感动。审美，引起美感；审丑，引起厌恶感；审崇高，引起赞叹感；审卑下，引起蔑视感；审悲，引起怜悯感；审喜，引起幽默感等。尽管美感、厌恶感、赞叹感、蔑视感、怜悯感、幽默感等这些感受是很不相同的，但它们仍然属于同一类型。这就是说，我们热爱美、厌恶丑、赞叹崇高、蔑视卑下、怜悯悲、嘲笑喜的时候，我们都是以情感（广义的，包括感知、想象、感情、理解等）评价事物。

客体的“美”是信息源，是“审美”的对象。没有审美对象，审美活动是不能实现的。另外，所谓审美对象，必须要具有价值性，如果对象不具有价值性，审美也是不能实现的。这就是说对于作为被评价的客体来说，也应该分成两个因素：第一，作为单纯自然事物的本性，即事物的自然性；第二，作为具有历史社会文化意义和功能的自然性。马克思提出了“自然的人化”的观点，可以看作这个问题的深刻的分析。就是说，原始的自然，未经人化的纯自然，对于人来说还是陌生物，还不是审美对象，因此与人不能构成审美评价关系。另外，朱光潜教授提出了“物甲”与“物乙”说，这对我们也是有启发的。朱光潜说：“物甲只是自然物，物乙是自然物的客观条件加上人的主观条件的影响而产生的，所以已经不纯是自然物，换句话说，已经是社会的物了。”[①]当法国艺术家杜尚的尿壶，还摆在自己家里的时候，那么还是物甲，这还不是审美客体，只是一般客体。但他把尿壶提到美术展览会，正式摆在展览馆的展台上供人们欣赏的时候，那就是物乙了，就是审美对象了。所以我们必须把一般客体与审美客体区别开来。例如，我们欣赏柳宗元的《江雪》，必须有这首诗歌的文字的形迹，语言的声音，节奏的快慢，声律的特点等，以及这些因素的复合所构成的社会文化具体意味的意境。我们才有可能面对具有审美价值性的客体。如前面两句的“绝”与“灭”这两个字，恰好衬托了后面两句中的“孤舟”和“寒江”，“千山”“万径”与“蓑笠翁”的对比，描写出一种万籁俱寂、一尘不染的雪天气氛，全诗押入声韵，则更给人增加了孤寂之感。没有这些文字、声音、形象、氛围等所构成的整体的具有社会文化的意境，就没有审美价值性，我们对这首诗歌的欣赏就不可能。

（三）审美评价活动的审美中介

评价者作为审美主体与审美客体之间如何才能建立起有效的联系，从而使审美活动得以实现呢？这还有赖于评价者与被评价者的审美中介。没有中介层面，审美评价活动也是无法实现的。应该看

---

① 朱光潜：《美学怎样才能既是唯物的又是辩证的》，《美学批判论文集》，作家出版社 1958 年版，第 48 页。

到，如果审美主体和审美客体只是作为一种孤立的僵硬的存在，两者之间缺乏中介联系，那么审美评价是无法实现的。

关于“中介”的含义，我们可以借用心理学的刺激→反应(即S→R)。这个S→R公式被行为主义心理学所采用。这个公式所表达的是动物的生命最原始的反应关系，就是说这只是动物的反应关系。这个公式只是让我们看到刺激物这一外在的方面，至于反应者的心理的所谓“隐蔽的变量”则完全看不见，完全不适用于人对事物的反应关系。人的反应必须有中间环节，即中介。因为这个公式过分简单，不足以说明人的反应，所以心理学很快抛弃了S→R公式。随着心理学的发展，人们发现主体的反应不是那样被动的直接的，主体有充分的能动性，人的反应一定带有先在或先结构的因素，于是提出了S→O→R的新公式。O代表由机体人的先在、先结构或图式。O是有机体反应过程中的中间变量，也是反应过程的中介。这个中介在反应过程中起着举足轻重的地位和作用，没有它反应就不能发生，甚至有时主要就要研究这个有机体的中间变量，然后才能对反应做出说明。那么作为中介的O是什么呢？简单地说，O就是人的头脑的生物积淀和历史文化积淀的问题。不同的民族、不同的地区、不同的群体、不同的个人有不同的O。人聪明不聪明与先天的生物性积淀有关。但更重要的是后天的社会文化的积淀。“打落水狗”对于20世纪30年代的中国革命者来说，就是他们的O，但对于外国人或生活在21世纪的中国人就缺乏这个O结构了。一个离家几十年的住在大城市的游子，他时时会有乡愁的冲动，这是他反应外界的中间变量；但对于一个刚刚离开家，从边远的山区到大城市里面来闯荡一心想在城里站稳脚跟的年轻人来说，他很少有什么乡愁冲动。我们面对一个很有意思的小品，有的人笑得很开心，有的人根本笑不起来，因为不同的人反应的中间变量是不同的。后来的学术发展了一步，这就是瑞士的哲学心理学家，发生认识论的创始人皮亚杰提出来的新公式：

$$S \rightarrow AT \rightarrow R$$

$$S \leftarrow AT \leftarrow R \quad \text{(双向联系式)}$$

在这个新的公式中，O 被 AT 所取代。A 是个体同化，T 是认知结构。这个公式的意思是：一定的刺激(S)被个体同化(A)在认知结构中，才能对刺激做出反应。这个新的公式的意义在于说明“中介”是一个完整的系统，而且流动着变化着，不是固定不变的。无论是 O，无论是 AT，都在说明一个重要之点，它能够面对客体的信息做出整理、归类、改造、创造。3 月份香山樱桃沟山坡上的山桃花，在深绿的松树和柏树丛中静静地开放，远远看去，像黑夜里点亮的一盏又一盏明亮的灯。卧佛寺前面 4 月底成片开放的碧桃花，远远望去则像那灿烂无比的晚霞。这是“我”这个评价者的中间变量(即中介)对这些景色的改造与创造。审美评价作为审美反应，其“中介”层面的作用就更是重要了。正是中介把审美主体与审美客体联系起来，最终形成了审美评价。

审美中介的环节很多很多。很难把它说尽。这里仅仅就以下两点做举例式具体说明。

其一，特定的心理时空和心境中介。审美作为一种活动必须有特定的心理时空的关系组合。在审美活动中，孤立的事物若与主体各方面的条件缺乏契合，那是无所谓美或不美的。马克思说过：

> 忧心忡忡的穷人甚至对最美丽的景色都无动于中；贩卖矿物的商人只看到矿物的商业价值，而看不到矿物的美和特性。①

马克思的话对我们是一个重要的提示：审美不能没有中介环节。

---

① 马克思：《1848 年经济学—哲学手稿》，《马克思恩格斯全集》第 42 卷，人民出版社 1979 年版，第 79～80 页。

在不同的时间、不同的空间，对不同的心境，对于审美评价是不一样的。如果有人问月季花美不美？这是无法回答的，你还必须问：这对谁？在什么时间和空间下，在怎样的心境下？如果有人问，暴风雨美不美？那是无法回答的。你还必须问：这对谁？在怎样的时间、空间和心境中？如果你是一个农民，正在从事挑柴的劳动，那么每当暴风雨来临，不论你正在山上砍柴，还是正挑着柴走在山路上，这对你来说都是灾难，你绝对不会在这个时候认为暴风雨是美的。但是如果你是一个诗人，此时又安全、悠闲，缺少刺激，这时你在高楼上，突然听见雷电的轰鸣，随后是那排山倒海般的风雨，你觉得那风那雨像刘邦的《大风歌》一样的壮阔雄伟。还有我们多次看见(在电影、电视中)战士出征的画面，伴随着暴风雨，显得特别的悲壮。暴风雨只有在特定的时间、特定的空间和特定的心境的中介作用下，才可能是美的。孤立的作为"关系项"的暴风雨无所谓美不美。同样的道理，如果有人问：柳宗元的《江雪》美不美？那么我们就要反问：这对谁？在怎样的时间与空间？在怎样的心境下？正是特定的时间、空间和心境，把主体与对象联系起来。

其二，历史文化中介。审美评价活动的实现还必须有赖于主体的历史文化知识的中介。因为审美活动不但是瞬间的存在，它的每一次实现都必然渗透人类的民族的历史文化传统，或者说历史文化传统又渗透、积淀到每一次审美评价活动中。人们总是感觉到审美活动让我们想起了似曾相识的东西。所谓"所见出于所知"，人的审美活动往往是审美者历史文化"先见""先结构""图式"的投射。因为美往往是历史文化凝结而成的。例如，我们欣赏柳宗元的《江雪》，就会想起我们在中国漫长的封建主义的严酷统治下，许多知识分子怀才不遇，就是当了官员也常因不合最高统治者的要求而被罢免，或不屑于与统治者同流合污而自动离去，不得不过所谓的"穷则独善其身"的日子。进一步我们还会想到中国历史上道家的生活理想，在纷乱现实中追求“逍遥游”的生活，等等。如果我们对历史上这种情况了解得越多，我们就会对在寒江上的“蓑笠翁”的孤寂心理有越深刻的理解，那么我们就越能欣赏这首诗。从这个意义上说，审美主体的历史文化的积累往往成为一种中介。文学在描写自然，不是描写纯自然，不是描写物甲，是描写物乙。就是说作家以自己在社会文化实践中形成的诗意去把握、拥抱它们。当作家把这些自然写进作品中去的时候，历史文化的中介成为必然的因素，只有如此，他的描写才是有意义的世界和艺术的世界，如杜甫的《望岳》：

岱宗夫如何？齐鲁青未了。造化钟神秀，阴阳割昏晓。
荡胸生层云，决眦入归鸟。会当凌绝顶，一览众山小。

这是描写山东泰山的一首诗，意思是说：泰山的形象究竟怎么样啊？从齐地到鲁地都望不尽它的山色。大自然把神奇秀丽都集中于泰山，山的南面与北面，就像早晨与傍晚两个世界。远望山中层云，目送归鸟入山，几乎把眼角都睁裂了。将要登上顶峰，往下一看，那山下之众多的山都变得十分的小。全诗似乎只是描写泰山，写从山下望山上，写它的神奇秀丽，写它的山南山北的区别，写山旁边的云层和飞鸟，最后写从山上往山下望的情景。似乎只是写山，其实不完全是。这是写杜甫眼中心中的山，通过对泰山的描写，表达了对祖国山河的热爱。这里作为自然物的泰山，已经变成了诗人用他全部的生命情感掌握过的具有历史文化的符号，它本身已经是独特的精神文化。可以这样说，所有的客体的审美价值，只有经过历史文化的中介，才能进入文学作品，才能成为审美评价活动。

审美评价活动的过程是通过中介层面协同的过程，是创造的过程。也可以说，审美评价活动的根本精神是人的心理器官的全部畅通，是人的内在丰富性的全部展开，是人本质力量的对象化。在审美的瞬间，人们暂时摆脱了周围熙熙攘攘的现实，摆脱了一切功利欲念，最终实现精神超越和净化。

四、文学中的审美评价活动

文学中的审美评价活动，与其他的艺术审美活动相比，有什么特征？这个问题我们在第一章大体上讲过，这里再做一些补充。

审美活动是到处都存在的。人们的衣食住行中都存在审美。人的活动中无处不存在审美。而各种艺术活动中的审美是审美活动的高级形态。那么作为艺术之一种的文学，与其他艺术中的审美活动相比又有什么特点呢？

（一）文学审美活动具有广阔的包容性

文学是语言艺术。语言有巨大的功能。词语可以与世界上一切事物发生广阔的联系。世界上一切人物、事件、场景、色彩、声音、气味、感觉、知觉、想象、情感、心态……无一不可以用词语符号表示出来，并间接地刺激人的感官。只要作家创作需要，那么大至无边的宇宙，小至一个人一刹那的细微的心理变化，都可以用词语加以描写、表现。凭借语言符号来把握世界的文学，其描写具有无比的广阔性和丰富性。黑格尔说：

> 语言的艺术在内容上和表现形式上比起其他艺术都远较广阔，每一种内容、一切精神事物和自然事物、事件、行动、情节，内在的和外在的情况都可以纳入诗，由诗加以形象化。①

黑格尔在对比中凸显出文学作为语言艺术的特征，这是符合实

① 黑格尔：《美学》第3卷（下），朱光潜，译，商务印书馆1981年版，第10～11页。

际的。例如，大家都熟悉的《红楼梦》描写生活的广阔程度是任何艺术都无法达到的。人们称它为封建社会的百科全书，称它为全景小说，是毫不夸张的。护花主人评《红楼梦》时，曾写下这样一段文字：

> 一部书中，翰墨则诗词歌赋，制艺尺牍，爰书戏曲，以及对联匾额，酒令灯谜，说书笑话，无不精善。技艺则琴棋书画，医卜星相，及匠作构造，栽种花果，蓄养禽鸟，针黹烹调，巨细无遗。人物则方正阴邪，贞淫顽善，节烈豪侠，刚强懦弱，及前代女将，外洋诗人，仙佛鬼怪，尼僧女道，娼妓优伶，黠奴豪仆，盗贼邪魔，醉汉无赖，色色皆有。事迹则繁华筵宴，奢纵宣淫，操守贪廉，宫闱仪制，庆吊盛衰，判狱靖寇；以及讽经设坛，贸易钻营，事事皆全。甚至寿终夭折，暴亡病故，丹戕药误，及自刎被杀，投河跳井，悬梁受逼，并吞金服毒，撞阶脱精等事，亦件件俱有，可谓包罗万象，囊括无遗。①

像《红楼梦》这种百科全书式的巨著，其反映生活的丰富广阔，不要说绘画、雕刻、音乐、舞蹈等特别受时间空间限制的艺术难于表现，就是100集电视连续剧也无法再现。不但文学描写生活的广度别的艺术无法相比，而且文学描写的细致入微、深入曲折的程度也是其他艺术无法相比的。例如，王蒙的意识流小说《春之声》写主人公岳之峰从国外回来之后坐闷罐子车回阔别多年的故乡度春节的内心感受。故事十分简单，可对主人公的心态描写的细致、深入、微妙是惊人的。王蒙在解释自己这篇小说时曾说："……我打破常规，通过主人公的联想，突破时间和空间的限制，把笔触伸向过去和现在，外国和中国，城市和乡村，满天开花，放射性线条，一方

---

① 曾祖荫：《中国历代小说序跋选注》，长江出版社1982年版，第229页。

面是尽情联想，闪电般的变化，互相切入，无边无际，一方面却是万变不离其宗，放出去的又都能收回来，所有的射线都有一个端头，那就是坐在八〇年春节前夕里的闷罐子车里的我们的主人公的心灵。”[①]《红楼梦》之所以能把生活展现得如此丰富宽阔，《春之声》之所以能把生活描写地如此细致入微，这不能不归功于语言的神力。文学如果不是借助语言，就不可能如此宽广如此细致地反映生活。

文学的这一特点充分地映现在文学审美活动上面。审美活动不是封闭的，而是开放的。审美可以融化生活的一切内容。所以文学的审美最为辽阔丰富。文学的审美对象中有美，也有丑，有悲，也有喜，有崇高，也有卑下……就是说在文学的审美活动中，人们可以以自己的情感或拥抱或排斥或喜爱或憎恨一切，生活里的一切都可以当作审美观照的对象，都可以成为作家和读者的诗意的过滤。文学审美活动所具有的包容性，是别的艺术不可能达到的。

（二）文学审美活动具有思想的深刻性

文学作为语言艺术，它所蕴含的思想往往比其他艺术更深刻。因为词语并非物质性材料，具有实质性内容的词义是一种精神性表象，这样，“语言在唤起一种具体图景时，并非用感官去感知一种眼前外在事物，而永远是在心领神会”[②]，人们的这种心领神会直接趋向认知、思考，便于对生活进行理性的、深入的把握。所以，我们不能不说文学是所有艺术中最富思想性的艺术，甚至可以直接称为思想的艺术。一幅画，让我们看到一些构图、色彩；一首乐曲，让我们听到一连串声音；一段舞，让我们看到一些人体的姿态、动作……这些都可以给我们情绪以感染，也能给我们一些思想的启迪。但文学则除了给我们情绪的感染之外，还能给我们以大量的、强烈的、深刻的理性的认识。马克思在谈到英国批判现实主义作家时说：

---

① 王蒙：《关于〈春之声〉的通信》，《小说选刊》1980 年第 1 期。

② 黑格尔：《美学》第 3 卷（下），朱光潜，译，商务印书馆 1981 年版，第 6 页。

“现代英国的一批杰出的小说家，他们在自己的卓越的、描写生动的书籍中向世界揭示的政治和社会真理，比一切职业政客、政论家和道德家加在一起所揭示的还要多。”①恩格斯在谈到巴尔扎克时也说：“……他在《人间喜剧》里给我们提供了一部法国‘社会’特别是巴黎‘上流社会’的卓越的现实主义历史，他用编年史的方式几乎逐年地把上升的资产阶级在 1816 年至 1848 年这一时期对贵族社会的日甚一日的冲击描写出来……他汇集了法国社会的全部历史，我从这里，甚至在经济细节方面(如革命以后动产和不动产的重新分配)所学到的东西，也要比从当时所有职业的历史学家、经济学家和统计学家那里学到的全部东西还多。”②我们认为马克思、恩格斯这两段话，不仅是在充分肯定英国和法国一批批判现实主义作家作品的认识价值，而且也说明了文学作为一种语言艺术其思想认识的深刻性特点是其他艺术无法相比的。为什么巴尔扎克敢于宣称自己要做“法国社会的书记”，就因为他手里拿的笔不是画笔，而是能够源源不断地流出语言文字的笔。

作为语言艺术的文学比其他艺术更能蕴含深刻的思想性，突出地表现在语言最为凝练的诗里。诗最能达到“言有尽而意无穷”的境界，最具有哲学的深度。如“路漫漫其修远兮，吾将上下而求索”(屈原)，“此中有真意，欲辩已忘言”(陶渊明)，“江流天地外，山色有无中”(王维)，“相看两不厌，只有敬亭山”(李白)，“野火烧不尽，春风吹又生”(白居易)，“春蚕到死丝方尽，蜡炬成灰泪始干”(李商隐)，“春色满园关不住，一枝红杏出墙来”(叶绍翁)，“横看成岭侧成峰，远近高低各不同”(苏轼)，“山重水复疑无路，柳暗花明又一村”(陆游)……这些诗句都有鲜明的形象，可形象背后却蕴含着深刻

---

① 马克思：《英国资产阶级》，《马克思恩格斯全集》第 10 卷，人民出版社 1962 年版，第 686 页。

② 恩格斯：《致玛·哈克奈斯》，《马克思恩格斯选集》第 4 卷，人民出版社 1972 年版，第 462～463 页。

的哲学意味。

文学所蕴含的思想的深刻性在文学审美活动中同样得到充分的体现。文学的审美活动的一个特点，是人的感性和理性都充分活跃起来。因为人面对的文学是一个言—象—意的结构，在审美活动中就不会停留在对作品表面的语言的阅读和形象的感受上面，而必然深入到“意”这个层面。换句话说，文学的审美评价活动必然要深入到文学的最深层的内容中。例如，在文学审美评价活动中必然要追问这句话这个形象有何意味，这个悲剧是怎样酿成的，那个卑下的人物与社会的关系等。正是这种审美追问和随后的审美判断使思想的深刻性得到充分的体现。

也因此，我们所说的文学中的审美评价，从来不是纯审美，不是什么审美主义。我们始终认为，文学中的审美具有一种溶解力，它可以把历史、道德、伦理、政治、民俗等一切都溶解于审美中。我一直使用一个比喻，审美就是水，而历史、道德、伦理、政治、民俗等就是盐，盐溶解于水中，体匿性存，无痕有味。但是现在批评我的一些人，就拿这个比喻做文章，说，你看，你不是把一切都让“水”冲掉了吗？这不是“唯审美论”是什么？我请这些人不要曲解我的比喻，我的意思是文学作为审美的形态，不能把它当成时代精神的简单的传声筒，要让思想倾向在审美的形态中自然而然展现出来，思想倾向不要特别标志出来，不要特别喊出来。表面看的确是审美形态，可“盐”——历史、道德、伦理、政治、民俗等——仍然在其中，只是它“无痕有味”而已。请问，“味”在不就是“盐”在吗？

第二节　宏观与微观的“双向拓展”

“文化诗学”的构想是：以审美评价活动为中心的同时，还必须双向展开，既向宏观的文化视野拓展，又向微观的言语的视野拓展。

我们认为不但语言是在文学之内，文化也在文学之内。审美、文化、语言及其关系构成了文学场。文化与言语，或历史与结构，是文化诗学的两翼。两翼齐飞，这是文化诗学的追求。俄罗斯文论专家程正民深刻指出："文艺学研究可以从历史出发，也可以从结构出发，但如果是科学的研究，它所追求的必然是历史和结构的统一。文艺学研究如果从历史出发，那么历史研究的客体就是审美结构；如果从结构出发，那么也只有靠历史的阐释才能理解结构的整体意义，对结构的认识和理解只有通过历史的阐释才能得到深化。"①这种看法把历史的与结构的研究结合起来，是很合理的，很有启发性的。只有这样去做，才能克服所谓的"内部研究"与"外部研究"所带来的片面性，文学研究也才能实现再一次的"位移"，即移到整体的"文学场"及其要素的联系上面来。

一、向宏观的文化语境拓展

在研究文学问题(作家研究、作品研究、理论家研究、理论范畴研究等)的时候，要向宏观的文化视野拓展，以历史文化的眼光来关注研究的对象，把研究对象放回到原有的历史文化语境中去把握，不把研究对象孤立起来研究，因为任何文学对象都是更广阔的文化的产物。这样，研究文学和文学理论都要充分考虑到"历史的关联""社会的关联"。恩格斯曾经称赞过黑格尔的"伟大的历史感"，认为"他是第一个想证明在历史中有一种发展、一种内在联系的人"，认为他"在现象论中，在美学中，在历史哲学中，到处贯穿着这种伟大的历史观，材料到处是历史地、即放在与历史的一定联系中来处理

① 程正民：《俄罗斯文艺学的历史主义传统与创新》，《程正民自选集》，山东文艺出版社 2007 年版，第 249 页。

的”。恩格斯的观点表明了一种历史主义的观念和方法。① 别林斯基也深刻指出：“不涉及美学的历史的批评，以及反之，不涉及历史的美学的批评，都将是片面的，因而也是错误的。”②“历史优先”是文化诗学的基本原则。只有把研究的对象放置于原有的历史文化语境中，才能充分揭示对象的意义和价值，才能开掘出审美精神、历史精神和人文精神来。

北京师范大学文艺学研究中心，一直从事“中国文化与诗学”教学科研的李春青教授也同样认同重建历史文化语境对于文化诗学研究的重要性。他认为“任何意义只有在具体的文化语境中才是可以确定的。不顾文化语境的研究可以称为架空立论，只是研究者的主观臆断，或许会有某种现实的意义，但算不上是严格意义上的学术研究。”他对“诗经学”研究中种种脱离语境的“架空立论”的情况进行了梳理分析，指出了脱离具体语境“主观化”说诗的弊病，进而得出了“文化诗学的入手处就是重建文化语境”。③

但是，要进入历史文化语境并不是容易的。历史常常离我们很久远，我们怎么能知道离我们已经很久远的情况呢？仅仅看历史书是不够的。因为历史书或者是对于历史语境的描述不够详尽，或者所写的情况与你考察的问题相关性不够，或者资料不够，或者是有错误的，这样我们就要花大力气去“重构”历史语境，要寻找相关的历史资料，甚至最原始的资料，经过整理，经过理解和合理的想象，才有可能把历史语境重建起来。

重建历史文化语境是困难的。人们用了过多的“恢复历史的本来面目”“揭示历史真相”一类的词语。我们要追问的是，有谁能够“恢复历史的本来面目”“揭示历史真相”呢？

---

① 《马克思主义经典作家论历史科学》，人民出版社1961年版，第215～216页。

② 别林斯基：《别林斯基选集》，满涛，译，上海译文出版社1980年版，第595页。

③ 李春青：《论文化诗学的研究路向——从古今〈诗经〉研究中的某些问题说开去》，《河北学刊》2004年第5期。

我们当然从历史唯物主义观点出发，肯定某个历史人物和事件的本真状态是存在过的，但是这种历史的本真状态基本上不可追寻。要知道，历史的本真与历史家笔下的历史文本所描绘的情况是需要加以区别的。历史的本真状态，特别是离我们久远的历史本真状态，虽然存在过，但已经不可追寻。因为那时候没有现场的摄影师录音师，不可能完整地具体地逼真地按其原来的面貌保存下来，就是有摄影师和录音师也未必就能保存下来。历史家没有亲历现场，他们笔下的历史文本不完全靠得住，因为其中有许多不过是历史家根据传说虚构出来的。我曾在一篇文章里面说过："被鲁迅称为'史家之绝唱，无韵之离骚'的《史记》，其中不也有不少推测性的虚构吗？'鸿门宴'上那些言谈和动作，离《史记》的作者司马迁少说也有六七十年，他自己并未亲睹那个场面，他根据什么写出来的呢？他的《史记》难道不是他构造一个文本吗？"①如果进一步说，司马迁所写的很多内容不过是出于他的虚构而已。如《五帝本纪》《夏本纪》《殷本纪》之类属于根据传说而写的，很难说是"历史本相"。其中如写黄帝"教熊罴貔貙虎，以与炎帝战于阪泉之野"，不过是神话式的无稽之谈。就算其中有人物的一些言谈，生动是生动，但很难说那就是"历史真相"。如为人们所津津乐道的《淮阴侯列传》中写韩信平定齐国后，派人到刘邦处，请求刘邦允许他当齐国的假王，其中写道："韩信使者至，发书，汉王大怒，骂曰：'吾困于此，旦暮望若来佐我，乃欲自立为王！'张良陈平蹑汉王足，因附耳语曰：'汉方不利，宁能禁信之王乎？不如因立之，善遇之，使自为守，不然，变生。'汉王因悟，因复骂曰：'大丈夫定诸侯，即为真王耳，何以假为！"这里的确把刘邦前后两次骂写得很生动传神，把刘邦那种对韩信既要用之又要防之的心理，可以说刻画得合乎情理又淋漓尽致。但我们提出的问题是这是文学描

① 童庆炳：《重建·隐喻·哲学意味——历史文学三层面》，《社会科学辑刊》2006年第6期。

写还是历史本真？如果说这是想象的艺术真实的话，那么说它同时记录了历史的本真，是历史的真相，恐怕就很难令人信服了。

历史真相是什么？为什么历史文本不可能完全达到历史真相的揭示？历史的真相是历史人物与事件的原始状态。它是存在过的，是“有”，但人物与事件的状态，既千变万化，又稍纵即逝。它的原始性、复杂性、发展性、延伸性、偶然性、暂时性和混沌性等，是无法把握的。就是亲历现场的人，虽然亲睹亲闻，也很难完全把握。这样这些历史人物和事件的原始性、复杂性、发展性、延伸性、偶然性、暂时性和混沌性，对于任何人来说，就可能从“有”转到“无”。且不要说几百年前发生的事情，更不要说千年以前发生的事情，就是离我们很近的事件，我们也只能掌握一个大概的轮廓而已，很多场面，很多情景，很多细节，都如过眼烟云，随风飘散。所以，从客观上说，完全的绝对的历史真相是不可能掌握的。这是从客观的角度来看。如果我们再从主观的角度来看，每个人的立场、观点、视点、关注点是不同的，即使我们面对的是同一个人物和事件，也会有不同的说法、不同的理解、不同的判断，那么究竟谁说的、理解的、判断的更真实、更符合历史真相，这都是无法说清的。

历史本真或历史真相如此难于把握，那么我们如何来看《二十四史》《资治通鉴》一类的历史文本呢？这些历史文本所记述的只是一个历史人物、历史事件的大致的框架、概貌和空间的方位、时间的断限等，而且会因观点的不同对人物与事件做出不同的甚至是完全不同的判断，其中有偏见也在所难免。鲁迅说：“在历史上的记载和论断有时也是极靠不住的，不能相信的地方很多，因为通常我们晓得，某朝的年代长一点，其中必定好人多；某朝的年代短一点，其中差不多没有好人。为什么呢？因为年代长了，做史的是本朝人，当然恭维本朝的人物，年代短了，做史的是别朝人，便很自由地贬斥其异朝的人物，所以在秦朝，差不多在史的记载上半个好人也没有。

曹操在史上年代也是颇短的，自然也逃不了被后一朝人说坏话的公例。”[①]鲁迅所说极是。这说明历史文本有时离历史真相很远。任何一个历史学家都不敢说他的描写就是历史真相。正如美国当代著名学者海登·怀特所说的那样：“一个优秀的职业历史学家的标志之一就是不断地提醒读者注意历史学家本人对在总是不完备的历史记录中所发现的事件、人物、机构的描绘是临时性的。”[②]这样，随着新的相关历史文件、历史文物或别的新的证据的发现，就要不断地修正它，而且这种修正是不会完结的，于是任何历史文本只是一种不完全靠得住的临时物。既然历史本真或历史真相难以追寻，而历史文本有时又不完全靠得住，那么对于文化诗学来说，也就只剩一条路：寻找到尽可能多的史料，“重建”历史。正如海登·怀特说：“已故的R.G.柯林伍德(Collingwood)认为一个历史学家首先是一个讲故事者。他提议历史学家的敏感性在于从一连串的‘事实’中制造出一个可信的故事能力之中，这些‘事实’在其未经过筛选的形式中毫无意义。历史学家在努力使支离破碎和不完整的历史材料产生意思时，必须要借用柯林伍德所说的‘建构的想象力’(constructive imagination)，这种想象力帮助历史学家——如同想象力帮助精明能干的侦探一样——利用现有的事实和提出正确的问题来找出‘到底发生了什么’。”[③]怀特这里说是历史文本需要“建构的想象力”，那么对于文化诗学来说，就更需要“建构的想象力”了。在我看来，这里所说的“建构”，正确的说法是“重建”，即重新地建构。如何来重建历史？这又是一个很难解决的问题。大体上说，历史文学作家为了艺术地

---

① 鲁迅：《魏晋风度及文章与药及酒之关系》，《鲁迅论文学》，人民文学出版社1959年版，第34～35页。

② 海登·怀特：《作为文学虚构的历史文本》，《新历史主义与文学批评》，北京大学出版社1993年版，第161页。

③ 海登·怀特：《作为文学虚构的历史文本》，《新历史主义与文学批评》，北京大学出版社1993年版，第163页。

提供一个能够传达出某种精神的历史世界，只能用艺术地“重建”的方法。“重建”的意思是根据历史的基本走势，大体框架，人物与事件的大体定位，甚至推倒有偏见的历史成案，将历史资料的砖瓦，进行重新地组合和构建，根据历史精神，整理出似史的语境。这就有似文物中的“整旧如旧”的意思。我们说要想把文学作品放回到原有历史文化语境中去把握，就只能走这条“重建”之路，此外没有别的路可走。

在重建历史文化语境问题上，美国的新历史主义的观点的确值得我们借鉴。新历史主义从未把他们的“文化诗学”看成学说，他们主要是在研究莎士比亚的时候提出来的一种方法。他们的最大贡献，就是他们提出了新历史观。他们的新历史观，简单地说，就集中在两句话上：文本是具有历史性的，历史是具有文本性的，研究者应加以双向关注。这就是美国的“新历史主义”的最大贡献。怎样理解“文本是具有历史性的”呢？这是说任何文本都是历史的产物，受历史的制约，具有历史的品格，因此，任何文本都必须放到原有的历史语境中去考量，才能揭示文本的本质；怎样理解“历史具有文本性”呢？这是说任何历史(包括历史活动、历史人物、历史事件、历史作品等)对我们今人来说，都是不确定的文本，我们总是以今天的观念去理解历史“文本”，改造和构设历史文本，不断地构设出新的历史来，而不可能把历史文本复原。之所以会如此，关键的原因是作为认识主体的人和人所运用的语言工具。人是具体历史的产物，他的一切特征都是特定历史时刻的社会因素所刻下的印痕，人永远不可能超越历史；语言也是如此。按结构主义的意见，语言是所指和能指的结合，这样，语言的单一指称性就极不可靠。这样，当具有历史性的人运用指向性不甚明确的语言去阅读历史文本时，会发生什么情况呢？肯定地说，他眼前所展现的历史，绝不是历史的本真状况，只是他自己按其观念所构设的历史而已。就是历史学家笔下的历史也只具有“临时性”。今天说某段历史是这样的，明天又可能被推翻，换成另一种说法。[①] 这就是新历史主义的新历史观。例如，我们在面对司马迁的《史记》文本的时候，一方面我们认为他写的那些人物、故事不过是他用他的语言书写出来的，虽然他根据一定的史料，但他笔下的历史文本经过了加工、分析、解释，这已经不完全是真实的历史，所以历史是文本的；但另一方面我们又要看到，司马迁用他的言语所书写的《史记》，必然受司马迁所在那个时期的社会、文化诸多历史条件的制约，他写来写去，也不可能完全超越他所处的历史文化条件，所以文本是历史的。这样解释相当合理。可以说，它与马克思的关于历史观确有相似之处。马克思曾经在《路易·波拿巴的雾月十八日》一书中说：

> 人们自己创造自己的历史，但是他们并不是随心所欲地创造，并不是在他们自己选定的条件下创造，而是在直接碰到的、既定的、从过去承继下来的条件下创造。一切已死先辈们的传统，像梦魇一样纠缠着活人的头脑。当人们好像只是在忙于改造自己和周围的事物时，恰好在这种革命危机时代，他们战战兢兢地请出亡灵来给他们以帮助……

马克思这段著名的话，表达了双重的意思，一方面，历史是既定的存在，对我们来说，他永远不会过去，先辈的传统永远纠缠着活人，因此，任何一个新创造的新事物都要放到历史的天平上加以衡量；另一方面，今人又不会恭顺历史，他们以自己长期形成的观念去理解、改造历史，甚至“请出亡灵来给他们以帮忙”。因此，今人所理解的历史，已不是历史的原貌，而只是人们心中眼中的历史。如果把马克思的观点运用于文学研究，那么一方面要把作品放置到

① 以上意思可参见《新历史主义与文学批评》中斯蒂芬·格林布拉特和海登·怀特等人的论文，北京大学出版社 1993 年版。

特定的历史背景中去考察，另一方面则要重视评论主体对作品的独到的解说。“文本是历史的，历史是文本的”这一说法，既继承了马克思的历史观又有所发挥。由此可见，美国的“文化诗学”仍然有许多学术养分值得我们吸收。

历史不过是一种文本，具有“临时性”，那么我们如何将文学作品放回到原有的历史文化语境中去把握呢？这就是我在前面所说的要想尽一切办法去“重建”“似史”的历史文化语境。所以对于文化诗学来说，“历史优先”原则仍然是重要的。

二、向微观的语言细读拓展

语言永远是文学的第一要素。作家创作在一定意义上是写语言，我们阅读文本，也是在阅读语言。我们要把握文本所含的审美情感流动的脉络，看看它在什么地方感动或打动了我们，让我们的心震颤起来，看看它在什么地方给我们启示，给我们以智慧的启示，然后我们用专业的眼光来分析它，除了分析出艺术意味以外，还要分析出文化意涵，这一切都必须通过语言阅读，除此就没有别的途径。所以通过文本语言的分析，特别是语言细读，揭示作品的情感和文化，这就是我们的基本路径。在这路径的入口，就是文本的语言。这里我们要特别指出的是，我们提出语言分析，不是孤立地认为语言本身就是文学的一切，而是因为语言中渗透了情感与文化，包括我们提倡的审美精神、历史精神和人文精神，都隐藏在文本语言中。所以不顾语言所隐藏的情感与文化，回到以前那种悬空谈感受的所谓社会学批评，不是我们所要的批评。文本中一个词、一个句子在运用中的变化，都隐含艺术的追求和文化的意味。所以回到文本，回到语言，也就是回到文学所不可缺少的美学优点，回到情感与文化。审美也好，历史文化也好，离开文本的语言分析，也就无从谈起。

在语言细读方面，中外资源都非常丰富。中国古代的诗文小说评点，俄国形式主义，英美的新批评，结构主义批评，都重视语言分析。形式主义的批评流派的文学观念把文学封闭在语言之内，这是不可取的。但他们提倡文本的语言分析则是很重要的。

中国古代的诗话，作为对文本的评点，在一定程度上，就是语言细读。中国古代的诗话，开始于北宋欧阳修的《六一诗话》，他的宗旨是“居士退居汝阴而集，以资闲谈”。自欧阳修首创，其后效仿者不断，逐渐形成气候。北宋末年，诗话家许彦周认为：“诗话者，辩句法，备古今，记盛德，录异事，正讹误也。”他把“辩句法”放在首位，是符合实际的。后来诗话分成两派，一派“论诗及事”，一派是“论诗及辞”。后一派就是以语言分析为主的。今天我们所说“寻章摘句”，就是这一派的兴趣所在。不少诗话在诗句分析上细致入微，极见功力。这里仅就金圣叹《杜诗解》中对杜甫的《画鹰》前四句的评点，做一点介绍。原诗前四句是：

素练风霜起，苍鹰画作殊。竦身思狡兔，侧目似愁胡。

这几句诗的意思是：在白色的绢布上面画苍鹰，其威猛如挟风霜而起。其神态特异不凡。它竦动翅膀想抓住狡兔，它侧目就像那焦虑凝神的猢狲。金圣叹评点说：“画鹰必用素练，乃他人之所必忽者，先生之所独到，只将‘风霜起’三字写练之素，而已肃然。若为画鹰先做粉本，自非用志不分，乃凝于神者，能有此五字否？三四即承‘画作殊’，‘殊’字事作一解。世人恒言传神写照，夫传神、写照乃二事也。只是此诗，‘竦身’句是传神，‘侧目’句是写照。传神要在远望中出，写照要在细看中出。不尔，便不知颊上三毛，如何添得也。”显然，金圣叹用了传统的“传神写照”来评点此诗，一下子就把杜甫诗句的细微精彩之处点出来了。

俄国形式主义批评提出“文学性”概念，而文学性就在语言中。什克洛夫斯基的“陌生化”，托马舍夫斯基的“节奏的韵律”，都是他们所热衷的语言分析。

英美新批评提出语言细读，首先也是观念上的改变，其次才是一种通过分析文本语言来阐释文学的方法。如理查兹的“情感语言”，燕卜苏的“含混”，布鲁克斯的“悖论”和“反讽”，退特的“张力”，兰色姆的“肌质”，沃伦的“语像”，等等。结构主义的“关系项”“关系”，还有从结构主义延伸出来的叙事学。这些都是属于语言批评。

但是所有这些所谓文本语言细读批评，除中国古代的评点外，都存在一个根本的缺陷，那就是他们把文本的语言孤立起来分析，把语言看成文学的“内部”，其他都是文学的“外部”。“外部”就不是文学本身了。俄国形式主义批评的代表人物雅各布逊(1891—1982年)提出所谓的“文学性”观念：“文学科学的对象不是文学，而是‘文学性’，也就是说使一部作品成为文学作品的东西。”[①]那么他们就把语言，特别是扭曲的语言看成文学性，语言所蕴含的意义被排除在“文学性”之外。但是他们的理论是有矛盾的。例如，什克洛夫斯基论文学语言的“陌生化”，说那种自动化的语言是“习惯性”的，让人习以为常，习惯退到无意识的自动的环境里，从而失去了对于事物的感觉。这说得很对。于是他主张文学语言的“陌生化”。他说：

> 为了恢复对生活的感觉，为了感觉到事物，为了使石头成为石头，存在着一种名为艺术的东西。艺术的目的是提供作为视觉而不是作为识别的事物的感觉；艺术的手法就是使事物奇特化(陌生化)的手法，是使形式变得模糊，增加感觉的困难和时间的手法，因为艺术中的感觉行为本身就是目的，应该延长；

---

① 托多罗夫：《俄苏形式主义文论选》，蔡鸿滨，译，中国社会科学出版社 1989 年版，第 24 页。

艺术是一种体验事物的制作的方法，而“制作”成功的东西对艺术来说是无关重要的。①

这里的矛盾是：一方面你说你使用语言陌生化的手法，是“为了恢复对生活的感觉，为了感觉到事物，为了使石头成为石头”，也就是说为了使生活变得新鲜，能够让读者因你的语言手法的改变而觉得你的描写更耐人寻味(所谓“增加感觉的困难”)；可是另一方面你又说这只是“制作”，“制作”成功的东西，即语言描写的意义对艺术来说又无关紧要。这不是自相矛盾吗？语言是一种符号世界，符号世界表达一种意义世界，符号世界与意义的世界是无法分开的。你怎么能把连为一体的东西活活地切割开来呢？所以语言与意义、话语与文化、结构与历史本来就在一个场内，是不能分开的，为什么硬要把它们分割开来呢？维·什克洛夫斯基谈到语言的陌生化，喜欢列举列夫·托尔斯泰的例子，如他举了托尔斯泰的小说《霍斯托密尔——一匹马的身世》，这篇小说写主人公与他的小马的谈话，但小马总是听不懂主人的话，如为什么人总喜欢“我的马”“我的土地”“我的空气”“我的水”，它听着“实在别扭”。这种陌生化描写不正是在批判私有制吗？让你感觉私有制是如此不合情理，这就是托尔斯泰的陌生化描写要凸显的东西，而且凸显得很成功，真的“使石头成为石头”，读者如何仅仅能称赞这种描写本身，而把控诉私有制的思想情感排除掉呢？这完全是不可能的。

总之，纵观西方20世纪文论所走过的历程，其内部运演呈现出一种俄国形式主义—英美新批评—结构主义—符号论—新历史主义等的递进消解的曲线图式，这也不难想象有学者指出“新历史主义是形式主义末路的崛起”，西方这种通过各种学说“内部”与“外部”形态

① 托多罗夫：《俄苏形式主义文论选》，蔡鸿滨，译，中国社会科学出版社1989年版，第65页。

的冲突、消解、互补，尔后又打着“新历史主义文化诗学”的旗帜要求回返文学研究，要求从文化的视角、历史的维度、跨学科的空间、人类学方法的“厚描”(thick description)去重新面对文学文本，揭示文本背后隐含的社会权力的运作。其实，只要进一步仔细思考，我们不难发现：无论是西方的新历史主义学派还是我国所提倡的“文化诗学”，尽管两者存在巨大的区别，但似乎都有一个共同点——那就是强调文学研究要回归历史，与哲学“分手”而重新与历史“结盟”，用一种历史生成的视野来重新观照社会。结合当代文学理论的大背景，我们再进一步理论深思会发现——“文化诗学”其实就是对西方“逻各斯中心主义”①(logocentrism)的消解和超越。西方逻各斯(the logos，类似“理性”)将追求世界本原、终极实在、绝对真理视为中心，甚至将上帝视为哲学思想的最后依托，只关注形而上学、强调逻辑的推演，直接造成了历史本质化、固定化的危险，而这也就导致了理论与实际脱离，根本不能解释新产生的文艺问题。于是，强调打破形式主义内设的语言牢笼，主张在文本与社会间双向往来的“新历史主义学派”以及强调重建历史语境，主张文学与文化间互动互构研究的“中国文化诗学”，都在自己的社会文化语境中，在自己民族土壤中得以生根、发芽。

小结：文化诗学所要做的事情，就是恢复语言与意义、话语与文化、结构与历史本来的同在一个“文学场”的相互关系，给予它们一种互动、互构的研究。对于文学来说，语言与意义、话语与文化、结构与历史是两翼，就让它们在审美的蓝天上双翼齐飞吧！

---

① 按照德里达的定义，“逻各斯中心主义”(logocentrism)是一种在场的形而上学。这不仅体现为言语先于文字，而且也表现在对符号本身的认识上。它割断所指和能指的关系，将所指奉为不变的中心，以构筑形而上学的大厦。逻各斯中心主义在语言观上表现为言语或语音中心主义(phonocentrism)，德里达之所以要批判逻各斯中心主义，是因为它与西方在场的形而上学密切联系，其批评的矛头直接指向了亚里士多德、卢梭和黑格尔。德里达还从索绪尔《普通语言学教程》入手试图解构西方的逻各斯传统。参见张隆溪：《道与逻各斯》，冯川，译，江苏教育出版社2006年版。

第五章　深入历史语境

——文化诗学的支点

第一节　当下文学理论的困局

长期以来，中国现代的文学理论研究常被说成比较“空”“空洞”“不及物”“大而无当”等。人们这样说，不是没有道理的，这就是因为我们的文学理论研究，经常是搞概念和术语的游戏，不关心现实，也不关心历史。特别重要的一点是，我们过分信赖哲学认识论。当然，哲学认识论是重要的，它对自然和社会科学是很有用的。但哲学认识论运用到具有丰富人文内涵的文学和文学理论研究上面，就显得很不够了。哲学认识论只能解决文学中的认识问题，超越认识问题的更为复杂和细微的美学、文学问题，它就显得无能为力了。

我们经常看到的文学理论研究是：置于认识

论的框架内，只注重于概念的判断、逻辑的推衍，做出简单的结论。哲学认识论的框架，无非是一系列的二元对峙：现象与本质、主观与客观、主体与客体、个别与一般、个性与共性、偶然与必然、有限与无限等。这些公式很难切入到文学艺术和美的细微问题中，很难解决艺术与美的复杂问题。文学的版图十分辽阔，涉及的问题很多，有认识问题，又不止于认识问题。1987 年春天，王蒙写过一篇题为《文学三元》的文章，发表在同年《文学评论》第 1 期上面，认为文学具有社会性、文化性和生命性，90 年代初期遭受到一些人批评，说他的文章主张“多元”论是错误的。我对王蒙说：“你写的‘元’太少，所以遭批评了，要是你写几十元、几百元，人们就不会批评你了。”我后来曾写过一篇题为《文学五十元》的论文，我认为文学的版图辽阔到我们难以想象的地步，它就像人类的生活本身一样丰富，就像我们所处的整个宇宙一样辽阔，涉及的问题林林总总，方方面面，它所涉及的问题，不是简单的认识论就可以解决的。

如对文学的本质、文学的真实、文学的典型等许多问题，都无法用认识论的这些二元对峙的概念去解决。以前，蔡仪、以群主编的《文学概论》和《文学基本原理》(上下卷)，最突出的问题就是力图用哲学认识论去解释文学的一切问题，结果是不成功的。如关于文学的本质问题，他们不约而同地回答说：“文学是社会生活的反映”，然后罗列出叙事作品、抒情作品、写自然景物的作品和神话、童话作品，然后说，“这些作品，仍然不能不说是社会生活的反映”。从哲学的观点看，这说法没有错，但没有完全解决问题。因为不但文学是社会生活的反映，政治、法律、伦理、道德、历史等都是社会生活的反映，所以这样的回答，只回答了文学与政治、法律、伦理、道德、历史的共性问题，没有解决文学的特性问题。当然蔡仪、以群知道这一点，于是又回答说，“文学是社会生活的形象的反映”，把“形象”当作文学的特征。[①] 问题在于有一些文学作品，并没有什么形象和图画，如中国西周时期《诗经》里的一些诗篇，唐宋八大家的散文，宋代的一些诗歌，西方现代派的一些作品，主要是追求理趣，或者说追求哲学意味，可我们仍然觉得它们感染了我们，它们是很好的文学作品。可见用单一认识论来界说文学的局限性是明显的。

再如文学真实和文学典型问题，长久以来用认识论的哲学去解释，也是不成功的。文学的真实被纳入到“现象与本质”的框架中，尽管直到现在仍然有人说，文学真实性就是通过对某些社会现象的描写揭示出社会生活的某些本质方面，但这样下定义是没有说服力的。请问，“两个黄鹂鸣翠柳，一行白鹭上青天”之类的诗，揭示出什么社会本质？再请问，这种文学真实性与日常的普通生活的真实性又有何区别，难道生活真实不也可以这样下定义吗？还有文学典型被纳入到个性与共性的框架中去解释：文学典型就是个性与共性的统一。连蔡仪自己也意识到这样解释，没有把生活典型与文学典型区别开来，于是就在“个性”前面加上“突出的特点”和“有多方面的丰富性”，在“共性”前面加上“深刻”的形容词，但这样做同样无济于事。因此，抽象的哲学认识论常常不利于文学问题的解释和解决。那么，我们采用别的哲学理论情况就会发生转变吗？如我们用唯心主义哲学、结构主义哲学和解构主义哲学，来解释文学问题会有什么重大收获吗？实际上，从19世纪以来已经有人这样做，结果提出了什么新鲜的突破性的理论了吗？或者扎扎实实解决了几个文学问题？都没有。可见文学研究一味与哲学结盟，并不能给我们更多的东西，这是值得大家思考的一个问题。

---

① 蔡仪：《文学概论》，人民文学出版社1979年版，第1～18页。

第二节　摆脱困局的出路

摆脱困局的出路有两条：一条是文学研究特别是文学理论研究要与现实的文学创作、文学现象和文学思潮保持密切的生动的联系。这一点，我在2010年发表的一篇文章[①]中已有论述，此不赘述；一条是文学研究应与历史语境保持关联，追求深厚的历史感。

如果我们把视野转向历史，我们会立即发现，文学研究与历史有着深厚的联系。一个作家一篇作品是怎样产生的？一个文学问题是怎样被提出来？它们是在怎样的环境中得到解释的？这些都与历史有关。文学问题总是在一定的时代被提出来，也总是在一定的历史语境中得到解释。因此我们甚至可以说，无论文学问题的提出，或文学问题的解答，都与历史语境相关。离开历史语境，孤立地运用概念进行逻辑的推理，不但显得空洞，得不到真实的具体的回答，而且也解决不了要解决的问题。这一切都有赖于我们回到历史语境。

语境本来是语言学的术语。语言学上有“本义”与“语境义”的区别。“本义”就是一个词的字典意义。比如“闹”这个词的本义是什么呢？我们查了一下《现代汉语词典》，那里说“闹”就是“喧哗”“不安静”“热闹”“闹哄哄”的意思，还列了“闹别扭”“闹场”“闹洞房”“闹肚子”等词语。但“红杏枝头春意闹”这句诗中，这个“闹”字获得了独特语境，它的意思已不是“喧哗”“不安静”等意思，是指春天生机勃勃之意。这“生机勃勃”在这句诗的文本语境中就是“闹”字的“语境义”。

这个道理，我们的古人早就知道。刘勰在《文心雕龙·章句》篇中，提出了“章明句局”的理论，他说：“夫人之立言，因字而生句，积句而成章，积章而成篇。篇之彪炳，章无疵也；章之明靡，句无

---

① 童庆炳：《冲破文学理论的自闭状态》，《社会科学报》2010年5月20日。

玷也；句之清英，字不妄也。振本而末从，知一而万毕也。”这段话的意思是，人们进行写作，是由单个的文字组成句子。由句子组成章节，然后积累章节构成文章。但是，文章只有全篇焕发光彩，那么章节才不会有枝节和毛病；章节明白细致，那么句子才无差错；句子干净利落，那么用字才不会虚妄。所以抓住全篇命意这个根本，那么章节、句子这些枝节才会安置得当，抓住“本”或“一”这个整体，那么万千的句子、字词(即“从”或“末”)才会有着落。刘勰在这里所说的“振本而末从”的“本”和“知一而万毕”的“一”就是指文本的整体语境，“从”或“万”则是字、词、句而已，即我们阅读文章一定要看语境来解释或理解字、词、句的意义。反过来说也是一样，意义是从整体语境这个“本”或“一”中看出来的。

以上所述是“语境”的“本义”，后来各个人文社会学科都用“语境”这个词，那就是“语境”这词的引申义。或者说人们把语境分成文本内语境和文本外语境。如英籍波兰人类学家马林诺夫斯基，很早就把语境的概念扩大，他提出了所谓的“情境语境”与“文化语境”。马林诺夫斯基的发现与他的学科背景有关，他是在非洲土著新几内亚东部的特洛布兰德群岛做调查时，开始研究语言与社会和文化的关系，先后提出“情景语境”和“文化语境”的概念。他发现对于那些土著人来说，如果不了解他们的活动的情景，就很难理解他们的言语。如一个驾着独木舟的人把划船的桨，说成是“wood”(木头)，这个叫法与其他地方的人的叫法不同，如果我们不了解这些人的话与当时语境的结合，就不能理解这些土著人说 wood 是指什么意思。马林诺夫斯基根据大量的例子，得出结论说：“话语常常与周围的环境紧密联系在一起，而且语言环境对于理解话语来说是必不可少的；人们无法仅仅依靠语言的内部因素来分辨话语的意义；口头话语的意义总是由语言环境决定的。”[①]后来他又发现言语与文化的密切关系，提出了“文化语境”概念。马林诺夫斯基的说法成为后来伦敦语言学派的重要学术背景。

马林诺夫斯基的“情景语境”和“文化语境”一般已经离开了书写文本内的语境，变成了文本外的语境，即我们正在讨论的文本外的“历史语境”。或者说，文本所描述的事情，不是孤立发生的，它与发生的背景、机遇、人物、事件、时间、地点、场域等有关联。

比如，在中国古典文学研究中，学者们会提出这样的问题，陶渊明作为伟大的诗人，他的经典地位为什么在他生活的那个年代没有形成，而是到了宋代，他的经典地位才得以确立？刘勰离陶渊明不远，可他的《文心雕龙》谈到了历代上许多诗人作家，唯独就没有提到陶渊明和他的诗篇。[②] 陶渊明在唐代虽然已经有影响了，但他在唐代的影响在“二谢”之下。一直到了宋代苏轼那里，因苏轼自身有了独特的经历和隐逸的体验，对陶渊明的诗有了情感的共鸣，加以他在宋代文坛的崇高地位，给予陶渊明以极高的评价。苏轼说：“吾于诗人，无所甚好，独好渊明之诗。渊明作诗不多，然其诗质而实绮，癯而实腴，自曹、刘、鲍、谢、李、杜诸人，皆莫及也。”[③]苏轼为什么这样评价陶渊明，使陶渊明声名鹊起，这就不但要进入陶渊明诗所处的历史语境，还要进入到苏轼所处的历史语境，包括文化语境和情境语境双重语境，并结合分析陶渊明的作品，才能做出合理的解释。又如，杜甫的诗篇在中国抗日时期特别受到推崇，作为诗人杜甫的地位也被大大提高，这是为什么。杜甫还是那个杜甫，为什么在中国抗战中，似乎他就与我们站在同一个战壕里，这

---

① 封宗信：《现代语言学流派概论》，北京大学出版社 2006 年版，第 40 页。

② 现存刘勰的《文心雕龙·隐秀》篇有一处提到陶渊明，云：“彭泽之豪逸，心密语澄，而俱适乎壮采”。清代纪晓岚说，明代《永乐大典》所收此篇已经残缺，缺的部分大概是明人所补。一般研究者都同意纪晓岚的判断。此句是在补文之内。

③ 苏轼：《苏轼文集》，中华书局 1986 年版，第 2515 页。

就与杜甫诗中的爱国主义情感特别浓烈有关，这不但与杜甫诗歌的情景语境、文化语境有关，更与抗日战争的历史语境密切相关，这也是双重语境使然。这种文学现象很多。

对于“历史语境”的理解，我的看法是要与马克思主义的历史主义联系起来考察。马克思在《哲学的贫困》中说：“人们按照自己的物质生产的发展建立相应的社会关系，正是这些人又按照自己的社会关系创造了相应的原理、观念和范畴。所以，这些观念、范畴也同它们所表现的关系一样，不是永恒的。它们是历史的暂时的产物。”①马克思的话很精辟，人所揭示的原理、观念和范畴都是“历史的暂时的产物”。这也就是说，精神产品，其中也包括具有观念的文学作品，都是由于某种历史的机遇或遭遇，有了某种时代的需要才产生的；同时这些精神产品也不是永恒不变的。某个时期流行的精神产品，在另一个历史时期，由于历史语境的改变而不流行了。正如恩格斯所说：“当我们深思熟虑地考察自然、人类历史或我们自身的精神活动时，在我们面前首先呈现的是种种联系和交互作用的无限错综的图画，其中没有任何东西是不动的和不变的，万物皆动、皆变、皆生、皆灭。……”②所以，历史是一位伟大的法官，在历史语境的变迁下，往往是真理变谬误，谬误变真理，时尚的变得不时尚，不时尚的变得时尚……正因为如此，列宁就把这个问题提到更高的程度来把握，说：“在分析任何一个社会问题时，马克思主义理论的绝对要求，就是要把问题提到一定的历史范围之内”③。所以，在历史的联系中去把握对象，不是一般要求，而是“绝对要求”。

我们所提出的“历史语境”，有一个思想灵魂，它就是马克思、恩格斯所阐明的历史发展观。离开马克思、恩格斯所讲的伟大“历史

① 《马克思主义经典作家论历史科学》，人民出版社 1961 年版，第 122 页。

② 《马克思主义经典作家论历史科学》，人民出版社 1961 年版，第 122～123 页。

③ 《马克思主义经典作家论历史科学》，人民出版社 1961 年版，第 202 页。

感”“历史性”和“历史发展观”这一点来理解历史语境，我们就不可能真正理解历史语境。

有人要问，你这里讲的历史语境和以前常说的“历史背景”是不是一样的？我的回答是，它们是有联系的，但又是不同的。所谓两者有联系，是说无论“历史背景”和“历史语境”都力图要从历史的角度去理解文学的发展与变化。所谓两者又是不同的，按照我个人的理解，如果说“历史背景”是“一般”的话，那么“历史语境”则是“特殊”了。历史背景只是关注到哪些作家作品和文学的发生和发展，处于哪个历史时期，哪个历史时期一般的政治、经济文化的状况是怎样的，这段历史与这段文学大体上有什么关系等。这样，历史背景往往无法确切回答某个作家或某篇作品是怎样产生的；“历史语境”则除了包含“历史背景”一般性情况之外，更重要的是需进一步深入到作家、作品产生的历史具体的机遇、遭际、事件、时间、地点和情景之中，切入到产生某个作家或某部作品或某种情调的抒情或某个场景的艺术描写的历史肌理里面去，这就是特殊联系了。换言之，一般的历史背景，无法准确地说明文学的实际，只有更具体的更特殊的历史语境，才能真实地确切说明文学的实际。进一步说，“历史背景”只讲外在的形势，而“历史语境”则除了要讲外在的形势之外，还要把作家、作品产生的文化状态和情景语境都摆进去。一些评论家只是从外在的历史形势背景来评价作品，做出的解释和结论是一般的浮浅的，说不到要点上，而若作家自己来谈自己的作品，他必定会把自己写作品时候的文化和具体情境摆进去，把“我”摆进去，所得出的解释和结论就不一样。

郭沫若于1959年写历史剧《蔡文姬》，该剧演出后，评论家的评论焦点都集中于曹操这个人物身上，说：这是“为曹操翻案”的戏。其实，在这个剧作中，曹操的形象写得很干瘪，着墨不多，也不是剧中的主要人物。评论家们在评论中大谈“为曹操翻案”，与20世纪

50 年代毛泽东对曹操的欣赏有关。1954 年夏，毛泽东在北戴河吟诵曹操《观沧海》一诗后，对身边工作人员说："曹操是了不起的政治家、军事家，也是个了不起的诗人。""曹操统一中国北方，创立魏国。那时黄河流域是中国的中心地区。他改革了东汉的许多恶政，抑制豪强，发展生产，实行屯田制，还督促开荒，推行法治，提倡节俭，使遭受大破坏的社会开始稳定、恢复、发展。这些难道不该肯定？难道不是了不起？说曹操是白脸奸臣，书上那么写，戏里这么演，老百姓这么说，那是封建正统观念所制造的冤案，还有那些反动士族，他们是封建文化的垄断者，他们写东西就是维护封建正统。这个案要翻。"[①]可见，当时的评论家有可能是借郭沫若这个剧，附和毛泽东的看法。可郭沫若对自己这个剧本最重要的评价是"蔡文姬就是我。"对于郭沫若的这个自我评价，仅仅根据历史背景是得不出的。很多人对郭沫若的这句话都不能理解，一般都说：郭沫若无非对蔡文姬的遭遇比较同情，所以有此一说。这样的评论是不痛不痒的。我因为 2004 年获得主持教育部重大攻关课题"历史题材文学创作重大问题研究"的机会，重读了郭沫若的全部历史剧。我特别研究了郭沫若在《〈蔡文姬〉序》中说的话："我也可以照样说一句：蔡文姬就是我！——是照着我写的"，"其中有不少关于我的感情的东西，也有不少关于我的生活的东西"，因为"在我的生活中，同蔡文姬有过类似的经历，相近的感情"。我就去翻郭沫若自己的书，研究一下《蔡文姬》怎么会有郭沫若"感情的东西"，跟蔡文姬有什么样的"类似的经历""相近的感情"，怎么会说蔡文姬是"照着我写的"？我终于发现了郭沫若"蔡文姬就是我"这个自我评价。

原来，1937 年抗日战争爆发，郭沫若冒着风险从日本回国，参加抗战。他回来后，写了一篇散文，发表于 1937 年 8 月上海的《宇

① 参见《人民网》2010 年 3 月 11 日文章《毛泽东曾说"我的心与曹操是相通的"他如何评曹操》。

宙风》月刊第47期上，题目是《我从日本回来了》。这篇散文是篇日记。大革命失败后，郭沫若于1928年逃亡日本，与日本某医院的护士安娜相识、相恋，终于结婚。他们在10年间生下了五个孩子，相依为命，度过了艰难的日子。1936年，日本发动侵略中国的卢沟桥事变后，郭沫若出于他的爱国热情，觉得自己不能再待在“敌国”，决定立刻回国参加抗日战争。他回国的情境的确与当年蔡文姬的选择相似。一边是故国的召唤，一边是妻子、儿女的爱恋，所以他感到无限的痛苦。我们知道，蔡文姬到匈奴那里之后，与左贤王结婚，生下了两个孩子。左贤王当时对她说，你要是想回去故国，你可以回去，但两个孩子决不许带走。剧作中，有蔡文姬与胡儿的一段对话，其中蔡文姬说：“我已经和你爹爹谈了三天了。我说，儿女让我带回去，没有儿女的母亲很可怜。他说，不行，你是汉人，我可以让步，让你走；儿女是匈奴人，我不能让步，你不能带走。我说，一人分一个吧，把你或者你的妹妹带回去，他也不肯。儿啊，你想，把你们丢下，让娘一个人回去，这不是割下了娘的心头肉吗？”[①]所以，蔡文姬感到十分痛苦，一边是故国的召唤，这是她日思夜想的事情，她无论如何要回去；一边是要与自己年幼的儿女分离，这也是她不舍的，所以她的心情处在极度矛盾中。郭沫若离开日本，返回中国参加抗战，与蔡文姬的处境的确十分相似。郭沫若在那篇散文中写道：“昨夜睡甚不安，今晨四时半起床，将寝衣换上一件和服，踱进了自己的书斋。为妻及四儿一女留白，决心趁他们尚在熟睡中离去。……我怕通知他们，使风声伸张起来，同时也不忍心他们知道后悲哀。我是把心肠硬下了。……自己禁不住淌下眼泪。……走上了大道，一步一回首地，望着妻儿所睡的家。灯光仍从开着的窗户露出，安娜定然是仍旧在看书，眼泪总是忍耐不住地涌。走到看不见家的

① 郭沫若：《郭沫若剧作选》，人民文学出版社1978年版，第323页。

一步了。……”[1]从郭沫若的这个叙述中，我们就看得出，郭沫若写蔡文姬离开左贤王和儿女，不是凭空地，他是以他1937年离开日本回国作为情境语境来写的，因而写得十分真切。“历史语境”的重要性早就有不少作家和学者意识到了。例如，法国的萨特在他的重要著作《什么是文学?》举过这样的例子：“假如有一张唱片不加评论反复播放普洛万或者昂古莱姆一对夫妻的日常谈话，我们根本听不懂他们在说什么：因为缺乏语境，即共同的回忆和共同的感知，这对夫妇的处境及他们的谋划，总之缺少对话的每一方知道的向对方显示的那个世界。”[2]萨特所举的例子，说明作者的“历史性”和读者的“历史性”，以及“写作和阅读是同一历史事实的两个方面。”他的思想是深刻的。

由此，我们不难看出，所谓“历史背景”所指的一段历史的一般历史发展趋势和特点，最多是写某个历史时期的主要事件和人物，展示某段历史与某段文学发展的趋势和特点大体对应，是“一般”。“历史语境”则不同，它除了要把握某个历史时期的一般的历史发展趋势和特点之外，还必须揭示作家或作品所产生的具体的文化语境和情景语境，是“特殊”。换言之，历史背景着力点在一般性，历史语境着力点是在具体特殊性。我之所以强调历史语境，是因为只有揭示作家和作品所产生的具体的历史契机、文化变化、情境转换、遭遇睸凸显、心理状态等，才能具体地深入地了解这个作家为何成为具有这种特色的作家，这部作品为何成为具有如此思想和艺术风貌的作品。这样的作家和作品分析才可以说是历史具体性和深刻性的。

要是我们的文学研究都能进入历史语境，在具体的历史语境中是揭示作家和作品的产生，文学现象的出现，文学问题的提出，文

---

① 郭沫若：《郭沫若集》，花城出版社2006年版，第350～352页。

② 萨特：《萨特读本》，人民文学出版社2005年版，第564～565页。

学思潮的更替，那么文学研究首先就会取得“真实”的效果，在求真的基础上，才能进一步求善求美。如果我们长期这样做下去，我们的文学研究，文学理论的研究，就会落到实处，真正地提出和解决一些问题，理论说服力会加强，也必然会更具有学理性，更具有专业化的品格。

第六章　文学语言与社会文化的互动、互构

从本章将进入文学形式与社会历史文化之间互动、互构的关系的讨论。我最初的构想，可以分为三部分来讨论，首先讨论文学语言与社会文化，其次讨论文学话语与社会文化，最后讨论故事形态与社会文化。我觉得文学语言是讲文学语言的共性问题，即作家作为一个群体他们的作品有共同的特征；文学话语是讲文学的个性问题，即不同作家因个性不同有不同的话语。但是拿不定主意，不知这样讲是否合乎语言学的逻辑和规则。有一天，在研究中心，恰好碰上赵勇博士、精通法国文论的钱瀚博士和一直在研究文体论的姚爱斌博士，于是就把准备讲的题目拿出来向他们请教。其中，钱瀚认为，话语是与权力、意识形态相关的概念，比较之带有更多“共性”，而语言可以理解为个人的言语，他建议先讲话语，再讲语言。回家后，对此仍不甚放心，于是又看了

一些书。我意识到语言问题是20世纪人文学科关注的焦点问题，不同的学科、不同的学者各有各的说法，分歧与误解到处可见。“话语”提出的历史很短，似是超越索绪尔的语言与言语的问题。正在我犹豫不决之际，理论语言学的专家伍铁平教授因事给我打了一个电话，我趁机就我思考的问题请教他。他的回答完全是索绪尔式的，他认为索绪尔的语言二分法是根本，即把语言分成语言和言语两个层面，“语言”是“体”，是系统的规则；“言语”是“用”，是按照语言的规则通过人说出的或写出的话，“话语”也是一种言语，文学语言也是一种言语，文学语言中抒情语言、叙事语言也都是言语。我觉得伍铁平教授说得比较合理，所以我最终决定，在文学言语层面讲三讲，第六章就是今天要讨论的“文学言语与社会文化”的关系，第七章讨论抒情语言与社会文化，第八章讨论文学叙事结构与社会文化。但是为了“习惯”，我今天讲题是“文学语言与社会文化”，这里的“文学语言”实际上是指“文学言语”，“社会文化”则指“社会的历史文化”。

第一节　文学语言及其生成机制

文学语言就是索绪尔语言体系的言语，是诗人、作家根据某个民族的语言规则所写下的“话”，这些“话”连成一片构成了一个又一个文学文本。虽然每个诗人作家的语言是不同的，具有个性的，但如果把诗人、作家写在文本中的语言，与日常生活中的语言相比，我们立刻就会发现文学语言的共同特色或特性。

一、文学语言及其特性

首先我们还是要来讨论文学语言对于文学来说具有什么意义。

因为传统的语言观和现代的语言观对这个问题还是有很大分歧的。20 世纪 80 年代到 90 年代文学理论界出现了所谓“语言论转向”，认为语言就是文学的本体，甚至认为“不是人说话，是话说人”。我们要结合文学语言在作品中的地位来讨论一下“语言论转向”有没有道理。

（一）语言在文学中的地位和功能

从古典到现代，人们都非常重视语言在文学中的地位。然而，人们对语言在文学中究竟占有什么地位，具有什么功能的看法是各异其趣的。中外古典文论所持的是“载体”说，语言只是一种“形式”“工具”“媒介”“载体”，它的功能在于表达生活的和情感的内容，内容有“优先权”，形式则处于被内容决定的地位。20 世纪西方科学主义文论则持“本体”说，认为语言是文学的“本体”，文学就是语言的建构，语言是文学存在的家园。古代文论与 20 世纪西方文论的文学语言观就这样分道扬镳。

那么在文学语言观念从古典到现代的转变是怎样发生的呢？

20 世纪西方哲学和人文科学领域发生的一个重大事件就是所谓“语言论转向”。在西方，在 19 世纪以前，占主导地位的是理性主义，理性制约一切，所以理性作为文学的内容也自然处于“统治”地位，语言只被看成传达理性内容的工具。20 世纪初叶，由于资本主义危机不断发生，人的生存境遇恶化，人性的残缺化越来越严重，人们觉得过去崇拜的理性不灵了，反理性的思潮应运而生。这就导致了所谓“语言学转向”。人们不再追问语言背后的理性，而认为“语言是存在的家”（海德格尔），“想象一种语言意味着想象一种生活方式”（维特根斯坦）。语言不是单纯的媒介、手段、载体，它是存在本身。人是语言的动物。王一川教授还告诉我们：“更根本的原因则是物质生产的发展。语言从次要的工具一跃而拥有中心权力，并非偶然。这里起最终作用的正是物质生产的发展所导致的语言表达方式的飞跃，从而是语言的重要性的大大增强。最初的口头语言和手写语言传达能力有限，信息相对封闭，适应于集权意识形态，这是受原始、奴隶和封建时代的物质生产水平制约的。随着现代资本主义工业化进程，印刷术得以普及和发展，这就使语言可以成批印刷和传播，让更多的人去接触、使用，从而令语言的作用发生改变并大大增强。例如，《圣经》一向以手抄本传世，握有它的少数人便握有万能的阐释权力。但当印刷术普及和发展，《圣经》可以大量复制了，普通人也能拥有它，从而可能打破少数人对阐释权力的集权垄断。正是这一物质基础与其他因素一起促成了16世纪路德新教革命。这也可以看作由手抄本'语言'到印刷本'语言'的语言表达方式的革命。尤其是到了19世纪末、20世纪初期，不仅印刷术持续发展，而且无线电通信、摄影和电影也相继发明和发展，这就极大地拓展了语言表达方式，从而给人们生活带来重大影响。……这时的语言显然已不再是过去那种单纯的'工具'，而直接参与、构成人们的新的生存方式本身。"①王一川从媒介变化的历史角度令人信服地说明了"语言论转向"的深层原因。

语言观上的这种变化，很自然地引起文学观念的变化。21世纪形成的科学主义的文论流派认为作品中的语言就是文学的本体。俄国学者什克洛夫斯基在其重要论文《艺术作为手法》中在反复强调文学语言的特异性之后说："这样，我们就可以给诗歌下个定义，这是一种困难的、扭曲的话语。"②法国结构主义大师罗兰·巴尔特走得更远，他强调"语言和文学之间的一致性"，认为"从结构的角度看，叙述作品具有句子的性质"，"叙述作品是一个大句子"③超过语言层

① 王一川：《修辞论美学》，东北师范大学出版社1997年版，第19～20页。

② 托多罗夫：《俄苏形式主义文论选》，蔡鸿滨，译，中国社会科学出版社1989年版，第77页。

③ 罗兰·巴尔特：《叙事作品结构分析导论》，《美学文艺学方法论》，文化艺术出版社1985年版，第535～536页。

就是文学的“外界”。

这种现代语言论的文学观念有没有道理呢？应该说，是有一定的道理的。我们似乎可以从“人”和“文化”这两个视角来证明文学语言本体论有其理论基础。

第一，人的角度的说明。人与动物的区别是不是与拥有语言符号密切相关呢？这一点似乎可以肯定下来。20世纪哲学界一个特异的现象就是从符号学的角度来研究人自身。其中最杰出的代表就是德国哲学家恩斯特·卡西尔。他在他的最后一部著作《人论》中考察了人之所以为人的根据。他得出结论说：

> 我们应当把人定义为符号的动物来取代把人定义为理性的动物。只有这样，我们才能指明人的独特之处，也才能理解对人开放的新路。①

语言是人的最重要的一种符号，因此，在卡西尔看来语言也是区别人与动物，并指明人的独到之处的一个重要方面。卡西尔说有两种不同的语言，一种是情感语言，一种是命题语言。在类人猿那里有情感语言，它可以表达情感，但不能指示和描述。因为它不具有“延迟模仿”和“移位”的认知机制，也不具备转换、开放的机制。因此，只有在人这里，才用具有认知、转换、开放机制的“命题语言”进行交往活动。人才是真正的语言符号动物。在人类的远古时代，我们祖先的一种新的感叹，就可能是生活的一种新意向。感叹与意向之间只是一种表里关系，不是思想内容与传达工具的关系。进一步说，人的语言与人的感觉、知觉、想象、理解等心理机能是同一的。语言不是外在于人的感觉的，是内在于人的感觉的。就以

---

① 卡西尔：《人论》，甘阳，译，上海译文出版社1985年版，第34页。

个体的人的语言的发展而言，他的语言与他的感觉是一致的。一个老年人说不出儿童那样天真烂漫的话，是因为他已经在社会化过程中失去了“童心”，找不到儿童的感觉。同样的道理，儿童有时会说出一些完全不合理不合逻辑但却极生动和极富诗意的话，就是因为他们无知，他们还没有“社会化”，他们的语言与他们的幼小心灵的感觉是同一的。在现代，语言“宰割”生活的现象到处都存在。生活交往中拥有一个新词或新的词语组合，就表明对生活的一种新态度，或者是人们的一种旧的生活方式的结束，或者是一种新的生活的开始，或者显示某种生活正处在变动中。

第二，文化角度的说明。语言又是一种文化，从而它能够规定人们思考的不同方式。过去说语言是文化的载体，这个说法还不够。应该说，语言本身就是一种文化。因为人是必须用语言来思考问题的，语言不同，思考的方式自然不同，作为思考的产物的文化也就不同。讲英语的人和讲汉语的人，不仅仅是用不同的语言工具，实际上是拥有不同的文化和对事物的不同理解。例如，“梅花”这个词，整个欧洲都没有，因为欧洲没有梅花。那么中国人十分熟悉的松、竹、梅“岁寒三友”的观念，欧洲人也就不可能有。他们对中国文学中各种“咏梅”诗词同样也难于理解。“老鼠过街，人人喊打”“痛打落水狗”作为汉语文化的产物的流行语，对我们来说是理所当然的。但你若在英法美等国家说这些话，英国人、美国人就会觉得中国人“太残忍”。狗(他们心中的宠物)落水了已经够可怜的了，还要“痛打”，这不是发疯了吗？所以他们既不能理解，也不能接受。相反，像法国古典主义时期，在文学作品中，不能直呼“chien”(法文，狗)，而要称为“de la fidelite respectable soutien”(忠诚可敬的帮手)，对我们而言，也是无法理解的，甚至觉得很可笑。追根到底这里显示出欧美的文化与中国的文化的差异，是文化差异导致的生命意识的根本不同。从这个意义上说，语言的不同归根结底是文化的不同，不仅仅是使用的工具不同。

以上两点可以说明，20 世纪以来的语言论的文学观念，即把语言看成文学的本体是有一定的道理的。但是我们说它有“一定的道理”并不是说它全对。“理性工具崇拜”论是不对的，可“语言拜物教”也未必全对。实际上，传统的语言“载体”说和现代的语言“本体”说，都有它的片面性。我认为两者都不能完全客观地揭示语言在文学中的功能和地位。上述两种理论倾向，尽管在观点上截然对立，但在思想方法上的偏颇则是相同的。“载体”说没有看到文学作品中语言的特殊性，把文学语言与其他领域中的语言混为一谈。“本体”说则过分夸大了文学语言特性，而没有看到文学语言与其他领域中的语言的共同性，即任何文学语言都建立在日常的语言的基础上，它不是文学家造出来的另一类语言。钱中文教授在《文学是语言结构的审美创造》一文中就针对形式主义的内容与形式相互剥离的现象提出批评，他认为“文学作品使用的语言，并非语言学中的语言，而是超越了语言规范的活生生的、具有内容性的语言。把文学语言完全划归到形式一边，就使语言变成语言学中的抽象语言了”①。

巴赫金认为，文学语言具有“全语体性”。所谓“全语体性”就是指各种语言体式在作品中实现了交汇，它既是交际和表达的手段，同时它又有了新的质、新的维度，它本身就是被加工的对象，就是构筑成的艺术形象。简括地说，文学语言既是手段又是对象。巴赫金说：

> 语言在这里不仅仅是为了一定的对象和目的所限定的交际和表达的手段，它自身还是描写的对象和客体。……在文学作品中我们可以找到一切可能有的语言语体、言语语体、功能语

---

① 钱中文：《文学是语言结构的审美创造》，《文艺研究》1987 年第 6 期。

体，社会的和职业的语言，等等。……“全语体性”正是文学基本特性所使然。①

这里巴赫金似乎对俄国形式主义的文论有所吸收，又有所改造。这就是说，一方面文学作品中的语言仍然要传达交往中的信息，因此语言的实用功能仍然在发挥作用，没有一篇作品不蕴含一定的审美信息，审美信息也是信息，那么传达这些信息仍然有必要把语言当成“载体”“手段”和“工具”，以便让读者能够无障碍地接受作品所传达的信息。但是，另一方面文学语言之所以是文学语言，而不同于日常语言、科技语言、公务语言，就在于它本身的确又成为对象和客体，语言的美学功能被提到主要的地位。作家作为主体，实际上都是把话语当成对象来加工，而且在这种加工中有其独特的规则，与日常语言中的规则不同。

从上面讨论中，我们似乎可以得出结论，文学言语在文学中是载体，但又不仅是载体，它更重要的是文学的对象，是文学赖以栖身的家园。

（二）文学语言的特征

到这里我们就要转入本节的另一个话题，就是与日常生活语言相比，文学语言具有哪些特色或特征呢？我在前面已经说明，文学语言与日常生活语言同属一种语言，它们所发的音、所用的词语、语法、修辞大体是一样的，不能把文学语言理解成另外一种语言，这是一方面；但我们又不能不看到，文学语言是对日常生活语言的艺术加工，那么艺术加工后的文学语言与日常生活相比，又显示出自身的特色，即作家们笔下的文学语言具有某些不同于日常生活语言的特性，这是另一方面。文学语言有哪些特征呢？让我们从举例

---

① 巴赫金：《文学作品中的语言》，《巴赫金全集》第4卷，白春仁，等译，河北教育出版社1998年版，第276页。

子切入我们要讨论的问题。

第一，文学语言的体验性。俄国学者鲍里斯·艾亨鲍姆认为，把“诗的语言”与“实际语言”区分开来是“形式主义者处理基本诗学问题的活的原则”。为此英国学者伊格尔顿通过比较一下两个句子通俗地解释了上述“诗的原则”：“你委身‘寂静’的完美的处子”“你知道铁路工人已经罢工了吗?”即便我们不知道第一句话出自英国诗人济慈的《希腊古瓮颂》，我们仍然可以立即作出判断：前者是文学语言，而后者不是。[①] 同样，我们也可以举例说：“羁鸟恋旧林，池鱼思故渊”“父亲对儿子说，今年燕子又飞回咱家筑巢，你不知道吗?”即使我们不知道前两句出自陶渊明的《归田园居》，我们仍然可以断定前者是诗的语言，而后者不是。再同样，我们可以举例说，“细雨鱼儿出，微风燕子斜”“你去农贸市场了吗？现今鳜鱼涨到三十元一斤”，即使我们不知道前两句出自杜甫的《水槛遣心二首》第一首，我们仍然能够断定第一句是诗的语言，第二句不是……我们可以这样一直举例下去，举到无穷尽的地步，这样我们就能体认出日常实际语言只传达信息，而文学语言虽然也传达一定的信息，但其突出特征是语言中带有诗人的审美体验。王一川教授认为：“审美体验是与‘诗意’相关的东西。……诗意，是指诗所蕴蓄的审美体验意味，审美体验的活的风貌。诗意就是审美体验的充满。”[②]

那么究竟什么体验呢？什么叫作文学语言的体验性呢？我们先把这个问题放一放，待讲完了文学语言的其他特征之后，再联系文学语言的主要特征一起来讲。

第二，文学语言的“内指”性 。文学的真不等于自然的真。文学从本来的意义上说，并不是对一件真实事件或一个人物的真实叙述，

---

① 周小仪：《文学性》，赵一凡：《西方文论关键词》，外语教学与研究出版社 2006 年版，第 592～593 页。

② 王一川：《审美体验论》，百花文艺出版社 1999 年版，第 24～25 页。

它是作家创造出来的作用于人的知觉和情感的幻象。诚如美国学者苏珊·朗格所说："这种创造出来的幻象却是一种不受真实事件、地区、行为和人物的约束的自由创造物"。[①] 或者可以说，文学世界中发生的事件只是文学事件，不是生活中的真实事件。更进一步说，文学是文学语言编织出来的事件。这样，普通生活中的客观世界和文学作品的艺术世界的逻辑是不同的。在文学世界中说得通的东西，在客观世界未必说得通。反之，在客观世界说得通的东西，在文学世界未必是合乎逻辑的。在这两个世界的岔道上，文学语言与日常实际语言也就分道扬镳。虽然就语言结构系统看，文学语言与日常语言并没有什么不同。同一个词语，既可以在日常话语中运用，也可以在文学话语中运用，文学并没有一种独立的语言系统。但正如巴赫金所认为的那样，日常语言一旦进入小说，就发生"形变"：

> 它们(指文学语体等)在自身的构成过程中，把在直接言语交际条件下形成的各种第一类(简单)体裁吸收过来并加以改造。这些第一类体裁进入复杂体裁，在那里发生了形变，获得了特殊的性质：同真正的现实和真实的他人表述失去了直接的关系。例如，日常生活中的对话对白或书信，进入长篇小说中以后，只是在小说的内容的层面上还保留着自己的形式和日常生活的意义，只能是通过整部长篇小说，才进入到真正的现实中去，即作为文学艺术现实的事件，而不是日常生活的事件。[②]

巴赫金想说明的是，日常生活语言进入文学作品后，就属于文学事件的统辖，而与原本的现实的语言失去了直接的关系。这个看

---

① 苏珊·朗格：《艺术问题》，滕守尧、朱疆源，译，中国社会科学出版社 1983 年版，第 145 页。

② 巴赫金：《言语体裁问题》，钱中文：《巴赫金全集》第 4 卷，白春仁，等译，河北教育出版社 1998 年版，第 143 页。

法是对的，可以这样说。日常语言是外指性的，而文学语言是内指性的。日常语言指向语言符号以外的现实环境，因此它必须符合现实生活的逻辑，必须经得起客观生活的检验，也必须遵守各种形式逻辑的原则。譬如，如果你的一个朋友见面时问你："你住在哪里?"你必须真实地回答你住在哪里之类，你不能回答说："我住在天堂，我同时也住在地狱!"因为前者可以检验，而后者则无法验证。文学语言是"内指性"的语言，它指向作品本身的世界，它不必符合现实生活的逻辑，而只需与作品艺术世界相衔接就可以了。例如，杜甫的名句"露从今夜白，月是故乡明"，明显地违反客观真实，月亮并非杜甫家乡的才明，但由于它不是"外指性"的，而是"内指性"的，因此在诗的世界里它不但说得通，而且深刻地表现了杜甫对故乡的情感的真实。鲁迅的小说《故乡》的开头那段话，不必经过气象学家的查证，读者就乐于接受。因为它指向小说的内部世界而不指向实际的外部世界。实际的外部世界，即鲁迅回故乡那一天，是不是深冬时节，天气是否阴晦等是无关紧要的，只要这段话与下面所描写的生活有诗意的联系就可以了。列夫·托尔斯泰的《安娜·卡列尼娜》的开头，"幸福的家庭都是相似的，不幸的家庭各有各的不幸"。这句话也是指向托尔斯泰构筑的小说世界，因而也不必经过科学论证。只要它能与上下文连接得上，能够成为作品内在世界的一部分，读者就可以不必追究它的正确、科学的程度。概而言之，文学语言的"内指性"特征，只要求它符合作品的艺术世界的诗意逻辑，而不必要经过客观生活的验证。从这个意义上说文学作品中的语言的确带有"自主符号"的意味。"内指性"是文学语言的又一个总体特征，它表明了文学语言可以不受客观事件的约束，只管营造文学自身的世界。

当我们说文学世界里所发生的是文学事件，是语言编织出来的事件的时候，并不表明文学可以作伪。事实是，现实生活中人们可以作伪，而作家却无法在其作品中作伪。因此，上面所述的文学语言作为一种“内指性”的不必经过现实检验的语言，并不是指作家笔下的语言可以随意扭曲生活。恰恰相反，文学语言必须是真实的，不是一般的逼真，是深刻的心理真实。这样作家在语言与体验的疏离的痛苦中，就力图寻找一种更贴近人的心灵、人的审美体验的语言，一种带着生命本初的新鲜汁液的语言，一种与人的审美体验完全合拍的语言，一种更具有心理真实的语言。

第三，文学语言的非指称性。文学不但要求真实，而且还要求新鲜。这就要求文学语言新鲜而奇特。语言的“陌生化”命题，就是为适应文学的新鲜感而提出来的。文学语言“陌生化”的思想可能早已有之。我国中唐时期就有一批诗人对诗歌语言有特别的追求，如韩愈、孟郊等，在主张“陈言务去”的同时，以“怪怪奇奇”的恣肆纷葩的语言为美，欣赏所谓的“盘硬语”。又如 19 世纪初叶英国诗人华兹华斯也说：“我又认为最好是把自己进一步拘束起来，禁止使用许多的词句，虽然它们本身是很合适而且优美的，可是被劣等诗人愚蠢地滥用以后，使人十分讨厌，任何联想的艺术都无法压倒它们。”那么怎么办呢？诗人提出“使日常的东西在不平常的状态下呈现在心灵面前”。[①] 这不仅指题材，而且也指语言。这说明语言“陌生化”问题前人已隐隐约约感受到了。但作为学术观点正式提出来的，的确是俄国的学者什克洛夫斯基。

什克洛夫斯基在《艺术作为手法》这篇重要的论文中，把“陌生化”与“自动化”对立起来。他认为“自动化”的语言缺乏新鲜感。他说：“如果我们研究一下感觉的一般规律，我们就会看到，动作一旦成为习惯性的，就会变成自动的动作。这样，我们所有的习惯就退到无意识和自动的环境里：有谁能够回忆起第一次拿笔时的感觉，

① 华兹华斯：《〈抒情歌谣集〉·序言》，刘若端：《十九世纪英国诗人论诗》，人民文学出版社 1984 年版，第 9、2 页。

或是第一次讲外语时的感觉，并且能够把这种感觉同一万次做同样的事情时的感觉作一比较，就一定会同意我们的看法。”①“自动化”的语言，由于我们反复使用，词语原有的新鲜感和表现力已耗损殆尽，已不可能引起我们的感觉。因此在“自动化”的语言里，“我们看不到事物，而是根据初步的特征识别事物。事物仿佛被包装起来从我们身边经过，我们根据它所占的位置知道它是存在的，不过我们只看到它的表面。在这样的感觉的影响下，事物首先在作为感觉方面减弱了，随后在再现方面也减弱了。”②这样，什克洛夫斯基就提倡“陌生化”的言语作为文学的手法。他说：

> 为了恢复对生活的感觉，为了感觉到事物，为了使石头成为石头，存在着一种名为艺术的东西。艺术的目的是提供作为视觉而不是作为识别的事物的感觉；艺术的手法就是使事物陌生化（又译奇特化——引者）的手法，是使形式变得模糊、增加感觉的困难和时间的手法，因为艺术中的感觉行为本身就是目的，应该延长。③

根据我对什克洛夫斯基这一思想的理解，所谓“陌生化”语言，主要是指描写一个事物时，不用指称、识别的方法，而用一种非指称、非识别的仿佛是第一次见到这事物而不得不进行描写的方法。什克洛夫斯举了许多列夫·托尔斯泰的例子。他说：

---

① 托多罗夫：《俄苏形式主义文论选》，蔡鸿滨，译，中国社会科学出版社1989年版，第63页。

② 托多罗夫：《俄苏形式主义文论选》，蔡鸿滨，译，中国社会科学出版社1989年版，第64页。

③ 托多罗夫：《俄苏形式主义文论选》，蔡鸿滨，译，中国社会科学出版社1989年版，第65页。

> 列夫·托尔斯泰的作品中的奇特化的手法，就是他不直呼事物的名称，而是描绘事物，仿佛他第一次见到这种事物一样；他对待每一事件都仿佛是第一次发生的事件；而且他在描写事物时，不是使用一般用于这一事物各个部分的名称，而是借用描写其它事物相应部分所使用的词。①

其实，这种非指称性、非识别性的描写在中国的小说中也屡见不鲜。如《红楼梦》第六回，写到刘姥姥一进荣国府，她来到王熙凤的厅堂等待王熙凤，在这里她第一次“遭遇”到“挂钟”：

> 刘姥姥只听见咯当咯当的响声，很似打罗筛面的一般，不免东瞧西望的，忽见堂屋中柱子上挂着一个匣子，底下又坠着一个秤砣般的一物，却不住的乱晃，刘姥姥心中想着：“这是什么爱物儿，有煞用处呢？”正发呆时，陡听得“当”的一声，又若金钟铜磬一般，倒吓得不住的眨眼儿。接着一连又是八九下，欲待问时，只见小丫头们一齐乱跑，说：“奶奶下来了。”

刘姥姥因是平生第一次看到挂钟这种东西，叫不出来，只好用她农村熟悉的事物来理解和描画，这既自然真实，又是平常之物，让读者像浮雕般地感觉到，增添了神采与趣味，延长了审美感受时间。这种非指称性的语言把表现功能充分展现出来了。我觉得文学语言不要像俄国形式主义者所主张的那样，“对普通语言实施有系统的破坏”，倒是上面这种非指称性的对事物原本形态的描写更为可取。就是说日常生活语言常常是指称性，文学语言则常常是非指称性的。对于文学语言来说，最好不要指东道西，而是对事物原本的

① 托多罗夫：《俄苏形式主义文论选》，蔡鸿滨，译，中国社会科学出版社1989年版，第66页。

面貌用有趣的语言静静地加以描写。

孙绍振教授在《文学性讲演录》中关于“表达力：语义的颠覆与重构，有理陌生化和无理陌生化”[①]一文中对俄国形式主义的“陌生化”理念也提出了他的见解。孙绍振教授是通过分析著名诗人余光中的诗《月光光》来加以分析的。我们先来看看他所引的这首诗以及他的分析：

> 月光光，月是冰过的砒霜
> 月如砒，月如霜
> 落在谁的伤口上？
> ……
> 把月光掬在掌，注在瓶，
> 分析化学的成分，
> 分析回忆，分析悲伤，
> 恐月症和恋月狂，
> 月光光。

孙绍振认为，余光中在这首诗中把“月光”比作“冰过的砒霜”是对传统的彻底颠覆，因为月光不仅不是温馨甜蜜的感觉并且还有毒，它是一种陌生化，但它却是合理的，与自动化的汉语联想机制是有联系的。“月是冰过的砒霜”在表层是陌生化，而在深层则是自动化，这个自动化与余光中的感情经历是紧密相关的。孙绍振认为，诗的关键是这个“伤口”。为什么月光照在身上有落在伤口上的感觉呢？他认为“伤口”这个词语本来是生理的，而这里却是心理的，因为逗引人思乡的月光居然变成了伤口，这是思乡而不得回乡的结果，衬

① 孙绍振：《文学性讲演录》，广西师范大学出版社2006年版，第140～141页。

托出了这位台湾诗人心灵深处的隐痛。

此外，“月光”的语义衍生、颠覆、陌生化了还不算，还在颠覆的基础上再颠覆，在陌生化的基础上再陌生化，使之互相矛盾，既有“恐月症”又是“恋月狂”，因为月光而想到故乡，又因为不能回故乡所以看到月光就有一种难以解脱的怀念。通过这首诗的分析，孙绍振教授指出：“陌生化有两种：一种是与母语自动化联想机制互为表里的陌生化，一种是脱离了自动化联想机制的无理陌生化”。

我认为，孙绍振教授的分析是有道理的。我们讲文学不但要求真实，而且还要求新鲜。艺术之所以为艺术，很大的一个原因就在于其以审美为中心的情感体验特性。在艺术创作中，作家就是要敢于将平常之物，加以解构与重构，并将艺术家的情思融入审美对象之中，通过“非指称性”的表述，不断更新、丰富语言的能指内涵，增添艺术的神采与趣味，这样就能极大的延长读者的审美感受时间，增添艺术作品的感染力。

第四，文学语言音乐性。这一点大家已经谈得很多，已经成为常识。不想一再地重复一般教材中的看法。这里先来介绍启功先生的一些看法。启功先生对文学语言的语音层特别重视。他认为汉文学语言是一种特别讲究声律的语言，他在《古代诗歌、骈文、语法问题》《诗文声律论稿》这两部著作中，十分详尽地阐述了这一点。西方的英语、法语、德语等也有声律问题，但它们的声律主要是语调，就单独的词来看，没有抑扬的变化，只有在整个句子的语调中才有抑扬的变化。因此就其文学语言声律看，除押韵脚外，就只能靠句子语调的变化了。汉语的声律情况不同，它除了讲究句子语调的变化外，还有每个“字”的声调的变化。因此，就汉语文学语言声律看，就特别重视四声平仄的对应安排。在中西语言声律的这种比较中，我们不难看出，汉语储藏的“花样”比西语多，这在学习起来要麻烦一些，但运用到文学上面，就使汉语文学语言的声律比西语文学语言更丰富、更具有表现力。四声平仄问题，对汉语文学语言具有特殊的意义，启功先生特别强调这一点，并以他深厚的功力，对此中的规律做出了独特的详尽的研究，有许多发现，这可以说抓住了并说透了汉语文学语言的一个根本特征，其学术意义无疑是十分重要的。美国著名语言学家爱德华·萨丕尔在《语言论》一书中说："艺术家必须利用自己本土语言的美的资源，如果这块调色板上的颜色很丰富，如果这块跳板是轻灵的，他会觉得很幸运。"①启功先生抓住诗、词、曲、文中的四声平仄的规律不放，并对它做出了充分的研究，可以说是抓住了汉语文学语言的"美的资源"，揭示出汉语文学语言是一种审美因素极为丰富的语言。著名语言学家赵元任先生也特别重视汉语诗的韵律，他说：汉语这个符号系统优点很多，"更加微妙的是韵律，诗人可以用它来象征某种言外之意。试看岑参离别诗的开头四句：

北风卷地白草折，
胡天八月即飞雪；
忽如一夜春风来，
千树万树梨花开。

这四句诗用官话来念，押韵字'折'和'雪''来'和'开'，没有什么特别的地方。可是用属于吴语的我家乡方言常州话来念，由于古代的调类比较分明，头两句收迫促的入声，后两句收平声，这种变化暗示着从冰天雪地到春暖花开两个世界。换句话说，这是象征着内容。"(《谈谈汉语这个符号系统》)我认为这四句诗的成功，首先是汉语本身提供了"美的资源"，具体说就是启功先生所着力研究的平仄

① 爱德华·萨丕尔：《语言论——言语研究导论》，陆卓元，译，商务印书馆1985年版，第202页。

的变化对应，西方的多数语言是写不出这样的诗句的，因为它们没有平仄这种变化。萨丕尔带着不无遗憾的口气说：

> 我相信今天的英语诗人会羡慕中国即兴凑句的人不费力气就能达到的那种洗练手法，这里有一个例子：
>
> 吴淞江口夕阳斜，北望辽东不见家。
> 汽笛数声大地阔，飘飘一苇出中华。
>
> 但是我们不要过分妒忌汉语的简练。我们的东倒西歪的表达方式自有它的美处。①

这里且不说萨丕尔用“东倒西歪的表达方式自有它的美处”的自我解嘲的态度，单拿这首诗的“美处”说，首先不是什么“简练”，而是它的平仄对应的声律美。这一点萨丕尔看不出来。四声平仄的变化的声律美，是中国诗、词、曲、文的特殊标志。这里我还想再次引用赵元任先生的话，来证明启功先生对汉语诗文声律研究的重要的学术价值。他说：“论优美，大多数观察和使用汉语的人都同意汉语是美的。有时人们提出这样的问题：汉语有了字的声调，怎么还能有富于表达力的语调？回答是：字调加在语调的起伏上面，很像海浪上的微波，结果形成的模式是两种音高的代数和。”(《谈谈汉语这个符号系统》)启功先生深知此点，所以他的“汉语现象论”，首先推重汉语的声律美，用了许多篇幅做了过细的研究，其中所揭示的奥妙，连中国学者也未意识到，像我这样一个搞文学理论的人，在读了《诗文声律论稿》之后，才了解汉语的平仄变化规律那种微妙之处，是令

① 爱德华·萨丕尔：《语言论——言语研究导论》，陆卓元，译，商务印书馆1985年版，第204页。

人惊奇的。

汉语是我们的母语，我们每天说它，但真正了解汉语声律的“美处”的人又有多少呢？而能自觉运用它的声律的“美处”进行文学创作的人就可能更少了。这里特别值得指出的是，启功先生讲汉语文学语言的声律美，讲得特别彻底和“到位”。他不但认为诗、词、曲、骈文要讲平仄的声律，而且认为古代那些优秀的散文也讲平仄的声律变化。在《诗文声律论稿》中，他举了《史记·屈原列传》、王安石的《读孟尝君传》和韩愈的《柳子厚墓志铭》为例，来说明散文若是有平仄声律的变化，也增强文章的表现力。

如他所举韩愈的《柳子厚墓志铭》，对此启功先生说：“这段文作者为表达一种悲愤的心情，所以前全取抑调，最后‘石焉’一扬，结句仍归于抑。但各句的各节，则大部分是平节抑节相间。读起来，虽有连续抑调，却毫不死板沉闷。散文这种抑扬，本是一般具有的，只因为它不如骈文那样明显，所以读者不易觉察。”启功先生这些分析是十分恳切的。这就是讲，散文虽然“散”，但在运用平仄声律上却不“散”。对优秀的散文来说，散文的抑扬是一般规律，一个有“强烈汉语感”的作家，自觉不自觉就要“陷”入这抑扬的规律中去。启功先生的分析还包括另一层意思：“悲愤”的感情与抑调相配合，那么热烈的感情就与扬调相配合，“连续抑调”就与“悲愤”感情的抒发有关了。这就揭示了平仄声律与人的情绪之间有一种“同构对应”关系。这样，启功先生的分析就揭示了两条规律：其一，散文也有平仄变化；其二，散文的平仄变化与感情的表达相关，其中有声律与情绪的“同构对应”关系。

再一点，我认为文学语言的音乐美，以节奏最为重要。节奏是一个音乐术语，指音乐中交替出现的有规律的强弱、长短的现象。对语言来说，就是强弱、高低快慢的“节拍”，如汉乐府《江南》：

江南可采莲，莲叶何田田！
鱼戏莲叶间。鱼戏莲叶东，
鱼戏莲叶西，鱼戏莲叶南，鱼戏莲叶北。

就诗的题材而言，不过是讲鱼在莲叶间游戏，十分地单调、平淡。要是用散文意译出来，绝对不会给人留下什么艺术印象。但这个平淡无味的题材一经诗的语言节奏的表现，情形就完全不一样了。我们只要一朗读它，一幅秀美的“鱼戏莲叶间”的图画就在我们眼前呈现出来，一种欢快的韵调油然而生。清代诗人、学者焦循有首《秋江曲》：

早看鸳鸯飞，暮看鸳鸯宿；
鸳鸯有时飞，鸳鸯有时宿。

题材的单调在节奏韵律的征服下，变异出一种深远的意境和动人的情调。我们甚至可以说，只要有好的文学语言节奏，无论题材多么简单都可以是真正的诗和歌。诗人郭沫若对此深有体会，他曾介绍说，日本有一位著名的俳人芭蕉，有一次他到了日本东北部一个风景很美的地方——松岛。他为松岛的景致所感动，便作了一首俳句，只是：“松岛呀，啊啊，松岛呀松岛呀！”这位俳人只叫了三声“松岛”，可因为有节奏，也就产生了一个意味深长的情绪世界，居然也成为名诗。所以郭沫若说：“只消把一个名词，反复地唱出，便可以成为节奏了，比如，我们唱：‘菩萨，菩萨，菩萨哟！菩萨，菩萨，菩萨哟！’我有胆量说，这也就是诗”。① 郭沫若的说法未必全妥，但他作为一个诗人看到了节奏的力量，看到节奏激发的情感可以克服题材本身的单调。

① 郭沫若：《诗歌底创作》，《郭沫若谈创作》，黑龙江人民出版社 1982 年版，第 44 页。

大量诗歌的题材就其所指向的意义说，是悲哀的，悲惨的，要是在生活中真的遇到这件事，这种场面，除了引起我们的哀号之外，再不会有什么别的感受。但诗人以节奏去征服它，于是变成了一种歌唱。

车辚辚，马萧萧，行人弓箭各在腰。
爷娘妻子走相送，尘埃不见咸阳桥。
牵衣顿足拦道哭，哭声直上干云霄。

这是杜甫《兵车行》开头一段描写，要是用散文将其内容意译出来，就只能引起我们的悲哀，但读了诗人诗的节奏歌唱出来的诗句，我们除感到悲哀之外，还感到一种可以供我们艺术享受的美，节奏在这里起到了逆转作用，这样，悲哀与美相结合就转化出了一个与题材本身完全不同的艺术世界。

诗的语言可以克服诗的题材，歌德早就注意到了。据说他自己曾写过两首内容“不道德”的诗，其中有一首是用古代语言和音律写的，就“不那么引起反感。”所以他说：“不同诗的形式，会产生奥妙的巨大效果。如果有人把我在罗马写的一些挽歌体诗的内容用拜伦在《唐·璜》里所用的语调和音律翻译出来，通体就必然显得是靡靡之音了”①，作为一个伟大的诗人，歌德深刻地指出了诗的形式与其题材之间的对抗关系，以及形式克服题材的巨大力量。值得注意的是马克思也注意到这一点，他在写给当时《新德意志报》的编辑约瑟夫·魏德迈的一封信中这样说：“附在这封信中的是弗莱里格拉特的诗和他的私人信。请你：(1)要精心把诗印好，诗节之间应有适当的间隔，总之，不要吝惜版面。如果间隔小，挤在一起，诗就要受很

① 爱克曼：《歌德谈话录》，朱光潜，译，人民文学出版社 1987 年版，第 29 页。

大影响。……”[①]马克思如此关切诗节之间的间隔，绝不是仅仅为了好看，这与诗的内容的表达密切相关。在一定意义上说。在诗里，语言节奏具有举足轻重的作用。甚至毫无诗意的语言，要是以诗的语言节奏来表现，也会产生出意外的效果。我们随便从《人民日报》上抄下这样一个标题：“企业破产法生效日近，国家不再提供避风港，三十万家亏损企业被淘汰”。这不过是一个枯燥的叙述，它提出警告，它引起我们的严峻感，但现在我们采用“阶梯诗”的形式，把它改写成这样：

　　　　　中国的
　　　　企业破产法
悄悄地
　　悄悄地
逼近了
　　　　生效期，
国家
　　不再提供
　　　　不再提供
避风港。
　　三十万家
　　　　三十万家啊
亏损企业
将被淘汰，将被淘汰！

在这里，我们只是对这个标题改动了几个字，并对其中的个别词作

① 马克思：《致约瑟夫·魏德迈》，《马克思恩格斯全集》第28卷，人民出版社1973年版，第473～474页。

了重复处理，可由于用了诗的排列方法，产生了节奏感，于是，就出现了一种与原话情感指向完全不同的情感色调：警告似乎已变为同情，严峻感似乎转化为婉惜。

文学语言编织的文学世界是作家表现自己的体验的真实与新鲜的具有音乐美的幻象。与“体验”“幻象”“真实”和“新鲜”这四点相对应，文学语言的一般特征是“体验性”“内指性”“非指称性”和“音乐性”。

二、文学语言在审美体验中生成

文学语言上述这些特征是如何生成的呢？难道仅仅是作家自以为地把它码成这样的吗？这就要回到上面没有说清楚的一个问题，即文学语言的体验性。这个问题如果我们换一个角度来看，那就是文学语言与审美体验的关系。这个问题的实质是：文学语言如何在作家的审美体验中生成？

普通的日常生活语言经过作家的艺术加工，变为具有特点的文学语言，在这个过程，是否作家仅仅把语言当作一个载体、工具，仅仅用自己的艺术技巧去精雕细刻呢？当然不是。

我们这里似乎可以从两个角度来说明文学语言在审美体验中生成：第一个角度，是审美体验赋予文学语言“大语境”性；第二个角度，是审美体验使作家使用原初性的语言。

从第一个角度看，审美体验赋予文学语言以“语境性”。

文学语言大体可以分成两大类，一类是描写景物、人物、事件的语言，一类是人物的对话(包括独白)。前一类语言主要以景物、人物和事件作为描写对象，但是正如巴赫金所说描写性语言多数情况下趋向于成为被描写的语言，而来自作者的纯描写的语言也可能是没有的，这是很有见解的论断。作家似乎是用语言描写对象，风花雪月如何如何，阴晴圆缺如何如何，但其实他的描写性语言是他的审美体验的结晶。因为在真正的作家那里，文学语言与他的审美体验和描写性语言是同步的，结果给人的印象是作家的审美体验掌握了词句，词句成为被掌握的对象或客体。体验不可能不带语句，文学语句实际上是在审美体验中生成的，如杜甫的《船下夔州郭宿雨湿不得上岸别王十二判官》：

依沙宿舸船，石濑月涓涓。风起春灯乱，江鸣夜雨悬。
晨钟云外湿，胜地石堂烟。柔橹轻鸥外，含凄觉汝贤。

这首诗写的是杜甫坐船到夔州，天晚了靠岸住宿。原想第二天早晨上岸，去拜访他的朋友王十二判官。但船一靠岸，就下起大雨来。杜甫忧心忡忡，担心受风雨的阻隔而上不了岸。果然，第二天仍然阴云密布，杜甫知道上岸已不可能，只得心中告别朋友，继续自己的行程。在诗中有对月色、风雨、江水、钟声、鸥鸟的描写等。杜甫是一位特别重友情的人，他忧心风雨大作影响他与朋友的会面，于是在他感觉中体验中，船上春灯的晃动被描写为“春灯乱”，“乱”字既是写春灯晃动的样子，又写出了他的心情。夜间大雨被描写成“夜雨悬”，“悬”即挂的意思，雨怎么会“悬挂”在空中呢？这里既是写雨，也是写诗人的心情（即体验），从一个忧心人的眼中，那雨就像一根从天而降的绳子，永不断绝地悬挂在那里了。钟声如何会“湿”呢？这是从一位多情诗人听觉所产生的变异，钟声从密布的阴云中传过来，似乎被云沾湿而有点暗哑。这些描写性的语言，如“乱”“悬”“湿”等，似乎不是诗人从语言中选择出来的，而是与诗人的审美体验和生活遭际密切相关的，词语只是被显露出来而已。“乱”“悬”“湿”在这首诗里已经改变了它们的词典意义，原因是它们处在杜甫的体验中，处在全诗的“语境”中。

文学作品中语言的另一类就是人物对话。作品中的人物对话与现实生活中的人物对话是不同的。在现实生活中，人物的对话只是传达对话人的信息，哪怕这些话含有情态性质，也只是传达具有情态的信息而已。所以，一般而言，现实生活中的语言，还只是信息的“载体”。但在文学作品中，人物对话也被当成了被体验的对象，经过这种审美体验，人物的对话有丰富蕴含。它虽然有传达信息的一面，但又不止于传达信息。巴赫金曾这样分析托尔斯泰《复活》中的人物对话：

> 作品作为统一整体的背景。在这个背景上，人物的言语听起来完全不同于在现实的言语交际条件下独立存在的情形：在与其他言语、与作者言语的对比中，它获得了附加意义，在它那直接指物的因素上增加了新的、作者的声音(嘲讽、愤怒等等)，就像周围语境的影子落在它的身上。例如，在法庭上宣读商人尸体的解剖记录(《复活》)，它有速记式的准确，不夸张、不渲染、不事铺张，但却变得十分荒谬，听上去完全不同于现实的法庭上与其他法庭文书和记录一起宣读那样。这不是在法庭上，而是在小说中；在这里，这些记录和整个法庭都处在其他言语(主人公的内心独白等)的包围中，与它们相呼应。在各种声音、言语、语体的背景上，法庭验尸记录变成了记录的形象，它的特殊语体，也成了语体的形象。①

巴赫金的这些分析很精彩，揭示了文学作品中人物对话与现实生活中人物对话的不同，并深刻说明了这种不同是如何产生的。第一，巴赫金首先洞见到这里“增加了新的、作者的声音(嘲讽、愤怒，等等)，就像周围语境的影子落在它的身上”，这就是说，在法庭上宣

① 巴赫金：《文学作品中的语言》，《巴赫金全集》第4卷，白春仁，等译，河北教育出版社1998年版，第283页。

读商人尸体的解剖记录的语言，处在作家的审美体验——嘲讽、愤怒——的包围中，正是这种嘲讽、愤怒的审美性体验，生成这里的语言的色调；第二，巴赫金洞见到文学作品中“人物对话”不仅从自身获得意义，而且还从整篇作品的各种声音、言语、语体的背景上获得意义，并组成为语体形象。这一洞见极为重要。我们这里要对巴赫金做补充，不仅作品中人物对话，而且日常生活的信息语言，一旦纳入作品中，被作品的背景、特别是其中的语境所框定，就变成文学语言，那么它就不再是单纯的传达信息的“载体”，而获得了丰富的审美体验的附加意义。这附加意义是指，作品中的全部话语处在同一大语境中，因此任何一个词、词语、句子、段落的意义，不但从它本身获得，同时还从前于它或后于它，即从本作品的全部话语语境中获得意义。话语意义不仅从本身确定，还从其后左右的话语联系中重新确定。我们似乎可以把这种现象称为“大语境”性。

这一点，文学话语与普通话语是不同的。普通语言一般说不是体验性的语言，只具有小“语境”性，而文学话语则具有“大语境”性。这就是说，在普通的日常话语中，由于指称是主要的，所用的意义必然是词典意义，由词所组成的句子或句子群，其本身就是一个符号系统，指涉意义是被句子、句子群(即“小语境”)限定的。一般地说，它不必在整个谈话中再次确定它的意义。但在文学话语中，情况就不同了。文学语言被作家的审美体验所包裹着，在作品中是一个美学整体，而且主要功能是表现。尽管在叙事作品中，也用普通话语写成，但它是一种前设性和后设性的话语。句子和句子群的意义并不是限定于这个句子和句子群，它还从作品的整个话语系统(“大语境”)中获得意义。譬如，鲁迅的《故乡》开头关于天气和景物描写这段话：

> 我冒了严寒，回到相隔二千余里的，别了二十余年的故乡

去。时候既然是深冬，渐近故乡时，天气又阴晦了，冷风吹进船舱中，呜呜地响，从篷隙向外一望，苍黄的天底下，远近横着几个萧索的荒村，没有一些活气。我禁不住悲凉起来了。

这段话的意义是鲁迅体验的产物，带有他对故乡的体验在里面，所以其意义不限定于这段话自身，且已远远超出了这段话，属于作品的整个系统。即是说在这里关于天气的寒冷、阴晦和村庄的萧索的描写，是为"我"在故乡的种种令人失望、忧伤的遭际提供一种烘托。因此，这段话的意义要从后设性的话语中才能充分获得。在这里这段话跟后设话语的关系是一种氛围的标记和联系。这个标记和联系使人联想到另一种情境，而不是字面所传达的意义本身。美国新批评派理论家布鲁克斯在引用了著名诗人 T. S. 艾略特认为诗的"语言永远作微小变动，词永远并置于新的、突兀的结合之中"这句话后说："科学的趋势必须是使其用语稳定，把它们冻结在严格的外延之中；诗人的趋势恰好相反，是破坏性的，他用的词不断地在互相修饰，从而互相破坏彼此的词典意义。"[①]日常用语中"小语境"性要求用语遵守词典意义，文学语言的"大语境"性，由于蕴含作家及其丰富的体验，所以往往导致文学词语突破词典意义，而属于作品整体的符号系统的意义。"大语境"性使作家在创作时，每落一字一句，都不能不"瞻前顾后"，力求使自己笔下的句子能够属于作品的整体的符号系统。前句与后句之间，前句群与后句群之间，应能形成一种表现关系(即非指称关系、单纯因果关系等)，或正面烘托，或反面衬托，或象征，或隐喻，或反讽，或悖论……使作品中的符号系统形成一种审美体验的"表现链"。具有"表现链"的话语，才是真正有表现力的语言。

① 克林思·布鲁克斯：《悖论语言》，赵毅衡：《"新批评"文集》，中国社会科学出版社 1998 年版，第 319 页。

从上面讨论中，我们似乎可以得出结论，文学言语在文学中是载体，但又不仅是载体，它更重要的是文学的对象，文学赖以栖身的家园。之所以会这样，原因是文学语言在审美体验中生成。没有审美体验，语言只是日常语言，正是审美体验改造了语言的词典意义，改变了日常语言只是传达信息的唯一的性质，使文学语言与作家的蕴含丰富的人生感受合而为一。

从第二个角度看，作家常常使用原初性的语言，也是审美体验的结果。“美作为原始信念，暂且无所谓主客观之分，它是属于人类的、原始的、永恒的、不经逻辑反思便确信的东西。但它并不满足于仅仅郁积于内心，而是时时渴望复现于生活中，成为生活本身，生成为生活的美景。我们经常盼望美就是生活，生活就是美，正是出于这一原始信念。”[①]文学语言必须是真实的，但不是一般的逼真，是深刻的心理真实。这样作家在语言与体验疏离的痛苦中，在言不尽意困境中，就力图寻找一种更贴近人的心灵、人的审美体验的语言，一种带着生命本初的新鲜汁液的语言，一种与人的审美体验完全合拍的语言，一种更具有心理真实的语言。那么有没有这样一种语言呢？先让我们来听一听语言学家的意见，然后再来看看作家们在创作中的探讨和实践。

苏联一些著名的语言学家提出了一种称之为“内部言语”的概念。A. P. 鲁利亚认为，语言的产生是经由内心意蕴的发动到外部语言的实现的基本过程，这个过程可分为四个阶段：

> ①起始于某种表达或交流的动机、欲望，总的意向；
>
> ②出现一种词汇较为稀少，句法关系较为松散、结构残缺但都黏附着丰富的心理表现、充满生命活力的内部言语；（内部言语）

① 王一川：《审美体验论》，百花文艺出版社1999年版，第17页。

③形成深层句法结构；（深层句法）

④扩展成为以表层句法结构为基础的外部言语。（外部语言）

鲁利亚认为，“内部语言”是主观心理意蕴与外部语言表现之间一个十分重要的中间环节，它具有这样两个特点：第一，功能上的述谓性。即内部语言总是与言语者的欲望、需求、动作、行为、知觉、情绪的表达密切相关，动词、形容词占较大的比例。第二，形态上的凝缩性。没有完整的语法形态，缺少应有的关联词，只有一些按顺序堆置起来的中心词语，所含意蕴是密集的。由此不难看出，这种“内部言语”与人的欲望、情绪更贴近，与人的难于言说的审美体验更相对应，因而也更真实。作家若是把这种中间性的“内部语言”直截了当地倾吐于稿纸上，那就可以以本初形态去表现自己的欲望、情绪和种种审美体验，填平语言与审美体验之间因疏离而形成的峡谷。从这个意义上说，法国诗人瓦莱里把“修辞学”分成两种，一种叫“延续修辞学”，一种叫“瞬间修辞学”，也许是有道理的。因为“延续修辞学”属于“外部语言”，而“瞬间修辞学”属于“内部语言”，是无意识层面瞬间形成的，不假修饰的，却更富有创造性。我们古人也懂这个道理，宋代文学家苏轼作诗讲究“冲口而出”，他说：

好诗冲口谁能择，俗子疑人未遣闻。[①]

此数十纸皆文忠公冲口而出，纵手而成，初不加意者也。其文采字画皆有自然绝人之姿，信天下之奇迹也。[②]

所谓“冲口而出，纵手而成”，也就是截获“内部语言”，不加修

① 苏轼：《重寄》。

② 苏轼：《题刘景文欧公帖》。

饰，直接倾吐，结果所得到的“自然绝人之姿”。实际上，不少作家就是尝试着用这种“内部言语”写作的。譬如，法国作家司汤达就喜欢用不假修饰的“内部言语”写作。巴尔扎克对他的小说《帕马修道院》曾大加赞赏，但对他的小说语言表示不满。巴尔扎克批评司汤达在“文法”上有错误，说：“一时动词的时间不相符，有时候又没有动词；一时尽是一些虚字，读者感到疲倦，情形就像坐了一辆车身没有搁好的马车，在法兰西的大路上奔波。”“他的长句造的不好，短句也欠圆润。”①司汤达在回答巴尔扎克的批评时说：“至于词句的美丽，以及词句的圆润、和谐，我经常认为是一个缺点。就像绘画一样，一八四〇年的油画，将在一八八〇年成了滑稽东西；我想，一八四〇年的光滑、流畅而空洞的风格，到了一八八〇年，将十分龙钟，就像如瓦杜尔的书信在今天一样。”他继续说：“口授《修道院》的时候，我想，就照草样付印罢，这样我就更真实、更自然、更配在一八八〇年为人悦读，到那时候，社会不再遍地都是俗不堪耐的暴发户了，他们特别重视来历不明的贵人，正因为自己出身微贱。”②司汤达这里所说的那种“更真实、更自然、更配在一八八〇年为人悦读”的“照草样付印”的言语，实际上就是那种更贴近心灵本初、更贴近深度体验的“内部语言”。

“内部语言”究竟是什么形态的？这里我想举郭沫若的《天狗》为例：

我是一条天狗呀！
我把月来吞了，
我把日来吞了，

---

① 巴尔扎克：《拜耳先生研究》，《巴尔扎克论文选》，李健吾，译，新文艺出版社1958年版，第189页。

② 巴尔扎克：《拜耳先生研究》，《巴尔扎克论文选》，李健吾，译，新文艺出版社1958年版，第198～199页。

我把一切的星球来吞了，

我把全宇宙来吞了。

我便是我了！

我是月的光，

我是日的光，

我是一切星球的光，

我是X光线的光，

我是全宇宙底Enexgy(能量)的总量！

我飞奔，

我狂叫，

我燃烧。

我如烈火一样地燃烧！

我如大海一样地狂叫！

我如电气一样地飞跑！

我飞跑，

我飞跑，

我飞跑，

我剥我的皮，

我食我的肉，

我吸我的血，

我啮我的心肝，

我在我神经上飞跑，

我在我脊髓上飞跑，

我在我脑筋上飞跑。

我便是我呀！

我的我要爆了！

（1920年2月初作）

这首诗所用的动词特别多，比例特别大，其中有些动词重复地出现，“吞”用了四次，“是”连接用了6次，“飞跑”用的次数最多，共用了7次，其他动词如“飞奔”“狂叫”“燃烧”“剥”“食”“啮”“吸”“爆”等，在诗中占有突出的地位，其意义与诗人的审美体验本身密切相关。这就说明这首诗的语言功能的“述谓性”特别强。诗以“我”作为行为、动作、情绪、欲望的主体，向四方八方发射“我”的动作，达到极为狂放和为所欲为的地步，而是这一切似乎不假思索、随口喷出。使人感到诗人落在纸上的不是词语，而是欲望、情绪本身。其次，诗的言语在语法上、逻辑上都不合规范，如“我便是我呀”“我的我要爆了”“我在我的神经上飞跑”“我在我脊髓上飞跑”等，都有语法、逻辑上的毛病，但这些话语让人获得鲜明的感受，并被人理解。关联词极少，但像“月”“日”“星球”“宇宙”“皮”“肉”“血”“神经”“脊髓”“脑筋”这些系列名词与系列动词结合成中心词语，都按顺序排列，意蕴十分密集。这样就形成了这首诗语言形态的凝缩性特征。这首诗的语言完全是紧贴人的欲望、情感、意绪的，是不假思索就落在纸面上的，保持了语言的本初性特点，从而更充分地更深地保留了诗人的体验。甚至可以说，在这里，语言与体验完全合一。

第二节　文学语言与社会文化之间的关联

文学语言不是像形式主义文论者所说的那样，封闭在语言自身中。文学语言与社会文化同行，社会文化的变化必然引起文学语言的变化，反过来文学语言的变化又增添了社会文化内容。还有，文学语言的语音、词汇、语法、修辞的改变既受社会文化的制约，反过来文学语言的语音、词汇、语法、修辞的改变，又为社会文化增添了亮点。

一、文学语言变迁与社会文化的变革

无论中外，文学语言都不是一成不变的。我们不妨先来看外国的情形。

(一)欧洲：从拉丁文到俗语的变迁

古代欧洲各国多用拉丁语写作。拉丁文相当于中国的文言文。14 世纪，被恩格斯称赞为旧世纪最后一位诗人和新世纪第一位诗人的但丁，首先用意大利北部一个邦的方言写作，即那个地方的俗语被他写成了著名的《神曲》。结果这部作品所使用的俗语，在 100 年左右之后，就成为意大利的国语而流行起来。值得一提的是英语的问世。现在流行的英语当时不过是英格兰“中部土话”，但由于乔叟(1343—1400 年)、威克里夫(1330—1384 年)用这种土话来写作，发生了影响，使用范围不断扩大。等到莎士比亚和伊丽莎白时代，这种英语随着英国的扩张而流行全世界。

胡适说：“欧洲中古时，各国皆有俚语，而以拉丁文为文言，凡著作书籍皆用之，如吾国之以文言著书也。其后意大利有但丁(Dante)诸文豪，始以其国俚语著作。诸国踵兴，国语亦代起。路德(Luther)创新教，始以德文译《旧约》《新约》，遂开德文学之先。英法诸国亦复如是。今世通用之英文《新旧约》乃 1611 年译本。距今才三百年耳。故今日欧洲诸国之文学，在当日皆为俚语。迨诸文豪兴，始以‘活文学’代拉丁之死文学；有活文学而后有言文合一之国语也。”[①]这里特

① 胡适：《文学改良刍议》，《胡适古典文学研究论集》，上海古籍出版社 1988 年版，第 30 页。

别要指出的是意大利的情况，意大利是古罗马帝国统治的范围，当时还是一个神权统治的专制的世界，规则严整的拉丁文正好与少数神父、牧师的身份相匹配。而但丁所主张的俗语，用但丁自己的话来说，是“小孩在刚一开始分辨语词时就从他们周围的人学到的习用的语言”，是“我们摹仿自己的保姆不用什么规则就学到的那种言语”①胡适多次谈到意大利的俗语革命，他的白话文学革命可能受此启发。

这里值得指出的是，无论是但丁、薄伽丘，还是乔叟、威克里夫，都是倾向于下层市民阶层的具有人文主义思想的人，而坚持用拉丁语的则是上层僧侣和贵族。应该说是市民阶层的文化影响和决定了俗语的流行，特别是在文学写作中的流行。但是，正是俗语成就了意大利和英国的文化，如果没有俗语、土话的流行和普遍的使用、流传，就不会有意大利、英国在文艺复兴运动产生出具有世界影响的但丁的《神曲》、薄伽丘的《十日谈》和莎士比亚的悲剧和喜剧，其为整个欧洲的文化添上了浓墨重彩的一笔。这就是欧洲文学语言与社会文化互动又互构的最值得书写的情况。

(二)中国：从文言到白话的变迁

我们还是把话题转向中国。中国的文学语言经历了一个从文言到白话的转化。“五四”新文化运动时期是白话开始替代文言的时期。但我们应该看到，中国语言从文言到白话是一种趋势，是不断在发展的，或者说是随着中国的社会文化的发展而发展的。胡适毫不避讳这一点，他说：

> 文学革命，在吾国史上非创见也。即以韵文而论：《三百篇》变而为《骚》，一大革命也。又变为五言，七言，古诗，二大

① 但丁：《论俗语》，伍蠡甫：《西方文论选》，上海译文出版社1979年版，第162～163页。

革命也。赋之变为无韵之骈文，三大革命也。古诗之变为律诗，四大革命也。诗之变为词，五大革命也。词之变为曲，为剧本，六大革命也。何独于吾所持文学革命论而疑之？①

胡适接着说：

文亦遭几许革命矣。孔子以前无论矣。孔子至于秦、汉，中国文体始臻完备，议论如墨翟、孟轲、韩非，说理如公孙龙、荀卿、庄周，记事如左氏、司马迁，皆不朽之文。六朝之文亦有绝妙之作，如吾所记沈休文、范缜形神之辩，及何晏、王弼诸人说理之作，都有可观者。然其时骈俪之体大盛，文以工巧雕琢见长，文法遂衰。韩退之"文起八代之衰"，其功在于恢复散文，讲求文法，一洗六朝人骈俪纤巧之习。此亦一革命也。唐代文学革命巨子不仅韩氏一人，初唐小说家，皆革命功臣也（诗中李、杜、韩、孟，皆革命家也）。"古文"一派至今为散文正宗，然宋人谈哲理者似悟古文之不适于用，于是语录体兴焉。语录体者，以俚语说理记事。……此亦一大革命也。至元人之小说，此体始臻极盛。……总之，文学革命，至元代而登峰造极。其时，词也，曲也，剧本也，小说也，皆第一流文学，而皆以俚语为之。②

按照胡适的看法，如果不遇到明代的前七子的复古潮流，那么中国文学早就语体化了。胡适于1917年在《新青年》杂志上提出了《文学改良刍议》，得到了陈独秀、钱玄同等许多人强有力的支持，特别是

① 胡适：《文学改良刍议》，《胡适古典文学研究论集》，上海古籍出版社1988年版，第10页。

② 胡适：《文学改良刍议》，《胡适古典文学研究论集》，上海古籍出版社1988年版，第10～12页。

鲁迅的小说创作实践的成功，更推动了白话文运动。胡适主张先从语言文字上改用白话文，形成“国语的文学”，然后再利用作家创作上的运用，形成“文学的国语”。胡适本以为至少“要三五十年内替中国创造出一派新中国的活文学来。”①但是出乎胡适意外的是，白话和白话文学不过四五年时间就在全国普及了。1918年《新青年》改用白话，《每周评论》也改用白话，1919年全国400余种报纸采用白话。在当时影响很大的《东方杂志》和《小说月报》也逐渐白话化。教育部受形势所迫，在1920年颁布部令，规定从这一年的秋季开始，全国各地的小学一、二年级的国文课一律采用国语。白话不过几年时间，就如燎原之火，燃遍全国，这是偶然的吗？难道仅仅是胡适、陈独秀几个人提倡就能办得到吗？实际上，早于胡适很久之前，王遵宪就提过“我手写我口”，梁启超提出过“小说界革命”“诗界革命”等，也主张用白话，可为什么他们没有成功，胡适他们却成功了呢？胡适一直用“历史进化”的观念来解释，实际上这是解释不通的。根本的原因是社会文化思潮的变化。

胡适提出白话“文学革命”的1917年，世界上发生最为巨大的事件，就是列宁所领导的“十月革命”获得成功，这给中国人民一个鼓舞，为什么俄国人能做到的事情，中国就做不到？这是摆在中国人民面前的问题，也是摆在进步知识分子面前的问题，于是这才有1919年的“五四”新文化运动。民主、科学、自由、平等、博爱等一切西方的思想几乎同时涌入，马克思主义、自由主义等，一齐涌入，以致反对旧制度旧伦理的打倒“孔家店”的社会思想响遍全中国，这是2000年的古老中国第一次现代思想解放运动，启蒙主义的社会文化思潮以不可阻挡之势在全国涌动，中国社会文化在“五四”新文化运动中得到一次刷新。正是“五四”新文化运动，促使社会开始转型，

---

① 胡适：《建设的文学革命论》，《胡适古典文学研究论集》，上海古籍出版社1988年版，第51页。

社会结构发生了变化，价值观念、心理状态都逐渐改变，归结到一点就是社会文化的巨大而深刻的变化。这种变化起码从两个层面表现出来：第一是从贵族转向平民；第二是社会文化从古典转向现代。

语言体认了社会文化的这两个层面的变化。

第一个层面，白话体认从贵族转向平民的变化。人们可能会想，不论文言、白话都不过是工具，都可表现士人的思想，也都可表现平民的思想。其实这样想是不对的。文言文的问题，说到底是封建社会上层贵族的语言，闻一多说："文言是贵族阶级产物(知识阶级)。中国正统文学，知识阶级所独有的；小说戏剧近平民，不发达。"[①]这种说法是有根据的。文言文在古代的功能基本上(不能说全是)是服务于封建统治阶级的。最明显的例子，就是封建统治阶级通过以文言文为工具的科举制度，从思想和语言上控制知识分子。因此科举中的"八股文"，无论有何优点，都是文言文中最没有价值的。为什么封建统治阶级不用小说、戏剧作为科举语言工具，那是因为小说、戏剧所拥有的白话属于平民。胡适说：真正的文学"来源于民间。人的情感在各种压迫之下，就不免表现出各种劳苦与哀怨的感情，像匹夫匹妇，旷男怨女的种种抑郁之情，表现出来，或为诗歌，或为散文，由此起点，就引出后来的种种传说故事。例如，《三百篇》大都是民间匹夫匹妇、旷男怨女的哀怨之声，也就是民间半宗教半记事的哀怨之歌。后来五言诗、七言诗，以至公家的乐府，它们的来源也都是由此而起的。……"[②]这种白话文化很难用来表现贵族高层的思想感情。我们不妨举个例子：如唐代的敦煌曲子词的一首《菩萨蛮》：

---

① 闻一多：《中国上古文学》，《闻一多全集》第10卷，湖北人民出版社1993年版，第39页。

② 胡适：《中国文学过去与来路》，《胡适古典文学研究论集》，上海古籍出版社1988年版，第193页。

枕前发尽千般愿，要休且待青山烂，水面上秤锤浮，直待黄河彻底枯。　白日参辰现，北斗回南面。休即未能休，且待三更见日头。

这完全是一曲生动的白话词，语言生动，有气势，有韵调，如果我们用文言写，断断写不出这样的意味来。同样的道理，一段古文，无论是韩、柳、欧、苏的古文，也无论是多么出色，如果用白话来翻译，也必然要丧失原来的意味。原来文言与白话所表现的是不同阶层的思想感情，一种是士人的思想感情，一种是平民的思想感情。不同阶层的文化，是不可以互译的。但我这样说的时候，决无贬低文言文的意思。文言文是中国古代语言中保留古代政治、经济、哲学、历史、文学等信息最多的一种话语。中国古代的文学，特别是先秦到唐宋的文学最有价值也是用文言文写的。我们不能不看到，像屈原、司马迁、李白、杜甫、李商隐、韩愈、柳宗元、苏东坡等许多诗人作家的作品，都主要是用文言写的。他们的文言作品承载着更厚重的意味，这也是不能否定的。如果我们今天因为流行白话文，全盘否定文言文，那么也就差不多把中国一部文化史给否定了。

第二个层面，白话体认从古典到现代的转变。“五四”新文化运动，人们清楚感觉到，为什么时代变了，社会文化变了，人们说的一种语言，等到写成文章时还要转换成文言呢？为什么新的社会文化思想，还要塞进历史的陈套中去呢？在古代社会，不懂文言，就是文盲，我们所处的已经是新的时代，为何要继续当文盲呢？就是对知识分子来说，为何要从小就接受那种古典语言的训练，把自己的一生都托进那种古奥生涩的语言解读活动中去呢？所以人们普遍觉得文言束缚思想，所以白话的流行是与告别古典转向现代密切相关的。白话更能自由地贴切地表达现代的新思想、新观念。这一点，胡适也是看到的，他说：“形式和内容有密切的关系。形式上的束缚，使精神不能自由发展，使良好的内容不能充分表现。若想有一种新内容和新精神，不能不打破那些束缚精神的枷锁镣铐。”①正是社会文化急剧的现代转化成就了白话文运动，社会文化的现代化趋向是白话普及的根据，没有社会文化的这种现代变化，就是多少知识分子叫喊，都是不可能让白话成为正宗的话语的。语言体认了新的时代，体认了现代的社会文化。同时，白话的逐渐普及又成就了现代文学的创作。有了白话的流行，这才有鲁、郭、茅、巴、老、曹，才有胡(适)、周(作人)、林(语堂)，沈(从文)、梁(实秋)、张(爱玲)，才有丁(玲)、赵(树理)、艾(青)，才有“五四”以来的现代文学。所以白话又是现代文学的根据，没有白话的流行，现代文学也难以流行。不止于此，正是“五四”以来白话的普及，人们又重新审视过去的文学史，人们发现过去我们就有一部白话文学史，从《诗三百》到《水浒》，从《红楼梦》《儒林外史》到《老残游记》《二十年目睹之怪现状》等，都被重现发现出来，重新得到整理与评价。无论是现代文学的创作，还是对过去的白话文学史的重新研究，都构成了新的社会文化景观。

从语言随着社会文化变化而变化的过程中，我们可以说语言最先体认了社会文化的变化，社会文化也体认了语言的变化。

二、语言文本与社会文化的互动、互构

文学语言不但是随着社会文化的变化而变化的，而且语言文本与社会文化文本是互动、互构的。互动是说它们彼此相互促进，互构是说它们相互生成新的景观。我们从以下两点来加以说明。

---

① 胡适：《谈新诗》，《胡适古典学文学研究论集》，上海古籍出版社1988年版，第506页。

（一）文学语言文本与儒、道、释文化文本

中国古代文化是儒、道、释的分立与互补。所谓“分立”，就是儒道释三家的“道”不同，是不容混淆的。所谓“互补”就是儒道释三家的相互融合，构成了中国古代文化的特殊状况，儒道释互补体现在古代社会士人的价值选择上，所谓“穷则独善其身，达则兼济天下”，进退自如。但是无论他们是达是穷，都能做诗。于是达的时候可以做“兼济天下”的诗，穷的时候则可以做“独善其身”的诗，要是出家当居士、法师的去修炼，也是一种很好的选择，起码那山林、那流水、那美丽的风景，那一方的净土，都被他们占去了，难道不是这样吗？

儒家士人做的诗，采集了表现儒家的思想与感情的语词。举例如下：

老骥伏枥，志在千里；烈士暮年，壮心不已。（曹操：《龟虽寿》）

丈夫志四海，万里犹比邻。（曹丕：《赠白马王彪》）

草木有本心，何求美人折。（张九龄：《感遇》）

少小离家老大回，乡音未改鬓毛衰。（贺知章：《回乡偶书》）

致君尧舜上，再使风俗纯。（杜甫：《奉赠韦左丞丈二十二韵》）

夜雨剪春韭，新炊间黄粱。（杜甫：《赠卫八处士》）

春风得意马蹄疾，一日看尽长安花。（孟郊：《登科后》）

封侯早归来，莫作弦上箭。（李贺：《休洗红》）

今来县宰加朱绂，便是生灵血染成。（杜荀鹤：《再经胡城县》）

今年花胜去年红，可惜明年花更好，知与谁同？（欧阳修：《浪淘沙》）

一身报国有万死，双鬓向人无再青。（陆游：《夜泊水村》）

人生自古谁无死，留取丹心照汗青。（文天祥：《过零丁洋》）

南渡君臣轻社稷，中原父老望旌旗。（赵孟頫：《岳鄂王墓》）

这仅仅是一些信奉儒家诗人的一些诗句，但是仍可以看到像“志”“壮心”“丈夫”“四海”“万里”“比邻”“美人”“君”“尧舜”“风俗”“离家”“登科”“春风得意”“封侯”“报国”“县宰”“朱绂”“丹心”“汗青”“君臣”“社稷”“旌旗”“父老”等词语是与儒家文化衍生出来的词语，最容易进入儒家诗人的作品中。因为儒家思想积极入世，最求仕途经济，所以家国情怀、讽谏美刺、追求功名、离家别舍、友朋聚散、讽谏美刺等就是儒家诗歌最重要的一些主题。所以这些词语是儒家文化的产物，反过来这些诗句又为儒家文化增添内涵，这就是文学语言的词语与儒家文化之间的互动、互构。

信仰道家的诗人作诗，则常用另一些能够表达道家思想感情的词语。

采菊东篱下，悠然见南山。（陶渊明：《饮酒》）

久在樊笼里，复得返自然。（陶渊明：《归田园居》）

荷风送香气，竹露滴清响。（孟浩然：《夏日南亭怀辛大》）

山路元无雨，空翠湿人衣。（王维：《山中》）

人生得意须尽欢，莫使金樽空对月。天生我材必有用，千金散尽还复来。（李白：《将进酒》）

桃花尽日随流水，洞在清溪何处边？（张旭：《桃花溪》）

山光悦鸟性，潭影空人心。（常建：《题破山寺后禅院》）

荷尽已无擎雨盖，菊残犹有傲霜枝。（苏轼：《赠刘景文》）

桃李春风一杯酒，江湖夜雨十年灯。（黄庭坚：《寄黄几复》）

千山鸟飞绝，万径人踪灭。（柳宗元：《江雪》）

这里仅是具有道家思想的诗人的一些词句，如“采菊”“东篱”“悠然”“南山”“自然”“荷”“竹”“山路”“金樽”“桃花”“清溪”“山光”“酒”“山”“江湖”“影”等都可能是从道家文化衍生出来的，最易于进入具有道家思想的诗人的作品中。因为道家文化倾向于出世，蔑视功名，拥抱自然，追求人的心境的平静等。

释家最初由印度传入，不久与中国道家思想融合，形成了具有中国特色的“禅宗”文化。释与禅对中国的诗语贡献很大。平时我们的一些用语，包括诗歌用语都来自释与禅。我于去年去新加坡讲学，曾在一个佛寺讲《美在关系说与中国佛像》，讲完后，那个寺庙的主持能度送我一本著作《来自佛教的成语浅解》，其中列了60个中文成语，一一考证，发现都来自佛教和禅宗的著作中，却在我们的生活中流行开来，如“一尘不染”“一动不如一静”“一知半解”“一丝不挂”“一厢情愿”“一瓣心香”“三生有幸”“三头六臂”“大千世界”“五体投地”“六根清净”“不二法门”“不可思议”“心心相印”“心猿意马”“水中捞月”“天花乱坠”“四大皆空”“石火电光”“本来面目”“头头是道”“白璧无瑕”“百尺竿头，更进一步”“回光返照”“回头是岸”“当头棒喝”“自作自受”“有口皆碑”“作茧自缚”“安身立命”“抛砖引玉”“空中楼阁”“放下屠刀，立地成佛”“现身说法”“昙花一现”“盲人摸象”“独具只眼”“看破红尘”“落叶归根”“解铃还须系铃人”等，都是佛家语、禅宗语，它们是佛家、禅宗文化的产物，受佛家思想和禅宗文化的制约，但同时又大大丰富了中华民族整个精神文化。

禅与诗的关系，李壮鹰老师有着很精辟的见解，大家可以看他的著作《禅与诗》。他一方面看到了诗与禅的隔阂，又看到了禅与诗的共同点。例如，他在书中曾说：“唐禅僧孚上座有一首诗：‘忆得当年未悟时，一声画角一声悲。如今枕上无闲梦，大小《梅花》一任吹。’闻声而悲是未悟道的表现，而悟道之后，任凭各种《梅花曲》（悲歌)在耳边吹奏，也绝不会动情。”[①]李老师分析得很好，说明禅宗的诗的语言，不是感情语言，是一种不动情的语言，但正是这种诗歌语言文本给中国诗歌增加了一个新的方面。

（二）文学语言文本语境的建构与文化意义的发现

大家听了我前面这种把一些诗句、词句与儒道释的文化所做的类比，一定要感到失望，觉得这样做不是太肤浅了吗？而且，像“山”“水”“自然”“桃花”等许多词语，不但倾向道家文化的诗人可以用，就是倾向儒家思想的诗人的笔下也常出现这些词语。显然，如果仅仅做这样的类比的确是肤浅的，但从一些词语与诗句上面也很难区别儒道释不同的文化。简单的类比并不是“文化诗学”的方法。文化诗学的方法是语境化的方法。在文学语言的文本中，语境对于一个句子、一个篇章文本意义的发现是至关重要的，甚至是决定性的。任何语言文本都不是孤立的，都处于共时的和历时的文化文本的对话关系中，离开对话的语境根本不可能揭示语言文本的文化意义。巴赫金说：“一个语言文本只是在于其他文本(语境)的交往中才有生命。只有在诸文本的这个交会点上，才会出现闪光，照亮来路与去路，引导文本走向对话。”关于这一点，我想詹姆逊所主张的“文化文本”(cultural text)也许能给我们些许启发。詹姆逊在他的《政治无意识》一书中认为“社会和政治的文化文本与非社会和非政治的文化文本之间那种实用的运作区分变得比错误还要糟糕：即是说，它已成为当代生活的物化和私有化的症状和强化”[②]，“从当下的观点看，对文本进行内在分析、拆解或消解文本的组成部分、描述文本的功能和功能障碍，这个理想不等于整个废除一切阐释活动，而是

---

① 李壮鹰：《禅与诗》，北京师范大学出版社2001年版，第118页。

② 弗雷德里克·詹姆逊：《政治无意识——作为社会象征行为的叙事》，王逢振、陈永国，译，中国社会科学出版社1999年版，第11页。

要求建立一种新的、更充分的、内在的或反超验的阐释模式”①。他还认为：“一切文学，不管多么虚弱，都必定渗透着我们称之为的政治无意识，一切文学都可以解作对群体命运的象征性沉思。”②

无论是巴赫金还是詹姆逊，我认为他们都在做一种“症候性”的文本批评实践工作。他们面对文本的征象，不仅仅关注文本叙事本身，更关注隐含于叙事背后所没有道明的事情。正如詹姆逊所说的要“把压制和埋没的这种基本历史现实复归到文本的表面之中”，要“揭示文化制品是社会的象征行为”，从而达到使历史文本本身恢复“充分的言语”的目的。其实，这就相当于是我今天所讲的文本语境的建构与文化意义的发现问题。

例如，我们面对“采菊东篱下，悠然见南山”这句诗，孤立起来解读是不可能的。我们必须把这个句子“文本”放到陶渊明的《饮酒》全篇文本的语境中去把握，那么我们就会发现一些文化意义。但仅仅有这“文内语境”的把握还不够，我们还要进一步把《饮酒》文本放到陶渊明的全部文本中去把握（“文外文本”），通过“症候性”的解读，然后我们就会发现，他早就觉得“羁鸟恋旧林，池鱼思故渊”，早就希望“久在樊笼里，复得返自然”，于是发现对于陶渊明来说，“采菊东篱下，悠然见南山”不是一般写景，所表达的是他所热爱的一种生活方式。但这“文外语境”局限于此也不行，我们还必须放到陶渊明的人生道路中的“语境”中去把握，我们就会发现陶渊明虽然生性耿直，不喜应酬，但他开始的时候还做些小官，但后来他实在无法忍受，不能“为五斗米折腰”，主动离开官场，归隐田园，显示出他那种超越世俗思想的另一种文化精神。但局限于此依然是不可取的，我们还要把这句诗、这篇诗放到陶渊明所生活的晋代的社会文化思

---

① 弗雷德里克·詹姆逊：《政治无意识——作为社会象征行为的叙事》，王逢振、陈永国，译，中国社会科学出版社 1999 年版，第 14 页。

② 弗雷德里克·詹姆逊：《政治无意识——作为社会象征行为的叙事》，王逢振、陈永国，译，中国社会科学出版社 1999 年版，第 59 页。

潮中去把握，发现那是一个混乱的时代，士人无地位，儒家思想渐弱，我们就又会挖掘出更多的文化意义。也许，我们最后还需要把它与老子的《道德经》和庄周的《庄子》的道家的元经典文本、次元经典的文本联系起来，进入整个道家文化源头的语境，我们才能最终揭示陶渊明这句诗、这篇诗具有的道家真实的文化意义。我的这个思想受孟子的“知人论世”说的启发，但我把它转化为一个“历史语境”与文化意义的建构之间的关系问题。我们似可把这方法用图表示如下：

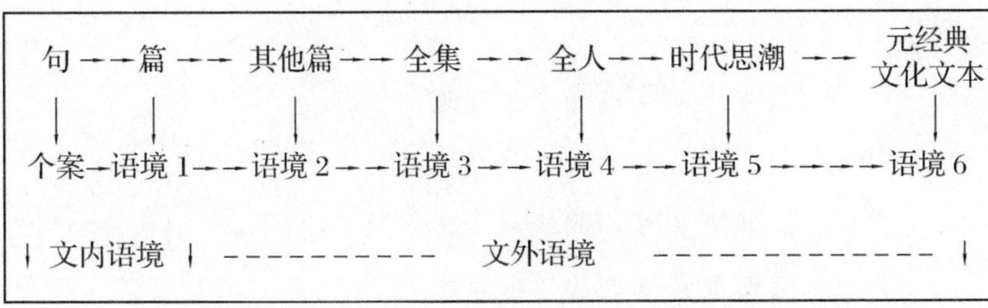

个案仅仅是一个句子，设定这是一个文本。我们如何来揭示这个文本的文化意义呢？那就先要放到全篇的“语境 1”中去理解，全篇整体文本的解读，是关键的一步。过去我们对于文本的解读，称为“文内语境”的解读，一般也就到此为止。但是，“文内语境”的解读诚然重要，但的确是不够的。这时候就要从本篇文本跨出到作家的其他文本，揭示此文本与彼文本之间的对话关系，去解释个案文本，这称为“文外语境”。“文外语境”不止一个，上图的语境 2、语境 3、语境 4、语境 5 和语境 6 都是“文外语境”。这就是所谓“文本间性”考察的一步步拓展。其中语境 4、语境 5 的考察都是非常重要的。当然这种语境考察不是死板的，先考察哪个语境，后考察哪个语境，也没有固定的程序，但如若要揭示语言文本与社会文化的关系，则这几种文本之间的对话性的语境研究是必须都要顾及的。

我一直喜欢一句诗“群鸡正乱叫，客至鸡斗争”。孤立起来看，大家可能觉得这不像诗，其实是杜甫《羌村三首》的第三首开头两句，让我们进入全诗：

峥嵘赤云西，日脚下平地。
柴门鸟雀噪，归客千里至。
妻孥怪我在，惊定还拭泪。
世乱遭飘荡，生还偶然遂。
邻人满墙头，感叹亦歔唏。
夜阑更秉烛，相对如梦寐。

晚岁迫偷生，还家少欢趣。
娇儿不离膝，畏我复却去。
忆昔好追凉，故绕池边树。
萧萧北风劲，抚事煎百虑。
赖知禾黍收，已觉糟床注。
如今足斟酌，且用慰迟暮。

群鸡正乱叫，客至鸡斗争。
驱鸡上树木，始闻叩柴荆。
父老四五人，问我久远行。
手中各有携，倾榼浊复清。
苦辞酒味薄，黍地无人耕。
兵革既未息，儿童尽东征。
请为父老歌，艰难愧深情。
歌罢仰天叹，四座泪纵横。

分析作品一般以一篇为单位，我们发现“群鸡正乱叫，客至鸡斗争”这一句在诗中第三首。这样我们就不能看第三首写了什么、又怎么写。但为了弄清楚这第三首，我们不能不先读全诗。我们从诗中可以发现杜甫因安史之乱已经很久没有回家，这三首诗是写他回家后当晚和第二天的情况。第一首主要写杜甫到家后与妻子儿女见面。由于在战争中有许多人死亡，死亡变成了常态。现在活着回来，似乎是不可相信的。巨大的幸运落到这个一直缺席丈夫的家，以至于“妻孥怪我在，惊定还拭泪”，“夜阑更秉烛，相对如梦寐”。这种描写包含了杜甫真实而深刻的体验。本来丈夫、父亲回来，妻子、儿女应该欢天喜地，如今却写他们感到奇怪，不断流泪；明明是面对面，却觉得是做梦。妻儿的这种“逆向”的“情感反应”似乎是出乎意料，却又在情理之中。

第二首，写回家后第二天的情境，重点是“晚岁迫偷生，还家少欢趣。娇儿不离膝，畏我复却去。”年纪逐渐大了，还不得不在这兵荒马乱之际“迫偷生”，因此就是回家了也还是觉得“少欢趣”。各种事情在煎熬着自己，从家里回长安后，唐宪宗还会给他“左拾遗”之职吗，他还能为国家尽力吗？儿女舍不得让我走，怕我明天抬脚又赶赴长安。可是我能不走吗？

第三首，也是回家后第二天发生的事情。正当“群鸡正乱叫”的时候，父老乡亲来了，可鸡还在“斗争”。这景象已经好久未见了。长达数年的安史之乱，总是人在“斗争”，争来夺去，你杀我，我杀你。如今好了，和平似乎来到了，不是人在“斗争”，是“鸡”在“斗争”，这真的令人感到欣慰。不过鸡乱叫乱闹此时是不适宜的，还是让鸡暂时上树去吧，因为父老乡亲携带酒水来看我了，他们的那片深情真让人感动，不管怎么说，我杜甫在朝廷里面总算有一份差事，朝廷没有治理好，发生了战争，让这些父老乡亲也为难，“苦辞酒味薄，黍地无人耕。兵革既未息，儿童尽东征。”这还不是朝廷的责任吗？我不管怎么说，也是朝廷的一位官员，我面对这些父老乡亲真是无言以对，真是惭愧。我给你们唱一首歌来感谢你们吧！“歌罢仰天叹，四座泪纵横”，哪里会想到这歌引得父老们泪流满面呢！杜甫在这三首诗中先写家庭内部的人伦之情，第三首把这种人伦之情扩大到同乡的父老。描写得很具体、很细致、很动人。连鸡的“斗争”，连父老携来的酒有“清”有“浊”，连父老们的抱怨，都写得淋漓尽致，表现出在战乱中的杜甫所坚持的夫妇之情、父子之情、乡里之情，表现出一种人与人之间的相互同情。

那么《羌村三首》语言文本传达出来的人与人之间的同情，在杜甫的诗中只是一种孤立的存在吗？当然不是。杜甫写了很多诗，其中最关切的事情，简单地说，第一是忠君，所谓“自谓颇挺立，立登要路津。致君尧舜上，再使风俗纯”(《奉赠韦左丞丈二十二韵》)，所谓“所逢尧舜君，不忍便永诀”(《自京赴奉先咏怀五百字》)。第二是爱民并恨贪官污吏。所谓“穷岁忧黎元，叹息肠内热”，“黎元”就是百姓，“穷岁”就是整年。“彤庭所分帛，本自寒女出。鞭挞其夫家，聚敛贡城阙”“朱门酒肉臭，路有冻死骨。荣枯咫尺异，惆怅难再述。”(《自京赴奉先咏怀五百字》)。他的“三吏”“三别”就更具体地表现他同情百姓和憎恨贪官污吏的这种思想感情。第三就是与父老乡亲及亲友的亲情、友情和同情。对他的诗友李白他是满口赞美：“白也诗无敌，飘然思不群。清新庾开府，俊逸鲍参军”。(《春日忆李白》)对旧日朋友他不辞路途遥远特地去看望，写了情真意切的《赠卫八处士》。对家人，无论是兄弟、妻儿，都有充满爱恋的诗篇，对兄弟有《月夜忆舍弟》之篇，有“有弟有弟在远方，三人各瘦何人强”之句。对妻儿爱恋的诗就更多，有充满感情的诗篇《月夜》：“今夜鄜州月，闺中只独看”的句子，后来还有“老妻画纸为棋局，稚子敲针做钓钩”的句子，从中显露出无穷的爱意。……我们可以把杜甫的其他诗篇文本当作《羌村三首》文本的互文来理解，从中不难看出他在诗中所流露的对妻儿、父老的深情是真实的动人的一贯的。他对那些父老感到“惭愧”，还唱歌来表达这种愧疚之意。他觉得他无论怎样也是朝廷的命官，况且当时觉得还是“左拾遗”。其实他对父老有何愧疚可言，不过是他的忠君思想在作怪，“兵革既未息，儿童尽东征”他有什么责任，似乎是他对不起这些父老。安史之乱完全是当时皇帝和朝廷要员的责任，与他杜甫有何关系，他为何要把责任揽过来。

进一步，我们也许还可以考察杜甫的人生与他的《羌村三首》及其他诗篇的对话关系。杜甫一生积极入世。他两次去长安赶考，第一次他自己准备不够，落了榜。他游历江南、华北，积累经验，开阔视野，然后成家立业，又准备了很多年，再次来到长安，结果这次考试因李林甫一个考生也不录取，白白耗费他苦读诗书的大好时光。他不甘心，在十分困难的情况下，在长安住下来，等待朝廷的眷顾。一等就差不多十年。那段日子极端艰辛。“朝扣富儿门，暮随肥马尘；残杯与冷炙，到处潜悲辛。”这是他当时落拓处境的真实描写。他四处托人，给权贵赠诗，希望能够得到一官半职。天宝十载(公元751年)唐玄宗读了他写的三篇《大礼赋》，这是他为唐玄宗祭祀元皇帝、太庙和天地而写的，他以一个诗人的全部功力，夜以继日地写成这三篇洋洋洒洒的文章。读了他的文章皇帝很高兴，可李林甫只给他一个“右卫率府胄曹参军”，即一个看守兵甲器械、管理门禁钥匙的小官，但他还是欢天喜地赶回家告诉妻儿。他当了那个小官仅仅一个月左右，安史之乱开始了。在叛军进城的时候，他没有能够逃出来，被叛军捉住。他不死心，就是在被囚中，他用自己的血泪写下了至今传诵不断的爱国诗篇《春望》。半年后，他冒险逃离长安，到达凤翔唐肃宗的驻地，唐肃宗看他那种衣衫褴褛、凄惨万状的样子，也为他的忠心耿耿所感动，赐给他左拾遗的官职。但不久因为替朋友说话，得罪了唐肃宗，肃宗就令他回家了，《羌村三首》就是在这次回家时根据实况而写的。后来杜甫丢了左拾遗的官职，到地方做很小的官。这时他已经48岁，思想发生变化，辞官到四川投靠朋友，这就开始杜甫的“草堂生活”。杜甫一生历尽坎坷，但他的忠君、爱民之情始终不变。杜甫的一生也可以看作一个文本，我们应该考察《羌村三首》文本与杜甫一生文本的内在联系。

更进一步，还应该把《羌村三首》与唐代由盛转衰时期文化思想的变化联系起来考察。

最后我们应该把杜甫《羌村三首》与孔子、孟子的儒家文化联系起来考察。我们就会发现杜甫的思想感情原来与孔子的“仁者爱人”“克己复礼”的思想，与孟子的“民贵君轻”的思想，形成了互文、对话的关系。这样我们就能深入地理解《羌村三首》的语言文本与儒家文化文本的密切关系了。杜甫的诗受儒家的思想文化制约，但杜甫的诗又丰富了儒家的思想文化。

小结：文学语言是一种言语，但有其独到的特点。文学语言在具体的作品中作为文本而存在，它总是与社会文化形成了一种“互文性”的对话关系。要揭示文学语言文本的文化意义，重要之点是重构语境，把文学语言文本放到语境中去把握。不但要放到“文内语境”中去把握，还要拓展语境，放到“文外语境”中去把握。文学语言文本受社会文化文本的制约，它同时又丰富了社会文化文本，形成新的社会文化景观。所谓“互动”“互构”就在这种“制约”与“丰富”过程中。

第七章　抒情话语与社会文化的互动、互构

抒情作品是文学中重要的一种。抒情有两个元素，就是情与景。王国维称为抒情“二原质”。其实，早在梁代，刘勰就在《文心雕龙·诠赋》篇说“情以物兴”“物以情观”。这也是从两个角度说的：第一个角度，情感是因触物而起，物是重要的；第二个角度，物从人的感情中看出，情是重要的。物，是自然，是社会；情，是对自然与社会的态度。物与情如何走向融合，人与世界如何融为一体，这里的关键是语言。语言使物与情融合，使人与世界敞开。对于物与情、人与世界，有两种不同的诗意言说方式，这就是叙事与抒情。本章专门讨论抒情语言与社会文化的互动、互构。

第一节　中国文学抒情话语的民族特色

一、中西文学的走向与文化类型

世界上有四大文明古国，这就是古中国、古埃及、古巴比伦和古印度。从文学上说，四个古老民族，即中国、印度、以色列和希腊大约在公元1000年前几乎同时唱起了歌。然后他们用文字记录了这些歌，一直流传下来，这就是中国的《诗经》，印度的《梨俱吠陀》，以色列《旧约》里的《希伯来诗篇》，希腊的史诗《伊利亚特》《奥德赛》。四个民族同时唱起了歌，但歌的性质却不一样。印度、希腊民族是歌唱故事，他们的歌唱接近后来的小说、戏剧；中国和以色列的希伯来族所唱的则是抒情曲。后者相似可能出于偶然；而前者相似则因为他们都是雅利安人种，所说的是同一系统的语言，这里可能就有某种必然性了。

中国古代的文学传统，从《诗三百篇》开始，其开篇就是抒情传统，而不是叙事传统。闻一多说："中国，和其余那三个民族(指印度、以色列、希腊——引者)一样，在他开宗第一声歌里，便预告了他以后数千年间文学发展的路线。《诗三百篇》的时代，确乎是一个伟大的时代，我们的文化大体上是从这一刚开端的时期就定型了。文化定型了，文学也定型了，从此以后两千年间，诗——抒情诗，始终是我国文学的正宗的类型，甚至除散文外，它是唯一的类型。"①闻一多所说的"文化定型了，文学也定型了"，这个讲法很好，说明文化规定了文学的走向，但他的话是什么意思呢？

---

① 闻一多：《文学的历史动向》，《闻一多全集》第10卷，湖北人民出版社1993年版，第17页。

要回答这个问题不是简单的。这就要回顾周代“礼乐”文化与中国最早的有文字记载的诗的关系，因为中国文化的源头是从殷周时代开始的，特别是从周代开始的。我们今天的文化尽管经历了许多的变化，但是周文化的气息仍然在我们周围。反过来说也一样，我们从周文化那里，可以了解我们如今为何这样生存的根源。可以说，中国最早的有文字记载的诗歌就是周文化的产物，如果我们不了解周文化，也就不了解中国诗的源头，也就无法回答为何“文化定型了，文学也就定型了”的问题。但周文化不是三言两语可以说清楚的，这里只能极简略地做点说明，最后重点要说明的是为什么周文化决定了中国诗歌的抒情传统。

王国维有一篇重要的题为《殷周制度论》的论文，在这篇论文中，考论了周代的重要的文化革新，正是这次文化革新创造了传承了2000多年的华夏文化。王国维说：“中国政治与文化的变革，莫剧于殷周之际。”“殷周之际的大变革，自其表言之，不过一姓一家之兴亡，旧文化废，而新文化兴。又自表言之。则古圣人之所以取天下及所以守之者，若无以异于后世之帝王；而自其里言之，则其制度文物与其立制之本意，乃出于万世治安之大计，其心术与规摩，迥非后世帝王之所能梦见也。”就是说，以周公旦为代表的先行者，在西周初年，创立了一种新制度新文化，彻底地摆脱了氏族社会的阴影，进入了一个新文化的时代。那么这个新文化时代究竟有何新的地方呢？王国维继续说：“周人制度大异于商者，一曰立子立嫡之制，由是而生宗法及丧服之制，并由是而生封建子弟之制、君天子臣诸侯之制；二曰庙数之制；三曰同姓不婚之制。此数者，皆周之所以纲纪天下者。其旨则在纳上下于道德，而合天子、诸侯、卿、大夫、庶民以成一道德团体，周公制作之本意，实在于此。”值得注意的是，王国维认为周公制作这些制度文化，其目的就是“纳上下于道德”，使各阶层形成一个“道德团体”。

进一步的问题是，周公用什么来维系这些制度文化呢？如何让天下人相信周朝的统治具有合理性呢？这就是周初的“制礼作乐”活动的全面展开了。即把上面王国维所揭示的周代的这些制度用礼乐的实践活动固定下来。

李春青教授说，“礼乐文化作为‘制度化的意识形态’对于确立周人统治的合法性起到了至关重要的作用，作为礼乐文化中唯一一种话语形式存在的构成因素，诗歌所具有的重要性自然是不容忽视的。看记载西周及春秋时代历史事件的史籍我们就会发现，诗作为‘礼’的仪式系统中不可或缺的组成部分，在彼时的贵族生活中占有极为重要的位置，并不像有些学者认为的那样，‘诗’是在被汉儒推崇为‘经’之后才获得权威性的。实际的情况应该是：诗在西周初年周公‘制礼作乐’之后就渐渐获得某种权威性，甚至神圣性。……西周至春秋时的贵族政治活动是处处离不开诗的：西周时凡是大型的公共性活动都必定有一定的仪式，凡有仪式，必有乐舞伴随，有乐舞就必有诗歌。到了春秋之时，贵族们在正式的外交、交际场合都要赋诗明志，诗于是又变为一种独特的交往语言。所以，孔子的‘不学诗，无以言’之谓具有十分现实的根据。”①这些论述是符合当时情况的，很有见地的。

诗在西周开始的时候，并不是后来的诗学意义上的表达个人感情的诗，诗不过是“礼”的一部分，其实用性、功利性都极强。在西周的时候，他们用诗来祭神（天地之神、祖宗之神等），歌颂神的伟大，祈求神的保佑。同时臣下又用诗来赞扬或规劝君王，赢得君王欢心等。闻一多说：“诗似乎也没有在第二个国度里，像它在这里发挥过的那样大的社会功能。在我们这里，一出世，它就是宗教，是政治，是教育，是社交，它是全面的生活。维系封建精神的是礼乐，

---

① 李春青：《诗与意识形态——西周至两汉诗歌功能的演变与中国诗学观念的生成》，北京大学出版社 2005 年版，第 54～55 页。

阐发礼乐意义的是诗，所以诗支持了那整个封建时代的文化。”[①]闻一多的论述是真实的可信的。根据学者们的考证，《诗经》中的“颂”“大雅”就是产生得比较早的属于这类祭祀时候用的诗歌。因此，中国的诗的言语的确可以叫作诗歌话语，因为其背后确有权力关系和意识形态，可以说中国最初的诗歌话语完全是从为封建的宗法制服务的实用性开始的。中国诗是从非诗开始的。

问题是这种诗歌话语后来如何转变为具有诗性的话语，即中国诗如何从实用性转变为审美性的？历史的发展是后来周王室东迁，接着而来的“礼崩乐坏”春秋战国时代。实际上在这个时代将到来之前，庶民、大夫、卿、诸侯、君主之间关系紧张，下怨上的声音开始了，特别是百姓的哀怨已经开始。有了“哀”有了“怨”，就有了情绪和感情，由于诗这种言说方式在社会生活中不断的广泛的使用，广为人知，影响巨大，并且人们对诗的言说熟悉到可以随意能编出来的程度，自然而然地就把个人的情绪和感情编进诗里面，当然，不但哀怨的感情容易进诗，快乐的、幸福的感情也可以编进诗里，于是像十五“国风”中的不少具有诗性的诗歌就被创作出来，流传开来，实用性的诗就这样向审美性的诗转变。这就是所谓“变风变雅”。

“变风变雅”是周代由盛而衰、社会矛盾不断激化时期的产物。李春青教授说：“《诗经》作品从颂诗、正风、正雅到变风、变雅的转变本质上乃是诗歌功能的转换——由正式礼仪中的‘正歌’‘正乐’到礼仪之余的‘散歌’‘散乐’的转换，而这种转换又引起了从代表集体意识或情感的定作之诗到表现个人情感的自由创作的转换，或者说是从作为礼仪制度之组成部分的乐章向私人化言说的转换。如果从言说的对象看，则前者主要是由上而下的，即王室对包括诸侯在内的臣子百姓的教化，后者却主要是由下而上的，即国人、公卿大夫

---

① 闻一多：《文学的历史动向》，《闻一多全集》第 10 卷，湖北人民出版社 1993 年版，第 17 页。

们对王室的讽谏。从意识形态意义的角度看，前者代表了国家主流话语，是纯粹官方性质的，后者代表了国民的普遍情绪，是民间性质的。”[①]他这里说的转换，最具有意义的就是从表达集体意识到表达个人感情的转换。孔子说：“《关雎》，乐而不淫，哀而不伤。”就是指《诗经》中具有审美性的一种。还有像《桃夭》《伯兮》《伐檀》《硕鼠》等许多诗篇都是这类诗歌。这类诗歌也广为大家所传唱，在各种共同的活动中被传唱，逐渐被大家所喜爱，逐渐为大家所掌握、逐渐成为一种文化传承，逐渐成为中国文学的基本走向，于是这些抒情性诗篇成为中国抒情诗歌传统的真正源头。后来又经过儒家创始人之一孔子等人的充分肯定，如说：“诗三百，一言以蔽之，曰，思无邪。”[②]“子曰：‘兴于诗，立于礼，成于乐。’”[③]“子曰：小子何莫学乎诗？诗，可以兴，可以观，可以群，可以怨。迩之事父，远之事君；多识于鸟兽草木之名。”[④]这样逐渐地人们觉得要抒发感情就“写诗言志”，中国文学抒情传统就这样自然而然地形成了，中国文学的走向形成了。这就是闻一多所说的“文化定型了，文学也定型了”的原因与根据，说明了正是周公旦和孔子所创造的儒家的礼乐文化类型促使了中国抒情文学传统的形成，同时也说明中国抒情文学后来的发展又为中国古老文化增添了无限的光辉。

也许有人要问，中国人是否一开始就不会讲故事？因此中国文学的开篇没有像古希腊时期那样的史诗？当然不是这样，中国人也是会讲故事的，只是由于“诗”的抒情传统的形成，使人们把讲故事的才能基本上转移到历史著述上面了。《春秋》《左传》《公羊传》《谷梁传》《国语》《国策》等都是历史的建构，实际上就是历史故事。所以《孟子·离娄下》云：“王者之迹熄而诗亡，诗亡然后《春秋》作。”意思

---

① 李春青：《诗与意识形态》，北京大学出版社 2005 年版，第 113 页。

② 《论语·为政》。

③ 《论语·泰伯》。

④ 《论语·阳货》。

是说，周王朝衰落了，虽然还有人写诗，但采诗制度停止了。然后，孔子作《春秋》的史书，以史的审视，来看历史的走向。要说叙事文学的话，我认为《左传》就是中国叙事文学的开篇。但可以肯定地说，中国文学的正宗是以《诗经》为传统的抒情诗歌。随后的《楚辞》《汉乐府》以及“汉魏六朝古诗”“唐诗”“宋词”“元曲”，虽然形态已经有很大变化，可从历史传统上说，都不能不说是《诗经》的接续。

古希腊的文化类型与古代中国的文化类型不同。简单说来，在公元前6世纪至前2世纪古希腊正处于一个文明昌盛的时期，他们那里实行城邦民主制，完全不同于西周的宗法制度，他们取得统治的合法性，不需要歌颂自然神和先人的神灵。荷马当时所面对的是，公元前12世纪末在希腊半岛发生了一次长达10年的战争，最后希腊人毁灭了特洛伊城。这是氏族部落的战争。战后流传开了英雄传说和神话传说相交织的故事，这些口头传说曲折而离奇，吸引着人们的兴趣，这就成为荷马史诗的叙事基本对象。同时，在古希腊人的文化思想中，流行模仿的观念。例如，早在公元前4世纪的希腊哲学家德谟克利特(公元前460—前370年)就说过：“在许多重要事情上，我们是模仿禽兽，做禽兽的小学生的。从蜘蛛我们学会了织布和缝补；从燕子学会了造房子；从天鹅和黄莺等歌唱的鸟学会了唱歌。”①其后，天才、灵感、模仿一直成为他们的文学传统。所以古希腊人可以自由地讲述他们喜欢的故事，也就在情理之中。古希腊的史诗包括悲剧、喜剧，都以叙事见长，肯定一些普遍的价值，如勇敢、牺牲、亲情、友情等。恩格斯说：“荷马的史诗以及全部神话——这就是希腊人由野蛮时代带入文明时代的主要遗产。”②这些都说明，古希腊文化定型了，影响后来欧洲的模仿性的叙事文学传

① 伍蠡甫：《西方文论选》，上海译文出版社1979年版，第5页。

② 恩格斯：《家庭、私有制和国家的起源》，《马克思恩格斯选集》第4卷，人民出版社1972年版，第22页。

统也就定型了。

以上叙述，说明了中西最初的不同的文化类型，如中国的宗法制和“赋诗言志”，希腊的城邦制和“模仿”，规定了文学的不同走向，前者走向抒情，后者走向叙事。

二、中国抒情话语的民族文化个性

中国文学既然走上了以抒情为正宗的道路，那么在长期的文学发展过程中，中国抒情作品的言语又形成了哪些具有民族文化个性的特征呢？与西方后来发展起来的诗歌话语的所谓含混、复意、隐喻、悖论、反讽、陌生化等抒情言语特色不同，中国抒情诗歌言语在长期的发展中，形成了对气、神、韵、境、味的追求，可以说，中国古代的抒情诗人所追求美的极致就集中在这五个字上面。

《易传·系辞上》中写道：“子曰：‘书不尽言，言不尽意’，然则圣人之意其不可见乎？子曰：‘圣人立象以尽意，设卦以尽情伪，系辞焉以尽其言，变而通之以尽利，鼓之舞之以尽神。’”这里说的虽然是卦爻，但其“立象以尽意”所蕴含的言—意—象关系，与中国抒情文学是相通的。抒情文学的层次结构是通过语言的组织以营构形象，并在这个基础上营构整体意蕴。要特别关注的是，这里所说的由抒情语言所呈现的每一个层面，都植根于中国民族文化土壤中。

(一)“气”与抒情话语

“气”作为一个审美的范畴在文学语言层而呈现出来。“气”的哲学概念在先秦时期就已经提出，但在抒情文学创作中，最早提出“气”的是魏代的曹丕。他说：

> 文以气为主，气之清浊有体，不可力强而致，譬诸音乐，曲调虽均，节奏同检；至于引气不齐，巧拙有素，虽在父兄，

不能以移弟子。①

这段话的意思是：抒情作品要以作者的“气”为主，气有刚有柔不同的特点，不是勉强能达到的，譬如音乐，曲调虽然相同，节奏也有一定的法度，但是由于个人行腔运气不同，表演还是有巧有拙，技巧就是掌握在父兄手里，也不能将它传授给子弟。曹丕这里所说的文，包括抒情文学。他的“文气”说，可以说是十分准确地揭示了古代抒情诗人的追求。其后，梁代著名文论家刘勰在其《文心雕龙·风骨》篇中也说：

缀虑裁篇，务盈守气，刚健既实，辉光乃新，其为文用，譬征鸟之使翼也。

意思是说：谋思成篇，一定要充分地守住“气”，使文辞刚健充实，这样才有新的光辉，气对作品的作用，就像飞鸟使用两个翅膀。刘勰的这一说法，把“气”与文辞联系起来，是很有意义的。后来，唐代著名诗人、散文家韩愈进一步发展他的思想，将他的思想具体化。韩愈说：

气，水也；言，浮物也。水大而物之浮者大小毕浮。气之与言犹是也，气盛则言之短长与声之高下者皆宜。②

韩愈这段话的意思是，写诗作文不应是一些词语的堆砌，玩弄语言技巧是远远不够的，必须在词语和词语之间，灌注一种“气”。也就是说文学语言的运用要依赖气的浮力，“气”这个东西是根本的，只

---

① 曹丕：《典论·论文》。
② 韩愈：《答李翊书》。

要“气盛”，语言是长还是短，声音是高还是低，都是相宜的。韩愈的“气盛言宜”说本来是针对散文的创作来说的，但它同样适用于诗歌的创作。明代文论家许学夷则更明确地说：

> 诗有本末，体气本也，字句末也。本可以兼末，末不可以兼本也。①

所谓“体气”，即诗人作家要蓄积和体现出“气”，这是诗之“本”，字句则是“末”。但这不是说字句不重要，而是说，要本末兼备，使字句间流动着一种“气”。许学夷的“本末”说，直接就抒情诗的作品的语言而言，因此他的理论是特别值得重视的。清代学者方东树说：

> 诗文者，生气也。若满纸如剪彩雕刻无生气，乃应试馆阁体耳，与诗人无分。

> 观于人身及万物动植，皆全是气之所荡。气才绝，即腐败恶臭不可近，诗文亦然。②

这是把气看成抒情的生命所在。另一位清代学者叶燮在他的文论著作《原诗》中就更深一步，他认为，“理、事、情”三者是诗歌表现的客观对象，“然具是三者，又有总而持之，条而贯之者，曰气。事、情、理之为用，气为之用也。”这里所说的是，抒情文学所表现的是理、事、情，但仅有这三者，还不能构成抒情文学，还必须以气脉贯穿其间，这样文学才能变成活的有灵性的东西。上面这些说法都很有代表性，说明气是本，言是末，言必须有本的支持，才能变成

---

① 许学夷：《诗源辩体》。
② 方东树：《昭昧詹言》。

有意味之言。

由于“气”对抒情文学来说是一种根本的东西，所以中华文论把“气”作为一个重要范畴，常用“气脉”“气韵”“气象”“生气”“气势”“气息”等词语来评价诗文的优劣，把气看成诗追求的高境界的美，看成诗文的生命。宋代人魏泰在《临汉隐居诗话》中批评诗人作家黄庭坚：“黄庭坚喜作诗得名，好用南朝人语，专求古人未使之事，又一二奇字，缀葺而成诗，自以为工，其实所见之僻也。故句虽新奇，而气乏浑厚。”这就是说，学习古人，也首先要从养气入手，使所做的文学有“浑厚”之气，若专在字句上下功夫，那就是舍本逐末了。明代文学论家谢臻在《四溟诗话》中，引康对山语，说：“读李太白长篇，则胸次含宏，神思超越，下笔殊有气。”的确，李白的许多长篇歌咏都有一种雄放之气，如长江大河，涛翻云涌，如他的《蜀道难》和《梦游天姥吟留别》等，写出了一种横扫千军的气概，他的歌行是独一无二的。宋人张戒在《岁寒堂诗话》用“专以气胜”来评价杜甫的诗，这是很有见地的话。的确，杜甫之所以能成为中国一位伟大的诗人作家，是因为他的诗歌中，总是灌注他个人的独特的浑厚沉郁之气。例如，他的《闻官军收河南河北》：

> 剑外忽传收蓟北，初闻涕泪满衣裳。
> 却看妻子愁何在，漫卷诗书喜欲狂。
> 白日放歌须纵酒，青春作伴好还乡。
> 即从巴峡穿巫峡，便下襄阳向洛阳。

杜甫一生在战乱中漂泊，忧国忧民，备尝艰辛，心里一直就憋着一口气，这是一种非打垮叛乱诸贼收复失地的正义之气。所以在宝应元年十一月，闻官军破贼于洛阳，河南平；史朝义走河北，被李怀仙斩首，河北平。诗人初闻捷报，十分兴奋，惊喜若狂，写下了这首快诗。诗里虽然只点了几个地名，却写了听到消息时候那种手足无措的情形，那种归心似箭的心情，一字一句都灌注了一股真实动人的气，使人不能不一口气读完整首诗。上面我们通过一些文论家的观点，说明了文学以气为主，气盛言宜，气本言末，甚至可以说，气是诗的根本，有气则生，无气则死。

然而，什么是气？这可是一个复杂的问题。从先秦起，对气的解释就很不相同。大概说来，古人所说的“气”，有四种含义：第一，气是一种物理属性，即相对于固体、液体来说的气体。《说文》：“气，云气也。”如《左传》里医和提出的“六气”说，指称“阴、阳、风、雨、晦、明”。今天我们也还常从这个意义上来理解“气”，如天气、云气、气流等。这种“气”可以说是物理的力。第二，气是生物属性。人与生物都有“气”，气在即生，气亡即死。如《易传·系辞下》曰：“天地氤氲，万物化醇；男女构精，万物化生。”王充《论衡》说：“人之所以生者，精气也。”今天我们也还在这个意义上用“气”字，如说“气力”“断气”“气息微弱”等，这可以说是生理的力、生命的力。第三，“元气”，汉代董仲舒、王充提出，是指生成万物的一元之气，王充《论衡》说：“万物之生，皆秉元气。”后人进一步申说：宇宙形成之前，天地不分，一片混沌，但充满一种元气，终于冲荡开天地，清阳者上升为天，重浊者凝滞为地，万物因气而生，人则秉和气而成。这种“元气”说，似可理解为第一义的延伸和扩大，因为这仍然是物理的力。第四，气被解释为一种精神的力量，最典型的说法是孟子的“浩然之气”。他认为“气，体之充”，同时又“配义与道”，“集义所生”(参见《孟子·公孙丑上》)。这种“气”已经包含了主观的道德伦理的因素。此说法现在也还常用，如说“正气”“邪气”等。物理的气如何会变化主观的精神力量呢？这是因为宇宙有“六气”，那么人秉“六气”，就会生六情，《左传·昭公二十五年》：“民有好、恶、喜、怒、哀、乐，生于六气”。

钟嵘《诗品序》说："气之动物，物之感人，故摇荡性情，形诸舞咏"，是把"气"理解为物理的气。但曹丕《典论·论文》中提出的"文以气为主"、韩愈提出的"气盛言宜"，方东树所说的"诗文者，生气也"，以及其他文论家提出的"气盛""气脉""气象""气势""气息"等，则可以理解为上述几种意义的综合，用以说明抒情文学的语言必须充满宇宙本原和诗人作家生命力的颤动，就是说诗人作家必须有旺盛的生命力，才能感应到天地宇宙之气，精神状态才能处于活跃的状态中，这样写出来的抒情语言才是生动的、传神的、蕴含丰富的。

(二)"神""韵"与抒情语言

"神"与"韵"两个范畴是作为抒情语言更深性质而存在的。抒情诗歌的言说当然要写形写神，达到形神兼备。但中华古代抒情文学理论在形与神这二者中更强调"神"的重要，并认为抒情语言的言说若达到了"神似"和"入神"，就达到了美的极致。最能代表此种观点的是宋代的严羽、苏轼和明代的王夫之的说法。严羽说：

> 诗的极致有一，曰入神。诗而入神，至矣，尽矣，蔑以加矣！①

严羽不但把"神"作为诗歌的一个范畴，而且把"入神"作为抒情诗歌的极致，这是十分有见地的。苏轼则说：

> 论画以形似，见与儿童邻。
> 赋诗必此诗，定知非诗人。
> 诗画本一律，天工与清新。②

① 严羽：《沧浪诗话》。
② 苏轼：《书鄢陵王主簿所画折枝二首》。

在这里，苏轼把语言描写的“形似”看成艺术的幼稚，认为“神似”才是艺术语言的根本规律，这是很有道理的。当然，如此贬低“形似”是否妥当，下面我们还要谈到。王夫之则说：

> 含情而能到达，会景而生心，体物而得神，则自有通灵之句，参化之妙。①

王夫之强调诗的形象的成功，还不在有形的情景和事物的描写中，而在深层的“会心”和“得神”中，这也是很有见地的。中华古代文论中关于“神”的论述很多，这里举出严羽的“入神”说、苏轼的“神似”说和王夫之的“得神”说，是较有代表性的几种。

这里我们还是举杜甫的《羌村三首》其一为例来说明形象“入神”“神似”“得神”的含义：

> 峥嵘赤云西，日脚下平地。
> 柴门鸟雀噪，归客千里至。
> 妻孥怪我在，惊定还拭泪。
> 世乱遭飘荡，生还偶然遂！
> 邻人满墙头，感叹亦歔欷。
> 夜阑更秉烛，相对如梦寐。

前面我们已经分析过这首诗，诗描写诗人经过安史之乱后，回到家里的情景。从诗的形象来看，把人的情状，亲人之间的关系，写得很“入神”。特别是其中“妻孥怪我在，惊定还拭泪”的句子，和“夜阑更秉烛，相对如梦寐”的句子，把亲人见面之后，似乎还不敢真的相信的心

---

① 王夫之：《姜斋诗话》。

情和状态，写得十分“入神”，写出了一种深层的微妙的“神髓”。

由于对文学形象的“神”的重视，使“神采”“神情”“神灵”“神髓”“风神”“神隽”“神怀”“神俊”“神理”“如神”“得神”“神似”“神遇”“传神”等词语成为评品文学的常用术语。

“韵”更是对诗的抒情语言言说的一种要求。同样集中体现了中国抒情言说的特点。关于“韵”，刘勰在《文心雕龙》中说过：“同声相应谓之韵。”韵作为抒情语言的美，被人们提到极高的地步。宋代文学论家范温在《潜溪诗眼》中说：

> 凡事既尽其美，美必有韵，韵苟不胜，亦亡其美。

又说：

> 韵者，美之极。

明代文论家陆时雍也说：

> 有韵则生，无韵则死。有韵则雅，无韵则俗。有韵则响，无韵则沉。有韵则远，无韵则局。①

范、陆两人的观点是有代表性，王曾引宋代文学论家姜夔的话：“一家之语，自有一家风味，如乐之二十四调，各有韵声，乃是归宿处；模仿者语虽似之，韵则止矣。”看来，“韵”不仅仅是押韵问题，更重要的是语言表现诗人个人的主观情趣。例如，李白是一位有独特情趣和风格的诗人，他的很多诗都有自己的韵调。如“君不见黄河之水

---

① 陆时雍：《诗镜总论》。

天上来，奔流到海不复回。君不见高堂明镜悲白发，朝如青丝暮成雪……”(《将进酒》)，“大道如青天，我独不得出……”(《行路难》其二)，“……安能摧眉折腰事权贵，使我不得开心颜”(《梦游天姥吟留别》)，“两岸青山相对出，孤帆一片日边来”(《望天门山》)等，都有一种广阔如大海、畅达如流水的情趣，从而形成了李白诗的抒情语言似乎是一泻千里的“韵”。

（三）“境”与抒情语言

抒情文学中抒情语言言说最重要的功能是“境”的充分展现。关于“境”这个概念提出的也很早，最初的意思是时间终止之处。《说文》：“竟，乐曲尽为竟。”后引申为空间终止之处，事情的终止之处。段玉裁注：“曲之所止也。引申凡事之所止，土地之所止之曰竟。”后来进一步引申为精神的分界线。如《庄子·逍遥游》中即出现了“定乎内外之分，辩乎荣辱之境”的句子，这句话是说古代的思想家宋荣子，对于那些得到一官半职、受到国君一点称赞就沾沾自喜的人，很不以为然。宋荣子认为，就是整个世界称赞他时，他也不会觉得有什么了不起，对整个世界非议他时，他也没有丝毫的沮丧。他能够分清自我与外物的界限，分清光荣与耻辱的界限。这已经是在说人的精神的境界了。实际上，老庄体道，就是要达到一种最高的精神境界。所以，“意境”或“境界”这个概念，并非像某些学者所说的是到了佛教传入之后，才转到精神方面来。当然，佛教的“以心为本”的思想，的确加深了作为时间、空间之“境”向精神之“境”转化。在抒情文学创作问题上，为“意境”概念作了理论准备的是刘勰。刘勰在《文心雕龙·隐秀篇》中，对“隐”作界说时指出“隐也者，文外之重旨者也”，“隐以复意为工”，“隐之为体，义生文外，秘响旁通，伏采潜发”。刘勰所论述的“隐”就是要追寻“文外之重旨”，即语言内一重意，语言外还有一重意，第二重意比第一重意更为重要。这个意思可以与后来司空图所说的抒情语言要有“言外之意，弦外之音”

是一致的。这样的抒情语言就会获得意义的多重性和文外想象的绵延性。刘勰的“隐秀”论为晚唐时期“意境”理论的成熟作了充分的准备。到了唐代的王昌龄、皎然、刘禹锡和司空图时，这个抒情诗学的范畴已经确立。相传是王昌龄所作的《诗格》中说：

> 诗有三境。一曰物境：欲为山水诗，则张泉石云峰之境，极丽而绝秀者，神之于心，出身于境，视境于心，莹然掌中，然后用思，了然境象，故得形似；二曰情境：娱乐愁怨，皆张于意，而处于身，然后驰思，深得其情；三曰意境：亦张之于意，而思之于心，则得其真矣。

值得注意的是这里所说的“境”不是客观存在的景物，是诗人作家想象中的境，换言之，是说诗人想象时所设定的景物的范围，及其达到的一定的境界，物境是物之境，仅得其形似；情境是情之境，已深得其情；意境是意之境，在形似、情深之外，还得其真切，似乎身处景物之中。唐代文学论家皎然在《诗式》中提出“取境”说：

> 夫诗之思，初发取境偏高，则一首举首便高。取境偏逸，则举体便逸。

皎然的贡献在于他说明了境的问题是抒情文学创作中的构思问题，而且关系到作品的整体风貌。构思中取境高或逸，那么创作出来的文学整体艺术形象也就高或逸。至刘禹锡则将境和象作了区分，他说：

> 境生于象外。①

① 刘禹锡：《董氏武陵集纪》。

这就是说，境不是客观的物象，也不是作品中描写的具体的景物，而是由诗人作家观物所悟并表现于抒情作品中的一种只可意会不可言传的意蕴。司空图则对此作了更具体的描绘。

> 戴容州云："诗家之景，如蓝田日暖，良玉生烟，可望而不可置于眉睫之前也。"象外之象，景外之景，岂容易可谈哉。①

这就是说，意境就像蓝田出产的美玉，在阳光的照射下，熠熠生辉，远远可以看见那似烟一般飘动的闪光，但却不能放到眼前观看。因此这是景外之景、象外之象，用语言是说不出来的。境的这种非具象性和不可言说性，只能诉诸人的感受的性质，说明"境"作为一个文论范畴已经成熟。以"境界""意境"批评抒情文学，成为一种时尚，宋人蔡梦弼《草堂诗话》有相关记载。

> 横浦张子韶《心传录》曰：读子美"野色更无山隔断，山光直与水相通"，已而叹曰：子美此诗，非特为山光野色，凡悟一道理透彻处，往往境界皆如此。

就是说，境界不是诗里直接用语言所写的山光野色，而是诗人作家由此山光野色得到的一种说不清道不明的感悟。因此，抒情诗人可以面对同一景色，但各人的感悟不同，所写的境界也就不同了。晚清王国维的《人间词话》对"境界"说，不但作了总结，而且与西方的生命哲学相结合，有新的发展。意境不是"意"与"境"的相加，是指语言所描写的人的生命活动所展示的具体的有意趣的具有张力的诗意空间，我认为王国维正是从这个意义上来界说"境界"说的。在他

---

① 司空图：《与极浦谈诗书》。

的《人间词话》中，最能代表他的思想的除了“词以境界为最上”那段有名的话外，还有如下几段话：

古今词人格调之高无如白石。惜不于意境上用力，故觉无言外之味，弦外之响，终不能与第一流之作者也。

境非独谓景物也，喜怒哀乐，亦人心中之一境界。故能写真景物、真感情者，谓之有境界。否则谓之无境界。

“红杏枝头春意闹”，著一“闹”字而境界全出。“云破月来花弄影”，著一“弄”字而境界全出矣。

尼采谓：“一切文学，余爱以血书者。”后主之词，真所谓以血书者也。

以上四段话，充分揭示了境界说的美学内涵。首先，境界所止之处，不仅仅是言内之所写，它所达到范围是“言外之味，弦外之响”，它的诗意的空间是非常辽阔的，且具有很强的张力。其次，这辽阔的诗意的空间，被人的生命活动所产生的独有的“喜怒哀乐”的“真感情”所填满了。以“红杏枝头春意闹”为例，为什么著一“闹”字而境界全出呢？这不仅因为这个“闹”字把“红杏枝头”与“春意”联为一个活的整体，而且这个字在这个语境中传达出诗人作家心灵的情绪、意趣在春天蓬勃生机之中特有的惬意与舒展，就像那枝头的红杏那样活泼热烈和无拘无束。最后，所有的情绪、意趣，都是以人的生命的鲜血抒写出来的，是人的生命力的颤动，人的生命力开辟了一个无限宽阔的诗意空间——境界。

如果我们把王国维的境界说理解为抒情语言所描写的人的生命

力活跃所产生的诗意的空间，那么王国维的一些看似不可解的论述，也就迎刃而解了。如《人间词话》62条：“‘昔为倡家女，今为荡子妇。荡子行不归，空床难独守。’‘何不策高足，先据要路津？无为久贫贱，轗轲长苦辛’。可谓淫鄙之尤。然无视为淫词鄙词者，以其真也。五代、北宋之大词人亦然，非无淫词，读之者但觉其亲切动人；非无鄙词，但觉其精力弥满。可知淫词与鄙词之病，非淫与鄙之病，而游词之病也。”王国维对淫词、鄙词也加以赞赏，称其“亲切生动”“精力弥满”，就是因为越是淫鄙之词，越能传达出人的生命的欲望，尽管这是一种低级的欲望。又如：“古今成大事业、大学问者，必经过三种之境界。‘昨夜西风凋碧树，独上高楼，望尽天涯路。’此第一境也。‘衣带渐宽终不悔，为伊消得人憔悴。’此第二境也。‘众里寻他千百度，回头蓦见，那人正在灯火阑珊处。’此第三境也。此等语皆非大词人不能道。”表面看，这是讲成大事业、大学问者所经过的曲折的心路历程，实际上是讲人的生命力活跃的过程，始是追求，继而焦虑，最后是心灵的自由，是人的生命欲望获得满足的三个不可缺少的阶段。从这里，我们不难看出，王国维对境界说，作了完整的总结和新的发挥。

(四)“味”与抒情语言

从文学鉴赏的角度看，中国古代抒情文论又提出西方文论所没有的“味”这个范畴。

早在老子那里，“味”就被提出来了，他说：“道之出口，淡乎其无味。”(《老子》第三十五章)他是以“味”论道。较早以味论文学的是魏晋六朝时代的刘勰和钟嵘。刘勰在《文心雕龙·情采》篇中说：

> 繁采寡情，味之比厌。

钟嵘《诗品序》说：

> 五言居文词之要，是众作之有滋味者也。

显然，钟嵘所说的还是“诗内味”。到了唐代的司空图，“味”的概念发展了，他在《与李生论诗书》中不但主张“辩于味而后可以言诗”，而且提出了抒情诗歌应有“韵外之致”“味外之旨”，这就是诗的味外之味了。后来苏轼概括司空图的思想。

> 唐末司空图崎岖兵乱之间，而诗文高雅，犹有承平之遗风。其论诗曰：“梅止于酸，盐止于咸，饮食不可无盐、梅，而其美常在咸、酸之外。”①

司空图的“味外之旨”的思想经过苏轼的概括，不但得到了传播，而且也更精当了。这样，“味外味”成为后人评品文学的高阶。如清代文论家袁枚就以此讥笑他的同时代的诗人作家，说：“司空表圣论诗，贵得味外味。余谓今之作者。味内味尚不可得，况味外味乎?”

综上所述，“气”“神”“韵”“境”“味”，这是中国古代抒情言说所追求的理想，同时也是抒情语言言说的美的极致。这些抒情语言的追求在西方文学的创作中是找不到的。它们集中体现了中国文论的民族文化个性。我们认为，“言志”“缘情”这些论点，只是道出了中国抒情文学的一般属性。就像人饿了要吃饭，冷了要穿衣一样，无论中国人，还是西方人，都是同样的，在这上面，很难找到中国人和西方人抒情文学和抒情语言的差异。必须在中西方二者不同的口味和烹调兴趣、理想上，和穿着的不同样式、风格和追求上，才能

---

① 苏轼：《书黄子思诗集后》。

找到中国人不同的民族文化个性。

第二节　中国抒情话语的文化意义

气、神、韵、境、味作为中国抒情文学言说的追求，究竟显示出中国抒情语言的哪些文化特征呢？为了回答这个问题，就必须讨论气、神、韵、境、味在文化观念上的共同点或相通点。只有这样，我们才能弄清楚中国抒情语言的真实的文化意义。

一、整一、中和、虚无：抒情话语文化思想

“气”“神”“韵”“境”“味”作为中国抒情语言话语在文化观念上有哪些共同点与相通点呢？或者说，“气”“神”“韵”“境”“味”有没有共同的文化思想作为根据呢？如果有的话，那又是什么呢？这里我们提出“整一”“中和”“虚无”三个方面加以解释，试图揭示出“气”“神”“韵”“境”“味”共同的文化思想根据。

(一)“整一”为“气”“神”“韵”“境”“味”之本

在西方思想文化中，虽然亚里士多德早就提出“整体大于部分之和”的深刻思想，但这一思想在很长时间里，并未引起人们的重视。相反，倒是元素论长期统治西方的思想文化。特别是17世纪西方现代工业兴起并得到蓬勃发展以后，元素论思想统治各门学科，以至于成为人们习惯性的思维方式。元素主义、逻各斯主义主宰了一切方面。直到在19世纪初，元素主义已经大大妨碍了科学的发展，人们这才重新去咀嚼亚里士多德的“整体大于部分的思想”，以整体论为特征的结构主义、系统论、现象学、格式塔心理学才逐渐兴起。西方的元素主义、逻各斯主义不能不影响西方的文论，对文学的元素分析很自然地成为一种理论时尚，像文学理论中的再现论、表现

论、形式论以及相关的真、善、美等概念，都是偏重于对作品的审美特征的单纯的元素分析和逻辑分析的产物。

与西方不同，中国古代的思想文化一贯重视整体、朦胧、流动的特征，而较缺少元素分析和逻辑推理。中国古代先哲崇尚“一”，《老子·四十二章》：“道生一，一生二，二生三，三生万物”。这个“一”不是数字的一，是“道”的浑然一体的原始状态，是世界的本原，万物都从“一”这里分出来。《老子·二十二章》：“圣人抱一为天下式”，意思是说，圣人用“一”作为观察天下的工具，这里的“一”，也是指整体的“道”。“道”的特征，用老子的话说：“有物混成，先天地生”，“道之为物，惟恍惟惚”。所谓“有物混成”，表示“道”作为一个客观存在，是一个先逻辑的整一。所谓“惟恍惟忽”，表示“道”是飘忽不定的、流动的。用庄子的话说：“‘道’未始有畛封”。尽管后来对“道”还有各种各样的解释，然而把“道”规定为宇宙、世界的本原，是整一的，不可分割的，它飘忽不定，具有不可言传的性质，是基本一致的。

儒家也讲本源性，那就是“天道”，但“天道远，人道迩”，近的“人伦日用”可以说明白，但远的“天道”就难于言说了。受“整一”这一思想的影响，中国古人认为对事物的元素分析是不太可能的，这样做不但不能深入到事物的内部，而且会因为孤立的分析而破坏了事物、远离事物本身。整体制约部分，部分只有在整体中才能获得意义。刘勰《文心雕龙·附会》篇讲：“夫画者谨发而易貌，射者仪豪而失墙，锐精细巧，必疏体统。故宜诎寸而信尺，枉尺而直寻，弃偏善之巧，学具美之绩。”意思是说，画画的人，如果只注重画一根一根的毛发，那么就不可能画出人的全貌，射箭的人如果只瞄那细小的目标，可能连正堵墙都射不到。只把精力关注细部，那么必然忽略整体。所以宁可委屈寸也要让尺伸张，宁可委屈尺也要让丈伸张，必须抛弃细巧，才能抓住整体的美。刘勰的这种整体论思想来自孔子和孟子。《尸子》："孔子曰：'诎寸以信尺，小枉而大直，吾为之也。'"又，《孟子·滕文公下》："且《志》曰：'枉尺而直寻，宜若可为也。'"这种重视"一"的整体，而把部分置于整体的思想，是中国文化的根本特征。

中国抒情文学中的"气""神""韵""境""味"，都以"整一"为根本。

例如，"气"。"气"不是文学中一个元素，是笼盖整体的东西，诗歌所写的是事、情、理、景、物等，但"总而持之、条而贯之者"是"气"，所写的一切都要"藉气而行"，才能使文学获得真正的生命。否则所写的一切不过是无生气的死物。换言之，"气"在诗歌中，不是那具体可感的可分析的事、情、理、景、物，而是弥漫于流动于诗歌整体中的浩瀚蓬勃、出而不穷的宇宙生命的伦理的力，它根植于宇宙和诗人作家生命的本源之中。

例如，"神"。中国抒情诗歌的"神"是流动于文学的整体并从象外、意外、言外显露出来的具有超越性的新质。金圣叹把"传神""写照"看成"二事"，认为"传神要在远望中出，写照要在细看中出"(《杜诗解》)。所谓"在远望中出"就如同我们去看一幅油画，要后退数步，从远处望去，才能通过把握画的整体，见出画的"精神"。可见，"神"是一种整体性的东西。

例如，"韵"。它也是流动于文学的整体使文学变得有情趣的东西。"韵"不能落实到某个具体的有限的情景上面，而是超越具体情景的无限悠远"整体质"。这一点，司空图说："近而不浮，远而不尽，然后可以言韵外之致也。"(《与李生论诗书》)形象真切、具体、可感，谓之近；而蕴含丰富、深刻，谓之不浮；情在言外，故称远，远者，悠远之韵的意思。而所谓"不尽"则是指远而又远的无穷之韵也。宋人范温也作了这样的规定："有余意之谓韵"，"盖尝闻之撞钟，大声以去，余音复来，悠扬宛转，声外之音。"(《潜溪诗眼》)他的意思同样是，韵不是文学中一个因素，而是整体形象所显示出来的悠远感。

例如，“境”。“境”的整体性特征就更明显。刘禹锡所说的“境生于象外”，司空图所说的“象外之象，景外之景”，都是指文学的整体形象(实境)又暗示出另一个只可意会、不可言传的形象整体(虚境)，它是虚实结合的产物，而无论是实境还是虚境，都以朦胧性整体性为其特征，所以它“可望而不可至于眉睫之前”。

例如，“味”。它的存在是在文学的整体中，不是个别的因素。这一点，宋代杨万里说的特别清楚，他说：

> “夫诗何为者也？尚其词而已矣。曰：善诗者去词，然则尚其意而已矣？曰：善诗者去意。然则去词去意，则诗安在乎？曰：去词去意，而诗有在矣。然则诗果焉在？曰：尝食夫饴与荼乎？人熟不饴之嗜也？初而甘，卒而酸。至于荼也，人病其苦也；然苦未既，而不胜其甘。诗亦如是而已矣。”①

把诗的词与意都去掉了，诗却还在，这话看起来不在理，但杨万里是说诗味根本不在词、意这些个别的因素上面，而是隐藏在词、意背后的整体的形象中，就好像吃“荼”(一种苦菜)，表面是苦的，但其深层的整体蕴含则是甜的。所以，文学的至味也要在把握了文学的整体后才能获得。

气、神、韵、境、味作为中国的审美范畴，都摒弃元素论，而以整体流动为美，以朦胧悠远为美。如前所述，中国古人所讲的“道”是一种非逻辑的整体存在，它在有无之间，却又至高无上。天地万物等都是由它生成的。这样就使中国古人的思维方式与西方人不同。西方人重视事物的元素构成，其思维方式是分析型的，他们思考问题总是由树木推及森林，重实证，而不屑于囫囵吞枣，甚至

① 杨万里：《颐庵诗稿序》，《杨万里集》，三晋出版社2008年版，第184页。

忽视整体把握。这种元素分析型的思维方式，必然使西方文论重视元素构成，并以元素构成比较完整的体系，也就可以理解了。中国人的思维方式则是“整一”的直觉把握，其思考问题是由森林而推知树木。这种重视“一”的整体论文化表现抒情文学的语言实践的时候，虽然也注意字句的锤炼，甚至像杜甫说的“语不惊人死不休”，更有苦吟派诗人，为了诗句中的一个字，就要斟酌很长时间，但不论如何注重字句的推敲，更注重的是要在整体语境中去推敲，而不是脱离整体语境的孤立选择。如“僧敲月下门”的例子。“春风又绿江南岸”的例子。

(二)“和”为“气”“神”“韵”“境”“味”之因

以古希腊为代表的文化，从古至今，就强调“对立”“冲突”和“斗争”。以辩证法著称的古希腊哲学，呼唤的是对立面的斗争，通过斗争以除旧布新，这就形成了生活在斗争中发展的历史进程观。因此，他们鼓吹“一切都是斗争所产生的”，“太阳每天都是新的”[①]。在人与人之间的伦理关系上，希腊人尊奉的理论是：人与人在质上是平等的。每个人生而具有生存、发展和维护自我平等的权力。无论在上帝面前，还是在法律面前，人人都是平等的。“我们的天赋在一切点上都一律平等。”[②]但他们又认为，人与人之间在质上平等的同时，在量上是不平等的，因为上帝赋予每个人的能力必然存在着差异，于是“强者能够做他们有权做的一切，弱者只能接受他们必须接受的一切”[③]。这样，通过竞争来决定每个人在社会中的位置、权利，就是顺理成章的事。而古希腊时期就提出的“强权就是公理”，以及后来提出的大自然“将我们放在某种伟大的竞技场中”(朗加纳斯)、“人对人是狼”(霍布斯)、“物竞天择，适者生存”(达尔文)、“他人即地

① 《古希腊罗马哲学》，北京大学哲学系外国哲学史教研室编译，商务印书馆 1961 年版，第 19 页。

② 周辅成：《西方伦理学名著选辑》，商务印书馆 1964 年版，第 33 页。

③ 修昔底德：《伯罗奔尼撒战争史》，谢德风，译，商务印书馆 1978 年版，第 414 页。

狱”(萨特)等，就成为人们普遍接受的信条。在人与自然的关系上，西方人崇尚人类中心论，强调人和自然的对立，进而认为“人是万物的尺度”(苏格拉底)，人必须征服自然。在上述文化背景上，西方文论很自然就提出“悲”“喜”“崇高”“卑下”“美”“丑”等这样一些充满对立内涵的范畴。他们所讲的“悲”，即悲剧，也就是要在斗争中把有价值的东西毁灭给人看。他们所说的“喜”，也就是喜剧，也就是要在斗争中把无价值的东西撕破给人看。……当然，西方人也讲和谐，但强调的是对立面斗争的转化，并充满强烈的酒神精神。

与西方强调对立、斗争的文化背景不同，中国古代的文化从很早时期起，在哲学上就主张“和”。《国语·郑语》记载西周末年太史史伯的理论：

> 夫和实生物，同则不继。以他平他谓之和，故能丰长而物归之。若以同裨同，尽乃弃也。

意思是说，和谐可以生新物，简单的雷同则不能继续。所以人与人、事物和事物之间，要互相聚合、靠拢，而不要简单的雷同。“和”与“同”不一样，“和”是在承认事物差异的基础上，互相聚合、靠拢，可以产生新的事物；“同”则是同样事物的重复，而不能继续下去。所以“和实生物”是好的，而“同则不继”是不好的。后来晏子、孔子、庄子等发挥了“和实生物”“和而不同”的思想。如孔子说：“君子和而不同，小人同而不和。”(《论语·子路》)庄子则说：“至阴肃肃，至阳赫赫，肃肃出乎天，赫赫出乎地，两者交通成和而物生焉。”(《田子云》)由此不难看出，儒、道两家都认为事物之间不是对立的、冲突的，事物可以完全不同，但不同事物之间是相成相济，是多样的和谐统一。

与“中和”这一哲学思想密切相关，在人与人的伦理道德关系上，儒家提倡“仁”。《论语》记载，孔子对“仁”有一系列规定，如“夫仁者，己欲立而立人，己欲达而达人”“仁者爱人”“己所不欲，勿施于人”为仁等。很明显，“仁”是儒家和整个中国古代社会处理人际关系的准则。中国先哲不讲人与人之间的对立斗争，而是讲“和为贵”，即人与人之间要友好和谐相处。值得指出的是，孔子所讲的“仁”与“和”，是以肯定人与人之间的质的不平等为条件的，即人天生就有尊卑贵贱之分，因此他的“仁”“和”就包含了等级观念，所谓“君君、臣臣、父父、子子”，就是这种等级观念的产物。但是，在量上，孔子主张“爱人”，主张“己所不欲，勿施于人”，主张“己欲立而立人，己欲达而达人”，即人人平等，相亲相爱，排除纷争，和谐共处。虽然儒家的“仁”的观念在质和量上有矛盾，但人与人之间要“和为贵”的原则是十分强调的。

“和”是儒、道两家互补互通之处。如果说儒家侧重于论述人与人之间的“仁”“和”关系的话，那么道家就侧重论述人与自然的和谐统一。中国古代哲人，特别是道家，很少把大自然看成与人相对抗的存在，而总是以人能与天地万物融为一体为荣。庄子说：“独与天地精神往来而不傲倪万物”(《庄子·天下》)，“天地与我并生，万物与我为一”(《庄子·齐物》)。他认为“道”就在天地万物中，“道”是大美，大美在哪里？回答说：“天地有大美而不言。”(《庄子·知北游》)因此，人必须投身到大自然的怀抱里，与大自然为友朋，甚至与大自然迹化为一，人的胸襟才能宽阔无涯，才能“游心于物之初”，进入一种完全“无为无不为”的自由解放的境界，也才能体会到至美与至乐。人与自然不但不是对抗的，而且是和谐相处的。人与人、人与自然都要和谐相处，这就是中国先哲及其后继者的文化思想和文化实践，而“和”正是中国抒情文学语言特征——气、神、韵、境、味——的文化之根。换言之，气、神、韵、境、味这些追求与实践都无一例外地包含了“和”这一文化因子。

第一，“气”与“和”的关系。《老子》第四十二章中说：“万物负阴而抱阳，冲气以为和。”所谓“冲气”就是阴阳会合之气。《易传》提出“太和”的概念，按王夫之作的解释，所谓“太和”就是阴阳合而未分之气。从一定的意义上说，“气”与“和”是二合一的，中国文论所说的“气”，如“气脉”“气象”“生气”“神气”“气势”“气息”等，尽管具体解释起来很不相同，但都在强调抒情文学不应是单纯的词语组合，要灌注一种天地相和与阴阳相济之气，从而使抒情文学表现出一种宇宙和生命的和谐律动。清人刘熙载在《艺概》一书中说：“自《典论·论文》以及韩、柳，俱重一‘气’字。余谓当如《乐记》二语曰：‘刚气不怒，柔气不慑’。”这是极有见地之论，深得“气”的精髓所在。对诗来说，刚气不能发展到“怒”，而柔气则不能表现为“慑”，“慑”是害怕的意思。总的说，气也要以中和为基准。中国文学的抒情所追求的不是“惊心动魄”和“如醉如狂”，而是“乐而不淫，哀而不伤”，是“温柔敦厚”，是“沉郁顿挫”……

第二，“神”与“和”的关系。相对于形而言。多数抒情诗人主张形神兼备，使形与神达到“和”的境界。像苏轼那样过分贬低形似，一味强调神似的说法，被认为“其言有偏，非至论也”(杨慎：《论诗画》)，而晁补之所写的：“画写物外形，要物形不改。诗传画外意，贵有画中态”(《和苏翰林题李甲画雁》)，才被认为“其论始为定，盖欲补坡公之未备也”(杨慎：《论诗画》)。晁补之的理论所以是至论，就在于其论点融合了形似和神似，贯穿了“和”的思想。如人们常提到的杜甫的“细雨鱼儿出，微风燕子斜”，陆龟蒙咏白莲句：“无情有恨何人见，月晓风清欲堕时”，林逋咏梅句“疏影横斜水清浅，暗香浮动月黄昏”等，既体物，又传神，写物写得工，传神传得妙，形与神之间达到“中和”的极致。

第三，“韵”与“和”的关系。“韵”主要指抒情文学中流露出来的体现诗人个人的不同风姿和情趣。抒情语言的“韵”的高下的标志是什么呢？一味地纤浓，一味地简古，一味地华艳，一味地淡泊，这都还不是韵的极致，必须能“发纤浓与简古，寄至味与淡泊”(苏轼)，这才是韵的高阶。由此看来，文学的韵的高下，关键仍在一个“和”字上面。纤浓和简古、华艳和淡泊是很不相同的，但又必须让它们和谐相融，真正达到“和而不同”，即多样的统一，这才会达到那种令人神往的“韵”。

第四，“境”与“和”的关系。作为中国文论对文学艺术形象的整体规定，其实质也是“和”。文学必须有情有景，情与景是文学中的“二原质”(王国维)，但一首诗用语言写了情与景，未必就有诗的境界。诗的境界的最基本的特征是心与物、情与景的交融与和谐。刘勰《文心雕龙·物色》篇谈到“诗人感物，联类不穷”时，描写了创作中物与心的关系。他说：心“既随物以宛转”，物“亦与心而徘徊”，这样做的结果是“目既往还，心亦吐纳”，“情往似赠，兴来如答”。意思是说，在心与物的交流中，眼睛既然反复地观察，内心也有所感受而要倾吐。用感情来看景物，像投赠；景物引起创作兴会，像酬答。刘勰在这里是从创作过程来讲心与物、情与景的交融问题，已经接触到了意境形成的关键所在。

较早提出“境”的概念的王昌龄也对境的形成是情与景的结合深有认识，他说：“景入理势者，一向立意，则不清及无味；一向言景，亦无味。事须景与意相兼始好。”(见《文镜秘府论》)这里强调的景与意的“相兼”和两处所说“感会”“相惬”，都是极重要的字眼，说明王昌龄所理解的意境是以“和”为特征的。此后，司空图讲“思与境偕”(《与王驾评诗书》)，苏轼讲“境与意会”(《东坡诗话》)，何景明要“形象应”，不应“形象乖”(《与李空同论诗书》)，朱承爵讲：“作诗之妙，全在意境融彻。”王夫之讲作诗要心与物“相取相值”，情与景“妙合无垠”等，用词不同，其意则一，都是强调诗歌仅有情与景是不够的，还必须是心与物、意与境、情与景在“相值相取”中，达到相互应和、相兼相惬，才能产生具有艺术魅力的耐人寻味的意境，意境的核心是“和”的实现。当然，我们不应把情景交融与意境生成等同起来，意境的形成还要有别的条件，这一点我们前面已经谈到，但意境必须包含情景交融中的“和”的条件，则是肯定的。

第五，“味”与“和”的关系。正如上面所说，诗要追求“味外味”，读者也要品尝“味外味”。那么这“味外味”是什么味呢？司空图和苏轼都认为，诗的味外味既不在咸，也不在酸，而是要咸酸中和，诗美“常在咸酸之外”。所以文学的至味也在于“和”的达成。

中国抒情文学语言的理想——气、神、韵、境、味——都趋于和，并不是偶然的，它们都根源于中华传统民族文化共同的因子。如前所述，儒、道两家在“和”的问题上是一致的。在古人看来，“喜怒哀乐之未发谓之中，发而中节谓之和。中也者，天下之大本也，和也者天下之达道也。致中和，天地位焉，万物育焉。”(《礼记·中庸》)以中和为美，这种思想体现在诗教上就是“温柔敦厚”，就是“乐而不淫，哀而不伤”，体现在具体的抒情诗歌创作上，就要“气高而不怒，怒则失之风流。力劲而不露，露则伤于斤斧。情多而不暗，暗则蹶于拙钝。才赡而不疏，疏则损于筋脉。”(皎然：《诗式》)作为文学的高格的气、神、韵、境、味，也皆著中和之色，也就很自然的了。如果说西方文论主要根植于冲突情境，以冲突的解决为美的话，那么中国的抒情语言的理想就根植于中和情境。以中和为美，是中国抒情文学语言的一大民族文化个性。

(三)“虚”是“气”“神”“韵”“境”“味”之根

毫无疑问，无论是中国还是西方，形而上的追求和形而下的实践是人的活动的共同特征。中国古人在标举超脱逍遥体道的同时，也重视伦理道德、经世致用之学，西方人则标举科学理性的精神的同时，也信仰上帝，也重视伦理，追问宇宙、人生的本体意义。因此，我们用中国人崇尚形而上，西方人崇尚形而下来概括两种文化思想的个性，显然是片面的，不科学的。

但无可避讳的事实是，西方的文论与其科学理性、工具理性具有更密切的联系，而中华古代文论则与超脱逍遥体道之学具有更密切的联系。其中的原因在于中西方对文学的价值、地位的看法不同。在西方，基督教是神圣不可侵犯的，人们习惯于把人的精神自由问题归入宗教的领地、神的领地，而与文学无关。这样，文学在古代西方并不十分发达，文论也相对地显得比较贫弱，超验的神性高于一切，文学和文论都处在比较低下的地位，这在柏拉图、黑格尔等人的著作中都表现得比较明显。在柏拉图的《理想国》中，他把人分成九等，诗人只是属于第六等人，与手艺人、工匠在同一等，他们都是制造器具的，其工作由奴隶、平民做，奴隶主、贵族是不屑于做的。更有甚者，认为文学、艺术“与真理隔着三层”，是“模仿的模仿”，“影子的影子”，不具有真理性，而且还迎合人性的低劣部分，这样柏拉图就决定把诗人作家驱逐出他的“理想国”。柏拉图的思想对西方后代产生很大影响。德国古典哲学的代表人物黑格尔，则认为文学低于理念，文学不过是理念的感性的显现，它的真实性也就比理念要低，在辩证的发展中，文学和艺术都必然要被拥有绝对真理的哲学所取代。总之，西方的多数学者都把文学归入到科学理性和工具理性的领域，真理性、真实性这个比较实在的现实问题，就成为西方文学的实在问题和核心命题。尽管席勒、尼采等相信文学、艺术可以取代宗教，真实性不是文学的主要问题，但占主流的看法仍使西方的文学把真实性及其相关的形象性、典型性作为中心的范畴。当然，他们也讲美和善，也讲想象和象征，但美和善要以真为基础，想象和象征也要有真实的品格。他们始终重视的是实有，而不是虚无。

中国古代的思想文化以儒、道两家为主。如前所述，儒家的哲学是社会组织哲学，是“入世”的哲学，他们重视社会现实，重视道德伦理，重视经世致用和仕途经济。与此相适应，儒家主张“诗言志”，主张诗要“发乎情，止乎礼义”(《毛诗序》)，强调文学的功能是“经夫妇，成孝敬，厚人伦，美教化，移风俗”(《毛诗序》)。这样儒家就必然具有重“实录”、重“美刺”。这种把文学和统治阶级的思想和利益统一的做法，必然把人的思想束缚在他们所规定的“礼义”上面，而无法解决个人的情感寄托、精神解放问题，而以“出世”哲学为其根本的道家就出来施展本领，以补儒家之不足，或者取而代之。道家的根本是“道”，“道”与“无”关系很密切。“天下万物生于有，有生于无”①。“有”是现象，是天地万物等具体的存在，“无”是“道”之所出之处，是超越一切实体的最高本原。老庄的崇“无”思想对后世的思想影响很大。庄子提出“有”“无”相对论，他在《秋水》篇中说：

> 以功观之，因其所有而有之，则万物莫不有，因其所无而无之，则万物莫不无；知东西之相反而不可相无，则功分定矣。

意思是说，对于事物从“有”的方面看，那么没有一种事物是没有的；从“无”的方面看，那么没有一种事物是有的；如东方与西方，有东才有西，有西才有东，它们相互对立，而又不可缺一，认识到有、无这种相对性，才能确定事物的功用与分量。应该看到，庄子这种看法是有相当的说服力的。尽管魏晋以来，哲学上“贵有”和“贵无”两派激烈争论，但是老庄的崇尚虚无以及有、无相对论却深入人心，甚至成为一种民族文化心态。这种哲学观念和民族文化心态，不能不影响到艺术创作，绘画讲究“空白”的作用，音乐讲究“无声胜有声”，艺术建筑中的楼台亭榭，都讲究虚空，同样在抒情诗歌创作上就讲究含蓄、淡泊，“不著一字，尽得风流”，讲究“以少胜多”，讲

---

① 《老子·四十章》。

究“言有尽而意无穷”。因此，文学的抒情言说必然要讲究“虚实”“繁简”“浓淡”“隐秀”等关系问题。在虚实关系上，总的要求是要虚实相生，“景实而无趣”“太实则无色”，强调“景虚而有味”，所谓“诗有可解，不可解，不必解，若水月镜花，勿泥其迹可也。”①。宋代人张炎在《词源》中，对此点讲得特别透彻：

> 词要清空，不要质实。清空则古雅峭拔，质实则凝涩晦昧。姜白石词如野云孤飞，去留无迹。吴梦窗词如七宝楼台，眩人眼目，碎拆下来，不成片断。此清空质实说之。

词是诗性抒情言说之一种，词要清空，一切抒情文学也要清空。在繁简、浓淡、隐秀等关系上，受崇无思想的影响，虽然也说要繁简得当、浓淡相宜、隐秀配合，但在具体论诗时，一般都更倾向于简要、淡泊、隐含。接下来的问题是，这种清空、简要、淡泊、隐含的品格靠什么来体现呢？这就要通过气、神、韵、境、味等范畴来体现。在“有”与“无”的对应关系中，可以说气、神、韵、境、味都倾向于“虚无”这一方，它们与“实有”形成对立关系，如下图所示：

“有”→形而下→辞→形→体格→情景→咸酸

“无”→形而上→气→神→韵→境→至味

“辞”作为言语的有形的实体不是抒情言说所追求的高格，这种言说必须有形而上的“气”加以统摄，才能有壮势之美。所谓“气直则辞盛”(李翱)，讲的就是这个道理。形与神之间，形是具体可感的，是实在的“有”，是可以言传的，但抒情文学的极致不是形似，而是“入

① 谢榛：《四溟诗话》。

神”(严羽)，而“神”是内在的、不可言传的，在一定的意义上也趋向于“虚无”。韵与体格相对应，文学的体格就是语言体式，是有迹可寻的，是实有的，而体格所透露出来的韵，则如“空中之音，相中之色，水中之月，镜中之象”，绵邈无尽，似有实无，也是一种形而上性质的东西。言语所描写的情景与境界之间的关系，也是“有”与“无”的关系，情景都是言语描写抒发出来的，是实在的，可情景一旦完全交融，提升为境界，就成为“羚羊挂角，无迹可寻”，只可意会，不可言传，从一定意义上说，也是“虚无”的存在。中国抒情文学所追求的“至味”，如前所说，不是实在的咸酸之味，而是味外之味，实际上也是由实在提升为“虚无”。由此不难看出，中国抒情言说所追求的是以“虚无”为文化基因的空灵之美、淡泊之美。这是中国抒情文学不同于西方的民族文化个性。

二、重农轻商：抒情话语的文化生存方式

人的任何观念，包括文论观念，都不是无缘无故生成的，都是由特定的社会经济条件发展起来的。因此，观念的发展何以是这样而不是那样，归根到底，也必须由这个社会的经济条件及其社会心理来加以解释。中西文论观念和范畴的深刻区别，也必须从中西经济不同形态的发展入手，才能得到正确而深刻的解释。我们从“上农”的角度，解释了儒、道、释文化产生的社会原因，进一步说明中国文学抒情话语的文化生存方式。

(一)农业文明与家邦制度

与希腊作为一个海洋国家不同，中国总体上是一个大陆国家，中国古人所理解的中国，就是“四海之内”。尽管中国也有漫长的海岸线，但中国古代思想家对海的兴趣都不高。《论语》中，孔子只有一次提到海：“道不行，乘桴浮于海。”孟子的著作中也只有一次提到

海："观于海者难为水，游于圣人之门者难为言。"（《孟子·尽心上》）这与西方古代哲人苏格拉底、柏拉图、亚里士多德经常进出于地中海、亚得里亚海等各岛之间，对于海的兴趣是异乎寻常的情况大不一样。古代中国文化的生成集中于黄河流域。如殷墟就在河南安阳，在黄河边上。中国的地理条件就决定了中国的经济是长期的自然农业经济，对农业的重视远远超过对商业的重视。中国古代思想中有本末之别。"本"是指农业，"末"则是指商业。其理由是，如果不是农业生产出东西来，哪里会有商业性的交换关系呢？必须先有生产，然后才有交换。所以古代中国历来都"重本轻末"。这样一来，从事商业的人，就被看作从事"末"的工作的人，他们也就自然受到轻视。一般地说，古代中国有四个传统阶级，这就是士、农、工、商。商被排到最后一个，而士、农则被排列到前面。所谓"士"即地主。虽然他们以出租土地为生，不直接从事生产，但他们的命运都系于农业。收成的好坏与他们生活的好坏密切相关。这样士与农在对自然、生活的感受上也就有了相通之处。士与农都受到社会的重视。《吕氏春秋》中有《上农》一篇，就把农与商作了对比，尽量美化农民的生活方式，说："民农则朴，朴则易用，易用则边境安，主位尊。民农则重，重则少私义，少私义则公法立，力专一。民农则其产复，其产复则重徙，重徙则死其处而无二虑。"尽量丑化商人的生活方式，说："民舍本而事末则不令，不令则不可以守，不可以战。民舍本而事末则其产约，其产约则轻迁徙，轻迁徙则国家有患，皆有远志，而无居心。民舍本而事末则好智，好智则多诈，多诈则巧法令，以是为非，以非为是。"既然古代中国"上农"而轻商，而农则只靠土地为生，土地对他们来说是命根子，所谓"天地自然育成万物"，对土地有一种信任感和亲切感。"天人合一"自然就成为理想。另外土地不会移动，农民世世代代就生活在一个地方，一家一户终年耕种土地。这样就发展起了与西方的城邦制度不同的家邦制度。一个家族有父子、兄弟、夫妇等人伦关系，这些关系被认为是天经地义的，其他社会关系，如君臣、朋友关系，当然也要按家族关系来理解和衡量，君臣关系要按父子关系来规范，朋友关系要按兄弟关系来规范。家，这是中国自然农业经济衍生出来的核心的社会组织形式。那么在家族关系上提倡什么呢？这就是所谓“父慈子孝”“兄友弟恭”“夫唱妇随”等。这种关系的实质就是我们前面反复讲的“和”。一家人中，尽管有父子、兄弟、夫妇等多种关系，但都要以“和”为贵。因为只有这样“和”，在农业生产中才能建立起“和”的协作关系，大家齐心协力，相互配合，达到五谷丰登、人畜兴旺、丰衣足食。宋代范成大的《四时田园杂兴》，就写出了农民田园生活的和谐美好。其中第八首写道：

昼出耘田夜绩麻，村庄儿女各当家。
童孙未解供耕织，也傍桑阴学种瓜。

这首诗清新地写出了古代中国农家那种相互合作和亲近土地的生动情景。对于这种以家庭为形式的自然农业经济在伦理道德上的反映是“以和为贵”，在文学上的反映就是通过气、神、韵、境、味所体现的以和为美，这与西方海洋国家在文论上以冲突为美是很不相同的。

以古希腊文明为代表的西方，基本上属于海洋国家，商品经济较发达，商人地位很高。商人的特点是喜迁徙、好冒险。他们对土地山川等自然景物不具有像农民般特殊的依赖关系，相对地说，也就缺少对大自然的亲近感和执着感；相反，崇山峻岭、山川河流等还可能成为他们经营活动的障碍，甚至于在冒险活动中失败而引起对命运的哀叹，也可能把它归结于大自然存在某种神秘力量在驾驭和玩弄自己，这样，人对自然就不能不产生对立情绪，进而产生人反抗自然、征服自然的愿望与行动。另外，在西方的商业活动中，他们所建立起来的是区别于中国的家邦制度的城邦制度，城邦制度的一大特点就是所谓的平等的竞争，无论在商业活动中，还是在政治活动中，自己的成功都建立在他人的失败上，这样人与人的关系也就永远处于对立、冲突中，谁在对立、冲突中获得胜利，谁就是成功者，谁也就是精神愉快者。对于这种商品经济在伦理道德上的反映是契约观念的确立，在文学和美学上的反映就是以通过悲、喜、崇高、卑下等范畴所体现的以冲突为美。

（二）自然农业经济与整体思维方式

古代中国的自然农业经济，使中国古人思维方式上比较重视对事物整体及其规律的领悟，而不重视对事物的元素分析和逻辑推理。农民为了获得好收成，对于日月运行、四时相继等整体运动特别敏感。《易传》说："寒往则暑来，暑往则寒来"，又说："日盈则昃，月盈则食"，这说明中国古人对日月星辰、气候变化的整体流动性相当关注，因为这些变化着的事物关系到他们每天从事着的耕耘。另外，农业收成的好坏，并不像商业活动依靠某一个契机就可决定成功还是失败，而要靠天时、地利、人和等整体因素的协调，整体的协调总是比个别的因素重要得多。这样一种植根于自然农业经济的思维方式影响到中国古代学术文化思想各个方面。如上面已经谈到的哲学，特别重视"一"这个范畴。《老子》说："道生一，一生二，二生三，三生万物。万物负阴而抱阳，冲气以为和。"（这里的"三"指阴、阳和冲气，"二"指天、地，"一"指天地未分的统一体。《老子》又云："昔之得一者，天得一以清，地得一以宁，神得一以灵，谷得一以盈，万物得一以生，侯王得一以天下贞。"这里所说的"一"都是指全部、整体、统一、丰富等。后来的中国哲学也讲"多"，但都强调"多是一中之多"，即部分是整体的部分，部分受整体的制约。又如中医，很明显，并不着眼于人体某个器官的症状，而是通过"望、闻、问、切"着眼于对个人的整体把握，反对"头痛医头，脚痛医脚"的孤立的治疗方法。中国自然农业经济所培育的整体思维方式，也必然要在中国文论上有所折射，上面我们所讲的气、神、韵、境、味，就是自然农业经济的整体直观论在文论上的反映。

与古代中国的自然农业经济不同，西方是商业经济社会，商人成为社会的主宰。商人重视的首先是用于商业账目的抽象数字，然后才是具体的东西，或者说他们往往通过抽象的数字去把握具体的东西。这样他们就更多地发展了数学和逻辑推理。他们的抽象的思维方式就更富于分析性和思辨性。这样，他们的文论也就更重视对作品构成因素的分析，真、善、美和再现、表现以及内容美、形式美等区别，就自然看成重要的事情。

(三)自然农业经济和崇无观念

古代中国自然农业经济的又一规定，就是上面已经谈到的贵无、崇无。农业生产的起始是在一片空地上开垦、播种，结果则是从一无所有到五谷丰登。“无”是“丰”的基础和根本。一个辛勤的农民常会在春天蹲在田头，望着刚刚播种的尚无一片绿叶的田野，想象到秋后金黄色的、沉甸甸下垂的稻穗或麦穗，而发出会心的微笑。他看到的“无”，随后看到少量的“有”，可想象到的是大量的“有”，即“丰”。所以农民是最能理解“包孕性”的一种人。这一富于辩证法的朴素心态，反映到哲学上就是“贵无”“崇无”，“无”不是过去没有，现在没有，将来也没有，而是从无到有，似无实有，无中生有。所以中国人用“白手起家”来形容创业的艰难，其中就含有赞美之意。从有到有算不了什么，可是从无到有，“白手起家”就特别可贵。反映到音乐和绘画上，就是“大音希声”“大象无形”，反映到文学上就是贵空灵、含蓄，“不着一字，尽得风流”“半多于全”“虚实相生”“不写之写”，等等。由此不难看出，中国抒情文学通过气、神、韵、境、味等基本范畴，而体现出来的空灵美、淡泊美，归根到底也可以从自然农业经济中找到最后的解释。

西方人重商，商业经济虽然重视抽象的数字，但在数字的背后是实在的货物。而且商人有无穷的欲望，赚了还要赚，多了还要更多，追求富有是商人的根深蒂固的观念。商人此种心态在哲学上的反映是“贵有”以及实证论的发展，在文学中的反映是追求形象、真实与典型等比较实在的美。

概而言之，中华文学以抒情为正宗，其抒情语言的气、神、韵、境、味等基本追求，达到以中和为美、以整体为美，以空灵为美，都不是偶然的，最终都可以从古代的农业文明这种文化生存方式上得到最终的解释。西方文学所追求的冲突美、元素美、实在美，也不是偶然的，也可以从它们的商业文明文化生存方式上得到最终的解释。这说明了中国的文学抒情言说和西方的文学叙事言说都有鲜明民族文化个性，有其深刻的社会经济原因。不能不说，古代中国自然农业经济所产生的农业文化生存方式，是形成中国文学抒情言说的民族特色的深厚土壤。

小结：文化定型是文学定型的原因。中国文学走向抒情言说，西方文化走向叙事言说，其根源是文化的差异所致。中国古代的礼乐文化和儒道释文化，自然决定了中国文学的抒情传统。“诗三百篇”是中国文学抒情言说的源头。中国抒情语言有鲜明的民族文化特性，这就是通过抒情语言呈现出气、神、韵、境、味。中国文学的抒情言说的这些特性不是偶然的，它们的根据是中国儒道释三家文化的“一”“和”“虚”的文化思想。说到底，这与中国古代发展得特别好的农业文明密切相关。中国的礼乐文化和儒道释文化形成了中国文学的抒情言说传统，而长期历史所呈现的抒情诗歌又成为礼乐文化和儒道释文化的灿烂花朵。中国文化与文学抒情言说两者互动、互构。

此外，还需说明两点：第一，中华古代抒情文学所追求的远远不止我们这里说的五种境界，这里所论的只是其中最基本的范畴。第二，这里所进行的中西文论的比较，也只是主要差异的方面，而相同或相通的方面和其他复杂情况则未展开论述。

第八章　文学叙事与社会文化的互动、互构

上一章我们以中国古代文学抒情言说为例，说明了文学抒情语言与社会历史文化的互动与互构关系。本章我们将讨论文学叙述话语与社会历史文化的关系。西方古希腊的文化一开始就倾向于文学叙事，亚里士多德的《诗学》将悲剧分成情节等若干成分来研究，可以说是叙事学的鼻祖，但真正的叙事学是20世纪科学主义文论的产物。本章我们把视野转向西方的叙事言说传统与社会历史文化的互动、互构关系。一般认为叙事学的形成是20世纪60年代法国结构主义的产物，1969年托多罗夫所著的《〈十日谈〉语法》，首先提出了"叙事学"这一概念。特别是热奈特1972年出版的《叙事话语》被称为叙事学的代表作，影响甚巨。然而，如果我们追根溯源，真正的叙事学的形成，最初并不是目前成为显学的法国的文学叙事学，而是苏联时期的故事形态的角色功能

研究，特别是弗拉基米尔·雅科夫列维奇·普洛普(1895—1970年)的《故事形态学》(1928年出版)，普洛普的研究流传到英美法等国，受到广泛关注。因此我们应该首要了解普洛普的《故事形态学》和他的另一本书《神奇故事的历史根源》，并联系中国叙事话语的实际，我们就会弄清楚叙述话语作为叙事语言方式与社会历史文化的密切联系。这样，我们就不会像法国结构主义叙事学那样只局限于故事内部的结构，诸如叙述顺序、倒叙、预叙、叙述时距、停顿、省略、叙述频率、单一、反复、交替、过渡、叙述语式、投影、聚焦、叙述语态、人称、转喻等[①]，而把社会历史文化摈除于叙述话语研究之外。文化诗学对于文学叙述话语的研究，其主要目的就是力图打通叙述话语与历史文化的关系，以便揭示叙述话语背后的社会文化的蕴含。

第一节　故事形态学的研究

故事是叙事文学的核心。没有故事也就没有叙事文学。即使淡化故事，也仍然有故事。但是这故事是被怎样的话语方式叙述出来的呢？这就是故事形态学的任务，也是后来的文学叙事学的任务。

一、普洛普：俄国民间故事形态的角色功能项与图式

任何具有原创性的研究都不可能是空前绝后的，毫无依托的。普洛普的故事形态学研究无疑与20世纪初俄国形式主义文论研究的氛围有关，但直接的启发是歌德的形态学。普洛普在他的《故事形态学》一书的序言和各章的前面，都引了歌德关于形态学的简短而精辟的论述。如“序言”前面引了歌德的话：“形态学理当获得合法的地

① 以上概念见热奈特：《叙事话语新叙事话语》一书，中国社会科学出版社1990年版。

位，它把在其他学科中泛泛论及的东西作为自己的主要对象，把那些散落在各处的东西收集起来，并确立一种令人可以轻而易举地观察自然事物的新的角度。……”[①]歌德关于形态学的论述似乎给普洛普的研究提供了一种方法论。维特罗夫斯基将情节理解为母题的综合研究，贝迪耶关于故事元素的研究，也给他以启发。同时，毋庸讳言，20世纪初在俄国流行的形式主义文论，也给普洛普的研究以巨大的影响，这样就使他的用了10年时间完成的《故事形态学》一书不能不偏重于故事内部的结构功能的研究。但我们不得不说，普洛普的故事形态学的研究是十分独特而有效的。他说："从不曾有人想到过'故事形态学'这一概念和术语的可能性。然而，在民间故事领域里，对形式进行考察并确定其结构的规律性，也能像有机物的形态学一样地精确。"[②]他的确道出了真理。

那么，普洛普的民间故事形态学的研究，给我们提供了考察故事结构的哪些具有规律性的东西呢?

首先是他考察故事形态所运用的"功能"的方法。功能是指故事中通过言语所描写的角色行为。普洛普找到了一种揭示角色行为的规律性的方法，他举例说：

1. 沙皇赠给好汉一只鹰。鹰将好汉送到另一个王国。（阿法纳西耶夫，171）。

2. 老人赠给苏钦科一匹马。马将苏钦科驮到了另一个王国。（同上，132）。

3. 巫师赠给伊万一艘小船。小船将伊万载到了另一个王国。（同上，138）。

4. 公主赠给伊万一个指环。从指环中出来的好汉们将伊万

---

① 普洛普：《故事形态学》，贾放，译，中华书局2006年版，第7页。
② 普洛普：《故事形态学》，贾放，译，中华书局2006年版，第7页。

送到另一个王国。(同上，156)。

诸如此类。

在上述的例子中可以看出不变的因素和可变的因素。变换的是角色的名称(以及他们的物品)，不变的是他们的行动或功能。由此可以得出结论说，故事常常将相同行动分派给不同的人物。这就使我们有可能根据角色的功能来研究故事。①

普洛普认为“角色的功能”的发现是十分有意义的。因为，在民间故事中，角色的行为或功能，常常是重复的，是十分有限的，即无论故事里面的人物如何众多，如何千姿百态，如何纷繁复杂，但常常做着同样的事情。就是说，角色的功能常常是故事中的稳定的因素、不变的因素。当然，功能的实现的方法是可以变化的，这个人物去实现，或那个人物去实现，这种做法去实现，或那种方法去实现。这样一来，普洛普就认为，“对于故事研究来说，重要的问题是故事中的人物做了什么，至于谁做的以及怎样做的，则不过是要附带研究一下的问题而已。”②就是说，角色的功能是故事的基本成分，基本成分确定了，故事的规律也就找到了。普洛普给角色功能下的准确定义是“功能指的是从其对于行动过程的意义角度定义的角色的行为”，就是说，功能是角色的行为，但要看行为过程中的意义，如果行为相同，意义不同，就不能视为相同的功能项，如你从父亲那里得到1000元的资助，供你学习之用，与你在买股票中获得了1000元收益，虽然都是“得钱”，但意义不同，不能视为相同的功能项。就民间故事而言，普洛普根据上述方法概括出四点：第一，角色的功能充当了故事的稳定不变的因素，它们不依赖于由谁来完成以及怎样完成。它们构成了故事的基本组成部分。第二，神奇故事已知

① 普洛普：《故事形态学》，贾放，译，中华书局2006年版，第17页。

② 普洛普：《故事形态学》，贾放，译，中华书局2006年版，第17页。

的功能项是有限的。第三，功能项的排列顺序永远是同一的(只对民间故事而言)。第四，所有的神奇故事按其构成都是同一类型。

普洛普这一方法对于揭示故事的基本成分确实是有效的，可以适用于对许多故事基本构成部分的概括。甚至是一些题材相类的故事，也可以用普洛普的角色的功能项加以概括，从而发现故事的基本构成成分及其最后图式的形成。

例如，蒲松龄的《聊斋志异》，其中的人与鬼、妖相恋的故事，其功能项是很有限的，概括起来不过如下几项：(青年男子的)“孤寂”，(与陌生女子偶然)“相遇”，(而受)“诱惑”，(彼此)“爱恋”，(偶然窥视女子的)“生变”，(男子)“惊恐”，(最后是)“分离”或“相守”(到远方)。就是说：“孤寂”“相遇”“爱恋”“怪异”“惊恐”“相弃”或“相守”，是《聊斋志异》人与鬼、妖相恋故事的“功能项”，这是有限的，稳定的，不变的，是故事基本成分，连故事发展的顺序也是如此，但这些功能项谁做怎样做则是次要的。例如，《婴宁》《聂小倩》《海公子》《胡四姐》《侠女》《莲香》《阿宝》《巧娘》《红玉》《林四娘》《鲁公女》《金陵女子》《连锁》《梅女》《青娥》等，虽然每篇故事的人物形象不同，性格气质不同，处身经历不同，具体情节不同，所在环境不同，但差不多都有上述“孤寂”“相遇”“爱恋”“变异”“惊恐”“相弃”或“相守”这些角色的功能项，而最后由功能项所连接而成的故事图式，也是大体相同的。这样，我们通过普洛普的理论模式就可以把《聊斋志异》人与鬼、妖相遇相恋的故事的基本成分揭示出来，对于我们分析这类作品自然是有助益的。

按照普洛普的研究，他发现了俄国民间故事共有 31 个功能项，一般的故事的功能项可能都达不到 31 个功能项，即少于 31 个功能项，但故事所具有的功能项都必然在这 31 个功能项之中，而不会越出。那么，普洛普所发现的俄国民间故事的 31 个功能项究竟有哪些呢？这里我们就不一一罗列了。但可以通过他所做的一个个案分析，既可以介绍他所发现的大部分功能项，又可以看到这些功能项所形成的故事图式。普洛普以《天鹅》这个故事为个案，分析如下表。

表 1 《天鹅》的角色功能项表

有这么一对老夫妻；他们有一个女儿和一个年幼的儿子。[1]	1. 初始情境(i)
“女儿啊，女儿呀”，妈妈说，“我们去干活啦，我们会给你带个面包圈，给你缝条花裙子，给你买条小手帕。不过，你得听话，看好你弟弟，别出家门”。[2]	2. 以许诺强化的禁令(б1)。
大人们走了[3]，可女儿把对她的叮嘱忘在了脑后[4]，她把弟弟放在窗下的草地上，自己跑到外边玩去了[5]。	3. 长辈离家(e^1). 4. 说明打破禁令的理由(Moτ)。 5. 破禁(b^1)。
飞来了一群天鹅，它们抓起小男孩，驮在翅膀在飞走了[6]。	6. 加害(A^1)
小姑娘回到家里，看到弟弟不见了[7]。	7. 通报灾难的遗迹(B^4)。
她大叫一声，东一头西一头地乱转——弟弟就是没了。她大声喊叫，眼泪哗哗地，哭诉着爹娘会怎么样惩罚她，——弟弟就是不应声[8]。	8. 详细说明；三重化的遗迹。
她跑到了空旷的田野里[9]。	9. 离家去寻找(C↑)。
天鹅在远处一闪就消失在黑黝黝的树林后面。天鹅早就有这坏名声，搞过很多偷孩子的恶作剧。小姑娘猜出了是天鹅带走了她弟弟，她立刻去追赶它们[10]。	10. 因为这个故事没有通报灾难的派遣者，这个角色稍后转移到了窃取者身上，他一闪而过，通报了灾难的性质(衔接——§)。
她跑呀，跑呀，眼前出现了一个炉子[11]。	11. 考验者出现(其出现的经典形式是偶然相遇)〔71，73〕*。
“炉子炉子告诉我，天鹅飞到哪里去了?”——“你吃我的一块烤得黑麦馅饼我就告诉你。”[12]	12. 与考验者对话(极简略)以及考验者 $Д^1$〔76，78b〕。
“哟，我们家不吃麦子做的东西。”[13]	13. 回答傲慢无理＝主人公的否定性反应(没有经住考验 $Г^1$ neg)
(接着碰到了苹果树和小河。类似的提议和类似的傲慢回答。)[14]	14. 三重化。母题 $Д^1$—$Г^1$ neg 再重复两次。三次都没有奖赏。(Z^1 neg)

续表

于是她在田野里乱跑，在树林里乱转，幸亏遇到了一只刺猬[15]。	15. 感恩的相助者出现。
她想踢开它[16]。	16 相助者不请求手下留情的无助状态(Z^1 neg)。
她怕被刺伤[17]，问道：	17. 留情(Γ^7)。
“刺猬刺猬你看见了吗？天鹅飞到哪儿去了？”[18]	18. 对话(衔接成分——§)。
刺猬指点说：“就朝那边飞走了、”[19]	19. 感恩的刺猬指路。($Z^9=R^4$)。
她跑呀跑——出现了一座鸡足小木屋，屋子还在转动着[20]。	20. 对头——加害者的住所(92b)。
老妖婆呆在小木屋里，一张瘦巴巴的脸，有一只黏土捏的脚[21]。	21. 对头的外表。
弟弟就坐在凳子上，[22]	22. 所要寻找的人物出现了[98]。
他手里摆弄着几只金苹果[23]。	23. 金子——是所寻找人物身上固有的细节之一。标志物。[99]。
姐姐看见弟弟后，悄悄走过去，一把抓起他带着就跑了[24]，[25]，	24. 运用计谋或力气达到目的(Л^1)。
	25. 没有说出来，但意味着归来(↓)。
天鹅跟在后面飞着追上来[26]：这些坏蛋赶上来喊：“往哪里跑？”	26. 飞着追捕(ΠP^1)。
还是原来的那些人物再次让她经受三次考验，但正面的回答使他们得到了考验者自己将其从追捕中救出的帮助。小河、苹果树和别的树掩护了小姑娘[27]。故事以小姑娘回到家中结束。	27. 同样的考验再出现三次(Д^1)，主人公这一次反应是正面的(Γ^1)，考验者供主人公驱使(Z^9)，从追捕中获救因此而得以实现($C\Pi^4$)。

普洛普说：“如果在将这个故事的所有功能项记录下来，那么就会得出以下图式：

$$\text{iб}^1\ \text{e}^1\text{b}^1\text{A}^1\text{B}^4\text{C}\uparrow\{\frac{\text{Д}^1\Gamma^1\text{neg}Z^1}{\text{э}^7\Gamma^7 Z^9}\}\text{R}^4\Lambda^1\downarrow\Pi\text{P}^1[\text{Д}^1\Gamma^1\ Z^9=\text{Cn}^4]\times 3$$ ”①

由以上所述，我们可以看到，所谓故事形态的“图式”就是这些功能项的相加而成的关系。但关系大于功能项。一个功能项是没有意义的，必须结构而成一个整体的关系，才能显示出故事的意义来。普洛普关于角色功能和图式的发现有什么意义呢？第一，回答了故事是什么的问题。在普洛普看来，故事是角色功能项的连接，具有客观性，是可以分解的。通过这种功能项的分解，我们可以了解到某一类的故事看起来纷繁复杂，但概括起来不过是几个功能项的组合。第二，最具有意义的是，普洛普发现了故事的“语法”。这就如同语言学家发现抽象语言的内部语法规则一样，语法被揭示出来了，整体语言的内在结构也就清楚了，那么我们如何运用语法更好地来表达我们的思想，就有了规则作为依凭。同样的道理，故事“语法”的发现等于揭示了故事的构成规律，人们就可以凭借功能项更好地解析故事的构成，既能从部分看到整体，又能从整体分解成部分。第三，故事的角色功能项的发现，就是故事形式的规律性的发现，而故事形式规律性的研究是历史规律性研究的先决条件。就是说，普洛普在对故事形态进行形式研究的时候，就想到了其后的故事的历史研究，想到了要从形式走向历史内容，这是很了不起的。第四，普洛普的故事形态学是最早的叙事学，他为其后的结构主义的叙事学开辟了道路。尽管后来的法国叙事学有很大发展，研究出的问题比普洛普多得多，但我们不能不说，普洛普的《故事形态学》是世界整个叙事学的起点。

① 以上表格和图式见普洛普《故事形态学》第92～95页。

二、中国古代婚恋故事形态的角色功能

普洛普的角色功能项和图式理论，我们可以用中国古代才子佳人的婚恋故事做一个验证。中国从唐代的传奇开始，到金元戏曲，再到明清的小说，才子与佳人的婚恋故事很多，每一个故事表面看起来也不同，实际上如果我们用普洛普的故事形态学的功能理论和图式去考察，我们会发现这些故事的功能项是有限的。通过叙述语言方式所结构而成的角色的功能项不过如下几项：

1. 才子佳人相遇。——(甲)
2. 才子佳人一见钟情，(乙 1)或男生情(乙 2)，或女生情——(乙 3)
3. 遭遇困境，或受到外部考验，如家人反对之类。——(丙 1)
4. 彼此误会，经受内部考验，如以为其中一方另有新欢——(丙 2)
5. 为追求做出种种努力，如男子金榜题名之类。——(丁)
6. 帮手出现，如父母解救，友人相助，或皇帝赐婚之类。(戊)
7. 有情人终成眷属，大团圆结束。(己)

我们这样说，是有根据的。所根据的就是从唐传奇开始的白行简的《李娃传》，元稹的《莺莺传》(亦名《会真记》，记张生、莺莺故事，后来元杂剧《西厢记》所本)，元代关汉卿的《救风尘》，王实甫的《西厢记》《破窑记》，白朴的《墙头马上》，马致远的《青衫泪》，杨显之的《临江驿》，李好古的《张生煮海》，郑光祖的《倩女离魂》，明代民间作品《白兔记》，无名氏的《拜月亭》，朱权的《荆钗记》，汤显祖

的《牡丹亭》等，此外还有明末清初两代的才子佳人小说几十部。刘大杰《中国文学发展史》对这一段小说曾做过这样的描述："这些书大都是某公子年少貌美，满腹才学，因择配不易，弱冠未娶。某日出游花园或寺庙，遇一少女，年方二八，'沉鱼落雁，羞花闭月'，多才善感，惊为天人。与之语，佯羞不答，然脉脉含情，于是男女心中，都若有所失，于是必有伶俐之婢女一人出而传书递简，或寄丝帕，或投诗笺，两心相许，私定终身。此女多为父母掌珠，因才貌过人，择婿不易，尚待字闺中，后闻某权臣闻女艳名，设法求为子媳，女家不许，于是百般构陷，艰苦备尝，改名换姓，各奔前程。最后总是才子高中状元，挂名金榜，秘情暴露，两姓欢腾，男女双方，终成夫妇。"①这些小说中较有代表性的有《玉娇梨》《好逑传》《平山冷燕》《铁花仙史》等。

我们可以仿照普洛普的角色功能项，找一篇有代表的作品列一个表。

表 2 《西厢记》的角色功能项表

前朝崔相国病逝，其夫人郑氏带其女莺莺、侍女红娘等一行 30 多人回乡，路上暂住普救寺。	初始情景
进京赶考的书生途中也住普救寺，与莺莺相遇(甲)，彼此产生爱慕之情。(乙)1	(甲) (乙)1
男女隔墙诗词唱和。2	(乙)2
守桥叛将孙飞虎率兵围普救寺，欲抢莺莺为妻。3	(丙 1)3
郑夫人四处求援。情急之中，郑夫人许愿："谁有退兵之计，就把莺莺许配给谁"4 张生答应想办法退兵。	(丁)4
张生写信给他的朋友杜确将军，杜确带兵赶到，击败并擒获孙飞虎。5	(戊)5
郑夫人言而无信，不肯把莺莺嫁给张生。6	(丙 1)6

① 刘大杰：《中国文学发展史》下卷，上海古籍出版社 1982 年版，第 1184 页。

续表

红娘相助，约张生与莺莺在西厢相见，私下幽会，订了终身。7	(戊)7
老夫人拷问红娘。红娘据理相争。说服老夫人。8 老夫人的条件是张生要金榜题名。9	(戊)8 (丙 1)
张生进京，考上状元。10	(丁)10
老夫人侄儿郑恒造谣，说张生已做了卫尚书女婿，逼莺莺嫁给他。老夫人要将莺莺嫁给郑恒。11	(丙 1)11
张生及时回到普救寺，在白马将军帮助下，揭穿郑恒阴谋。张生与莺莺喜结连理。12	(戊)12 (己)

我们按照普洛普的要求，把这些角色功能项连接起来，那就是：

(甲)(乙)(乙)〖(丙 1)×3〗〖(丁)×2〗〖戊×4〗=(己)

上述公式就是《西厢记》的图式，12(己)是最后一项，即各功能项连接的结果：有情人终成眷属，也可以说大团圆。

那么，这样一种“删繁就简”的故事功能研究具有什么意义呢？第一，任何曲折的故事的功能项是稳定的，有限量的。对于元明清这类才子佳人的故事来说，尽管看起来纷繁复杂，曲折无比，但构成此类故事的功能项是有限的，最多就是 6 项。才子佳人故事的本质就是六个功能项的组合，这样我们就找到了这类故事的“基质”。第二，同类故事可以有许多变体，在变体中，功能项可能增加，也可能减少，但都不会溢出上述的功能项，功能项的顺序也不会变化。如《牡丹亭》的功能项可能会多一些。《张生煮海》可能功能项就少一些。但最终结果是一样的。第三，这类研究显然有助于故事类型的划分。才子佳人婚恋的大团圆故事，适合于上述功能项的指认，形成了同一类小说共同的规则。要是变换了小说的类型，例如，从《红楼梦》开始男女恋爱悲剧，那么就要经过研究，确立另一系列的角色功能项了。第四，这类故事功能项的多少，尽管还是形式因素，但为历史文化的研究提供了前提。例如，《西厢记》的故事中，最多的功能项是作为(丙)3 项、(戊)4 项，说明了这个故事中“困境”最多，

“帮手”也最多。说明张生与莺莺的结合得益于“帮手”的帮助，从而战胜或摆脱了多种“困境”。那么这些“困境”是什么呢？“帮手”又是谁呢？这就为社会历史文化的研究准备了条件。

第二节　故事形态的社会历史根源

如果普洛普的故事形态研究只停留在角色的功能项和图式的研究，那么就还是形式主义研究，显然是有缺失的。普洛普意识到了这个问题，所以他在《故事形态学》一书中就强调“研究所有种类故事的结构，是故事的历史研究最必要的前提条件。形式规律性的研究是历史规律性研究的先决条件”①。所以普洛普再写出《故事形态学》之后，又用了10年时间(其中包括卫国战争期间)写出了《神奇故事的历史根源》一书，此书于1946年出版。作者在历史唯物主义的指导下，小心翼翼地从故事的形态、功能、图式出发去寻找俄国神奇故事产生的社会历史根源。

一、俄国民间故事形态的历史文化根据

普洛普生活于苏维埃政权下，写这本书的时候，正是卫国战争时期，他当然是学习马克思主义的，所以他的《神奇故事的历史根源》一开始，就说：“故事作为一种具有上层建筑性质的现象”②。这一判断说明了他把俄国民间故事纳入马克思的历史唯物主义的框架中进行解释。他引了马克思的名篇《〈政治经济学〉序言》中的话：“物质生活的生产方式制约着整个社会生活、政治生活和精神生活的过程。”“随着经济基础的变更，全部庞大的上层建筑也或快或慢地发生

① 普洛普：《故事形态学》，贾放，译，中华书局2006年版，第13页。
② 普洛普：《神奇故事的历史根源》，贾放，译，中华书局2006年版，第6页。

变革。”普洛普显然认为民间故事不是孤立的文学现象，它们是经济基础的上层建筑，是上层建筑中的观念形态。这就为他的故事的历史根源的研究打下了坚实的基础。

普洛普采取了一种比较的方法，即将故事与往昔社会的种种情况进行比较。同时他把自己的研究定位为“起源学”的研究，即故事发源的社会历史根据。普洛普在书中寻找到四个角度切入进行故事历史根源的探讨。

第一，故事与往昔的社会法规的关系。普洛普认为，故事一般不会去直接地描述生产活动，一般只在开头时提到耕作或打猎，而扮演角色的是猎人们、林中的动物等。与故事相关的往往不是生产技术，而是与之相适应的社会制度。即研究故事母题以及所有故事是在什么社会制度下被创作出来。但社会制度这个词太笼统，必须要找到社会制度的具体表现形式。普洛普认为社会制度的法规就是社会制度的表现形式之一。因此必须把故事的内容与社会法规进行比较。他举了两个例子。第一个例子，民间故事中保留一些不同于现在的婚姻形式，主人公去远方而不是在自己的周围寻找未婚妻。普洛普认为，这可能是反映了社会某个阶段或时期的外婚制度，应该通过考察去寻找这种外婚制的社会形态。第二个例子，主人公登基为王，但他是接了谁的位子呢？在故事中，不是接替父亲为王，而是接替岳父为王，这就意味着岳父常被自己的女婿杀死。这与社会发展的某个阶段政权继承的形式是相对应的。

第二，故事与宗教的仪式、习俗的关系。普洛普认为故事母题或情节有一部分与社会的宗教、习俗有关。他首先引了恩格斯在《反杜林论》中对宗教的观点，恩格斯认为“一切宗教都不过是支配人们日常生活外部力量在人们头脑中的幻想的反映，在这种反映中，人间的力量采取了超人间力量的形式。……”普洛普认为对于民间故事常常不是宗教本身发生影响，而是宗教所形成仪式与习俗发生影响。

普洛普研究得比较深入的是，故事常常是对仪式和习俗的重解。“重解”是什么意思呢？即某种仪式与习俗在历史发展过程中，已经变得无用或费解，这时候民间故事就不是重复这些仪式和习俗，而是以另外一些东西、一些更容易理解的东西去取代原有的仪式与习俗，也就是故事中的仪式与习俗已经变形。普洛普举了一个例子：在民间故事中主人公将自己缝进牛皮或马皮里，然后从坑里爬出来去到遥远的王国，随后有鸟儿抓起他，把他带到自己去不了的某座山或某片海。而按照宗教仪式，并不是将生者缝到皮囊里，而是将死者缝入皮囊里。故事对原有的宗教仪式做出了改变。在故事中，除了对宗教仪式、习俗的重解外，还有“反用”，“反用”是“重解”的特例。“反用”就是故事中对原有的仪式或习俗“反其意而用之”。例如，在宗教中，曾有杀死老人的习俗。但在民间故事中恰好相反，应当被杀的老人没有被杀，那个准备杀老人的手下留情。这个不杀老人而手下留情的人，本应被耻笑，甚至被惩罚，但故事中却成为英雄。又如，在宗教习俗中，有在春天来到的时候，为了保佑让农作物生长良好，就把姑娘投入河中祭神的做法。但在民间故事中，故事主人公把准备喂怪兽的姑娘，从怪兽的嘴里抢救出来。那么，为什么会出现故事对原有宗教的“重解”或“反用”呢？普洛普认为，这是因为宗教中那些仪式与习俗已经过去了，所以故事情节的发生不是通过直接反映往昔现实的途径，而是通过否定往昔现实的途径，以便反映生活的变化、跳跃，反映旧事物死亡和新事物诞生等。

第三，故事与神话的关系。关于此点，普洛普并没有像前面两点展开论述，主要是在说明故事与神话的联系与区别。在普洛普看来，不能一般地把神话本身看成故事。神话是历史，是历史因素。因此神话可以是故事的源泉之一。他强调：神话是理解故事的钥匙。

第四，故事与原始思维的关系。普洛普认为，在故事中显然有一些形象与情形，不是直接从任何往昔的现实相联系的，那么这只能从原始思维的角度去寻找。例如，会飞的蛇、长翅膀的马，都不会在往昔的现实生活中存在，因此企图要从往昔的真实生活中去找根据，是徒劳无益的。会飞的蛇也好，长翅膀的马也好，都不曾有过，但都“符合历史”。不过这“符合历史”不是指事物曾经出现，而是指它们的出现有历史的依据。原始人类的交感思维，或原始思维，也属于历史，正是它使人们幻化出这类现实生活中不存在的事物。普洛普举例说，为了求雨而跳舞，跳舞的行为是为了影响自然。正是这种以为只要给老天爷跳一个舞，就会感动老天爷的观念驱使人采取非常的行动。无论神话和仪式，以及由神话和仪式为根源的民间故事，都是原始思维的产物。因此某种故事的基础与我们习惯理解是完全不同的另一种对时间、空间和集合的理解，由此可以得出一个结论，原始思维作为一种历史存在也可以用来解释故事的起源。

以上四点，只是普洛普揭示民间故事历史根源的方面和角度。①而其展开形式则是对普洛普《故事形态学》的各种角色功能项的社会学的、政治学的特别是人类文化学的具体深入的揭示。由于这部分内容很多，在这里无法一一介绍。我们这里只是举一个例子来加以说明。在众多的民间故事的开场中，都有角色暂离而对其属下发出“禁令”或“隔离”的限制的功能项。例如，“公爵再三叮嘱她不要下楼”“当这个小伙子要出去打猎的时候，他嘱咐说：‘姑娘，你哪儿也别去’”“女儿啊，女儿啊！……你得机灵点，好好照顾你兄弟”，有的故事中更实行禁忌，如国王任何时候都不得离开王宫，等等。普洛普介绍了许多类似的角色功能。最后他说：“一言以蔽之，这是早期国家的现象。领袖或国王被认为具有支配自然，支配天空、雨水、人、牲畜的魔力，人民的平安有赖国王的平安，因此，精心地保护

---

① 以上四点叙述来自普洛普《神奇故事的历史根源》第 8～22 页。叙述者对普洛普的观点作了整理与概括。

好国王，也就魔术般地保住了全体人民的平安。”[①]普洛普用类似这样的人类文化学的解释说明故事角色功能与社会历史的联系。

显然，俄国神奇故事产生时间很早，但文字记载则很晚。相关的文献不是很多，因此普洛普对故事角色功能的历史文化解释，有的做得比较好，也比较确切，而有些就做得不甚确切，甚至是一些推测而已。这是必须加以说明的。但无论如何，普洛普还是为民间故事的历史根源做出了合理的或基本合理的解释，从而把故事的角色功能与历史文化联系起来，形成了“内外”结合考察的学术态势，给我们许多启发。

二、中国古代婚恋故事的历史文化根据

现在我们再回转过来，看一看中国唐代以来的才子佳人婚恋故事的历史文化根据。我们会发现，元、明、清已经进入中国封建社会的后期，封建社会的统治思想，渗透到社会的各个角落，可以说无孔不入。而反对封建思想的束缚，要求婚姻自由的思想也大为加强。封建的儒家思想与反封建儒家的自由思想形成了冲突与斗争。因此，当我们来考察中国古代才子佳人婚恋故事的历史文化根据的时候，已经不需要像普洛普那样从远古的人类文化学那里去寻找根据。我们完全可以把这些故事的母题、角色的功能项、图式放到历史文化的具体背景中去把握。我们几乎可以找到每一个角色功能项的历史文化根据，特别是从唐代以来的封建与反封建的社会的、伦理的、道德的文化冲突背景中、思想来源中去寻找社会历史根源。

(一)中国古代才子佳人叙事故事的角色功能的思想文化根源

第一，才子佳人相遇。如《拜月亭》中王瑞兰与蒋世隆相遇，《西

① 普洛普：《神奇故事的历史根源》，贾放，译，中华书局2006年版，第30页。

厢记》中的张生与莺莺相遇，《破窑记》中刘月娥与吕蒙正相遇，《墙头马上》中李千金与裴少俊相遇等，都是不期而遇，而不是长久相识而生感情。甚至还有像《破窑记》中男女不过是“抛绣球”而相遇。为什么会这样？这就关系到古代社会女子的社会地位和角色问题。中国古代封建社会是一个男权社会，男子出仕做官，女子则只能在家里相夫教子。就唐代整体而言，对妇女还比较宽松，女子有一定的自由，有时也可以与男子自由交往，这些在唐诗中都有所反映。宋以降，受理学的影响，妇女地位越来越低。毕竟整个封建社会是男权主义的时代，妇女地位比较低下是一个事实。况且唐代继后汉班昭写了《女诫》后，唐代初年，唐太宗时的长孙皇后曾作《女则》三十卷，对妇女有诸多限制。唐太宗曾以颁行于世，现已失传。后来陈邈妻郑氏，作《女孝经》十八章：1. 开宗明义；2. 后妃；3. 夫人；4. 邦君；5. 庶人；6. 事舅姑；7. 三才；8. 孝治；9. 贤明；10. 纪德行；11. 五刑；12. 广要道；13. 广守信；14. 广扬名；15. 谏诤；16. 胎教；17. 母仪；18. 举恶。此书流传后世，影响很大。唐朝最重要的一本有关女教的书，即宋廷佘所著《女论语》，全书十二章：1. 立身；2. 学作；3. 学礼；4. 早期；5. 事父母；6. 事舅姑；7. 事夫；8. 训男；9. 营家；10. 侍客；11. 和柔；12. 守节。《女论语·立身章》说：“凡为女子，先学立身，立身之法，惟务清贞，清则身洁，贞则身荣。行莫回头，语莫掀唇，坐莫动膝，立莫摇裙，喜莫大笑，怒莫高声。内外各处，男女异群；莫窥外壁，莫出外庭，出必掩面，窥必藏形。男非眷属，莫与通名；女非善淑，莫与相亲。立身端正，方可为人。”这些训诫，自然是对当时社会上束缚妇女经验的提炼，反过来又不能不影响社会风气。如此一来，青年男女见面的机会肯定是要受到限制的。因此那时候才子佳人“相遇”，就自然是难得的，自然是重要事件。反映到叙事故事里面，男女角色相遇就成为一个重要的功能项了。

第二，才子佳人一见钟情，或男生情，或女生情，或彼此皆生情。男女之间未经充分了解，就一见钟情，这种事情现在也有，也不违背伦理道德。但在中国封建社会中，男女之间一见钟情，是违背那时的伦理道德的，因为男女婚姻是不能由自己自由选择的。《孟子·滕文公章句下》："丈夫生而愿为之有室，女子生而愿为之有家，父母之心，人皆有之。不待父母之命，媒妁之言钻穴隙相窥，窬墙相从，则父母国人皆贱之。"①孟子的这种思想，流毒后代，成为束缚男女婚姻自由的绳索。像白朴的《墙头马上》中，裴少俊与李千金相遇相爱同居已经七年，生有一子一女，但被裴的父亲发现后，仍然要被活活拆散。就是这种社会文化思想和制度所造成的苦难。男女自由生情，是违背封建礼教的，"一见钟情"是有罪的。中国封建礼教的最大罪恶就是把本来人性中最自然的事情，硬加扭曲，变成为违背礼法的事情。礼法与人性对立，用礼法压倒人性，是封建礼法的本质。非常不幸的是连男子与女子相遇也成为违背礼法的事情。

第三，遭遇困境，或受到外部考验，如家人反对之类。男女自由恋爱，父母若不管，那么父母也是要被别人看不起的，因为这违背了封建社会的伦理规范。一方面是儿女要自由选择自己的爱情，一方面是父母要干预这种选择的自由。无论是父母还是儿女都碰上了一个在封建社会非常"硬"的东西，那就是作为社会伦理规范的"三纲五常"。"三纲"与"五常"是西汉学者董仲舒提出的，所谓"君为臣纲、父为子纲、夫为妻纲"，要求为臣、为子、为妻者绝对服从于君、父、夫；为君、为父、为夫者也要为臣、子、妻做出表率。"纲"是什么？就是做网的大绳，所有的细绳都要连到大绳上面。"五常"，指仁、义、礼、智、信，"常"有不变的意思，它是用以调整君臣、父子、兄弟、夫妇、朋友关系的行为规范，可以说就是大绳上

① 焦循：《孟子正义》，中华书局1987年版，第426页。

面的细绳了。“三纲”“五常”虽然是董仲舒的归纳，但其思想出自先秦诸子之学，如孔子规定了“君君、臣臣、父父、子子”的人伦秩序；韩非也说过“臣事君、子事父、妻事夫”为“天下之常道”。到了宋代的朱熹，他把“三纲五常”连起来，并从哲学上作了解释，更成为束缚人与人关系的绳索，把人的行为捆得死死的。当然，各个朝代对于“三纲”“五常”的实践程度不同，宽严不同，但在宋以后，特别是产生才子佳人叙事故事元明清时期，“三纲”“五常”的人伦规范的实行是越来越严了。才子佳人所遭遇的“困境”，就是他们违背了“父为子纲”的规定，碰到了这个不能碰的硬东西，所以面临考验。所谓考验，就是你敢不敢超越“父为子纲”，你能不能战胜这“父为子纲”。从父母这个角度说，发现儿女违背“三纲”，也不能不干预，如果做父母的不干预，那么你们自己也违背“三纲”。所以这里所说的“困境”是双方的困境。

第四，为追求做出种种努力，如男子金榜题名之类。主人公为自己的爱情作出努力，但这种努力朝向什么方向呢？我们会发现，几乎所有的才子最后还是顺从父母的或对方父母的意愿，进京赶考，然后是荣登榜首，状元及第，最后才是得到父母的允许，有情人终成眷属。这就是说，他们最终还是走仕途经济之路，在“三纲五常”面前低头，在封建主义的意识形态面前低头，完全地投降了“三纲五常”，得到父母允许，最后才如愿以偿。那么，为什么考了状元就会得到父母的允许，甚至得到皇帝的赐婚呢？这就引出了另一个历史文化制度问题，原来中了状元就等于要做大官，做了大官，自己就比“父母”还要“父母”。所以科举考试是这些才子摆脱爱情绳索的唯一道路，也是跻身官员行列的唯一道路，也是封建社会给士人留下的唯一道路。这里的问题就是你似乎摆脱了“父为子纲”，实际上你又落入了“君为臣纲”。假如你不随封建礼教给你指出的路走，那么下面的功能项“大团圆”也就无法发生，甚至要发生悲剧了。那么我们考察的就不是才子佳人婚恋故事，而是另一类故事了。

第五，帮手出现，如友人相助，或皇帝赐婚之类。“帮手”有两类，一类是真朋友。中国古代的文化传统之一是“尚友”。《论语》开篇就是“有朋自远方来，不亦乐乎?”的句子。孟子有“尚友”的说法，即读古人的书也要以古人为友。现实中的朋友就更为重要了。朋友之道就是要相互帮助。友谊始终是中国诗歌、小说的一个主题。《三国演义》《水浒传》中讲义气，就是讲朋友之间的感情。在《西厢记》中，红娘不仅仅是莺莺的丫环，更是莺莺的朋友，没有红娘的帮助，她如何能与张生沟通、相约、盟誓，又如何能说服老夫人。还有另外一类朋友，这是假朋友。最后“大团圆”时候的“奉旨成婚”，似乎皇帝成了“帮手”，但这“帮手”所做的事情不过是举手之劳，而且这里有“收编”的意思，更重要的是如鲁迅所说的那样，不过是“更大的帽子”①，即借此“歌功颂德”，宣传皇帝万岁之意了。而历史的发展证明，“皇帝万岁”的事情不会发生的。

第六，有情人终成眷属，大团圆结束。现实中的故事未必都是大团圆结束，可能才子也未必有足够的才，不一定考取什么状元；佳人也未必有耐心，等才子高中后再接着爱。现实往往是不团圆的，是有缺陷的，甚至常常是悲剧，就像《红楼梦》所写的贾宝玉与林黛玉那样，死的死，出家的出家，各分东西。但中国古代才子佳人婚恋故事总是要安排大团圆结束，让有情人终成眷属，这是有文化意涵的。鲁迅在谈到《西厢记》大团圆结束时说：“这是因为中国人底心理，是很喜欢团圆的，所以必至于如此，大概人生现实底缺陷，中国人也很知道，但不愿意说出来；因为一说出来，就要发生‘怎样补救这缺点’的问题，或者免不了要烦闷，要改良，事情就麻烦了。而中国人不大喜欢麻烦和烦闷，现在倘在小说里叙了人生底缺陷和麻

---

① 鲁迅：《鲁迅全集》第8卷，人民文学出版社1959年版，第344页。

烦，便要使读者感着不快。所以凡是历史上的不团圆，在小说里往往给他团圆；没有报应的，给他报应，互相骗骗。——这实在是关于国民性底问题。”[①]鲁迅所说的“大团圆”所蕴含的历史文化根据，就是中国人封建礼教的影响所承载的“瞒”与“骗”的国民性问题。就是明知现实生活中是不团圆的多，团圆的少，但看故事则希望好人得好报，以看到团圆为满足。用虚幻的世界来填补现实的缺陷，而不思如何改变着现实。这就是封建礼教影响下的国民性。

（二）中国古代婚恋故事图式的文化意涵

以元明清为代表的中国才子佳人故事就图式而言，其文化意涵，是儒家文化思想在文学上面的折射，正是儒家的政治文化给千百万士人提供了科举这一条窄窄的羊肠小路。一般的士人，特别是出身贫寒的士人，面对“四书”“五经”，寒窗苦读，梦想“书中自有颜如玉，书中自有黄金屋”，然而能实现梦想的微乎其微。因此士人们不过是想从这才子佳人大团圆的故事中寻找心理的替代性的虚幻性的满足。社会心理促成了才子佳人故事的产生与流行，才子佳人故事又反过来加强社会心理的扩散。而这种故事虽然与“四书”“五经”不同，但其思想文化脉络则与封建意识形态毫无二致。这种故事是元明清儒家文化的产物，市民百姓喜欢读，得到娱乐与消遣，得到心理满足；封建统治者也乐于它的流行，既可以宣传封建礼教的意识形态，又可安抚百姓，稳定社会秩序。故事虽然对于“父为子纲”有小小的不满，但最终男女角色奉旨成婚，连皇帝还要受到称赞。这样，也就实现了作者、读者和统治者的契合与“共谋”。这就是元明清才子佳人故事的文化意涵。

小结：以上三章，重点在展现“文化诗学”的辽阔学术空间。实际上，对于文学抒情话语，可以分成两个层面，即抒情话语特点与

---

① 鲁迅：《鲁迅全集》第8卷，人民文学出版社1959年版，第328页。

社会文化的关系；抒情话语修辞与社会文化的关系。对于文学叙事话语，也可以从两个层面切入，一方面是叙事话语方式与社会文化的关系，另一方面则是叙事话语修辞与社会文化的关系。以上三章，也说明了文学话语与社会文化的互动、互构的关系，社会文化是文学话语的历史文化根据，而文学话语则反过来丰富了历史文化。

以上三章，也进一步说明了文化诗学的旨趣，是力图从内部研究走向外部研究，穿越内外，内外结合，从而形成对文学文本与社会生活密切联系的整体性的读解和分析。让我们用巴赫金的话来结束这一章："每一种文学现象(如同任何意识形态现象一样)同时既是从外部、也是从内部被决定的。从内部——由文学本身所决定；从外部——由社会生活的其他领域所决定。不过，文学作品被从内部决定的同时，也被从外部决定，因为决定它的文学本身整个地是由外部决定的。而被从外部决定的同时，它也被从内部决定，因为外在的因素正是把它作为具有独特性和同整个文学情况发生联系(而不是在联系之外)的文学作品来决定的。这样，内在的东西原来是外在的，反之亦然。"①

① 巴赫金：《文艺学中的形式主义方法》，李辉凡、张捷，译，漓江出版社 1989 年版，第 38 页。

第九章 文学修辞与社会文化的互动、互构

前面两章探讨了文学抒情方式和文学叙事方式与社会文化的互动与互构。其实在文学抒情方式与文学叙事方式内，还有一个更为深入的问题，那就是文学修辞问题。因为无论是文学抒情还是文学叙事的最小单位，都是文学言语的修辞。一个文本的言语表达的秩序，言语表达的情调，言语表达的氛围，言语表达的声律，言语表达的色泽，乃至文学体裁、风格的确立，都有赖于文学修辞。修辞这个概念也有狭义与广义的区别。广义的修辞，可以包括人与自然的一切方面的姿态、颜色、音响、形状等的修辞性。如自然的修辞，山的高低起伏，峰的险峻神奇，江流的缓急清浊，湖海的宽广深浅，自然气候的明媚、阴晦、清爽、混浊、黑暗、明亮、寒冷、炎热等；人的修辞，如人体的、表情的、手势的、装饰的等；还可以包括故事的修辞，如温暖的、温

馨的、清新的、隽永的、悲凉的、悲壮的、悲悯的、幽默的、诙谐的、诗意的、曲折的、平淡的等。狭义的修辞就是指文本的语言表达方式及其效果，如中国古代文学文本中赋、比、兴的运用，对偶、夸饰、平仄、详略、繁简、典故的运用，字词的推敲等。在刘勰的《文心雕龙》中，《熔裁》《声律》《章句》《丽辞》《比兴》《夸饰》《事类》《练字》等10篇，都属于修辞批评理论。本章所取的就是文本语言表达的狭义的修辞。这里将重点探讨文学修辞、文学修辞批评和文学修辞批评理论与社会文化的互动关系。

第一节　文学修辞与中外修辞批评理论的遗产

第一节我们将首先讨论什么是文学修辞，什么是文学修辞批评，以及中外文学修辞批评的遗产。

一、文学修辞的性质、功能和效果

作家面对自己获得了的题材，在开始进入创作过程之前，必然有关于这个题材表达成自己心目中所希望的样子的预设，这就不能不考虑作为语言表达的修辞问题。那么，文学修辞问题主要包括哪些内容呢？刘勰在《文心雕龙·章句》篇指出："夫人之立言，因字而生句，积句而成章，积章而成篇。篇之彪炳，章无疵也；章之明靡，句无玷也；句之清英，字不忘也：振本而末从，知一而万毕也。"刘勰的意思是，作家写作作为立言活动，无非要考虑到字(词)、句、篇三者及其关系。这就是文学修辞的内容了。文学修辞就是在表达文学题材时的字词、句子和篇章的秩序。这一点并无不同意见。但对刘勰这段话的后半段，"龙学"界有两种不同的解读：其一，认为"篇"是"本"，字(词)、句是"从"，全篇光彩鲜明了，那么各章就无瑕疵了，各章明白美好，句子就不会有毛病了，句子明洁华美，字词就不会有错。这种理解把全篇的修辞安排看成整体性的东西，整体性的东西安排好了，那么章、句、字词也就稳妥了，所谓“振本而末从，知一而万毕”，说的就是这个意思。其二，认为“字”词是“本”，“篇”是末，认为全篇光彩鲜明，是因为各章无瑕疵，各章明白美好，是因为句子没有缺点，句子明洁华美，是因为用字(词)没有毛病。这就是所谓“因字而生句，积句而成章，积章而成篇”。我是同意后一种看法的。文学修辞的要素是字、词、句、章、篇的修饰。字词的修饰是基本的，然后才是句子、章节、全篇的修饰。如果连字词都有许多毛病，如何去讲究句子、章节、全篇的安排呢?但同时我又认为“篇”作为整体的安排也是重要的，或者说是更重要的。这一点刘勰也注意到了，他在《文心雕龙·附会》篇说：“夫画者谨髮而易貌，射者仪毫而失墙，锐精细巧，必疏体统。故宜诎寸以信尺，枉尺以直寻，弃偏善之巧，学具美之绩，此命篇之经略也。”意思是说，绘画者一味描绘毛发，而所描绘的形貌就会失真。射箭者只见毫毛，而不见整堵的墙，就会因小失大。所以宁可委屈一寸而保证一尺的伸直，宁可委屈一尺而保证一丈的伸直，宁可放弃局部的细巧，也要学会整体完美的功夫，这才是谋篇布局的概要。这里，刘勰实际上讲了这样一个道理，整体是制约局部的，而局部却不能超越整体。整体优先的原则是十分重要的。这里刘勰所说的寻、尺、寸，也是指篇、章、句、字词的修饰，但强调整体优先。由此看来，刘勰认为文学修辞包括两个过程：一个过程是由篇到章到句到字词的加工，即由整体到部分，在实际创作中，作家对于自己笔下所写的作品的情调、色泽等先有整体的构思，然后才设想具体安排字词、句子、章节时的加工，我们似可以称为“大修辞”；一个过程是由字词到句子到章节到全篇，即由部分到整体，就是说细部的加工会影响到整体的效果，特别是关键的细节的加工，甚至可以决定整篇的情调和色泽等，我们似可称为“小修辞”。

如果我们同意刘勰对文学修辞的这种辩证的理解的话，文学修辞的要素是包含了字词、句子、章节和全篇这四者的独特的加工活动。作家面对的是取自社会生活的题材，他们用特有的程序对题材进行独特的加工，结果是这来自社会生活的题材被提升到审美事实，形成了文学作品。如果我们把来自社会生活的题材与加工过的作品进行比较，我们就会发现文学修辞的程序。文学修辞对作家而言，是艺术加工中的言语的双向的运动。一方面，要充分考虑整体言语的修辞效果，从这里出发去追求细部的修辞艺术；另一方面，充分考虑到细部言语的修辞效果，从这里出发去追求整体的修辞艺术。

文学修辞具有什么性质和作用呢?

首先，来谈谈文学修辞的性质问题。文学的题材来自社会生活，它能不能转变成文学作品，受许多因素的影响，文学修辞就是其中最重要的影响之一。我们不能仅仅把文学修辞仅仅看成一种字词、句子、章节、修辞格等语言工具的运用。按照现代的语言观，语言符号对于人来说就是一种存在，在人类有了语言符号之后，语言符号始终先于人而存在。因此，人一出生，就落入语言的网络中，人们不但不可能从语言符号中挣脱出来，而且不得不通过语言去看这世界。这一点我们在第六章中已经详细讨论过，这里就不赘述了。这里我们要强调的是语言的修辞性问题。

语言的本质是语法还是修辞，结构主义的索绪尔强调的是语法，强调语言是共时性的语法规则，修辞只是语法中的一个子项。这种看法认为共时性的语法，才能使符号清楚表达意义，而且主旨才会凸显出来。但后来的解构主义强调语言的本质是修辞，修辞破坏语法的规范，文学的歧义、朦胧、不可解才得以产生。因此，解构主义认为语言的本质是修辞性的。我的看法是世界是“结构——解构”的运动，语言中既有结构的性质，也有解构的性质，既是共时的，也是历时的，因此语言的本质既是语法，也是修辞。语言的语法性使文学作品意义获得明晰的审美信息，语言的修辞，特别是偏离性的修辞，则又使作品意义获得含混性、朦胧性和歧义性，这前后两种结合正是优秀文学作品可解不可解的原因。例如，杜甫的《春望》中的句子“感时花溅泪，恨别鸟惊心”。其修辞的特点是模糊主语，让读者摸不清楚主语是什么。一方面它的审美信息是清晰的，那就是对“安史之乱”所造成的国恨家仇感到忧心与愤怒；但另一方面它的审美信息具体说来又是不清晰的，这里是说人看到花后不觉流下眼泪，见到鸟也觉得惊心呢，还是说在那混乱的时候连花也溅泪鸟也惊心呢？就可以做出不同的解释，因此这里又充满歧义和含混。同样，李商隐的《无题》(“相见时难”)全诗用了比喻、象征、对偶等修辞手段，它具有结构性，意思总的说是清楚的，那就是“怀人”；但又具有解构性，诗中究竟是怀念什么人的或求助什么人呢？则是不清楚的。一说认为此诗作于大中五年，当时李商隐在徐州卢弘止处当任幕僚，卢弘止死，李商隐从徐州到长安，因为长期在外做幕僚，感到无聊，想通过关系进翰林府。他想向当时出任宰相的令狐绹陈情。但又没有门路，很难见到，所以说“相见时难别亦难”。但他想见令狐绹的心情是那样坚定和急迫，所以就用了比喻的句子：“春蚕到死丝方尽，蜡炬成灰泪始干。”想到自己青春易逝，又有“晓镜但愁云鬓改，夜吟应觉月光寒”的比喻，但他没有失望，总觉得还会有人帮助他，所又有“蓬山此去无多路，青鸟殷勤为探看”的句子。一说认为李商隐为思念他的情人而作，全诗所写，无非是对他的情人的一片真情。此外，还有解读为寄托、艳情、狎游、感遇、政治、悼亡等多种解读。

其次，再来谈谈文学修辞的作用和功能问题。文学修辞通过字词、句子、章节、篇的艺术加工方式，用以加强或改变文学题材本身的性质。文学题材就是作家已经掌握的写作材料。对诗来说，它的材料就是情景，对小说来说，它的材料就是故事。情景、故事本身是有颜色、温度和情调的。如有热烈的、有温暖的、有冷淡的、有凄凉的、有寒冷的、有豪放的、有婉约的、有欣喜的、有悲哀的、有红色的、有黑色的、有绿色的、有白色的等。文学修辞的作用就是加强或改变这种颜色、温度和情调。一般来说，通过文学修辞来加强题材的颜色、温度和情调，这是比较好理解的。让我们来重读一下大家都熟悉的杜甫的《闻官军收河南河北》：

剑外忽闻收蓟北，初闻涕泪满衣裳。
却看妻子愁何在，漫卷诗书喜欲狂。
白日放歌须纵酒，青春作伴好还乡。
即从巴峡穿巫峡，便下襄阳向洛阳。

唐代宗广德元年(763)秋，杜甫避成都徐知道之乱，流落到梓州。宝应元年(762)安史之乱到了尾声。唐军讨伐史朝义，收复东京和河南等地；763年正月，史朝义委任的范阳节度使李怀仙投降，史朝义自缢身亡，李怀仙乘机割其首献唐军，河北诸州叛军皆投降，安史之乱结束。杜甫在梓州听到这个好消息，立即作了此诗。安史之乱是杜甫一生中最为痛苦的时期，听到这个好消息，其内心的高兴可想而知。就这首诗的题材而言是喜与乐，是暖色调的。杜甫加强了此诗题材的暖色调，使“暖”变为“热”。杜甫在文本修辞上下了不少功夫，先写喜极而泣，这里用了对比修辞，本来是喜乐之事，应该笑才是，但杜甫偏写“初闻涕泪满衣裳”。接着写“妻子愁何在”，则是用衬托修辞，用妻子的“愁”来衬托诗人的“喜”。“漫卷诗书”一句看似闲笔，但闲笔不闲，表现了诗人那种高兴得不知如何是好的心情。“白日放歌”“青春作伴”两句是夸张，将暖色调提升为热色调了。最后两句用了由西向东和由南到北的四个地名，诗人想象立刻可以沿着这条路线返回老家了。这里用得最好的是“从”“穿”“下”“向”四个字，正是这四个字把四个地名连成一气，表达了诗人返回老家的急切心情。这首诗被称为“天下第一快诗”。诗人的修辞作用突出地表现为加强了题材的原有色调。许多作品中修辞的作用和功能，都是顺着题材的颜色、温度和情调，使红者更红，绿者更绿，蓝者更蓝，黑者更黑，使温者更温，冷者更冷，使悲哀者更悲哀，欣喜者更欣喜……

当时文学修辞的另一种作用和功能则是改变原有题材的颜色、温度和情调。这就是说，这种文学修辞是通过词语等形式方法的雕琢，使题材本来的意义发生逆转，黑的似乎变成了红的，暖的似乎变成冷的，悲的似乎变成喜的。在这里就表现出修辞功能更为巨大的力量。我过去把这种情况表达为“形式征服内容”。

如果我们只是强调修辞对题材的一种适应，一种呈现，那么许多问题都解决不了。比如我们可以提一些问题：为什么艺术家、作家总是热衷于写人生的苦难、不幸、失恋、挫折、伤痛、死亡、愁思、苦闷？“丑”以什么理由进入文学创作中？难道仅仅因为它可以跟“美”对照吗？或者可以供“美”的理想批判吗？为什么现代艺术家往往喜欢写生活里的荒诞、异化、变形、失落、沉重、邪恶？我们可以想到，要是修辞作为形式的因素只是消极地适应和呈现这些题材的话，那么这些文学作品还能产生美感吗？所以一直存在这样一种观点：内容是主人，形式是仆人，形式仅仅是消极的配合、补充内容，服服帖帖地为内容服务。这在古代和现代都有很多人讲。的确题材吁求形式，题材是主人，形式似乎是客人。然而一旦把这个客人请到家里来了，那么这个客人是否处处、时时都要听从主人的安排呢？那就很难讲了。实际上文学创作的实践证明，客人一旦到了主人家里，往往就造起反来，最终是客人征服主人，重新组合、建立起一个新的家，家不是原来那个家了。所以作为修辞的形式征服题材，两者在对立冲突中建立起一个新的意识秩序和有生命的艺术世界。我的基本观点是：艺术创作最终达到内容和形式的和谐统一，但是这不是形式消极适应题材的结果，也不仅仅是加强题材的色调的结果；恰恰相反，有时候作为形式的修辞与题材对立冲突，最终是作为形式的修辞征服题材的结果。所以有时候修辞与题材这两者是相反相成的。讲到这里，大家可能觉得有点枯燥，我给大家举个现成的例子——鲁迅的《阿Q正传》。从题材的角度说，《阿Q正传》是个悲剧还是喜剧呢？当然是一个悲剧了。一个年轻的贫苦的农民参加辛亥革命，在革命中糊里糊涂地被人杀害了，在被杀害时还不觉悟。他觉得自己的圈画得不圆，觉得自己赴刑场的时候不能唱一段京戏，为此而苦恼。这是个喜剧还是悲剧？就题材而言，就素材而言，它是个悲剧。但是如果鲁迅通过修辞加强这个悲剧的色调，用这种悲剧的情调来写《阿Q正传》的话，我们会喜欢这部作品吗？我们肯定不会喜欢。鲁迅在修辞上恰好是用喜剧的情调、用幽默的情调来征服《阿Q正传》的题材，使我们处处觉得很可笑很幽默。比如阿Q的精神胜利法让我们觉得很可笑：他明明没有钱，他就想，我儿子会比你阔多了。他有许多表现说起来都是非常可笑的。但一个真正能把《阿Q正传》读进去的读者就会知道，第一遍我们读的时候的确是哈哈大笑，但当我们读第二遍、第三遍、第四遍，当我们刚刚要笑的时候我们笑不起来了，原来是笑里包含了一种非常深刻的悲剧。鲁迅正是以一种独特的喜剧性的修辞，用幽默的情调征服了《阿Q正传》的题材，使《阿Q正传》的题材原有的色调发生逆转，这样《阿Q正传》成为名篇佳作，成了一部流传不朽的作品。

在这里我想介绍苏联早期的心理学家、艺术心理学家、艺术理论家列·谢·维戈茨基《艺术心理学》一书中一些论点。他说要在一切艺术作品中区分开两种情绪，一种是由材料引起的情绪，一种是由形式引起的情绪。他认为这两种情绪处在经常的对抗之中，它们指向相反的方向，而文学艺术作品应该包含着向两个相反方向发展的激情，这种激情消失在一个终点上，就好像电路“短路”一样。维戈茨基的意思是说，在许多作品中形式和题材的情调不但是不相吻合的，而且是处于对抗当中的。比如说题材指向沉重、苦闷、凄惨，而形式则指向超脱、轻松、欢快，形式与题材所指的方向是完全相反的，但是又相反相成，达到和谐统一的境界。维戈茨基所举的一个最有名的例子就是俄国作家普宁(诺贝尔文学奖得主)的一个短篇小说《轻轻的呼吸》。《轻轻的呼吸》讲一个什么故事呢？讲一个叫奥丽雅的女中学生故事，她在那所中学里是最具有魅力的漂亮姑娘，大家都围着她转，男生围着她转不说，女生也围着她转，魅力四射。但是这个女中学生道德败坏，她一方面和一个哥萨克士兵谈恋爱，另一方面又跟一个五六十岁的老地主纠缠不清，这件事终于被她的恋人知道了，哥萨克士兵来到了她所在的城市，在火车站上一枪把奥丽雅打死了。就是这么一个故事。但整个小说经过作家的文学修辞处理完全不是这么一个内容。我刚才讲的那么一个故事用维戈茨基的话来讲，是“生活的溃疡”，是一段乱七八糟的生活，是一个完全没有什么意思的故事，是一个放荡的女中学生的生活故事，是一个外省的女中学生的毫不稀奇、微不足道和毫无意义的生活。这么一个故事写出来就是“生活的混沌”“生活的浑水”“生活的溃疡”，完全没有什么意思。但是经过作家的叙述和修辞处理以后，也即经过形式的征服以后，情况就完全不同了。原来作家在这里强调的不是故事本身的乌七八糟的东西，他写出的是一种“乍暖还寒的春天的气息”。作家在写这个故事的时候，安插了一个班主任，这个班主任是个老处女，她已经30多岁了，但还没有尝过当女人的滋味。她非常羡慕奥丽雅。有一次她在教室旁边听到奥丽雅跟一群女生介绍她怎么能吸引男生。奥丽雅绘声绘色地说，我祖父留下很多书，有一本书叫《古代笑林》，那本书里专门讲女子怎样才变得有魅力，怎样才能吸引男人，比如说，女人的呼吸、喘气，应该是轻轻的，轻轻的，魅力就在这里，就是要轻轻的呼吸。这么说一下子就把那些女生都吸引住了，连那个班主任也被吸引住了：原来我不漂亮没有人爱我，主要是不能轻轻的呼吸啊。整个故事的重点就在这里。这段描写完全是一种文学修辞处理，可是成为了这个故事的一个转折点，用我们中国的话来说，这就是诗眼，文眼，整个故事都集中在这个详细细节的描写上面。而关于奥丽雅最终被打死了这个事情，被镶嵌在一个很长很长的句子里面，如果你不细心看还看不出来她被打死了，这是略写。作家主要靠详略的修辞，来达到色调的转换。作家并不强调奥丽雅被打死了。另外，奥丽雅死后，墓碑上有她的一张照片，非常漂亮，微笑着，她的班主任在她死后还到她的墓地来送一把鲜花，在旁边的椅子上坐着沉思——尽管奥丽雅只生活了15年，但是女人的一切滋味她都尝过了，而我这种生活是不值得过的。你看，这个小说经过作家独特的修辞给人的印象就完全不同了。与小说和本事所产生的印象截然相反，作者所要表现的真正的主题是“轻轻的呼吸”，而不是一个外省女中学生的一段乱七八糟的故事。这不是写奥丽雅的小说，而是一篇写“轻轻的呼吸”的小说。小说的主线是解脱、轻松、超然和生活的透明性的感觉，而这种感觉从作为小说基础的本事本身是无论如何也得不出来的。这就是文学修辞改变了题材的意义。大家可以去看看维戈茨基的《艺术心理学》这本书，书的后面还附有这篇小说，他对这篇小说的分析是非常到位的。维戈茨基的结论是：形式消灭了内容，或者形式消灭了题材的沉重感、溃疡性。题材的可怕完全被诗意的形式征服了。最后维戈茨基的评价是：通篇渗透着一股乍暖犹寒的春的气息。

其实这个故事我在鲁迅文学院的作家班里讲过，莫言一直听我的课，很多课的内容他都忘了，唯独对这篇小说《轻轻的呼吸》没有忘，所以后来他给我的一本著作《维纳斯的腰带——创作美学》写序时说，写小说要“轻轻地写”，他想起了我给他们分析的普宁的小说《轻轻的呼吸》。实际上女主人公“轻轻的呼吸”影响了他——创作要轻轻地写，他记住了这个。所以就小说而言，题材与形式的对立是经常的事情。小说的题材就是本事，本事作为生活的原型性的事件，必然具有它的意义的指向和潜在的审美效应。然而，当小说家以其独特的修辞、叙述的方式去加工这个材料的时候，完全可以发挥它的巨大功能，对这个材料、这个本事进行重新地塑造，从而引出与本事材料相反的另一种意义的指向和审美效应。因为作为文学修辞和叙事方式是负责把本事交给读者，它通过叙述的视角、叙述的语调，刻意地安排，然后把这样一个故事而不是那样一个故事交给读者，它可能引导读者不去看本事中本来很突出的事件——比如说奥丽雅被打死，把它隐没在一个长句中——而去注意本事中并不重要的细节，奥丽雅讲的“轻轻的呼吸”那个细节，引导读者先看什么事件，然后再看什么事件，这样读者从小说中所获得的思想认识和审美感受与从材料中所得到的可能是完全不一样的。《轻轻的呼吸》中的本事并不重要的奥丽雅和她的女同学的一次关于女性美的谈话，通过她的班主任——一个老处女的回忆，被文学修辞大肆地渲染，整个小说就改变了方向，它的思想意义和审美效应就改变了。这个细节非常重要，使得整个小说发生了逆转。所以作为形式的修辞与题材对抗并且进而征服题材。由此可见，文学修辞是非常重要的，文学修辞可以雕刻题材，使题材转化为这样一篇作品，而不是那样一篇作品。维戈茨基上述的观点对我们是有启发的。

二、中外文学修辞批评理论的遗产

作家通过文学修辞创作出作品，那么批评家就要对作品中的文学修辞的方方面面进行评论，这就是文学修辞批评。中国和外国留给我们的文学修辞批评的遗产很丰富。中国古代文论中关于文学修辞批评十分丰富，20世纪俄国的形式主义批评、英美新批评中的文学修辞批评也很有特点，这里仅对此做一点最初步的简要的评介。

(一)中国古代文论中的文学修辞批评论

中国古代文论中的文学修辞批评论源远流长。中国最早的歌谣集《诗经》用了许多修辞手法。后人对此进行归纳，提出了“赋、比、兴”的批评理论，这可能就是中国最早的文学修辞批评了。其后对“赋、比、兴”历代都有不同的解释，就是对文学修辞批评的关注与发展。此外，春秋战国时期，学派林立，相互辩论，为了驳倒论敌，说服同情者，不能不运用各种修辞，研究各种修辞，修辞论自然就发展起来了。当时真正把文学修辞论作了系统总结的是刘勰的《文心雕龙》。上面我已经说过从《文心雕龙·熔裁》篇到《文心雕龙·练字》篇八篇都是修辞批评的理论总结。其中有丰富的内容，不是三言两语能说清楚的。我们这里想从文学修辞与文学创作物化阶段的关系，来梳理一下中国古代文论文学修辞批评几个关键的问题。

在文学创作过程，作家对其所写的内容达到了“胸有成竹”，形成了“心象”，并不等于创作的完成。这“成竹”能不能变成纸上鲜活而生动的“新绿”“心象”能不能从作家“母胎”中顺利诞生，这仍然是未知的事情。那么这里最重要的就是作家所选取的语言表达的独特方式，这就是文学修辞的事情了。

首先，文学修辞的艰难：“文不逮意”。实际上，在心象形成之后，要把“胸中之竹”变成“手中之竹”，通过语言表达方式把心象实现为作品的形象，这里的困难是很大的。魏晋时期的陆机早就提出：

> 余每观才士之所作，窃有以得其用心。夫其放言遣辞，良多变矣，妍蚩好恶，可得而言。每自属文，尤见其情。恒患意

不称物，文不逮意。盖非知之难，能之难也。[①]

这意思是说，陆机常看一些文士的作品，他们自以为对创作的奥秘有体会。可他们所用的文辞实在不敢恭维。其美丑好坏，都还可以议论。陆机认为，自己要是动手创作，就会领悟到创作的甘苦了。最重要的一点是，常怕自己的构思与所表现的事物不相符，运用的文辞不能准确地表现自己酝酿好的心象，这种困难不是道理上不易理解，是实践起来不容易。先秦时期，老庄说，体道困难，而言道更难，所谓"言不尽意"就是对此而言的。陆机可能受道家学说的影响，加之自己创作的体验，也认识到文学创作中酝酿构思是一回事，而最后用言语表达又是一回事。酝酿构思好，心象鲜明，并不等于创作成功，困难还在文辞的传达，修辞的成功。这样他就提出了"文不逮意"说。

稍后于陆机的刘勰也在《文心雕龙·神思》篇中指出：

方其搦翰，气倍辞前，暨乎篇成，半折心始。何则？意翻空而易奇，言征实而难巧也。是以意授于思，言授于意，密则无际，疏则千里。或理在方寸而求之域表；或义在咫尺而思隔山河。是以秉心养术，无务苦虑；含章司契，不必劳情也。[②]

刘勰讲的无疑比陆机又进了一步。他的论述包含了三层意思：第一，肯定了"胸中成竹"不等同于"手中之竹"，不但不等同，而且有时距离很远，所谓"方其搦翰，气倍辞前，暨乎篇成，半折心始"，在下笔之前，气势高涨，以为一定能把心中酝酿的心象，充分地表现出来，等到把心中所想变成了言语文字，才发现表现出来的只有原来

① 陆机：《陆机集》，中华书局1982年版，第1页。
② 范文澜：《文心雕龙注》，人民文学出版社1958年版，第494页。

所想的一半。在魏晋六朝的玄学讨论的言意之辩中，有“言不尽意”与“言能尽意”的争论。很显然，在这争论中，刘勰站在了“言不尽意”的学术立场上。

第二，刘勰认为在文学创作中，言不尽意乃是心象的不确定性、活跃性所引起的。通过“神思”活动所形成的心象，“意翻空而易奇，言征实而难巧”，意象（心象）凌空翻飞容易出奇，用言语的具体表达就难于精巧。心象来自构思，言语则要根据心象，结合得好，就能表现贴切，结合得不好，就差之千里。有时道理就在方寸，而表现要求之于外域，有时意义就在咫尺，而言语表达起来，又像远隔山河。这就是说，由于心象的流动性、易变性，心象与语言表现之间有很大距离。

第三，为了达到语言对心象表现的贴切、精巧，要“秉心养术，无务苦虑；含章司契，不必劳情”，意思是说，要平时加强修养，不靠写作时的冥思苦想，掌握好艺术技巧，不靠写作时徒劳费神。实际上，这里仍是强调“虚静”精神状态的培养，平时静心凝神，勤学苦练，运用时精神放松，自然而然，那么就能像后来苏轼所说的“无意于佳乃佳”“冲口而出”乃成好诗，达到语言表达与心象神情的一致与贴切。

其次，文学修辞的效果：“语不惊人死不休”。尽管文学创作中常常是言不尽意，但是真正的文学家并没有在语言面前退却，相反他们对诗歌等的言语表达提出了很高的要求，并在实践中获得了成功，产生无数优秀的诗篇和其他伟大作品。反映到文学理论上面，也提出了解决语言表达困境的思路。比较早的说法如孔子的“言之不文，行之不远”“辞达而已”，孟子的“言近而指远者，善言也”①，汉代王符提出“辞语者，以信顺为本，以诡丽为末”②，六朝时期陆机

① 焦循：《孟子正义》，上海书店出版社 1986 年版，第 594 页。

② 王符：《潜夫论》第八册，上海书店出版社 1986 年版，第 7 页。

的《文赋》提出语言创新问题，刘勰《文心雕龙》专门列了《章句》篇，对文学创作中的言语问题做出不少有益的分析。司空图等的“言外之意”说十分重要，则将在下章作品论中详加讨论。唐宋后，文学创作中关于语言的推敲的论述更是不计其数，这里无法一一列举。

这里要特别提出杜甫的诗句“为人性僻耽佳句，语不惊人死不休”，着重阐明其文学修辞意义。杜甫的这句诗历来都脍炙人口，但一般都仅仅从杜甫作诗刻意求工、重视词语锤炼的角度来理解，很少有人去阐明这两句诗的理论意义。实际上，杜甫写下这两句诗，不仅是对他自己创作精神的描述，而且更重要的是提出了诗歌中言语表达及其追求的问题。所谓“语不惊人死不休”，就是讲诗歌言语表达要有惊人的效果，而且要创新，不能陈陈相因，落入窠臼，而必须别出心裁，戛戛独造。

陆机在《文赋》中说：“谢朝华于已披，言夕秀于未振”。这里是以比喻说明古人反复用过的词语，如早晨的花朵一样凋谢了，古人未用的或少用的词语，犹如晚出之秀，未经他人振刷，则应予以启用。杜甫所说的“语不惊人死不休”与陆机提出的文辞创新的观点一脉相承，不过杜甫作为一位伟大的诗人说得更动情，也更具效果。杜甫之后，呼唤文学语言创新最力者乃是散文家、诗人韩愈。韩愈：

> ……体不备不可以为成人，辞不足不可以为成文。①

> 当其取于心而注于手也，惟陈言之务去，戛戛乎其难哉！②

> 气，水也；言，浮物也。水大而物之浮者大小毕浮。气之

① 韩愈：《韩昌黎文集校注》，上海古籍出版社 1986 年版，第 145 页。

② 韩愈：《韩昌黎文集校注》，上海古籍出版社 1986 年版，第 170 页。

与言犹是也，气盛则言之短长与声之高下者皆宜。[①]

在这里，韩愈提出了四点：其一，文辞对创作的重要，“辞不足不可以为成文”；其二，陈言务去，因为陈言没有表现力；其三，言语的创新是不容易的，是戛戛其难的；其四，解决文学言语的表达和创新，主要是创作主体要“气盛”“气盛言宜”。只要气盛，不论言语的长短、声音的高下，都必然合宜。韩愈的这些见解是很有价值的，其核心之点还是要创新，要去陈词滥调，与杜甫出语“惊人”的思想相呼应。语言创新一直是中华古代文论的重要命题，在韩愈之后，其门下李翱、皇甫湜、孙樵等更提出“趋奇走怪”的论点。苏轼、元好问、杨慎、袁枚等人对文辞出新也都有精辟深微的论述。

在文学创作中，文学语言如何才能适应内容的表达，如何才能出新，如何才能取得“惊人”的艺术效果？总结古人的论述，似可从以下三个方面努力。

第一，接收自然的馈赠。文辞的创新实乃出于文意的创新，而文意的创新，又离不开对自然的精细体察和生动描摹。因此诗人必须贴近自然，才能在描摹自然景物中创意造言，令文句“拔天倚地，句句欲活”。对此，皇甫湜说：“夫意新则异于常，异于常则怪矣；词高则出于众，出于众则奇矣。虎豹之文，不得不炳于犬羊；鸾凤之音，不得不锵于乌鹊；金玉之光，不得不炫于瓦石：非有意先之也，乃自然也。”[②]孙樵在《与王霖秀才书》中也认为：“鸾凤之音必倾听，雷霆之声必骇心。龙章虎皮是何等物；日月五星是何等象？储思必深，摛辞必高。道人之所不道，到人之所不到，趋奇走怪，中病归正。”他们的意思是说，事物不同，个性也不同。虎豹与犬羊不

---

① 韩愈：《韩昌黎文集校注》，上海古籍出版社1986年版，第171页。

② 皇甫湜：《答李生第一书》，叶幼明、贝远辰、黄钧：《历代书信选》，湖南人民出版社1980年版，第278页。

同，其毛皮的光泽也不同。鸾凤与鸟雀不同，其鸣叫的声音也不同，金玉与瓦石不同，其明暗亮度也不同。这都是自然本身的规定。所以意新语奇，并非文人故意造作，不过是接收自然的馈赠而已，按自然的本色行事。“趋奇走怪”之论未必妥当，但他们对诗文词意的创新的论述，还是很有见地的。的确是这样，一个诗人作家若能忠实于生活，精细入微地体察生活，听取自然的声音，那么从他笔端流出的言语自然是清新惊人的。例如，对杜甫《水槛遣心二首》中“细雨鱼儿出，微风燕子斜”诗句，金圣叹在《杜诗解》中评道：“‘细雨出’，‘出’字妙，所乐亦既无尽矣。‘微风斜’，‘斜’字妙，所苦亦复无多矣。”但“出”“斜”二字如何用得妙呢？金圣叹并未说明白。凡认真观察过大自然的人都会知道，在细雨中，平静的江河水面突然遭到小雨点的轻轻敲击，本在深水中的鱼儿，就会以为有食物从天而降，纷纷探出头来寻觅。在微风中，也只有在微风中，燕子才会在天空中倾斜着轻轻地抖动自己的翅膀。在无风或大风中，燕子都不会有这种动作形态。杜甫在诗中用“出”和“斜”二字，的确是新鲜而又传神的。杜甫之所以能恰到好处地用这两个字，乃是由于他对自然景物的细微变化都有过细致的考察。如“芹泥随燕嘴，花蕊上蜂须”(《徐步》)，“风起春灯乱，江鸣夜雨悬”(《船下夔州郭宿，雨湿不得上岸，别王十二判官》)，“星垂平野阔，月涌大江流”(《旅夜书怀》)等，都可谓“一语天然万古新”(元好问语)。生活之树常青，执着于生活的诗人作家，其文意词意也能常新。

第二，自出机杼，诗中有我。“语”要“惊人”、创新，还必须敢于别出心裁，大胆抒写自己的所见所闻所感。以俯仰随人为耻，以自出机杼为荣。如果诗文中的一切都从自己眼中见出，从自己胸中悟出，从自己手中化出，那么，自然就能闯前人未经之道，辟前人未历之境，造前人未造之言。清代学者袁枚说：“为人，不可以有我，有我，则自恃良用之病多，孔子所以‘无固’‘无我’也。作诗，不可以无我，无我则剿袭敷衍之弊大，韩昌黎所以‘惟古于词必己出’也。北魏祖莹云：‘文章当自出机杼，成一家风骨，不可寄人篱下。’”[①]这是说得很对的。李白的诗歌“拔天倚地，句句欲活”，其重要原因就是诗中“有我”，极富个性色彩。如“花间一壶酒，独酌无相亲。举杯邀明月，对影成三人”(《月下独酌》)，“安能摧眉折腰事权贵，使我不得开心颜”(《梦游天姥吟留别》)，“弃我去者昨日之日不可留，乱我心者今日之日多烦忧”“抽刀断水水更流，举杯消愁愁更愁”(《宣州谢朓楼饯别校书叔云》)，“长风破浪会有时，直挂云帆济沧海”(《行路难》)，“君不见黄河之水天上来，奔流到海不复回”(《将进酒》)等，都渗透了李白自己的个性倾向、感情色彩和主观愿望，每一句都从自己心中化出，所以这些豪放、潇洒、奇崛、天真的语句，才能够“惊人”传世而万古常新。

第三，熔古今于一炉，自成面貌。“语”要“惊人”、创新，并不是要割断传统，把前人说过的话全部丢弃，自造一些“怪怪奇奇”的语句。唐代裴度针对韩愈门下一些诗人一味追求奇诡的弊病，提出了批评。他主张继承传统，认为古代经典之作，“虽大弥天地，细入无间，而奇怪之语，未之或有。意随文而可见，事随意可行。此所谓文可文，非常文也。”与传统完全对立是不行的，他在《寄李翱书》中说：“昔人有见小人之违道者，耻与之同形貌，共衣服，遂思倒置眉目，反易冠带以为异也，不知其倒之反之之非也。虽非于小人，亦异于君子矣。故文之异，在气格之高下，思考之深浅，不在磔裂章句、隳废声韵也。”裴度的批评无疑是有道理的。但对传统也不能亦步亦趋。食古不化也是没有前途的。实际上如何在继承传统中又能有所创新，这里有一个变旧为新的“度”的问题。这可能是熔古今于一炉中最难于解决的问题。在这个问题上，比较有价值的论述，

① 袁枚：《随园诗话》，人民文学出版社 1960 年版，第 216 页。

可以举出清代李渔和顾炎武两人的论点。李渔说：

> 世道迁移，人心非旧，当日有当日之情态，今日有今日之情态。传奇妙在入情，即使作者至今未死，亦当与世迁移，自啭其舌，必不为胶柱鼓瑟之谈，以拂听者之耳。况古人脱稿之初，便觉其新，一经传播，演过数番，即觉听熟之言，难于复听，即在当年，亦未必不自厌其繁，而思陈言之务去也。我能易以新词，透入世情三昧，虽观旧剧，如入新篇，岂非作者功臣。……但须点铁成金，勿令画虎类狗。又须择其可增者增，当改者改。万勿故作知音，强为解事，令观者当场喷饭。①

李渔从世道人心变易的角度，要求对旧篇易以新词，透入世情三昧，以变旧为新的方法，来达到对文学内容与语言的更新。这是很有价值的见解。顾炎武则说：

> 《三百篇》之不能不降而《楚辞》，《楚辞》之不能不降而汉、魏，汉、魏之不能不降而六朝，六朝之不能不降而唐也，势也。用一代之体，则必似一代之文，而后为合格。
>
> 诗文之所以代变，有不得不变者。一代之文沿袭已久，不容人人皆道此语，今且千数百年矣，而犹取古人之陈言一一而摹仿之，以是为诗，可乎？故不似则失其所以为诗，似则失其所以为我。李、杜之诗所以独高于唐人者，以其未尝不似而未尝似也。知此者，可与言诗也已矣。②

顾炎武从历史变化的角度，说明文体代变的道理。并提出在对于文

---

① 李渔：《李渔随笔全集》，巴蜀书社1997年版，第57页。

② 顾炎武：《日知录集释》，花山文艺出版社1990年版，第932～933页。

学传统应取“未尝不似未尝似”的辩证态度，李杜的成功是既不抛弃古人又不一一模仿古人，对于传统在似与不似之间。顾炎武的论述也有价值，他的“似”又“未尝似”，就把握住了一种合理的“度”，因此是有启发性的。当然，在继承传统和革新创造问题上面，最值得重视的，还是杜甫在《戏为六绝句》中提出的“不薄今人爱古人”“转益多师是汝师”的理论原则。杜甫强调要创新，提出了“语不惊人死不休”，同时又认为创新与以前人为师并不矛盾。但以前人为师又不是对某一个古代诗人的照搬照描，而是兼取众长，无所不师而无定师，即不论是谁之作，皆采取“清新丽句必为邻”的态度。这就是所谓“读书破万卷，下笔有如神”。能驱驾众家，才能卓然自成一家，而雄视百代。

最后，文学修辞的创新：“惟陈言之务去”。杜甫的“语不惊人死不休”和韩愈的“惟陈言之务去”作为一种文学言语表达和创新理论，是符合现代心理学所揭示的知觉规律的。

杜甫所追求的语言的“惊人”效果，韩愈所说的“惟陈言之务去”，其文学语言观的相通之点是反对因袭、主张出新和对普通语言的某种疏离。因袭的、陈腐的、反复使用的语言不宜于诗，是因为这种使人的感觉“自动化”和“习惯化”。而一种语言若是自动化、习惯化了，那么就必然会退到无意识领域，从而不再感觉到或强烈地意识到它。譬如，一个人学习一种外语，当你第一次用这种外语与一个外国人结结巴巴的对话，每说一句都不规范，不是让自己脸红，就是让对方感到尴尬。多少年后，你仍能记住这次谈话，你仍能感到这种“新鲜”的体验。后来，你的外语学得非常好。你甚至在国外操着那种外语过着日常生活。这时候，你说外语的感觉完全退到无意识领域，你不再感觉新鲜。试想，你能想起第一万次用外语与人对话的新鲜感吗？当然不会。因为这已经成为“自动化”“习惯化”行为。文学语言的表达也存在这种自动化、习惯化的问题。当某些诗人第一次运用某些词语，人们会感到很新鲜很动人，人们不能不细细地体味它，但当这个词语已被反复使用过，已变成了陈词滥调，那么，你再去使用它时，人们就仅仅把它作为一个记号不加感觉地从自己的眼前溜过去，这个词语的表现功能已在反复使用中磨损耗尽。例如，最初用“阳关三叠”“一曲渭城”“折柳”等词语来表现送别，本来是很生动的，能够使人细细体味的。但如果人人都用这两个词语来表现送别，那么它就变成陈腐不堪的语言，不再能够引起我们的新鲜感觉了。像古诗中“飘零”“寒窗”“斜阳”“芳草”“春闺”“愁魂”“孤影”“残更”“雁字”“春山”“夕阳”等词语，由于反复使用，其表现功能已经耗损殆尽，再用这些套话作诗，就必然引起人们感觉的自动化、习惯化，而使诗篇失去起码的表现力。由此可见，杜甫要求出语“惊人”、韩愈要求“陈言务去”是有充分的心理学依据的。

更进一步说，杜甫和韩愈的文学语言创新理论，实际上是要求文学语言在某种程度上疏离与异化普通言语及用法。因为如果对普通言语及用法完全没有距离，没有丝毫的疏离与异化，那么也就必然是陈言累篇，达不到惊人的效果。“文学话语疏离或异化普通语言；然而，它在这样做的时候，却使我们能够更加充分和深入地占有经验。平时，我们呼吸于空气之中但却意识不到它的存在；像语言一样，它就是我们的活动环境。但是，如果空气突然变浓或受到污染，他就会迫使我们警惕自己的呼吸，结果可能是我们的生命体验的加强。”①对于这个心理学规律，韩愈、李渔都似乎认识到了。韩愈在《答刘正夫书》中谈到语言必须创新时说：“夫为物朝夕所见者，人皆不注视也；及睹其异者，则共观而言之，夫文岂异于是乎?”又说：“足下家中万物，皆赖而用也；然其所珍爱者，必非常物。夫君子之于文，岂异乎是乎?”这就是说，对视觉而言，一般地

① 特雷·伊格尔顿：《二十世纪西方文学理论》，伍晓明，译，陕西师范大学出版社1987年版，第5页。

讲，寻常之物不能成为一种强烈刺激，不能引起我们的重视。诗人、作家创作中使用的词语也是这样，某些异态的、扭曲的、偏离普通言语的词语，就易于引起读者的重视，而且有惊人的艺术力量。

前面曾提到杜甫的《船下夔州郭宿雨湿不得上岸别王十二判官》一诗中的句子："风起春灯乱，江鸣夜雨悬。""乱""悬"两个字极好，特别富于表现力。究其原因，是杜甫对普通言语作了某种疏离与异化。灯在江风中晃来晃去，摇来摇去，因此，"春灯晃"或"春灯摇"似乎更贴切，但杜甫偏用与实际保持距离的"乱"字，把人的感觉情感投入进去了。"乱"不仅仅形容灯在春风中摇晃，而且透露出诗人因"雨湿不得上岸"，与朋友在此种情景中告别的那种骚动不安的心情。"江鸣夜雨悬"中的"悬"字也用得新鲜而奇特，人们只说"下雨""降雨""落雨"，从来不说"悬雨"，"悬雨"完全是一种陌生化语言，是对普通的言语"下雨""降雨""落雨"的疏离与异化，但杜甫用此一"悬"字，就把那雨似是永久悬在空中的情景，把江鸣雨声，无休无止，通宵不绝于耳的那种感觉，鲜明而强烈地表现出来了，这就使我们的生命体验大大加强。杜甫以他的创作实践提醒人们，他所说的"语不惊人死不休"有着深刻理论内涵。如果作家们都有杜甫这样的文学修辞的自觉意识，那么就一定能把"胸中之竹"化为"手中之竹"，心象就一定能变成作品中栩栩如生的却又定型了的艺术形象。

中国古代诗话、词话、小说评点中都有丰富的文学修辞的精彩之论，限于时间不能一一谈到。

（二）西方20世纪文学修辞批评论简述

西方的文学修辞批评论也有长久的历史。古希腊、古罗马时期，出于当时学派论辩的需要，也很重视对话和演说中的文学修辞。20世纪以来，俄国形式主义文论，英美新批评文论，结构主义文论，都由于其文学观念转向语言，文学修辞批评问题就更加显示出它的重要性。这里我们不打算全面系统介绍他们的观点，而只是从文学修辞批评的角度做一些简述。

第一，俄国形式主义文学批评流派的文学修辞批评。俄国形式主义批评是兴起于1915年至1930年的文学理论批评流派。“形式主义”并不是他们的自称，是批判他们的人给予的蔑称。其代表人物都是当年一些年轻语言学家，如雅各布森、什克洛夫斯基等。这些年轻的语言学家感觉到在当时的俄国，文艺学都被哲学、社会学、心理学等学科所统治，没有自己独特的研究对象，成为别的学科的婢女，因此他们要从语言的角度切入，寻找文学区别于非文学的特性，让文学理论回到科学的道路上来。

他们首次提出了“文学性”这个概念，雅各布森说：“文学研究的对象不是文学，而是文学性，即那个使特定的作品成为文学作品的东西。”这意思是说，文学的特性不要到语言的内容、作品的信息、来源、历史、社会、传记、心理学等方面去寻找，文学性就是语言形式本身，就是文学作品中语言的技巧运用和文学修辞。什克洛夫斯基和雅各布森各举了一个例子，来说明文学性。什克洛夫斯基说：“我的文学理论是研究文学的内部规律，如果用工厂的情况做比喻，那么，我感兴趣的不是世界棉纱市场的行情，不是托拉斯的政策，而是棉纱的支数及其纺织方法。”可见文学性只能从语言文本中去找。雅各布森则举例说，文学性就好像烹调用的食油，人不可能单纯地去喝食油，但是可以把它当作调料，与其他食物一起加工处理，结果它改变了食物的味道，被食油加工过的食物与没有被加工过的食物是完全不同的，例如，新鲜的沙丁鱼与用食物加工过的沙丁鱼相比，不但颜色变了，更重要的是味道变了。所以文学性不是材料，是加工过程中食油的加工作用和取得的效果。简言之，文学性与社会生活材料、内容无涉，仅仅是语言形式的选择与运用。

那么如何才能让读者感受到文学性呢？他们就又提出了言语“陌生化”。什克洛夫斯基认为：“那种被称为艺术的东西的存在，正是为了唤回人们对生活的感受，使人感受到事物，使石头更成其为石头。艺术的目的是使你对事物的感觉如同你所见的视象那样，而不是如同你所认知的那样；艺术的手法是事物的'陌生化'手法，是复杂化形式的手法，它增加了感受的难度和时间长度，既然艺术中的领悟过程是以自身为目的的，它就理应延长；艺术是一种体验事物之创作的方式，而被创作物在艺术中已无足轻重。"①同时，他们还认为"陌生化"与"自动化"是相对立的。在日常的生活中，我们做一些事情，如骑自行车，日复一日年复一年地骑，那么骑自行车就成为"自动化"动作，我们不再能像第一次骑自行车那样去获得新鲜的感受。文学创作也是如此，如果我们老是用大家都熟悉的语汇、句式等，这样的作品就成为"自动化"没有新鲜感的东西，甚至成为陈词滥调。因此所谓的"陌生化"就是要使言语扭曲，以奇特的、非常态的词语、句式呈现在读者面前，或者用一种非指称性的描写，即似乎第一次遇到一个不认识的事物，不得不按照自己看到的样子如实去加以描写，而不是按照通常所说的那样：这是山桃花，这是碧桃花之类。

既然写作就是言语的陌生化，那么文学修辞就成为写作的主要方面。俄国形式主义批评家对于诗句中的词语的表达方式特别重视，其追求就是疏离日常生活中习用的言语表达方式。其一，让写出的言语具有阻拒性，让读者第一次看到，感觉到似乎不可理解，不得不反复地感受它，以便延长感觉的时间，如"太阳甜甜的""他抬头一望，是一轮黑色的太阳"，太阳怎么会甜甜的。其二，是非指称性的描写，而不是指称性的描写。作家描写的是私有制，偏偏不说这里实行私有制，而有意从一匹马的眼光来看，说我不理解你们说的话，老是说什么东西是"我的"，"这是我的土地""这是我的马""这是我的

① 什克洛夫斯基：《作为手法的艺术》，扎娜·明茨，伊·切尔诺夫：《俄国形式主义文论选》，王薇生，译，郑州大学出版社2005年版，第216页。

庄园”。总的说，俄国形式主义提倡偏离日常语言中常态的文学修辞，疏离规范，目的是唤起人的新鲜感觉，以免读者在阅读中陷入“套板反应”。

俄国形式主义注重文学特异性的寻求，而且在语言形式中来寻求，它是西方20世纪文学修辞批评最早的流派，他们的确为文学批评推开了一扇门，让一股新鲜空气吹进来。可他们的缺点也是致命的，那就是他们完全把“文学性”与社会历史文化切割开来。1930年前后遭受到“左派”批评家批判后，这个文学批评流派很快也就结束了。但他们提出的文学修辞论则没有随风飘散，而是在几十年后又似乎复活了。

第二，英美新批评流派的文学修辞批评。英美“新批评”开始于20世纪初，盛行于20世纪四五十年代的一种文学批评流派。代表人物有初期的艾略特和理查兹，此外还有威廉·燕卜荪、约翰·克罗·兰瑟姆和艾伦·泰特等人。这派批评家也是对流行于19世纪的社会历史批评、道德伦理批评、传记心理批评的不满，觉得这些批评只是围着文学的外部转，却没有进入作品的内部的阐释，而提出了文学的本体究竟在哪里的问题。他们通过对所谓的“意图谬误”和“感受谬误”的批评，认为文学的本体既不在作者的创作意图中，也不在读者的阅读感受中，而只能在文学作品本身。文学批评“不应着眼于诗人，而应着眼于诗篇”，作品本体论就是他们的第一个基本观点。从这一观点出发，从而主张作品“细读法”，他们把每一个词、每一句都放到放大镜下面加以考察，揭示词语和句子的本义、引申义、联想义、暗含义等。不仅如此，他们还进一步阐释词与词之间、句与句之间的微妙关系，直至揭示全篇的语言秩序的整体结构。

为了使细读获得确实的效果，他们还提出了一系列的具有文学修辞性质的概念和理论。如“含混”“张力”“悖论”“反讽”等。

燕卜荪提出了“含混”(ambiguity)概念。他认为文学作品中言语所表达的意义常常是多义的、不确定的。读者面对诗中的一段话，在追究意义时处于举棋不定的状态。这就是燕卜荪所理解的含混。燕卜荪写了《七种类型的含混》一书，把文学作品的含混分为七种，即参照系的含混、所指含混、意味含混、意图含混、过渡式含混、矛盾式含混和意义含混。例如，所谓的“意味含混”，燕卜荪的说明是这样的：“当所说的内容有效地指涉好几种不同的话题、好几种话语体系、好几种判断模式或情感模式时，第三种含混就产生了。”燕卜荪举了弥尔顿如下的诗句：

那美丽而奸佞的妖怪，给我设下了高明的圈套。

这里所说的是一位陷害丈夫的妻子。英文“specious”一词，既有美丽的意思，又有奸佞的意思；“accomplished”一词既指她对人阿谀奉承，又指她陷害丈夫的阴谋得逞。一个词却能把两种意思纳入其中，这不但没有让意思受到损害，而且还给人增添趣味。这就“意味含混”。这种用语上的巧妙，明显具有文学修辞意味。

艾伦·泰特提出了“张力”(tension)说，他在1937年发表了《论诗的张力》一文。他认为诗歌语言也像形式逻辑那样包含外延与内涵。外延是指词的本义，也就是指称意义，内涵则指词的引申义，包括众多的联想意义和暗示意义。在外延与内涵之间，在指称意义和引申意义之间，即在两个极端之间，保持着张力结构。泰特的主张是诗歌既要依重内涵，又要依重外延，形成外延意义和内含意义的统一体。比如，李商隐最有名的诗句“相见时难别亦难，东风无力百花残”，从外延意义上说是很明确的，“相见时难”句指他与某人见时难别时亦难，“东风无力”句则是说春光消逝，百花凋零，难以挽回。但内涵意义则可能很丰富。首先是他苦苦要见的人是谁呢？是一位女子？是一位朋友？还是一位官员？在这里都不确定，因此可以做许多种联想和暗示，解读出许多种联想意义和暗示意义，总之它的内涵意义是十分丰富的。

布鲁克斯于1947年发表论文《悖论语言》，通过对华兹华斯的《西敏寺桥上作》一诗的分析来说明他的观点，他认为“科学家的真理要求其语言清除悖论的一切痕迹；很明显，诗人要表达的真理只能用悖论语言”[①]。悖论，按照一般的理解就是矛盾，如“道可道，非常道”，就是悖论。但布鲁克斯认为一切诗歌都要用悖论语言来修辞。他在文章中特别引了华兹华斯在《抒情歌谣序言》(第二版)中的话，诗人通常“从普通的生活场景中选取事物和场景”，但是他的处理方式是使“普通事物，以其非常的状态呈现于头脑中。”他又引柯勒律治的话：诗人“给日常事物以新奇的魅力”[②]。布鲁克斯引英国这两位诗人的理论，意在说明他所说的“悖论语言”，实际上也是指诗人所写的可能是日常的普通的事物，可艺术处理(包括文学修辞)则能给读者带来“惊奇”。例如，《诗经》的句子“昔我往矣，杨柳依依；今我来思，雨雪霏霏”，在这里，用王夫之的话来分析“以乐景写哀，用哀景写乐，一倍增其哀乐”。[③] 实际上，哀情用乐景并置，乐情用哀景并置，这就是诗的矛盾，引起读者的惊奇，也就是布鲁克斯的“悖论语言”了。

布鲁克斯在1949年又发表了《反讽——一种结构原则》一文，提出了新批评的“反讽”概念。“反讽”的概念是早就有的。在古希腊是指戏剧中某个角色“佯装无知者”。高明的对手说傻话，但傻话却证明是真理。后来这个概念变成为“嘲讽”的意思。艾略特、瑞恰慈和燕卜荪都谈过“反讽”。布鲁克斯的“反讽”是指“语境对于一个陈述语的明显的歪曲”。他举例说：“我们说‘这是一个大好局面’”，“这句

① 赵毅衡：《“新批评”文集》，中国社会科学出版社1988年版，第314页。
② 赵毅衡：《“新批评”文集》，中国社会科学出版社1988年版，第318页。
③ 王夫之：《姜斋诗话》，人民文学出版社1962年版，第140页。

话的意思恰巧与它字面意义相反。”“语境使之颠倒，很可能还有说话的语调标出这一点。”[1]这类诗语在西方的诗中特别多，中国诗中较少，但在现代中国小说里面则很多。所谓“正话反说”的修辞经常被使用。如王朔、王蒙的小说中“反讽”的修辞是常见的。

新批评流派所提出的“含混”“张力”“悖论”“反讽”等概念，广泛用于对文本的分析，可以说是典型的文学修辞批评理论。

结构主义、解构主义的批评中也含有丰富的文学修辞批评理论。应该看到的是，俄国形式主义、英美的新批评的文学修辞批评，被称为“本体批评”，在西方文学理论史上，还从来没有批评家像他们这样执着于文学修辞批评，走进文学文本的内部，他们把文学中的语言解读得如此细致，揭示得如此淋漓尽致，他们的贡献是不可抹杀的。但是他们走到了一个极端，认为文学就是与社会历史文化隔绝的单纯的文学修辞技巧，把社会历史文化置于文学之外，这又不能不说是很片面的理论，其局限性也是明显的。什克洛夫斯基所举的例子，认为文学仅仅是纺织厂里面棉纱的支数和纺织的方法，与世界棉纱市场的行情无关，与托拉斯的政策无关等，这是难于令人同意的。纺织厂作为棉纺织业的一部分，当然要考虑订单和行情、数量与质量等，你只顾你的纺织厂内部的棉纱的支数和纺织的方法，完全不理睬原材料、产品的样式、产品出售的情况、产品的行情……最终你经营的纺织厂岂不要倒闭？因此，对于其观点，我们应该辩证地看待。诚如北京大学专门从事结构主义叙事学研究的申丹教授所说：“作为以文本为中心的形式主义的批评派别，叙事学也有其局限性，尤其是它在不同程度上隔断了作品与社会、历史、文化环境的关联。这种狭隘的批评立场无疑是不可取的，但其研究叙事作品的建构规

---

① 赵毅衡：《“新批评”文集》，中国社会科学出版社1988年版，第335页。

律、形式技巧的模式和方法却大有值得借鉴之处。”①

第二节　文学修辞与社会文化的相互关联

文学修辞就是一种文化存在，一方面它受特定民族、特定时代的文化传统和文化氛围的影响，另一方面文学修辞也集中折射了特定民族、特定时代的文化的精神品格。再一方面，文学修辞文化也是社会的产物，是在社会的物质和精神的交会中生成的。离开社会的现实文化存在来谈文学修辞，只能是单纯的修辞论，看不出作家为什么要采用这种修辞而不是那种修辞。所以，讨论文学修辞与社会文化的关联，揭示它们之间的互动和互构关系是文化诗学的基本要求。

一、文学修辞受社会文化的深刻影响

文学不是孤立的。作家的文学修辞意识不是孤立的。作品中文学修辞也不是孤立的。一定历史时期的文化作为语境，总是这样或那样影响着文学修辞。我们现在读着一些古代诗歌中的字词、句子、篇章，都似乎在诉说着产生它那个时代的社会历史，只有那个时代的社会历史才可能影响作家写出这样的字词、句子和篇章来。为什么会这样呢？从创作机制来说，作家的言语修辞，根源于他的体验，这种体验不是凭空产生的，而是作家在一定历史文化语境中，对于周围的事物有接触、有感受的结果，因此历史文化的种种状况不能不渗透到他笔下的言语修辞中。就是说文学修辞，不单纯是技巧的变化，它不能不受社会历史文化的深刻影响。

---

① 詹姆斯·费伦：《作为修辞的叙事——技巧、读者、伦理、意识形态》总序，陈永国，译，北京大学出版社 2002 年版，第 1 页。

刘勰《文心雕龙》就文学修辞写了十篇文章，这就是《情采》《熔裁》《声律》《章句》《丽辞》《比兴》《夸饰》《事类》《练字》《隐秀》。这里我们仅就《声律》《丽辞》和《事类》三篇所论的文学的声律、对偶、用典三个最具汉民族特色的文学修辞，试论证其如何受社会历史文化的深刻影响。

（一）声律与社会文化

从声律上看，中国古代文学最重要的修辞现象就是诗文中“韵律”的运用。刘勰《文心雕龙》专列《声律》篇加以讨论。关于诗文的声律自古就有，按照启功先生的说法，汉语的声律与汉字有关：“中华民族文化的最中心部分——汉语（包括语音）和汉文字，自殷周至今有过许多的变化，但其中一条是未变或曾变也不大的，就是：一个文字表示一个记录事物的‘词’，只用一个音节。无论其中可有几个音素，当它代表一个词时，那些音素必是融合成为一个音节的。”① 因此，在诗文中有韵律是自古就有的。但是，启功先生认为，注意到汉语有四声，大概是汉魏时期的事。他举例说《世说新语》中写王仲宣死了，因为王仲宣生前喜欢学驴叫，于是送葬的时候，大家就学驴叫。启功先生说，为什么大家都大声学驴叫呢？“我发现，驴有四声。驴叫有 ēng、ěng、èng，正好是平、上、去，还有一种叫是‘打响鼻’，就像是入声了。王仲宣活着的时候为什么爱听驴叫？大概就是那个时候发现了字有四声，驴的叫声也像人说话的声调。”② 启功先生这种说法并不是无稽之谈，这种可能性是很大的。他还说：“诗、文，尤其是诗的和谐规律，在理论上做出初步归纳，实自南朝时始。”③一般的论述，特别是宋以后的论述，都认为汉语四声是南齐时期沈约的发现，沈约所撰写的《宋书·谢灵运传论》中说：“夫五

① 启功：《诗文声律论稿》，中华书局 2002 年版，第 203 页。
② 启功：《诗文声律论稿》，中华书局 2002 年版，第 205 页。
③ 启功：《诗文声律论稿》，中华书局 2002 年版，第 107 页。

色相宣，八音协畅，由乎玄黄律吕，各适物宜。欲使宫羽相变，低昂舛节。若前有浮声，则后须切响。一简之内，音韵尽殊；两句之中，轻重悉异。妙达此旨，始可言文。”启功先生的《诗文声律论》一书，也曾引过此语。但他后来发表的《“八病”“四声”的新探讨》一文中，认为最早发现“四声”的可能是写出了名句“池塘生春草，园柳变鸣禽”的谢灵运等，他说，如果把春读平声，那么这个句子是不合声律的平仄相对的。但他发现“春”，可读“蠢”，那么正句是“平平平仄仄”一个律句。因此，启功先生认为沈约的观点“其实也是为大谢(指谢灵运)议论作证的。”①汉语的“平、上、去、入”四声的发现，使文人做诗文开始自觉地讲究平仄相对，并成为中国文学中最重要的文学修辞现象之一种。齐梁时期谈论诗文声律问题的还有刘勰和钟嵘。

刘勰在《文心雕龙·声律》篇中说：“凡声有飞沉，响有动静，双声隔字而每舛，叠韵杂句而必睽；沉则响发而断，飞则声扬不还，并辘轳交往，逆鳞相比，迂其际会，则往蹇来连，其为疾病，亦文家之吃也。夫吃文为患，生于好诡，逐新趣异，故喉唇纠纷；将欲解结，务在刚断。左碍而寻右，末滞而讨前，则声转于吻，玲玲如振玉；辞靡于耳，累累如贯珠矣。是以声画妍蚩，寄在吟咏，滋味流于下句，气力穷于和韵。异音相从谓之和，同声相应谓之韵。韵气一定，故余声易遣；和体抑扬，故遗响难契。属笔易巧，选和至难，缀文难精，而作韵甚易，虽纤意曲变，非可缕言，然振其大纲，不出兹论。”刘勰在这里大体上说明了诗文声律修辞上的要求与原则，他认为声律要解决的主要问题是字音的和谐与押韵。并认为不同声音的搭配叫作和谐，收音相同的音前后呼应叫作押韵。而要达到这个目标的方法则是：第一，双生字和叠韵字，不能被别的字隔离开，不可分离在两处；第二，全句既不能都用低沉的字音，也不能用飞

① 启功：《诗文声律论稿》，中华书局2002年版，194页。

扬的字音，要把两者相互搭配。这一点就是后来人们说的平仄相对的做法。当然，刘勰认为这两者搭配能不能让人满意，要通过“吟咏”来检验；第三，要用标准音，不要用方言音。

钟嵘在《诗品·序》中说：“古曰诗颂，皆被之金竹，故非调五音，无以谐会。若‘置酒高堂上’‘明月照高楼’，为韵之首。……余谓文制本须讽读，不可蹇碍，但令清浊流通，口吻调利，斯为足矣。至平上去入，余病未能；蜂腰鹤膝，闾里已具。”钟嵘的观点比较通达，强调“清浊流通。口吻调利”就可以了。

但自“四声”发现，平仄规律发现，诗人就都追求平仄相对，以求诗歌“声有飞沉，响有动静”的音乐美修辞。到了唐代就形成了近体诗，诗歌创作的平仄相对的修辞艺术，发展到了巅峰状态。对此启功先生有所谓的“长竿”说：“我们知道，五、七言律诗以及一些词、曲、文章，句中的平仄大部分是双叠的，因此试将平仄自相重叠，排列一行如下：

1	2	3	4	5	6	7	8	9	10	11	12	13	14……
平	平	仄	仄	平	平	仄	仄	平	平	仄	仄	平	平……

这好比一根长竿，可按句子的尺寸来截取它。五言的可以截出四种句式……七言句是五言的头上加两个字，在竿上也可以截出四种句式……”[①]启功先生的“长竿”说十分清楚地总结了声律的修辞法则，把它的基本形式和变化规则用很少的文字就说明白了，这是很难得的。

下面的问题就是：为什么古代汉语诗歌会生长出这样的“长竿”来呢？究竟受什么样的社会文化的影响而走上平仄双叠的道路呢？为什么恰恰是六朝时期发现了四声而让诗人自觉地追求声音的抑扬顿挫呢？我们知道，不论汉语还是别的语种，诗歌押韵都是有的，

① 启功：《诗文声律论稿》，中华书局2002年版，第22页。

这是共同性的修辞规律。这不必说了。这里单说汉语声律的平仄双叠、抑扬变化的社会文化根由。

首先，汉字文化的特点，导致了平仄声律的产生。汉字是中华文化的中心部分。汉字本身是中华文化。汉字又承载了中华文化。在古代，在汉字中一般多一字一词，字词一致，字就是词，很难区分。例如，“温故而知新”这个句子中，“温”“故”“而”“知”“新”，都是一字一词。当然，也有两个字一个词的。如“关关雎鸠，在河之洲”，“雎鸠”就是两个字一个词。可两个字一个词在古代汉语中比较少。一个字又一个音节，而不论这个字具有几个音素，当字是一个词的时候，那些音素融合成为一个音节。所以汉语是一字即一音，一音即一词。更重要的是，一个字的发音都有几个声调，形成不同的意义，如书、薯、鼠、树，因为声调不同，构成不同的意义。这种语言现象肯定在殷周时期就是如此了，但长期以来没有人去深究，没有总结出规律来。不过汉字和汉语文化已经为后来四声的发现和平仄相对的自觉运用准备了基础。试想，如果没有汉字、没有汉语上述特点，中国古代汉语诗歌中平仄相对的声律是不可能形成的。

其次，六朝盛行佛教文化的影响。虽然最古老的诗歌中也有平仄相对的，但那是不自觉的，并没有引起注意。直到六朝时的齐梁时期，周颙、谢灵运、沈约等才发现四声，这又是怎么回事？原来这与佛教在六朝的大量传入密切相关。根据史料记载，南朝时期，佛教在魏晋的基础上继续上升，在佛寺方面，数目有很大增加。就建康一地计数，东晋时约有佛寺三十七所，梁武帝时累增到七百所。建康以外，各地佛寺的增加的比例十分类似。梁代郭祖深上书说，“都下佛寺，五百余所，穷极宏丽。僧尼十余万，资产丰沃，所在郡县，不可胜言”。在造像方面，多用金属铸造形象，宋文帝时，萧摹之请限制用铜造像，可见当时因造佛像用铜很多。此后，宋孝武帝造无量寿金像，宋明帝造丈四金像，梁武帝造金银铜像尤其多，他曾造丈八铜像置光宅寺，又敕僧佑造剡溪石像，坐躯高五丈，立形高十丈，建三层高的大堂来保护石像。其余王公贵族造像也不少。在佞佛方面，齐竟陵王萧子良设斋大会众僧，亲自给众僧送饭送水，也就是舍身为奴的意思。至梁武帝舍身同泰寺，表示为众僧作奴……[①]在这种佛教兴盛的氛围下，翻译佛教经书，诵读佛教经典，也成为很平常的事情。问题是印度的佛教如何在这个时候影响到汉语四声的发现呢？进而影响到诗文的骈体化和平仄化呢？这方面陈寅恪有重要的论证。他在 1934 年发表的《四声三问》一文中首先提问：

> 中国何以成立一四声之说？即何以适定为四声，而不为五声，或七声，抑或其他数之声乎？答曰：所以适定为四声，而不为其他数之声者，以除去本易分别，自为一类之入声，复分别其余之声为平上去三声。综合通计之，适为四声也。但其所以分别其余之声为三者，实依据及摹拟中国当日转读佛经之三声。而中国当日转读佛经之三声又出于印度古时声明论之三声也。据天竺围陀之声明论，其所谓声 Svara 者，适与中国四声之所谓声者相类似。即指声之高低言，英语所谓 Pitch accent 者是也。围陀声明论依其声之高低，分别为三：一曰 Udātta，二曰 Svarita，三曰 Azudatta。佛家输入中国，其教徒转读经典时，此三声之分别当亦随之输入。至当日佛教徒转读其经典所分别之三声，是否即与中国之平上去三声切合，今日故难详知，然二者俱依声之高下分为三阶则相同无疑也。中国语之入声皆附有 k，p，t 等辅音之缀尾，可视为一特殊种类，而最易与其他之声分别。平上去则其声响高低相互距离之间虽有分别，但应

① 范文澜：《中国通史》第 2 卷，人民出版社 2009 年版，第 546～547 页。

分别之为若干数之声，殊不易定。故中国文士依据及摹拟当日转读佛经之声，分别定为平上去三声。合入声共计之，适成四声。于是创为四声之说，并撰作声谱，借转读佛经之声调，应用于中国之美化文。……①

陈寅恪所说的当日佛经的“转读”，即用古代印度的语言梵文来读佛教经典，“围陀声明论”明确地把声音分别为三调，与汉语平上去相似，这就影响到当时的文士用这种“转读”来分析汉语的声调。这种“转读”在当时是否发生，也有不同意见，② 但根据陈寅恪文章中那么多高僧所列的“转读”的事实，应该是大体可信的。进一步的问题是，天竺经声流行中国，上起魏晋，下迄隋唐，在这六七百年时间，都有通晓天竺经声的人，为什么恰恰在南齐永明年间，由周颙、沈约等发现汉语四声呢？对此问题，陈寅恪的回答是：

南齐武帝永明七年二月二十日。竟陵王子良大集善声沙门于京邸，造经呗新声。实为当时考文审音之一大事。在此略前之时，建康之审音文士及善声沙门讨论研求必已甚众而且精。永明七年竟陵京邸之结集，不过此新学说研求成绩之发表耳。此四声说之成立所以适值南齐永明之世，而周颙、沈约之徒又适为此新学说代表人之故也。③

陈寅恪所论以事实为依据，是可信的。这就说明了，古代汉语四声的发现与当时输入中国的佛教经典的转读有密切关系，同时也

① 陈寅恪：《金明馆丛稿初编》，生活·读书·新知三联书店2001年版，第367～368页。

② 饶宗颐和俞敏都不同意陈寅恪的看法。

③ 陈寅恪：《金明馆丛稿初编》，生活·读书·新知三联书店2001年版，第368页。

与当时上层贵族对佛教文化的深入提倡有关。中国古代原用宫商角徵羽标声调，这是用乐谱标声调。到南齐永明年间，才开始发现四声，用平上去入来标声调，这根源于佛学经典的转读，用陈寅恪的话说：是“中体西用”，与当时中印的文化交流相关，特别是与印度佛教经典的翻译、诵读相关。也有另一种解释，这就是朱光潜认为当时梵文的输入对中国学者的启发，他说：

> 梵音的输入，是促进中国学者研究字音的最大的原动力。中国人从知道梵文起，才第一次与拼音文字见面，才意识到一个字音原来是由声母(子音)和韵母(母音)拼合成的。这就产生合两音为一音的反切。
>
> 梵音的研究给中国研究字音学者一个重大的刺激和一个系统的方法。从梵音输入起，中国学者才意识到子母复合的原则，才大规模地研究声音上种种问题。按反切，一字有两重功用，一是指示同韵(同母音收音)，一是指示同调质(同为平声或其他声)。例如“公，古红反”，“古”与“公”同在“见”纽，同用一个字音，“红”与“公”不仅以同样的母音收声，而且这个母音上必属平声。四声的分别是中国字音所本有的，意识到这种分别而且加以条分缕析，大概起于反切；应用这种分别于诗的技巧则始于晋宋而极盛于齐永明时代。当时因梵音输入的影响，研究音韵的风气盛行，永明诗人的音律运动就是在这种风气之下酝酿成的。①

朱光潜此论从中国字的特点和梵音输入的影响的角度，也说得合情合理，应受到重视。然而，不论是陈寅恪“转读”说，还是朱光潜的

① 朱光潜：《中国诗何以走上“律”的路》，《朱光潜美学文学论文选集》，湖南人民出版社1980年版，第250～251页。

"反切"说，都可以归入到外来佛教文化影响的题目下。

最后，四声发现后，作为文学修辞迅速推广，与六朝时期文士追求文学形式的美化又密切相关。魏晋六朝强调"文以气为主"，主张"诗赋欲丽"，骈体文流行，所谓"文学自觉"时代的到来，为新发现汉语四声作为一种语言声律的文学修辞，纷纷被文士所采用，形成了一种风气，这个风气一直延续到唐代，终于导致近体诗律的兴起与成熟。

以上三点说明了，平仄相配的声律作为一种文学修辞，并非没有社会文化的根据。可以这样说，汉字文化是汉语声律的基础，佛教文化输入是汉语声律规则被发现的条件，南齐时期所流行华丽文风则是汉语平仄相配的文学修辞广被采用的文化气候。没有这基础、条件和气候，汉语的四声和平仄搭配的修辞，是不可能被发现的，即使发现也不可能在文学创作上流行起来。

(二)对偶与社会文化

对偶是中国古代文学修辞中具有民族特色的一种。今天仍然在现代汉语中流传、使用，富有极强的生命力。对偶是一种具有对称美的修辞方法，它将字数相等、词性相同的两个词组或句子成对地排列起来，形成整齐的具有艺术性的句式，如杜甫的《绝句》：

两个　黄鹂　鸣　翠柳，
一行　白鹭　上　青天。
窗含　西岭　千秋　雪，
门泊　东吴　万里　船。

前两句和后两句，都形成对偶，"两个"对"一行""黄鹂"对"白鹭""鸣"对"上""翠柳"对"青天"等。在严格的对偶句中，不但上下两句字数相同，对应位置的词性相同，而且声调平仄也要相对，如李白的《送友人》：

青 山 横 北 郭，
平 平 平 仄 仄
白 水 绕 东 城。
仄 仄 仄 平 平

对偶修辞具有悠久的历史。《文心雕龙·丽辞》篇讨论对偶修辞。他指出“唐虞之世，辞未极文，而皋陶赞云：‘罪疑惟轻，功疑惟重。’益陈谟云：‘满招损，谦受益。’岂营丽辞，率然对尔。《易》之《文》《系》，圣人之妙思也。序《干》四德，则八句相衔；龙虎类感，则字字相俪；乾坤易简，则宛转相承；日月往来，则隔行悬合；虽句字或殊，而偶意一也。至于诗人偶章，大夫联辞，奇偶适变；不劳经营。自扬马张蔡，崇盛丽辞，如宋画吴冶，刻形镂法，丽句与深采并流，偶意共逸韵俱发。至魏晋群才，析句弥密，联字合趣，剖毫析厘。然契机者入巧，浮假者无功。”在这短短的一段话，描述了对偶修辞的历史演变。其意思是说，对偶句产生得很早，在《尚书》中就有“罪疑惟轻，功疑惟重”（罪行可疑虽重也要从轻判罚，功劳可疑虽轻也要从重赏赐）、“满招损，谦受益”的对偶句，至于《易传》中的《文言》《系辞》，《诗经》中的篇什，春秋时期列国大夫的外交辞令，骈偶之辞到处可见。到了汉代，扬雄、司马相如等著名赋家，崇向骈偶，作品中“丽句与深采并流，偶意共逸韵俱发”，就更具艺术性了。魏晋作家也十分讲究对偶的运用。由此可见，先秦时期是对偶修辞的发生阶段，两汉和魏晋是对偶的昌盛阶段。

刘勰总结了对偶的四个种类，即“言对”“事对”“反对”“正对”。它认为“言对”容易，是词语相对而不用事例，如司马相如《上林赋》中所写的“修容乎礼园，翱翔乎书圃”；“事对”比较难，它需要对举前人的故实，如宋玉《神女赋》中“毛嫱鄣袂，不足程式，西施掩面，比之无色”；“反对”是事理相反可旨趣相同，如王粲《登楼赋》：“钟仪幽而楚奏，庄舄显而越吟”；“正对”是事情不同而意思一样，如张载《七哀诗》：“汉祖想枌榆，光武思白水。”刘勰还认为，“言对”容易，是因为只需要用言辞说出心中所想；“事对”较难是因为用典要验证一个人的学问；“反对”为优是因为用一囚禁一显达的事例来说明相同的志向是更具有艺术性的；“正对”为劣是以贵为天子的事情表达共同的心愿，这是较少艺术性的。刘勰对于对偶句的总结，至今仍不失为比较合乎规律的。在今天的现实生活中，对联、偶句仍随处可见。

那么，对偶修辞与中华民族的文化有何联系呢？还是汉字文化的作用。汉字一字一词，或两字一词，加上它的形体是方形的，每个字所占的空间是一样的，排列起来是整齐的对称的，汉字一字一音，且有平仄区别，可以交错出现，如果没有汉字的这种形体的声音的特性，就不能形成对偶修辞。还有，汉字构形本身就特别重视对称，像繁体字的“人”“天”“山”“美”“麗”“兩”“林”“門”“開”“關”“問”“聞”“閃”“朋”“東”“西”“南”“北”“背”“輩”“口”“品”“景”“井”“樂”“幽”“哭”“笑”“幕”“暮”“答”“半”“小”“大”“甲”“余”等字，都是稳重的、方正的、对称的。这本身就启发了人们的对称感和秩序感。假如汉字也是长短不一的拼音文字，字与字之间的空间不整齐，那么对偶修辞就不可能存在了。因此，我们仍然要说，汉字的这种形、音、义的特性是对偶修辞能够存在的基础。

进一步的问题是，为什么中国如此喜欢用对偶修辞呢？启功先生的解答是，与中国人生活中的表达习惯有关。他说：“我们的口语里有时说一句不够，很自然地加一句，为的是表达周到。如‘你喝茶不喝？’‘这茶是凉是热？’‘你是喝红茶还是喝绿茶？’表示是多方面地想到了。还有是叮咛，说一句怕对方记不住，如说‘明天有工夫就来，要是没空儿我们就改日子'。这类内容很自然地就形成对偶。"①启功先生所说符合中国人的人情，是中国文化的"基因"，对我们很有启发。但问题似乎并没有完全解决，为什么中国人的人情是这样的呢？这里有没有更深层的原因？其实，刘勰在《文心雕龙·丽辞》篇篇首就指出："造化赋形，支体必双；神理为用，事不孤立。夫心生文辞，运裁百虑，高下相须，自然成对。"这就是说，自然之道的哲学文化，才是中国人喜欢用对偶的根据所在。大自然赋予人的肢体和万事万物，都是成双成对的，这是自然之理所起的作用，使得事物不会孤立存在。发自内心的文章，经过运思来表达各种想法，上下前后相互衔接配合，自然形成对偶的句式。虽然别的民族(如西方的民族)也面对成对的自然，但是中华民族自古以来以农为本的生活，上农的思想，使我们更亲近大自然，更能体会"造化赋形，支体必双"的外界，农民对于天地相对、阴阳相对、春秋相对、冬夏相对、朝夕相对、阴晴相对、雨雪相对、风雷相对、人畜相对、父子相对、母子相对、夫妻相对、兄弟相对、姐妹相对、山水相对、花鸟相对、土石相对、忧乐相对、悲喜相对、穷达相对、生死相对，等等，具有更深切的感受，因为这些事物"自然成对"就在他们的周围，他们时时接触它，时时感受它，并且要利用这"自然成对"来为他们的以耕作为中心的生活服务。

朱光潜也认为汉字的特点影响中国人的习惯，习惯又影响中国人的思想，对偶与此有关。他说："文字的构造和习惯往往能影响思想，用排偶文既久，心中就于无形中养成一种求排偶的习惯，以至观察事物都处处求对称，说到'青山'便不由你不想到'绿水'，说到'才子'便不由你不想到'佳人'。中国诗文的骈偶起初是自然现象和文字特性所酿成的，到后来加上文人求排偶的心理习惯，于是便'变

① 启功：《诗文声律论稿》，中华书局2002年版，第209页。

本加厉'了。"①

李壮鹰教授在一篇文章中还把对偶与中国人的思维模式和对美的理解联系起来，他说："化学家告诉我们：雪花之所以皆成六角，是水的分子结构使然。同样的，汉语多对偶，汉语多排骈，也应取决于中国人思维的内在模式。自古以来，我们的先民们不但以两相对立的范畴来看待事物、分析事物，诸如天地、乾坤、阴阳、刚柔等，而且也将他们的理想建筑在对立两端的平衡上。儒家所谓'中'，道家所谓'两行'，实际上都是这种追求平衡的倾向在哲学上的反映。古人眼中的'秩序'就是对称与均衡。现在我们所说的'美丽'的'丽'，在古代是并列、对偶的意思。'丽'字不但从字形还是音韵上看，它与表示双、偶的'两'字都是同源的。……在对动与静、变化与稳定的选择上，中国人向来是比较倾向于静态与稳定的。而对称则恰恰是最具稳定感的模式，古人炼句讲'稳'，我理解这个'稳'，就是从偶句的平衡、对称、不偏袒来的。"②这些看法很有见地，的确对偶与中国人的思维方式有密切的关系。

由此看来，汉字的音、形、义特性是对偶修辞的基础，崇尚自然的哲学文化和思维方式是对偶修辞的思想根基，农耕生活是对偶修辞的最后的文化根据。因此，我们不能不说，汉语对偶修辞的发达深受中国民族文化的影响。

(三)用典与社会文化

用典，也叫用事，是指人们在行文中引用(或借用)前人的言论和事迹等表达想要表达的意思。用典作为一种文学修辞，如刘勰所说的"据事以类义""援古以正今"，其功能主要是使文辞更为含蓄和典雅。用典修辞古今中外都有，这就使每一个时代的文人创作都不

---

① 朱光潜：《中国诗何以走上"律"的道路》，《朱光潜美学文学论文选集》，湖南人民出版社 1980 年版，第 245 页。

② 李壮鹰：《对偶与中国文化》，《汉语现象问题讨论文集》，文物出版社 1996 年版，第 114～115 页。

能不面对前人的言论与故事，这些言论与故事所包含的意义，又正好与自己想表达的意思相似，与其直说，不如用典，既显示自己的学问，又能委婉地表达，让人把前人的言论与故事，与今人的言论与故事加以联想，常常能收到雅致的效果。

用典可以有广义与狭义的区别。所谓广义的，就是指那些被引的言论与实际刚过去不久，或还在流行中，人们就可以把它加以引用，以说明自己的意思。所谓狭义的，就是很久以前较有名的言论和事迹，被我们压缩成一个“符号”，成为成语，成为俗语，成为文学用语，如“一日三秋”“一去不返”“一叶知秋”“七手八脚”“九牛一毛”“三令五申”“完璧归赵”“唇亡齿寒”“黔驴之技”“狐假虎威”“良药苦口”“玩火自焚”“画龙点睛”“画蛇添足”“画饼充饥”“画虎类狗”“青出于蓝而青于蓝”“解铃还须系铃人”“大有大的难处”“树倒猢狲散”等。这些作为话语的典故很多，可以写出一部书来，它们被人们用在文中，不但使文章获得委婉和雅致的效果，而且可以大大提高效率，本来要很多话才能说清楚的问题，只用几个字就说明白了。

中国古代用典修辞早就有之。引用事类以援古证今，是古代写文章的一种传统。刘勰在《文心雕龙·事类》篇说：“明理引乎成辞，证义举乎人事，圣贤之鸿谟，经籍之通矩”。意思是说，说明道理时引用前人的成辞，证明用意时举出过去的事例，便是圣贤宏大的用意，经典通用的法则。刘勰用周文王作《易经》引用了商高宗伐鬼方等的故事，来说明古代圣贤知识渊博，常能引经据典。到了汉代扬雄、刘歆等人，开始多用故实；到了东汉，崔骃、班固、张衡、蔡邕等作家博取经史事类，文章写得华实并茂。

刘勰提出了用典的原则与方法：其一，“务在博见”。要广博的吸取知识。他说：“狐腋非一皮能温，鸡蹠必数十而饱”，意思是一张狐腋皮不能制成狐裘取暖，鸡掌也要吃数十只才得吃饱，知识只有丰富才能运用。其二，“取事贵约”。古代的事类情节复杂，要用很多话才能说明白，运用时候，压缩成几个字，如“毛遂自荐”，就代表了一个符号，用事贵在简约。其三，“校练务精”。古代的事类很多，运用的时候要加以挑选，不要用得太多，罗列成文。用事贵在精当。其四，“捃理须核”。对于所用之事情，要加以核对，务使真实、正确，而不出错误。其五，“自出其口”。引用别人言论和典故要如同己出，不使生硬，显露痕迹。其六，放置得当。用刘勰的话说：“或微言美事，置于闲散，是缀金翠于足胫，靓粉黛于胸臆”。意思是有时精微的言辞和美妙的事例被安排在无关紧要的地方，那就好比金银翡翠被装饰在腿上，把粉黛涂抹在胸脯上了。刘勰以上所论，至今仍然是用典必须注意的原则与方法。

唐代以后，用典在诗词曲赋中用得越来越多，越来越自觉。杜甫、韩愈的诗中有不少典故。苏轼的诗词中也时见典故。特别是宋代江西诗派，把用典的文学修辞技巧抬到了前所未有的地步。黄庭坚等人提出了“夺胎换骨”的作诗方法。所谓，“夺胎”就是体会和借用前人诗意，改为自己的作品。如白居易有诗云：“百年夜半分，一岁春无多”的句子，黄庭坚改为“百年中去夜半分，一岁无多春再来”。所谓“换骨”是意同语异，用前人的诗意，用自己的语言。他们主张学习杜甫，却提出杜甫的诗“无一字无来处”，专学习杜甫如何用典。用典用到了这种地步，是宋诗的一个特点，很值得注意。

更值得注意的是，在20世纪的西方文论中，出现了“互文性”(又译为“文本间性”)的说法，其实这个说法与中国古代用典的意思是相似的。西方文论提出的“互文性”，大体的意思是：一个文本不可能完全是自己的创造，一定从别的文章中引用了、化用了一点儿什么。或是明写，或是化在自己的文章中。俄国的什克洛夫斯基在《情节编构手法与一般风格手法的关系》中说“我还补充一条普通规律：艺术作品是在与其他作品联想的背景上，并通过这种联想而被感受的。艺术作品的形式决定于它与该作品之前已存在过的形式之间的关系。艺术作品的材料必定特别被强调，被突出。不单是戏拟作品，而是任何一部艺术作品都是作为某一样品的类比和对立而创作的。"①其后巴赫金也有相似的说法。20世纪60年代法国茱莉娅·克里斯蒂娃曾提出互文性概念，认为："每一个文本把它自己建构为一种引用语的马赛克；每一个文本都是对另一个文本的吸收和改造。"用典变成了"互文性"，传统的文学修辞法变为现代的文学修辞法。

进一步的问题是，用典与社会文化有何联系呢？难道黄庭坚的"夺胎换骨"的作诗方法与社会文化无关吗？现代的"互文性"的提出又是受什么样的社会文化的影响？

首先，用典这种文学修辞方法与社会精神文化的生成过程密切相关，换句话说，正是社会精神文化的不断生成导致了用典这种文学修辞。社会精神文化是怎样由无到有、由少到多的呢？社会精神文化最初的生成可能是民间到上层的，下层的百姓在劳动的实践中，由于有感受、有需要，形成了最初的歌谣。这一点正如《吕氏春秋·仲夏纪·古乐》云：

> 昔葛天氏之乐，三人操牛尾，投足以歌八阕：一曰"载民"；二曰"玄鸟"；三曰"遂草木"；四曰"奋五谷"；五曰"敬天常"；六曰"建帝功"；七曰"依地德"；八曰"总禽兽之极"。②

又如《淮南子·道应训》论劳动歌谣：

> 今夫举大木者，前呼"邪许"，后亦应之，此举重劝力之歌也。③

---

① 什克洛夫斯基：《散文理论》，刘宗次，译，百花洲文艺出版社1994年版，第31页。
② 《吕氏春秋》，《诸子集成》第6册，中华书局1954年版，第51页。
③ 《淮南子》，《诸子集成》第7册，中华书局1954年版，第190页。

这都说明最初的精神文化是由劳动实践创造的，后来如普列汉诺夫等对艺术起源于劳动，都有更深刻的论证。问题是下层劳动者创作的歌谣，必然会被上层的士人看中，于是拿过去加工，成为诗歌或其他作品。这种情况一代又一代这样持续下来。而士人从下层劳动者那里“拿过来”的过程，在一定程度上就是“用典”了，他们可能增加或减少一些字句，改变一些字句，或者师其意而不师其辞……，这过程从广义上说，就是用典。中国士人加工、改造、整理过的最早的诗歌(如《诗三百》)，不断被后人“引用”或“化用”，创作成新的诗歌作品，这就更是“用典”了。因此“用典”是精神文化生成过程的重要一环，也可以说，社会精神文化的生成过程使“用典”成为一种文学修辞。“用典”是社会精神文化生成的产物。

其次，再从社会精神文化的发展看，一方面是一代有一代的文化，另一方面是后一代的文化总是从前一代甚至前几代的文化里面继承了一些成分。这继承中，必然要引用前代若干具体的资料以说明新的文化意义，这就是典型的“用典”了。若用刘勰的话来说，文学的发展离不开“通变”两个字，“变”是根据现实状况提出新主张做出新篇章，这是对古之变；“通”就是要学习古典，熟悉古典，吸收古典，使“变”建立在“通”的基础上。那么在这“通变”中，“用典”也就自然成为创造中重要的环节了。还有一点也很重要，文学的创造需要才与学两点，刘勰说：“文章由学，能在天资”。文学的创造者，一是才，一是学。“学贫者迍邅于事义，才馁者劬劳于辞情”。才情不够的人，一般就常借用前人比较精辟的话，这就是用典。

更重要的一点是，各个时代的社会文化情况不同，士人崇尚的风气不同，这又区别出“用典”的多少、好坏等。为什么到了宋代，会出现黄庭坚为首的“江西诗派”，把“用典”推到极端，提出“夺胎换骨”和“字字有来处”的主张呢？文史学家刘大杰先生回答说：“诗做到宋朝，经过长期的时代与无数诗人的努力，在那几种形式里，真是什么话也说完了，什么景也写完了，任你如何聪明智慧，想造出惊人的言语来，实在是难而又难……在这种困难情况下，黄庭坚创出了换骨与夺胎两种方法。”[①]刘大杰的话可能说得过分了。生活在不断变化，新的话语新的景物随时都可能涌现出来，如果诗人沉潜于生活中，怎么会把话说完了，怎么会把景写完了？“夺胎”与“换骨”的路径是用典。“换骨”，就是看前人佳作中的诗意，用自己的话说出来，即意同语异；“夺胎”，则是点窜前人的诗句和诗意，改为自己的作品。这种作诗法很大程度上就是依靠用典来拼凑成篇。用典成为主要的方法。在南宋时期，为什么会出现这种情况呢？这就与南宋士人推崇的风气有关。他们更看重书本，或者说从现实逃向书本领域。如他们推重杜甫和韩愈，这当然是他们的自由。问题是你推重杜甫和韩愈诗篇中的什么呢？是杜甫和韩愈那种博大精深的精神和面对现实的勇气呢，还是别的什么？实际上，黄庭坚生活的时代，现实社会问题堆积如山。例如，与北方民族矛盾已经十分严重，内部纷争不断，为什么不可以从杜甫、韩愈那里来学习他们是如何面对现实的呢？问题是他们觉得他们面对的现实问题解决不了。他们逃向书本是他们与现实矛盾无法协调的产物。这样，黄庭坚把自己的观点“投射”到杜甫和韩愈身上，他看重的是杜甫和韩愈的诗“字字有来处”，他曾说：“自作语最难。老杜作诗，退之作文，无一字无来处。盖后人读书少，故谓韩杜自作此语耳。古之能为文章者，真能陶冶万物，虽取古人之陈言入于翰墨，如灵丹一粒，点铁成金也。”(《答洪驹父书》)看来南宋黄庭坚一派人提倡的风气就是读书，搜集陈言，而不主张面对生活、体验生活，从生活去发现新的话语、新的景物。

以上所述，说明了文学修辞中的声律、对偶和用典的种种情况，

---

① 刘大杰：《中国文学发展史》中，上海古籍出版社 1982 年版，第 681 页。

其最深根源仍然在社会文化中。我们不能离开社会文化的状况孤立地来理解文学修辞中的种种问题。

二、社会文化得益于文学修辞

文学修辞与社会文化之间是互动互构的。文学修辞根源于社会文化，社会文化反过来也得益于文学修辞。

在文学发展历史上，没有一种文学是纯粹地孤立地玩弄文学修辞的。文学修辞永远有它的对象性和目的性。

文学修辞属于艺术技巧的范围，它本身对于文学并没有意义和价值，例如，汉语四声及其所构成的平仄本身，只是反映了汉语的部分特点，只有当文学家艺术地运用它的时候，它才会有意义和价值。所以文学修辞只有在雕塑对象的时候，积极地成为构成对象的力量的时候，在对象中实现出来的时候，它的功能才充分显现出来。文学修辞的根源在社会文化中，但它又反过来积极地参与对社会文化的构建。社会文化也因此得益于文学修辞。

文学修辞与社会文化之间的这种互动、互构关系在中西方都有很好的例证。在西方学者眼中，结构主义的叙事学就被认为是一种修辞。如美国叙事学家詹姆斯·费伦在他的论著中就指出："认为叙事的目的是传达知识、情感、价值和信仰，就是把叙事看成修辞。隐喻有多种多样，而所有的隐喻似乎都不足以说明作者、文本和读者之间的如下关系：交互作用、交流、交换和交媾。……我不想费心寻找另一个隐喻，而提议用修辞作为这个缩写。即是说，在本书中，当我谈论作为修辞的叙事时，或谈论作者、文本、读者之间的一种修辞关系时，我指的是写作和阅读这一复杂和多面的过程，要求我们的认知、情感、欲望、希望、价值和信仰全部参与的过程”[①]。从詹姆斯·费伦的论说中我们可以看出，在文本分析的建构中，叙事学作为一种修辞，显然是与社会文化相结合，共同传达着叙事文本中所蕴含的辽阔的文本旨趣。中国的情况也是一样。我们可以想象一下，如果不是在六朝时期发现了汉语的四声，如果不是汉字的对称均衡所形成的对偶，如果没有齐代的永明体，唐代的诗人能够运用这些文学修辞因素而最终形成具有严格格律化的近体律诗吗？唐代近体律诗的形成，是中国文学史上的重大事件，也是中国社会文化的重大事件。因为唐代诗歌的许多名篇佳作，不是绝句，就是律诗。唐代以降，绝句、律诗成为中国诗歌的重要品种，成为中国社会文化的一道亮丽的景观。宋代的词，元代的曲，也是平仄相对，也是对偶工整，是律诗的变体，其中平仄声韵和对偶规则的文学修辞是“使情成体”的关键因素。不但如此，中国传统社会文化许多瑰宝，都与平仄、押韵、对偶和用典的文学修辞密切相关。

如章回小说中的开场诗，甚至章回中的内容，都由平仄、押韵、对偶构成。《红楼梦》第十七回，“大观园试才题对额”，就是贾政要试试贾宝玉的才情，要给大观园内各处题匾额，其中主要的内容，就是结合各处景致，题贴切的、雅致的对子。所以这一回若没有了题对子的文学修辞，也就失去了存在的理由。而贾宝玉所提的对子，无论“述古”，还是编新，都把大观园的美丽景致画龙点睛地凸显出来了。假如我们进一步深入到小说的对话中去，我们就会发现，连贾宝玉等人的思维方式，也是对偶式的、平仄式的。如贾宝玉不同意其父亲和众门客对“稻香村”的称赞便说，“……此处置一田庄，分明是人力造作而成：远无邻村，近不负郭，背山山无脉，临水水无源，高无隐寺之塔，下无通市之桥，峭然孤出，似非大观，怎似先

① 詹姆斯·费伦：《作为修辞的叙事——技巧、读者、伦理、意识形态》，陈永国，译，北京大学出版社2002年版，第23～24页。

处有自然之理，得自然之趣？虽种竹引泉，亦不伤穿凿。古人云‘天然图画’四字，正畏非其地而强为其地，非其山而强为其山，即百般精巧，终不相宜……”贾宝玉此时并不是在题对子，而是在说话。但所说的话中，处于古人思维方面的训练，也有许多信口而出的“对子”，如：“远无邻村，近不负郭”“背山山无脉，临水水无源”“高无隐寺之塔，下无通市之桥”“有自然之理，得自然之趣”“非其地强其为地，非其山强其为山”……如果我们仔细分析，就不难发现，在这些话语中，不但两两对称，而且平仄相间，对偶、平仄等文学修辞构成了文学人物的生活本身。由此可以体悟到我们的古人喜好对称、平衡的思维方式了。

散文中的排比句，更是对偶施展的天地。还有各种场合、场景中的联句，平仄、押韵、对偶、用典等成为必用的文学修辞。在中华大地上，没有一个喜庆节日不贴对联，没有一处景点不挂对联，没有一个书法家不写对联，……正是对联给中国人的生活营造了一种特殊的氛围、气息、韵调和色泽。从一定意义上说，文学修辞构成了文学的基础，也构成了中国人的文化特征。由此可见，文学修辞的确是有对象性的，它雕刻了中华民族的文学，营造了具有浓郁中华民族气息的独特文化。

第十章　中心、基本点、呼吁

——文化诗学的开放结构

20世纪90年代，邓小平南方谈话后，中国的社会主义市场经济逐渐形成，商业主义也逐渐发展，“拜物”与“拜金”的思想开始流行。80年代轰动一时的文学也沉寂下来。在这种历史语境中，80年代活跃的文学理论话语也逐渐萎缩。但文学理论学人不甘寂寞，从国外引进了两种思潮：第一种是所谓“语言论转向”，宣扬俄国形式主义文论和英美的“新批评”，最终成果比较显著的是文学叙事学的研究，企图在文学文本细读和叙事技巧中寻找到新的避风港，并展示了中国独特的文学叙事研究成果；第二种是欧洲文化批评(又称文化研究)理论的引进，对纯文学本身不再感兴趣，而着意提倡所谓的“日常生活审美化”的探讨，实际上这种或推崇时尚趣味，或批评商业主义带来的弊端的话语，已经溢出了文学理论，而进入了文化社会学的范围。幸亏这期间带有

"文学性"的影视文化、摄影文化等大众视觉文化得到了大发展，所以一些具有批判精神的理论家在大众文化问题上取得了有效的研究成果。那么，那些不愿左顾右盼的要在文学理论这块园地里耕耘的学人怎么办呢？他们受到美国新历史主义的启发，特别是受它的"历史的文本性，文本的历史性"这句话的启发，于90年代后期提出了根植于中国文学土壤上的研究方法，这就是"文化诗学"。其中，北京师范大学文艺学研究中心和闽南师范大学文化诗学研究所，始终如一地坚持这一文学研究的理想。文化诗学的意义就是力图把所谓"内部批评"和"外部批评"结合起来，把结构与历史结合起来，把文本与文化结合起来，加强文学理论和文学批评的历史深度和文化意味，走出一条文学理论的新路来。

1998年，我在"扬州会议"上第一次提出中国的"文化诗学"。1999年连续发表了《中西比较文论视野中的文化诗学》《文化诗学的学术空间》和《文化诗学是可能的》三篇文章，之后还相继发表了多篇论文。我对"文化诗学"的解释和理解不断有所发展。至今为止，我的"文化诗学"构想，大体上可以用体操的喊声"一、二、一"来概括，即"一个中心，两个基本点，一种呼吁"。

第一节 "一个中心"

所谓"一个中心"，是指文学审美特征而言的。文化诗学所研究的对象是文学，那么首先把文学特征大体确定下来是顺乎情理的。新时期以来，我质疑别林斯基的文学形象特征，又用很大的力气论证文学审美特征。我最近出版的一个专题论文集《文学审美论的自觉》，就是对文学审美特征论的一次总结。我从20世纪80年代初开始反复讲过：如果一部文学作品经不起审美的检验，那么就不值得我们去评价它了，因为它还没有进"艺术文学"这个门槛。"审美"作为 20 世纪 80 年代的美学热的“遗产”，我认为是可以发展的，是不能丢弃的。不但不能丢弃，而且还要作为“中心”保留在“文化诗学”的审美结构中。为什么？历史经验不容忘记。在新中国成立后的 17 年和“文化大革命”中，我们的文学理论差不多就是照搬苏联文学理论，其中最核心的是“社会主义现实主义”理论，这个理论对于文学特征有一个规定，那就是继承了别林斯基关于文学与科学特征的理解：“人们只看到，艺术和科学不是同一件东西，却不知道它们之间的差别根本不在内容，而在处理一定内容时所用的方法。哲学家用三段论法，诗人则用形象和图画说话，然而他们所说的都是同一件事。”[①]例如，季莫菲耶夫《文学概论》中说：文学的特征是“以形象的形式反映生活”。这种文学形象特征论是与西方古老的模仿论相搭配的。这种说法，在西方文化背景下也许不会使文学走向教条化、公式化、概念化，但在苏联的意识形态的文学宪法“社会主义现实主义”指导下的文学创作中，别林斯基的文学形象特征论，就不能不产生问题，公式化、概念化在斯大林时期屡见不鲜。在斯大林去世后，1956 年开始出现了“解冻文学”思潮，就是拿“社会主义现实主义”前面的四个字来做文章。因为“社会主义现实主义”是把一个政治概念和一个文学概念捏合在一起，结果是政治压倒文学，这就产生了很严重的问题。西蒙诺夫提出了“社会主义时代的现实主义”，并建议把“社会主义现实主义”定义中的“用社会主义精神从思想上改造和教育劳动人民的任务结合起来”半句话删去，结果引起了热烈的讨论，这种讨论也波及当时中国文坛。为什么“社会主义现实主义”这样的口号，就会引导出公式化、概念化的作品呢？原因之一就是要用所谓“历史具体性”的形象描写去图解政策和概念。所以 1956 年开始的苏联“解冻文学”的讨论结果之一是，有的学者如阿·布罗夫在《美学

① 别林斯基：《别林斯基论文学》，梁真，译，新文艺出版社 1958 年版，第 20 页。

应该是美学》一文中，就对诸如文学是“用形象的形式反映生活”等提法提出质疑，认为“这里没有充分解释出艺术的审美特性(哲学的定义不会提出这个任务)，所以这还不是美学定义。”

实际上，我们应该从20世纪80年代的美学热中体会到审美是大问题。在“文化大革命”时期，十亿人只有十个样板戏，我们处在审美饥饿中，那日子是很难过的。有的时候，为了满足一点点审美的需要，是要付出生命的代价的。那期间朝鲜的一部俗气的电影《卖花姑娘》在中国放映，大家蜂拥去看，结果起码有几十人的生命就丧失在可怕的拥挤践踏中。这是有案可查的。那么，审美的重要性在哪里？审美是与人的自由密切相联系的。80年代美学热，大谈审美，这在当时就是要摆脱刚刚过去的“文化大革命”的“极左”政治和思想的严重束缚，使人的思想感情得到一次解放和自由。大家也许还记得当时的北京美术馆举办裸体绘画展，引起了轰动，队伍排得很长，美术馆周围等待参观者真是人山人海，这是为什么？肯定裸体绘画是美的，不是邪恶的，这是思想感情的一次大解放。这也是有案可查的。今天我们的自由问题解决了吗？当然没有。不同的是，过去完全被政治束缚住，今天我们的文艺往往是被商业主义的意识形态、被一心想赚钱的文化老板的思想束缚住了，我们手中没有权力，我们所能掌握的只是文学艺术话语，因此，我们搞文学研究也好，搞文学批评也好，审美的超越、审美的自由就成为我们的话语选择。我们选择审美的话语来抵制商业主义的意识形态。正是基于此，我把“审美”检验作为文化诗学结构的中心，道理就在这里。文学必须首先是文学。如果一篇文学作品被称为深刻的、智慧的，却没有起码的艺术审美品质，那么文学不会在这里取得胜利。不要让那些没有意义或只具有负面意义的商业文化作品一再欺骗我们，我们需要的是真正具有审美价值和积极社会意义相融合的文学艺术精神食粮。

那么，什么是审美？什么是文学中的审美？这是很复杂的问题。

这里只能极简要地谈谈我的理解。审美是一种对象性活动，在这活动中，人们实现了情感的评价。对象物具有价值性，人以情感去观照它、评价它，形成所谓“情以物兴”与“物以情观”（刘勰语）的双向交流活动。一方面，“物”触动了人的情感，使人的情感敏感起来，兴奋起来，甚至激动起来；另一方面，人以情感去观照物，使物罩上了情感的色彩，温暖的色彩，冷漠的色彩等。“情以物兴”是由外及内、由物及心，“物以情观”是由内及外、由心及物。就在这心与物的双向的交流和评价活动中，人的心理随着所面对的对象物的不同，而产生了美感、厌恶感、崇高感、蔑视感、悲哀感、幽默感等。唐代诗人柳宗元在《邕州马退山茅亭记》中说：“夫美不自美，因人而彰。兰亭也，不遭右军，则清湍修竹，芜没于空山矣。”①由于强调人对于物在观照中的彰显作用，我以为此言最能说明审美的实质。文学的美由于是社会美，因而它的美中必然溶化进政治的、道德的、伦理的、民族的、民俗的、地域的因素。但在审美评价活动的瞬间，人的心理则处于无障碍的自由状态。

第二节 “两个基本点”

所谓“两个基本点”，一点是分析文学作品要进入历史语境，另一点是要有过细的文本分析，并把这两点结合起来。换句话说，我们在分析文学文本的时候，应把文本看成历史的暂时的产物，它不是固定的、不变的，因此不能就文本论文本，像过去那样只是孤立地分析文本中的赋、比、兴，或孤立地分析文本隐喻、暗喻、悖论与陌生化，而要抓住文本的“症候”，放置于特定的历史语境中，以历史文化的视野去细细地分析、解读和评论。

---

① 柳宗元：《柳宗元集》，中华书局1979年版，第730页。

关于历史语境的问题，第五章第二节已有详细的论述，本节重点探讨过细文本分析问题。“文本细读”不能仅仅是俄国形式主义文论和英美新批评的遗产，中国古代的诗文小说评点，也是一种文本细读。我们谈到文本细读不但可以吸收俄国形式主义文论和英美新批评的传统，更应该重视中国古代诗文小说评点的传统。什么是文本细读是众所周知的，问题是如何进行文本细读，又如何把文本细读与历史语境结合起来。

我的大体看法是，无论是研究作家还是研究作品，都要抓住作家与作品的“征兆性”特点，然后把这“征兆”放置于历史语境中去分析，那么这种分析就必然会显示出深度来，甚至会分析出作家和作家的思想和艺术追求来。人们可能会问，你说的作家或作品的征兆又是什么？“征兆”是什么意思呢？法国学者阿尔都塞提出的“症候阅读”，最初属于哲学词语，后转为文学批评话语。此问题很艰涩，不是三言两语能说清楚的。我们这里只就文本话语的特征表现了作者思想变动或艺术追求的一种“症候”来理解的。

我这里想举一个文论研究为例子。清华大学罗钢教授，花了10年时间，重新研究了王国维的《人间词话》提出的“境界”说。他的研究就有抓“症候”的特点。由于王国维的《人间词话》有好几种文本，文本话语的增加、改动或删掉，都可能成为王国维的思想变化的“症候”。罗钢对此特别加以关注，并加以有效的利用。例如，他举例说《人间词话》手定稿第三则原本中间有一个括号，写道：“此即主观诗与客观诗所由分也”，但在《人间词话》正式发表时，这句话被删掉了。为什么被删掉？罗钢解释说：“比较合乎情理的解释还是王国维在写作这则词话时思想发生了变化。”再一个例子也是罗钢论文中不断提到的，就是王国维的《人间词话》原稿中都有一则词话：“昔人论诗词，有景语、情语之别，不知一切情语，皆景语也。”他发现，这则“最富于理论性”的话被删掉了，这又是怎么回事呢？罗钢告诉我们："王国维此处'一切景语皆情语'的说法，其实脱胎于海甫定，即他在《屈子文学之精神》中所说的'其写景物亦必以自己之深邃之感情为之素地'。但这种观点和他在《人间词话》中据以立论的叔本华的直观说产生了直接的冲突，如果把'观'分为'观我'和'观物'两个环节，那么'观物'必须做到'胸中洞然无物'。只有在这种'洞然无物'的条件下，才能做到'观物也深，体物也切'。这种'洞然无物'是以取消一切情感为前提的，所以王国维才说'客观的知识与主观的情感成反比例'，这种'观物'与'观我'是相互联系的两个方面，它们统一于一种审美认识论，假如站在这一立场上，'一切景语皆情语'就是大谬不然的。这就是王国维最后发生犹疑和动摇的原因，这也说明，王国维企图以叔本华的'观我'来沟通西方认识论和表现论美学，最终是不能成功的。"①罗钢对于"症候阅读"法的运用，使他的论文常常能窥视到王国维等大家的思想变动的最深之处和最细微之处，从而作为有力的证据来说明他想说明的问题。但我对罗钢的分析，也不完全同意。实际上，"一切景语皆情语"，属于中华文论的"情景交融"说，是中华文化中天人合一的产物。王国维在发表他的《人间词话》之日，恰恰是他对德国美学入迷之时，他的整个《人间词话》的基因属于德国美学，所以他觉得"一切景语皆情语"不符合他信仰的德国美学，特别不符合德国叔本华的认识论美学，所以王国维发表时把这句话删除了。

文化诗学的两个基本点，即历史语境与文本分析，从我们上面的解释中，可以看得很清楚，它们不是独立的两点，而是密切结合的。我们之所以强调历史语境的重要性，是因为它可以帮助我们深入细致分析文本，我们强调文本分析，是置放于历史语境的文本分析，不是孤立的分析。所以，这两个基本点的关系应该是：我们面

---

① 罗钢：《眼睛的符号学取向——王国维"境界说"探源之一》，《中国文化研究》2006年冬之卷，第81～82页。

对分析的对象(作家、作品、文论)，先要寻找出对象的征兆性，然后再把这征兆性放到历史语境中去分析，从而实现历史语境与文本细读的有效结合，使我们的研究达到整体性、具体性、深刻性和具有现实针对性。

第三节 “一种呼吁”

我在《文学评论》发表过一篇论文，题目是《植根于现实土壤的文化诗学》，我提出的理由是“‘文化诗学’的根由在现实的需要中”。我这样说过：“一段时间以来，我们的文学批评囿于语言的向度和审美的向度，被看成是内部的批评，对于文化的向度则往往视而不见，这样的批评显然局限于文学自身，而对文本的丰富文化蕴含置之不理，不能回应现实文化的变化。文学这种自外于现实的这种情况应该改变。文学是诗情画意的。诗情画意的文学本身包含了神话、宗教、历史、科学、伦理、道德、政治、哲学等文化含蕴。在优秀的文学作品中，诗情画意与文化含蕴是融为一体的，不能分离的。‘文化诗学’应该而且可以放开视野，从文学的诗情画意和文化含蕴的结合部来开拓文学理论和批评的园地。当一个批评家从作家的作品的诗情画意中发掘出某种文化精神来，而这种文化精神又能弥补现实文化精神的缺失，或批判现实文化中丑恶的、堕落的、消极的和缺乏诗意的倾向，那么这种文学理论与批评不就实现了内部批评与外部批评的统一，不是凸显了时代精神了吗?”我当时这样想，我今天仍然觉得是对的。这就是萨特在他的《什么是文学?》所说的写作的“介入”：“不管你是以什么方式来到文学界的，不管你曾经宣扬过什么观点，文学把你投入战斗；写作，这是某种要求自由的方式；一旦你开始写作，不管你愿意不愿意，你已经介入了。”[①]作家要“介入”，为什么文学批评家不可以“介入”？文学理论应该摆脱自闭状态，去介入现实。

我一再说新时期以来的改革开放取得了巨大的成果，我们民族正在复兴，这是不容否认的事实。但同时，社会主义市场经济也给我们带来了许多严重的问题，环境污染，官员腐败，房价高涨，贫富不均，坑蒙拐骗，金融动荡，物价通胀，矿难不断，城乡发展不平衡，东西部发展不平衡，任何一个对国家事务关心的人，都可以列出十大矛盾，情况难道不是这样吗？我们的部分作家意识到了这个问题，艺术地反映高房价给人民带来的苦难的作品有之，艺术地反映官员贪污腐败的作品有之，艺术地反映城市化侵犯农民的土地和利益的作品有之，艺术地反映工业化给祖国带来环境污染的作品有之，……我们的理论家和文艺批评家为什么不可以通过对这些作品的评论而介入现实呢？文化诗学就是要从文本批评走向现实干预。因此关怀现实是文化诗学的一种精神。

但现在我又有了一种超越性的想法。那就是以文化诗学内部批评与外部批评的结合，结构与历史的结合，文本批评与介入现实的结合，以这些结合所暗含的走向平衡的精神，对现实进行一种呼吁——走向平衡。我甚至可以说，今天的中国也要“文化诗学”化。因为，我们前面所指出的十大社会问题，几乎都是社会失衡的表现。单纯追求GDP，而不考虑环境的污染，这就如同一种单一的“内部批评”；官员腐败，而不思考制度性的约束，这也如同单一的“内部批评”……其他问题都可作如是观。

实际上，如果我们要是从意识形态的角度来思考20世纪所出现的一系列的文学理论批评形态，其背后都是暗示一种呼吁、一种文

---

① 萨特：《萨特读本》，人民文学出版社2005年版，第563页。

化、一种政治。俄国形式主义文论，在 20 世纪初，以语言分析的面貌出现，似乎与政治无关，实际上它的提出者和推崇者，是要在当时俄国上空飘扬什么样的颜色，与政治当局者吵架。英美新批评似乎是在文本的隐喻、悖论等词语上做文章，实际上背后也是有深刻的社会原因的。有学者指出“特别在美国，新批评的普及对文学研究的平民化起到了至关重要的作用。20 世纪四五十年代，二战结束后大批复员军人面临再学习和再就业的压力。而他们既没有足够的知识背景又没有受到过严格的学术训练。他们无法分享学院派掌握的那些浩如烟海的档案资料。他们在学术领域的立身之本只能是文学作品本身。通过对文本的分析，他们获得了一种非传统的、非学究式的接近文学的方法。另一种对新批评的意识形态性的分析认为，新批评对结构与形式等文本秩序的追求代表了当时人们对于社会秩序的渴望以及对工业社会人异化的批判……”

中国的文化诗学在 20 世纪 90 年代末和 21 世纪初被提出来，是因为社会在发展中许多地方失去平衡，它的出现是对于社会发展平衡的一种呼吁。它是一个文学理论话语，但这个话语折射出社会的时代要求。我们似乎也可以从这样一个角度来看待文化诗学提出的问题意识和现实意义。

小结：我认为，只要我们认清了文化诗学这个学科研究路径，就不要过多地提它，总是去论证它。我们爱护文化诗学最好的途径是在我们研究文学理论问题和文学批评的实践中，按照这条路去走，最终用我们的研究成果来证明它的有效性和时代精神。不要总是在下定义作说明。“文化诗学：一、二、一，一、二、一，……”让我们操练起来吧！

不论人们怎么说，如果我们的研究和批评按照“文化诗学”这条路去实践，我们的文学研究与批评的学术前途将一片光明。

第十一章　人文与历史的张力

——文化诗学的精神价值

关于文化诗学的精神价值取向，我在第三章简要地提到，认为“文化诗学作为一种文艺学方法论其精神诉求有三个维度：第一是审美精神，这是中心，文学作品首先要具备这种品质和精神；第二是人文意义，文学是语言的艺术，艺术文学必须要有人文意义，要关切人的生存的意义；第三是历史文化精神，文学是历史文化的产物，又构成了历史文化扇面的一部分，必须进入历史文化语境，才能揭示出文学作品的含义。”但是没有展开来讲，特别是对作为精神诉求的审美精神、人文意义和历史文化这三者的关系没有展开来讲。在第三章中，我们从现实问题切入，但没有从总结文学史的角度切入，所以在这一章中，我们将转换一个角度，即从总结文学史上启蒙现代性与审美现代性两者的关系切入，来说明文化诗学精神价值取向。

第一节　两种现代化的对峙及其在文学上的回响

现代性的确是一个非常复杂的概念，对于具有不同知识背景的人往往有不同的理解。我更愿意把现代性理解为价值追求。所以，在讨论“文化诗学”的精神价值取向的时候，我认为取这样一个“现代性”的概念切入，也许是比较符合实际的。

一、两种现代性的对峙及其意义

美学学者马泰·卡林内斯库(1934—)在其《现代性的五副面孔》一书中曾经指出：在19世纪前半期，在西方出现了两种现代性。从此，这两种现代性就充满了敌意，他们相互斗争，又相互影响。第一种现代性常常被理解为西方文明史一个阶段的现代性。进步的学说，相信人类科学技术造福人类的可能性，对时间的关切(如我们在改革开放初期提出的口号“时间就是金钱”之类，是可以计量的时间)，对理性的崇拜，在抽象的人文主义框架得到界定的自由理想，还有对实用主义的推崇，对成功的预期，这一切成为中产阶级的核心价值。[①] 这个意义上现代性是一种时间顺序的观念，一种历史进步的意识，线性发展时间观念与目的论的历史观。我们还可以补充说，张扬“历史理性”，肯定“知识就是力量”，赞赏工具主义，相信人可以唤醒世界，相信人可以通过科学与技术支配自然征服自然，相信人可以打破一切古典的神话。如西方马克思主义的学者霍克海默、阿道尔诺所描写的那样：“称得上伟大发明的印刷术，毫不起眼的火炮，人们早先多少已经有所了解的指南针，这三样东西给那个

① 马泰·卡林内斯库：《现代性的五副面孔》，顾爱彬、李瑞华，译，商务印书馆2002年版，第47～48页。

世界带来了怎样的变化啊！第一个发明引起了学识的变化，第二个发明引起了战争的变化，第三个发明引起了金融、商业和航海的变化！”他们并不相信这种现代性，他们说正是这种现代性使“被彻底启蒙的世界却笼罩在一片因胜利而招致的灾难之中。”[①]这种现代性，被称为“启蒙现代性”“历史现代性”或“世俗现代性”。这种启蒙现代性得到了科学和技术进步及工业革命的支持，而长期为人们所崇奉。我们似乎可以把这种现代性的核心思想归结为一点，那就是相信时间和历史线性地向前发展的“社会理性”。

另一种是作为审美概念的现代性，即审美现代性或文化现代性。作为审美或文化概念的现代性在19世纪上半叶就有许多社会科学和人文科学学者强烈反对资本主义与资产阶级，批判工业革命给人类带来的弊端，发出与启蒙现代性各种各样的不同的声音。这是对启蒙现代性的反抗。这种反抗来自于它对社会理性与进步观念的巨大的幻灭感，因为启蒙现代性所主张的社会理性在发展过程中变成了极度膨胀的工具理性与技术理性、资产阶级对无产阶级的残酷压迫，商业主义与市侩主义的流行，童工的使用，以及对自然的破坏和环境的污染，等等。

从哲学理论上对“启蒙现代性”的深刻的批判，对工业文明最直接最深刻的批判来自德国的思想家和文学家席勒那里。席勒鲜明地提出人的“断片”论以指斥启蒙现代性和工业文明摧毁了人的完整。他完成于18世纪末的《美育书简》一书的思想，对当代中国人来说也许远未过时。席勒提出一种人的理想，这就是人的感性和理性的和谐全面的发展。他于是把古希腊时代的人性与现代人性加以比较。他说：

---

① 马克斯·霍克海默、泰奥多·阿道尔诺：《启蒙的概念》，汪民安、陈永国、张云鹏：《现代性基本读本》上，河南大学出版社2005年版，第168页。

希腊人的本性把艺术的一切魅力和智慧的全部尊严结合在一起，不像我们的本性成了文化的牺牲品。希腊人不仅以我们时代所没有的那种单纯质朴使我们感到羞愧，而且在由此可以使我们对习俗的违反自然(本性)而感到慰藉的那些优点方面也是我们的对手和楷模。他们既有丰满的形式，又有丰富的内容；既能从事哲学思考，又能创作艺术；既温柔又充满力量。在他们的身上，我们看到了想象的青年性和理性的成年性结合成的一种完美的人性。①

那么历史前进了，我们来到现代，人类来到了工业的时代，获得了启蒙现代性，人的本性又怎样了呢？席勒说：

现在，国家与教会、法律与习俗都分裂开来，享受与劳动脱节、手段与目的脱节、努力和报酬脱节。永远束缚在整体中一个孤零零的断片上，人也就把自己变成一个断片了。耳朵里所听到的永远是由他推动的机器轮盘的那种单调乏味的嘈杂声，人也就无法发展他生存的和谐，他不是把人性印刻到他的自然(本性)中去，而是把自己仅仅变成他的职业和科学事业的一种标志。……②

席勒笔下古希腊人与现代人关于人性的对比的意义，就在于这一对比从人性的完整的视角批判了现代工业文明和启蒙现代性。席勒认为现代工业生产的分工，等于把自己身心交给了一个支配者——机器，人就永远束缚在看管的冷冰冰的机器上面，那温暖过我们心灵的感情和想象的火焰就这样被熄灭了，于是人的全面性丧

① 席勒:《美育书简》，徐恒醇，译，中国文联出版公司1984年版，第48～49页。
② 席勒:《美育书简》，徐恒醇，译，中国文联出版公司1984年版，第51页。

失了，人“断片”化了。席勒为此喊了起来：人怎么可能把自己的自由托付给这样一种人为的、盲目的钟表机械呢？席勒毫不含糊地断定，正是启蒙现代性本身“给现代人性造成了这种创伤”。我认为整个西方思想界都听到了席勒的声音。马克思关于人的劳动“异化”的分析(后面要较详细谈到)，克尔凯戈尔的“个体孤独感”的谈论，梯里希的“疏离状态”说，卢卡契的“物化”说，杜克海姆的“反常状态”说，海德格尔的“烦”说，雅斯贝斯的“苦恼”说，弗洛伊德的“焦虑”说，弗洛姆的“重生存”说，马尔库塞的“新感性”说等，都可以说是席勒的声音或早或晚或这样或那样的回响。可以断言的是，只要人类还要拥抱启蒙现代性，崇尚技术全能主义，崇尚物质主义，崇尚工具理性，那么席勒们的声音就不会消失。换言之，这些学者的学说也绝不是空论，都是基于人文主义或人道主义的理想对现实所作出的理论反应。

但是，我们不能不指出的是，席勒们在批判现代工业文明和启蒙现代性时，他们的眼睛是向后看的。席勒们则要人们回到古希腊时代原始的丰富性上面去。他们的历史观是倒退的。这种倒退的历史观有悖于社会的发展，与时代的潮流也是相悖的。

这里我们就不能不谈到马克思的思考。马克思一生的思想可以分为两个时期，这就是他写《1844 年经济学—哲学手稿》的青年时期和他写《资本论》的中年时期。这两个时期的思想有它的连贯性，即都在论证和批判资本主义的不合理性，但又有其明显的区分。马克思前期思想主要是从人道主义出发，从劳动异化的角度，批判资本主义，认为共产主义的理想基本上是建设完整的人的理想。马克思后期的思想主要是以剩余价值理论和阶级斗争理论来批判资本主义，呼唤消灭私有制，进入实现共产主义的理想。与本论题密切相关的是青年马克思的思想。

《1844 年经济学—哲学手稿》是青年马克思对于当时处于工业文

明和资本主义发展时期的一次不同凡响的观察与研究。他从费尔巴哈、黑格尔那里接过"异化"思想，从席勒那里接过"完整的人"这个思想，以人道主义关怀为出发点，加以改造，建立了他的"人论"，从而对资本主义的工业文明和启蒙现代性进行了深刻的批判。马克思说：

> 劳动者生产的财富越多，他的产品的力量和数量越大，他就越贫穷。劳动者创造的商品越多，他就越是变成廉价的商品。随着实物世界的涨价，人类世界也正比例地落价。①

劳动者同自己的产品的关系就像同一个异己的对象的关系一样。因为在这个前提下，下面所说的是不言而喻的："劳动者耗费在劳动中的力量越多，他亲手创造的、与自身相对立的、异己的对象世界的力量便越强大，他本身、他的内部世界便越贫乏，归他所有的东西便越少。……劳动者把自己的生命贯注到对象里去，但因此这个生命已不再属于他，而是属于对象了。因此，劳动者的这个活动越大，劳动者便越空虚。他的劳动产品是什么，他就不再是什么。因此，这个产品越大，他本身便越小。"②

"对劳动者说来，劳动是外在的东西，也就是说，是不属于他的本质的东西；因此，劳动者在自己的劳动中并不肯定自己，而是否定自己，并不感到幸福，而是感到不幸，并不自由地发挥自己的肉体力量和精神力量，而使自己的肉体受到损伤、精神遭到摧残。"③

---

① 马克思：《1844 年经济学—哲学手稿》，《马克思恩格斯全集》第 42 卷，人民出版社 1979 年版，第 44 页。

② 马克思：《1844 年经济学—哲学手稿》，《马克思恩格斯全集》第 42 卷，人民出版社 1979 年版，第 45 页。

③ 马克思：《1844 年经济学—哲学手稿》，《马克思恩格斯全集》第 42 卷，人民出版社 1979 年版，第 47 页。

这就是说，劳动者在这种雇佣劳动中，身心都被外在的东西所控制，劳动者的感觉被“异化”了。异化的一个重要原因是，劳动者使自己的生物个性适合于现代机器设备的需要，人成为工具的附属物。如果资产者不把人作为工具的附属物纳入其中，技术的联合就不能建立，生产也就无法进行。所以异化的结果是心理的畸形和生理的畸形。所谓心理的畸形是指由于工业所要求的技术理性的发展，直接导致人的感性与理性的分裂。人的感受力、情感力和想象力都受到压抑，人的灵性消失了，诗意衰退了，神秘感也隐遁了。充塞他们生活的是各种公式、图表、机器操作、生产线等。所谓生理的畸形是指人被束缚在固定的生产流水线上，导致人的某个感官片面地发展，相应地其他感官则逐渐萎缩。马克思早期的批判就是对启蒙现代性的批判，他呼喊的人性的回归，则是从理论上开启了审美现代性的建构。在整个20世纪，启蒙现代性给人类带来的危害并没有因为资本主义高度发展、高科技发展而有所改变。启蒙现代性与审美现代性的敌意并没有消失。诚如生活在20世纪的马尔库塞所说，在发达资本主义国家，虽然仍维持着剥削，但日臻完善的劳动机械化改变了被剥削者的态度和境况。在技术组合内部，由自动化和半自动化的反应占据了大部分(如果不是全部的话)劳动时间的机械化劳动，作为终生职业，仍然是耗费精力、愚弄头脑的非人的奴役——由于控制机器操作者(而不是产品)的速度加快和劳动者的彼此孤立，更使得精力消耗殆尽。除此之外，马尔库塞还认为社会通过对人的物质的需要来控制人们的“灵魂”。工人提高了购买力拥有了和高科技产品，似乎使工人和他的老板享受同样的电视节目并游览同样的娱乐场所。如果打字员打扮得像她的雇主的女儿一样花枝招展，如果黑人挣到了一辆卡德拉牌汽车，如果他们都读同样的报纸，那么这种同化并不表明阶级的消失，而是表明那些用来维护现存制度的需要和满足在何种程度上被下层人民所分享。在当代社会最高度发达的地区，社会需求向个人需求的移植是非常有效的，以致他们的差别看起来纯粹是理论的。但异化仍然存在，只是形式有所改变而已。人们在他们购买的商品中识别自身，他们在他们的汽车、高保真音响设备、错层式房屋、厨房设备中找到自己的灵魂。那种使个人依附于他的社会机制已经变化了，社会控制锚定在它已产生的新的需求上。人还是被异化为物。由此可见，马克思的"异化"理论仍然适合于高度发展的资本主义的现实，一点也没有过时。马克思还认为，不但工人在异化劳动中变成了非人，就是那些资本家的一切感觉也被"拥有感"所代替，他们也异化为非人。整个人类都被与商业资本所密切联系的工业生产所异化。

值得强调的是青年马克思没有停留在对商业资本和工业文明给人类异化的分析上面，马克思提出了如何从"非人"恢复为"人"的道路，即建构审美现代性理论之路。为此马克思提出了"人性的复归"和建设"全面发展的人"的论点，这就要通过对"人的自我异化的积极的扬弃"。并且他把人性的复归过程与共产主义理想的实现联系起来。很明显，马克思当时是热衷于人道主义的，人道主义是他的这些理论的核心之点。在这一点上，他与席勒是相通的，并没有根本的区别。所不同的是，马克思的历史观与席勒不同。席勒在批判现代工业文明的同时，神往的是古希腊人的全面发展，频频向后看。这可以说是没有前途的。就像我们今天看到城市的污染，焦躁不堪，于是就神往陶渊明、王维、孟浩然、李白那时的荒凉却清新无比的自然环境，这是不现实的，或者说是完全没有前途的。马克思的历史观是前进的历史观，他急切要求人性的复归，完整人的实现，但不希望历史倒退。解铃还须系铃人。人性的复归不是要消灭工业文明，还是要靠这种生产劳动实践。马克思说：

全面发展的个人……不是自然的产物，而是历史的产物。

> 要使这种个性成为可能，能力的发展就要达到一定的程度和全面性，这正是以建立在交换价值基础上的生产为前提的，这种生产才在产生出个人同自己和同别人的普遍异化的同时，也产生出个人关系和个人能力的普遍性和全面性。……留恋那种原始的丰富，是可笑的，相信必须停留在那种完全空虚之中，也是可笑的。①

这里所说的“生产”主要还是指物质生产。由生产所造成的异化，人的感性与理性的分裂，还是要通过生产实践活动本身的发展与改造来解决。马克思的意思是要在取消私有制的条件下，改造生产实践，使生产实践与审美活动结合在一起，使生产实践与人的本质的展开和谐一致起来。换言之，人可以借助于实践活动这一绝对中介，消除异化。就像今天我们治理环境污染，不是要返回原始，拒绝使用一切现代化的能源，而是要从改进能源的生产与使用的机制，来控制和治理环境的污染。生产中产生的问题，还是要靠生产本身来解决。工业文明所产生的问题仍然要通过发展和改造工业文明来解决。历史不是往回走，而是向前进。这一点正是马克思与席勒等许多西方思想家不同的地方。西方那么多理论家神往原始的丰富是不切实际的。这样马克思就消除异化的道路给出两个维度：一是人性的复归，高扬人道主义的精神，这一点是核心，是不能忘记的。这是人文的维度，也可以说是审美现代性的维度。二是生产实践活动的发展，推动社会文明的发展，走社会必由之路。这是历史的维度，也可以说是启蒙现代性的维度。人文与历史，审美现代性与启蒙现代性，这两者不是“非此即彼”，也不是“非彼即此”，而是“亦此亦彼”。

青年马克思对待现代性问题的理解给我们深刻的启示。文学作

① 《马克思恩格斯全集》第46卷，人民出版社1979年版，第108～109页。

为人的高级的精神活动，应该从“人的建设”的理想的视野来加以思考，其价值取向应该是审美现代性。但这又不是否定科学技术的发展，不否定社会的全面发展，并不完全否定启蒙现代性。这两者在文学上的表现是可以“亦此亦彼”的。陶东风教授说：“与现代主义文学相关的各种运动都来自这种审美的现代性，它的姿态是颠覆19世纪历史现代性的两个主要的信条，即线性的时间观与目的论的历史观，它倾向于不把历史或人类生活看成一个连续体，不把历史视作发展的逻辑，宏观世界不像现实主义那样按历史时间的连续来结构作品。西方现代派作家(从波德莱尔开始)就坚持这样的一种批判传统。可以说这也构成了西方现代作家与现代文学的基本文化立场与精神价值取向。由此，我们可以发现，西方的现代性是一个自我质疑、自我矛盾的复杂结构。一方面是现代化过程所带来的巨大的社会变迁，另一方面则是对于这个变迁及其所塑造的社会生活的文化与审美上批判。这构成了现代性话语的内在张力与内在制衡。这种现代性的矛盾性与自我质疑、自我批判性使得西方社会保持了一种相对多元的文化环境，它对于精神文化生态的平衡乃至政治的动作都起到了积极的作用。”①

二、两种现代性的对峙在文学上的回响

审美现代性对于启蒙现代性的反抗，在文学上引起了强烈的反响。卡林内斯库更多地从法国的唯美主义诗人戈蒂耶、波德莱尔的思想为例来加以理解，这自然有他的道理，因为法国大革命后，的确如卡林内斯库所言，呈现出各种与启蒙现代性或世俗现代性相反的趋势：各种形式的反抗资产阶级的政治激进主义，从最“左”的到

① 陶东风：《从现代性的视角看文艺的精神价值取向》，《文艺报》1999年10月19日。

最“右”的，或者“左”“右”混合在一起的，都起来激烈地抗争。这些反对市侩主义的激进主义经历了一个“美学化的过程”。那些以极端审美主义为特征的运动，例如，松散的“为艺术而艺术”的团体，后来的颓废主义与象征主义，他们都反对正在扩散中的启蒙现代性，以及与启蒙现代性相关的庸俗世界观、功利主义、低俗趣味等，在这里，审美现代性可以得到最好的理解。① 但是，我们不能不指出，波德莱尔疏离官方的言行，对于启蒙现代性的反抗不是最早的。他的艺术自治理论似乎也与审美现代性有距离。我认为，欧洲对于启蒙现代性的反抗，应从 18 世纪末 19 世纪初英国浪漫主义派那里开始。

英国是工业革命的发源地，阶级斗争十分紧张，特别是启蒙现代性或历史现代性所带来的对人和人性的摧残。另外，对自然和环境的破坏最早也是从英国开始的。英国浪漫主义的文学背景就是社会黑暗，用雪莱的话来说，简直“一丝阳光也无法渗透过去”。为了掠取别人，最严重的是压迫的倾向，英格兰、苏格兰、爱尔兰联合起来压迫远方的殖民地；英格兰和苏格兰又压迫爱尔兰，特别是压迫爱尔兰的教会，阻挠爱尔兰工商业的发展；而英格兰又尽一切可能压制苏格兰；在英格兰内部，则是富人压迫穷人，资产阶级压迫无产阶级，统治阶级压迫其他一切阶级。当时在这个国家的三千万的居民中，只有一百万人享有选举权。② 英国的浪漫主义者最先感受到这一切。19 世纪初华兹华斯和柯勒律治在文学上进行反抗，提出了“回归大自然”的口号。这个口号的意思是城市与乡村的对立。在城市中，不但内部充满矛盾，而且人们忘记了他们的生活曾经依赖过的土地，忘记了乡村生活的种种细节，忘记了牧场的牛羊与花

---

① 马泰·卡林内斯库：《现代性的五副面孔》，顾爱彬、李瑞华，译，商务印书馆 2002 年版，第 51 页。

② 勃兰兑斯：《十九世纪文学主流·英国的自然主义》第四分册，人民文学出版社 1984 年版，第 20 页。

弃，忘记了乡村纯朴的微笑与友情，忘记乡村的静谧和清新……“对于大自然的热爱，在十九世纪初期像巨大的波涛似地席卷欧洲”(勃兰兑斯)。这不是偶然的，这是抵制启蒙现代性所带来的结果。虽然华兹华斯等人的抵抗是无力的，根本不能解决实现问题，但他们对城市生活的厌倦，对乡村田园生活的向往，毕竟开启了文学上对于启蒙现代性或历史现代性的揭露与抗争。由于这种抗争是诗性的，是人文的，是审美化的，是通过他们的诗歌来表达的，同时又不是要回到中世纪回到古典主义，因此后来人们称他们的思想主张为“审美现代性”，也许是更有道理的。

在中国现代思想文化与文学话语中，审美现代性一直处于未展开的状态。或者说，现代性在中国呈现出单一发展的势头，启蒙现代性或历史现代性始终是压倒优势的强势话语，审美现代性的话语也有，但一直处于比较微弱的状态。例如，冰心、沈从文、梁实秋等，似乎也更多地从人的心灵的需要、乡村风土人情的美、人性的美，自觉不自觉地去拥抱审美现代性，但这种文学话语的声音毕竟太微弱了。鲁迅的文学话语暴露“国民性”的弱点，主要是揭示国民中普遍存在的无知、麻木、奴性、不敢面对现实的瞒和骗、自欺欺人等，若从现代性的视角进行分析是比较复杂的。“五四”新文化运动前后，在西方文明面前，或者说在西方的启蒙现代性的思想面前，中国人民仍然受封建礼教思想的严重束缚，国民性的弱点就是封建主义思想强加在人民身上的枷锁。所以反对封建礼教的牢笼，吸取西方文明的思想，其中就包括作为历史现代性的启蒙主义改造中国的“国民性”，是鲁迅思想的主要价值取向。但鲁迅的思想中，也有对人的深切的关怀，人道主义渗透在他的作品的深处。鲁迅毕竟受到过叔本华和尼采的影响，知道尼采喊“上帝死了”是什么意思，所以在他身上，仍然存在着启蒙现代性与审美现代性冲突的迹象。

还有 1922 年创刊的《学衡》，团结了一些人，反对文化上的“欧化”，他们认为：“吾国数千年来，以地理关系，凡其邻近，皆文化程度远逊于我。故孤行创造，不求外助，以成此灿烂伟大之文化。先民之才智魄力……乃吾文化史上千载一时之遭遇，国人所当欢舞庆幸者也。然吾之文化既如此，必有可发扬光大，久远不可磨灭者在，非如菲律宾、夏威夷之岛民，美国之黑人，本无文化可言，遂取他人文化以代之，其事至简也。”①“学衡”派诸人也是了解西方文明的，他们从美国学者白璧德那里吸取了所谓“新人文主义”，权衡再三，才提出他们的具有民族保守主义性质的主张，他们的看法，可能是中国最早的“审美现代性”之论了。但总的看，“学衡”派诸人的理论没有成为主流，影响很有限。中国现代文学的建立，是在中国现代文明刚刚起始的时候，中国人所面临的仍然是如何来解决人民的吃喝住穿，如何来反抗帝国主义的入侵，如何摆脱中国陷入亡国灭种的危机的主要问题。我们的思想与我们所面临的主要问题相联系。西方在工业文明发展起来以后，启蒙现代性所带来的种种问题，我们并没有深切的体会。除少数了解西方的人之外，吸收西方文明，走启蒙主义的路，讲启蒙现代性的道理，是多数人的选择。当时还很少人真正理解西方的“回归大自然”的口号，无法理解“为艺术而艺术”的口号，也是很自然的。

中华人民共和国成立后，民族独立了，新的国家建立起来了，我们所倾心的也是发展壮大国家的实力，“向科学进军”“知识就是力量”是那时的主要口号，这是在中国共产党领导下的具有中国特点的启蒙现代性。就是搞政治运动，其逻辑也是“抓革命，促生产”，更不用说1958年“大跃进”时期的“多快好省”了。文艺服从政治，文学跟着政治走，也倾心于具有中国特点的启蒙现代性，也就是很自然的。20世纪50年代具有审美现代性思想萌芽的一部短篇小说路翎的

---

① 梅光迪：《评提倡新文化者》，《学衡》1922年第1期。

《洼地上的战役》，刚一发表，即遭到批判，就证明了那个时代仍然是启蒙现代性占有绝对强势话语的时代。这种启蒙现代性统治一切。

新中国成立后“十七年”的反映现实斗争的小说，虽然观点和具体内容都不同，但基本范式则十分相似。一般情况下，它产生的要么是颂歌式的作品，要么是诅咒式的作品。在这种范式中，作品中被作家从历史现代性的视角赋予肯定性（或否定性）的人物或事件，同时也是作家从人文道德角度加以赞美（或否定）的人物或事件。中国当代文学中这样的创作范式一直占主流。《暴风骤雨》《太阳照在桑干河上》《不能走那条路》《李双双小传》《创业史》《红旗谱》《山乡巨变》《金光大道》《艳阳天》等以及所有的“样板戏”都是这样的作品。作品中被作家赋予历史现代性的人物同时也是人文道德上的“完人”（如梁生宝、高大泉）。由于这类作品在人文道德评价与历史评价上没有出现分裂或背反，因而风格上具有单纯、明朗的特点。平心而论，这一范式也产生过一些优秀作品，这是不应否定的。但是，毋庸讳言，在更多的情况下，这种单纯与明朗常常是建立在对于现代性简单化理解的基础上的。这一范式常常人为地掩盖或至少是忽视了社会历史发展中存在的悲剧性二律背反（即历史进步与人文道德的背反、工具理性与价值理性的背反、生活世界与工作世界的背反，说到底是启蒙现代性与审美现代性的背反）现象，慷慨地完全地赋予历史发展以人文道德与价值上的合法性，客观上起着或多或少美化现实、掩盖历史真相的作用。同时，这种创作范式也忽视、掩盖了人性的复杂性，人的道德品质与他（她）的历史命运之间的悲剧性背反（好人、君子没有历史前途，而坏人、小人倒常常成为历史的弄潮儿。这就是人类社会历史发展的可悲事实）。由于看不到历史与人性的悲剧性二律背反，所以在这类作家的笔下充满了一种廉价的乐观主义，一种简单化的历史与道德的人为统一。仿佛历史的进步总是伴随道德的进步以及人性的完善，我们的选择总是十分简单的：顺应历史潮流的过程就是道德上的完善过程，好人必然而且已经有好报，坏人必然而且已经被钉在历史的耻辱柱上。这里反映出某些作家常以时下的口号为规范，而不是以自己对生活的真实体验为创作之资源。

新时期以来，我们是从改革开放、实事求是起步的，我们是在高喊实现国家的四个现代化起步的，因此文学的价值取向倾向于启蒙现代性是顺理成章的，可以理解的。改革文学就是启蒙现代性的代表之作。蒋子龙的《乔厂长上任记》可以说是较早的具代表性的正面反映改革的作品，其艺术范式可以概括为“改革/反改革”。“铁腕人物”乔光朴靠着自己的领导才能、专业知识和说一不二的作风，大胆改革，击败了反改革势力的代表人物原厂长冀申，硬是把一个亏损的大企业电机厂恢复了生机。这篇小说一出，其范式被许多作家采用。在我看来，连得奖作品《沉重的翅膀》和《人间正道》，都不过是这一范式的变体而已。作品中的代表改革势力的人物，不论是胜利的功臣，还是失败的英雄，都怀着高度社会的责任感，为改革事业奋斗不息。这个范式的价值观是高扬了启蒙主义的现代性，或者说鼓吹了历史理性精神，认为新创造的现实取代旧历史的惰性是必然的，社会就是这样在新陈代谢的时间中前进的。在高扬历史理性的同时，“人文关怀”基本上没有进入他们的视野，审美现代性还没有被人意识到。一个例子是乔光朴为了避免人家的闲言碎语，为了营造没有后顾之忧的工作环境，竟然未与他的情人童贞商量，便突然宣布他与童贞已经结婚了，从而损害了童贞的感情。但在乔厂长看来，损害感情算得了什么，最富人文的爱情婚姻也可以被并入到他的改革方案中。生产的发展就是一切，这就意味着单维的历史理性就是一切，启蒙现代性就是一切，而“人文关怀”可有可无。

当然，新时期的文学比之于“十七年”毕竟不同，其多样化得到了空前的表现。“知青”文学、“寻根”文学，都表现出某种历史现代性与审美现代性的冲突，表现出由于这种冲突所带来的无可奈何的情调、缅怀的情调，等等，突现出文学上两种现代性的某种紧张与张力，这是不可否认的。更有一些作品，专写“现代矿井”与“葡萄园”的冲突，有一种自觉地拥抱审美现代性的意识，更应引起我们的关注。

这可以用发表于1981年的王润滋的中篇小说《鲁班的子孙》和发表于1994年的张炜的长篇小说《柏慧》为代表。在《鲁班的子孙》中，矛盾在一个家庭内部展开，老木匠黄志亮与其养子黄秀川分别代表了不同的思想路线。前者迷恋于恢复大队主办的“吃大锅饭”的木匠铺；后者则热衷于开带有现代气息的私人的小企业。前者的信条是“天底下最金贵的不是钱，是良心”；后者推崇的则是“旧的不去，新的不来”“能赚钱就行”。这是传统的良心与现代的金钱的对抗。《柏慧》的故事则是在象征素朴文明的葡萄园与象征现代文明的新的工业之间展开。作品中的主人公“我”从地质学院毕业来到○三所，不能承受人际纷扰，再到一家杂志社，还是不能适应这城市的生活，转移到登州海角(一处穷乡僻壤)的一个葡萄园，终于远离城市的浩浩人流和拙劣的建筑，找到自己的“世外桃源”，并决心“守望”这片绿色的土地。但现代化的脚步还是来到这里，建立现代矿井的隆隆的炮声意味着“我”将失去美丽的赖以生存的家园。这是素朴文明与现代文明的对抗。这两部小说虽然不同，但似乎可以归结为同一范式：“改革/人文”。值得注意的是，在“改革”与“人文”两个维度中，作者情感的天平完全倾向于“人文”一边。在《鲁班的子孙》中，作者的同情与赞美在老木匠黄志亮一边。并非如有的评论家所说的那样作者是从抽象的道德良心出发的。作者通过其令人信服的艺术描写，证明了黄志亮的良心道义是世世代代劳动人民道德理想的凝聚，是他自己全部生活实践的凝结，这在任何时候都是最可宝贵的。在《柏慧》中，中心话语是“守望”：

……这越来越像是一场守望，面向一片苍茫。葡萄园是一座孤岛般美丽的凸起，是大陆架上最后一片绿洲。

是的，在人们面对现代工业所带来的环境污染和其他种种社会弊端的时候，激起人们守望森林、山川、河流、果园等一切大自然的热情，是完全合理的。这一范式的价值观是人的价值与生存比什么都重要。改革也好，现代文明也好，一旦妨碍了人的善良之心或诗意地栖居，又有什么意义呢？然而这样一来，“人文”的维度也就压倒了“历史”的维度，甚至于只剩下“人文”这单一的维度了。那么请问，历史还要不要前进？科学文明还要不要加以提倡？物质文明还要不要发展？难道让人类退回到原始的丰富性是合理的吗？人文与工业化就真的是势不两立的吗？如果作者是在写一场保卫祖国的战争，难道也可以把战争的历史维度，即它的“正义”问题放在一边，而只关注人性、人道和人文关怀吗？

但是，我觉得还是可以寻找理由来替这一艺术范式辩护的。因为，文学家是专门在人文、人性、情感这块园地上耕耘的人。他们观察现实的角度可以与政治官员、经济学家、企业家保持一定的距离。政治官员、经济学家、企业家所重视的方面，他们可以不予关注或少予关注，相反政治官员、经济学家、企业家所忽略的方面，作家则会全神贯注地予以关注。这是作家的责任与权力。中外文学史上都有这种对历史不恭而对人文道德理想倾注了热情的优秀之作。从意识形态理论的角度来看，我们认为意识形态不是抽象的，而是具体的。意识形态包括政治意识形态、经济意识形态、哲学意识形态、法律意识形态和审美意识形态（如宗教、文学、艺术）等。各种意识形态虽然最终要由社会的经济基础来解释，但各种意识形态有其相对的独立性。政治的意识形态对其他各种意识形态虽有影响，但不是决定一切的。审美意识形态的独立性常常是对处于中心地位的政治的、经济的意识形态保持距离，不但不一味依附于它，相反要审视、反思这种政治的、经济的意识形态在实践中所产生的社会效果。新时期以来不再提“文艺从属于政治”，就是基于文艺作为一种审美意识形态的性质及其功能，可以发出不同的声音，甚至是批判的声音，而不必重复和图解主流话语，从人的条件和人的生存需要的角度来帮助时代的健康精神环境的形成。

这样，作为人文知识分子的作家，基于人文主义的立场对于工具理性、技术全能主义的启蒙现代性的警惕与批判是有益于人类精神环境的平衡、人的全面发展的。人文关怀的理想在他们作品中占据重要的位置，就显示了自己的特殊意义。这种意义一方面在于上述精神文化环境的平衡，另一方面在于因为由于评价角度的不同，作家更多看到了历史发展过程中的复杂性和种种负面的情境，特别是历史发展所付出的道德代价，这样他们就从另一个角度真实地揭示了历史的“本来面目”。在人类的历史上，历史与道德常常出现二元对立现象，在激烈的社会转型时期尤其如此。这体现出历史发展的“悲剧性”，体现出历史现代性与审美现代性的严重“错位”。西方的伟大思想家都深刻地看到了以科学技术进步为指标的启蒙现代性在文化、精神、价值、信仰方面造成的巨大负面效应。例如西方马克思主义的代表人物赫伯特·马尔库塞说：

> 进步的加速似乎与不自由的加剧联系在一起。在整个工业文明世界，人对人的统治，无论是在规模上还是在效率上，都日益加强。这种倾向不仅仅是进步道路上偶然的、暂时的倒退。集中营、大屠杀、世界大战和原子弹这些东西都不是向“野蛮状态的倒退”，而是现代科学技术和统治成就的自然结果。况且，人对人的最有效的征服和摧残恰恰发生在文明之巅，恰恰发生在人类的物质和精神成就仿佛可以使人建立一个真正自由的世

界的时刻。①

马尔库塞并没有夸大事实，他只是揭露事实而已。20世纪的科学技术突飞猛进，人类文明似乎进入一个新时代，历史现代性高歌猛进，可正是在这个看起来是历史进步的时代，人类也遭到了空前的战争灾难和其他种种威胁人类生存的问题。与这种情况相对应，站在新的文明之外的以拥抱审美现代性为标志的西方现代派作品往往是反现代文明的(反科技理性、反物质主义、反工具理性、反工业化、反城市化等)，现代派的作家也基本上都是对于启蒙现代性采取了这样或那样的批判。然而这种批判在很大程度上弥补了现代文明(自从人类社会进入现代以来，经济发展、物质进步、征服自然、个人自由等一直是主导的思想意识)的盲点，客观上有助于使人认识和警惕启蒙现代性所付出的沉重的代价。福克纳的作品则走得更远，竟然反对南北战争，为北方的庄园主制度辩护。但历史理性的缺乏似乎并不妨碍他们的作品的思想与艺术价值。如果福克纳为南方的工业化进程唱赞歌而不是唱挽歌，很难想象他的作品还有如此强大的艺术力量。然而，我并不认为这种"唯人文主义"的作品就全然好。历史的进步包括物质的发展，是人类必经之路，也是符合人类利益的，人文和人性的东西也要有物质的基础，离开这种物质文明的基础，人的生存质量也不可能改善。因此，离开启蒙现代性所追求一定的物质条件来讲人性、人情和人道，也是有困难的。

第二节　历史、人文、审美三者的关系

"文化诗学"提出的现实文化背景是改革开放了30年的中国。我

① 赫伯特·马尔库塞：《爱欲与文明——对弗洛伊德思想的哲学探讨》，黄勇、薛民，译，上海译文出版社1987年版，第18～19页。

们已经在第二章作了详细的阐述。这里想特别说明一点的是：我们所面临的事业不但是神圣的，也是悲壮的。我们仍然要发展经济，发展科学技术，更好地解决人民的吃喝住穿的问题，更快地增强国家的综合实力，向着更文明更先进的方向发展，实现几代人梦想的四个现代化。简言之，这就是启蒙现代性所要开的花，所要结的果，是历史理性的核心价值。但发展经济，发展科学技术，追求更文明更先进的路途又是艰险的，我们已经为它付出了贫富悬殊、环境污染、道义滑坡、贪腐难治等严重的代价。因此，又要以人为本，以人的感性与理性的全面发展为本，全面提高人的文化素养，建设一个最适合人生活的环境，保护大自然，让大自然与人和谐相处；实现人与人之间真正意义上的平等、正义，像马克思所说的那样实现人性的复归，人的本质力量的对象化。简言之，这就是中国条件下审美现代性或文化现代性的基本要求，人文关怀就不能不是核心价值。这两种现代性、两种要求、两种价值，犹如鱼与熊掌，都是我们需要的，我们要“兼得”。

一、文学的价值理想：历史与人文的张力

然而现实的状况却是上述两种价值的悖立。例如，经济发展了，可环境污染了；人民生活提高了，但贫富悬殊出现了；科学技术提高了，可道德水准下降了；国家实力增强了，可贪污腐败也严重了……那么面对这种价值悖立的现实，文学家应该怎么办呢？

也许我们可以先来看一看恩格斯的如下分析：

> 在研究善恶对立的地方，费尔巴哈同黑格尔比较是很肤浅的。黑格尔指出：“有些人以为他们说人性是善的这句话时，就算是自己说出了非常深刻的思想；但是他们忘记了，人性是恶

这句话，意思要更深刻得多。”黑格尔所说的恶是历史发展的动力借以表现出来的形式。这里有双重的意思。一方面，每一个新的进步都必然是对于某一种神圣事物的凌辱，是对于一种陈旧、衰亡但为习惯所崇奉的秩序的叛乱。另一方面，自从各种社会阶级的对立发生以来，正是人的恶劣的情欲—贪欲和权势欲成了历史发展的杠杆。例如，封建制度和资产阶级的历史，就可以作为这方面的源源不绝的证据。①

在我们这里是以市场经济逐渐取代计划经济，社会实现转型，但恩格斯所说的“人的恶劣的情欲——贪欲和权势欲成了历史发展的杠杆”的严酷现实还是展现在我们的面前。面对此种现实，文学家怎么办？文学家不是厂长，不是企业家，不是产品推销商，他们不能只顾经济学定义的“历史发展”(实际上是物质主义、科学主义、技术全能主义、唯生产力主义)，而不管什么“情欲”“贪欲”和“权势欲”的危害。作家是人文知识分子，他们既要顺应历史潮流，促进历史进步，同时他们又是一个特别关注人的情感状态的群体，他们更重视人的良知、道德和尊严，并在他们的作品中艺术地体现出来。如果说历史理性是“熊掌”，人文关怀是“鱼”的话，那么在作家这里这两者都要。作家看世界有自己的独特角度。在政治官员、经济学家和企业家看来，为了历史的进步，不能不付出一些代价，世界上没有十全十美的事情。但在作家看来，人的生命是最可宝贵的，人的生存高于一切，自然是最宝贵的，环境的纯净是人生活所必需的，为了历史的进步付出沉重的代价也是令人万分感伤和悲哀的。在某些政府官员、经济学家和企业家看来，要实现经济现代化，就要弃旧图新，就要“交学费”，种种社会负面现象的发生是不可避免的。但

① 恩格斯：《费尔巴哈与德国古典哲学的终结》，张仲实，译，人民出版社 1949 年版，第 27 页。

在作家看来，经济发展所产生的一切负面现象都是丑恶的，都在揭露批判之列。“熊掌”，要！“鱼”，也要！二者应“兼得”。这就是真正作家面对现实的独特视角。因为他们认为任何为了历史进步的社会改革都必须以人的良知、道义为基础，同时又认为任何人的良知、道义也要符合历史潮流的运动。

因此，真正的作家总是面临一个“困境”：历史理性与人文关怀的背反。这两者之间，不是非此即彼或非彼即此，而应是亦此亦彼。他坚持历史进步的价值理想，他又守望着人文关怀这母亲般的绿洲。新的不一定都好，旧的不一定都不好。他的“困境”是无法在“历史理性”与“人文关怀”之间进行选择的，而只能在这两者之间徘徊。而且这种“困境”是他所情愿的，是作家的一种特性。于是他对一切非历史和非人文的东西都要批判，于是他悲天悯人，于是他愤怒喊叫，于是他孤独感伤……可惜的是中国当代正面反映改革现实的三种范式，要么缺失人文关怀(第一种)，要么缺失历史理性(第二种)，要么人文关怀与历史理性双缺失(第三种)，这不能不引起作家们的深思。这样，我认为呼唤第四种艺术范式，提出“历史—人文”辩证矛盾的精神价值取向，就变得十分必要了。我们提出的这一范式的特点在于困境的“还原”，既不放弃历史理性，又呼唤人文精神，以历史理性和人文精神的双重光束烛照现实，批判现实，使现实在这双重光束中还原为本真的状态。在价值取向上则是历史理性中要有人文精神的维度，人文精神中则要有历史理性的维度。

这第四种范式并非凭空提出来的。我们觉得苏联时期一些优秀作家的创作实践，是值得我们借鉴的。

人与自然的斗争，是历史与人文展开的重要方面。人当然不能屈服于自然，改造自然是改善人的生存状况所必需的，属于历史理性的必然选择。作家不应站在这一历史维度之外，单纯地指斥人们征服自然给人类带来的坏处，这是一方面。但另一方面是作家又必然要关注改造自然中是不是破坏了人与自然的和谐，是不是伤害了人的感情和生存方式。两个方面处于辩证矛盾中。苏联著名作家拉斯普京发表过一部题为《告别马焦拉》的小说。马焦拉是安加拉河上的一个小岛。春天来了，马焦拉岛上的人们怀着不同的心情等待一件事情的发生：这里要修建水电站，水位要提高几十米，全岛都将被淹没。年轻人站在历史理性一边，他们渴望现代化的新生活，离开这个小岛出去见世面，去过更富有的日子，这是他们求之不得的事情。作家肯定了他们弃旧迎新的生活态度。但是老年人却差不多都站在“人文关怀”这一边，他们世世代代在这里生活，岛上的一草一木都是亲切的、温暖的，不可或缺的；这里有他们绿色的森林，有他们宁静的家园，有祖宗的陵园，有他们的初恋之地，有他们所习惯的一切。达丽亚大婶对她的孙子安德烈说：你们的工业文明不如旧生活安定，机器不是为你们劳动，而是你们为机器劳动，你们跟在机器后面奔跑，你们图什么呢？作者同情、理解他们，认为他们的怀旧情绪是美好的，有着丰富的人文内涵。作者在“历史理性”与“人文关怀”中徘徊，在“新”与“旧”中徘徊。新生活必然要取代旧生活，然而旧生活就没有价值吗？现代工业文明会使人变成机器，而素朴的母亲般的田园和传统的良知、道义的绿洲则会使物变成人。这种范式是在乔光朴与黄志亮之间保持张力，在“葡萄园”与现代工业之间保持张力。

在人与战争的关系中，是历史与人文展开的另一个重要方面。战争当然有历史的维度，这就是战争的正义性问题。在保卫祖国的战争中，人人都要有敢于牺牲的精神，要有坚强不屈的精神，这是一方面。但另一方面作家又不能不体察到，不论是什么战争，都是要死人的，都是要破坏人们的正常生活的。战争给人类带来的精神创伤是难以磨灭的。这里还是来看一看写了《告别马焦拉》的拉斯普京如何运用同样的范式来写战争。小说《活着，可要记住》是他的又一成功之作。小说的故事并不复杂，却别开生面。故事发生在苏联的卫国战争接近胜利的最后几个月。安加拉河旁的一个村子，集体农庄庄员老古斯科夫家突然丢失了一把老式斧子，这虽然是一件小事，但却引起了他们一家人的注意和不祥的预兆。果然是老古斯科夫的儿子古塔科夫·安德烈在前线受伤，他在一个医院治愈了他的伤后，本应重返前线效力，但他却潜回故乡，当了可耻的逃兵。斧子就是他拿走的。安德烈深知逃兵是要受到惩罚的，所以不敢公开露面，而是躲到安加拉河对岸暂时无人住的过冬的房子里。他的妻子纳斯焦娜猜到是她丈夫回来了，但她没有想到是如此回来的。可她还是与她的丈夫偷偷幽会，过着苟且偷生的日子。安德烈不许她告诉任何人，包括他的父母。小说的主要人物是纳斯焦娜。作家展开了对这位心地善良、感情丰富的妇女的内心斗争的细致描写。自丈夫逃回来之后，她的生活乱了。她希望她丈夫能活着回来，但她所期待的见面不是这样胆战心惊的幽会。她感到不安、羞愧、有罪，但她没有想揭发她的丈夫，她甚至可怜他。尤其在她多年不育现在却怀孕之后，她更愧对那些丈夫已经在前线牺牲或仍然没有回来的同村的姐妹。她开始疏远大家，处处怀疑人们知道她的秘密。她的内心的斗争更激烈。

> 喏，纳斯焦娜，拿去吧，别给任何人看见。在人们之间，你只能保持孤独，完全保持孤独，不能跟任何人说话，不能哭泣，凡事都只能藏在心里。往后，那往后怎么办呢？

> 她点头责备自己：瞧，你到了什么地步啦，以前要心里痛快，就到人群里去；如今，正相反，却逃出人群。她心头的痛感已感到麻木了，可是不知为什么她的呼吸中夹杂了哀怨而痛苦的呻吟。

在战争结束那天，村里开会庆祝胜利，她的感情更复杂，她为反法西斯的胜利而高兴，但同时她更感到无地自容。

纳斯焦娜走进她住的边屋，换了衣服。她的心早在田间就飞腾狂欢起来了，此刻仍在激动不已，渴望着到大庭广众中间去。但是有个声音喊她别去，一口咬定这并非她的节日，并非她的胜利，她跟胜利毫无关系，最下贱的人都有份，就是她没有。

她听到了歌唱胜利的歌声，她更为激动，内心的矛盾也更加激烈。

纳斯焦娜愈加心如刀割，心弦欲断。但她虽则痛苦不堪，却又一阵阵欲有所为，有所向往，有所追求。她从屋里走到院中，朝板墙外一探身，发现了村街尽头的游行人群。但为了避免看清楚里面都有谁，她没有去细看，就转身回屋了。她转念间想起了安德烈，不过这想念伴随着一股意外的怨气：是安德烈，是安德烈连累了她，使她无权跟大伙一样欢庆胜利。继而她又想，等安德烈听到战争结束的消息时，一定会更加难受、自怜自悯的。想到这里，她立刻冷静下来，心软起来，可怜起安德烈来，尽管依然夹带着一些恼恨情绪。她突然想去找他，跟他待在一起。人们在普天同庆，唯有他们俩该靠边站。

“一点也不该靠边站。”她委屈地抗议道，为自己辩护着，要争取重返人间。“怎么，战争期间我没有干事，没卖力气？为换来这一天出力比别人少吗？不，现在就出去，现在就出去。”纳斯焦娜一个劲地催促自己，可又原地不动……

纳斯焦娜就在这种内心的极度矛盾中得不到解脱，终于在绝望中投河自杀，安德烈则闻讯后逃往深山。村子里的人在埋葬了纳斯焦娜后，开了一个简单的追悼会，妇女们哭了几声，觉得纳斯焦娜怪可怜。不难看出，小说向历史和人文两个维度展开艺术的思考。卫国战争是保家卫国的战争，是反对德国法西斯的进步的、正义的战争，任何人对祖国都负有不可推卸的神圣的历史责任，临阵脱逃就是背叛，就沦为历史的罪人，最终都会受到谴责和惩罚的。逃兵安德烈最后逃往深山，与野兽同群，不能见人，就是应得的“惩罚”。纳斯焦娜感到自己欺骗大家，感到压力，感到羞愧，最终感到绝望，感到生活不下去，也是历史的铁一般的原则给予教训的结果。但是，很明显，作品在充分展开这个原则的同时，另一个原则，即人文的原则也在作品的人物身上展开。特别是在纳斯焦娜的身上，展开了“历史原则”与“人文原则”的激烈冲突。作家并没有把纳斯焦娜当作“反面人物”来写。作家以他的生花妙笔细致地揭示了她的内心矛盾，她的善良，她的勤劳，她的富于人性和牺牲自己的品质等，并都给予了充分的抒情性的笔墨，并不是一味谴责她。作者拉斯普京说：

> 我不完全同意批评家认为中篇小说《活着，可要记住》的主要人物是个逃兵的看法。小说的主要人物是纳斯焦娜。我一动笔就一心要表现这样一个妇女，她富有忘我的和自我牺牲的精神、心地善良……为了更充分地表现她的性格，必须把这个妇女置于一种特殊的环境，让她内心的一切显示出来。我决定最好是把她置于战争的环境，就像小说所发生的情况那样。①

的确，作家是把纳斯焦娜作为主要的人物来写，而且不仅如此，还把她作为一个富有人性和人性光彩的人物来写，把她作为一个真

① 《苏联当代作家谈创作》，北京师范大学苏联文学研究所编译，北京师范大学出版社1984年版，第107页。

正的人来写。作家自觉不自觉地通过纳斯焦娜的内心冲突，展示历史责任的呼声与人文关怀理想的对立和斗争。纳斯焦娜在安德烈作为逃兵出现后，始终面临“困境”：一方面，她作为一个公民，祖国的责任始终在她心中跃动，使她不安，使她羞愧，使她感到自己自外于人民，这是历史的呼声一再在她心中像号角般响起；可另一方面，她作为一个妻子，对安德烈的爱情以及怜悯之情，她无法割断与丈夫的联系，特别是丈夫处在“困难”中，需要她的帮助，她不能不理睬，不能不对他倾注情感，她善良的心不能不这样做，这是人文的力量促使她如此去行动。这样，历史的向度和人文的向度在她内心分裂为两种不同的力量，进行着殊死的“较量”。或许有人认为纳斯焦娜还有别的选择，为什么非把自己置身于这种困境中？让我们听听作者自己的解释。

> 现在谈谈纳斯焦娜。读者准备好出现这种情况，或者她本人告发自己的丈夫，或者她迫使他出面认罪。可是纳斯焦娜既没有这样做，也没有那样做。而我应当加以证明，通过证明，让读者有充分的理由相信她的行为的必然性和合理性。如果她照另一种方式行事，这已经是另一篇中篇小说了，小说也应当由另外的作者来写。我觉得，我能够证明纳斯焦娜行为的必然性。①

事实上，作家已证明了纳斯焦娜的行为的必然性。作家通过纳斯焦娜内心活动的真实描写，特别是她的为人处世的真实描写，证明了纳斯焦娜只能有这样一种选择，而没有其他的选择。这里特别要注意的一点是，作者说，如果小说照她的另一种方式行事，那么

---

① 《苏联当代作家谈创作》，北京师范大学苏联文学研究所编译，北京师范大学出版社1984年版，第118页。

“应当由另外的作者来写”，这就清楚地说明纳斯焦娜的内心冲突，在很大程度上反映了作者的社会人格结构中历史力量与人文关怀这两个维度的冲突。我们甚至可以说，“纳斯焦娜”不过是作家的另外一个“自我”。作者不能不选择这种“困境”范式。

如果说，上面我所分析的这部作品，作家有很强的自觉性，作家是“自觉地”进入这种“战争/人”的“困境”范式的，或者说“困境”范式是他们的审美意识的自觉的追求。但有的作家也可能在不自觉地“陷入”这种“困境”的范式，这样作品的“困境”范式就是一种不自觉的甚至是无意识的选择。这类作品范式重要的是要有“真实性”的品格，只要真实，那么即使是“不自觉”，也能达到同样的艺术效果。

这里我们来分析一下美国作家米切尔的著名小说《飘》。玛格丽特·米切尔(1900—1949年)的小说《飘》取材于美国著名的南北战争。发生于1861—1865年的那场战争，实际上是北方的“自由劳动制度”与南方的“奴隶制度”之间的两种制度的斗争。农奴制度是美国南部农业社会的基础，妨碍了正在兴起的资本主义的发展。因此，南北之战对南方联军来说，是阻碍社会发展和进步的。这在历史上已是确定不移的。《飘》的作者本意是站在南方农奴主的立场，反映那场战争和战后南方重建的现实。这样作品的历史观就成为问题，甚至可以说，它是逆历史潮流而动的。这样一部鼓吹历史倒退的作品，在1936年问世后竟立即风靡全国，这看起来不是有点奇怪吗？当然这与后来小说被成功地改编为电影并获奥斯卡奖有一定关系，与小说的言情性质有一定关系，但我认为这些都还不足以使小说如此被大家所欣赏。根据我的考察，我认为小说的成功还是与它的历史维度和人文维度的悖论所形成的艺术张力有关。作者从主观上虽然是站在南方农奴主的立场美化南方庄园的主人与奴隶的关系，但作品实际表现出来的比这要复杂和丰富得多。作品实际上是不自觉地但却真实地表现了“多重”的“历史呼声”与“人文关怀”的冲突，从而使小说获得了丰厚的思想和艺术内涵。作品通过塑造一系列的人物形象，特别是斯佳丽和瑞德·巴特勒这两个复杂的人物形象，起码展现出三重的“历史”与“人文”的悖论。

其一，在南北战争中，北方虽然站在“历史进步”这一面，解放农奴的确是发展解放生产力的进步之举，但北方人战争中对南方人极为残酷的屠杀和战后的血腥统治，是“非人文”的；反过来，南方人虽然想坚持农奴制，但倒很有人情味。作品充分展现南方的黑奴与主人之间的和谐、互助关系，这只需看看作者对斯佳丽的庄园内部的那些黑奴如何与主人“共命运”，就给人以深刻的印象了。这样“历史进步”却非“人文”，而“人文关怀”却非“历史”，这个悖论给人以深刻的反思。因为，自小说发表以来的半个多世纪中，人们就生活在这样荒谬的充满悖论的世界里，这不能不引起人们的共鸣。

其二，作品在客观上又反映出“历史进步”的必然，但这“历史进步”必然又不能不伴随“占有”“掠夺”“罪恶”等，即反“人文”的东西。作者着力刻画的斯佳丽和瑞德这两个主要人物的性格的复杂性，就充分地揭示了这一点。这两个人物身上有许多共同的东西，与作为没落的农奴主的艾希礼不同，他们是南方社会中最具有历史感的人物，他们看到北方的胜利、南方的失败是必然的。因为北方有着先进的生产力。在威尔克斯庄园的野餐会上，男人们争论着战争，大家都觉得南方必胜，唯有到过北方的瑞德不这样看：

> 先生们，你们有没有人想过，在梅森—狄克森线以南，没有一家大炮工厂？有没有想过，在南方，铸铁场那么少？或者木材场、棉纺厂和制革厂那么少？你们是否想过，我们连一艘战舰也没有，而北方佬能够在一星期之内把我们的港口封锁起来，使我们无法把棉花运销到国外去。……我们有的只是棉花、奴隶和傲慢。他们会在一个月内把我们干掉。

而在那么多人反对瑞德的论调的时候，只有在一旁偷听的斯佳丽“却有某种无名的意识引起她思索，她觉得这个人所说的话毕竟是对的，听起来就像常识那样”。唯有一个女性认真思索并同意瑞德的看法。他们是南方具有“资本主义进步”意识的“精英”。这还表现在战后重建经济的活动中，他们都是最会运用资本主义的机制，以最艰苦的精神最快富裕起来的人。但这样的一对虽然走到了一起，组成了家庭，却享受不到幸福。其原因就是他们身上的“人文”太少。以斯佳丽来说，她一生的生活大致可以分为三个阶段，支持她精神的是三样东西：爱情、土地和金钱。然而她对这三种东西的态度，并不是“生存式”的需要，而是“占有式”的“掠夺”。她对艾希礼的爱情始终是一种盲目的“占有”的欲望，就是想尽一切手段(甚至可耻的手段)把他弄到手，越是难于实现，就越要实现，但艾希礼是不是真爱她，或者艾希礼真的爱她了，又会不会有真正的幸福，则并非她所关心的事情。对土地和金钱的态度也是如此。她完全被自己的欲望所“异化”，成为欲望的机器。这样，在必要的时候，她甚至可以像出卖“物品”一样地出卖自己。如为了弄到庄园所必须交的税款，她竟在一夜之间，不同任何人商量，不惜损害自己的妹妹，就同其妹妹的未婚夫、自己所不爱的人弗兰克结婚，连一点人性也没有。瑞德的具体情况与斯佳丽有所不同。但投机取巧，诡诈狡猾，损人利己，乘人之危等，与斯佳丽相比，则有过之而无不及。他们的历史感超过了书中所有的人物，可他们对“人文品格”的丧失也超过了书中所有的人。这样，他们性格的多重性就表露无遗。通过他们性格的多重性所反映的现实就获得了真实而丰厚的内涵，艺术的创造性也就隐含其中。

其三，“历史”与“人文”的悖立还反映在斯佳丽、瑞德这两个人物与梅勒妮等人物的对比上面。作为缺乏历史感的艾希礼的妻子在作者的笔下是“仁慈”的化身。她心胸的博大，性格的善良，感情的纯洁，待人的宽容，处事的诚挚，爱情的忠贞等，无处不显示出她是一位“贤妻良母”，她的“人文品格”是显而易见的；但是在历史变动时期，在遇到困难或机会的时候，她彷徨等待、无所作为、没有活力、没有力量，又是一位最软弱、苍白的人物。作者情不自禁地赞扬她的美德，她简直是斯佳丽和瑞德的一面镜子，让斯佳丽和瑞德在这面镜子面前，感到羞愧。但在他们的“历史”(生活)的重要关头，作者却又把赞美之词给予斯佳丽和瑞德，他们虽然“不道德”，甚至投机取巧，不择手段，但他们无论在如何艰难困苦的情况下，都有足够的智慧和勇气，有豁得出去的冒险和牺牲精神，有那种不达目的绝不罢休的决心和能力。例如，在北军占领了亚特兰大之后，他们偷来了马车，在战火纷飞中，在尸横遍野中，冒着重重的危险，拉着在马车中呻吟的梅勒妮和她刚出生的孩子，返回庄园。回到庄园后，面对被战争摧残得面目全非的家境，斯佳丽又以极大的魄力和不怕吃苦以及战胜困难的精神，在绝境中重整家业，并适应资本主义在南部发展的机遇，独立地创出了一个天下。在这点上，他们更像一个新时代的“新人”。因此，反过来，斯佳丽和瑞德简直又是梅勒妮和艾希礼的一面镜子，让梅勒妮和艾希礼在这面镜子面前自叹无能，并映照出他们作为农奴主代表的不可逆转地没落的必然性。作品客观上通过人物性格的对比，艺术地写出了“历史精神”与“人文关怀”这两者的悖立，这就使作品既非对历史进步的简单歌颂，又非对人文精神的一味赞美。

在有了上面这几点分析之后，我们就不能简单地断定作者米切尔只是站在南方农奴主的立场来理解和描绘南北战争和南方战后重建的情况。实际上米切尔的艺术视野和价值取向是双重的。她对北方资本主义向南方推进的历史，特别是对推进中的屠杀、破坏，确有严厉的批判，对南方庄园生活的美化和怀念，对梅勒妮的“仁慈”的赞美，在显示了她的历史观落后的同时，又表现了她对人文精神的神往。但客观上她又通过对斯佳丽、瑞德这两个具有资本主义智慧人物的描写以及在这两个人物身上所投入的激情，对南方贵族无可挽回的败落的预示，显示出作者的人文精神已获得了某种历史的维度。正是她的“历史—人文”双重精神价值的取向暗中在起作用，使她的作品不自觉地“陷入”了“困境”范式：历史进步的背后是人文精神的泯灭，可人文理想光环的闪烁中又拒斥历史的进步。

“历史—人文”双重精神价值取向的本质是，它既要历史的深度，肯定历史发展(包括科技进步)是不以人的意志为转移的，而且对人类的生存是有益的，物质的发展可以而且应该成为发扬人文精神的基础与依托；它同时又要人文深度，肯定人性、人情和人道以及人的感性、灵性、诗性对人的生存的极端重要性，不是在这“两个深度”中进行非此即彼或非彼即此的选择。它假设“历史”与“人文”为对立的两极，并充分肯定这两极的紧张关系对文学的诗意表达的重要性和精神价值追求的重要性。

二、历史——人文张力关系的美学化

文学作品历史——人文关系的张力，必须美学化。如果不经过美学化，只是作品的一些思想价值生硬地呈现在读者面前，甚至以理论的形态呈现在读者面前，那不是审美的文学，也决不能从感情上攫取人心。

恩格斯说：“我认为倾向应当从场面和情节中自然而然地流露出来，而不应当特别把它指点出来；同时我认为作家不必要把他所描写的社会冲突的历史的未来的解决办法硬塞给读者。”①恩格斯这句话，不仅仅是在一般的劳动中“人是按照美的规律进行创造”(马克思

① 恩格斯：《致敏·考茨基》，《马克思恩格斯论文学与艺术》，人民文学出版社1982年版，第186页。

语)的意义上说的，而是在专门就文学创作来说的。就是说，文学首先必须是文学，必须具有审美的特征。因此“历史——人文”张力作为文学作品的思想价值，必须溶解于审美的情感与形象中，文学的思想是不能孤立存在的，它只有借助于作品中的情感和形象才能存在。离开审美的情感和形象来宣讲主题与思想，这与文学无关。俄国批评家别林斯基说：“无疑地，艺术首先必须是艺术，然后才能是一定时期的社会精神和倾向的表现。不管一首诗充满着怎样美好的思想，不管它是多么强烈地反映着当代问题，可是如果里面没有诗，那么，它也就不能表现美好的思想和任何问题，我们所能看到的，不过是体现得很坏的美好的企图而已。”①别林斯基说得很好。

那么我们如何才能把思想变成诗性的呢？

首先，对于文学作品中的思想，我们必须把它理解为“情致”或“热情”，不能理解为论文中的观点或日常生活中的议论。黑格尔把作品中的思想理解为“情致”。他的“情致”就是指渗透了人的全部心情的理性的内容。它带有理性的品格，但这一切都与情感粘连在一切。后来别林斯基发展了黑格尔的“情致”说，他说：每篇作品都应该是热情的果实。他认为我们平时说的“这篇作品有思想”“那篇作品没有思想”是不十分准确的。我们应该说，“这篇作品有热情”“这篇作品的热情是什么”“作品的思想就是热情。”②别林斯基所说的“热情”，就是黑格尔所说的“情致”(朱光潜翻译用词)。这样来理解文学作品中的思想是正确的。记得歌德说过，谁要是要求我把《浮士德》主题思想说出来，那就等于要求我把我的作品重新写一遍。列夫·托尔斯泰也说过相似的话。他们的意思是，文学作品的思想往往是不可意释的。例如，一部《红楼梦》的见解和倾向，不是一篇或几篇论文、一部或几部书就能把它说得尽的，《红楼梦》的主旨是什么，

---

① 别林斯基：《别林斯基论文学》，梁真，译，新文艺出版社 1958 年版，第 16 页。

② 别林斯基：《别林斯基论文学》，梁真，译，新文艺出版社 1958 年版，第 55 页。

作者所表达的见解是什么，它的思想倾向如何，人们已经发表了很多意见，争论不休，众说纷纭。为什么？因为《红楼梦》的情致是说不尽道不完的。就是极为简短的作品。例如，李白的《静夜思》，不过 20 个字，用“月夜思乡”这样的话来概括，不能说不正确，但也无法把作品的那种思想情感完全说出来。

其次，历史——人文的张力作为文学的价值取向，是不能喊出来，不能直白地说出来的，是要通过情节、情景的描写自然而然地流露出来的。诚如恩格斯所说：“作者的见解愈隐蔽，对艺术作品来说就愈好。”①所谓作品的见解愈隐蔽就愈好，就是说要通过场面和情节的描写自然地流露出来。那么怎样才能通过情节和场面的描写自然地流露出来呢？关键之点在哪里呢？关键之点就是要依靠审美性的艺术描写，作品的思想与倾向融化在艺术描写中，这种艺术描写必然渗透了作家的情感评价，所以历史——人文的价值意义，不是在艺术描写之外，只能在艺术描写之内，读者只要读了那艺术描写，就自然会慢慢地悟到作家所力图表现的历史——人文的价值的张力。

这里我们先举范仲淹的一首词为例。范仲淹(989—1052 年)，江苏吴县(今苏州市)人。贫苦出身，两岁的时候父亲就死了，穷困苦学，经过不懈奋斗考中进士。宋仁宗时官至参知政事。他在陕西带兵守卫边塞多年，英勇无畏，使西边的强敌西夏不敢来进犯。他在《岳阳楼记》中提出“先天下之忧而忧，后天下之乐而乐”，并且亲自实践，关心国家大事，“每感论天下事，时至泣下”。他的人格为一代人所敬仰。他的词作现存五首。在《渔家傲》这首词中，写了守边将士的家国情怀，表现了他的强烈的爱国之情和浓郁的思乡之情。《渔家傲・塞下秋来风景异》全文如下：

---

① 《马克思恩格斯论文学与艺术》(一)，人民文学出版社 1982 年版，第 189 页。

塞下秋来风景异，衡阳雁去无留意。四面边声连角起，千嶂里，长烟落日孤城闭。　　浊酒一杯家万里，燕然未勒归无计。羌管悠悠霜满地，人不寐，将军白发征夫泪。

这首词的大概意思是：秋天来到的时候，边塞的风景格外凄异。连南飞湖南衡阳的雁也没有丝毫留恋的意思。军营的号角响起来了，连同四周的风声、马嘶声，构成了一种特殊的气氛。在高山屏障的怀抱中，在一抹云烟的笼罩中，夕阳西下，孤独的城楼也紧紧地关闭了。那么，将士们在这孤城中又如何来度过这漫长的夜呢？喝一杯边塞的浊酒，思念起在万里之外的故乡。思念故乡为什么不回去呢？原来还没有把西夏敌人制服，国家的安危还没有保证，还没有为国建立战功，如何能像逃兵那样回去呢？呵，当地的羌人又吹响了他们的羌笛，声音哀怨悠长，此时已是白霜满地了。大家都睡不着，将军的头发白了，战士的泪水又流下来了。

宋仁宗康定、庆历年间，范仲淹节镇西北，在今天的甘肃写下了这首词。1038年李元昊称帝，正式建立政权“夏”，史称“西夏”，在西北边境上，与北宋展开争夺战，给宋朝以严重威胁。康定元年(1040年)李元昊攻占延州，宋兵败。在这种情况下，范仲淹被韩琦保荐为龙图阁大学士、陕西经略安抚使，担任延州知州。从此，范仲淹用了三年时间在甘肃庆阳开始了他抵御西夏入侵的保卫战。他到庆州后，犒赏诸羌，和解各民族之间的仇杀。例如，曾经暗中勾结李元昊的酋长600余人，受范仲淹感召，归顺宋朝。他还在通往西夏的要塞大量修建城堡，建立起立体的防御体系。宋仁宗庆历三年(1043年)，范仲淹到大顺城视察，觉得经过艰苦的备战，抵御西夏的要塞已很坚固，于是吟道：“三月二十七，羌山始见花，将军了边事，春老未还家。”第二年，范仲淹再次到边塞要冲大顺城，写下了《渔家傲》这首词。

范仲淹这首以描写边塞萧条的秋景做衬托，以抒发守边将士爱国和思乡为宗旨的词，正是开了以词抒写比较阔大的情感的先河。后来，苏轼和辛弃疾的豪放派，把范仲淹的这一尝试扩大为词的一大流派。范仲淹这种在艺术创造上的贡献是值得肯定的。

从思想价值上说，范仲淹这首词最大的特点是表现了历史与人文的张力。将士守卫边疆，坚守“孤城”，深知“燕然未勒归无计”，是不能离开阵地的，即使再思乡，再苦闷，再艰难，也要为保卫国家坚守到底。这样，词就肯定了一种“历史”的要求。联系上述宋朝当时西北部的西夏外患，那么这种历史精神、爱国精神就更在这首词中凸显出来。但是肯定了历史精神之后，还要不要一种人文关怀呢？当然要，这样，词中又充分地表现将士们思乡思念亲人的合理性。“浊酒一杯家万里”，家、亲人在千里万里之外，一杯浊酒怎能消解思乡思亲的苦恼呢？“一杯”与“万里”相对照。另外，词中以环境描写衬托感情。上片写环境，由一个“异”字引起，说明边塞秋天风光的独特性，然后用雁的形象来衬托人的心理。雁要南飞，不留恋这荒凉之地，那么人怎能耐得住这种凄凉呢？可是为了国家，守卫疆土，还是要忍受这大雁都无法忍受的地方啊！这样词人在肯定了守边的历史精神的同时，又肯定了思乡的必然性和合理性。“燕然未勒”与“家万里”之间形成了一种“张力”。不是要这个，就不要那个，是两个都要。“熊掌”要，“鱼”也要。在这种两者都不能放弃的矛盾中，作者把将士们复杂的内心世界通过秋景与人物以及周边氛围的生动描写展现得很有诗意。“历史——人文”张力的价值经过具有诗意的艺术描写而完全美学化了，这是这首词的成功之处。

我一直认为文学的思想价值，是不能直接呈现出来的。它必须而且也可能“隐藏”在审美的艺术描写中，表面看是情节，是情景，是场面，是人物形象，是具体的细节等，但历史的、人文的深厚的思想就隐含在这描写里面。列夫·托尔斯泰对青年作家说：在作品中不要“大谈学问”“不要训诫”“不要按照自己的意志随便打断和歪曲小说的情节，自己反要跟在它后头，不管它把您引向何方。”①也许托尔斯泰说的话有点片面，但他的意思是，作品的思想价值应该隐含在作为艺术描写的情节中，让情节自然流露出来。这是经验之谈。我们可以进一步补充说，所谓艺术描写，如情节描写，情景描写，都不是枯燥的叙述，而是充满情感评价的描绘，它的具体性和诗性完全融合在一起，这就形成了艺术中的审美。情节和情景如果枯燥地叙述，那么艺术就还是灰色的，只有艺术中的审美形态完成了，那么就像灿烂的阳光照临艺术的大地，作品中的情节和情景都沐浴在辉光中，它鲜蹦活跳，它晶莹剔透，它耀人眼目，它温暖人心，由不得你不感动、不欣喜、不神往。

我以前讲过“审美溶化”论，人为在艺术的审美中，社会、道德、伦理、历史、人文等因素都“溶化”于审美中，如盐溶解于水，“体匿性存，无痕有味”。有人质疑我的说法，说我这是什么不顾作品内容的“审美主义”。我的说法怎么是“审美主义”呢？我强调的是，在艺术作品中，社会的、道德的、伦理的、历史的、人文的价值思想，都有它们的重要地位，只是这些价值思想不是直接呈现于作品的外表，而是溶化与审美形态中，溶化在作品的诗情画意与作品的语言、情感和形象中。尽管“溶化”了，盐之“体”似乎藏匿起来了，但盐之“性”仍然存在，即社会的、道德的、伦理的、历史的、人文的价值思想在美学化后仍然存在。所以我至今不后悔我的这个比喻。

小结：在当前历史理性获得某种进步而人文关怀严重失落的背反语境中，文化诗学的精神旨趣就在于重塑这种“历史——人文”的

① 列夫·托尔斯泰：《列夫·托尔斯泰论创作》，董启，译，漓江出版社 1982 年版，第 178 页。

双重价值。在物质得到极大提高与满足的当下社会文化语境中，我们需要发扬人文精神的基础与依托，在历史与人文的深度中，肯定人性、人情与人道主义以及感性、灵性、诗性对人的重要性。文化诗学提倡“历史”与“人文”间亦此亦彼的张力关系，文学艺术正是在这种张力关系中获得诗意的表达与精神价值的诉求。

第十二章　审美文化

——文化诗学建构的支点与方向

1999年，我在《江海学刊》上发表了《文化诗学是可能的》一文，认为"从文化视角中来考察和研究文学，这是一个独特的视角。这个视角的意义在于，它不是从文学的微观视角来考察研究文学，而是从宏观的文化视角来考察研究文学。不是从单一的学科来考察文学，而是从跨学科的视角来考察文学"①。我至今仍坚持认为，要摆脱文学理论的危机，其路径就在于走"文学的综合性研究"②的道路。作为一种方法论的变革与更新，我多年来一直倡导的"文化诗学"，则正为文艺理论的蓬勃生机提供了可能。文化诗学不同于过去文艺理论单纯的概念玄辩、逻辑推演，而试图彻底摆脱这种认识论、本质论的陈旧模式，通

① 童庆炳：《文化诗学是可能的》，《江海学刊》1999年第5期。

② 童庆炳：《走向文学的综合性研究》，《中国社会科学报》2014年1月3日。

过深入文学作品的内部研究其文化意义的载体，通过文学的文化样式与异文化之间的影响研究文学与语言、神话、政治、历史、哲学、伦理等文化形态间的互动关系。可以说，通过“文化”的中介或纽带，“文化—诗学”的互动互构，不仅超越了单一的学科视角，还从传统的“内部研究”与“外部研究”的割裂中跳出，为文学研究提供了一条更加宽广、更具学理、也更为有机系统的阐释学方法。

当然，正如我在另一篇探讨《“文化诗学”作为文学理论的新构想》一文中所提出的“文化诗学的旨趣首先在它是诗学的，也即它是审美的，是主张诗情画意的，不是反诗意的，非诗意”[①]的一样，“文化诗学”要坚持文化视野走多学科综合研究之路，其“文化”首先在于它的“诗学”前提与“审美”旨趣，即“审美文化属性”。也就是说，“文化诗学”的基本视点与理论诉求就在于重视和强调文学的审美文化属性。那么，为什么要强调文学的审美文化属性？坚持文学研究的审美文化属性其目的与特色何在？作为“文化诗学”的理论支撑点，“审美文化”与历史语境与文学研究之间又该如何达到互动、互构的关系呢？这就是我们这一讲所要重点阐明的问题。

第一节 “诗意的裁判”：文学的审美品格与价值诉求

关于文学的“审美文化属性”的重要性，且以刘再复先生的《双典批判》为例谈起。正如该书导言所说，刘先生试图“悬隔审美形式”，不作文学批评，而是“直接面对文学作品的精神取向”进行文化批判。依此逻辑，他对这两部历来被视为国人必读的经典名著得出研究结论：“五百年来，危害中国世道人心最大最广泛的文学作品，就是这两部经典。可怕的是，不仅过去，而且现在仍然在影响和破坏中国

① 童庆炳：《“文化诗学”作为文学理论的新构想》，《陕西师范大学学报》2006年第1期。

的人心，并化作中国人的潜意识继续塑造着中国的民族性格”，“这两部小说，正是中国人的地狱之门”。[①] 刘再复得出这一结论的理据在于：“《水浒传》文化，从根本上，是暴力造反文化。造反文化，包括造反环境、造反理由、造反目标、造反主体、造反对象、造反方式等，这一切全都在《水浒传》中得到呈现”，小说文本蕴含的两大基本命题就是“造反有理”“欲望有罪”；而相较于此，《三国演义》则是“更深刻、更险恶的地狱之门”，因为“《三国演义》是一部心术、心计、权术、权谋、阴谋的大全。三国中，除了关羽、张飞、鲁肃等少数人之外，其他人，特别是主要人物刘备、诸葛亮、孙权、曹操、司马懿等，全戴面具。相比之下，曹操的面具少一些，但其心也黑到极点。这个时代，几乎找不到人格完整的人”。[②]

毫无疑问，将《水浒传》《三国演义》这样两部历久弥新的“文学经典”视为“灾难之书”，一部搞“暴力崇拜”，一部搞“权术崇拜”，进而“影响和破坏中国的人心”，可谓标新立异，却也耸人听闻。

而刘再复先生之所以得出这一匪夷所思的结论，违反的正是“文学作为一种审美文化”这一根本原则。他所谓的不是“文学批评”而是“价值观批判”的方法对“文学经典”的重新“解读”，在违背“诗意”的前提下，不仅用“政治批判”肢解和取消了“文学作为文学”的持久永恒的美学魅力，还几乎彻底否定了代表中国古典小说制高点的一大批经典名著，将《三国演义》《水浒传》视为中华民族原型文化的伪形产物，打入了“祸害人心”的“政治冷宫”中。

且以《水浒传》中观众喜闻乐见的武松“血洗鸳鸯楼”的片断为例，我们从刘再复的《双典批判》及其对金圣叹评点的评价中便可看出其研究的尺度与偏颇：

---

① 刘再复：《双典批判——对〈水浒传〉和〈三国演义〉的文化批判》，生活·读书·新知三联书店2010年版，第5页。

② 刘再复：《双典批判——对〈水浒传〉和〈三国演义〉的文化批判》，生活·读书·新知三联书店2010年版，第27、99页。

> 武松如此滥杀又如此理直气壮，已让我们目瞪口呆了。可是，竟有后人金圣叹对武松的这一行为赞不绝口，和武松一起沉浸于杀人的快乐与兴奋中。武松一路杀过去，金圣叹一路品赏过去。他在评点这段血腥杀戮的文字时，在旁作出欢呼似的批语，像球场上的拉拉队喊叫着："杀第一个!""杀第二个!""杀第三个!""杀第七个!""杀第八个!""杀第十一个、十二个!""杀第十三个、十四个、十五个"，批语中洋溢着观赏血腥游戏的大快感。当武松把一楼男女斩尽杀绝后自语道："方才心满意足"，而金圣叹则批上："六字绝妙好辞。"观赏到武松在壁上书写"杀人者，打虎武松也"时，他更是献给最高级的评语："奇文、奇笔、奇墨、奇纸。"说"只八个字，亦有打虎之力。文只八字，却有两番异样奇彩在内，真是天地间有数大文也"。一个一路砍杀，一个一路叫好；一个感到心满意足，一个感到心足意满。武松杀人杀得痛快，施耐庵写杀人写得痛快，金圣叹观赏杀人更加痛快，《水浒》的一代又一代读者也感到痛快。……金圣叹和读者这种英雄崇拜，是怎样的一种文化心理？是正常的，还是变态的？是属于人的，还是属于兽的？是属于中国的原形文化心理，还是伪形的中国文化心理？①

从刘再复对《水浒传》以及对金圣叹评点的批判中可以看出，其单一的政治性批判视角是显而易见的。刘再复与金圣叹，前者是"悬隔审美意识"的政治文化批判，而后者则正是基于"审美文化"基础上的审美评价。这是两人对《水浒传》进行评点的逻辑前提，也是学术立场上的分水岭。刘再复对文本解读的问题在于：他一边要搁置文学批评进行文化批判，而另一边却要反过来对诸如金圣叹的"文学评点"

---

① 刘再复：《双典批判——对〈水浒传〉和〈三国演义〉的文化批判》，生活·读书·新知三联书店2010年版，第44～45页。

进行大加否定，实可谓前后矛盾，毫无统一的批评“标准”或“原则”可言。

对待同一部文学经典，刘再复之所以得出与金圣叹截然对立的观点，其症结就在于他们“裁判”文学的视角或价值标准在“文学性”与“政治性”的逻辑起点上发生了分离。金圣叹在评点“血溅鸳鸯楼”时曾明确地指出：“此文妙处，不在写武松心粗手辣，逢人便斫，须要细细看他笔致闲处，笔尖细处，笔法严处，笔力大处，笔路别处。”①非常明显，金圣叹的评点紧扣文学文本，在作品言语的细读品味中，体验人物的形象、动作、心理乃至于文本的表现技法。其意在于“文”，而非“文本”之外的政治伦理的道德谴责。强调“因文生事”，也即重视从艺术作品的审美形式、叙事结构等文学内部审美规律出发去刻画人物性格，塑造人物典型，从而揭示小说的叙事特点及其艺术价值。金圣叹在《水浒传·序三》中曾言明：

> 《水浒传》所叙，叙一百八人，其人不出绿林，其事不出劫杀，失教丧心，诚不可训。然而吾独欲略其形迹，伸其神理者，盖此书七十回、数十万言，可谓多矣，而举其神理，正如《论语》之一节两节，浏然以清，湛然以明，轩然以轻，濯然以新，彼岂非《庄子》、《史记》之流哉！②

在此，金圣叹“独略其形迹，伸其神理”也正是注重一种文学的“审美阅读”，而非对“绿林”好汉们“劫杀”“丧心”的政治伦理的社会学批判。

《水浒传》如此，《三国演义》亦然。如果我们总如刘再复一样，

---

① 金圣叹、李卓吾：《金圣叹、李卓吾点评之〈水浒传〉》，中华书局2009年版，第261～262页。

② 金圣叹：《金圣叹批评本水浒传·序三》，凤凰出版社2010年版，第6页。

搁置“审美”的眼光，而从单一的道德伦理的角度去解构文本，那么且不说貂蝉、孙夫人(孙权妹妹)等人物形象仅是一个个“政治马戏团里的动物”，即便如刘备、曹操、诸葛亮、司马懿等家喻户晓、喜闻乐见的人物典型也仅是一批好用儒术、法术、道术、阴阳术的“伪君子”了。如此丰满多姿、栩栩如生、形态各异的人物典型，一旦被纳入刘再复“悬隔审美形式”的政治视野的“文化批判”中，便个个成了同一模式中机械复制的充满“匪气”“暴力”的“无法无天”的一串“政治符号”了。

从刘再复与金圣叹的分歧中，我们可以清楚地意识到：如果忽视文学自身独特的审美规律，仅从单一的道德伦理的政治性角度去解读文本，进行文化批判，是不可能从中体验到“文学之所以为文学”的美学意涵及其审美快感的。问题的症结在于：用单一的政治性的视角取代了“审美标准”，而非以一种“美学的”眼光，从文学的审美规律出发去分析作品，从中体验文学蕴含的审美价值。对于刘先生《双典批判》中的“批评偏执”，恩格斯早有批评：“我们决不是从道德的、党派的观点来责备歌德，而只是从美学的历史的观点来责备他；我们并不是用道德的、政治的、或‘人的’尺度来衡量他。”①“美学的观点和历史观点，以非常高的、即最高的标准来衡量您的作品”②所指出的一样，文学艺术作品的价值，关键在于它具有一种特殊的审美感染力量。而这种艺术的感染力则源自于人们特有的“裁判”——“诗意的裁判”，即是从“美学的历史的观点”进行文学的审美评价，而非道德的、政治的、非审美属性的评判标准。其原因在于：文学所表现的东西并不仅仅只是生活本身，而是作家对社会生活的体验，是作家情感的物化与加工。也正是这种艺术剪裁与加工后形成的情感世界，才铸就了文学经久永恒的魅力与价值。苏珊·朗格

① 《马克思恩格斯全集》第4卷，人民出版社1958年版，第257页。

② 《马克思恩格斯选集》第4卷，人民出版社1975年版，第347页。

在分析长篇小说时也曾批评说：

> 但是它是小说，是诗，它的意义在于详细描绘的情感而不在于社会学或心理学的理论。正像D.戴克斯教授所说，它的目的简直就是全部文学的目标，就是完成全部艺术的职能。……今天的多数文学批评家，往往把当代小说当作纪实，而不是当作要取得某种诗的目标的虚构作品来加以赞扬或指责。①

应该承认，“文学是满足人的审美需要的活动，其本质是审美”②。因此，如果我们忽视了《三国演义》《水浒传》作为文学本体的艺术魅力，忽视了作品本身无法替代的独特的美学韵味，而一味地从后现代的政治性视角切入加以社会性的批判，就必然在审美的流失与取代中破坏或肢解文学艺术的文化品位及其诗意内涵，造成“文学经典”解读的庸俗化、浅薄化。

可见，如果放弃文学作为一种“审美文化”这一特质，而采取某种单一学科性质的批评视角，就有可能导致对“经典”诠释的偏颇。据于此，文化诗学的理论建设，才要坚持文学的审美文化属性，破除单一学科性质的研究视角。只有将理论的基点率先牢牢建立在“审美文化”的土壤上，再对文学加以整体性研究，“文化诗学”才可能摆脱当下理论的困局，肩负起文学理论未来发展的使命。

第二节　认识论——泛文化——审美文化：范式的变革与更新

作为一种摆脱现实危机以适应当下文化生态的理论选择，“文化

① 苏珊·朗格：《情感与形式》，刘大基，等译，中国社会科学出版社1986年版，第333页。

② 童庆炳：《文学活动的美学阐释》，陕西人民出版社1989年版，第78～79页。

诗学”要走一条综合多元的整体性革新之路，是由长期以来文学理论自身发展格局以及所遭遇的种种问题所决定的。

自新中国成立以来，文学理论大体存在着三种不同的研究范式：一是受“苏化模式”的话语渗透，在“革命式”的政治性话语传统中秉承马克思唯物主义的认识论思维方法；二是受西方文化研究的影响，试图从前一阶段的认识论、本质论的模式中跳出，而转换到日常生活的“泛文化”研究方法上；三是受西方“新历史主义”的话语启发，试图摆脱第一阶段认识论模式的限制，也反对第二阶段中脱离文学文本的“泛文化研究”模式，但同时又希望将“文化研究”视野纳入文学研究中，因此，提出了“走向文化诗学”的研究方法。在这三种范式中，只有坚持“审美文化”路径，走多学科综合性研究的“文化诗学”之路，才是文艺理论未来发展的必然选择。

（一）哲学认识论思维模式

文学理论研究的第一种范式，是很长一段时期内起着支配性作用的哲学认识论思维模式。这种研究模式在单一化的政治意识形态话语语境中具有“权威性”和唯一有效的“合法性”，并深深烙印在延安文艺；五六十年代关于文艺特征的讨论，美学问题的讨论以及八十年代初中期的美学文艺理论研究上。在1949年前后，因受“苏化”马克思主义的话语影响，文艺理论与美学研究等领域，均深陷在单一的“认识论—反映论”的思维阈限内，严重制约并阻碍了理论的发展。在美学领域，如蔡仪1942年出版的《新艺术论》在讨论艺术与现实的关系时，开宗明义就指出“艺术是认识现实并表现现实的”①，而其学理逻辑则在于是否“正确地反映现实”，是否“符合于客观真理”②。这种哲学认识论思维不仅使得随后出版的《新美学》得出诸如“美在于

① 蔡仪：《新艺术论》，《美学论著初编》上，上海文艺出版社1982年版，第4页。
② 蔡仪：《新艺术论》，《美学论著初编》上，上海文艺出版社1982年版，第23页。

客观事物，那么由客观事物入手便是美学的唯一正确的途径”[①]等逻辑结论，还直接导致1949年后的“美学大讨论”长期陷于思维对存在的哲学框架中。受“主客模式”认识论的限制，20世纪五六十年代关于“美的本质”的论辩其实就是将“唯物—唯心”“主观—客观”的哲学本体论探求方式简单地移植到美学问题上，进而将美学纳入认识论的框架，并在“思维—存在”的推演中捧杀了美学的现代性主体意涵。

在文学理论领域，从哲学认识论出发将文学看成对现实真理的认识、反映，同样成为不容置疑的“金科玉律”而不断沿袭。先看1953年出版的季莫菲耶夫的《文学概论》。这套教材不仅将文学“鲜明凸出的特质”确定为它的“形象性”，还认为文学的本质在于“形象的生活的反映”[②]；随后出版的谢皮洛娃的《文艺学概论》依旧如故，认为文学的意义就在于“反映生活并特别积极地促进对社会生活的理解”[③]。同样的问题还反映在本土理论教材的编写中。如由蔡仪主编的《文学概论》即指出“文学是社会生活的反映，社会生活是文学的唯一源泉，这正是马克思列宁主义反映论的原则在文学问题上的运用”，只不过文学不同于科学对社会生活的反映，它的基本特征在于“通过形象反映社会生活”。[④] 这种思想在以群主编的《文学的基本原理》中同样沿袭，认为“文学艺术的基本特点，在于它用形象反映社会生活”，哲学、社会科学和文学、艺术的共同点就其来源和作用看都是“来源于客观世界，是客观存在在人们头脑中反映的产物”。[⑤]

可以说，这种哲学认识论的思维模式很长一段时期内在中国文艺理论与美学研究中均起着支配性作用，不仅造成文学创作上的公式化、概念化、脸谱化，还对中国文艺理论与美学的学科建设造成了消极影响。

---

① 蔡仪：《新美学》，群益出版社1951年版，第17、20页。

② 季莫菲耶夫：《文学概论》，查良铮，译，平明出版社1954年版，第127页。

③ 谢皮洛娃：《文艺学概论》，罗叶，等译，人民文学出版社1959年版，第13～14页。

④ 蔡仪：《文学概论》，人民文学出版社1984年版，第4、17～18页。

⑤ 以群：《文学的基本原理》，上海文艺出版社1983年版，第34～35页。

(二)“泛文化研究”模式

文学理论研究的第二种范式，是当下仍较为“火热”的“泛文化研究”模式。这种研究模式率先起于对本土学术语境中长期占据支配地位的认识论、本质论、工具论文艺学模式的反驳，并在西方“文化研究”的译介影响下于20世纪80年代末90年代初登场，尔后在文学理论与美学的“文化转向”中扮演主角，直至延续到21世纪初关于“日常生活审美化”及美学的“生活论转向”中。“泛文化研究”在理论的缘起上深受西方“文化研究”的启发，并希望通过这种话语机制的转换超越传统的局限于经典作家作品的研究，而换以对“文艺的自主性进行历史的、社会学的分析”，并在知识社会性的考察与历史自省中超越过去的“认识论文艺学”“工具论文艺学”及“本质化文艺学”模式。[①] 众所周知，西方“文化研究”主要是指英国伯明翰大学的“当代文化研究中心”(CCCS)，如威廉斯与霍尔等人。但他们对文化研究的定义也莫衷一是，或是“日常生活的文化形式和实践”，或是“文化与空间的关系”，或是“探究权利的形形色色，各不相同，包括性别、种族、阶级、殖民主义等”，或是认为“文化研究是一个人们用来将他们对大众文化的迷恋合法化的技术性词汇”，如此等等。[②] 但在“伯明翰学派”的推动下，文化研究成为20世纪80年代后最为活跃的一个理论领域，并且这种研究还将注意力从过去以“精英文化”为主体的文化现象推衍到了边缘领域，如大众文化以及与大众密切相关的日常生活领域中。于是，对广告、时装、流行歌曲、摔跤节目等“日常生活现象”的关注与批判成为文化研究学者“介入社会”的一种方式[③]。

受西方思潮的影响，加上中国市场经济的发展以及全球化进程，这种“文化研究”的思路与方法不仅契合了改革开放后市场化、庸俗

① 陶东风、徐艳蕊：《当代中国的文化批评》，北京大学出版社2006年版，第12～14页。

② 朱立元：《当代西方文艺理论》，华东师范大学出版社2005年版，第452页。

③ 约翰·费斯克：《理解大众文化》，王晓珏，宋伟杰，译，中央编译出版社2001年版。

化的消费之风，还与当代中国知识分子参与并介入社会的热情一拍即合。因文化市场的兴盛、大众文化的蔓延，文化工业的崛起急需人文知识分子做出应对。而包含现实性批判意识并强调跨学科研究的“文化研究”模式恰好提供了理论的范式。因此，在中国的“文化研究”中，其指向的也仍是日常生活文化、大众文化，它关注大众传媒、关注全球化、关注人的身份认同，展现的是与主流权利话语相对抗的质疑、消解和批判的立场。正如文化研究者所言：“文化研究从它的诞生之日起，就在倡导‘穿越学科边界’的‘跨学科方法’(transdisciplinary approach)，也在积极地把文化研究打磨成一种进行社会斗争、从事社会批判的武器。”①可见，“文化研究作为一门学科或领域，其开放性的批判是次要的，更为重要的是，文化研究是一种政治层面的强烈介入，是一种文化与权力关系的探讨，是一种对社会不良政治经济制度和操控舆论的坚决反击和批判”②。因文化研究注重和强调的仍是一种知识社会学的政治性批判，是人文知识分子在社会转型中凸显自己的社会责任意识与参与意识的回应与表达。所以，“文化研究”范式关注的重心已非传统的作家作品，而是“已经完全离开文学研究的传统对象，转而研究一些像城市的空间建构(广场、酒吧、咖啡馆、民俗村、购物中心)、广告、时装、电视现场直播、校庆，等等”③。这种研究倾向与西方文化研究关注“当代文化”“影视大众文化”“边缘文化和亚文化”“权利关系及其运作机制”④等如出一辙。

那么，相较于“自闭性”的哲学认识论范式，这种无限“敞开性”

---

① 赵勇：《透视大众文化》，中国文史出版社2004年版，第15页。

② 李圣传：《文化与诗学的互构——“文化诗学”与“文化研究”之辨》，《浙江师范大学学报》2012年第1期。

③ 陶东风、徐艳蕊：《当代中国的文化批评》，北京大学出版社2006年版，第12～14页。

④ 罗钢、刘象愚主编：《文化研究读本》，中国社会科学出版社2000年版，第1页。

的“超学科甚至是反学科”的“泛文化研究”范式又能否解决文学理论的根本性问题呢？我们的答案是：可以提倡，但需改造。对此，我们认为：“文化研究对于文学理论来说，既是挑战，也是机遇。说它是挑战，就是文化批评对象的转移，解读文本的转移，文学文本可能会在文化批评的视野中消失。说它是机遇，主要是文化批评给文学理论重新迎回来文化的视角，文化的视角将看到一个极为辽阔的天地。”①因“文化研究”引入了跨学科的知识，强调文学与政治、社会、历史、哲学等学科的互动关系，改变了传统的“认识论”模式以及单一性的学科视角，能够极大拓宽我们文学研究的理论格局，这是它的可取之处；但与此同时，这种脱离文学文本自身而一味与政治社会勾连的“泛文化研究”模式，不仅远离了文学文本，丧失了“文学理论起码的学科品格”，更在“越权”式的承担文化批判、政治学批判、社会学批判的任务中将文学拉向远离文学的疆场②。

据上考虑，从学科发展的长远角度看，“泛文化研究”范式因其偏离文学本体的路向，因而在学科品格的流失中同样不能解决文学理论自身存在的问题。

(三)“文化诗学”的研究方法

文学理论研究的第三种范式，即“文化诗学”的研究方法，是对以上两种模式的变革、更新与发展。“文化诗学”始于20世纪90年代初中期而兴于21世纪之初，是基于以上两种研究范式均无法或无力解决文学理论存在的问题这一逻辑基础上提出的。它不仅在反思“认识论”范式中重视文学的“他律性”及“文化视野”，也在反思“泛文化研究”范式中强调文学的“自律性”及“审美性品格”。因此，作为一种方法论的变革，通往一条既重视文学的“富于诗意”的“审美性品格”，又关注文本之外的更为广阔的“文化视野”的“文化诗学”之路，

① 童庆炳：《植根于现实土壤的“文化诗学”》，《文学评论》2001年第6期。

② 李圣传：《文化诗学的理论困境与突围对策》，《福建师范大学学报》2012年第5期。

成为文艺理论未来发展的必然选择。

首先，文化诗学采取了多学科综合整体性的研究视野，强调文学与其他学科之间的互动互构关系，这有效防止了哲学认识论思维模式中的思维阈限以及单一性的学科视角，将文学研究引向更深、更广的学理层次提供了理论可能；其次，文化诗学重视“文化研究的视野”，但又坚持“诗学”的落脚点，坚守文学研究的诗意品格，强调文学的“审美文化”属性，因而既更新了文学研究的思维方法，又有效地防止了“泛文化研究”模式中学科品格的流失；最后，文化诗学作为一种方法论的革新，提供了一套既切合文学本体又更加贴近实际的知识话语体系。

纵观当代文艺理论的发展格局，在以上三种历史时空的研究范式中，只有变革更新后的“文化诗学”研究范式，不仅能在文学与其他学科的互文参照中满足文学与人类社会相互交织而可能出现的话语复杂性这一“现实性实际”，还能满足多元媒介融合时代下文学不断面临新问题、新对象而传统研究范式又无法涵盖与无力言说的这一“理论性实际”。正是在跨学科的广阔文化视野中，通过将文学理论建立在“审美文化属性”这一基础前提下，才有可能提供一套更加全面合理、更加有机系统的“文化诗学”的阐释路径，有效地化解文学研究的方法论危机，肩负起“理论之后”的文艺理论职责。

第三节　“审美文化”作为“文化诗学”场域的原点与支点

“文化诗学”因坚持文学的“审美文化”属性，重视文学艺术与其他文化形态间的互涵互动关系，因而相较于过去的哲学认识论思维模式以及“泛文化研究”范式，它能更加合理有效地化解文艺理论存在的问题。在传统文论研究范式的反思与改进中，也能够将文学研究的理论格局提升到一个更深、更广的高度。正是在这一层面上，才将“审美文化”视为文化诗学建构的原点与支点。

关于“审美文化”，叶朗先生《现代美学体系》中有着很好的诠释，包括“审美活动的物化产品”“审美活动的观念体系”以及“人的审美行为方式”。[①] 因审美文化与美学及文化学紧密关联，因此，文化诗学强调文学的审美文化特性，这就与一般的非审美文化以及现实中一般的日常生活划开了界限。此外，将文学视为一种审美文化，也即意味着文学中的各种社会的、政治的、经济的、道德的、伦理的思想，只有呈现在这一特殊的文学文本之内，这种复杂的审美意蕴及其所包孕的社会学层面的生活内容才具有现实性意义。文化→审美文化→文学，作为渐次深入的领域，文化诗学话语空间生产的知识意义就在于三者合力状态所形成的多元互渗与沟通的整体性场域中。

首先，文学作为一种审美话语，其本身就是一种“审美文化”的表现，正因审美话语的组织结构与表现，才形成了文学语言、文学话语、文学叙事与文学修辞等一系列话语组织形式，形成了文学自身独特的审美规律与文化特征。韦勒克、沃伦曾认为“每一件文学作品都只是一种特定语言中文字语汇的选择”“文学是与语言的各个方面相关联的”。[②] 文学作为一种语言的艺术，一种人的审美创作活动，它必然是一种审美的对象。卡勒也指出：“一部文学作品就是一个审美对象，这是因为在暂时排除或搁置了其他交流功能之后，文学促使读者去思考形式与内容相互间的关系。”[③]可见，对文学的研究，需要高度重视从语言分析入手的文本细读，只有将文本语言作为研究的入手处，进而抓住作品中的人物、性格、心理、神态及其社会历史场景，才能完成对文本的“症候性”解读。文化诗学也就是要基于语言分析与审美批评基础上，加入文化的视野，这样也才能

---

① 叶朗：《现代美学体系》，北京大学出版社 1999 年版，第 242～243 页。

② 韦勒克、沃伦：《文学理论》，刘象愚，等译，生活·读书·新知三联书店 1984 年版，第 186 页。

③ 乔纳森·卡勒：《文学理论入门》，李平，译，译林出版社 2008 年版，第 35 页。

在双向拓展中真正揭示文学作品的深层意蕴及其美学内涵。

其次，“审美文化”为文学艺术确立了一种诗意特性的“格式塔质”，并搭建了“历史理性”与“人文关怀”的价值坐标，还为文学艺术与别的文化形态间的互动互构提供了一套开放的文化系统。当代审美文化因与市场经济的结合而在娱乐、消遣的“大众狂欢”中渐趋发生扭曲与变形。作为一种精神文化的文学艺术也在一味地媚俗中流失自主性与个性，其精神价值与人文品格日渐流失。学者周宪便指出：审美文化的某些领域正被“商业目的和交换价值所取代，‘诗意的’表现转化为‘散文的’工具价值，最终为了实现某种审美之外的商业目标。……文化从诗意状态向散文状态转变的一个重要标志，是艺术越来越放弃它所固有的诗的视野和胸襟，把艺术和日常生活混杂起来，并以一种日常生活的方式来看待艺术，而不是以审美的方式来看待生活。”[①]这种从“雅趣”向“畸趣”的趣味转变，不仅背离了传统的诗意追求，还消解了文学艺术的审美韵味。而“文化诗学”因强调审美文化，并主张一种“诗意化”的价值旨趣与人文精神，因而恰能对此进行鞭笞与修正，维护文学艺术的精神本色。在此，“历史理性”与“人文关怀”是文化诗学场域中的重要两极，也是评判艺术的重要尺度。“历史——人文”的双重价值尺度不仅体现了作家的情感立场与文学艺术的价值导向，更有效地取代了“过去的那种僵硬的政治律条作为批评标准”[②]。此外，因审美文化作为文化系统的一部分，它本身就具有表层文化所具备的属性功能，这就恰好能够为审美文化内层的文学提供一种与母系统——文化之间互涵互动的视野。而人类文化的“‘人性’的圆周”上又是由“语言、神话、艺术、宗教”等形态功能的扇面有机组织而成[③]，所以，从文化系统出发审视文

① 周宪：《中国当代审美文化研究》，北京大学出版社1997年版，第322页。

② 童庆炳：《美学与当代文化讲演录》，广西师范大学出版社2007年版，第227页。

③ 卡西尔：《人论》，甘阳，译，上海译文出版社1985年版，第87页。

学，也就为文学与各个文化扇面之间的相互关系提供了一种跨学科研究的可能。因此，文化诗学坚持以“审美文化”作为基点，使文学艺术摆脱了过去孤立封闭的文学研究以及单一化学科的批评视角，在开放的文化系统中实现了“文化—审美—文学”的视域融合，为文学的文化研究提供了一条更加广阔而有机的新的方法论范式。

最后，以“审美文化”为中介和辐射，文学、文化与历史之间的张力关系形成了一个循环流动的“力场”，在这相互协同与有机联系的网络关系中，为文学研究深入历史文化语境，深入文学的文化意义载体，深入文本中隐含的意识形态及其人类生产方式提供了多向度的阐释视界。弗雷德里克·詹姆逊曾指出，“真正的解释使注意力回到历史本身，既回到作品的历史环境，也回到评论家的历史环境”①。由此，他认为：“一定文本板结的既定东西和材料在语义上的丰富性与拓展必须发生在三个同心的构架之内：这是一个文本从社会基础意义展开的标志，这些意义的概念首先是‘政治历史’的，狭义地以按时间的事件以其发生时序编年地扩展开来；继之是‘社会的’，现时在构成上的紧张与社会阶级之间斗争在较少历时性和拘于时间意义上的概念；最终，历史在其最宽泛的意义上被构想，即生产方式的顺序和种种人类社会形态的命运和演进之中，从史前期生命到等待我们的无论多么久远的未来史的意义。”②根据詹姆逊的理解，一部作品是在三个渐次展开的阐释视界内呈现：第一层是狭义的个别文本；第二层是扩展到社会秩序的文化现象中的文本，它在宏大的集体和阶级话语形态中被重构；第三层是处于一个新的作为整体人类历史的最终视界。詹姆逊这种“新历史主义”的思维与我们主张的“文化诗学”在方法上具有相似处。即是说，文学艺术应该走

---

① 弗雷德里克·詹姆逊：《快感：文化与政治》，王逢振，等译，中国社会科学出版社1998年版，第4页。

② 弗雷德里克·詹姆逊：《快感：文化与政治》，王逢振，等译，中国社会科学出版社1998年版，第67页。

出文本自身的封闭系统，通过“文化系统”的中介，揭示“文学作品、文学作品的社会——文化语境以及二者之间的联系”①，并在“语境化”与“互文性”的视域内把握文学的文化内涵。当然，与美国新历史主义文化诗学代表格林布拉特、海登·怀特、詹姆逊等人热衷于关注“文本”外的政治社会性的权力意识形态这一路径指向不同的是：中国文化诗学的旨趣更体现在“审美文化”的精神品格中，即通过对文学艺术的批评，承担对社会大众审美文化趣味的培养，担负起社会伦理道德以及日常生活准则的价值引导这一责任。审美文化强调学术品格与文化品位，文艺作品肩负树立和弘扬社会主义核心价值观的使命。因此，文化诗学坚持审美文化的基点不动摇，坚持人文精神的内核不动摇，就必然在适应现实与时代需求的发展中迎来理论发展的蓬勃生机。

小结：文学作为一种审美话语，本身就是一种审美文化。“文化诗学”突出地强调文学的审美文化属性，就是要凸显文学艺术自身存在的独特品格与学理特性。通过“审美文化”基点的确立，不仅突出了文学作品的审美价值属性，也为文学研究沟通“语言—文化”、打通“内—外”敞开了空间。与此同时，在“审美文化”的构架内，通过引入“文化研究”的视野，坚持文学的跨学科综合性研究，“文化诗学”既有效打破了过去孤立封闭的模式及单一性的学科视界，还在微观语言细读与宏观文化批评的症候阐释中为文学研究走向更深、更广的层次提供了一套行之有效的阐释学体系。因此，可以说，范式革新后的“文化诗学”诠释方法，通过“审美文化”的基点确立，真正找到了一条既能回归“文学本体”，又能通往一条多元文化对话的更加宽广、更具学理、也更为有机系统的阐释路径，预示着文学理论的光明未来。

---

① 海登·怀特：《评新历史主义》，张京媛：《新历史主义与文学批评》，北京大学出版社1993年版，第96页。

第十三章　中外个案

——文化诗学理论的成功实践

文化诗学不是今天才有的，中外文学理论批评历史上，成功的文学理论建构总是自觉不自觉地要走上文化诗学这条“内外结合”的道路。他们自觉不自觉地感到，文学不能仅仅是形式，也不能仅仅是内容。无论形式与内容都不能不处于一定的历史文化语境之中，最终对于文学本身的解释不能仅仅看文学本身，还要考察产生文学的带有历史文化印记的社会生活。这样一来，凡内外结合的理论批评模式都可以归入文化诗学的范围里。当然，在中外历代的理论家和批评家那里，有偏重于文学作品的内容和偏重于文学作品的形式之分，我们这里准备选择中外文学理论中内外结合得比较好的理论，看看前人与外国人对于文化诗学的成功实践。

第一节　中国文学理论中的“兴”说和“意境”说

中国是一个古老的文学大国，西周时期，我们的古人在文学上发现了“兴”，并成功地在诗歌创作中进行了实践，其后，在长期的历史过程中形成了“兴”的理论。“意境”说提出得也很早，最晚是唐代被提出的，但真正的完成则到了晚清时期王国维的《人间词话》。“兴”与“意境”都从语言进入，通过诗意的中介，形成了一种审美文化修辞，是比较典型的文化诗学。所以特别选择这两说来加以讨论。

一、中国古代文论中的“兴”说

这里说的“兴”，就是“赋比兴”的“兴”。“赋比兴”的说法早在春秋时代就已经提出，经过不断积累，终于形成了今天中国古代文论的重要学说。最早《周礼・春官・大师》总结：“教六诗：曰风，曰赋，曰比，曰兴，曰雅，曰颂。以六德为之本，以六律为之音。”[①]汉代《毛诗序》的作者，又根据《周礼》的说法提出了“诗之六义”说：“故诗有六义焉：一曰风，二曰赋，三曰比，四曰兴，五曰雅，六曰颂。”[②]很明显，风、雅、颂是属于《诗经》的文体分类，赋、比、兴是指什么，则没有说明。后人于是对这个问题展开了研究，获得了成果。

对于《诗经》和后来民歌中“兴”的研究，历来有不同理解。

第一种看法，认为“兴”是言语修辞。如朱熹在《诗集传》说：“兴者先言他物以引起所言之辞。比者，以彼物比此物也。”“赋者，敷陈

① 《周礼・春官・大师》，张少康：《先秦两汉文论选》，人民文学出版社 1996 年版，第 253 页。

② 《毛诗序》，张少康：《先秦两汉文论选》，人民文学出版社 1996 年版，第 344 页。

其事，而直言之者也。”①赞成此说的人最多。在朱熹的解说中，强调比兴是一种修辞手段，一种语言技巧。这种看法，得到了广泛的认同，特别是语言学家的赞同。《王力古汉语字典》也是引朱熹的看法，并解释说“兴”是一种语言表现手法。从训诂的角度看，认为“兴”是语言表现手法，是有道理的。作为一种语言解说，用之于非文学著作中是可以的，但用之于文学作品似乎就还隔着一层。因为诗歌的语言是情感的语言，离开情感，单纯从文字训诂的角度，很难把属于情感世界的诗歌解说清楚。实际上，对于这种解说，连朱熹本人有时也是怀疑的。

第二种看法，认为兴是托物兴情，是审美的一种机制。刘勰的“比显兴隐”说，钟嵘的“文已尽意有余”说，宋人李仲蒙的“叙物索物触物”说，近人徐复观新的解说，这四说都属于这一类。钟嵘在《诗品序》中说：“故诗有三义焉：一曰兴，二曰比，三曰赋。文已尽而意有余，兴也；因物喻志，比也；直书其事，寓言写物，赋也。宏斯三义，酌而用之。干之以风力，润之以丹采，使味之者无极，闻之者动心，是诗之至也。”在钟嵘看来，三者都是文学的方法。因为运用赋比兴都要“干之以风力，润之以丹采”，最终目的都是要“使味之者无极，闻之者动心。”钟嵘对“比”和“赋”的解说，与前人相比，没有提出更新的东西。但是他对“兴”的解说则很有新意。他说：“文已尽而意有余，兴也。”这就把“兴”的含蓄蕴藉的审美功能说得比较清楚。这种看似“与训诂乖殊”(黄侃《文心雕龙札记》)的解说，“说得不明不白”(黎锦熙《修辞学·比兴篇》)的解说，恰恰揭示了“兴”的审美功能，是十分有意义的。因为钟嵘显然体会到用“兴”的作品具有无限绵延的情感，同时也体会到读者在品味用“兴”的作品时必须有情感的投入。既然是“文已尽而意有余”，那么就有待于读者的参与，

① 朱熹：《诗集传》卷一，上海古籍出版社1962年版，第1页。

如果没有读者情感的投入，单用训诂的方法去读，是不可能体会出“文已尽而意有余”的。钟嵘的这种理解与刘勰的《文心雕龙·比兴》篇的“比显兴隐”的观点密切相关。

刘勰在《文心雕龙·比兴》篇中把“比”与“兴”对比起来讲，他的“比显兴隐”的观点，从审美效果立论，特别值得我们重视。“比者，附也；兴者，起也。附理者，切类以指事；起情者，依微以拟议。起情，‘故兴’体以立；附理，‘故比’例以生。”[①]“比显兴隐。”[②]刘勰在这里提出“附理”和“起情”作为“比”与“兴”的区别，是很有道理的。

那么什么叫作“附理”，又什么叫作“起情”呢？我们认为在文学抒发的情感中，除了“赋”以外，还有两大类，一种是比较清晰的确定的情感，这种情感具有鲜明的强烈特征，如十分的爱慕，或万分的憎恨，或极端的愤怒，或极度的悲哀等。这种强烈的感情再经过“痛定思痛”“爱定思爱”“恨定思恨”“悲定思悲”之后，可以用词语说出来，往往积淀为一种“理性”，即情感中“附”着了“理”。徐复观说：“比是由感情反省中浮现出的理智所安排的，使主题与客观事物发生关联的自然结果。”这是不错的。例如，某个女人死了她所爱的丈夫，这在当时是十分悲痛的事情。但这件事情如果过了若干年后，那么她也就可以用理性来对待了。这类情感就可“切类以指事”，即根据不同情感的类的倾向来采用“比”，适宜于通过“比”的方式来抒发。或者可以这样说，由于这类情感的清晰性及确定性，被“比”的“此物”，与用来比喻的“彼物”之间，经过一番“理智”的安排，即经过“匠心独运”，通过一条“理路”联系起来。在这里抒情者是有选择性的，选择甲或乙作为“彼物”，可以有一个理智选择的过程，最后产生“比”的“理象”。例如，《诗经·硕鼠》：“硕鼠硕鼠，无食我黍！三岁贯汝，莫我肯顾。逝将去汝，适彼乐土。乐土乐土，爰得我所。”

① 范文澜：《文心雕龙注》，人民文学出版社 1958 年版，第 601 页。
② 范文澜：《文心雕龙注》，人民文学出版社 1958 年版，第 601 页。

这是普通下层民众对剥削者的极端的愤怒，这种愤怒已经积淀为理智，所以适合于运用“比”的方式。你看，这首诗把剥削者比喻成贼头贼脑的贪得无厌的大老鼠，不是把剥削者的丑恶嘴脸，描写得十分生动吗？在这比喻的过程中，作者虽怀着愤怒的情感，但情感清晰、明确，其中就含有“理智”的因素，本来可以把剥削者比喻成豺狼、虎豹等，但作者经过“匠心独运”的理智的选择，觉得把贪得无厌的剥削者比喻成硕鼠更确切，这就叫作“附理者，切类以指事”。刘勰的“附理”二字，尤为精辟，“比”的形象或多或少都有“理”的因素在起作用。换言之，比的事物和被比的事物之间，有一个“理”的中介，通过这个中介，两者的相似点（如剥削者与硕鼠）才被关联起来。由于“比”要有“理”的中介，所以按照刘勰的说法，其审美效果是“比显”。

刘勰认为兴与比不同，他说：“兴者，起也”，“起情者，依微以拟议”。这就是说，在文学抒情中，还有一类情感是比较朦胧的、深微的，不但摸不着、抓不着，而且说不清、道不明，处于所谓“可解不可解”的状况。在这种情况下，就往往自觉不自觉地运用“兴”的方式，即刘勰所说的“起情者，依微以拟议”。

宋人李仲蒙的解说也很有意义，他说：“叙物以言情谓之赋，情物尽者也；索物以托情谓之比，情附物者也；触物以起情谓之兴，物动情者也。”①李仲蒙分别从“叙物”“索物”“触物”的角度来解释“赋、比、兴”。在他看来，作为赋的“叙物”不仅仅是“铺陈其事”，还必须与“言情”相结合，就是说作者要把情感表现得淋漓尽致，又要把客观的物象描写得真切生动。这就比传统的解释进了一大步，更加符合创作中对于“赋”的要求。唐代许多诗人用“赋”，的确都表现了这样的特点，如杜甫的《北征》《自京赴奉先咏怀五百字》及“三

---

① 胡寅：《致李叔易》，《崇正辩 斐然集》，中华书局1993年版，第386页。

吏”“三别”，白居易的《长恨歌》与《琵琶行》，主要是用“赋”，却也十分尽情。作为“比”的“索物”，即索取和选择物象以寄托感情，不完全是一个运用比喻手法的问题了，作者还必须在比喻中表达自己真挚的感情。唐代许多诗歌中的比喻，如李白《春思》：“燕草如碧丝，秦桑低绿枝……”这里用“比”，却以情附物，而不像某些汉赋那样把各种比喻变成单纯词藻的堆砌。作为“兴”的“触物”，由外物的激发以兴情，反过来又把情感浸透于所描写的物象中。显然，李仲蒙对“赋、比、兴”的解说，最后都归结到一个“情”字上面，这就更符合文学的审美特征，是很有见地的。

新儒家代表人物徐复观的看法也很有意义。徐复观说：“人类的心灵，仅就情这一面说，有如一个深密无限的磁场；兴所叙述的事物，恰如由磁场所发生的磁性，直接吸住了它所能吸住的事物。因此，兴的事物和诗的主题的关系，不是像比那样，系通过一条理路将两者连结起来，而是由感情所直接搭挂上，沾染上，有如所谓‘拈花惹草’一般，因而即以此来形成一首诗的气氛、情调、韵味、色泽的。”①这个说法是符合实际的，由于诗人的情感是朦胧的，不确定的，没有明确的方向性，他不能明确地比喻，诗人只能就这种朦胧的、深微的情感，偶然触景而发，这种景可能是他眼前偶然遇见的，也可能是心中突然浮现的。当这种朦胧深微之情和偶然浮现之景，互相触发，互相吸引，于是朦胧的未定型的情，即刻凝结为一种形象，这种在情景相触而将情感定型的方式就是“兴”。徐复观认为兴的作用在于形成一首诗的“气氛、情调、韵味、色泽”，这“气氛、情调、韵味、色泽”八个字特别精到，很好地解决了前面长期讨论作为“先言他物”的兴句与“引起的所咏之词”的关系问题：即前两句“兴”句与后面的“所咏之词”，究竟有没有关系？如果有关系，那是什么

① 徐复观：《释诗的比兴——重新奠定中国诗的欣赏基础》，《中国文学精神》，上海书店出版社 2004 年版，第 23 页。

关系？是不是仅仅有一种“协韵”的关系？按照徐复观的观点来理解，“兴句”与后面的“情句”是有关系的，但不是单纯的“协韵”的关系。兴句的作用不是标明诗歌主旨，也非概念性说明，兴句所关联的只是诗歌的“气氛、情调、韵味、色泽”，重在加强诗歌的诗情画意。

“气氛”“情调”“韵味”“色泽”对抒情诗歌来说，不是可有可无的，而是至关重要的。从某种意义上说，这虽然不是诗的全部，但也是诗性的基本方面。我们这里可以举一首王昌龄的《从军行》为例。

琵琶起舞换新声，总是关山旧别情。
撩乱边愁听不尽，高高秋月照长城。①

首先要说明的是，“兴”到后来的发展，“兴句”不一定放在前面，也可以放到全诗的任何一个位置上。这首诗里，兴句是第四句“高高秋月照长城”。全诗写的是“边愁”，似乎前面三句已经把意思写尽，可是加上了“高高秋月照长城”以后，我们的感受有何变化呢？假如说前三句与第四句无关，那么为什么我们读了“高高秋月照长城”之后，如何会有一种无限苍凉、惆怅之感？并会激起对那些守边将士的崇敬之情呢？假如说，后面的“兴句”与前面的句子有关，那么又是什么关系呢？准确地说，又很难说出来。这只能说是后面的兴句，大大增强了守边将士的“边愁”的气氛和情调。如果我们再进一步追问，为什么后面的兴句，会增强边愁的气氛和情调呢？原来“高高秋月照长城”作为似乎是客观的景象，是从主观“边愁”的情感看出，情与景两者已经融合在一起，整个景象都被“边愁”融化了，因而秋月、长城都渗透了无尽的“边愁”，而无尽的“边愁”也融化于秋月、长城中了。这种融合的确是朦胧的，看不出结合的痕迹。这种融合不是

① 王昌龄：《从军行》，霍松林：《万首唐人绝句校注集评》中册，山西人民出版社1991年版，第163页。

什么“匠心独运”，而是一种“神来之笔”。

刘勰、钟嵘、李仲蒙和徐复观这四人对“兴”的具体理解虽然不同，但又有相通之处，即他们都从“兴”与“情”的关系来说明“兴”的意义，都认为“兴”不仅仅是言语修辞手法，更重要的是人的情感的表达，是耐人寻味的审美效应。

但我们要说的是，“兴”不但是言语手法、情感表达和审美效应，同时也与历史文化相关。“兴”作为手法不是固定不变的，作为情感表达和审美效应也不是固定不变的，“兴”的运用总是带有时代的痕迹，不同时代的“兴”带有不同的历史文化内容。我的理解是作为古代文论中的重要的“兴”说，是语言的特殊表现手法，通过审美情感的中介，接通了社会历史内涵的一种文化修辞。就是说，朱熹所说的“先言他物，以引起所咏之词”的说法是对的，刘勰说的“比显兴隐”，钟嵘所说的“文有尽义无穷”，李仲蒙所说的“触物以起情“也是对的，但还不够，还应该把“兴”的修辞技巧、审美效应与社会历史文化联系起来。我们古人有时把“兴”又称为“兴寄”，在兴中要有所寄托。这寄托，当然是与文化精神相关的。我的理解如下。

其一，中国古代的“兴”是民族文化的产物，是中华民族的文化的产物，受中华民族文化影响深远的朝鲜族、大和民族、越南民族那里，是有“兴”这种文化修辞的。但西方民族，我们不可能在他们的抒情作品中看到“先言他物，以引起所咏之词”的这种文化修辞。他们的抒情作品，可以把景物描写作为抒发情感的背景或空间，或者作为一种纯粹的象征物出现，但不会出现这种与诗的感情亦即亦离的“兴句”或“兴象”。如果我们读一读西方各国的诗歌作品，我们会发现比喻、反讽、张力、象征、转喻、隐喻等修辞，但没有“兴”这种文化修辞，只有中华文化圈或汉字圈的诗歌作品才会有“兴”这种文化修辞。比如，《诗经》中的“兴”句用的“凤”“麒麟”都只是中华民族才有。

其二，“兴”的出现与中国氏族社会时期的历史文化密切相关。2000多年前春秋时代的先人为什么在《诗三百篇》的言情句之前，总是先写描写动植物的兴句呢？这种兴句为何与言情句若即若离呢？你说这两者无关似乎可以，但你说有关，似乎也可以。例如，《关雎》中“关关雎鸠，在河之洲”为“兴”句，《桃夭》里面用“桃之夭夭，灼灼其华”等为“兴”句，其中是否附着了历史文化内涵呢？我们发现，《诗三百篇》中所有的“兴”句，所描写的差不多都是动植物。这不是偶然的。中华民族的摇篮在黄河与长江流域，早在氏族社会时期，我们的祖先就在这里耕作与狩猎，他们最为熟悉的就是动植物，对动植物产生了极为密切的感情，动植物成为他们生活内在的一部分，甚至成为他们内心的符号。唐代皎然在《诗式》中谈到“比兴”的时候说：“凡禽鱼草木人物名，数万象之中，义类同者，尽入比兴。”这个道理是显然易见的。例如，桃花是每年都要看见的，十分熟悉的。红色的桃花，给你以喜气洋洋的感觉，给你以温暖无比的感觉，是春天生机勃勃的符号，是美好的符号，是向上的符号。《诗经·周南·桃夭》：

> 桃之夭夭，灼灼其华。之子于归，宜其室家。
> 桃之夭夭，有蕡其实。之子于归，宜其家室。
> 桃之夭夭，其叶蓁蓁。之子于归，宜其家人。

这是一首祝福出嫁新娘的诗篇。在这三节诗的前两句都是“兴句”。第一节的兴句，是用以烘托出嫁喜庆的气氛。第二节和第三节的兴句，所写的是桃花未来会枝繁叶茂，会结出饱满的果实，意味深长，也许就是祝福新娘将来多子多福，家庭热闹火爆，也许是祝愿新娘生活幸福，日子红红火火。在这里“兴”已经让人联想到了中华民族追求子女众多、绵延后代的文化意涵。但这种文化意涵不是现代的，是属于古代氏族社会的。又如《诗经·小雅·鸿雁》：

鸿雁于飞，肃肃其羽。之子于征，劬劳于野。爰及矜人，哀此鳏寡。

鸿雁于飞，集于中泽。之子于垣，百堵皆作。随则劬劳，其究安宅?

鸿雁于飞，哀鸣嗷嗷。维此哲人，谓我劬劳。维彼愚人，谓我宣骄。

这首诗写了什么呢?《毛诗序》有解释，其中说：“《鸿雁》，美宣王也。万民离散，不安其居，而能劳来还定安集之，至于矜寡，无不得其所焉。”解释《诗经》的多家对此都无异议，认为这首诗所写的是周宣王时，有过一次自然灾害，同时又遭遇外族入侵。人民流离失所，难民很多，四处流浪，失去了家园。这时候，周宣王派他下面的臣子诸侯、卿、大夫去做安置的工作，使流民返回家园、重建家园。这里“之子”是指谁，历来有两种不同的解释：毛诗、郑诗等解释为“诸侯、卿、大夫”；朱熹则解释为流民。实际上，毛诗、郑诗的解释可能比较好。因为诗中有“爰及”“随则”的词语，如果把“之子”解释为流民，这些词语就没有着落。最重要的是第三节中的“哲人”“愚人”，如果要得到解释，则毛诗、郑诗的解释就比较通畅。意思是说，这些臣子在做安置工作时，有做得好的，有做得不周到的，引起了议论。作者则把肯定他们工作的人称为“哲人”，把否定他们工作的人称为“愚人”。诗的意思弄清楚了，那么我们就要来考察这里的“兴句”：“鸿雁于飞，肃肃其羽”“鸿雁于飞，集于中泽”“鸿雁于飞，哀鸣嗷嗷”。“鸿雁”与流民没有关系，但似乎又有关系。鸿雁在天空翱翔，南来北往，自由自在，可以四处为家。于是联想到在灾难中的流民，特别是那些孤寡可怜的人，四处流浪，饥寒交迫，找不到自己的家园。触物起情，鸿雁成为“哀鸿”，不但那叫声让人感到凄凉，而且满天的鸿雁飞来飞去，烘托了流民四处奔走的艰难困苦景象。“哀鸿遍野”成为后来对流民流离失所的指代。如果我们这样的分析合理的话，那么“兴”就有三个层面：第一是言语层面，即那三个兴句；第二是审美的层面，即兴句所烘托出的流民四处奔走，找不到家园的鲜活的苦难景象；第三是历史文化的层面，即周宣王时期确有一次自然灾难，流民遍野，不得不派官员去做安置的工作。这首诗由于有《毛诗》的解释，我们得以知道这里的兴句与历史文化的联系。但有很多兴句则由于当时没有做出及时的解释，我们已经无法知道那些诗中的兴句与历史文化的联系了，或者只是触物起兴，表达感情，并无确切具体的历史文化所指。但总体上，可能是有历史文化联系的。如上面所说，在《诗经》的“兴”句中，用“麒麟”(《诗经·周南·麟之趾》、“凤”(《诗经·大雅·卷阿》)，这完全是先人的活跃着人的生命激情的图腾崇拜的反映，是最古老历史文化的产物。有学者指出，鱼类兴句与当时的生殖崇拜相关，鸟类兴句与当时的鸟类崇拜相关。另外，“兴”的产生与当时士人委婉表达的文化时尚有关，欲言情，先触物，情感不是直接说出，而是先荡开一笔，使抒情言说变得委婉含蓄，反映了西周的社会风气。正是在上述的意义上，我们认为，中国古代文论中重要的“兴”说，是语言的特殊表现手法，通过审美情感的中介，接通了社会历史内涵的一种文化修辞。它开始并没有诗学方法的自觉，但现在我们应该视其为中国最古老的一种文化诗学理论的成功实践。

二、中国文论中的“境界”说

“境界”说的最后完成者是王国维，但其诗学思想最初萌生于魏晋六朝时期，特别是刘勰的《文心雕龙·隐秀》篇的“文外之重旨”的说法为后来的意境理论做了准备。意境理论正式提出是在唐代。

为什么会在唐代提出“意境”论呢？

唐代的诗歌特别是律诗发展到一个高峰，无论诗人之多，还是诗歌成就之高都是空前绝后的，这就为诗歌理论的发展准备了好的条件。唐代有许多诗学成果。唐代诗论最重要的成果之一，就是提出“意境”说，发展了“象外”说，并把“意境”说与“象外”说联系起来思考。即认为意境的主要规定是“象外之象”“景外之景”“韵外之致”“言外之意”，反过来又用有没有意境来规定“象外”，两者互释。刘禹锡说：“境生于象外”①，这可以说是以“象外”说解说意境最早最简洁的尝试。在刘禹锡看来，意境有三个层面：第一层是言语，言语是描写景物和抒发情感的基本元素，没有言语就没有诗歌的形象，即所谓“语象”；第二层是“象”，他认为这是“象”，有了象才会有诗情画意；第三层就是“境”，“境”是由语言所描写的“象”所开拓的疆界。这三个层次的关系是：语生象，象生境。但“境”在何处呢？“境生于象外”，“境”在深层，人们不能见到，要通过语象的描写，在语象的浅层之外才能追寻到。司空图也是从实境与虚境的联系中来把握意境，“实境”是他的《诗品》中的一品：“清涧之曲，碧松之阴，一客荷樵，一客听琴。”真是“语语如在目前”；那么虚境是什么呢？就是他认为“岂容易可谭哉”的“诗家之景”，即“如蓝田日暖，良玉生烟，可望而不可置于眉睫之前”的“象外之象、景外之景”。② 他认为意境就在实境与虚境的联系中，特别要于“象外”去寻找。

现当代学人利用唐代的“象外”说来解释艺术意境，成为一种学术时尚，到处可见。较有代表性的是叶朗教授的解说：“到了唐代，在禅宗思想的推动下，‘意境’的理论就诞生了。什么是‘意境’呢？刘禹锡有句话：‘境生于象外。’这可以看作是对于‘意境’这个范畴最

① 刘禹锡：《董氏武陵集纪》。

② 司空图：《与极浦书》。

简明的规定。‘境’是对于在时间和空间上有限的‘象’的突破。‘境’当然也是‘象’，但它是在时间和空间上都趋向于无限的‘象’，也就是中国古代艺术家常说的‘象外之象’‘景外之景’。‘境’是‘象’和‘象’外虚空的统一。中国古典美学认为，只有这种‘象外之象’——‘境’，才能体现那个作为宇宙的本体和生命的‘道’(‘气’)。”①意境诞生于唐代，运用唐代的主要诗学观点“象外”说，来解说意境，可能是诸说中理由最充分的。但是用“象外”说来解释“意境”也不是有问题。关键之点是，“象外之象”，这并非抒情诗本身的某个成分，是一种艺术效应。既然是一种艺术效应，那么离开读者的阅读和接受，所谓的“象外之象”就无从谈起。我们只能说“象外之象”是读者与作者对话的产物，所以如果要以“象外”说解说意境，就还需要读者接受角度的配合。

我们究竟应怎样来把握意境丰富的文论内涵呢？这里我们根据古人的论述和今人的研究，经过吸收融合，认为由王国维最后完成的“境界”说是人生命力的活跃所开辟的、寓含人生哲学意味的、情景交融的、具有张力的诗意空间。这种诗意空间是在有读者参与下创造出来的。它是抒情型文学作品的审美理想。在对意境的这一界说中，“情景交融”“哲学意味”“诗意空间”及“读者参与”这几点都容易理解，就不多说了。

我认为“生命力的活跃”是意境的最核心的美学内涵，这一点目前研究论述得还不够，这里应加以申说。

现在学界都承认中国古代“意境”说的最后总结者是王国维。王国维本人也很自信，他在《人间词话》中说：“言气质，言神韵，不如言境界。有境界，本也。气质、神韵，末也。有境界而二者随之矣。”又说：“沧浪所谓‘兴趣’，阮亭所谓‘神韵’，犹不过道其面目，

① 叶朗：《说意境》，《胸中之竹——走向现代之中国美学》，安徽教育出版社 1998 年版，第 54～55 页。

不若鄙人拈出'境界'二字为探其本也。"王国维认为他是"境界"说的提出者，是否有根据呢？因为无论"意境"还是"境界"前人早就提出，王国维有何理由说"意境"说是他提出的呢？当然我不认为"意境"说是王国维最早提出来的。但是我们不能不承认王国维意义上的"境界"说，对此，他也是做出了突出贡献的。因为，王国维的确在前人的基础上加入了新见。我认为，王国维《人间词话》中以下几条最为重要。

词以境界为上。有境界则自成高格，自有名句。五代北宋之词所以独绝者在此。

境非独谓景物也，感情亦人心中之境界。故能写真景物、真感情者，谓之有境界，否则谓之无境界。

"红杏枝头春意闹"，著一"闹"字而境界全出。"云破月来花弄影"，著一"弄"字而境界全出矣。

尼采谓："一切文学，余爱以血书者也。"后主之词，真所谓以血书者也。

诗人对自然人生，须入乎其内，又须出乎其外。入乎其内，故能写之；出乎其外，故能观之；入乎其内，故有生气；出乎其外，故有高致。

诗人必有轻视外物之意，故能以奴仆命风月。又必有重视外物之意，故能与花鸟同忧乐。

“昔为娼家女，今为荡子妇。荡子行不归，空床难独守。”“何不策高足，先据要路津，无为久贫贱，轗轲长苦辛。”可谓淫鄙之尤。然无视为淫词、鄙词者，以其真也。五代北宋大词人亦然。非无淫词，然读之者但觉其深挚动人；非无鄙词，然但觉其精力弥满。可知淫词与鄙词之病，非淫与鄙之病，而游之为病也。

以上七条，我们认为是王国维正面论“境界”说最重要的言论。这些论述表达的意义有：第一，诗词以“境界”为上，可以理解为意境是抒情诗的理想；第二，无论是写景的还是写情的，只要是“真”的，都是有境界的；第三，所谓“真”，不仅仅是真实的“真”，同时是真切的感受，生命力的高扬，因为他相信尼采的话“一切文学，余爱以血书者也”，这可以看作德国生命哲学在文学上的体现；第四，对诗人来说，只有有生命力的人，才能在写诗之时既能入乎其内又能出乎其外，才能与花鸟共忧乐，才能有生气；第五，就是淫、鄙之词，只要不“游”，仍觉其深挚动人、精力弥满，因为这淫与鄙，正是人的生命力的表现。如果我们理解不错的话，那么王国维作为“意境”说的最后总结者，是把生命力的“弥满”，看作“境界”说的核心。他所讲的生命力观念不但来自古代的“气韵生动”“生气远出”的理想，更重要的是吸收了德国生命哲学的精神。王国维十分熟悉德国的生命哲学，还曾写过《叔本华与尼采》等论文。对于叔本华、尼采的意志理论、欲望理论等十分推崇。不难看出，他正是把中外关于“生命力”的思想汇于一炉，并熔铸于意境理论中。王国维强调的是，只有鲜活的、充溢着生命活力的情景世界，才可能具有意境，否则就没有意境。

也正是基于对“生命力”的赞美，王国维在《人间词话》中认为李煜的词是有意境的，李煜后期的词是“血书”者也，就是以自己的生命来书写的，不是无病呻吟，而是生命节律的颤动。李煜是南唐后主，他在亡国后，过了三年的“此中日夕只以泪洗面”的俘虏生活，尝尽人间苦难。生活的转变，激发了他的生命力，写出了一些颤动着生命律动的词，如《浪淘沙》：

> 帘外雨潺潺，春意阑珊。罗衾不耐五更寒。梦里不知身是客，一晌贪欢。　　独自莫凭栏，无限江山，别时容易见时难。流水落花春去也，天上人间。

上阕倒叙，说只有梦里忘记是“客”(俘虏)，还能贪恋片刻的欢愉。当梦醒后听到雨声，知道春光即将消尽，五更的寒冷，心头的凄凉，分外使人无法忍受。下阕说千万不要去凭栏眺望，隔着无限的江山已不能再看到自己的故园，回想亡国以前的生活与现在的俘虏生活相比，真是有天上人间的区别啊！这首词之所以有意境，最重要的是李煜对自己前后完全不同的生活有着刻骨铭心的体验，这是他用生命的代价换取来的。王国维在《人间词话》中还举过这样的例子：

> “红杏枝头春意闹”，著一“闹”字而境界全出。“云破月来花弄影”，著一“弄”字而境界全出矣。

为什么著一“闹”字而境界全出呢？这不仅因为这个“闹”字使“红杏枝头”与“春意”联为一个整体，而且传达出诗人心灵的情绪、意趣在春天蓬勃生机之中特有的惬意与舒展，就像那春光中的红杏那样活泼热烈和无拘无束，这是生命力活跃的结果。

还有王国维的“隔与不隔”的问题，也应从“生命力的活跃”的角度来理解。王国维《人间词话》中说：

问隔与不隔之别，曰：陶、谢之诗不隔，延年则稍隔矣；东坡之诗不隔，山谷则稍隔矣。“池塘生春草”“空梁落燕泥”等二句，妙处唯在不隔。词亦如是。即以一人一词论，如欧阳公《少年游》咏春草上半阕云：“栏杆十二独凭春，晴碧远连云。二月三月，千里万里，（此两句倒置）行色苦愁人。”语语都在目前，便是不隔。至云：“谢家池上，江淹浦畔”，则隔矣。……

过去许多研究者总是以用典不用典来加以说明，不用典，所描写的事物显得显豁生动，这便是不隔；用典则似乎隔了一层而不够显豁，这就是隔。这种流行的解释不能说错，但显得肤浅。更深入的解释应该是，所谓“隔”是因为用典过多或过于晦涩，不能生动鲜活地表现事物，不能使所描写的事物灌注诗人的真切的生命体验，从而不能引起读者的想象和共鸣；所谓“不隔”不但是因为“语语如在目前”，更重要的是因为灌注了诗人真切的感受和生命情感，而使读者的感受、情感也被激发起来了。隔是死的，无生命的；不隔是活的，有生命的，隔与不隔的区别正在这里。意境的灵魂是所描写的对象的生命活跃与高扬，使读者不能不为之动情而进入那特定的诗意时空中去。

如果说王国维对“意境”说有贡献的话，那么我们认为他主要是给“境界”说注入了“生命力”这个重要的观念，强调写词要有真情实感。这一点正是前人未能达到的地方。

那么我们为什么说“境界”说也是文化诗学的成功实践呢？这主要是从司空图到王国维都坚持“境界”有相互联系的三层面。

第一是语言层面，“言外之意”“其词脱口而出，无矫揉装束之态”“语语如在目前”“著一‘闹’字境界全出”……这些都是言语方面的要求，平易近人，鲜活生动，能真挚传达感情的言语，就是最好的言语。

第二是情感层面，所谓“以血书者也”，所谓“深挚动人”，所谓“其言情也必沁人心脾”，所谓“精力弥满”，都是指情感的真切来说的。

第三是文化层面，这个层面正是历来研究注意得不够的地方。实际上，“境界”说的真正完成是在王国维这里，王国维为什么要重新建构“境界”说呢？它是针对什么问题而发的？这就不能不让我们来考察王国维“境界”说所产生的历史文化语境。王国维的《人间词话》脱稿于1910年(宣统二年)9月，他当时34岁。如果我们考察他的《人间词话》全篇的话，就会发现他是针对清代词坛的弊病而发的。按照一般的理解，中国的词作，从唐代末年到南宋可以分为三个时期。第一个时期，唐末到五代，这个时期的词，多数在民间，属于“歌者的词”“伶工之词”，是供演唱的，内容虽然简单，但相思、离别的感情都表现得很真挚。可以说第一个时期的词属于民间文化和歌唱文化，民间的歌唱是必须有真实感情的投入的，否则唱者、听者都会觉得索然无味。第二个时期，就是北宋时期，欧阳修、王安石、苏轼、柳永、秦观等词家都产生在这个时期。这个时期的特点是民间词转变为文人词，作者是天才的词人，虽然有些词并不能歌唱，但都来自生活体验，有亲切的感受，有真情实感，意境深邃，犹如唐诗中的盛唐诗歌。这时文人介入了词的创作，把自己真切的感受渗入词中，词的内容因而丰富阔大起来。词从平民转向文人，属于诗人文化。第三个时期，是南宋时期，讲究词的音律技巧，不重视词的内容，往往缺乏真情实感。胡适说，“这个时代的词也有几种特征：第一，是重音律而不重内容……这种单有音律而没有意境与情感的词，全没有文学上的价值。第二，这个时代的词侧重咏物又多用典故。他们没有情感，没有意境，却要作词，所以只好做咏物的词。这种词等于文中的八股，诗中的试帖，这是一般词匠的笨把戏，算不得文学。”①胡适还举过生动的例子：张炎的《词源》里说，他父亲作了一首词，其中有“琐窗幽”一句，觉得不协律，就改为“琐窗深”，还是觉得不协律，就再改为“琐窗明”。胡适说，“琐窗幽”改为“琐窗深”还说得过去，改为“琐窗明”，意思与原意完全相反，那么那个窗户是“幽暗”呢还是“明敞”呢？在内容上面全不计较，只求音律上的和谐，这完全不是词人、诗人，而是“词匠”了。② 所以第三时期的词只能说是模仿性的，是一种“匠人”文化。王国维的“境界”说所针对的是清代词的创作多数以南宋的词为宗，以匠人文化为宗，对清代词创作中只重视工巧堆垛风气不满，所以“意境”说可以说是一种反对清代“匠人文化”的补偏救弊的理论，是一种推崇真切的感受、生命力的活跃的创作理论。当然，他的意境论吸收和融合了西方叔本华、尼采的理论，又是中西文化交流的产物。可见，王国维的境界说，一方面是诗学，强调创作要语语如在目前，要有真切感受，真情实感；另一方面它根源于对文化的追求，这就是对北宋词人的文化追求，鼓吹文人基于生活体验的不拘一格的创造精神；同时又重视外来文化的吸收，是中西文化结合的产物。正是在这个意义上，我们才说王国维最后完成“意境”说是文化诗学的成功实践。

第二节　俄国文学理论的“复调”说和“狂欢化”说

国外把“内部研究”与“外部研究”联系起来的理论与批评也不少。这里仅就俄国的巴赫金的“文化诗学”思想做粗浅的介绍。

巴赫金(1895—1975年)，俄罗斯20世纪重要思想家。目前他的

① 胡适：《〈词选〉自序》，《胡适古典文学研究论集》上，上海古籍出版社1988年版，第555页。

② 胡适：《〈词选〉自序》，《胡适古典文学研究论集》上，上海古籍出版社1988年版，第555页。

著作产生了世界性的影响。从19世纪到20世纪，俄国知识分子在俄罗斯往往受到不公正的对待，巴赫金也不例外。他一生坎坷，遭遇了不应有的压迫。他在20世纪20年代开始学术活动，于1929年出版了重要著作《陀思妥耶夫斯基创作问题》，但被埋没。同年因所谓的宣扬唯心主义而被判刑5年，被关在北方监狱，后又被流放南方。20世纪50年代末60年代初，他的名字重新在一些会议上出现，他的著作也重新出版。1963年他的《陀思妥耶夫斯基创作问题》更名为《陀思妥耶夫斯基诗学问题》重新出版。1965年他的学位论文《拉伯雷在现实主义历史中的地位》更名为《拉伯雷的创作与中世纪和文艺复兴时期的民间文化》出版。这两部著作奠定了他在当时苏联文艺学界的地位。但他的成名却在西方。根据统计，从20世纪60年代末到80年代初，西方各国研究巴赫金的著作达到120多种。80年代初中国开始关注巴赫金，1998年出版了6卷本《巴赫金全集》。

一、巴赫金的“复调”理论

巴赫金在研究俄国伟大作家陀思妥耶夫斯基的小说的时候，提出了“复调”理论。西方的小说有两个传统，一种是独白型的小说，一种就是所谓复调型小说。

首先，我们来了解一下独白型小说。这种小说的主要特点是作者的统一意识贯穿全书，书中的人物都是按照作者设计构思的。主人公虽然也有独立的思想，但这是作者赋予他的，是作者按照人物的性格逻辑呈现出来的。因此，独白式的小说尽管人物的思想感情各异，都离不开作者的统一意识。在独白型小说中，作者对主人公有什么看法，不需要主人公知道，主人公也不会提出异议，因此作者也无须回答。在独白型小说中，作者对主人公最终的评价，本质上是背靠背的评价，作者从来不会考虑主人公的权利，不会与主人公对话，征询他的意见，主人公也无法改变作者对他的评价。因为小说中所有的一切都在作者的统一意识中。独白型的小说，是作者的世界，对于所有人物的意识来说，它只是作者的对象化，是作者的客体，“其中的一切，都是在作者的包罗万象的、全知全能的视野中观察到的，描绘出来的。”①巴赫金举例说，托尔斯泰的小说都是独白型的，托尔斯泰有一篇题为《三死》的小说：故事写了三次死亡，有钱的地主太太、马车夫和树的死。马车夫阿辽沙给一个生病的地主太太赶马车，他在驿站的小茅屋里从另一个快死的马车夫那里，拿走了一双靴子，因为他快用不着了。这位马车夫死后，活着的马车夫在林子里面砍了一棵树，用它在坟前做了一个十字架。就这样三个生命和三次死亡表面上联系起来了，实际上托尔斯泰的故事的内在都是封闭的，相互间是无关的。巴赫金说：“这里却没有内在的联系，没有不同意识之间的联系，快要病死的地主太太，对马车夫和大树的生和死一无所知，它们没有进入她的视野和意识。马车夫的意识里，也没有摄入地主太太和树木。所有这三个角色的生死以及他们的世界，相邻共处于一个客观的世界里，甚至表面上还相互关系着，但相互却一无所知，也没有反映。”②小说中的一切都只是包容在作者的统一的视野和意识里。

其次，我们来谈谈巴赫金的复调小说的理论。那么什么是“复调”小说呢？这是巴赫金在阅读和分析陀思妥耶夫斯基的一系列的作品中，在和别的学者的争论中提出来的理论。“复调”是一个音乐用语，意思是各个音调或声部组成的乐曲，巴赫金用“复调”来比喻陀思妥耶夫斯基的小说的特点。巴赫金复调小说理论的要点是什么呢？我们先来听听巴赫金自己是怎样说的。

---

① 巴赫金：《陀思妥耶夫斯基诗学问题》，白春仁、顾亚铃，译，生活·读书·新知三联书店 1988 年版，第 113 页。

② 巴赫金：《陀思妥耶夫斯基诗学问题》，白春仁、顾亚铃，译，生活·读书·新知三联书店 1988 年版，第 111～112 页。

有着众多的各自独立而不相融合的声音和意识，由具有充分价值的不同声音组成真正的复调——这确实是陀思妥耶夫斯基长篇小说的基本特点。在他的作品里，不是众多性格和命运构成一个统一的客观世界，在作者统一的意识支配下层层展开；这里恰是众多的地位平等的意识连同他们各自的世界，结合在某个统一的事件之中，而相互间不发生融合。陀思妥耶夫斯基笔下的主要人物，在艺术家的创作构思之中，便的确不仅仅是作者议论所表现的客体，而且也是直抒己见的主体。因此，主人公的议论，在这里绝不只局限于普通的刻画性格和展开情节的实际功能(即为描写实际生活所需要)；与此同时，主人公议论在这里也不是作者本人的思想立场的表现(例如像拜伦那样)。主人公的意识，在这里被当作另一个人的意识，即他人的意识；可同时它却并不对象化，不囿于自身，不变成作者意识的单纯客体。①

事实上，陀思妥耶夫斯基材料中相互极难调和的成分，是分成为几个世界的，分属于几个充分平等的意识。这些成分不是全安排在一个人的视野之中，而是分置于几个完整的同等重要的视野之中；不是材料直接结合成为高层次的统一体，而是上述这些世界，这些意识，连同他们的视野，结合成为高层次的统一体，不妨说是第二层次的，亦即复调小说的统一体。②

对陀思妥耶夫斯基来说，生活中一切全是对话，也就是对

---

① 巴赫金：《陀思妥耶夫斯基诗学问题》，白春仁、顾亚铃，译，生活·读书·新知三联书店1988年版，第29页。

② 巴赫金：《陀思妥耶夫斯基诗学问题》，白春仁、顾亚铃，译，生活·读书·新知三联书店1988年版，第42页。

话性的对立。[①]

从以上巴赫金对陀思妥耶夫斯基的小说的论述中，我们可以从以下几个方面来理解"复调"小说理论。

第一，小说中人物的独立思想。与独白型小说不同，陀思妥耶夫斯基小说中的主人公具有独立的不受作者控制的思想。每一个人物，都不受作者统一意识和视野的控制，他是独立的自由的，他想他所想，做他所做，不是作者的传声筒，也不是作者的批判对象。主人公的议论不是作者的议论，完全表现主人公的思想立场。这样一来，作者的权力就大大减弱，他不能背后议论，自己也要受到质疑，人物不必理睬作者对自己的干预，作者在小说中失去了全知全能的作用。但这不能说作者的立场不重要，巴赫金说："复调小说中作者新的立场具有正面的积极的意义。如果认为陀思妥耶夫斯基小说中，作者意识完全没有得到表现，那是荒谬的。复调小说作者的意识，随时随地都存在于这一小说中，并且具有高度的积极性。""作者的意识，感到在自己的旁边或自己的面前，存在着平等的他人意识，这些他人意识同作者意识一样，是没有终结、也不可能完成的。"[②]

第二，小说中人物思想的充分平等的价值。每个人物的思想都受到尊重，因为他们之间的思想是平等的，是"地位平等的意识连同他们各自的世界"，作者只是"人类心灵的全部秘密"，作者所写的是"人身上的人"，即不依附于他人的人。无论大人物，还是小人物，就思想而言，都是地位平等的，都是具有价值的。因此，在陀思妥耶夫斯基的小说中，没有独白型小说中那种"正面人物"和"反面人

---

① 巴赫金：《陀思妥耶夫斯基诗学问题》，白春仁、顾亚铃，译，生活·读书·新知三联书店 1988 年版，第 79 页。

② 巴赫金：《陀思妥耶夫斯基诗学问题》，白春仁、顾亚铃，译，生活·读书·新知三联书店 1988 年版，第 109 页。

物”。用巴赫金的话来说：“不管是‘反面人物’还是‘正面人物’，他们的思想都不构成作者描绘的指导原则，因而也起不了组织小说整个世界的作用。”①所以巴赫金认为，尽管有法庭，但审讯者和被审讯者的思想地位是充分平等的。

第三，小说人物的不同思想之间的对话构成了“复调”。巴赫金认为复调小说的核心是不同人物思想之间的平等对话。陀思妥耶夫斯基认为生活的本质是对话，人与人之间的关系是对话。他的小说中的人物的思想交锋也是对话。小说中有多重对话，作者与人物的对话，人物与人物之间的对话，这个人物与那个人物之间的对话，这多重具有不同思想的对话就构成了小说的复调。巴赫金在谈到陀思妥耶夫斯基的小说《罪与罚》的时候，说侦查员波尔菲里与被侦查者拉斯柯尔尼科夫之间的三次会见，并不是“侦查审讯”，而是“极为出色的真正的复调对话。”②同时，巴赫金又说明，陀思妥耶夫斯基小说的对话，既有“大型对话”，又有“微型对话”。“大型对话”是指小说内部与外部的对话，或就整个作品的结构而言，是对话式的，即当作一个“大型对话”来结构。“微型对话”则指“对话”深入内部，渗入小说的每种语言中，把小说变成了“双声语”，渗入人物的每一种手势中，每一个面部表情的变化中，这就决定了陀思妥耶夫斯基的小说的基本语言特色就是“微型对话”。什么是“双声语”？什么是“微型对话”呢？巴赫金以小说《穷人》中的杰符什金的语言为例，来加以说明。下面是小说中的一段话：

> 前两天在私人谈话中，叶夫斯塔菲·伊万诺维奇发表意见说，公民最重要的美德就是会赚钱。他开玩笑说（我知道他是开

---

① 巴赫金：《陀思妥耶夫斯基诗学问题》，白春仁、顾亚铃，译，生活·读书·新知三联书店1988年版，第55页。

② 巴赫金：《陀思妥耶夫斯基诗学问题》，白春仁、顾亚铃，译，生活·读书·新知三联书店1988年版，第101页。

玩笑)，一个人不应该成为任何人的累赘——这就是道德。我没有成为任何人的累赘！我这口面包是我自己的，它虽然只是块普通的面包，有时候甚至又干又硬，但总还是有吃的，它是我劳动挣来的，是合法的，我吃它无可指摘。是啊，这也是出于无奈嘛！我自己也知道，我不得不干点抄抄写写的事，可我还是以此自豪，因为我在工作，我在流汗嘛。我抄抄写写到底有什么不对呢！怎么，难道抄写有罪，还是怎么的！他们说："他在抄写！"可这有什么不体面呢？[①]

从这一段看，杰符什金的意识似乎出在别人对他的议论中，他对此很不以为然，因此他的话似乎是在跟人辩论。这里暗含了双声，似乎有两张嘴在说话，而不是一个人在独语。就是说在主人公的自我意识中，渗入了他人对他的看法，在主人公的自我表述中，嵌入了他人议论他的话，他再进行反驳，这就形成了双声话语。巴赫金用对话的形式对这段话作了改编：

他人：应该会挣钱，不应成为任何人的累赘。可是你成了别人的累赘。

马卡尔·杰符什金：我没有成为任何人的累赘！我这口面包是我自己的。

他人：这算什么有饭吃呀?!今天有面包，明天就会没有面包。再说是块又干又硬的面包。

马卡尔·杰符什金：它虽然只是块普通的面包，有时候甚至又干又硬，但总还是有吃的，它是我劳动挣来的，是合法的，我吃它无可指摘。

---

① 巴赫金：《陀思妥耶夫斯基诗学问题》，白春仁、顾亚铃，译，生活·读书·新知三联书店1988年版，第284～285页。

他人：那算什么劳动！不就是抄抄写写吗，你还有什么别的本事。

马卡尔·杰符什金：这也是出于无奈嘛！我自己也知道，我不得不干点抄抄写写的事，可我还是以此自豪。

他人：有什么值得骄傲的！抄抄写写！这可是丢人的事！

马卡尔·杰符什金：我抄抄写写到底有什么不好呢！

……①

巴赫金认为，在陀思妥耶夫斯基的小说中，这样的例子很多，甚至认为，在陀思妥耶夫斯基后期的小说中，主人公所有重要的自我表述，也都可以拓展为对话，因为它们好像是两种对语融合的产物。但是不同的声音的交锋隐藏得很深，渗透到语言和思想的精微之处。

第四，人物思想不再是作家主体的对象化。在独白型的小说中，人物及其思想不过是作者主体描写的对象、客观，但在复调小说中，这种情况发生了变化。主人公不仅是作者的对象、客体，而且还是主体自身。主人公的意识，被当作另一个人的意识，即他人的意识，不会变成作者意识的单纯的客体。

第五，作品面貌的变化。在独白型小说中，小说主要是通过作者的统一意识，描写人物的性格与命运。但在复调小说中，思想成为作者表现的主要对象，而环境描写、人物肖像描写、人物性格描写等都大大减弱，思想形象凸显出来。

第六，复调小说的历史来源。任何一种新的东西都不会绝对的新。它总是有着这样或那样的历史根源。对于欧洲的叙事文学来说，巴赫金的论说，可以有三个基本的来源：史诗，雄辩术，狂欢节。陀思妥耶夫斯基的复调小说是狂欢节的变体形式的发展。欧洲古老

① 巴赫金：《陀思妥耶夫斯基诗学问题》，白春仁、顾亚铃，译，生活·读书·新知三联书店1988年版，第287～288页。

的狂欢文化基本上是对话式的。第一个变体是“苏格拉底对话”，它是在民间狂欢节基础上形成的，深刻地渗透着狂欢节的世界感受。苏格拉底关于真理的思考都具有对话的本质，对话的主人公则是一些思想家，对话中也有情节场景，最后实现了思想与形象的结合。随后苏格拉底对话体解体，又产生了多种对话体，其中最为重要的是约公元前 3 世纪伽达拉哲学家梅尼普命名的所谓“梅尼普体”。与“苏格拉底对话”相比，“梅尼普体”增加了笑的比重，有最大胆最不着边际的幻想、惊险故事，有神秘的宗教因素与“粗俗的贫民窟自然主义”的结合，有广博的哲理，出现了所谓三点式结构：情节和对照法的对话，从人间转到奥林普山，再转到地狱，还有闹剧、古怪行径、不得体的演说，还有各种文体的插入，如故事、书信、演说、筵席交谈，此外还有政论性等。这个文学体裁反映了古希腊、古罗马的理想优雅的风度和伦理规范遭受破坏的时代的特点，是一种文化时尚的产物。陀思妥耶夫斯基的复调小说，几乎可以找到“梅尼普体”的全部特征，是古老的梅尼普体的又一次发展，也是当时俄罗斯现实特点的曲折的反映，文化内涵十分丰富。

北京师范大学文艺学研究中心的俄罗斯文论专家程正民教授在《巴赫金的文化诗学》一书中也指出“以对话为基础的复调小说的基本特征可以归纳为主体性、对话性和未完成性三个方面”①。他认为：“陀思妥耶夫斯基作品中的主人公是同作者处于平等地位的独立人物，他们之所以能同作者平起平坐，关键在于他们是思想式的人物，有自己的独立价值，有强烈的自我意识，也就是有很强的主体性”；而复调小说中人物的思想和意识“是通过对话展开的，这就使得复调小说具有对话性的重要特征”；与此同时，由于“对话是开放的，未完成的”，因此复调小说的另一个重要特征就是它的“未完成性”。

---

① 程正民：《巴赫金的文化诗学》，北京师范大学出版社 2001 年版，第 54～56 页。

钱中文先生对巴赫金“复调小说”理论的关注时间也比较早。他在1983年召开的第一届中美双边比较文学研讨会上就做了《“复调小说”及其理论问题》的发言，并发表在1983年第4期的《文艺理论研究》上。文中钱中文先生详细梳理了巴赫金“复调小说”理论的由来及其存在的问题。钱中文认为由于巴赫金在研究陀思妥耶夫斯基小说时发现了一种与过去“由作者统领全局，虽然其中不同人物相互交织，但不过是一种‘同音齐唱’，是一种‘独白小说’”不同的新的“全面对话的小说”，因此巴赫金称之为“复调小说”，其中“对话”是“复调”的理论基础。钱中文先生认为：“巴赫金的‘复调’理论的独特之处，在于通过它来分析陀思妥耶夫斯基的作品，确实能够引导人们深入到这位俄国作家的艺术世界中去，发现与了解他的别具一格的艺术特征。”[①]文中，钱中文先生还就人物关系结构、小说结构等的“微型对话”“大型对话”做了具体生动的分析，还进一步就巴赫金“复调小说”理论中“复调”的界限作用提出了自己不同的看法，颇具慧眼。

以“对话”为基础的“复调”理论渗透到陀思妥耶夫斯基小说创作的各个方面，在巴赫金看来，陀思妥耶夫斯基小说中不仅人物是对话的(其中又包含着人物与人物之间的对话，人物内心的对话、人物与作者之间的对话)，情节结构是对话的，语言也是对话的(巴赫金认为对话关系是“超语言学的研究对象”，“正是这种关系，这种决定了陀思妥耶夫斯基作品中的语言结构特点的对话关系，在这里引起了我们的注意”[②])。这种建立在“对话”为基础之上的“复调”小说表现在作品的艺术层面上，不仅使小说的艺术视角、叙事模式较之传统的独白型小说更加富于变化，同时因“对话”带来的艺术视察也由“历史性”向“共时性”发生位移。巴赫金指出：“陀思妥耶夫斯基艺术观察中

---

① 钱中文：《“复调小说”及其理论问题》，《钱中文文集》，上海辞书出版社2005年版，第74、82页。

② 巴赫金：《陀思妥耶夫斯基诗学问题》，白春仁、顾亚铃，译，生活·读书·新知三联书店1988年版，第251页。

的一个基本范畴，不是形成过程，而是同时共存和相互作用。他观察和思考自己的世界，主要是在空间的存在里，而不是在时间的流程中。”①这种共时性的艺术视察也注定了巴赫金在作品分析中夹杂着强烈的时代色彩，具有浓厚的现实问题意识和人文关怀。

巴赫金的复调小说理论之所以是“文化诗学”的成功实践，主要在于巴赫金由内及外，从体裁、语言看出思想文化，又回过来从思想文化考察体裁与语言——由外而内的分析视角。这种内外结合、双向贯通，“打通”文本内外关联的研究策略正是我们当下学人一直提倡的“文化诗学”研究的基本路径。姚爱斌博士就曾在一篇文章中指出：“文化诗学旨在超越文学理论史上内部研究和外部研究的区分甚至对立，实现内部批评与外部批评的融合与贯通，在此基础上辩证地确立文艺学在新的社会语境和学术语境中所必需的学科品格。文化诗学不仅重视研究语言、形式、结构、符号等形式因素，而且重视研究文学作品中所包含的人物、生活、社会、形象、历史、情感、哲理等内容因素；不仅重视文学中的审美性、文学性和诗意等超越性的审美价值，而且重视文学作为文化符号所负载的意识形态、权力争斗、性别差异、族群矛盾等现实内涵。”②林继中教授在实践“文化诗学”时，主张“双向建构”的理念，并将其作为“文化诗学”研究的方法论内核，而他的双向建构理论关键就在于“打通”(打通内外、中西、古今)。李春青教授讲“中国文化诗学”喜欢经常强调“文化诗学的入手处就是重建历史文化语境，只有重建历史语境才能完成从文本的意义世界到文化语境，再从文化语境反过来看文本意义世界这一循环阅读的过程，完成文本意义世界的增殖”。在我看来，无论是林继中教授的“双向建构”还是李春青教授这种“文本—历史文

---

① 巴赫金：《陀思妥耶夫斯基诗学问题》，白春仁、顾亚铃，译，生活·读书·新知三联书店 1988 年版，第 59 页。

② 姚爱斌：《移植西方与植根现实——20 世纪 90 年代以来文化诗学研究的两种理论取向》，《黑龙江社会科学》2008 年第 4 期。

化语境—文本意义世界”三者间循环往复的阐释策略其实与巴赫金这里所讲的内外结合，打通文本内外关联都是同一个道理。因此，巴赫金的“复调”理论可以看成“文化诗学”成功实践的典范。

二、巴赫金的“狂欢化”理论

我们上面所讲的以“对话”为基础的“复调小说”可以追溯到民间底层传统的狂欢节。而在狂欢节仪式中逐渐形成的以平等对话和更替精神为内核的狂欢式的世界感受，又通过文学语言成为一种“狂欢化”的诗学理论模式。“狂欢化”这个观点也属于苏联学者巴赫金。巴赫金在研究法国文艺复兴时期的伟大作家拉伯雷的时候(主要的著作是出版于1965年的《拉伯雷的创作与中世纪和文艺复兴时期的民间文化》)，从民俗文化的视野，提出了文学理论中“狂欢化”这个理论。这个理论引起了世界各国学者的广泛兴趣，认为它也是一种解构主义。实际上这样的解释是不够的。“狂欢化”理论是一种典型的文化诗学，是巴赫金丰富的西方中世纪民俗知识积累所形成的理论创造。拉伯雷是可以与莎士比亚比肩的文艺复兴时期的伟大作家，他的小说《巨人传》具有极高的艺术魅力。但是过去的拉伯雷及其作品总是不能充分被人所理解，这是怎么回事呢？这是由于人们总是用文艺复兴时期建立起来的理性、理想、典雅、规范、标准语言等观念去套拉伯雷的作品，也就是巴赫金所说的“现代文艺学的一个主要不足在于它企图把包括文艺复兴时期在内的整个文学纳入到官方文化的框架内”。巴赫金认为要了解拉伯雷的创作，就必须了解中世纪和文艺复兴时期的民间“笑”文化。狂欢节的各种活动中，如游行、演出、祭祀等活动中，有扮演小丑、傻瓜、巨人、侏儒和畸形人的极为热闹场面，充满了笑。狂欢节是人们的“第二生活”，在这第二生活中，人们摒弃官方的一套，而达到不受束缚的自由自在的境界，与平时的生活形成鲜明的对比。狂欢节有以下三个特征。

第一，人们摆脱中世纪时期平日生活中的等级关系。狂欢节是无拘无束的、全民性的，统治者和平民在节日中处于平等的甚至颠倒的地位。这样就使人摆脱一切等级关系、特权、禁令，并从非教会非官方的观点来看世界，置身于原有的制度之外。

第二，人们产生“狂欢节的世界感受”和乌托邦式的思维。由于上面所说的情况，人们在狂欢节中的感受发生了变化。平时要讲究身份、角色、职业等，可在狂欢节时刻，人们不拘形迹，在摆脱上述束缚后，人回到自身，异化感消失，摆脱神学严肃性休息一下，开开僧侣的玩笑。

第三，人们动态发展观念的强化。狂欢节的节目和活动，都包含了生死相依，更新与衰落相伴，有盛筵的欢乐，但没有不散的筵席。总是面向未来和发展。这与官方的节日不同。官方的节日无非是庆祝他们的统治万世永恒、万古长青，总是面向过去。

拉伯雷小说的诙谐和嘲笑完全是“狂欢化”。他写奇怪的身体，写饮食，写排泄，写性，写骂人的脏话，写广场的欢笑等，巴赫金称为“怪诞现实主义”。拉伯雷小说中有浇尿和用尿水淹军队的情节。例如，《巨人传》中高康大把尿浇到巴黎人身上的故事；高康大骑的马在一个浅滩上撒尿，淹没了毕克罗寿的部分军队；还有朝圣者陷入高康大的尿河中的故事。巴赫金分析说：“尿和粪便的形象……是正反同体的。它们既贬低、扼杀又复兴、更生，它们既美好又卑下，在它们身上死与生，分娩的阵痛与临死的挣扎牢不可破地连结在一起。”作品中有许多所谓的“广场语言”。例如，有的章节是这样开始的：“著名的酒友，还有你们，尊敬的花柳病患者……”巴赫金分析说：“在这些称呼中辱骂和赞美混为一体。肯定的最高级与半是骂人的词语‘酒友’和‘花柳病患者’合而为一。”这是辱骂似的赞美，赞美似的辱骂，对于不拘形迹的广场语言是颇有代表性的。

巴赫金的“狂欢化”理论，是从民俗文化的视野来分析作品的。这在思想上是很有意义的。最重要的是：颠覆等级制，主张平等的对话精神；坚持开放性，强调未完成性、变易性、双重性，崇尚交替与变更的精神。在方法论上，则启发我们，研究文学不能仅仅满足于流行的、规范的、教条式的观点，完全可以从民间“笑”文化的视野吸收营养，另开一扇窗户，来看文学世界。这个方法论具有普遍的意义。

中国的几部古典长篇小说，都可以从这个新的文化视野进行分析。例如，《红楼梦》第九回“玩童闹学”，就是一次非儒教的狂欢。义学本是读圣贤书的地方，最讲究礼节的地方，如今却发生了带有狂欢性的闹学事件。当这个事件达到顶点时，确有过节般的气氛。“贾瑞急得拦一回这个，劝一回那个，谁听他的话？肆行大乱。众顽童也有帮着打太平拳助乐的，也有胆小躲过一边的，也有立在桌子上拍着手乱笑的、喝着声叫打的，登时鼎沸起来。”对于整天要枯燥地背诵陈旧的“四书”“五经”的儿童来说，这次活动，的确是他们的一次狂欢。在狂欢中，把儒教的伦理消解了，这只要考察这件事情的起因，以及当时那些污秽的话语，如金荣说秦钟与香怜两人在后院“亲嘴摸屁股”，与“子曰诗云”的儒家道德教条做对比，就可以做出有意味的分析。又如第六十三回“群芳开夜宴”，怡红院的丫鬟给贾宝玉过生日，把十二钗都请到。吃、喝、玩、游戏，特别是其中做占花名的游戏，差不多玩了个通宵，只能胡乱歇一歇，芳官竟和贾宝玉同榻。第二天醒来，芳官知道后害羞了，可贾宝玉却说：“我竟也不知道了。若知道，给你脸上抹些黑墨。”不同阶级的人平等对话，阶级在狂欢中消解了，人与人之间都是兄弟姐妹。但这只有在狂欢这一刻才能做到。

巴赫金的“狂欢化”理论也是“由外而内”，再“由内及外”，宣扬了一种消解性的文化心态，也是成功的“文化诗学”的实践。

程正民指出，巴赫金的“文化诗学”的理论蕴含是丰富的和多层次的。从哲学的层面去看，巴赫金文化诗学体现了“几千年来全体民众的一种伟大的世界感受”，“这种感受张扬平等对话的精神，更替和更新的精神，同时体现了全体民众的一种乌托邦，洋溢着一种快乐的哲学”；从文化的层面去看，“巴赫金的诗学体现了一种整体的文化观，一种多元和互动的文化观……它不是一元的而是多元的，同时官方文化和民间文化、上层文化和下层文化、雅文化和俗文化之间的影响不是单方面的，它们之间的关系是一种相互对话、相互渗透和相互作用的互动关系”；从文学的层面去看，“巴赫金认为民间狂欢化文化对文学的发展有重大的影响，而这种影响又是多方面的，既有内容方面，又有形式方面。其中最有理论价值的是他论及狂欢化对作家艺术思维形式的影响和狂欢化对文学体裁形成的影响，他认为小说体裁固有的未完成性、易变性、反规范性、多样性和杂语性，都同民间狂欢文化所体现的对话精神和更新精神有着深刻的内在联系”；从理论蕴含来看，巴赫金的文化诗学“在更加广阔的文化背景上，特别是注重在民间文化背景上来理解文学和研究文学”。①

刘庆璋教授也指出，巴赫金独创的“‘复调小说’和‘狂欢化’这两个基本的理论概念……他更从艺术思维这个文学理论基本问题的高度提出了一个崭新的命题作为一种‘全新的艺术思维类型’的‘复调艺术思维’的问题”。巴赫金“从狂欢节及西方古代一切类型的民间节庆、仪式和游艺形式中，概括出一种观察世界的特殊角度，一种特殊的人生体验(他称之为‘狂欢节式的世界感受’)，并探讨和阐明狂欢化思维和文学的艺术思维，特别是复调艺术思维的关系。这样，他就不仅建构了独创的小说理论，而且在艺术思维和观察世界、体验人生的哲理方法方面也提出了独树一帜的理论见解。巴赫金的确

① 程正民：《巴赫金的文化诗学》，北京师范大学出版社2001年版，第135～136页。

为我们树立了一个实践与理论结合从而取得伟大成就的榜样。”①

简而言之，巴赫金的“文化诗学”观给我们的启发主要体现在三个方面。其一，在研究方法上，巴赫金提倡一种多元互动的整体性研究。在《答〈新世界〉编辑部问》中，巴赫金首先就指出“文艺学应与文化史建立更紧密的联系，文学是文化不可分割的一部分，脱离了那个时代整个文化的完整语境是无法理解的”②。其二，在研究立场上，巴赫金主张“对话”，提倡自我的“外位性”研究。在《答〈新世界〉编辑部问》中，巴赫金指出“创造性的理解不排斥自身，不排斥自己在时间中所占的位置，不摒弃自己的文化，也不忘记任何东西。理解者针对他想创造性地加以理解的东西而保持外位性，时间上、空间上、文化上的外位性，对理解来说是件了不起的事……在文化领域内外位性是理解的最强大的推动力。别人的文化只有在他人文化的眼中才能较为充分和深刻地揭示自己(但也不是全部，因为还会有另外的他人文化到来，他们会见得更多，理解得更多)。”③其三，在研究对象上，巴赫金注意到官方严肃文化与滑稽文化之间的对立，他尤其重视民间底层的“狂欢化”文化对文学的影响。法国结构主义大师托多罗夫就曾指出“巴赫金的研究正好填补了一项空白”，因为他揭示了“异端的民众传统广泛地受到歧视”的原因。

需要说明的是，对于巴赫金而言，他的“文化诗学”观的形成，又有其产生的现实语境和历史文化根源，与俄罗斯民族自身深厚的诗学传统紧密相关，在此不再展开。但是，需要特别补充的一点是，巴赫金的“文化诗学”思想，不仅在时间上要早于美国的“新历史主义”学派，而且还对中国当下的文艺理论建设(当然包括文化诗学的建构)形成重大影响，更被新历史主义文化诗学所借鉴和吸收。对

① 刘庆璋：《文化诗学：富于创意的理论工程》，《漳州师范学院学报》2004年第2期。
② 巴赫金：《答〈新世界〉编辑部问》，《新世界》1970年第11期。
③ 巴赫金：《答〈新世界〉编辑部问》，《新世界》1970年第11期。

“新历史主义”而言，就单拿其“主帅”格林布拉特来说，他就撷取了巴赫金关于“独白话语”“对话语言学”及“群众欢会”(carnival)等思想，运用于他文艺复兴时期的主题研究中。西方20世纪80年代初期提倡的“新历史主义文化诗学”，原因之一就是对形式主义、新批评、结构主义强调文本内部研究的反抗，而这一模式早在20世纪40年代在俄国巴赫金的诗学研究中就已宣告完成。而对中国而言，巴赫金的影子更是处处可见。除了巴赫金关于“复调”“狂欢化”等理论的影响外，他所倡导的那种多元、对话、互动、整体的文化诗学观，对我国文化诗学话语的建构也形成了一定的不可忽视的影响。

巴赫金的诗学思想是较为复杂的，需要大家在读书中慢慢地去体会。他的学术思想，包括从俄罗斯到西方、到中国，都经历了一个逐渐被认识、被阐释的过程。他的第一批阐释者是法国解构主义者，他们发现了巴赫金能支持自己学说的观点，于是将它们介绍到西方。巴赫金的思想一经传至西方，由于其理论的研究旨向具有很好的契合度，很快便引起了西方学者的高度关注。因巴赫金研究文学的视角极具独特性，他的理论广泛地被女权主义、后殖民主义、解构主义、新历史主义以及文化研究学者所采用。总之，巴赫金的“复调小说”理论、“狂欢化诗学”思想等，为我们提供了一种辩证互动的、整体性的、多元对话的方法论模式，更为我们研究“文化诗学”树立了一个实践与理论相结合从而取得伟大成就的榜样。

小结：通过对中国古代诗学中“兴”与“意境”以及巴赫金“狂欢化”与“复调”思维的考察，我们能够感受到“文化诗学”这种思维模式在中外先贤文学探索中的经典实践。其实，无论在中国传统诗学模式还是巴赫金的理论分析实践中，都自觉地践行了这种西方学人称之为“文化诗学”的研究路径。巴赫金强调“对话”整体性研究的综合式思维不仅与当下倡导的“文化诗学”观念想通，而且对后来美国新历史主义文化诗学构成了直接的理论影响，更为格林布拉特等学人所吸纳。巴赫金在陀思妥耶夫斯基以及拉伯雷小说的实践阐释中所提炼出的这种“复调”理论与“狂欢化”思维模式，为我们在具体文学文本的分析中践行“文化诗学”方法提供了一个可资借鉴的经典性案例。

第三节　李白《独坐敬亭山》解读

一、宣城敬亭山的一块碑文

一年春天我到皖南访问，四月四日清明节那天，来到了宣城。朋友们先带我去神往已久的敬亭山。敬亭山已被列为国家森林公园。

那天，宣城空气质量较差，灰蒙蒙的。当我们到达敬亭山脚下的时候，发现车来车往，人群拥挤，喧闹之极。这是一个假日，初春时节，大家都是来踏青的，车水马龙，高兴地大呼小叫，这也可以理解。可为什么会如此人头攒动，如此嘈杂喧嚣呢？在我心中，李白吟咏过的敬亭山，一定是一个风光秀丽而幽静之处。我不免有点失望，心想：这么一座“诗山”竟沦落到如此地步，岂不悲哀？

既然来了也只好跟随人流往山上爬。幸亏爬了不远，就有书法家书写的李白的《独坐敬亭山》诗碑。诗刻在一块大石头上：“众鸟高飞尽，孤云独去闲。相看两不厌，只有敬亭山。”草体字，绿色的，弯弯扭扭，写得怎么样，我还不能判断，反正我的字还没有练到这幅字的水平。再往上走，终于见到远离路边的一个宁静的小亭，亭子边上有一湖，湖面不宽，水是浑浊的，可亭子旁边的树开花了，红的红，绿的绿，也可以算一景吧。再往上走，就是路边的茶园，一垄一垄，整整齐齐，茶树发了嫩芽，绿绿的，的确可以“养眼”。这可能是我在敬亭山看到的最美的景致了，因为一个从钢筋水泥的大城市走出来的人需要的正是这样的自然景色。我漫步茶园，欣赏着这些绿色，不由自主地露出了笑容。

我刚走过这座我喜欢的茶园，就遇到了一座看起来是新建立的白色塑像，一个古装女子的塑像。她是哪位？走前一看，底座上写着“玉真公主”四个字。玉真公主？我的记忆立刻被调动起来，我记得她似乎是不少诗人感兴趣的一个对象，这可拨动了我心中唐诗这根美好的琴弦了。在我的记忆中，玉真公主不就是唐玄宗的胞妹吗？她怎么会在这里？旁边有一个今人雕刻的碑文。碑文如下：

> 玉真公主(？—七六二)系唐朝睿宗皇帝李旦第十女，明皇李隆基胞妹。降世之初，母窦氏被执掌皇权的祖母武则天害死，自幼由姑母太平公主扶养。受父皇和姑母敬奉道教影响，豆蔻年华便入道为女冠，号持盈法师，进号上清玄都大洞三景师，封崇昌县主食租赋。入道后云游天下名山好结有识之士，尤垂青才华横溢的平民道友李白，力荐李白供奉翰林为圣上潜草诏诰。李白傲视权贵遭谗言而赐金还山，玉真公主郁郁寡欢，愤然上书去公主称号。据传安史之乱后，她追寻李白隐居敬亭山，直至香消玉殒魂寄斯山，百姓称其安息之地为皇姑坟世代祭拜。“众鸟高飞尽，孤云独去闲。相看两不厌，只有敬亭山”，李白赞美敬亭山的这首诗蕴含着对玉真公主的深切怀念之情。公元二零零一年九月十日许锡照撰文。聂华军书。程家仁刻。安徽省宣城市敬亭山风景名胜区管理处立。安徽省宣城市敬亭山国家森林公园管理处”。(原文有点古典味儿。标点为引者所加)

意思是说，李白在长安时，玉真公主力荐李白，入朝供奉为翰林，曾为当时皇帝唐玄宗草拟过诏书。后李白在京城得罪权贵，被令赐金还山，玉真公主郁郁寡欢，为追寻李白，隐居敬亭山，玉真公主死在这里，留下了墓冢，李白多次来敬亭山并写下“独坐敬亭山”这首诗，认为这诗蕴含了对玉真公主深切的感情。她的雕像的周围都是茂密的高高的竹子，景色十分秀美。值得注意的是，她雕像的后面，有一个用石头圈起来的土堆，说那就是玉真公主的墓冢，可惜早就被人挖掘过，只是留下一个遗址而已。我听着竹林里的风声，似乎是在跟我耳语。当时我想到，假如这个碑文是真的，那么李白在长安时是玉真公主的朋友，是不是她后来流落到这里修道，李白知道了，感念旧情，就到这里来看望她？如果是这样的话，那么李白的《独坐敬亭山》就需要重新解释了。

我们一行勉强爬到一个元代留下的匾额前面，匾额上写着“古昭亭”这几个字。据说敬亭山在东晋司马昭之时，为避讳，改名敬亭山为古昭亭山，后又改回为敬亭山。这些说法是否真实，也无意追问，就没再往上登山。实际上是把美丽的景点错过了。《江南通志》卷十六宁国府：“敬亭山在府城北十里，府志云，古名昭亭，东临城阎，烟市风帆，极目如画。”

我们乘坐的小车出了园门，朋友觉得我在敬亭山没有找到自己的欣赏点，觉得不好意思，就又领我在敬亭山脚下的右侧，过了一个宽阔的湖面，看了一座今人建筑的占地很宽的装饰得甚为华丽的“弘愿寺”，最后又参观了全国重点保护文物宋朝古迹“双塔”。“双塔”就在敬亭山脚不远处，也属于敬亭山景点内，这一景点古色古香，在春花的装扮下，显得生气勃勃，环境也保护得相当好，但这里的游人很少，也许是嫌这个“双塔”太孤独了。但我心里想的还是敬亭山、玉真公主和李白，特别是假如那碑文所写的是真或假的话，那么对李白《独坐敬亭山》的意味应作何种解读呢？

二、各家对《独坐敬亭山》的解读

回到北京不久，就急忙找书，看看前人是如何解读李白的《独坐敬亭山》的。其中富寿荪选注、刘拜山、富寿荪评的《千首唐人绝句》上下册，和詹锳主编的《李白全集校注汇释集评》，都设“集评”专栏，收集了历代文人对唐代这些诗歌的评论，另外还有几种李白诗选中的解释，都给研究者提供了极大的方便。

纵观前人对《独坐敬亭山》的解读与评论，大体可以分为以下三种。

第一种，从诗的文字的角度解读，着眼于“独坐”，认为所表达的是“遗世独立”的个性。

如沈德潜《唐诗别裁》：“传‘独坐’之神。”李锳《诗法易简录》：“前二句已绘出‘独坐’神韵，三四句偏不从独处写，偏曰‘相看两不厌’，从不独写出‘独’字，倍觉警妙异常。”又吴昌祺《删订唐诗解》：“鸟飞云去，正言‘独坐’也。”又，俞陛云《诗境浅说续编》：“后二句以山为喻，言世既与我相遗，惟敬亭山色，我看不厌，山亦爱我。夫青山漠漠无情，焉知憎爱，而言不厌我者，乃太白愤世之深，顾遗世独立，索知音于无情之物也。”①又当代著名学者刘永济的《唐人绝句精华》。作者解读《独坐》云：“首二句独坐所见，三四句独坐所感。曰：‘两不厌’，则有相看而厌者，曰‘只有’则有不如此山者。此二句既以见山之神秀，令人领略不尽，亦以见已之赏会，独坐此山。用一‘两’字，便觉山亦有情，而太白之风神，有非尘俗所得知者，知者其山灵乎！”②黄生《唐诗摘抄》：“贤者自表其节，不肯为世推移也。”③王尧衢《唐诗合解》卷四：首句“此为‘独’字写照，众鸟喻世间名利之辈，今皆得意而尽去。”次句“此‘独’字与上‘尽’字应，非题中‘独’字也。‘孤云’喻世间高隐一流，虽与世相忘，尚有去来之迹。”末二句“此二句才是‘独’字，鸟飞云去，眼前并无别物，惟看着

① 以上几条均见富寿荪：《千首唐人绝句》下册，上海古籍出版社 1985 年版，第 153～154 页。

② 刘永济：《唐人绝句精华》，人民文学出版社 1981 年版，第 45 页。

③ 詹锳：《李白全集校注汇释集评》，百花文艺出版社 1996 年版，第 3339 页。

敬亭山；而敬亭山亦似看着我，两相无厌，悠然清净，心目开朗，于敬亭山之外，尚有堪为晤对哉！深得‘独坐’之神。”[①]这些评论都强调“独坐”为本诗关键，但“独坐”又是什么意思呢？评论家从“独坐”想到李白的“遗世独立”的个性，认为李白通过写“独坐”远离尘世，愤世嫉俗，不与名利之辈合流，也不与一般高隐者那样与世相忘，而有“睥睨一世之概”[②]。

第二种，从诗的艺术症候去解读，着眼于“两不厌”，认为诗把人的情感灌注于山，山被人格化了。

严羽评本《李太白诗集》：“与寒山一片石语，惟山有耳；与敬亭山相看，惟山有目，不怕聋聩杀世上人。古人胸怀眼界，真如此孤旷。”[③]著名学者林庚说：“李白丰富天真的想象，好像把世界上一切事物都赋予了人的生命。他说：‘相看两不厌，只有敬亭山’。历来都只是人在看山，而李白却想象山也在看着人。”[④]又，复旦大学古典文学教研组所编的《李白诗选》中对《独坐》这首诗只有一句解释：“‘相看句’指人和山彼此相看不厌，这里把山人格化了。”[⑤]这些解释抓住了此诗具有的症候性之点，体会出人与山相看而不厌，特别是山看人，把山注入了人的生命，人的情感移出于物，使诗意立刻浓郁起来，这都是不错的。

第三种，从绝句贵含蓄来说诗，争论诗的高下。

胡应麟《诗薮》内编卷六：“绝句最贵含蓄。青莲‘相看两不厌，惟有敬亭山’，亦太分晓。钱起‘始怜幽竹山窗下，不改青阴待我归’。面目犹觉可憎。宋人以为高作，何也？”[⑥]《唐宋诗醇》作者不同

---

① 詹锳：《李白全集校注汇释集评》，百花文艺出版社 1996 年版，第 3340 页。
② 富寿荪：《千首唐人绝句》上册，上海古籍出版社 1985 年版，第 154 页。
③ 詹锳：《李白全集校注汇释集评》，百花文艺出版社 1996 年版，第 3337 页。
④ 林庚：《诗人李白》，古典文学出版社 1957 年版，第 61 页。
⑤ 复旦大学古典文学教研组：《李白诗选》，人民文学出版社 1963 年版，第 167 页。
⑥ 詹锳：《李白全集校注汇释集评》，百花文艺出版社 1996 年版，第 3338 页。

意胡应麟的看法，说："宛然'独坐'神理。胡应麟谓'绝句贵含蓄，此诗太分晓'，非善说诗者。"①这种争论可能涉及对唐诗与宋诗的不同理解。实际上，唐诗佳品中，亦有"宋调"，宋诗佳品中也有"唐音"，这无涉于含蓄不含蓄的问题。

以上三种解读虽然不同，且都有一定的道理。但总的看，第一种看法，从李白遗世独立和傲岸不羁的个性出发来解读，似有点牵强附会。因为李白此诗，可能写于晚年(见后)，李白的一生坎坷，遭遇不少打击，理想无法实现，晚年生活也窘迫，他有"我发已种种，所为竟无成"②的感叹，他的意气消失殆尽，再用他早年那种狂傲的飘然的个性来解释这首诗，似乎已经不宜了。第三种解读指出了此诗的艺术症候，无疑是对的。但却无法说明李白此时为什么要和敬亭山"相看两不厌"。总的说，上述几种解读虽然不同，却有一点是共同的，那就是从文本到文本，没有进入此诗意脉和所产生的历史语境中，没有找到解读此诗的重要视点。

三、玉真公主与敬亭山、青城山、王屋山

我查到了一些资料，包括网络上的资料。的确，有些网民和报纸的记者，游了敬亭山，看到了敬亭山森林公园内玉真公主的雕像和坟冢之后，就相信了旁边的碑文，认为玉真公主在安史之乱中来到了敬亭山。例如，某日报发表一篇文章，其中说："一心修道的玉真公主闻听李白在敬亭山，于是也追来了，还在山脚下修筑了翠云庵栖身，以待李白再次来到。玉真公主最后死在敬亭山，也葬在敬亭山。写到这里，终于明白了'相看两不厌，只有敬亭山'的真正含义了！不可否认，玉真公主因为仰慕而爱上李白，虽然她比李白大

① 詹锳：《李白全集校注汇释集评》，百花文艺出版社 1996 年版，第 3340 页。
② 李白：《留别西河刘少府》。

了近十岁，但是真正的爱情，能以年龄为界限吗?”还有一家报纸也持这种看法。网民类似的种种猜测就更多了。这种看法，是建立在玉真公主来过敬亭山、葬在敬亭山的基础上的。问题是玉真公主真的来过敬亭山吗？真的安葬在敬亭山吗？

我查了《旧唐书》《新唐书》和《资治通鉴》等，还有幸找到了两篇相关的重要文章，一篇是1994年郁贤皓发表在《文学遗产》第一期的《李白与玉真公主过从新探》和丁放、袁行霈发表于《北京大学学报》2004年第2期的《玉真公主考论》，资料翔实，推论合理，澄清了很多关于玉真公主的问题，其中也涉及玉真公主与李白的关系问题。现在我们首先要落实玉真公主修炼的“观”有几个，都在何处，最后死于何处，葬于何处的问题，这就不能不涉及玉真公主与敬亭山、玉真公主与四川青城山和玉真公主与河南王屋山的关系。

首先，玉真公主和敬亭山的关系。现在找不到玉真公主在敬亭山修道的直接记载。玉真公主与在宣城住得较久的李白有关系，但却与敬亭山完全无关。“玉真公主是太平公主、安乐公主之外，政坛上最为活跃的公主；若论其在文坛的影响，可谓唐代公主第一人。”①玉真公主的确在盛唐时期，与张说、李白、王维、高适、储光羲这些大诗人有过来往，这些诗人都写有关于她的诗；不但如此，玉真公主去世后，还有卢纶、司空曙、张籍、李群玉、刘禹锡诸诗人在诗中涉及她。为什么会这样？这首先就是由于玉真公主与大诗人李白有过交往。李白进京，与玉真公主有关，魏颢的《李翰林集序》云：“白久居峨眉，与丹丘因持盈(玉真公主号)法师达。白亦因之入翰林，名动京师。《大鹏赋》时家藏一本，故宾客贺公奇白风骨，呼为谪仙子。”②元丹丘为李白在四川时的好友，其一生与元丹丘来

---

① 丁放、袁行霈：《玉真公主考论——以其与盛唐诗坛的关系为归结》，《北京大学学报》2004年第2期。

② 詹锳：《李白全集校注汇释集评》，百花文艺出版社1996年版，第3页。

往密切，元丹丘因认识玉真公主，同时又介绍她认识比公主小 10 岁左右的李白，玉真公主发现了李白的才华，这才推荐和介绍他认识她的亲哥哥唐玄宗李隆基，唐玄宗见李白后，也惊异于李白的才华，设宴款待他，并聘任他为“翰林”。但另有一种说法，认为李白与唐玄宗之间的推荐人和介绍人不是玉真公主，而是贺知章。《新唐书·李白传》：“天宝初，南入会稽，与吴筠善，筠被召，故白亦至长安。往见贺知章，知章见其文，叹曰：‘子，谪仙人也！’言于玄宗，召见金銮殿，论当世事，奏颂一篇。帝赐食，亲为调羹，有诏供奉翰林。白犹与饮徒醉于市。帝坐沉香子亭，意有所感，欲得白为乐章，召入，而白已醉，左右以水颒面，稍解，授笔成文，婉丽精切，无留思。帝爱其才，数宴见。白尝侍帝，醉，使高力士脱靴。力士素贵，耻之，擿其诗以激杨贵妃，帝欲官白，妃辄沮止。白自知不为亲近所容，益骜放不自修，与知章、李适之、汝阳王李琎、崔宗之、苏晋、张旭、焦遂为‘酒中八仙’。恳求还山，帝赐金放还。”[①] 这段文字写了李白从进长安与出长安的经过，整个过程与玉真公主无关。对于本文来说，是玉真公主还是贺知章推荐并介绍李白见唐玄宗，关系不大，可以存而不论。但应肯定的是，李白的确与玉真公主有过较密切的来往，这有李白的三首诗为证：

第一首就是李白写的《玉真仙人词》：

> 玉真之仙人，时往太华峰。清晨鸣天鼓，飙欻腾双龙。弄电不辍手，行云本无踪。几时入少室，王母应相逢。[②]

第二、三首是李白的《玉真公主别馆苦雨赠卫尉张卿二首》：

---

① 欧阳修、宋祁：《新唐书》，中华书局 1975 年版，第 5762～5763 页。

② 詹锳：《李白全集校注汇释集评》，百花文艺出版社 1996 年版，第 1220 页。

秋坐金张馆，繁阴昼不开。空烟迷雨色，萧飒望中来。翳翳昏垫苦，沉沉忧恨催。清秋何以慰，白酒盈吾杯。吟咏思管乐，此人已成灰。独酌聊自勉，谁贵经纶才。弹剑谢公子，无鱼良可哀。（其一）

苦雨思白日，浮云何由卷。稷契和天人，阴阳乃骄蹇。秋霖剧倒井，昏雾横绝巘。欲往咫尺途，遂成山川限。潨潨奔溜闻，浩浩惊波转。泥沙塞中途，牛马不可辨。饥从漂母食，闲缀羽陵简。园家逢秋蔬，藜藿不满眼。蟏蛸结思幽，蟋蟀伤褊浅。厨灶无青烟，刀机生绿藓。投箸解鹔鹴，换酒醉北堂。丹徒布衣者，慷慨未可量。何时黄金盘，一斛荐槟榔。功成拂衣去，摇曳沧洲傍。[1]（其二）

前一首诗称玉真公主为仙人，说她的本事如何了得，过于夸大，带有逢迎的味道。所以明人批："近俗"。[2] 后一首是发牢骚的诗，觉得自己是"经纶才"，但没有人赏识，只能在饮酒中度日。这首诗可能是李白在长安遭受挫折后写给他的朋友的。这个朋友姓张，官位为"卫尉"，具体是何人，还不可查。但从本诗看，李白表明了是在玉真公主的"别馆"所写，所以李白与玉真公主的确有较深的关系，这是可以肯定的。纵观以上材料，后来久住宣城的李白，在早年进长安之后与玉真公主有过来往：一是李白见到唐玄宗，并为唐玄宗所赏识，与唐玄宗的胞妹玉真公主的力荐有关；二是李白似到过玉真公主的一个住处，即"别馆"，在长安时期，与玉真公主过从较深。此外我们得不出别的结论。从目前所能找到的证据看，玉真公主一生从未到过安徽宣城敬亭山，更没有在敬亭山出家修道。目前敬亭山公园所刻的碑文说玉真公主追随李白到敬亭山，并在此建道观修

① 詹锳：《李白全集校注汇释集评》，百花文艺出版社1996年版，第1305～1315页。

② 詹锳：《李白全集校注汇释集评》，百花文艺出版社1996年版，第1222页。

行，并说玉真公主死后安葬于此，是毫无根据的，因此说《独坐敬亭山》“这首诗蕴含着对玉真公主的深切怀念之情”是不实之词，也是毫无根据的。

其次，玉真公主与青城山的关系。玉真公主在今四川都江堰青城山修道并最后安葬于此的根据，是南宋时期王象之编纂的地理总志《舆地纪胜》。其中有两条涉及玉真公主，一条是：“轩辕台在延庆观后，有石龛，中有天尊像及(玄宗)移观手诏碑，并开元二年玉真、金仙二公主等像。”按这条记载只能说明南宋时期青城山的“石龛”中有玉真公主和金仙公主两人的雕像，并不能说明别的什么。《舆地纪胜》的另一条是：“唐玉真公主，睿宗第八女也，与金仙公主皆入道，入蜀居天仓山，其后羽化，葬于山侧。今储福观有铜铸明皇、公主二像。”这一条说青城山有玉真公主在天仓山修道，后羽化，安葬的墓地在山侧。但《旧唐书·李辅国传》云：“上皇自蜀还京，居兴庆宫，肃宗自夹城中起居。上皇时召伶官奏乐，持盈公主往来宫中，辅国常阴候其隙而间之。上元元年，上皇尝登长庆楼，与公主语，剑南奏事官过朝谒，上皇令公主及如仙媛作主人。辅国起微贱，贵达日近，不为上皇左右所礼，虑恩顾或衰，乃潜画奇谋以自固。因持盈待客，乃奏云：‘南内有异谋。’矫诏移上皇居西内，送持盈于玉真观，高力士等皆坐流窜。”[①]又，《资治通鉴·唐纪三十七》记载：“上皇(玄宗)爱兴庆宫，自蜀归，即居之。上时自夹城往起居，上皇亦间至大明宫。左龙武大将陈玄礼、内侍监高力士久侍卫上皇。上又命玉真公主、如仙媛、内侍王承恩、魏悦及梨园子弟常娱侍左右。”[②]《旧唐书》《资治通鉴》与《舆地纪胜》相比，当然是前者更可靠。这就是说，唐玄宗李隆基在“安史之乱”起(天宝十四载，公元755年)，平叛不利，远走蜀地，后其儿子肃宗接任，平叛成功，他当太

① 刘昫，等：《旧唐书》，中华书局1975年版，第4759页。

② 司马光：《资治通鉴》，中华书局2007年版，第2729页。

上皇回到长安期间，玉真公主一直都在他胞兄李隆基身边侍候。玉真公主可能随李隆基入蜀时到过青城山，但李隆基在“安史之乱”平息后，玉真公主也随其胞兄一起回到长安，一直在太上皇左右。此后，玉真公主年近七十，再没有入蜀再到青城山修道之理，更不可能死在青城山，并安葬于彼。

最后，玉真公主与王屋山的关系。玉真公主 20 岁出家修道，在长安、洛阳和王屋山各有一个道观。其在长安的道观是其父亲唐睿宗李旦给盖的，十分奢华，花钱太多，引起朝野争议，这在《旧唐书》《新唐书》和《唐会要》中都有明确记载，因与本文关系不大，不赘。玉真公主在王屋山的道观名为“都灵观”。《全唐文》卷九百二十七蔡玮《唐东京道门威仪使圣真元元两观主清虚洞府灵都仙台贞元先生张尊师遗烈碑》云：“我唐玉真公主于台下构馆，为集灵仙之都，元风嘉声，信万古之同德，其地即古奉仙观。”这里所说的“灵都仙台”即王屋山的仙人台下。玉真公主为什么要把自己的道观建在这里，因为她的修道的老师是司马承祯，而司马承祯修行之地就在王屋山，这有《旧唐书·司马承祯传》为证。玉真公主最后的修炼之地不但在王屋山，最后也死在王屋山。《明一统志》卷二十八云：“灵都宫，在济源县西三十里尚书谷，唐玉真公主升仙处。”最后，玉真公主安葬在这里是自然之理。

以上三点，排除了玉真公主所谓追随李白，到安徽宣城敬亭山修道，并安葬于敬亭山的说法，也相应地排除了用假冒的“历史事实”来解读李白的《独坐敬亭山》的可能。李白的《独坐敬亭山》的意义应另作新解。

四、从李白晚年的处境解读《独坐敬亭山》

我们要想解读李白的《独坐敬亭山》，先要解决两个问题：一是确定这首诗的创作年代，以便能在历史语境中来解释它；二是我们要寻找到一个恰当的解释方法，而不能仅凭读诗的印象来进行解读。

《独坐敬亭山》写于李白晚年，这是研究者的一致看法。当然这首诗究竟是写于哪一年，由于作者未注明，又无法从诗中找出确证，所以研究者的看法又不尽一致。

詹锳《李白诗文系年》认为这首诗是天宝十二载(753)李白53岁时的作品，但根据不明。这就要看李白一生有几次到过宣城。看看李白哪一次到宣城后的感情与《独坐敬亭山》所表现的感情谱系最为接近。根据有些作者的考证，李白在离开长安之后，一生起码有四次到过宣城。

第一次到宣城是天宝十二载(753)秋天，李白53岁，有《寄从弟宣城长史昭》《宣城长史弟昭赠余琴溪中双鹤舞诗以见志》以及《宣城谢朓楼饯别校书叔云》《秋登宣城谢朓北楼》等诗为证。这一年李昭任宣城长史，李白因与李昭有交情，特来拜见。从这段时间所写的诗传达出的感情看，虽然有“愁”，但所宣泄的还是自己的才能不被理解，不能“安社稷”“济苍生”的烦恼，是一种孤寂之愁。在诗的字里行间，仍然有奋发向上的理想，有时还很高涨。例如，他在谢朓楼饯别李华时，尽管是“抽刀断水水更流，举杯消愁愁更愁”，但仍然歌唱出“俱怀逸兴壮思飞，欲上青天揽明月”的强音。詹锳先生认为《独坐敬亭山》创作于这个时段，这显然不合此时李白的心境。

第二次到宣城是天宝十四载(755)夏天，李白55岁。这有《赠宣城赵太守悦》《江上答崔宣城》等诗为证。赵悦为李白的朋友，天宝十四载夏，从赵悦自淮阴迁任宣城，这是有案可查的。李白这首赠诗分四段，第一段歌颂赵氏先辈如何声名显赫，第二段歌颂赵悦本人如何贤能，第三段歌颂赵悦光荣的发迹过程，第四段则主要写李白希望借助赵悦的地位，得到提拔，而施展自己的才华，其中的句子有“愿借羲和景，为人照覆盆。溟海不震荡，何由纵鹏鲲。所期要津日，倜傥假腾骞。”此时安史之乱还未爆发，所以李白还是想找机会，去施展自己的才能。这个时间段，李白的感情仍然十分积极，不可能写出《独坐敬亭山》那种孤寂的诗句。

第三次到宣城是肃宗上元元年(760)，李白60岁，离去世仅剩一年余。这次到宣城有《经乱后将避地剡中留赠崔宣城》《赠宣城宇文太守兼呈崔侍御》等多首诗为证。《经乱后将避地剡中留赠崔宣城》：“中原走豺虎，列火焚宗庙。”“四海望长安，颦眉寡西笑。苍生疑落叶，白骨空相吊。连兵似雪山，破敌谁能料。”“崔子贤主人，欢娱每相召。”很显然，这是李白在安史之乱后到宣城。这里的“崔子”即“崔宣城”，也即崔钦，天宝十四载(755)即为宣城县令，安史之乱后仍为宣城县令。这次又“召”李白到宣城。但我们从《赠宣城宇文太守兼呈崔侍御》一诗“无风难破浪，失计长江边”的句子中可以知道，这是指至德二载(757)永璘王兵败丹江事。57岁的李白其时正在永璘王幕府中，他自丹阳南逃，旋被捕入寻阳狱中。58岁时被流放夜郎，至白帝城已是第二年春三月，遇大赦，坐船返江陵。在流放返回江南后，李白由崔钦县令相邀再次走入宣城。李白一生有两大理想，一是“扶社稷”“济苍生”，二是“求仙访道”，但安史之乱之后，特别是他进入永璘王幕府，被判罪流放夜郎遇赦返回江南之后，他已经到了花甲之年，贫病交加，他的雄心壮志随风飘散。所以这第三次到宣城，已经没有先前的种种豪言壮语。《赠宣城宇文太守兼呈崔侍御》第四段末是这样写的：“……据鞍空矍铄，壮志竟谁宣？蹉跎复来归，忧恨坐相煎。无风难破浪，失计长江边。危苦惜颓光，金波忽三圆。时游敬亭上，闲听松风眠。或弄宛溪月，虚舟信洄沿。颜公二十万，尽付酒家钱。兴发每取之，聊向醉中仙。过此无一事，静谈《秋水篇》。”这意思是说，我虽老壮如马援，可徒有壮志，竟无所成，蹉跎岁月，忧恨归家。就像那善操舟之人，无风可乘，也就无法破万里浪，甚至失计，困于江岸，淹留度日，月三圆而时间已晚了。我只好游敬亭山，听着松涛而入眠，或者泛宛溪而弄水月，用尽沽酒之钱，以沉入醉乡，或读读《庄子·秋水》，以求养生之术，此外我还能做什么呢？情绪的消沉，不但从诗的内容中显现出来，也从诗的语调中流露出来。这种感情谱系与《独坐敬亭山》所抒发的孤寂之情是一致的。因此《独坐敬亭山》作于李白60岁第三次到宣城之时的可能性是最大的。

第四次到宣城是宝应元年(762)，是年唐玄宗、唐肃宗先后去世，唐代宗(年号宝应)即位，李白62岁。李白从金陵到当涂，依附族叔李阳冰。李阳冰比李白年轻，其时为当涂令。李白可能于晚春三月，最后一次游宣城，其情绪之低落，不言而喻。秋天回到当涂，病情加重，不久去世。这次到宣城，也有诗作。《独坐敬亭山》写于这最后一次宣城之旅时也是可能的。①

以上资料，大体上可以证明《独坐敬亭山》一诗写于李白生活的晚年，即去世那一年，或去世前一年。因为只有这两年，李白的情感色调与其感情谱系的变化是相符的。

下面，我将寻找解读这首诗的方法。解读的方法应与盛唐时期诗歌创作的追求，以及李白诗歌创作的艺术追求是一致的。

自六朝到唐代，中国诗歌发生了很大的变化：第一是唐代律诗形式完全成熟，并进入一个兴盛时期；第二是唐诗就其多少而言都是讲“兴寄”的，那种为写景而写景的诗歌已经少之又少。这与陈子昂的美学提倡有关。陈子昂说：“文章道弊五百年矣，汉、魏风骨，晋、宋莫传，然而文献有可征者。仆尝暇时观齐、梁间诗，彩丽竞繁，而兴寄都绝，每以咏叹。思古人常恐逶迤颓靡，风雅不作，以耿耿也。”②“风雅”中的“兴寄”逐渐成为盛唐时期诗歌创作的共同追

① 关于李白四次宣城之旅，参考了武承权《李白疑案新论》一书，陕西人民出版社2002年版，第167～170页。

② 陈子昂：《与东方左使虬修竹篇序》，周祖譔：《隋唐五代文论选》，人民文学出版社1999年版，第70页。

求。这是唐诗与六朝诗歌的一个很大的区别，也是与后宋诗的一大区别。而李白个人的艺术追求，也是与陈子昂的“兴寄”相一致的。

李白的《独坐敬亭山》有何“兴寄”？这就要进入此诗写作的历史语境。这首诗既然是作于李白生活的最后两年，即 761 年或 762 年，其时安史之乱已经平息，李白因参与李璘起事，为幕府，后被唐肃宗定位“叛乱”，以致获罪，流放夜郎，要是遇不到大赦，他可能在牢狱中死于夜郎；他没有杜甫所受到的待遇，因抗乱有功而被授予左拾遗的官位，尽管这官位品级极低。李白生前的最后两年是落魄的。身体极坏，心境极差，连个安身之地也没有，流转于金陵和宣城一带，最后不得不依附年纪比自己小的族叔李阳冰，李阳冰仅仅是当涂的县令，官职很小。李白此时觉得自己一生的两大理想：“安社稷，救苍生”和“求道术，任侠行”，都付之东流，完全没有实现。其内心的孤独可想而知。他就在这样的境况下，又一次来到宣城敬亭山。他是“独坐”在那里的，也许“独坐”的时间太长了，以至于原本还在山边飞的鸟、飘动的云，都在不知不觉中先后飞走了，飘离了，不再陪伴他了，这是“众鸟高飞尽，孤云独去闲”这两句的意涵。那么，还有什么留下来呢？那就是敬亭山了，所以他孤独地望着敬亭山，敬亭山也孤独地望着李白，李白感觉到空前的孤寂无奈，这就是“相看两不厌，唯有敬亭山”的意涵了。所以从上述介绍的三说中，我是比较同意第二说的，真的是看似写眼前之景，其实呢，是把孤独之情淋漓尽致地写尽了。动的鸟、云，本来蛮可爱，可它们不再陪伴我，这里李白甚至可能默默地回想到自己的一生，唯有静静的山还在，似乎对我还有情，我们只有互相对望了。后一联，可以说是“情以物兴”，又“物以情观”，山让李白倍感相陪伴之情，李白也回赠以情感的一瞥，形成生动的诗意的两相对望。诗的美处也就在这对望中显露无遗。整首诗寄托的是李白晚年孤独寂寞的感情。日本学者碕允明《笺注唐诗选》：“山上独坐幽寂之际，但鸟与云可爱也，然皆去而不留……鸟云琐琐之物，何足问焉？二物不相厌者，只有我与敬亭山耳，以山为有情，妙境物极。”这是从诗的意脉出发的一种理解。本来，飞鸟多可爱，云彩多可爱，但它们纷纷离去，剩下的只有不会移动的敬亭山，只有与敬亭山对视而不厌，反映人的寂寞。这种解读比较合理。又，《唐诗鉴赏辞典》分析这首诗的时候，以李白一生长期漂泊 ，饱尝人间心酸的经历为背景，结合诗所写的情景，认为“此诗写独坐敬亭山时的情趣，正是诗人带着怀才不遇而产生的孤独与寂寞的感情，到大自然怀抱中寻求安慰的生活写照。”前二句“看似写眼前之景，其实，把孤独之情写尽了。”后二句写诗人与敬亭山相望，周围没有人与景物与我相望，“世界上只有它还愿与我作伴吧”①。从诗歌的意脉上看，这种解释是符合实际的。

既然前人已经作了合理解说，为何还要写这么长的文章来再解说呢？这是因为前人的“孤独寂寞”说，只是从诗本身的印象或义脉中得来，没有进行历史的考证，没有进入历史语境，不少人认为不是确论，甚至出现了宣城敬亭山那个伪造的碑文，说此诗是李白对玉真公主怀有什么感情，误导人们对《独坐敬亭山》的理解。因此必须对此诗的意义进行历史的义证，以有力的历史事实和深厚的历史语境排除错误的理解。我始终认为解读诗歌要从诗的整体“义脉”着手，但“义脉”的解读是否正确，最终要有历史语境作为基础。

解读古诗是文学教师经常性的活动。过去的解读，其中包括 20 世纪 90 年代兴起的印象式的解读，一直持续到今天。近来，我对这种印象式的解读产生了怀疑。我觉得接受一首古诗，甚至像《独坐敬亭山》这样简单的古诗，如果停留在印象式的解读，而不进入整体义脉和历史语境，那是会遭遇到困难的。实际上，诗人写诗，都是在特定的历史语境，针对着特定的遭际而发的。如果我们的解读，不

① 萧涤非，等：《唐诗鉴赏辞典》，上海辞书出版社 1983 年版，第 350～351 页。

能进入历史语境，不了解诗人写作时的遭际，那么我们的解读只是个人的一己之见，并不能符合诗歌原有的实际意思。当然按照接受美学的观点，每个人因自己的“先见”不同，可以有自己的解读，但如果我们要是把解诗首先当作一种求真活动的话，就要大体上追求作者的原意。

近几年，随着文学理论和批评所面临的困局，我一直提倡文化诗学，其中又有两点特别应加以关注：一点是要把文学理论和批评与现实生动的文学创作密切地联系起来；另一点是要把文学理论和批评的问题放置回原有的历史语境中去解读。这后一点是针对我们面对文学史上各种文学作品的批评来说的。任何作品都不是孤立的，它产生于特定的历史语境中，那么回到历史语境去寻找原意，就是求真的活动，是一种科学研究的活动，文学批评的真谛也就在这里。文学理论和批评追求真善美，但求真不能不是基础，只有在求真这个基础上，才可能进一步去求善与美。

于此可见，对李白《独坐敬亭山》的解读，讲具体人物，讲具体时间，讲具体地点，讲具体事件，讲具体情境，讲具体关系，即讲这些历史语境，就显得特别重要。

第四节　春天对严冬的感慨与沉思
——读王蒙的《杂色》

一、小说的隐喻艺术

一部真正的文学作品是一个生气灌注的有机整体，严格地说，它是不可“拆卸”的；可文学评论则又不能不将它“拆卸”甚至“肢解”，以便将经过“拆卸”的这一点和那一点加以分析。因此，在富于有机整体性的作品面前，文学评论从一定意义上说是注定要失败的。现在，我面对王蒙的这部如同活的生命体的《杂色》，不得不开始注定要失败的尝试——先“拆卸”它，然后分析它。

《杂色》的故事简单得不能再简单，一个牧业公社的统计员曹千里骑着一匹老马去一个夏季牧场去统计点什么，小说就写他这一天的所见、所闻、所遇和所忆以及相关的一些议论。作者在小说写到差不多一半时，自己跳出来警告读者：“这是一篇相当乏味的小说，为此，作者谨向耐得住这样的乏味坚持读到这里的读者致以深挚的谢意。不要期待它后面会出现什么噱头，会甩出什么包袱，会有个出人意料的结尾。他骑着马，走着走着……这就是了。”可能有的读者还以为这种声明是小说家的“欲拒还引”的伎俩，小说后面肯定还有大开大合起伏跌宕吸引人的故事，但你读下去，就会发现作者的声明是真话。小说的主人公曹千里不过是骑着它的杂灰色的老马又经过了一些地方而已。

的确，小说的结构平淡无奇，这位从京津地区自愿来到新疆地区工作，且工作中一直遭到不公平待遇的曹千里，吃完早饭，来到马厩，骑上杂灰色的老马，一路上经过了几个地方：过塔尔河(河水很急，老马喝水)，进“补锅匠”村(在供销社买了点东西)，进山(进山前遭遇到一条黑狗)，然后走傍山石路(路上不断下马向当地牧民施礼)，进入草地(遇到暴风骤雨)，最后来到一个名叫“独一松”的地方(饿了，在毡房里喝马奶)。如果把小说拆开看，作者所写的就是主人公曹千里、杂灰色老马及其与这几个场景的关系。如此简单的情节，能构成一部中篇小说吗？作者究竟是通过什么来展现他的艺术世界？以什么魅力来吸引读者呢？

首先，《杂色》是隐喻艺术的架构。隐喻是一种古老的修辞格，英语里隐喻“metaphor”这个词源于希腊语的 meta(意为“过来”)和 pherein(意为“携带”)。它是指一套语言过程，通过这个过程，此物的特征被转移到彼物上，以至于彼物被转移为此物。发展到现代的文学创作中，隐喻成为一种艺术体系。王蒙的《杂色》就是在现代意义上一系列的隐喻艺术体系。他写的是曹千里和他的杂灰色老马的一天的充满艰难困苦的路程(此物)，可这种描写在读者的领悟中，已转移成对苦难中国(彼物)的描写。难道曹千里的遭遇和老马脊背上的血疤以及他们(它们)的负重行进，不正是暗含着多灾多难的祖国曲折的历程吗？顺便说一句，曹千里和杂灰色的老马是一而二、二而一的，是“异质同构”的，曹千里就是杂色老马，杂色老马也就是曹千里，因此他们都体验到“同样的力量，同样的紧张，同样的亢奋，同样的疲劳和同样的痛楚”“不是他骑着马，而是马骑着他”，曹千里转移到杂色老马，杂色老马转移到曹千里，这本身就是一个隐喻，而这人马同一的形象，又被转移为苦难中国的形象。在这一小一大的隐喻形象之间，还有不大不小的中级的隐喻形象，如曹千里过“草地”时那气候突然是风和日丽，突然又暴风骤雨，突然又艳阳高照，这无常变化，作者用了“你的善良愿望立刻就被否定了”“这个时代结束了”“又是一个突然”等句子来加以描写，都不是偶然的，在作者的意识中，他可能用来指“反右”运动，“文化大革命”突变等，草地的气候变化转移为对历史的某一阶段的暗示。小说中出现的“河水”，两次出现的“狗”，一次是黑狗，一次是白狗(这里又用了政治味很浓的谚语“尽管狗在叫，骆驼队照样前进”)，还有使人和马都吃了一惊的“蛇”等，都不仅仅为了写这些事物本身，他们都是隐喻，以此物来喻彼物。难道在新中国成立以来的历次政治运动中，这种“狗”一般、“蛇”一样的人物还少吗？连供销社的女售货员用奥斯曼草染过墨绿色的眉毛等，都是隐喻，不过所喻的是美好的事物而已。这样，《杂色》就构建了一个大、中、小都齐备的隐喻艺术的体系，它一点也不“乏味”，相反它有品不完的味，也许我们用“象外之象”“景外之景”“味外之旨”这些词语来评定《杂色》，是很合适的。作者通过他的隐喻艺术体系，在读者的感知和联想中，展现了动人心魄的历史社会场景，蕴含了丰厚的社会心理内涵。一部中篇，要表现一个已经结束的严冬般寒冷的时代，如果不选择隐喻这一具有简洁、缩略、避讳功能的艺术手段，是不可能达到目的的。隐喻艺术作为现代主义文学的魔方，在王蒙笔下变换出独特而丰富的艺术世界，获得了广阔的阐释空间。上面我们只是点出这一点，详细的阐释也许在目前还是不可能的。

与此相关的另一点是，在具体的艺术描写中，王蒙在《杂色》中，运用了他所擅长的隐喻语法。这种隐喻语法的基本特征是在差异性中把握相似性。王蒙在小说中，常把人物的感觉推到陌生的、似乎是第一次遇到的地步，然后用人们日常熟悉的感受去加以表现，这样，就把熟悉的和陌生的联系起来，陌生转移为熟悉，使读者也能充分的感受人物的情感、心境和感觉。例如，描写曹千里在冬牧场看到了那些用原始树段钉在一起的房子的感觉时，作者写道："从第一眼看到这几栋房子起，曹千里就有一种特别亲切，特别温柔特别庆幸的感觉。好像会见了一个失去联系多年的老朋友，好像找到了一件久已丢失的纪念品，他想起儿时，想起狼外婆的故事和格林童话，想起神仙、侠客、兔子、小鱼、玻璃球、蟋蟀和木制手枪……"人物的一种陌生感，作者用了十一种熟悉的感觉来加以描写，这样陌生感转移为熟悉感，差异立时变为相似。这种隐喻语法的运用，具有极强的艺术魅力，表面看是话语的转移，实际上是两种感觉的兑换，在这种兑换中，读者对一种似乎是不易理解的感情、感觉，立刻变成了极易理解的感情、感觉，从而使描写对象的特征及其意义生动地突现出来。这种手法的运用，不但在本篇中，而且在王蒙的其他小说中俯拾即是。

隐喻是《杂色》的艺术灵魂，它表层所描写的，可以根据作者所提供的历史文化语境转移为对某个时代的揭示和理解。这也表明王蒙是新时期以来一位真正的具有现代主义意味的重要作家。我个人认为，王蒙对隐喻艺术的体认和出色的运用，未必不比他引进的意识流手法重要。

其次，《杂色》是一位小说家的哲学导言。王蒙是在1980年，美国的衣阿华创作成功这部作品的，这的确是在严冬过后“对严冬的回顾”，正是在这回顾和沉思中，作品所写虽然是具体生动感性形象的，但在这背后有透彻的人生哲学的感悟，这又是一种寓含具象中的抽象。《杂色》中所透视的人生哲学可以分析出很多，但其中最为重要的是对人生“相对性”的揭示，对事物“变动不居”的揭示。相对性而非机械性，变动不居而非静止凝固，是小说作者的一种从长期生活中建立起来的信念。例如，小说一开篇，作者就对“安全/不安全”这对人生范畴，借骑老马安全还是不安全的问题发了议论：“是啊，当它失去了一切的时候，它却得到了安全。而有了安全就会有一切，没有安全一切就变成了零。”这是何等精妙的体会，难道在我们的生活中，不正是存在这样的悖论吗：在失去了一切时似乎是不安全的，其实在失去一切时又反而变得安全了。“黑暗/光明”，也是人生哲学的一对范畴，“月光是温柔的，昨夜，在月光下一切都变得模糊、含混因而接近起来；但是此刻，蓝晶晶的天空和红彤彤的太阳又把这个世界的所有的成就和缺陷清理出来、雕刻出来、凸显出来了。”太阳带来的光明何尝不好，可一切又都要在它的下面原形毕露，连同那缺陷；也许夜晚的黑暗更可以使事物美化吧，特别在月光下。“美/不美”，也是人们常遇到的一对人生范畴，“这是这样一个地方，它美么？很难说它美。然而现在是清晨，是一天的最好的时光。清晨，从马厩的破屋顶边斜着望上去，可以看到几簇抖颤着的树枝，厚重的尘土遮盖不住它的绿色的生机。”在一定的条件下，不美的也可转化为美的。作品中所透视的此类人生哲学如果罗列起来，可以列出一个长长的清单：如“过程/目的”“消极/积极”“欢乐/惊险”“平凡/光荣”“空虚/充实”“动/静”……而作品中最为深刻的是对“挫折/胜利”的人生哲理的揭示，这可以视为《杂色》的母题。无论是曹千里还是杂色老马，都遭到不公正的待遇。他们是人，是马；是真正的人，热爱生活的人，是真正的马，是龙种马千里马，但他们身上却带着"血疤"，被推到不屑一顾和受尽折磨的境地，然而艰难困苦的生活、不公平的待遇，却使他们蕴含和蓄积着巨大的力量，一切都会变，一切都在变，变是绝对的，不变是相对的。曹千里过"草地"，不就遭到冰雹和暴风雨的袭击后，又迎来雨过天晴的美好景象吗？曹千里在"独一松"的毡房里喝马奶，不也经过"挫折"吗？先是饱，继而是撑，差一点撑破肚皮，差一点死去，然后是醉，醉后是清醒，他发现自己面对的是强大的人们和明丽的景色。杂色老马也变成神骏的千里马。所以作者写曹千里在新的春天里，永远记得这一匹马，这一片草地，这一天的路程，并对生活充满了由衷的谢忱，所以挫折也许是胜利的前奏。

二、新中国成立前后社会生活和个人经历的胜利和挫折作为历史语境

王蒙后来出了自传，即《王蒙自传》，读过他的自传后回过头来再读他的小说《杂色》，那么《杂色》的意义就更多地显露出来了。《自传》中王蒙写了他自身的经历和他所处的时代，他所见证的历史场景，以及这个时代和场景与他个人的密切的关联。那么，小说中的曹千里和他的老马的面目不是更清楚了吗？

在这里展开了比对《杂色》与《王蒙自传》不是我这篇文章的任务，我这里只就他最早的长篇小说《青春万岁》和中篇《组织部新来的年轻人》的历史语境，谈一些具体的看法。

在新中国成立前夕和之后的几年(可以算到 1956 年)，作为年轻的布尔什维克的王蒙，只需看看他带有自传性的小说《青春万岁》，我们就可感受到王蒙如何沉浸在胜利的欢欣与喜悦中，也可以看见

黑暗统治被推翻的历史胜利的场景。那的确是一个值得书写的时代，旧社会的崩溃，统一战线的完成，土地改革的胜利和亿万农民的欢呼，计划经济建设的开始，抗美援朝的伟大胜利，直到1956年中央提出口号：向科学进军！王蒙个人则从“十四岁时候敢于加入地下党的中国共产党，十五岁时候敢于退学当干部，面对这样的时代，十八岁的时候敢于如火如荼地追求心爱的女孩子，十九岁的时候就不敢拿起笔写一部长篇小说吗？”①青年作家王蒙意识到：

> 我一定要写，我一定可以写一部独一无二的书，写从旧社会进入了新社会，从少年时期进入了青年时期，从以政治活动社会活动为主开始了大规模有计划的经济建设，写从黑暗到光明，从束缚到自由，从卑微到尊严，从童真到青春，写眼睛怎样睁开，写一个偌大的世界怎样打开了门户展现在中国青年的面前，写从欢呼到行动，歌唱新中国，歌唱金色的日子，歌唱永远的万岁青春。

> 我确实不仅仅是为了个人的出人头地，我坚决相信我们这一代人是不寻常的，我们亲眼看到旧中国的崩溃，我们甚至参加了创造伟大崭新历史的斗争，我们少小年纪便担当起革命的重任，我们少小年纪便尝到了人生百味历史图景，而时代、历史过了这个村就没有这个店了，你如果不去写，你留下的是大片空白，对于你，对于他和她，对于世界，对于历史。②

王蒙在这里对于《青春万岁》写什么——“金色的日子”“中国青春”“时

① 王蒙：《王蒙自传·第一部》，花城出版社2006年版，第122页。
② 王蒙：《王蒙自传·第一部》，花城出版社2006年版，第122页。

代”“历史”，还有“时代的天使，青春的天使”[①]——说得很清楚，对于怎么写——“独一无二”“坚决相信”“歌唱”、从什么什么到什么什么——也说得很清楚。这就是《青春万岁》所进入的历史语境。

几十年后，王蒙写他的《杂色》，主人公曹千里带着他的老马要到一个地方去。一路所见所遇有喜有忧，有美丽也有不堪，有厌恶也有温暖……例如，曹千里“开始进山”，他发现“马把他带到一个全然不同的天地里来”“荒凉的光秃秃的戈壁和光秃的山岭已经结束了，前面是一个葱郁而又丰富的世界……”王蒙这里没有生硬的比对，而是用艺术的隐喻，写出了一个似曾相识的世界。正如他所说：“这儿就是山中圣地！这儿就是塞外江南！”当然一路遇到的困难、艰辛、危险更是不可胜数。王蒙的确如小说中说的：“艰难与光荣，欢乐与惊险，幸福与痛苦，就在这看来平平常常的路程上。”这里，不仅他的《青春万岁》在这条路上，他的另一部小说《组织部来了个年轻人》似乎也在这条路上。如果说，光荣、欢乐和幸福更多地化入《青春万岁》中的话，那么《组织部来了个年轻人》更多地艺术地化入了困难、惊险和痛苦。《青春万岁》和《组织部来了个年轻人》是写实的，而几十年后的《杂色》则是隐喻性的，后者通过艺术隐喻体系把前两者似乎组合在一起，形成一部包含历史与现实的奏鸣曲。但三部作品的历史语境不过是新中国成立后五六十年代的发展、起伏、曲折、变幻而已。

谈到《杂色》的历史语境，不能不谈到《组织部来了个年轻人》这部小说的遭遇。因为，《组织部来了个年轻人》及其后续的争论和受到的批判是王蒙命运的一次重大转折。在《杂色》中从草地抬头看得到那天空的“黑色”，随后是猝不及防的狂风暴雨，曹千里和他的老马都狼狈不堪，似乎就隐喻着他的这种命运的转折。

---

① 王蒙：《王蒙自传·第一部》，花城出版社2006年版，第136页。

《组织部来了个年轻人》是王蒙在写《青春万岁》期间，“为了调节一下脑筋，于 1956 年 5 月至 7 月写成的。”①小说表面上写的是官僚主义，实际内容要复杂得多，“组织部的缺点不是‘官僚主义’一个词所能简单概括、一言以蔽之的。这里干部责任心的衰退，事业心的淡漠，表面上是主观上的工作作风、思想意识上的问题，深层次则与客观的政治体制上、历史文化传统上的、人性中的问题有关。”“王蒙试图通过这篇小说，告诉人们生活的复杂性、混沌性……却从中得出一个明确、清晰、是非分明的判断：这是一篇反官僚主义的小说。”毛泽东很少评论当代文学作品，但在 1957 年 2 月至 4 月则集中谈了青年作家王蒙的小说《组织部新来的青年人》(这个题目是《人民文学》发表时改的)。1956 年在中国共产党历史上是重要的一年，这年 9 月，党召开了第八次代表会议。会议指出：随着新中国进入第七个年头，国内的主要矛盾已经是人民日益增长的物质需求与生产力的落后之间的矛盾。毛泽东在开幕式的讲话中指出：“思想上的主观主义，工作上的官僚主义和组织上的宗派主义。这些观点和作风都是脱离群众、脱离实际的，是不利于党内和党外的团结的，是阻碍我们事业进步、阻碍我们同志进步的。”于是酝酿一次新的整风，并决定次年 5 月 1 日正式发动。也就是在 1959 年 9 月，王蒙的小说《组织部新来的青年人》发表了，似乎恰巧也是以反官僚主义为主题，与毛泽东的讲话一拍即合，毛泽东对王蒙作品的好感由此产生。从 1957 年 2 月谈到 4 月，他都是在支持和保护王蒙的小说的，也指出正面人物写得不够“高大”问题，但保护是主要的。毛泽东前后五次谈到王蒙的《组织部新来的青年人》。

第一次是在 1957 年 2 月 16 日上午，这次会议是基于王蒙的小说发表后引起热烈的争论，赞扬者有之，否定者有之，产生了巨大

---

① 以下所引关于毛泽东对《组织部新来的青年人》的意见，均参见崔建飞发表在《长城》杂志《毛泽东五谈王蒙〈组织部新来的青年人〉》一文，2006 年第 2 期。

的社会影响。部队评论家马寒冰发表了《是香花还是毒草?》，李希凡发表《评〈组织部新来的青年人〉》，毛泽东看不下去，决定在文艺界开一个座谈会。座谈会在颐年堂召开，周扬、张光年等文艺界领导参加。据张光年回忆，“小说和批评文章正逢其时。于是前者(指王蒙)受到赞扬，后者(批评者)受到指责。他当场对周扬说：‘周扬同志，你找王蒙谈谈，告诉他：第一是你好，你反对官僚主义。第二是你有片面性，你的反面人物写得好，正面人物弱。’他赞扬王蒙‘是新生力量，有才华，有希望’。”毛泽东在当年 4 月前赞扬王蒙，保护王蒙，是因为当时整风还没有开始，要执行“双百”方针，他把王蒙的作品看成反对官僚主义的作品，他对批评者的文章十分不满，同时他对王蒙的这篇小说的艺术有感觉，觉得有发展前景。

第二次是 1957 年 2 月 27 日，毛泽东在最高国务会议第十一次(扩大)会议上作重要讲话。这次参加会议的人很多，不少高级知识分子都参加了这个会议，听取了毛泽东所做的《关于处理人民内部矛盾问题》的报告。毛泽东再次谈到王蒙的《组织部新来的青年人》。黎之根据讲话录音记载，毛泽东是这样说的：“有个人叫王明，哎，不对，叫王蒙。他写了篇小说，叫《组织部新来的青年人》，批评我们工作的缺点。仔细一查他也是个共产党，共产党骂共产党，好嘛。有人说北京没有官僚主义。北京的城墙这么高，官僚主义不少。现在有人围剿王蒙，还是部队的几个同志，大军围剿啊，我要为王蒙解围。”这段话，在毛泽东正式发表的文章中被删去了。

第三次是在 1957 年 3 月 6 日到 3 月 13 日的全国宣传工作会上，毛泽东两次谈到王蒙的《组织部新来的青年人》。一次是在小范围的谈话中说：“我看到文艺批评方面围剿王蒙，所以要开这个宣传工作会议。”他指出，现在的一些批评者不先搞调查研究，不先了解情况，不了解北京也会有官僚主义，就胡乱批评，他不提倡这种风气。

在会议就要闭幕前又讲了一次，这是第四次讲王蒙，说；“我跟王蒙又不是儿女亲家，我为什么要保他？你们要抓他，派一团人把他抓起来就是了。”显然，这第四次讲话，还是针对几个部队批评家而发的。

第五次，毛泽东提到《组织部新来的青年人》是在一次内部谈话。据郭小川日记记载，这一天下午给邵荃麟打电话，在电话中，“荃麟告诉我，说毛主席看了《宣教动态》登的《人民文学》怎样修改了《组织部新来的青年人》，大为震怒，说这是‘缺德’‘损阴功’，同时认为《人民日报》也是不好的……现在的‘百花齐放’究竟是谁在领导。主席主张《人民日报》的这件事要公开批评，荃麟说，秦兆阳为此很紧张。”秦兆阳当时是《人民文学》副主编，他修改了小说。秦兆阳的修改令毛泽东“震怒”的原因，是小说主人公林震有两段比较坚定要与官僚主义做斗争的描写被删去了，这样林震斗争的勇气就显得比较弱。

毛泽东主席五次谈到要保护王蒙，但1957年6月8日《人民日报》发表了社论《这是为什么?》，吹响了反右派斗争的号角之后，反右斗争的狂潮完全不可止息。谁也保护不了王蒙。王蒙终于在1958年被划为右派，虽未经大场面的批斗，只是五六个人批评了一下，可最后的定性还是“敌我矛盾”。他先被罚到北京郊区劳动改造，随后就被送往新疆，在新疆漂泊了十六年，直到新时期开始，改正了右派的身份，才重新拿起笔，开始了新的创作生活。

《杂色》中有一节描写：

> 不知道过了多少时间，又是一阵风，游丝不见了，脸上感到一丝凉意，曹千里不由得四处张望一下，他的目光一下子被遥远的高天的西北角上的一抹黑色吸引住了。
>
> 不至于吧？不至于吧？阳光还是这样明亮，天气还是这样晴和，绿草还是这样浓艳而心境又这样安详。仔细看看，那儿

真的有点发黑吗？哪里？哪里看得见？恐怕是因为太阳太好，才使你眼前出现了看见黑影的错觉吧？

然而你的善良的愿望立刻就被否定了。像一滴墨汁在清水里迅速蔓延和散开一样，那一抹黑一忽儿工夫就扩大成一片了，西北角的天空已经被黑云封住了，而正北方，又出现了灰白灰白的迷蒙蒙却有点发亮的云——那儿已经下雨了。

……

风愈吹愈强劲、愈吹愈寒冷，简直是深秋的、扫除落叶的风。曹千里打了个寒战，似乎转眼间草原上已经换了一个季节。……

这几段艺术描写显然是隐喻。它隐喻什么呢？说不定就隐喻王蒙自己当年发表《组织部来了个年轻人》后的曲折经历，起初，"太阳还这样明亮"，但"一抹黑色"出现了，如同那上纲上线的批评，"已经换了个季节"如同那"反右"斗争的狂潮不可阻挡。把这几段隐喻性的描写放回到20世纪五六十年代的曲折、起伏的斗争中去，就是放回到原有的历史语境中去。"历史语境"反映的是一种前进的或倒退的历史趋势，是一种无比强大的力量，是狂风暴雨，是滔天的海浪，是打雷时的闪电，是地震时的强烈摇晃，是谁也无法阻挡的。而作家、理论家都不能脱离"历史语境"，他们的创作，他们的理论，总是在一定的历史时期一定的历史时段一定的历史场景中。那么历史语境作为一种力量，是具有制约性的。我们做文学批评也好，做文学理论也好，都要在历史语境中展开我们的工作，也就是理所当然的了。

小结：我们尝试把文化诗学的方法运用于理论研究和文学批评的实践中，把文学与历史贯通起来，尤其重视历史语境的力量。我们觉得这样进行研究与批评，无论如何，都比那种一味纯粹的逻辑推理，要深入一些。如果此种方法在实践中证明是正确的，那么我们就要沿着文化诗学这条路持久地走下去。

附录

“文化诗学”的两个轮子

——论童庆炳的“文化诗学”构想①

新时期以来，伴随着中国文学理论的发展进程，童庆炳在每一时期的节点上都进行了卓有成效的思考。如今，这些思考已凝结成五种学说（分别是“文学审美特征说”“文学内容与形式相互征服说”“文学活动‘二中介’说”“文体三层面说”“历史人文张力说”②），并已内化到中国文学理论当代形态的生成机制与体系建构中，成为文学理论的基本原理。世纪之交时，童庆炳又开拓了新的思考空间，他鲜明地亮出了“文化诗学”的旗帜，并开始了扎实细致的研究工作。尽管这一工作还处在“现在进行时”当中，但是通过他近年出

① 本篇论文作者为赵勇。

② 童庆炳：《童庆炳文学五说》，时代文艺出版社 2001 年版。

版的专著和发表的系列论文，① “文化诗学”的理论主张已经明晰，操作方案已基本成形，实践效果也已得到了学界的赞誉。于是，深入思考童庆炳的“文化诗学”构想，对于中国当代文学理论的进一步发展与完善，将具有重大的意义。

“文化诗学”提出的现实语境

为了对童庆炳的“文化诗学”构想有一个准确的理解，有必要看看西方人是如何在“文化诗学”的层面上进行思考的。众所周知，“文化诗学”的概念并非中国人的发明。1986 年 9 月 4 日，美国加州大学伯克莱分校英文教授斯蒂芬·葛林伯雷在西澳大利亚大学作了一次题为《通向一种文化诗学》(Towards a Poetics of Culture)的演讲，在这次演讲中，葛林伯雷提出了“文化诗学”(the poetics of culture)的概念，其意图一方面在于对他本人早些时候(1982 年)提出的“新历史主义”口号进行某种程度的修正，一方面也试图以“文化诗学”进一步明确其“新历史主义”主张的理论内涵。在葛林伯雷及其追随者看来，“文化诗学”主要是要吸收文化人类学的方法，大胆跨越历史学、人类学、艺术学、政治学、经济学、文学等学科的学科界线，企图拓宽文学研究的视野。因此，在“文化诗学”的话语批评实践中，它更注重历史文本化和文本历史化的操作原则，更看重文本的无限度的扩张，更欣赏批评者与文本之间的“同谋”关系。国内学者王岳川认

---

① 近年来，童庆炳论及“文化诗学”的文章与专著主要有：《植根于现实土壤的“文化诗学”》，《文学评论》2006 年第 1 期；《文化与诗学丛书·总序》，北京师范大学出版社 2001 年版；《新理性精神与文化诗学》，《东南学术》2001 年第 2 期；《我所理解的“文化研究”：问题意识与文化诗学》，见《“文艺学与文化研究”研讨会上的发言》2000 年；《中华古代文论的现代视野》，《东方丛刊》2002 年第 1 期；《再论中华古代文论研究的现代视野》，《中国文化研究》2001 年第 4 期；《文艺学创新：以 20 世纪中国现代传统为起点》，《北京师范大学学报》2003 年第 3 期；《中国古代文论的现代意义》，北京师范大学出版社 2001 年版；《 现代学术视野中的中华古代文论》，北京出版社 2002 年版。

为，新历史主义的“文化诗学”具有三个重要特征：“跨学科研究”性、文化的政治学、历史意识形态性，[①] 这种概括应该说是比较准确的。

现在看来，新历史主义“文化诗学”的战略主张，一方面对美国当年“风韵犹存”的新批评和“风华正茂”的解构主义思潮构成了一种挑战，一方面又得到了美国当代一些理论大家(如弗雷德里克·詹姆逊)的响应，所以一时间成了气候。然而好景不长，20 世纪 90 年代以来，由于“文化研究”的浩大声势，新历史主义的“文化诗学”很快就被“文化研究”这条“大鱼”给吃掉了。如今，“文化诗学”似乎已成为“文化研究”这架机器中的齿轮与螺丝钉，对于以文本扩张和跨学科研究为己任的“文化诗学”来说，被“文化研究”所吞没似乎也是其必然的归宿。在 20 世纪西方文论的演变中，新历史主义“文化诗学”的提出有其逻辑合理性，而被“文化研究”所包容或吞没，并成为“文化研究”的有机组成部分之后，又意味着它已完成了自己的历史使命。那么，为什么当美国的“文化诗学”寿终正寝之后，童庆炳却反而亮出“文化诗学”的大旗呢？他的“文化诗学”理论与美国的“文化诗学”有没有联系？他又是在一种怎样的现实语境、学术语境和自身的研究语境中提出这一问题的？带着这样一些问题，让我们走进童庆炳的“文化诗学”理论。

新时期以来，文学理论与现实的关系一直不是特别明确，这固然是因为文学理论的特殊性质决定了它必须通过文学作品本身与现实对话，于是总是与现实隔着一层也就在所难免了。但是，我们也必须看到形成这种局面的另一层原因，这就是文学理论家常常沉浸在自己那个封闭的天地中，而逐渐失去了与现实对话的兴趣和能力。尤其是 20 年代初期，退回书斋，潜心学问似乎成了人文知识分子的最佳选择，而一些学者也试图为知识分子的这种选择进行辩护和提

① 王岳川：《新历史主义的文化诗学》，《北京大学学报》1997 年第 3 期。

供理论上的依据。陈平原指出："我也承认，在20世纪中国，谈论'为学术而学术'近乎奢侈，可'难得'并非不可能不可取。我赞成有一批学者'不问政治'，埋头从事自己感兴趣的专业研究，其学术成果才可能支撑起整个相对贫弱的思想文化界。学者以治学为第一天职，可以介入，也可以不介入现实政治论争。应该提倡这么一种观念：允许并尊重那些钻进象牙塔里的纯粹书生的选择。"①现在看来，尽管这种辩护既冠冕堂皇又无懈可击，但实际上却是把知识分子的责任意识加上了括号。于是，远离现实的学术研究变成了某种时髦，而且，似乎谁离现实越远，谁的学术研究就会变得越纯粹越圣洁。正是在这场静悄悄的集体后撤行动中，文学理论开始关心语言学、叙述学等问题。毫无疑问，与其他学科相比，文学理论似乎后撤得更加坚决彻底。

然而，从1992年开始，随着中国市场经济机制的快速启动，随着人民大众生活水平的普遍提高，许多的社会问题也纷至沓来：环境污染前所未有，权钱交易与腐败现象日趋严重。一些深层的社会问题也开始显山露水，如东西部经济的差异问题，贫富悬殊加大问题，国有企业的改造问题，农民对市场经济的不适应问题，大众文化中的低级趣味问题，伦理道德失范问题……童庆炳认为，这种种的问题都可以在思想上概括为"拜金主义"和"拜物主义"的流行。正是在这样一种社会文化的背景中，一些有良知的知识分子开始反思自己的所作所为，并开始以种种不同的话语表达方式发言："人文精神"大讨论的几年延续，"新理性精神"的提出(钱中文)，对"新意识形态"的概括与批判(王晓明)。这些话语可能还不十分严密，但它们背后的逻辑起点却是基本一致的，那就是"人文关怀"。而正是在这种共同的思想诉求中文学理论批评界的学人走出了短暂的低迷时期，

① 陈平原：《学者的人间情怀》，《读书》1993年第5期。

并试图以他们独特的思考、特殊的社会体验和生命体验、并运用特殊的话语表达来体现自己的责任感、使命感、历史忧患意识和社会参与意识。童庆炳指出：

> 中国社会发展到90年代，情景发生转换，我们面对的问题已经不是“文化大革命”的政治，而是前述的市场经济所伴生的大众流行文化以及“拜金主义”和“拜物主义”对人们欲望的挑动，有良知的知识分子为此感到忧虑，现实转折激起了他们再一次参与社会的热情，“文化研究”就是从事文学理论研究的学者参与社会的主要形式之一。[①]

由此看来，“文化诗学”表面上似乎是一个纯粹的理论问题，但在其背后，实际上却隐含着人文知识分子对中国目前现实境况的一种回应，也反映出他们走出书斋，关注现实，参与社会的理性思考，其中的现实意义是不言而喻的。那么，为什么童庆炳没有直接说“文化诗学”是从事文学理论研究的学者参与社会的主要形式之一，而是提到了“文化研究”？他所谓的“文化诗学”和当下学界盛行的“文化研究”究竟有什么联系又有什么区别？若要搞清这些问题，我们还需要深入新时期以来文学理论发展演变的学术语境中作进一步的思考。

根据童庆炳的归纳，新时期以来的文学理论在其自身的矛盾运动中经历了四次较大的变化和转折。第一次开始于20世纪80年代初期，当时的“形象思维”大讨论最终演化为“文学审美特性”的学理命题，其目的是要和“文学为政治服务”的政治命题分庭抗礼。第二次发端于80年代中期，文学主体性问题的讨论引起了人们对文学反映论的反思，为了清算文学反映论所存在的学理缺陷，一些学人更

① 童庆炳：《植根于现实土壤的“文化诗学”》，《文学评论》2001年第6期。

多地采用迂回进攻的战略原则，转入到文艺心理学的研究领域去寻找学术资源。第三次从80年代后期开始，一直延续到90年代初期。受西方“语言论转向”的影响，同时也由于中国特殊的现实境况，许多学人开始了对文学的本体研究。第四次从90年代中期开始，人文关怀的感性吁求逐渐定格成“文化研究”的学理探讨。如今，“文化研究”已成为当今中国文学理论界的显学，许多的学者已意识到，正是“文化研究”给中国的文学理论带来了活力，也给文学理论界的学人开拓了新的思考空间。①

这样的概括应该说是非常准确的。新时期以来，中国文学理论的发展演进确实走出了一条自己的逻辑线索。大体而言，整个20世纪80年代的文学理论是“向内转”，最终走向了韦勒克所谓的“内部研究”；而90年代中期至今，文学理论则开始了“向外转”的历程，文化研究则是“向外转”的具体结果。现在看来，就当时的情况而言，“向内转”是一次合理的选择，因为在很长一段时间之内，文学理论变成了政治的附庸，文学批评也演变成了政治批判，中国的文学理论在新时期之初已经千疮百孔，无法履行文学批评的神圣职责。而文学理论转向心理学和语言学，文学批评走向审美批评，正是要改变文学理论的形象，让文学理论成为“文学”理论，而不是成为政治学的、庸俗社会学的理论。但是，当文学理论向内转到一个极限时，它也就像英美的“新批评”一样，走到了一个死胡同中。因为文学毕竟不是只有文本，文学理论家也毕竟不能等同于自然科学家。那种把文本大卸八块然后科学分析冷静解剖的做法虽然有一定的意义，但是却把一个活蹦乱跳、生气灌注的东西做成了一个僵死的生物标本。毫无疑问，文学理论要想摆脱自身的困境，就必须“向外转”。于是，“文化研究”开始进入了文学理论界学人的视野。

---

① 参阅童庆炳：《植根于现实土壤的“文化诗学”》，《文学评论》2001年第6期。

一般所谓的“文化研究”有其特定的含义，主要指的是20世纪50年代从传统的英国文学学科中逐渐发展起来的一门学科，其先驱人物是威廉姆斯和霍加特。霍加特于1964年英国伯明翰大学创办了“当代文化研究中心”并首任主任，此后，该中心进行了一系列迥异于传统文学批评的研究。比如，通过对英国工人阶级青少年亚文化的考察，他们发现这种亚文化实际上对体现着中产阶级保守价值观念的英国主流文化构成了一种象征形式的抵抗，具有深刻的阶级内容。由于其具体操作充分考虑到了性别、年龄、种族等文化政治因素，从而使文化研究与实际的社会政治运动结合了起来。而按照美国文学理论家乔纳森·卡勒的看法，文化研究的另一个源头可以追溯到法国的罗兰·巴特。巴特在其早期著作《神话论文集》中对摔跤、洗衣粉广告、汽车式样、电影明星、脱衣舞等进行了一系列有趣的解读，并指出了这些日常文化背后所隐藏的意义。① 因此，亦可把巴特的研究看作文化研究的一种形式。

由于“文化研究”来自西方，所以当它在中国出现的时候，遭到了许多人的误解，以为这只不过是一次步西方人后尘的、盲目的集体行动。对此，童庆炳提出了如下的问题：“文化研究”早已在西方学术界轰轰烈烈地展开，按说中国的学人应该早一点“拿来”，“可为什么文化研究不是在中国新时期开始的时候受到注意，而是在改革开放十余年后才被作为一种学术资源而有意地借用呢？根源还是在中国社会现实的发展中。”②这也就是说，改革开放之后，尽管西方的文学理论对中国产生了很大的影响，但是中国的学人拿来什么，舍弃什么，却是立足于中国的本土现实的，只有当西方的某种理论与中国的现实语境和学术语境形成一种同构关系时，这种理论才能

① 乔纳森·卡勒：《当代学术入门：文学理论》，辽宁教育出版社1998年版，第46～47页。

② 童庆炳：《植根于现实土壤的“文化诗学”》，《文学评论》2001年第6期。

在中国落地生根。于是，正如20世纪80年代中期中国学人从西方世界拿来“新批评”一样是立足于当时的本土现实，90年代中期以来拿来的“文化研究”同样也是立足于今天的本土现实。而一旦西方的东西进入中国的语境中，它就必然要与我们自己的问题意识相遇，经过一段时间的交往对话之后，这种理论也就必然会变成我们自己的东西。

由此看来，对于目前中国文学理论界盛行的“文化研究”，童庆炳从总体上是持肯定态度的。而由于这种肯定又是建立在对当下现实的冷静思考和对中国文学理论发展走向的理性判断的基础之上的，所以，在这种肯定的背后，首先体现出来的是老一代知识分子弥足珍贵的人文激情。根据齐格蒙·鲍曼的分析，西方世界伴随着从现代性到后现代性的转型，知识分子的角色扮演也发生了从“立法者”到“阐释者”的转换。[①] 而在童庆炳看来，对于一个众多的普通百姓还在谋求温饱、更多的现代性秩序还有待建立的国度来说，大谈后现代性毫无疑问是一种奢侈。这就意味着他所秉承的依然是“五四”新文化运动以来，被鲁迅等人建立起来的现代知识分子的精神气质和优秀传统。这样的知识分子以介入现实、批判社会为己任，以对社会不义的谴责和对低层民众的关注为目标，以启蒙理性的价值追求为归宿。当然，由于我们今天这个时代与以前相比已经有了长足的进步，所以现代知识分子不一定就必须采取左拉那种“我控诉”的方式。把知识分子的人文激情内化为学理的探寻与追求，应该可以成为知识分子的一种选择。

另外，肯定“文化研究”又意味着童庆炳对中国当代文学理论走向的清醒判断与理性选择。中国新时期以来的文学理论在经过了一个否定之否定的阶段之后，现在又重新开始了“外部研究”的旅程。

---

① 齐格蒙·鲍曼：《立法者与阐释者：论现代性、后现代性与知识分子》，洪涛，译，上海人民出版社2000年版，第1～8页。

对于这样的“研究”，一些学者是有看法的。他们或者以为这是一种简单的回归，或者因为对西方的东西有一种拒斥心理而对这种研究嗤之以鼻，要不就是自己好不容易在自己经营的审美的园地里有了收成，从而产生了一种画地为牢、故步自封、裹足不前的心理。童庆炳是新时期以来文学理论审美研究的集大成者，按说他完全可以守着自己的园地继续精耕细作，但是，当他意识到是否肯定“文化研究”乃至是否借用“文化研究”的思路与方法，直接关系到中国当下文学理论的何去何从、甚至关系到文艺学学科的生死存亡问题时，他给“文化研究”投下了赞成票。毫无疑问，这应该是重重的一票，因为它体现了一种责任意识，传达出一种理性的选择。由于童庆炳在当代中国文学理论界一直扮演着领路人的角色，这一票又具有了一种示范效果。许多人将会发现，当他们步出审美的园地，跨进文化的城池之后，文学理论将会面对一个广阔的空间。

但是必须指出，尽管童庆炳从总体上肯定了“文化研究”的合理性，但是并不意味着他完全赞同目前“文化研究”的具体做法。正是为了拨正“文化研究”的航向，他才提出了“文化诗学”的主张。

“文化诗学”的基本内涵

为什么童庆炳并不完全赞成“文化研究”的做法呢？让我们先来看看他对“文化研究”的质疑：“目前文化研究的对象已经从大众文化批评、女权主义批评、后殖民主义批评等进一步蔓延到去解读环境污染、去解读广告、去解读模特表演、去解读住宅小区热、去解读小轿车热、去解读网络热等，解读的文本似乎越来越离开文学文本，越来越成为一种无诗意或反诗意的社会学批评，像这样发展下去文化研究岂不是要与文学和文学理论‘脱钩’?”①

无论是从西方“文化研究”的发展走向思考还是从中国“文化研究”的存在状况考察，这样的质疑都是可以成立的。国内学者在总结西方“文化研究”的基本倾向时曾做出如下归纳：第一，与传统文学研究注重历史经典不同，文化研究注重研究当代文化；第二，与传统文学研究注重精英文化不同，文化研究注重研究大众文化，尤其是以影视为媒介的大众文化；第三，与传统文学研究注重主流文化不同，文化研究重视被主流文化排斥的边缘文化和亚文化，如资本主义社会中的工人阶级亚文化，女性文化以及被压迫民族的文化经验和文化身份；第四，与传统文学研究将自身封闭在象牙塔中不同，文化研究注意与社会保持密切的联系，关注文化中蕴含的权力关系及其运作机制，如文化政策的制订和实施；第五，提倡一种跨学科、超学科甚至是反学科的态度与研究方法。②

一些学者在谈到文化批评(中国式的“文化研究”)时，又进行过如下思考：“文化批评的并不是、或主要不是把文本当作一个自主自足的客体，从审美的或艺术的角度解读文本，其目的也不是揭示文本的‘审美特质’或‘文学性’，不是作出审美判断。它是一种文本的政治学，揭示文本的意识形态，文本所隐藏的文化—权力关系，它基本上是伊格尔顿所说的‘政治批评’。”③从以上的归纳和思考中可以看出，西方与中国的“文化研究”主要关注的对象是“文化”，它把各种各样的文化现象或文化事件当成一种“文本”，从而进行一种意识形态层面的症候解读。在这种解读的过程中，“文学”基本上从“文化研究”的视野中淡出或消失了，或者即使涉及“文学”，也仅仅是把它当作文化解剖刀之下的一个小小的例证。在西方，这种“文化研

---

① 童庆炳：《植根于现实土壤的“文化诗学”》，《文学评论》2001年第6期。

② 罗钢、刘象愚：《文化研究的历史、理论与方法》，见罗钢、刘象愚：《文化研究读本·前言》，中国社会科学出版社2000年版，第1页。

③ 陶东风：《文化研究：西方与中国》，北京师范大学出版社2002年版，第6页。

究”的思路已蔚然成风；在中国，与西方“文化研究”基本一致的操作方案也渐成气候。比如，洪子诚就指出，谢冕与孟繁华主编的“百年中国文学总系”著作中有一个共同趋向，即对文学现象、文学运动、文学环境、文学生产的关注大大超过了作家与文本（其实这就是“文化研究”向“文学研究”渗透的结果），而唐小兵主编的《再解读：大众文艺与意识形态》则可以看作“文化研究”的具体实践，“这种研究，有时可能离‘文学’很远”。[①] 在专门的现当代文学研究领域尚且如此，那么一旦挣脱了学科的束缚，“文化研究”便如脱缰之野马，变得更加无拘无束了。于是便出现了童庆炳所指出的那种情况：“文化研究”已经或正在与文学和文学理论脱钩，“文学”如同弃妇，成了姥姥不疼舅舅不爱的可怜虫。

既然“文化研究”已走火入魔，就必须对它当头棒喝。正是在这一背景下，童庆炳才提出了“文化诗学”。他首先明确了“文化诗学是吸收了‘文化研究’特性的具有当代性的文学理论”，然后进一步指出了“文化诗学”的旨趣。

> 文化诗学是对于文学艺术的现实的反思。它紧紧地扣住了中国文化市场化、产业化、全球化折射在文学艺术中出现的问题，并加以深刻揭示。立足于文学艺术的现实，又超越现实、反思现实。现实中的一些文本，随着市场经济漂流，为了赚钱，不惜寡廉鲜耻，一味热衷于“原生态”的性描写，迎合人的低级趣味，把人的感觉动物化；或宣扬暴力，把抢劫、打架、斗殴当成英雄的事业，引导青少年把犯罪当成好汉行侠；或大众文化、流行文化、文化产业以糖衣包裹着毒药、以肉麻当有趣；文化诗学对之当然要义不容辞地加以揭露，把它们的资本逻辑

① 洪子诚：《问题与方法：中国当代文学史研究讲稿》，生活·读书·新知三联书店2002年版，第11～14页。

> 淋漓尽致地揭示出来。文化诗学关注现实文学艺术活动中的重大的理论与现实问题。文化诗学的现实性品格是它的生命力所在。①

从以上的论述中可以看出，“文化诗学”的“现实性品格”是他着重关注的一个方面，因此，可以把“现实性品格”看作“文化诗学”的一个基本内涵。

客观地说，以往的文学理论也并不是完全没有“现实性品格”，但是由于种种原因，原来的“现实性品格”要不真气涣散，要不变形走样，结果，文学理论逐渐变成了一种远离现实、仿佛不食人间烟火的纯粹学问。童庆炳进一步明确“文化诗学”中的“现实性品格”，实际上就是要借助于“文化研究”的东风，吹散那些笼罩在文学理论身上与现实性相关却又徒有虚名或不伦不类的东西，为文学理论注入新的现实性元素和活力，进而擦亮或镀亮文学理论中的“现实性品格”。因此，“文化诗学”中的“现实性品格”显然与“文化研究”存在着一种逻辑关系。也就是说，正是由于“文化研究”那种大张旗鼓同时又是无孔不入的介入现实的方式才使得我们的“文化诗学”获得了灵感，并可以促使我们拥有我们自己的问题意识，找到介入现实、参与社会的角度。正是基于这一学理背景，童庆炳指出“文化诗学”应该也必须“对现实社会文化问题进行正面研究”，这应该成为“文化诗学”的主要内容之一。在此基础上，童庆炳又提出了与现实密切相关的八大问题，可供“文化诗学”关注与研究，它们分别是古今问题，中西问题，中西部问题，性别问题，精英文化与大众文化的问题，商业文化与主流文化的问题，自然环境的保护问题，法与权问题。②从这八大问题中可以看出，所有的问题都是立足于中国语境、立足

---

① 童庆炳：《植根于现实土壤的“文化诗学”》，《文学评论》2001年第6期。

② 童庆炳：《新理性精神与文化诗学》，《东南学术》2002年第2期。

于当下现实生发的新问题。如果在原来那个文学理论的封闭空间中思考，这些问题是绝对不可能出现的，或者即使有人大胆想到，也会让它胎死腹中。因为你一旦提出这些问题，很可能就会领回一顶顶犯规、越界开采之类的大帽子。在人们的心目中，这些问题是属于政治家、法学家、环境保护部门、全国妇女联合会等考虑的事情，你是研究文学理论的，你不需要考虑这些问题。然而，有了“文化研究”，所有的这些问题不但可以而且应该进入文学理论家的视野之中，只有把这样的“现实性品格”注入文学理论身上，文学理论才能获得灵魂。

然而，光有“现实性品格”是远远不够的，因为如此这般之后，“文化诗学”依然没有跳出“文化研究”的手掌心。于是，童庆炳不断地呼吁一个“诗学”的问题，根据他的相关论述，我们可以把“审美性品格”看作是“文化诗学”的另一个基本内涵。这在他的一次演讲中有着明确的表述。

> 我主张一种文化诗学，文化研究应该搞成文化诗学的研究。这种研究首先是诗学的，是文学的，是诗情画意的，而不是像西方那样反诗意。我们看一篇作品首先还是要从美学的标准来检验它，如果它不是美的，那它就不值得我们对它进行历史的文化的批评了。①

实际上，童庆炳在这里呼唤的就是一个“文化诗学”的“审美性品格”问题，而这种“审美性品格”，至少应该包括如下几层含义：首先，“文化诗学”的研究对象必须面对文学，因为“文化诗学”毕竟不是“文化研究”，而是一种当代性的文学理论。既然还是文学理论，

① 童庆炳：《我所理解的“文化研究”：问题意识与文化诗学》，2000年5月在“文艺学与文化研究”研讨会上的发言。

那么，"文化诗学"就必须面对文学发言，如果抛弃了文学，文学理论也就丢失了自身起码的学科品格。因此，文学依然应该是"文化诗学"坚实的立足点。其次，文化诗学"虽然要面对文学，但它并不是面对那些"抱得紧箍箍，杀得血糊糊"的文学，也不是面对那种后现代主义式的吃饱了撑出来的文学，而是面对那些充满诗情画意的、具有"审美特质"的文学，因为"文化诗学"固然也要对那些"文要上床，武要上房"的文学或游戏之作进行批判(这也是"文化诗学""现实性品格"的应有之义)，但更要从那种富有诗情画意的文学作品中汲取营养。最后，审美是文学的家园，也是人类最后的家园，守住"文化诗学""审美性品格"这条底线，既意味着对人类家园的守望，也意味着从事"文化诗学"研究的学人能够不断地获得一种激情与冲动，在清醒冷峻中拥有一种诗意的目光。这样，在文学理论获得了自身的立足点之后，文学理论的研究主体也能够获得自身的立足点。

现在看来，让"文化诗学"具有一种"审美性品格"应该是一次合情合理的选择，但我们也必须意识到，"审美性品格"的提出却并非空穴来风，而是童庆炳借自己多年的研究经验，并在中国文学理论总体发展的框架中思考的结果。当"文化研究"成为当今中国的显学时，他敏锐地感受到这次西风东渐是发展中国文学理论的重要机遇，于是，支持"文化研究"成为他重要的学术姿态；但是他又意识到完全照搬西方的做法是行不通的，因为完全彻底的"文化研究"既意味着与文学的一刀两断，也意味着与我们好不容易才建立起来的文学理念和学术传统挥手告别。那么，新时期以来，文学理论形成的理念和传统究竟是什么呢？是对文学审美特性的修复、开掘与呵护。如果我们对我们自己的传统弃之不顾，或者是把原来的传统消解一通奚落一顿然后试图白手起家，那么中国的文学理论将面临灭顶之灾。童庆炳说："文学理论的建设应该是累积性的。"[①]这句话虽然朴实无华，但文学理论界的每一个学人都应该能感受到它的分量。因为在"只有破坏一个旧世界，才能建设一个新世界"的思维模式下，我们吃的亏已经太多了。无论从哪方面看，中国的文学理论界都经不起改天换地的折腾。

我们也必须意识到"审美性品格"既是童庆炳长期的关注点和兴奋点，也是他整个人生体验与审美经验的一种理性凝结。在以往的著述中，童庆炳常常对"诗意的东西"情有独钟，把"保持童心"看得重于泰山，把艺术看成"精神的故乡"。在"审美是自由在瞬间的实现，审美是苦难人生的节日"[②]的顿悟中，他成为率先打出审美大旗的理论家之一，并不断壮大自己的审美队伍，于是虚静、童心、即景会心、情景交融、味外之旨、深情冷眼、审美注意、审美投射、审美移情、审美心理距离、审美升华、诗意的裁判、按照美的规律来创造……这些古今中外的审美话语开始在他的大旗下汇聚，并共同组成了"文学审美特性"的强大阵容。也许在有些人看来，"文化诗学"的"审美性品格"不过是一种必不可少的学术包装，但是对于童庆炳来说，这实在就是他生命体验、学术体验的自然延伸。

既然"文化诗学"具有两种品格，那么，既是"现实性品格"，又是"审美性品格"的这两者之间的关系又是怎样呢？在我看来，"现实性品格"与"审美性品格"是"文化诗学"这架战车上的两个轮子，两者并行不悖，缺一不可。前者保证了"文化诗学"的胆识、锋芒和锐气，保证了"人文关怀"不再是坐而论道，夸夸其谈，从而也保证了文学理论与社会现实的直接关联，文学理论家因此拥有了向现实发言的特殊话语渠道；后者保证了"文化诗学"的诗意空间，保证了文学理论的学科品格，从而也保证了文学理论与文学话语圈的直接联系。

---

① 童庆炳：《文化与诗学丛书·总序》，北京师范大学出版社 2001 年版。

② 童庆炳：《文学审美特征论》，华中师范大学出版社 2000 年版，第 49 页。

这就意味着文学理论家固然可以也应该向现实发言，但他的发言不是漫无边际的，而是既具有学理内涵又具有艺术张力，既张扬个性又知道节制的表达。没有“现实性品格”，“文化诗学”会变得僵硬甚至枯萎；没有“审美性品格”，“文化诗学”将走向散漫与迷惘。因此“现实性品格”与“审美性品格”既相互提升又互相制约，只有这两个轮子都转动起来，“文化诗学”的理想境界才能实现。

如果把“文化诗学”放到新时期以来中国文学理论发展演变的轨迹当中，我们可能会对它理解得更加清楚。新时期之后不久，中国的文学理论开始了“向内转”的进程，心理学的、社会学的文学理论开始受人青睐并逐渐独领风骚。这实际上是文学理论的“内部研究”，我们可以把这种理论延伸出来的批评看作“第一种批评”。20 世纪 90 年代中期以来所出现的“文化研究”尽管与原来的社会历史批评有很大不同，但依然可以看作文学理论的“外部研究”，这种理论指导下的批评实践可以看作“第二种批评”。而“文化诗学”的提出，实际上是扬弃了“第一种批评”和“第二种批评”片面性之后的“第三种批评”。这是一次否定之否定，也是一种试图把“内部研究”和“外部研究”和谐统一起来、并使之走向更高层次融合的尝试。

根据童庆炳的构想，“文化诗学”的实施是一项浩大的工程，实际上需要学界更多的学人加入进来才能完成。从目前的情况看，他本人主要致力于中国古代文论的现代转化工作，这一方面是对 1996 年以来文学理论界“古代文论的现代转换”的一种响应，一方面也是他近年来所倡导的“文化诗学”研究的重要组成部分。因为在他看来，“文化诗学”首先关注的问题就是古今问题，而对古代文论研究的目的又是拯救和重构我们现代人的灵魂。这样，在“文化诗学”所要解决的古今问题上，童庆炳根据他近年来极力倡导的“古今对话”和“中西对话”的原则，已经形成了一整套行之有效的操作方案，找到了古代文论现代阐释的一把钥匙。[①] 除此之外，童庆炳已开始了对中国现代文论新传统的思考[②]，并且也不时地介入到当下的文学与文化现实中，对一些似是而非的说法和让人眼花缭乱的现象进行了高屋建瓴的辨析和批判（如对“新现实主义小说”和文化产业等）[③]，所有这些，又在一个更加显著的层面呈现出他对现实的关注。于是，在童庆炳的思考与研究中，“文化诗学”中“现实性品格”与“审美性品格”的两个轮子已转动起来。如果更多的学人能加入到“文化诗学”的阵营中，中国文学理论的发展将呈现出光明的前景。

---

① 童庆炳对中国古代文论的现代阐释主要体现在他近年出版的两本著作中，其一是《中国古代文论的现代意义》（北京师范大学出版社 2001 年版），其二为《现代学术视野中的中华古代文论》（与新加坡学者谢世涯和马来西亚学者郭淑云合著，北京出版社 2002 年版）。关于这一工作所体现出的价值与意义，已有学者进行了解读与评析，主要可参阅陈良运：《找到古代文论现代阐释的一把钥匙——从童庆炳〈中国古代文论的现代意义〉说》，东疆学刊 2002 年第 3 期。

② 童庆炳：《文艺学创新：以 20 世纪中国现代传统为起点》，《北京师范大学学报》2003 年第 3 期。

③ 关于“新现实主义”，可参阅他与陶东风合写的文章，《人文关怀与历史理性的缺失——“新现实主义小说”再评价》，此文先发表于《文学评论》1998 年第 4 期，后收入《童庆炳文学五说》中。关于“文化产业”，可参阅他主持的话题讨论《糖：养分与“毒药”——中国当下文化工业管窥》，《黄河》2002 年第 4 期。

代后记

这篇后记本来应该是由童庆炳先生本人亲自撰写的，但实际情况是，老人家还没来得及进入这一环节，就于今年 6 月 14 日仙逝了。这样，便只好由我越俎代庖，勉为其难地写上几笔。

据我掌握的信息，也据童老师最后四届博士生回忆，《童庆炳文集》的整理与编纂经历了一个较为漫长的过程。2010 年 9 月，新一届博士生江飞和李立刚入学不久，童老师便找他们帮忙，嘱其编辑文集一事，以便为以后的正式出版做准备。江飞说："当时，童老师只给了我们一摞已复印保存的文章，数量少，也比较散乱，基本上是在网上容易找到的文章。为了编得更准确、更齐全，那时我们在课余时间搜遍了网络，跑遍了北师大图书馆，坐公交车到国家图书馆更是不计其数，查找、借阅、复印、整理、编纂，力求将童老师发表的所有文章一网打尽。"经过三个月的努力，他们二人初步完成了十二卷文集、总字数约四百万字的编辑工作，其中包括《童庆炳文集》十卷和《童庆炳研究(1979—2010)》上下两卷，同时他们还分别编纂了《童庆炳文集(1961—2010)》总目录、《童庆炳文集编年索引(1961—2010)》以及各分卷目录。值得一提的是，当初的十卷文集是按时间顺序编辑起来的，这应该是童老师对自己文集的最初构想。

之后，2011级博士生李圣传与段恺，2012级博士生姜洪真、席志武与彭薇，2013级博士生杨宁宁又根据童老师的另一种编排思路，在此前编辑的基础上调整结构，完善内容，查漏补缺。姜洪真回忆，2012年10月，童老师在北医三院因心脏病接受治疗期间，曾向她口述过一个文集编排的思路框架——四百多万字的文集准备出十二卷，每卷约四十万字，其中理论研究十卷，文学创作两卷。理论研究包括审美诗学(三卷)、心理诗学(两卷)、文体诗学(一卷)、比较诗学(三卷)和文化诗学(一卷)，文学创作包括两部长篇小说(一卷)和散文随笔(一卷)。童老师出院后不久，他便安排姜洪真与席志武按新的编排原则加以落实，姜洪真负责审美诗学和心理诗学两大块，席志武负责文体诗学和比较诗学两部分。文化诗学因仅涉及初步完成的一部书稿，这部分便交由李圣传校对完善。2013年2月，他们编出了文集目录；2013年秋，重新编排的文集已大体竣工。

但实际上，这并不意味着这套文集就万事大吉了，因为在此后一年多的时间里，童老师还曾不断念叨起文集之事，而每念叨一次，我听出来的话外音都是不满和焦虑。例如，在文艺学研究中心举行的2013年年底总结会上，童老师显然有备而来，因为轮到他发言时，他说他要给大家讲一讲自己的最新思考，可概括为“两论”——“体制论”和“单元论”。所谓“单元论”，是说学人治学一般以十年为一个单元，只有在一个单元内集中做一件事，深挖洞，广积粮，勤思精研，穷其所有，才能把它做到极致。随后他马上以自己为例说：“但我研究《文心雕龙》，十年中并没有把它研究到极致，没有成为这个方面首屈一指的专家。”2014 年 5 月 17 日，文艺学研究中心召开学术委员会会议，会上童老师又讲起了科研速度与学术质量问题。他从梁启超的《中国近三百年学术史》讲起，先是谈钟敬文先生在“六五”规划中的遗憾——他想写本梁启超那样的书，却终未如愿。接着又拿自己说事：编了十卷本的文集，觉得好多东西是应景之作，有价值的东西不多。而编自选集时他也意识到，自己这辈子真正满意的文章，有些价值的文章，不过五六篇而已。

这番话让我很受震动，我也立刻联想到钟敬文先生的一个说法：“我从十二三岁起就乱写文章，今年快百岁了，写了一辈子，到现在你问我有几篇可以算作论文，我看也就是有三五篇，可能就三篇吧。”(《人民的学者钟敬文》，学苑出版社 2003 年版，第 122 页)两位老人晚年时如此评价自己，不约而同，在我看来绝非什么自谦之词，而是活到一种境界之后的大彻大悟之言，其中我以为隐含着两层意思：一是要想有所发现，有所出新，以真知灼见之文行世，是难乎其难的；二是贪多求快，或逞一时之勇，可能会写出学术时文，却又往往速生速灭，成为过眼烟云。我觉得起码在童老师那里，他已意识到这一问题的严重性，却又来不及补救了。因为那天他结束发言时说：“我自己觉悟得太晚了。”

因此我猜想，在编辑自己的文集时，童老师或许并非主要是欣慰和满足，而是有些失望，有些遗憾。为了弥补一些缺憾，也为了把他这套文集归置得妥帖些，修补得漂亮些，2014 年暑期他又亲自动手，调整、补充、完善、提高，直到把自己折腾出毛病。我还记得那是去年 8 月 28 日下午四点半左右，我把童老师的保姆小郭约至北师大西门外，与她在零星小雨中聊童老师近况，长达一小时(此前她曾给我打过电话，直言童老师身体不好，希望与我见面说十分钟)。她说，童老师最近被十卷文集折磨得够呛，脑子也不好使了，重复打印了多遍文稿，老出错。她还说，童老师依然惦记着要再写两三篇关于《文心雕龙》的文章，这样才能使《〈文心雕龙〉三十说》圆满。而这本书既被童老师看得很重，也正是他准备收到文集中的内容之一。她希望我们想想办法，帮帮他，劝劝他，让他停下手头的所有事情，好好休息一阵子。

事情紧急，我马上给程正民老师打电话，向他求主意。程老师立刻去看望童老师，发现他果然状态很差，便赶快跟我说，得给童老师减负。他建议我与姚爱斌加入进去，爱斌负责《文心雕龙》卷，我负责另一卷论文组成的集子，别让他再跟自己的文集较劲了。但我们还没来得及进入，童老师就在 9 月初给我电话，让我和爱斌各派自己的一位学生去他家，帮他再整理一下十卷本的文集，他说他自己老也弄不好。我随即与爱斌商量，他派出了杨宁宁，我则派出了徐晓军。

2014 年秋冬之际，很可能是童老师平生状态最差的时期。那一阵子，他的脑子确实出了点问题——张嘴忘词，提笔忘字，思维迟钝，语速更慢。他也跑了几趟医院，让医生帮其诊断病因。但就在这种状态下，他每天还要读书写作，力争让他的《文心雕龙》研究有一个大团圆结局。他跟我说过，坐在电脑前，他经常是精神涣散，哈欠连连，犯困，打盹儿，有时甚至会睡过去，但醒来之后还得接着工作，效率很低。每每想到这幕情景，我就觉得心酸，也觉得有些悲壮。也许，那时的童老师已意识到什么，他在与死神赛跑，也在挑战生命的极限。套用以前的一个说法，他确实是战斗到了生命的最后一息。

至年底，他终于把十卷文稿理顺了，也差不多补齐了。但交到出版社后，他依然不放心，便又在今年春节期间修补一番，重新提交一遍电子版。大概只是到那时候，他才算是松了口气，也了却了自己平生最大的一桩心事。

我把童老师文集的成型过程简要描述如上，是想说明一个问题：

尽管昆德拉说过，现在已是一个写作癖正在流行，满大街都是作家的时代，但是对于一个学者来说，一辈子能够写出四五百万文字著作文章，又能把它们在生前出成文集的情况还不太多见。童老师看重这十卷本文集，那固然是他一辈子思考的结晶，但又何尝不是一个学者毕生追求的东西？曹丕说："盖文章，经国之大业，不朽之盛事。年寿有时而尽，荣乐止乎其身，二者必至之常期，未若文章之无穷。"(《典论·论文》)如今，把文章上升到"经国之大业"的高度或许已显得迂腐，但"不朽之盛事"却很可能还是许多舞文弄墨者绕不过去的一个情结。因为谁都知道，在生命终止之处，文字可以再度出发，那是生命的延续，也是薪尽火传的主要通道。我听说圈内一位正值盛年的学人身患绝症，当他得知自己不久于人世时，首先想到的便是出版自己的文集。我也刚刚参加了"庆祝聂石樵先生九十寿辰学术研讨会"，聂先生的夫人邓魁英老师在会上披露，当十二卷《聂石樵文集》的样书送来后，聂老一晚上不断摩挲，连说真好真好。这幅画面令人动容，也许它再明白不过地说明了一套文集在学者心目中的份量。

当然，我更清楚，童老师的文集也是他为自己准备的生日礼物。他跟我说过："等过八十岁生日时，这套文集也面世了，那么我要为来宾、为学生每人准备一套书，送给他们。但十卷本文集又太沉了，不好带走。所以我会让他们留下地址，然后让小郭，让学生帮忙，挨个儿给他们寄回去。"这番话是在今年 4 月的某一天说的，那时候他并未想到他会先走一步，永远失去"摩挲"这套文集的机会。每念及此，我就觉得造化弄人，心里特别不是滋味。

这套文集的顺序，每卷的书名和其中的内容都是童老师生前亲自敲定的，而整体框架也大体上遵循了他在 2012 年形成的编辑思路：始于审美诗学，终于文化诗学。与他那时的构想相比，文集只是少了两卷文学创作，那应该是出版社与他商量的结果。据我粗略了解，这十卷本文集或许还不够全面，但基本上已把童老师学术方面的著作文章搜罗殆尽了。如何全面评说这皇皇巨著，显然是一个大工程，并非三言两语能说清楚，也并非笔者学力所能胜任。不过，据我先前阅读的点滴体会，我似乎可以重复一下我曾经形成过的一个看法："在我的心目中，童老师是一个真正懂得文学、并能吃透文学诸多奥秘的人，于是文学在他那里便能敞开、显豁、透亮。唯其如此，他才能够把来自自己阅读、创作、生活感悟的经验上升为理论，又在古今中外的文学理论中去印证自己的经验，最终提炼出某种文学规律。"(《好雨知时节，当春乃发生——童庆炳先生对于中国当代作家的意义》，《南方文坛》2014 年第 1 期)基于我的这一理解，我觉得在这十卷著作中，无论童老师是说中道西，还是谈古论今，都可以看作一个深谙文学之理、审美之道的温厚长者在与您围炉夜话，侃侃而谈。在他的娓娓道来中，在他掰开来揉碎式的讲解中，理论不再显得僵硬了，不再让人头疼发怵避之唯恐不及了，而是有了血肉，有了灵魂，有了温度，有了丰采。如果去掉那些大而无当的溢美之词让我说句实在话，我更愿意与读者朋友分享我的这一感受。

感谢北京师范大学以及出版社的领导，正是因为他们的重视和推动，才使这套文集有了面世的机会。出版社学术著作与大众读物分社主编谭徐锋先生告诉我，因为学校和出版社要为资深教授出文集，他曾奉命与童老师商谈此事。那是 2013 年 10 月 22 日上午，童老师把他约到家中，谈正事也谈天说地，总之是相谈甚欢。谭主编说：童老师当时讲启功，说汪曾祺，还把他自己写就的未刊发过的小说打印稿拿出来，与他一起赏析。"老爷子的平易近人，让我倍感意外，或许是由于我对民国以来的学林掌故略知一二，所以还能对上一些话题。当时说了很久，结束后他还专门把我送出来，很是热情。"2014 年，谭主编又就文集之事与童老师交流过四五次，而最后一次见面则是 2015 年 4 月。可以说，在具体运作这套文集的过程中，谭徐锋先生各方面都考虑得细致周到，为童老师提供了一次愉快的合作机会。

感谢北京师范大学出版社的诸位责任编辑，他(她)们为这套书的编辑付出了大量劳动。据策划编辑曾忆梦讲，这套文集每一卷都有一位责编，而她则负责整套书的组织协调工作。当文集经过二校依然存在着编辑无法解决的一些专业问题时，曾忆梦和童老师的儿子童小溪先生与我商量，希望文艺学专业的老师和学生加入进来，群策群力，完善文稿。于是在中秋节那天上午，曾忆梦、童小溪、《文学评论》编审吴子林、文艺学研究中心的四位老师(陈太胜、陈雪虎、姚爱斌和我)及文艺学专业的几位硕士生，一起在北师大出版社的二层会议室开会，商谈如何处理每一卷发现的问题，并进一步分工，由老师带着学生通读二校稿，订正错误，再由每位老师分别写出所经手的那两卷的“本卷说明”。具体分工是这样的：吴子林老师与周娆同学负责第一卷《文学审美特征论集》和第八卷《中国古代诗学与美学》，陈太胜老师与王子健同学负责第二卷《文学活动的美学阐释》和第三卷《精神之鼎与诗意家园》，姚爱斌老师与胡一飞、王文文同学负责第四卷《文体与文体的创造》和第七卷《〈文心雕龙〉三十说》，赵勇老师与段萌婕、熊超同学负责第五卷《维纳斯的腰带——创作美学》和第六卷《文学创作问题六章》，陈雪虎老师与郑浩洁同学负责第九卷《现代视野中的中华古代文论系统》和第十卷《文化诗学的理论与实践》。他们在很短的时间内圆满地完成了最后的任务。

还要感谢关心童老师文集出版一事的亲朋好友和学界同仁，感谢参与《童庆炳文集》相关事务的所有老师和同学，特别要感谢童老师的最后几届弟子。他们的名字及其工作我在前面已一一提及，兹不赘述。

走笔至此，我也想在这里指出困扰童老师也困扰帮他整理书稿者的一个问题，那就是重复。童老师曾经跟我讲过，编辑文集时他才发现，书稿中有许多东西是重复的。所谓重复，既指一篇文章与某本书中部分内容的重复(即文章内容进入了某本书的某一个章节中)，也指不同著作和不同文章之间一些论述上的重复。而据杨宁宁讲，当文集的编排告一段落时，实际上后来几位弟子的主要任务便是查重——发现重复之处告诉童老师，让他亲自处理或他们试着帮他处理。尽管重复问题在童老师生前已有所解决，但责编们后来依然发现不少。于是我们商量决定，凡文集中单篇文章与某本著作的部分内容整体重复，一律删除单篇文章；而如果是著作与著作之间、著作与文章之间的部分论述存在着重复，则不再改动，意在保持文气的贯通和著作文章的完整性。

重复问题让编辑们头疼，也引发了我的思考。我是这样理解重复问题的：一、学者著书立说之时，往往便有阶段性成果以论文的形式先期面世，而成书时把这些论文改造成书中章节，这应该是学界通行做法。此种情况没必要深究。二、当不同的著作文章论述到完全相同或大致相同的问题时，其语境交待、举例引证等或许就会有重复之处。这固然算不上尽善尽美，却也是可以理解的。当然，最稳妥的做法是另起炉灶，让它们以不同的文字行世。三、重复现象增多，在我看来又是数码写作时代的一个特点。当年笔耕墨种的时候，我们是不大可能把自己以前写的文字掐胳膊去腿，“拖”进新写的文章中的，但自从有了电脑之后，复制、粘贴等既让写作方便了许多，却也往往会让人生出不少惰性。童老师得风气之先，是国内最早使用电脑写作的学者之一，这样，他在享受着电脑写作便利的同时，也就不可避免地感染上了这种写作的某些“病毒”。我想，在这一问题上，我们没有必要为童老师避讳。他的问题其实也是我们大家或多或少面临的问题。而指出这一点，既是对童老师的尊重(其实，他生前对此问题已有非常清醒的认识)，也是对《童庆炳文集》诸读者的一个交待，还是对后来者的一个提醒：如果您此前不大注意，那么等您晚年编文集时，困扰童老师的那些问题很可能也会让您苦恼不已。

需要说明的是，童老师并未来得及专门为这套文集写序。但事实上，早在1993年他就意识到一个问题：书须有序。当其时也，台湾一家出版公司约他出书，书稿交上后责编又催其写序，说书有序言才符合出版规范，才能使一本书圆满。于是童老师引台湾作家柏杨的话——“一本书没有序，好像一个人没鼻子。夫‘序’者纲要也，读者老爷看了序，对全书的来龙去脉，就有一个概括的了解。”——以此佐证序言的重要性(参见《苦日子　甜日子——童庆炳美学随笔·自序》，上海人民出版社1999年版)。基于此，我们觉得找他一篇文章使其成为该文集“纲要”，是顺理成章的。而童老师在编完《从审美诗学到文化诗学：童庆炳自选集》(首都师范大学出版社2014年版)一书后，随即写出了《我的新时期文学理论研究之旅》。此文是他对自己这辈子研究之路与学术之旅的回顾与总结，把它拿来用作这里的“序言”，应该说也恰如其分。这样，这套文集就有了“序言”或“前言”。

阅读这篇长文，我很是感慨。我也特别注意到童老师在此文的结尾部分写下了这样一番话：

新时期过去了三十余年，转瞬之间，我已从中年迈入晚年。我从审美诗学起步，经过了心理诗学、文体诗学和比较诗学的跋涉，最后一站来到文化诗学。这就是我的新时期的文学理论之旅。回顾所走过的路，总觉得所做的太少，留下的遗憾太多，论文和著作的质量不能令人满意。我清楚知道，我离我的学术研究目标还有很大的距离，未能像某些大家那样达到那种令人神往的境界。但生命的火焰即将黯淡，我可能再做不了什么来补救了。遗憾将陪伴上天留给我的日子。我只能告诫我的学生：努力吧，勤奋地、不倦地在文学理论这块园地里耕耘。要读万卷书，行万里路，永远和现实生活保持密切的、生动的联系，把书本知识、创作实践和生命体验贯通起来，也许你们能在这块园地获得丰收。我从来不嫉妒学生。我希望你们成家立派。当你们像我这样年老的时候，回首往事，觉得自己的生命没有虚度，你们已经成功，达到了你们的老师没有达到的境界。那对我来说，就是最好的安慰了。

这段表白责己也深，期待也甚，行间蕴情意，字里含悲音，读来令人感喟，启人三思。把它作为总结自己、鞭策后进的学术遗言，是一点都不为过的。但言之凿凿，情之切切，声犹在耳，斯人邈矣。

于是我想说，尽管童老师晚年觉悟，对自己做出了不无苛刻的评价，但他依然是他们这代学人中的佼佼者。他甚至已把他们这代人的学问做到了极致，做到了境界。我辈只有脚踏实地，勤奋耕耘，有待于内，无期乎外，或许才不至于辜负他老人家的殷切期望。

诗云：落红不是无情物，化作春泥更护花。

让我们一起努力！

北京师范大学文艺学研究中心　赵勇

2015年10月23日写于北京，25日改于荥阳

图书在版编目(CIP)数据

文化诗学的理论与实践 / 童庆炳著. — 北京 ：北京师范大学出版社，2016.1

(童庆炳文集)

ISBN 978-7-303-19220-5

Ⅰ. ①寻… Ⅱ. ①童… Ⅲ. ①文学理论—文集 Ⅳ. ①I0-53

中国版本图书馆 CIP 数据核字(2015)第 159204 号

营 销 中 心 电 话 010-58805072 58807651
北师大出版社学术著作与大众读物分社 http://xueda.bnup.com

TONGQINGBING WENJI

出版发行：北京师范大学出版社 www.bnup.com
北京市海淀区新街口外大街 19 号
邮政编码：100875

印 刷：鸿博昊天科技有限公司
经 销：全国新华书店
开 本：787 mm×1092 mm 1/16
印 张：32.25
字 数：490 千字
版 次：2016 年 1 月第 1 版
印 次：2016 年 1 月第 1 次印刷
定 价：128.00 元

策划编辑：曾忆梦 责任编辑：曾忆梦 杨磊磊
美术编辑：王齐云 装帧设计：王齐云
责任校对：陈 民 责任印制：马 洁